E A S T W E S T S T R E E T

ニュルンベルク合流
「ジェノサイド」と「人道に対する罪」の起源

フィリップ・サンズ Philippe Sands
訳◆園部哲

On the Origins of
"Genocide" and
"Crimes Against Humanity"

白水社

ニュルンベルク合流――「ジェノサイド」と「人道に対する罪」の起源

EAST WEST STREET:
On the Origins of "Genocide" and "Crimes Against Humanity"
by Philippe Sands

Japanese translation rights arranged with Philippe Sands
c/o Rogers, Coleridge and White Ltd., London
through Tuttle-Mori Agency, Inc., Tokyo

マルケとローザに
リタとレオンに
アニーに
ルースに

ニュルンベルク合流――「ジェノサイド」と「人道に対する罪」の起源

目次

その小さな町は大平野の真ん中にある……
町が始まるところには小さな小屋の集落があり、
町が終わるところも同じような風景だ。
しばらく進んでゆくと小屋が家屋に代わり、道が現われる。
道のひとつは北から南へ通じ、他方は東から西へと通じている。
ヨーゼフ・ロート『さまよえるユダヤ人』一九二七年

わたしたちにつきまとうのは死者ではなく、
他者の秘密のせいでわたしたちの内部に生じた空洞なのである。
ニコラス・アブラハム『幽霊について』一九七五年

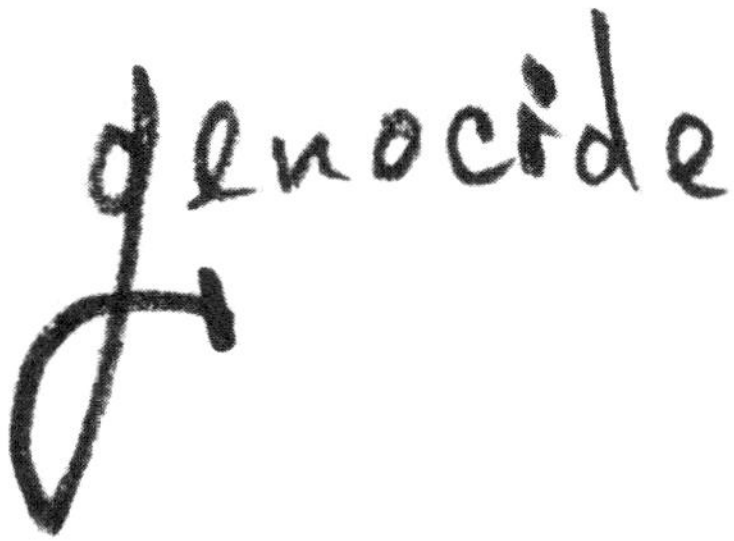

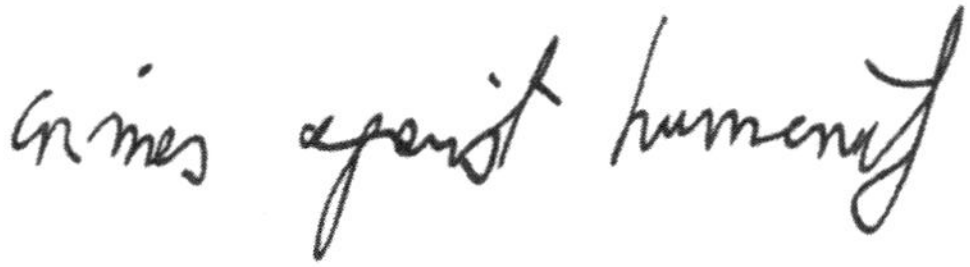

上はラファエル・レムキンがノートに書いた 'genocide'（ジェノサイド）の文字。1945年頃。
下はハーシュ・ラウターパクトが原稿に書いた 'crimes against humanity'（人道に対する罪）。
1946年7月。

読者へのノート

本書がたどる歴史のなかで、リヴィウ（Lviv）という都市は重要な位置を占める。十九世紀後半、この都市がオーストリア＝ハンガリー帝国の東端に位置づけられていたときには、レンベルク（Lemberg）として知られていた。第一次世界大戦直後、新たに独立したポーランドの一部になったとき、ルヴフ（Lwów）と名前を変えた。その後第二次世界大戦が勃発してソ連に占領されると、ルヴォフ（Lvov）となる。一九四一年七月、意表を突いてドイツが占領したあとは、ポーランド総督府内のガリツィア県々庁となり、再度レンベルクとして知られることになる。一九四四年の夏、赤軍がナチスを掃討してからは、この都市はウクライナの一部となり、現在の一般的な呼称であるリヴィウ（Lviv）に落ちついた。

というわけでレンベルク、ルヴフ、ルヴォフ、リヴィウは同じ町なのである。名前が移りかわり、住民の構成と国籍は紆余曲折を経たけれども、場所と建物はずっとそのままだった。一九一四年から一九四五年にかけて支配者が八回も変わったにもかかわらず、そうした側面だけは不変なのである。本書中でこの都市名を固定するのは無理があるため、記述内容と同じ時期の呼称を使うことにした（他地域の名称についても同方針。たとえば近くのジュウキエフ（Żółkiew）と呼ばれていた町も、一九五一年から一九九一年までの一時期、最初に宙返りをしてみせた第一次大戦時のロシア人英雄パイロットの名前にちなんでネステロフ（Nesterov）と呼ばれていたが、現在ではジョウクヴァ（Zhovkva）になっている）。

この都市の呼び名を最初から最後までレンベルクで通そうかとも考えた。ノスタルジックな響きがあるだけでなく、わたしの祖父の子ども時代にはそういう名前の町だったからでもある。しかしそうした恣意的選択は、ほかの人たちの気分を害するかもしれないし、ウクライナがロシアと領土問題で争っているこの時期にはとりわけ慎重であるべきだ。同じようなことが、二十年間使われていたルヴフという名前についてもいえるし、一九一八年一一月の騒然とした数日間だけ〔短命だった西ウクライナ人民共和国の首都として〕使われていたリヴィウについてもあてはまる。イタリアはこの地域とは無関係だが、仮に同地域を支配している時期があったとしたら、この都市はレオポリス、すなわちライオンの町と呼ばれていたかもしれないのである。

主要登場人物

ハーシュ・ラウターパクト Hersch Lauterpacht

国際法教授。一八九七年八月、ジュウキエフという小さな町に生まれる。二十数キロ離れたところにレンベルク市があり、一九一一年にラウターパクト家は同市へ転居した。父親はアーロン、母親はデボラ（旧姓トゥルケンコップ）。兄ダヴィッドと妹ザビーナがいた。一九二三年にウィーンでレイチェル・シュタインベルクと結婚し、ロンドンのクリックルウッドで息子のエリフをもうける。

ハンス・フランク Hans Frank

法律家、政府閣僚。一九〇〇年五月、カールスルーエ生まれ。兄と弟がいた。一九二五年、ブリギッテ（旧姓ヘルプスト）と結婚し二人の娘と三人の息子をもうける。末の息子がニクラスである。一九四二年八月、レンベルクに二日間滞在していくつかの演説をした。

ラファエル・レムキン Rafael Lemkin

検察官、法律家。一九〇〇年六月、ビヤウィストク近くのオゼリスコ〔いずれも現在はベラルーシに属すが当時はロシア帝国領のポーランド〕に生まれる。父ヨーゼフ、母ベラ。兄エリアスと弟サミュエルがいる。一九二一年、彼はルヴフへ転居。生涯独身で子どもはいない。

レオン・ブフホルツ Leon Buchholz

わたしの祖父。一九〇四年五月、レンベルクに生まれる。父親は蒸留酒製造業ののち宿泊所経営者となったピンカス、母はマルケ（旧姓フラッシュナー）。四人兄弟の末っ子で、長兄エミールの下に長女グスタと次女ラウラがいる。一九三七年ウィーンで、レギーナ・「リタ」・ランデスと結婚。一年後娘のルースをもうける。彼女はわたしの母親でウィーンで生まれている。

ラウターパクト家

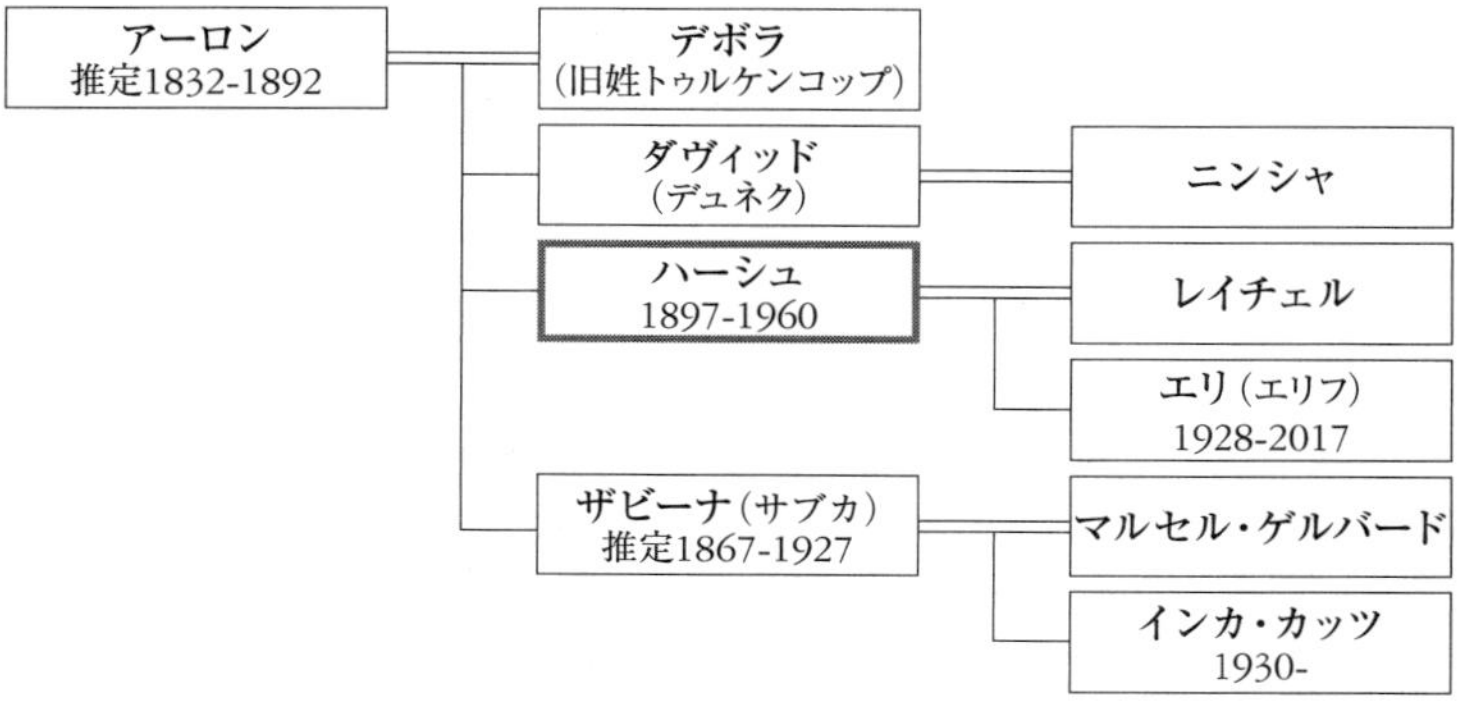

レムキン家

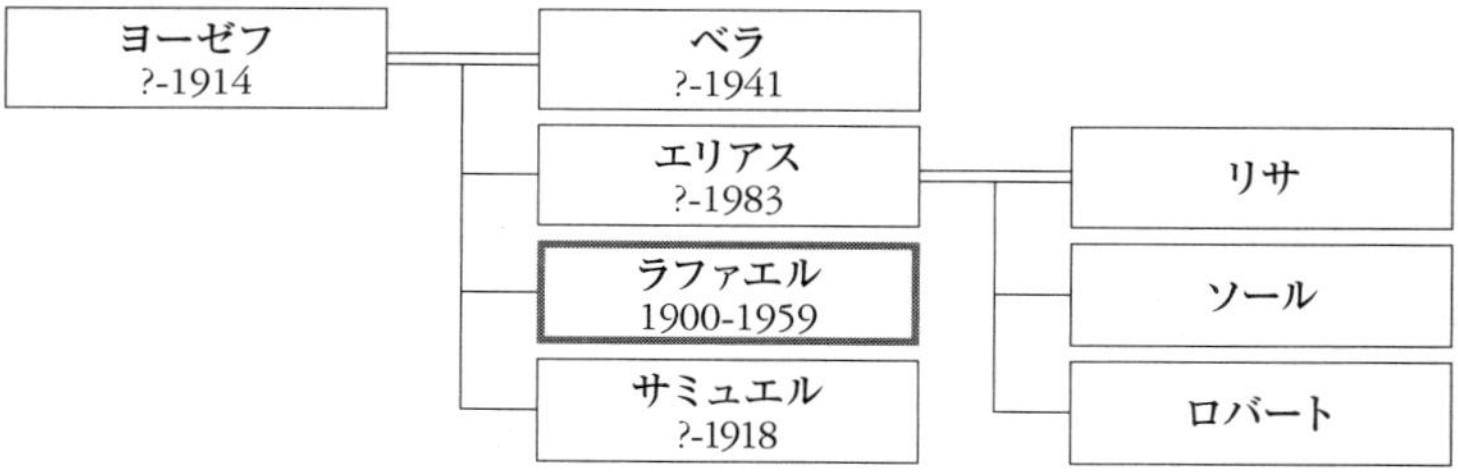

ブフホルツ家

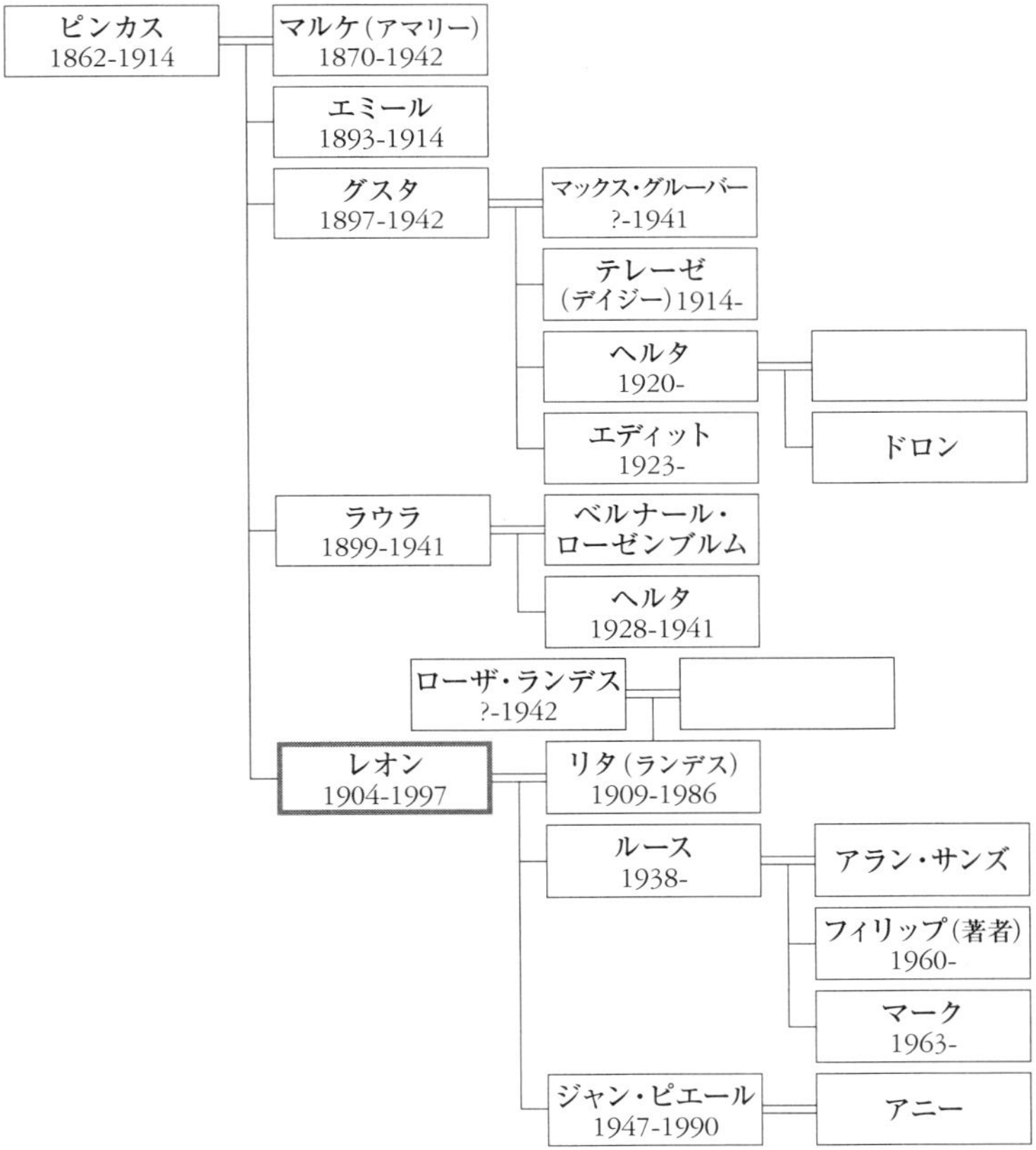

訳者作成。生没年は本書及び他資料から読み取れる範囲で記入。

Bahnhof Podzamcze
ŻÓŁKIEWSKIE
Franz-Josephsberg
Unionshügel
Basilian Kloster
St. Nikol.
St. Johannes
Synagoge
Rynek
Benedictin K.
Barmherz. Schw. Spital
Maria Schnee-K.
Rotes Kloster-Kaserne
Röm.-kath. Seminar
Bürgerl. Schießstätte
Karmel. K.
Neumarkt-Kas.
Francisc. K.
Rathaus
Statthalterei
Gr. orient. Kap.
Taubstummen-Inst.
St. Antons-K.
Sparkasse
Kinder-Spital
Garnisons-Spital
Zollamt
Haupt-Spital
Justiz-Palast
ŁYCZAKOWSKIE
Frauen-Klinik
Post u. Telegr.
Casino
Ossolinski Inst.
Sacramentn. Kloster
Medizin. Fakultät
St. Nikol. K.
Evangel. K.
Universität
Zitadelle
Tierarznei-Schule
Gymnas.
Landwehr-Kas.
Plac Jabłonowskich
Kiliński Park
13. Fredro-Denkmal E. 3
14. Jabłonowski E. 2
15. Joh. III. Sobieski E. 2
16. Kiliński E. 5
17. Mickiewicz E. 3
18. Ujejski E. 3

1911年のルヴフ
0 200 400 600 メートル
A.レオン・ブフホルツの家
シェプティツキッチ通り12番地(1904−1914年)
B.ハーシュ・ラウターパクトの家
テアトラルナ通り6番地(1911−1919年)
C.ラファエル・レムキンの家
ザマースティニヴスカ通り21番地(1923年)
D.ラファエル・レムキンの家
グロデツカ通り44番地(1922年)
E.ラファエル・レムキンの家
クリボカ通り6番地(1921年)
F. 法学部 ミコラヤ通り(1915−1926年)
G.イヴァン・フランコ記念リヴィウ国立大学(2015年)
H.スカルベク劇場
I. 連合丘〔高い城〕
A B C
1 2 3 4 5
Invaliden-haus
Wiśniewski park
KRAKOWSKIE
Ul. Świętokrzyska
Ulica Kordeckiego
Ul. Rycerska
Pl. Bema
St Anna-K.
Artillerie-Kas.
D
Griech.kath. Kathedrale
A
Plac św. Jura
Sacré Coeur Kloster
Poly-technikum
St Theresien-Inst.
E
Sobków Teich
H A L
1. Armenische Kathedrale, Klasztor Ormianek E.2.
2. Bernhardiner-Kirche, Kościoł Bernardynów F.3.
3. Dominikaner Dominikanów F.2.
4. Jesuiten Jezuitów E.2.
5. St Maria Magdalena Maryi Magdaleny D.4.
6. Dzieduszyckisches Museum, Muzeum imienia Dzieduszyckich E.2.
7. Finanz-Direktion u. Landesgericht, Dyrekcya krajowa skarbowa i Sąd krajowy dla spraw cywilnych E.2.
8. Königl. Haus, Kamienica króle
9. Städt. Gewerbemuseum, Muz. p
10. Stauropigian-Kirche
11. Röm.-kath. Erzbisch. Palais biskupów obrz. łać
12. Ruthen. Nationalhaus, Dom

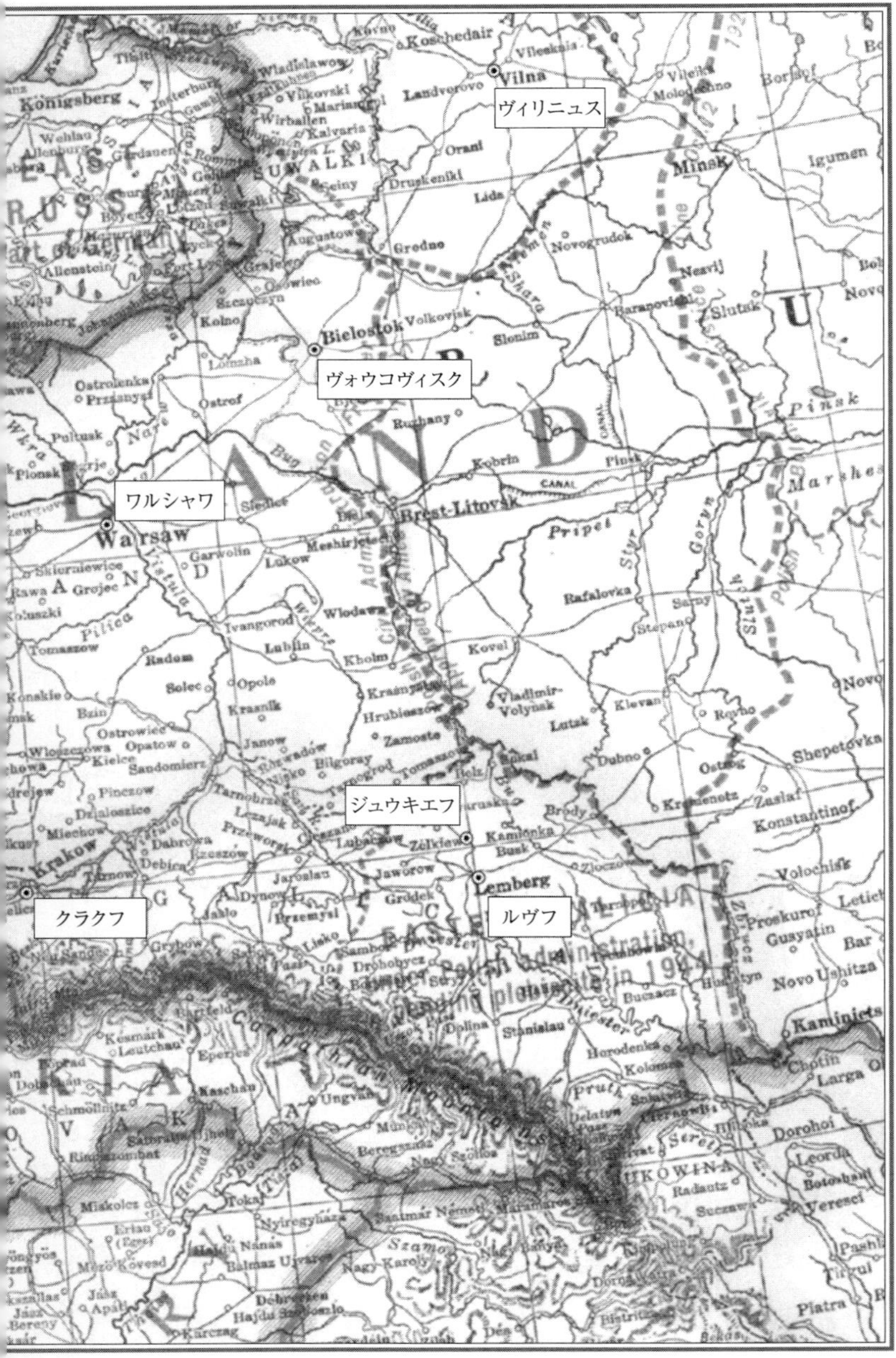
ヴィリニュス
ヴォウコヴィスク
ワルシャワ
ジュウキエフ
クラクフ
ルヴフ
Königsberg
Vilna
Minsk
Bielostok
Warsaw
Brest-Litovsk
Pinsk
Lemberg
Krakow
Kovel
Lublin
Radom
Rovno
Shepetovka
Zolkiew
Kaminiets

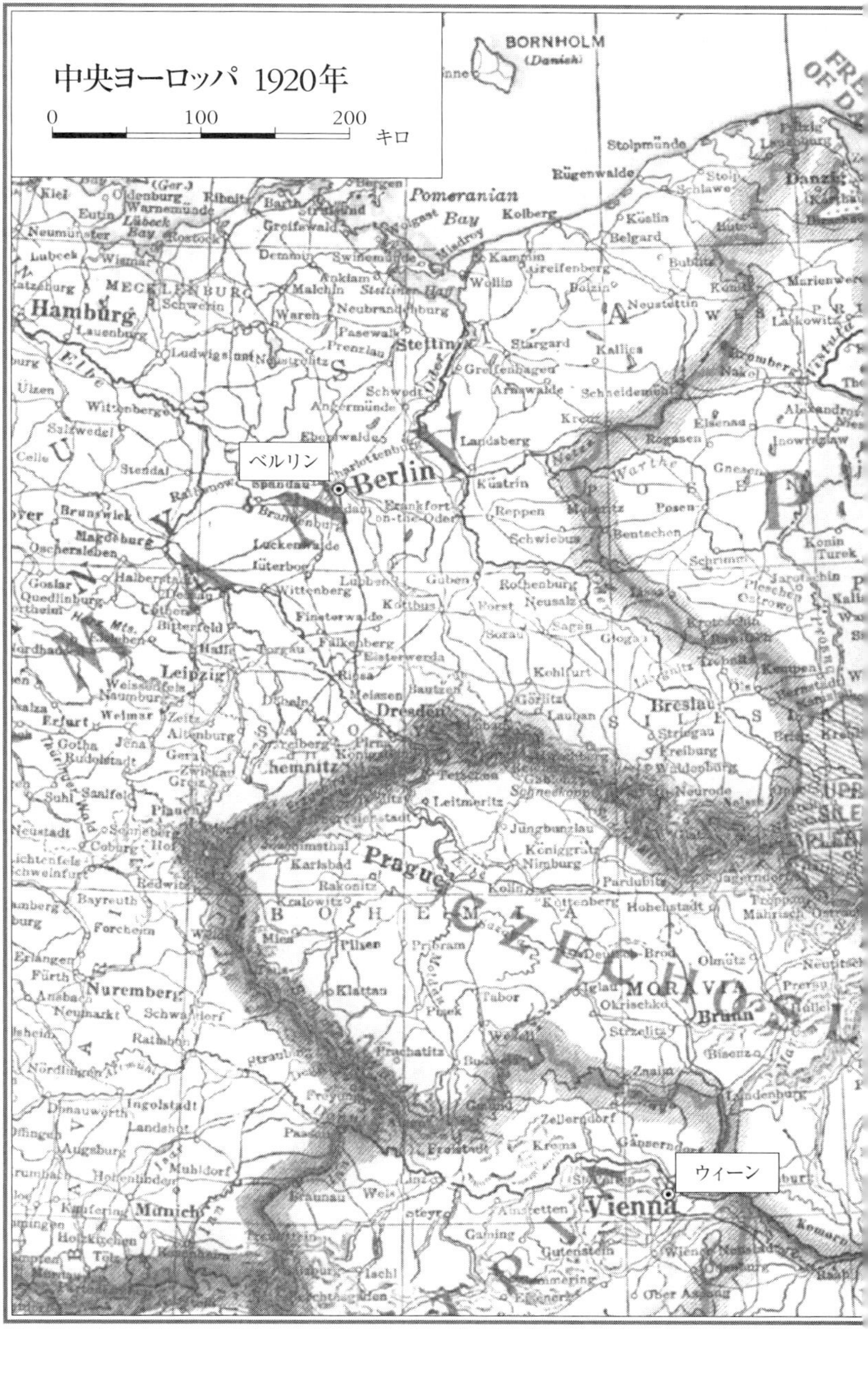

中央ヨーロッパ 1920年
0
100
200
キロ
ベルリン
ウィーン
BORNHOLM
(Danish)
Berlin
Prague
Vienna

1930年の
リヴィウとジュウキエフ
0 3 6
キロ
Żołkiew
ジュウキエフ
Kulików
Zaszków
Zawadów
Brzuchowice
Zamarstynów
Zniesienie
LWÓW
リヴィウ（レンベルク）
Lesienice
Podborce
Winniki
Kulparków
Sygniówka
Sokolniki

プロローグ
招待状

一九四六年一〇月一日 火曜日、ニュルンベルク裁判所

午後三時を少し回ったころ、被告人席背後の木製ドアが開き、第六〇〇号法廷にハンス・フランクが入廷した。グレーのスーツ姿だったが、その鈍色《にびいろ》は護衛についた衛兵たちの白いヘルメットと好対照をなしていた。アドルフ・ヒトラーの顧問弁護士かつドイツ占領下のポーランドにおける代理人だった彼、ピンク色の頬と短く尖った鼻、なめらかに髪をなでつけたその男は、たびかさなる尋問のせいで衰弱していた。親友リヒャルト・シュトラウスに熱賛された細身でスマートな閣僚の姿は、もはやない。かなり深刻な錯乱状態にあり、法廷に入るやくるりと反転してあらぬ方角に顔を向け、裁判官のほうに背を向けるありさまだ。

その日すし詰めの法廷に、ケンブリッジ大学の国際法教授がいた。禿頭で眼鏡をかけたハーシュ・ラウターパクトが、フクロウのような丸々とした身体を英国検察チームの名だたる同僚にはさまれる格好で、木製の長いテーブルの端におさまっていた。フランクからわずか数メートルのところにすわっていた黒スーツのラウターパクトは、ニュルンベルクの裁判憲章に「人道に対する罪(crimes against humanity)」という概念を織りこむよう提案した人物である。この三つの英単語によって、ポ

ーランド域内でおこなわれた四百万人のユダヤ人とポーランド人の虐殺が要約された。二十世紀が生んだ国際法分野における最高の良識、あるいは現代の人権擁護運動の父と見なされることになるラウターパクトだが、このとき、彼のフランクに対する関心は専門分野にかかわる範囲を超えていた。ポーランド総督たるフランクの支配域にはレンベルク市もふくまれていて、そこはラウターパクトの両親兄弟親類たちの生活圏だったのである。一年前、裁判が始まったときにハンス・フランクの王国内にいたラウターパクト一家の運命がどうなったか、だれも知らなかった。

裁判に並々ならぬ関心を寄せていたもう一人の男、ラファエル・レムキンは、当日法廷にいなかった。彼はパリにあるアメリカ陸軍病院のベッドで、判決を中継するラジオに耳を寄せていた。彼はワルシャワでまず検察官となり、その後弁護士になる。開戦の一九三九年にポーランドを逃れ、最終的にはアメリカにたどりつく。そこで彼は米国検察チームや英国検察チームと共に働くことになる。アメリカまでの長い旅路の伴侶は、書類をつめたいくつもの鞄だった。そこには、フランクが署名した命令が多数ふくまれていた。こうした資料を検討したレムキンは一貫した手口を見つけだして呼称を付し、フランク告発のための有効な罪名とした。レムキンはそれを「ジェノサイド（genocide）」と名付ける。ラウターパクトが焦点を当てたのは人道に対する罪で、めざすところは個人の保護だったが、それと違ってレムキンが気遣ったのは人間集団の保護であった。彼は、フランクの裁判でジェノサイドという罪が浮き彫りになるよう粉骨砕身働きかけてきたのだが、裁判最終日には健康を害して臨席できなかった。そして彼もまた、フランクに対し個人的に思うところがあった。彼はルヴフに住んでいたことがあり、両親と兄弟はフランク統治下の同地で発生したという事件に巻きこまれていたのである。

「被告人ハンス・フランク」と裁判長が呼びあげる。自分がクリスマスまで生きながらえるかどうか、まもなくフランクは知ることになる。七歳の息子と交わしたばかりの約束を守れるかどうか、ことなきを得て休暇には自宅にもどれるかどうか。

二〇一四年一〇月一六日木曜日、ニュルンベルク裁判所

それから六十八年後、わたしは第六〇〇号法廷を訪れた。同道してくれたのはハンス・フランクの息子ニクラス。父親があの約束をしたとき、彼はまだ小さな男の子だった。

わたしとニクラスは、裁判所の背後にあるもはや使われていないわびしく空っぽの拘置所から見学を始めた。四つあった翼棟のうち唯一残存する建物である。わたしたちは独房に入り、並んで腰をおろした。彼の父親が一年近くを過ごしたのと同じような独房だ。ニクラスが最後に、同じ建物のこのあたりにいたのは一九四六年九月のこと。「父を多少なりとも身近に感じることができるのは、世界中でこの部屋だけ」と彼はいった。「こんなふうにすわって、彼の立場になってみて、ここでほぼ一年間過ごした父のことを考えてみる、むきだしのトイレと小さな机と狭いベッドしかないこんな場所でね」。独房は過酷な場所だった。そして、父親の行動を問うニクラスの態度も手きびしい。「わたしの父は法律家でした。自分がしでかしたことは承知していたのです」

現在も実際に使われている第六〇〇号法廷は、ニュルンベルク裁判当時からほとんど変わっていない。一九四六年当時、二十一人の被告はそれぞれの独房から、法廷に直接つながるエレベーターまで歩かされた。その機械仕掛けにはわたしもニクラスも興味津々だった。エレベーターの木製ドアは直接被告人席の背後に位置し、昔も今も静かに開き、そこから被告が入廷する。「開いては閉じ、開いては閉じ」とロンドンのタイムズ紙記者R・W・クーパーが描写している。前職がローンテニス記者だった彼は、裁判の模様を連日報告していた。ニクラスはそのドアをあけて狭い箱のなかに入り、背

後のドアを閉めた。

エレベーターからおりた彼は、裁判の期間中父親がすわっていた場所へ歩を進めた。父親が人道に対する罪とジェノサイドの罪に問われた場所である。ニクラスは腰をおろし、木製の手すりに上半身をかがめた。わたしに目を向け、法廷内をながめまわし、そしてため息をつく。わたしはそれまでに何度も、判決の日にエレベーターの引き戸から姿を現わし被告席につく彼の父親の姿を想像した。そのときの映像は残されておらず、想像するしかなかった。一九四六年一〇月一日の火曜日の午後、裁判最終日の撮影は禁じられていたのである。それは被告人たちの尊厳をたもつための配慮であった。

ニクラスに話しかけられて、わたしの夢想は中断する。おだやかだけれどもゆるぎない口調で、彼はこういった。「ここは幸福の部屋なんです。わたしにとって。そして世界にとって」


わたしがニクラスといっしょに第六〇〇号法廷にいたのは、それに先立つ数年前、わたしのもとに思いがけぬ招待状が舞いこんだことに端を発する。送り主は現在リヴィウとして知られる町の大学の法学部で、人道に対する罪とジェノサイドの罪にかんするわたしの研究について講演をしてくれないかといってきた。わたしが弁護士としてかかわってきた実際の判例について、ニュルンベルク裁判関連のわたしの学術研究について、同裁判がこの現代社会におよぼした影響について、語ってほしいという。

ニュルンベルク裁判とそれにまつわる伝説に、わたしはながらく魅了されてきた。同裁判は、現代の国際刑事裁判制度が具現化した瞬間という位置づけを得ている。わたしは、膨大な公判記録に残された詳細な記述の異様な細部に心をうばわれ、裁判官に提出された申し立てを微に入り細にわたって裏づけるあまたの書物、回想録、日記に没頭した。わたしの興味をかきたてたのは、イメージや写真、モノクロのニュース映画や一九六一年のオスカー受賞作『ニュルンベルグ裁判』などの映画である。同作品はニュルンベルク裁判を前面に、スペンサー・トレイシーとマレーネ・ディートリッヒの刹那の恋を描いた印象深い作品だ。実務的な面からの関心もぬきがたくあった。というのは、この裁判がわたしの仕事に並々ならぬ影響をおよぼしていたからだ。ニュルンベルクの判決は、当時帆をあげかけたばかりの人権運動を大きく前進させる順風となった。たしかに「勝者による裁き」ではないかという強烈な横風にあおられもしたが、同裁判は劇的変化を引きおこし、一国の指導者たちを国際裁判にかけることができるという、それ以前にはありえなかった可能性に道を開くことになったのである。

リヴィウがわたしを招待しようと決めたのは、法廷弁護士《バリスター》としてのわたしの経歴ゆえであって、物書きとしてのわたしを買ったものではないと思う。一九九八年の夏、わたしは国際刑事裁判所（ICC）の創設にかかわる交渉過程でローマ会議に参加して補助的な役割を担ったり、それから数か月後には、ロンドンで展開されたチリの元大統領ピノチェトの案件で仕事をした。〔たまたまロンドンで入院していた〕ピノチェトはスペインの司法当局から起訴され、ジェノサイドと人道に対する罪を問われ、英国での裁きを受けぬ免除特権ありと主張したが、ピノチェトは負けた。その後数年間に相次いだ判決によって、ニュルンベルク裁判から数十年間の冷戦期に錆ついていた国際司法の扉が、きしみをあげてこじ開けられることになる。

ほどなくしてロンドンのわたしの机のうえに、かつてのユーゴスラヴィアやルワンダ由来の案件が届けられるようになった。それだけではすまず、コンゴ、リビア、アフガニスタン、チェチニヤ、イラン、シリア、レバノン、シエラレオネ、グァンタナモ、イラクからの申し立てに関する案件が続々と届く。途切れることのない悲惨なリストは、ニュルンベルクの第六〇〇号法廷で公開された善なる意図が頓挫したことの証左だった。

わたしはいくつかの大量殺人案件にかかわるようになった。あるケースでは人道に対する罪、すなわち大規模な個人の殺害が問題となり、別のケースでは集団の殲滅、すなわちジェノサイドが疑われた。これら二つに峻別される犯罪、つまり個人の殺害が強調される犯罪と人間集団の殺戮が強調される犯罪は、同時進行的に増加してきたが、時間の経過とともに、大多数の人々は、やはりジェノサイドこそが犯罪のなかの犯罪であると見なしはじめ、個々人の大量殺戮はこれに比べるとまだ悪質度が低いとされた。わたしはこの二種類の犯罪の起源と動機にかんする手がかりを集め、第六〇〇号法廷において史上初めてなされた討議に関連する文脈を探った。とはいうものの、ニュルンベルク裁判で具体的にどういう展開があったのか、深く掘りさげずにいた。この種の新たな犯罪がどう発生したか、その後どのように拡散し肥大してきたかの知識は得ていたけれど、背後での人間劇や、ハンス・フランクを告訴するなかで二種類の犯罪が議論されるにいたった経緯について、わたしはほとんど何も知らなかった。さらには、ハーシュ・ラウターパクトとラファエル・レムキンが独自の法概念を育んできた、それぞれの個人的な境遇などは知るよしもなかった。

リヴィウから届いた招待状は、こうした歴史を掘りさげる機会を与えてくれたのである。

この好機に飛びついたのには、もうひとつ別の理由があった。リヴィウは、わたしの祖父レオン・ブフホルツが生まれた場所だった。母方の祖父のことは昔から知っていた。彼は一九九七年に、わがふるさとと愛する町と呼んでいたパリで死んだ。だがわたしは一九四五年以前の彼についてはほとんど知らなかった。というのも、祖父はそれ以前のできごとについて話したがらなかったから。祖父の人生は二十世紀の初めから終わりにほぼ合致していたが、わたしが彼を知りはじめたころ、その親族は数えるほどしか残っていなかった。そうした事実は承知していたけれど、衰退の規模とか、どのような状況下で先細っていったのかはわからずにいた。リヴィウへの旅は、一家の苦難にみちた歳月を解き明かす機会でもあった。

わずかばかりの断片的情報はあったけれど、レオンは人生前半のほとんどを秘密裏に封印していた。そうした断片は、戦後を生きたわたしの母にとって深い意味を持っていたにちがいないが、わたしにとっても重要だった。ぬぐいきれぬ痕跡と回答なき多くの疑問、それらの原因となったできごとを知ることは。そもそもなぜ、わたしは法曹の道を選んだのだろう？　あまたある法律分野でも、黙秘の家族史の解明に通じそうな分野に進んだのはなぜだったのだろう？「わたしたちにつきまとうのは死者ではなく、他者の秘密のせいでわたしたちの内部に生じた空洞なのである」と精神分析学者のニコラス・アブラハムは、孫と祖父母の関係について述べた個所で書いた。リヴィウからの招待状は、こうしたつきまといの空洞を探索するチャンスだった。わたしは快諾し、講演録執筆にその夏を費やした。

地図をながめると、リヴィウはヨーロッパのど真ん中にある。ロンドンから簡単にいける場所ではなく、リガとアテネをつなぐ線、プラハとキエフをつなぐ線、モスクワとウィーンをつなぐ線を勝手に引いて、その三本の交わるところがリヴィウになる。ヨーロッパを東西、南北に切り分ける二本の線の交点でもある。

夏のあいだ、わたしはリヴィウにかんする資料に埋没していた。書物、地図、写真、ニュース映画、詩歌、歌曲と手の届くあらゆるもの、作家ヨーゼフ・ロートが「境界線があいまいな」町と呼んだ都市に関連するものならなんでも手に入れた。わたしの関心はとりわけ二十世紀の初頭に集中した。レオンの住んでいた町が「赤と白、青と黄色、黒と金色」というあざやかな色彩にいろどられていた時代、すなわちポーランド、ウクライナ、オーストリアの影響下にあった時代である。そこに見いだしたのは伝承豊かな都市だった。さまざまな民族のあいだで複数の文化と宗教と言語がぶつかりあう、奥ゆきの深い知的伝統をたもつ場所がそこにあった。それを擁していたのがオーストリア＝ハンガリー帝国という豪壮なる共住空間だ。第一次世界大戦がこの生活圏を崩し、帝国を破壊し、解き放された力が意趣返しの駆動力となり大量の血が流されるはめになったのである。ヴェルサイユ条約による帝国の解体、ナチスによる占領、ソ連による管理と短期間に次々とことが起き、大きな災いがもたらされた。ポーランドの「赤と白」もオーストリアの「黒と金」も色あせ、現在のリヴィウはウクライナ人の町となって「青と黄色」に席巻されている。

一九一四年九月から一九四四年七月のあいだだけで、この町の支配者は八回変わった。オーストリア＝ハンガリー帝国に属する「ガリツィア・ロドメリア王国、クラクフ大公国、アウシュヴィッツ公国、ザトル公国」——まさにあのアウシュヴィッツ——をまとめる首都としてしばし君臨したあと、この町の支配者はオーストリアからロシアへ変わり、またオーストリアへもどり、その後短期間西ウクライナの一部となり、その後ポーランド、そしてソ連、次いでドイツ、ふたたびソ連にもどって最後にウクライナの支配下に入り現在にいたる。少年時代のレオンが歩いた通りのあるガリツィア王国は、ポーランド人、ウクライナ人、ユダヤ人など複数民族が共存する場所だったが、それから三十年とたたぬうち、ニュルンベルク裁判の最終日、ハンス・フランクが第六〇〇号法廷に現われるころには、すべてのユダヤ人コミュニティが全滅し、ポーランド人たちは強制移住させられていた。

リヴィウの街路は波乱に富んだ二十世紀ヨーロッパの縮図であり、文化を破壊した血なまぐさい闘争の中心地だった。わたしは、その時代の、頻繁に名前を変える通りが縦横に走る地図に愛着をいだ

Lwów, Gmach sejmowy. — Lemberg, Landtags-Gebäude

オーストリア＝ハンガリー帝国、ガリツィア議会

くようになっていった。むろん地図がたどった運命はいとわしかったけれども。とある公園に遺された、オーストリア＝ハンガリー帝国時代のアールヌーボー様式のすばらしいベンチが、わたしのなじみの場所になった。そこにすわってわたしは世界の変転を黙思する。転々とする町の歴史を回想するための特等席である。

一九一四年にそのベンチは市民公園《シュタットパルク》のなかにあった。向かい側には堂々たる議事堂《ランドタークスゲボイデ》が建っていた。オーストリア＝ハンガリー帝国最東部の州ガリツィアの議事堂だ。

それから十年後、ベンチはそのままそこにあったが、国が変わってポーランドとなり、公園もコシチュシュコ公園と名を変える〔ポーランドの将軍の名前〕。議事堂の役目は失われたが、建物自体は残ってヤン・カジミエシュ大学になった。一九四一年の夏になると、ハンス・フランク率いるポーランド総督府がこの町を占領し、このベンチもドイツ帝国の所有物となり、公園はイエズス会公園《イエズイーテンガルテン》と名を変え、向かい側の大学からはポーランド色が一掃された。

両大戦間の時期を描いたすぐれた文学は多いが、憧憬をこめて喪失を描いた文学作品として『わたしのルヴフ』（Mój Lwów《モイ・ルヴフ》）を超える作品はない。「今どこにいるのだろう、ルヴフの公園のベンチたち。歳を取り、雨に濡れそぼち、黒ずんだ、古いオリーブの樹皮のように、ざらつき、ひび割れていた、あのベンチたちよ」。一九四六年、こう問いかけたのはポーランドの詩人、ユーゼフ・ヴィトリンである。

それから六十年後、わたしの祖父が一世紀前にすわったかもしれないベンチにたどりついたとき、わたしはイヴァン・フランコ公園にいた。推理小説を書いたウクライナの詩人にちなんだ命名で、大学の建物も今ではその名を冠している。

ヴィトリンが書いた牧歌的な回想録、そのスペイン語訳とドイツ語訳はわたしの良き伴侶となり、一九一八年一一月に勃発した戦闘の傷跡が残る旧市街の建物や街路の案内役になってくれた。そのときの激しい紛争はポーランド人とウクライナ人コミュニティ間の戦いだったが、ユダヤ人たちがあいだにはさまって狙い撃ちにされたり捕獲されたりし、あまりの惨状ゆえにニューヨークタイムズ紙にも報道された。米国大統領ウッドロウ・ウィルソンも立ちあがり、審理委員会が組成される。「あのときの記憶を生身に残した人々の、その傷に触れるようなことはしたくない。だからもう一九一八年のことは語りたくない」とヴィトリンは書いたが、やはり彼のペンは動いてしまう。彼は「ポーランド人とウクライナ人という兄弟同士の殺しあい」が町を分断し、多くの市民が敵対陣営に取りこまれたことを回想する。そんな状況でもふつうの礼儀が守られることはあり、わたしがすわっているのと同じベンチの近くをヴィトリンが通りかかったとき、学友のウクライナ人が戦闘を停止してヴィトリンが安全に帰宅できるよう配慮してくれたという。

「わたしの友人たちの多くが相互に闘争状態にある民族に属し、信仰も見解も異なっていたけれど、そこには抜きがたい協調の精神があった」とヴィトリンは書いている。ガリツィアの神話的側面の発露である。国民民主党はユダヤ人を愛し、社会主義者は保守主義者と手を取り合い、年老いたルテニア人〔基本的にはウクライナ人のこと。ガリツィアがオーストリア帝国領に組み入れられたあと、ドイツ語でこう呼ばれた〕と親ロシア派がウクライナ民族主義者とともに涙を流した。「牧歌的なあの日々を生きているふりをしよう」と書くヴィトリンは「ルヴフ人らしさ」を呼び起こす。彼は、荘厳でありながら粗野な、賢明な一方で愚鈍な、詩的であると同時に無粋な町を描く。だが彼の結論は「ルヴフとその文化は苦い味がする」と物悲しい。その味は、ルヴフ郊外のクレパリ地区でしか実らない野生のサクランボ、チェレムハ（czeremcha）という珍しい果実の味に似ているのだと。甘くて苦い、と彼は形容する。「ノスタルジアは物の味までいつわり、ルヴフの甘美な部分だけを味わえと命ずる。だが、ある人たちにとってルヴフは胆汁を湛えたカップ、苦みにみちた町なのだ」

苦みは第一次世界大戦のあとひどさをまし、ヴェルサイユでも解消されず宙に浮いたままだった。一九三九年九月ソ連軍が白馬に乗って現われたとき、またその二年後ドイツ軍が戦車でやってきたとき、その都度、苦々しさは復讐心にあおられて燃えあがった。珍しく保存されていたあるユダヤ人学生の日記には、「一九四一年八月上旬、フランク総督がルヴォフに着任」と記されている。「彼の到着が災厄の前兆であることを、僕たちは知っていた」。同月、このヒトラーご贔屓の法律家ハンス・フランクは、大学の大理石階段を昇り、大ホールで演説をぶつ。そのなかで彼は市内のユダヤ人殲滅を宣言した。

わたしは講演をおこなうため、二〇一〇年の秋にリヴィウに到着した。その時点までにわたしは、数奇な、しかしだれも気を留めなかったらしい事実を掘りだしていた。「人道に対する罪」と「ジェノサイド」という犯罪概念をニュルンベルク裁判に持ちこんだ二人の人物、ハーシュ・ラウターパクトとラファエル・レムキンが、ヴィトリンが描いたのと同じ時代の同じ町に住んでいたという事実を。二人とも同じ大学で学び、あの辛苦の日々を身をもって体験していたのだ。

わたしの机のうえに出現した奇遇奇縁のリストはこれで尽きるわけではないけれど、このエピソードが一番わたしの心をゆさぶった。国際法の一分野の起源について講演するためにリヴィウへの出張を準備していた真っ最中に、リヴィウの町がまさにその起源に密接につながっていたことを発見するとは、驚くべきことではあるまいか。現代の国際刑事裁判制度を産みだすためにほかのだれよりも貢献した二人が同じ町の出身だったとは、偶然では片づけられぬ話に思えてくる。それにおとらず驚いたのは、わたしが最初にリヴィウを訪れたとき、大学のみならず町で出会っただれひとりとして、現代の国際刑事裁判制度の創設に彼らの町が担った役割をみじんも意識していないことだった。

わたしの講演のあとには質疑がつづいたが、たいていはこの二人に関する質問に終始した。彼らが住んでいたのはどの通りですか？　彼らが大学で選択したコースは、担当教員は？　二人は出会ったことがあるのでしょうか、知り合いだったのでしょうか？　この町を去ったあと、彼らにはどんなできことが？　ここの法学部で彼らについて語る人がいないのはどういうわけでしょう？　彼らの一方が個人の保護を重視し、他方が集団の保護を重視したのはなぜなんでしょう？　二人そろってニュルンベルク裁判に関与することになった経緯は？　彼らの家族はどうなりましたか？

ラウターパクトとレムキンにかんするこうした質問に、わたしは何も答えられなかった。

そうこうするうちに、わたしが答えられる質問をしてくれた人がいた。

「人道に対する罪とジェノサイドの違いって何ですか？」

「たまたま同じ集団に属する十万人が殺されたと思ってください」とわたしは解説を始めた。「リヴィウ市にいたユダヤ人とかポーランド人などですね。ラウターパクトにとって事前に計画された個人の殺戮は人道に対する罪でした。レムキンはジェノサイドという概念のほう、つまり犠牲者が属する集団の抹消を意図しての殺戮であるという見方を重視しました。現代の検察官にとって、二つをへだてるものは、おおむねそうした意図があったかなかったか、という点になります。ジェノサイドだと決める場合には、殺害行為の動機として、被害者の属する集団を抹消する意図があったかどうかが問われます。人道に対する罪の場合には、そのような意図を証明する必要はありません」。ある集団全体ないしは一部を抹消する意図を証明することのむずかしさはよく知られている、とわたしは説明した。殺戮をなした側は、そうした意図がばれるような痕跡や手がかりになる書類は残すまいとするだろうから。

で、その違いは重要なことなんですか？　と尋ねる者がいた。法律がだれかを保護しようとするとき、個人として保護する場合と、たまたま属していた特定集団の一人として保護する場合と、その違いに意味はあるのだろうか？　その疑問は講演会場全体にただよっているようだったし、そのとき以来わたしの脳裏にもずっとひっかかっている。

その日の夕方、一人の学生がわたしに近づいてきた。「二人きりでお話できませんか、みんなのいないところで」と彼女はささやいた。「個人的なことなんです」。わたしたちは室内の隅のほうへいった。彼女はこういった。ラウターパクトとレムキンを知っている人とか気にかける人はこの町にいません。二人ともユダヤ人だからなんです。それだけでもう色メガネで見られますから。

そうかもしれませんね、とわたしは答えたが、彼女がどこへ話を持っていこうとしているのか見当がつかずにいた。

「先生の講演は、わたしにとって大切なものでした、個人的に大切なものだったとお伝えしたかったんです」

彼女が、自分の血筋をほのめかしつつ、何を伝えようとしているのかわたしは理解した。ポーランド人なのかユダヤ人なのか、あからさまに口にすべきことではなかった。個人の素性、帰属集団といったことがリヴィウではデリケートな問題なのだ。

「先生がラウターパクトとレムキンについて関心をお持ちだということはわかりました」と彼女は言葉をついだ。「ですが、先生が本当に調べるべきは、おじいさまのことではないのですか？　先生の心が一番求めているのは？」

第1部 レオン

1

レオンにかんする一番古いわたしの記憶は一九六〇年代のもので、彼が妻のリタ、つまりわたしの祖母とパリに住んでいたころまでさかのぼる。十九世紀の古ぼけた建物の四階にある、小さな台所と寝室二間のアパルトマンが二人のすまいだった。モブージュ通りのなかほどにあったその住居は、かび臭さと北駅に発着する列車の騒音にみちていた。

思い出のいくつかを紹介しよう。

ピンクと黒のタイルを貼ったバスルームがある。レオンはビニールカーテンのうしろの狭い場所に閉じこもり、そこで長い時間を過ごすことがあった。わたしも、それ以上に好奇心旺盛な弟も、そこに入ることは禁じられていた。だがときに、レオンとリタが買い物に出かけたあとなど、わたしたちは禁断の場所へ忍びこんだ。そんなことを繰りかえすうちに、わたしたちはだんだん図々しくなり、レオンが机代わりにしていたバスルームの隅にある木机に近づいて、そのうえにある物の品定めを始めるのだった。そこにはフランス語だけでなく、もっとふしぎな言葉で書かれた解読不明の書類もあった（レオンの筆跡はこの世のものとは思われず、ページ一面を蜘蛛が這いまわっているようだったし）。古いのやら壊れたのやら無数の時計が机のうえに散らばっていたので、おじいちゃんは時計泥棒だったのかもしれないと思いはじめていた。

ときたま、風変わりな名前と顔だちの老婦人が何人かやってきた。その筆頭がマダム・シャインマンで、茶色の毛皮が肩からぶらさがった黒衣をまとい、おしろいだらけの小顔に口紅のいたずら書き。彼女は風変わりなアクセントを帯びたひそひそ声で、もっぱら昔のことを語った。わたしはそれが何語なのかわからなかった（のちにポーランド語であることを知る）。

写真のない家、という印象も記憶のひとつだ。思いだせるのはたった一枚しかない。火が入ったためしのない暖炉のマントルピース上のベベルガラスフレームに、おごそかにおさまった白黒写真。一九三七年、レオンとリタの結婚式の写真である。写真のなかのリタの無表情は幾年《いくとせ》を経ても変わらぬ彼女の特徴だったが、そのころからわたしの記憶にきざまれたまま消えることはない。スクラップブックとかアルバム、両親や兄弟（とうの昔に死んでしまった、とわたしは聞かされていた）の写真だけでなく、家族の思い出のアイテムといったようなものも、いっさい見あたらないのだった。白黒テレビはあったし、リタが愛読していたパリマッチ誌のバックナンバーが無造作に取ってあったけれど、音楽など聞こえたためしがない。

パリにたどりつく前の過去は、レオンとリタのうえに重くのしかかっていたようだが、それはわたしの前では話すべきではない、少なくともわたしが理解できる言葉で語ってはならぬものだった。それから四〇年以上がたった今、レオンとリタに二人の子ども時代のことを一度も尋ねなかったことが悔やまれる。もっとも、好奇心が湧いたにせよ嗅ぎまわることは許されなかったろうけれど。

アパルトマンはいつも静まりかえっていた。どちらかというとレオンのほうがうちとけやすく、リタにはよそよそしいところがあった。彼女は台所にいることが多く、わたしの好物のウィーナーシュニッツェルやマッシュポテトをこしらえてくれた。パンのひときれで皿をぬぐうのがレオンの流儀で、一点の汚れもなくなった皿は洗わなくてもいいくらいだった。

秩序と尊厳を重んじ、プライドあふれる人物。レオンを一九五〇年代から知っている家族の友人は、祖父を評して自制心のかたまりだったという。「いつもスーツ姿で身だしなみが良く、自制心が強くて、出しゃばることのない人だったね」

わたしに法律の道を勧めてくれたのもレオンだ。大学を卒業した一九八三年、彼は英仏法律用語辞典をプレゼントしてくれた。見返しの遊び紙のところに、「プロフェッショナル・ライフへの門出を祝して」という彼の走りがきがあった。その一年後、彼からフィガロ紙の切り抜きを同封した手紙が送られてきた。パリで英語の話せる国際法専門の法律家を募集しているという広告だ。「モン・フィス」、こんな仕事はどうかな、と問いかけている。わたしに「わが息子」と呼びかけるのが彼の習慣だった。

それから長い年月を経た今、わたしは現代まで生きのびたレオンの暗黒の体験をようやく理解するにいたった。それをかいくぐってなお尊厳を失うことなく、ぬくもりと微笑を忘れずにいた祖父。彼は度量が大きく情熱的だったが、思いがけぬときに容赦なく癇癪を爆発させることもあった。終始一貫して社会主義者であり、レオン・ブルム首相を敬愛し、サッカーを愛していた。厳格なユダヤ人だったけれど、宗教は個人的なものであって他者に強いるものではないと考えていた。物質界には興味がなく、だれかの世話になることをきらった。彼にとって大事なのは三つだけ。家族、食事、そして住居。

わたしにはいい思い出がたくさんあるけれど、レオンとリタの家はけっして陽気な場所ではなかった。子ども心にも、すべての部屋に張りつめる、不吉な影と沈黙の重苦しさを感じることができた。

年に一度は訪れる場所だったが、一度たりとも笑い声を耳にしたことはない。フランス語で話すのがふつうだったけれど、プライベートな話題になると、祖父母はドイツ語に切りかえた。それは隠しごとと遠い過去を語るための言葉だった。レオンにはこれといった仕事がないように見えた。少なくとも早起きしてどこかに通勤しなければならないような仕事は。リタは主婦。整理整頓に明けくれ、居間のじゅうたんの縁はいつもまっすぐだった。どうやって家計をまかなっていたのか、そこのところはわからない。「戦時中レオンは時計の密輸をしていたんじゃないか、ってみんな思ってたわ」とわたしの母の従姉がいった。

祖父母にかんする情報はもう少しある。

レオンが生まれたのは遙か遠くのレンベルクという町で、少年時代にウィーンへ引っ越したという。そのころのことについて彼は、少なくともわたしには話してくれなかった。「セ・コンプリケ、セ・ル・パセ、パ・ザンポルタン」としかいわなかった。「複雑でね、過ぎたことだし、たいしたことじゃない」。しつこく訊かないほうがいいらしい、とわたしは理解した。そっとしておいてあげよう、という分別が働いた。彼の両親と兄と二人の姉について、そこには鉄壁の沈黙があった。

このほかに情報は？　レオンは一九三七年にリタとウィーンで結婚した。その翌年、ドイツがオーストリア併合、すなわちアンシュルス（Anschluss）を強制するためにウィーンに侵攻してきた数週間後、わたしの母親となる娘ルースが生まれている。一九三九年、彼はパリへ移住する。大戦のあとで生まれた二人目の子には、ジャン・ピエールというフランス風の名をつけた。

リタは一九八六年に死ぬ。わたしが二十五歳のときだ。

ジャン・ピエールはその四年後に死んだ。それは自動車事故で、彼の二人の息子も巻き添えになった。わたしの唯一の従兄弟たちだったのだが。

レオンは、わたしが一九九三年にニューヨークで挙げた結婚式に来てくれたが、その四年後九十四歳で亡くなった。彼はレンベルクのできごとを墓場まで持っていった。一九三九年一月に母親からもらったスカーフと共に。ウィーンで別れるときに形見としてもらったそうよ、と彼の見納めの瞬間、わたしの母がいった。

わたしがリヴィウからの招待状を受け取った時点で、知識としてそなわっていたのはだいたいそんなところだ。

2

リヴィウへ旅立つ数週間前、わたしはロンドン北部の陽当たりのいい居間に母といっしょにすわっていた。わたしたちの前には二つの古い鞄があった。両方ともレオンの写真、書類、新聞の切り抜き、電報、パスポート、身分証明書、手紙、ノート類がぎっしり詰まっている。ほとんどがウィーン時代のものだったが、それより古いレンベルク時代までさかのぼるものもあった。わたしはひとつひとつ入念に点検していった。孫の務めとしてという面もあったけれど、証拠の山に目がない法廷弁護士の性《さが》という面もある。ある明確な理由があって保管されていたものもあるにちがいない。この記念品の山は何か隠された情報を伝えようとしている。外国語と時代背景という暗号を通して。

特に興味を引くいくつかのアイテムを脇に寄せた。レオンの出生証明書がそのひとつだ。一九〇四年五月一〇日、レンベルクで生まれたことがわかる。住所もはっきりした。家族の情報もある。彼の父親（わたしの曾祖父）は宿泊所経営者でピンカスという名前だ。英語に置きかえればフィリップとなろう。レオンの母親（わたしの曾祖母）はアマリーといったが、通称はマルケである。彼女は一八七〇年ジュウキエフに生まれている。レンベルクの北方二十数キロ先にある町だ。彼女の父親イザック・フラッシュナーはトウモロコシ取引業者だった。

さらにいくつか、重要アイテムの仲間入りをしたものがある。

使い古されたポーランドのパスポート。古びて色あせ薄茶色になり、表紙には双頭の鷲があしらってある。それは一九二三年六月にルヴフでレオンに対して発行されたもので、彼はルヴフ市民〔つまりポーランド国民〕という位置づけになっていた。これには驚いた。わたしは彼がオーストリア国民とばかり思っていたからである。

もうひとつ別のパスポート。暗灰色のこちらには見た瞬間衝撃を受けた。一九三八年一二月、ドイツ帝国のウィーンで発行され、表紙には同じ双頭の鷲が、こちらでは金色の鍵十字のうえにとまっている。これはフレムデンパス（Fremdenpass）というもので、通行証〔あるいは外国人パスポート〕というような意味だ。これがレオンに対して発行されたのは、彼がポーランド国籍を剥奪されて無国籍者（staatenlos）になったからだ。国籍と同国々民としての権利がうばわれたのである。同じ種類のパスはレオンの書類のなかに全部で三つあった。二つ目はわたしの母が生後六か月のとき、一九三八年一二月に発行されたもの。三つ目がそれから三年後、一九四一年の秋ウィーンでわたしの祖母リタに対して発行されたもの。

重要アイテムはさらにふえた。

二つ折りの薄っぺらな黄ばんだ紙片。片面には何もないが、もう一方には筆圧の強い角張った鉛筆書きで、名前と住所が記されていた。「ミス・E・M・ティルニー、ノリッジ、アングレテール〔仏語でイギリスの意味〕」

それから三枚の小さな写真。すべて同じ男性がかしこまった姿勢で写っている。黒髪に太い眉、若干茶目っ気を感じさせる。ピンストライプのスーツ姿で、蝶ネクタイとポケットチーフがお気に入りらしい。三枚の写真それぞれの裏側には、同じ筆跡で年号が記されていた。一九四九年、一九五一年、一九五四年、というふうに。名前はない。

母は、ミス・ティルニーなど知らないし、蝶ネクタイの男がだれなのか、見当もつかないといった。

わたしはそこに四枚目の写真をくわえた。こちらは大判の同じような白黒写真である。男たちの集団が並木や大輪の白い花のあいだをねり歩く。そのうちの何人かは制服姿だ。カメラの方角を見すえている者もいれば、人目を気にするふうな者もいる。画面中心に写る背の高い男がだれなのか、すぐにわかった。軍服に身を固めたリーダーである。生地の色は緑で胴回りを締めるベルトは黒だろうと推測された。この男性がだれかは一目瞭然だったし、そのうしろにつづく男も特徴のある顔つきからしてわたしの祖父レオンであるとすぐ気がついた。写真の裏にはレオンの筆跡で、「ド・ゴール、一九四四年」と書いてある。

これらすべての資料をわたしは自宅に持ち帰った。机のうえの壁にミス・ティルニーとその住所、そして蝶ネクタイの男の一九四九年版の写真を貼った。ド・ゴール将軍には敬意を表してフォトフレームにおさめることにした。

3

わたしがリヴィウに向けてロンドンを出発したのは一〇月下旬、ジョージアが人種差別の疑いでロシアを提訴した件で、ハーグの国際司法裁判所での審理が終わったあと、仕事上のスケジュールにしばし空きができた時期だった。ハーグの件というのは、わたしの依頼人であるジョージアが、アブハジアと南オセチア〔いずれもジョージア共和国内にある〕に住むジョージア系住民が国際条約破りの不当なあつかいを受けていると提訴したものだ。フライトの前半、ロンドンからウィーンまでの空路のほとんどを、わたしは別の事件の訴訟記録の読みなおしに費やした。そちらでは、クロアチアがセルビアを相手どり「ジェノサイド」の定義を問いただしていた。その申し立ては、一九四五年以降最大級の巨大埋葬地を生みだした一九九一年ヴコヴァで起きた虐殺にかんするものだった。

旅の道連れは、わたしの母（疑い深くて心配性）と寡婦の叔母アニー。彼女の亡き夫はわたしの母の弟（冷静沈着）だった。そして一五歳になるわたしの息子（好奇心のかたまり）。ウィーンでは小ぶりの飛行機に乗りかえ、かつて鉄のカーテンによって仕切られていた不可視の境界線を越え、六五〇キロ東へ飛んだ。ブダペストの北方で、飛行機はウクライナの湯治場トゥルスカヴェットへと高度を下げる。空には雲ひとつなく、カルパチア山脈や、遠くにはルーマニアが見えた。リヴィウ周囲の風景は、スターリンとヒトラーがふるった恐怖を描いたある歴史家によって「血塗られた土地」と称されたが、大部分が森林と農地の平坦な土地で、村落と農園があばたのように点々と散在し、人家は赤や茶や白であやどられている。ジョウクヴァという小さな町の上空をかすめるころ、リヴィウが視界に入ってきた。旧ソ連の主要都市だった街路の無秩序な広がりが遠くに見え、しばらくすると町の中心部の尖塔や丸屋根が「緑のうねりの向こう側に次々に」あらわれた。それは聖ゲオルギウス教会、聖エリザベート教会、市庁舎、大聖堂、コルニャクト塔、ベルナルディーネ教会など、その後わたしにとってなじみの場所になってゆく建物の数々であり、詩人ヴィトリンにとっては忘れられぬ存在だった。そのときのわたしは来歴も何も知らぬまま、眼下にドミニコ会の教会や、ルブリン連合の丘〔一五六九年のポーランドによるリトアニア併合三〇〇周年記念築造物〕、ドイツ軍占領時代に無数の犠牲者の血を吸ったというはげ山か砂山のようなピアスコワ丘を見おろしていた。

飛行機は滑走路を走行し、背の低い建物の前で停止した。タンタンの漫画〔ベルギー人エルジェの名作〕のひとコマに紛れこんだような感じで、あたかもこの空港ができた一九二三年、スクヌィーリウ空港という命名に人々が胸躍らせたところに引きもどされたかのようだった。わが家にかかわるできごとが対称的にかさなったりもする。レオンは、リヴィウ市の帝国鉄道駅が開通した一九〇四年に生まれた。スクヌィーリウ空港ができた一九二三年に彼はこの町を去る。そして、新しい空港ターミナルが完成した二〇一〇年、レオンの子孫であるわたしたちが舞いもどってきた。古いターミナルはこの一世紀ほとんど変わらぬ大理石のホールと木製のドア、そして『オズの魔法使い』の登場人物のような緑色の制服を着た赤ら顔で横柄な守衛が、気まぐれな命令をがなりたてている。わたしたち旅行者のうねうねとしたカタツムリの列は、木製の囲いが並ぶ一角へ向かう。そのなかで待ちかまえるのは、大きすぎる緑色の帽子をかぶった不機嫌な入国管理官である。

「どうしてここに来たか?」

「講演をしに」とわたしは答えた。

彼は一瞬ぽかんとし、立て続けに三度同じ単語を繰りかえした。

「コーエン? コーエン? コーエン?」

「大学で、大学で、大学で」とわたしも負けじと繰りかえす。その甲斐あってわたしはにが笑いとスタンプと入国権を得ることができた。わたしたちは税関をすり抜け、黒光りする革コートに身を包みタバコをくゆらす黒髪の男たちをあとにして表に出た。

タクシーで旧市街の中心部へ向かう。ウィーン風の荒廃した十九世紀建築やウクライナ東方カトリック大聖堂、聖ゲオルギウス大聖堂をあとにし、かつてのガリツィア州議会議事堂のかたわらを通りすぎ、一方をオペラハウスに他方を詩人アダム・ミツキェヴィチの堂々たるモニュメントにはさまれた大通りに出る。わたしたちのホテルは中世風中心街のテアトラルナ通りにあった。この通りをポーランド人はルトウスキーゴ、ドイツ人はランゲガッセと呼んだ。名称の遷移と歴史的感覚に敏感であるために、わたしは三種類の地図を持ち歩いた。現代ウクライナ版（二〇一〇年）、古いポーランド版（一九三〇年）、もっと古いオーストリア版（一九一一年）。

最初の夕方、わたしたちはレオンの生家を探しに出かけた。一九三八年にルヴフのボレスワフ・チュルクなる人物が英訳したレオンの出生証明書から、住所はわかっていた。当時ルヴフに住んでいた人々の例にもれず、チュルク教授自身も数奇な人生をあゆんでいる。第二次世界大戦の前まで彼は大学でスラヴ文学を教えていたが、その後ポーランド第二共和国のために翻訳者として働き、ドイツ占領下のルヴフで偽造書類を作ってユダヤ人数百人を助けた。この努力が裏目に出て、戦後彼はソ連によってしばし投獄されていた。チュルク教授が出生証明を翻訳しておいてくれたおかげで、レオンが生まれたのはシェプティツキッチ通り一二番地であり、助産婦マチルダ・アギドが取りあげてくれたことが判明した。

今日シェプティツキッチ通りはシェプティツキク通りとして知られ、聖ゲオルギウス大聖堂の近くにある。そこへ着く前に、わたしたちはリナク広場をぐるりと回って十五世紀の商人の館を仰ぎ見、市庁舎とイエズス会の大聖堂（ソ連時代には閉鎖されて古文書や書物の保管場になっていた）の前を通りすぎ、聖ゲオルギウスの向かい側のたいした特徴もない広場に出た。ナチのガリツィア県知事だったオットー・フォン・ヴェヒター博士が、「武装親衛隊ガリツィア師団」の兵士を募った場所だ。

この広場からシェプティツキク通りまではほんの少し。有名なウクライナ東方カトリック教会の首都大司教アンドレイ・シェプティツキにちなんでつけられた名前だ。彼は一九四二年一一月に『汝殺

リヴィウ、シェプティツキク通り12番地、2012年10月

すなかれ』という司教親書を著わしている。一二番地は十九世紀末の二階建ての建物だった。二階には五つの窓があり、隣の建物の壁にはスプレーでダビデの星が大きく描かれていた。

市の公文書館から、この建物の建築計画書とそれに先立つ許可証を得ることができた。そこからわかったのは、建てられたのが一八七八年だったこと、六つのフラットと四つの共同洗面所があり、一階には宿泊所があったこと（おそらくレオンの父親ピンカス・ブフホルツが経営していたもの。ただし、一九一三年の市民名簿には数軒先一八番地のレストランの所有者という記載もあり）。

わたしたちはその建物に足を踏み入れた。二階のドアをノックすると高齢の男性が応えてくれた。彼の名はイェフゲン・ティムチシン。ドイツ占領下の一九四三年にここで生まれたという。ユダヤ人は全員いなくなってこのアパートは空っぽになったんだ、という。はにかみがちだけれど愛想のいい細君が、改装して大きくしたシングルルームを得意げに見せてくれた。そこがこの夫婦のマイホームなのだった。紅茶を飲み、壁にかかった絵をながめ、現在のウクライナが抱える困難について語りあった。部屋の背後にある手狭な台所の裏手に小さなバルコニーがあり、わたしはイェフゲンといっしょにそこに立った。彼の頭には古びた軍帽がのっている。わたしもイェフゲンも微笑みを浮かべていた。太陽はまだ沈んでいない。聖ゲオルギウス大聖堂が眼前にそびえ立っている。レオンが生まれた一九〇四年の五月も、こんなふうだったのだ。

4

レオンが生まれたのはその家だったが、一家のルーツはそこからそう遠くないジョウクヴァにある。一八七〇年に彼の母親マルケが生まれたころにはジュウキエフと呼ばれていた町だ。わたしたちのガイド、アレックス・デュナイは、褐色の低い丘とまばらな森、その昔チーズやソーセージやパンで有名だった村や町がつづく、霧がたちこめる静かな田舎の風景のなかを運転していった。一世紀前にはレオンもこれと同じ道をたどって親類に会いに行ったのだろう。馬か荷馬車にゆられて。ひょっとするとできたばかりの駅から汽車に乗ったのかもしれない。わたしはトーマスクック社の古い時刻表を探し、レンベルクからジュウキエフにいたる路線を見つけた。その線路はさらにベウゼックという駅へつづく。大量殺戮のためにガスを使用した最初の常設絶滅収容所が建設されることになる場所だ。

レオンが子どものころに撮られた家族の写真を、わたしは一枚だけ見つけた。背景が絵になっている写真館で撮影されたものだ。レオンは九歳くらいだろう。両親にはさまれた位置で、兄と二人の姉の前にすわっている。

皆、表情はかたい。特に黒いあごひげの宿泊所経営者ピンカスは敬虔なユダヤ教徒独特の衣服をまとい、カメラをいぶかしげに見つめている。マルケはこわばった表情で堅苦しい。髪をきちんとセットした豊満な胸の女性で、レースの縁取りのあるドレスに重たそうなネックレスをしている。膝のうえに開いた本が乗っているが、知的世界に無縁ではないサインだろう。長子のエミールは一八九三年生まれ。立て襟の軍服に身を固め、このまま戦場へ、死へおもむかんとしている。むろん、彼はそんな運命をまだ知らぬ。彼の隣に立っているのが四歳年下のグスタ。エレガントで兄より二センチばかり背が高い。彼の前に立っているのが下の妹ラウラ。一八九九年生まれ。椅子のひじ掛けを握っている。わたしの祖父のレオンは真ん前にいる。セーラー服を着た小さな少年で、両目を見開き両耳が突きでている。カメラのシャッターがおりたときに微笑んでいたのは彼ひとり。ほかの五人がどんな表情をしていたか、彼にはわからない。

ワルシャワの公文書館で、四人の子どもたちの出生証明を見つけた。全員、レンベルクのあの家で生まれていた。全員が助産婦マチルダ・アギドの助けを得てこの世に生まれ出た。エミールの出生証明は父親ピンカスによって署名され、それによるとピンカスは、レンベルクの北西にある小さな町チェシャヌフで一八六二年に生まれている。ワルシャワ公文書館は、ピンカスとマルケの婚姻証明も見つけだしてくれた。一九〇〇年、レンベルクで民事婚が執りおこなわれている。レオンだけが嫡出子だったことになる。

公文書館の資料を検討すると、ジュウキエフが一家の拠点になるようだ。マルケと彼女の両親はそこで生まれている。彼女は五人の子どもの総領でただ一人の女の子だった。そこからわたしはレオンの四人の叔父を知った。ヨゼル（一八七二年生）、ライブス（一八七五年生）、ナタン（一八七七年生）、アーロン（一八七九年生）。全員結婚していて子どもがいたから、ジュウキエフにいたレオンの親戚というのは規模が大きかった。マルケの伯父のメイヤーも子だくさんだったから、レオンには数多くの又従兄弟や又々従兄弟がいたことになる。控えめに見積もっても、ジュウキエフにいたレオンの親戚（フラッシュナー一族）は七十人を超えるのではないだろうか――それは同町の人口の一パーセントに相当する。こうした親戚について、レオンはわたしにまったく話さなかった。彼と言葉をかわすことができた歳月の最初から最後まで。彼はこの世をたったひとりで生きてきたような顔をしていた。

ジュウキエフはハプスブルグ家の下で商業、文化、学業の中心地として栄え、その重要性はマルケが育ったころもまだ衰えていなかった。五世紀前、ポーランドの高名な武将スタニスワフ・ジュウキエフスキによって興された町で、すばらしいイタリア式庭園と十六世紀建立の城が中心にあり、両者は枯朽の体ながら往事のたたずまいをしのばせる。祈りの場所が無数にあり、この町がさまざまな民族の集合体であったことを物語っている。ドミニコ会とローマカトリックの聖堂、ウクライナ東方カトリック教会、そして町の中心には十七世紀のシナゴーグ。そこは、ポーランドにおいてイディッシュ語の書物が印刷された唯一の場所としてジュウキエフの名を高めることになった場所でもある。一六七四年には、ヤン三世ソビエスキ王がここの城を王宮に定める。ヤン三世は一六八三年のウィーンの戦いでトルコ軍に勝利し、三世紀にわたったオスマン帝国とハプスブルグ神聖ローマ帝国の確執に終止符を打ったポーランド国王である。

レオンが母方の親戚を訪れたころ、ジュウキエフの人口は六千人程度でポーランド人、ユダヤ人、ウクライナ人が共生していた。わたしはアレックス・デュナイから、一八五四年製の精密な手描き地図のコピーをもらった。緑色とクリーム色と赤で塗り分けられ、通りの名前と番地が黒々と刻みこまれたその地図は、なにやらエゴン・シーレの作品『芸術家の妻』を連想させるところがある。細部の

ブフホルツ家、1913年頃のレンベルクにて
(左から、ピンカス、グスタ、エミール、ラウラ、マルケ。一番前にいるのがレオン)

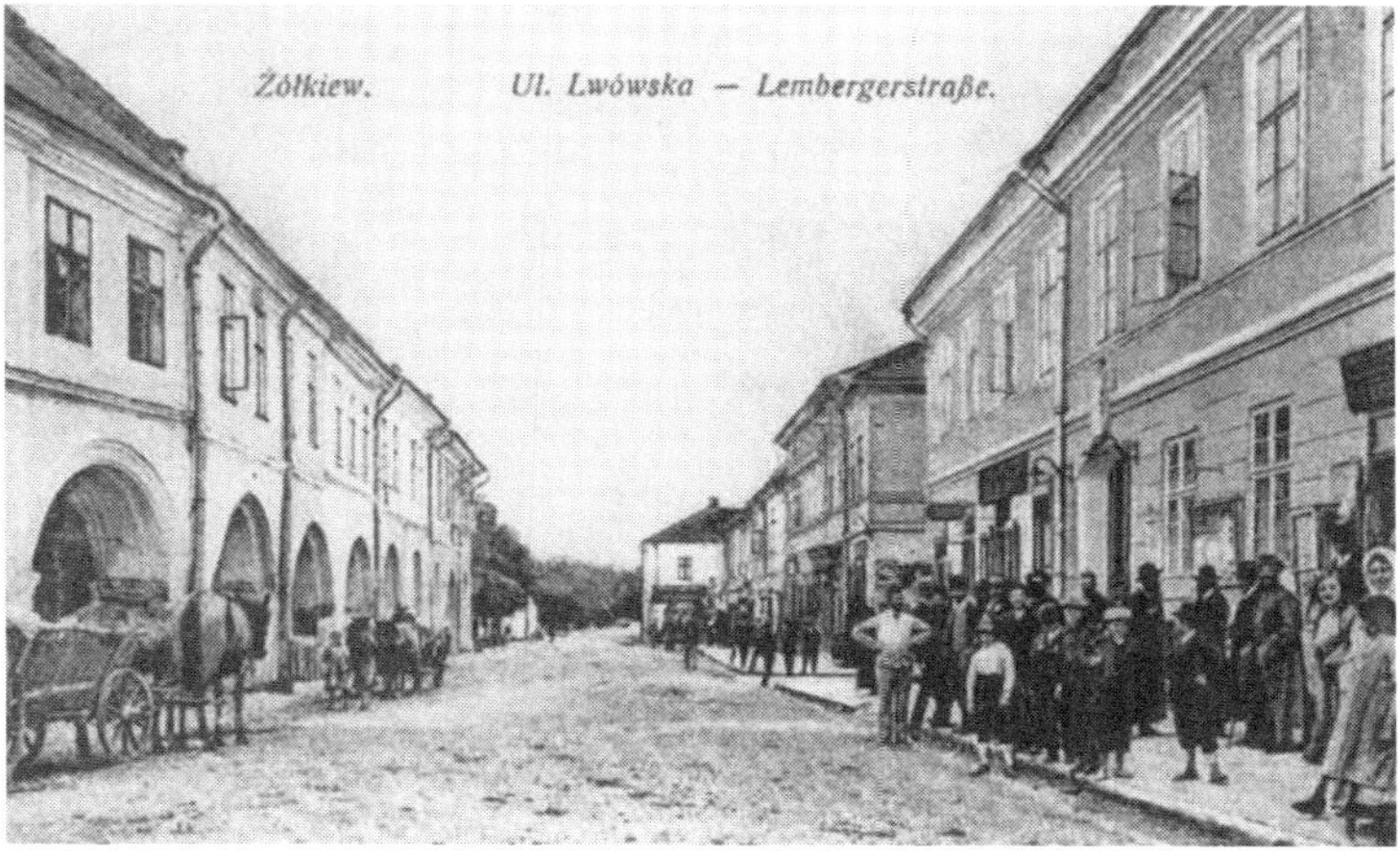

ジュウキエフ、レンバーガー通り、1890年

こだわりは圧倒的だ。庭や樹木がすべて描かれ、すべての建物に番号が打ってある。地図の中央にある王宮の第一番から場末の名もなき第八一〇番まで。

ヨーゼフ・ロートはこのような町のレイアウトについて書いている。この地方に典型的な構造であり「だだっ広い平野の真ん中に、丘や森や川に邪魔されることなく」何の変哲もない「小屋」が何棟か建てられ、そのあと通常は「北から南へ抜けるのと、東から西へ抜ける」二本の主要道路に沿って家が何件か建ちはじめる。道路が交わる場所に市場が立ち、鉄道の駅が必ずといっていいくらい「南北に走る通りの一番端に」持ってこられる。この描写はジュウキエフにぴったりあてはまる。わたしは一八七九年に作成された土地台帳から、マルケの家族がジュウキエフ市第七六二区の四〇番の家に住んでいたことを知った。木造家屋で、彼女が生まれたのもそこだった可能性が高い。地図上の位置としては、東西に走る道路の西の端にあたる。

レオンが母方の親戚を訪ねてきていたころ、この通りはレンベルク通りといった。わたしたちは東側、一八五四年に入念に作られた地図によればハイリゲ・ドレイファルティクカイト（聖三位一体）教会という名前の大きな木造教会の前から、その通りに入った。右手にドミニコ会の修道院を見ながら進み、中央広場という位置づけのリンクプラッツに入る。聖ロレンス大聖堂に近づくと、城が視界に入ってきた。大聖堂にはスタニスワフ・ジュウキエフスキとソビエスキ家の何人かが埋葬されている。その少し向こうに聖バシリウス教会修道院が見える。往時には神々しい修道の場所だったにちがいない。肌寒い秋の朝、広場も町も色あせ、物悲しく見えた。かつての小文明圏は、はかなくも穴ぼこだらけで放し飼いのニワトリがうろつく場所になってしまっていた。

5

一九一三年一月、レオンの一番うえの姉グスタが、蒸留酒販売業者マックス・グルーバーと結婚するため、レンベルクを離れてウィーンへ旅立つ。バルカン情勢が不穏な時期、ピンカスもウィーンへ出向き、結婚式に参列して婚姻証明書にサインをしている。セルビアはブルガリアとモンテネグロと同盟を組み、ロシアの後援を受けてオスマン帝国と戦いの最中だった。同年五月、平和条約がロンドンで締結され、新たな国境が制定される。が、わずか一か月後、ブルガリアは以前の同盟国セルビアとギリシアに牙をむいて第二次バルカン戦争の引き金を引き、これが八月までつづく。バルカン地域にいっそう大きな規模の変動を招く前触れだった。ブルガリアを負かしたセルビアがマケドニアに新領地を得たことを、向かうところ敵なしのオーストリア＝ハンガリー帝国が脅威と感じたのである。

ウィーンはロシアと汎スラヴ主義者らを牽制するため、セルビアに対する先制攻撃を考えはじめる。一九一四年六月二八日、ガヴリロ・プリンツィプがサラエボでフランツ・フェルディナント大公を暗殺。ひと月とたたぬうちにウィーンはセルビアを攻撃、これがドイツによるベルギー、フランス、ルクセンブルク侵攻を誘発する。ロシアはセルビア側について参戦し、ウィーンを相手どりオーストリア＝ハンガリー帝国陸軍に戦いをいどみ、七月末までにはガリツィア地方に侵攻していた。一九一四年九月にはニューヨークタイムズ紙が、一五〇万人以上を巻きこんだ「前代未聞の大戦闘」のあと、レンベルクとジュウキエフがロシア軍によって占領されたことを報じている。同紙は「これまでの何千倍もの空前絶後の人命破壊、その酸鼻は過去の大量殺戮の歴史を凌駕する」と記した。戦死者のなかに、レオンの兄エミールがいた。二十歳の誕生日を迎える前に戦場に倒れた。「一人の死がいかほどのものか」とシュテファン・ツヴァイクは問う。「人類史上かつてない空前絶後、千万無量の犯罪行為の前で?」

ピンカス・ブフホルツは絶望の奈落に落ち、数週間後、失意のうちに死ぬ。一年前、息子エミールのアメリカ移住を阻止した罪悪感に耐えきれなかったのだ。あらゆる手段を尽くしたものの、ピンカスとエミールの死にかんする情報はそれ以上得ることができなかった。ウィーンの公文書館で、ピンカスが一九一四年一二月一六日にレンベルクで死んだことは確認できたが、墓のありかもわからずじまいだ。エミールの戦没地もわからない。ウィーンのクリークスアルヒーフ(戦史資料館)がくれた説明は簡潔だった。「個人資料入手不可」。帝国は、崩壊と共に歴史的資料をも散逸させてしまったのだ。オーストリア=ハンガリー帝国が崩壊したあと、一九一九年のサン・ジェルマン条約では、ガリツィア地方にかかわるすべての資料は帝国崩壊後の承継国に留めおくものと定められた。だが、そのほとんどが失われてしまった。

わずか三か月という短期間に、レオンは父と兄を失った。第一次世界大戦のあおりを受け、一家は西へ逃げざるを得なくなり、レオンは母と姉のラウラと共にウィーンへ発つ。

6

ウィーンに着いたあと、三人はグスタと彼女の夫マックス・グルーバーの家に身を寄せた。一九一四年九月、レオンはウィーンの第二〇区ゲルハルトゥス通りにある小学校に入学する。成績表には、彼がユダヤ人であることと、適度の学力をそなえていることが記されている。同じ月には、グスタとマックスのあいだに第一子テレーゼが生まれている。彼女はレオンにとって姪であり、デイジーとい

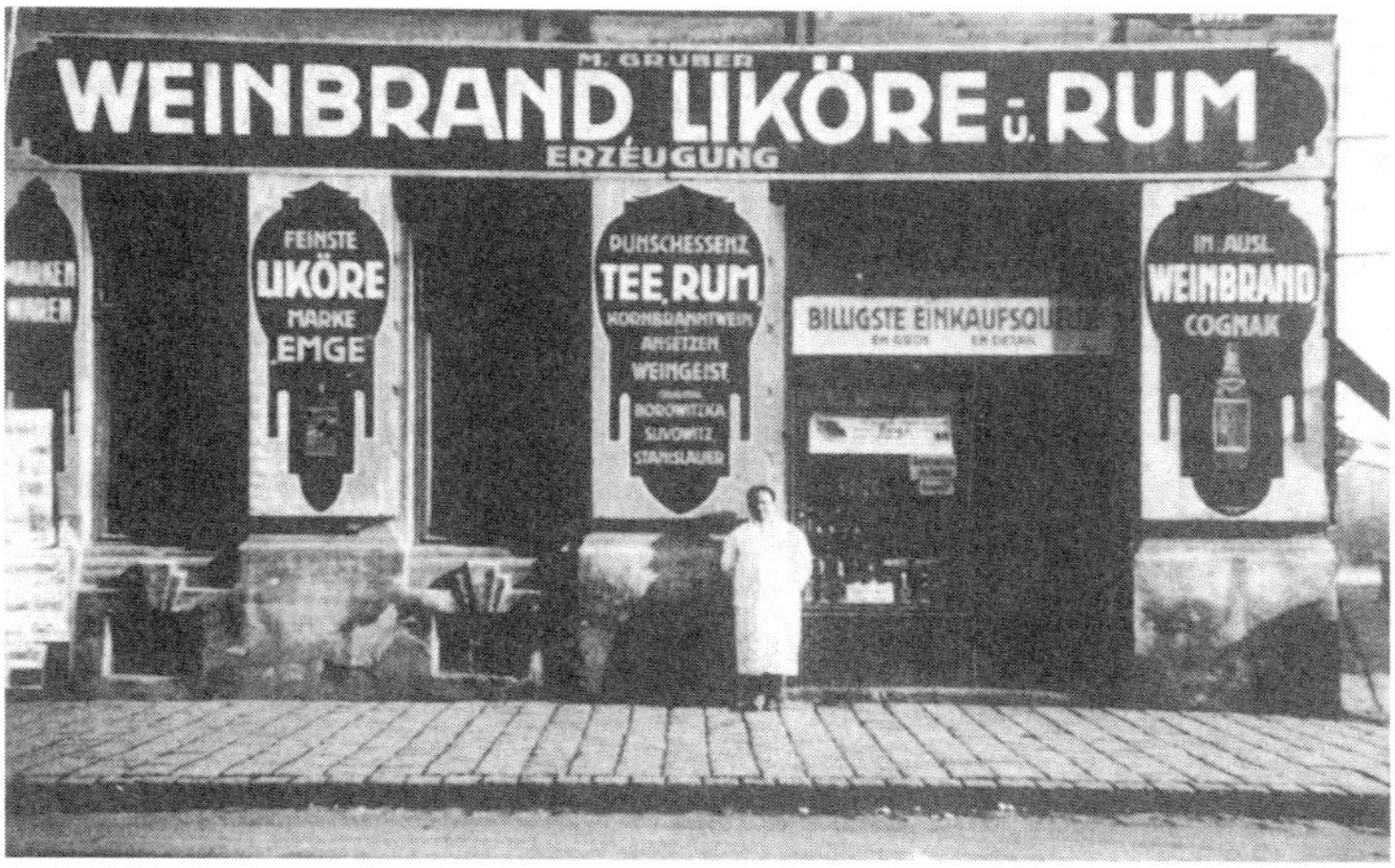

自分が経営する酒屋の前に立つマックス・グルーバー。
1937年頃のウィーン、クロスターノイバーガー通り69番地

う愛称で呼ばれることになる。レオンはクロスターノイバーガー通り六九番地のグルーバー家の居候になった。その後マックスとグスタが抵当に入れて購入することになる大きな建物の二階のアパートで、学校にも近かった。

レオンの家族は、ガリツィアからウィーンへ移住した数万家族のひとつだった。彼らは「オストユーデン」、すなわち東方ユダヤ人と呼ばれた。戦争のせいで、新しい住処を求めた大量のユダヤ人移民がウィーンへ流れこんできた。ヨーゼフ・ロートは「彼ら全員が到着する」北駅の情景を書いている。見あげるような天井を持つ駅構内には「故郷の匂い」が充満していたと。ウィーンに着いたばかりの住民たちは、ユダヤ人居住区であるレオポルドシュタットやブリギッテナウをめざした。

一九一六年、十二歳になったレオンは、近くのフランツ・ヨーゼフ・レアルシューレ〔実業学校〕へ進学する。彼は、一二月一九日に発行された「シューレラウスヴァイスカルテ」、すなわち学生

証を後生大事に失わずにいた。「フランツ・ヨーゼフ」という個所が、かすれたインクの線引きで消されている。学生証発行の数週間前にフランツ・ヨーゼフ皇帝が崩御したことを示しているのだ。添付された写真のレオンは痩身で、喉元まで襟の詰まった暗色の上着のボタンをきちんとはめている。飛びでた耳はそのままに、彼は両腕を組んで難敵何するものぞといわんばかりの表情だ。

数学と物理学に特化したそのレアルシューレは、自宅に近いカラヤン通り一四番地にあった。今ではブリギッテナウア・ギムナジウムと名前を変えている。同校訪問に連れていったわたしの娘が、入り口近くの壁の小さな銘板に気づいた。一九三八年にそこの地下室がゲシュタポの監獄として使われていたという説明書きである。第二次大戦後オーストリアの首相になったブルーノ・クライスキーが投獄されていた場所だ。現在の校長、マーガレット・ヴィテクが一九一七年と一九一九年の学生登録簿を探しだしてくれた。それによると、レオンは芸術よりも科学にすぐれ、満足なレベルのドイツ語を話すことができ、フランス語は「良」とされている。

第一次世界大戦終了後、マルケはルヴフへ帰り、シェプティツキッチ通り一八番地へ落ちつく。以前のすまいではなく、ピンカスがレストランを経営していたほうの建物である。レオンのことはグスタに任せてウィーンへ置いてきた。その後まもなく、グスタはもう二人レオンの姪を産む。一九二〇年にヘルタ、次いで一九二三年にエディットが生まれた。その後数年間、レオンは若すぎる叔父として三人の姪たちと同居していたわけだが、彼女たちについて語ったことはない。少なくとも、わたしには。そうこうするうちに彼の二番目の姉ラウラが、機械運転技師のベルナール・ローゼンブルムと結婚する。マルケも結婚式に間に合うよう、ルヴフからウィーンへやってきた。

レオンの家族情報はレンベルク時代のもの、ジュウキエフ関連のもの、ウィーン時代のものと、それらのあいだが隙間だらけだったが、それも徐々に埋められた。家族に残された書類や公文書館資料の助けを得て、人々の名前、年齢、関連する土地名、そして職業にいたるまで知ることができた。細部が見えてくるにつれ、この家族はわたしが思っていたよりも大規模な一族だったということがわかってきた。

7

一九二三年、レオンは電気関連と工業技術関連の勉強をすると同時に、マックスおじさん〔実際には義理の兄〕が経営する酒屋の手伝いをし、父親と同じ学びの足跡をたどろうとした。彼のアルバムのなかには多くの写真があったが、彼の恩師らしき男性の写真もある。頬ひげをたくわえて品格を感じさせるその男は、どこかの庭で小さな木製机の前に立っている。机のうえには蒸留装置、バーナー、瓶、試験管などがある。教師は、エタノールをふくむ発酵した穀類を材料にして、実験を始めようとしているらしい。発酵液を蒸留・精製して蒸留酒を作る。分離プロセスから生まれる酒だ。

まじりけのないものを追求する精製という行為。それは当時のウィーンの生活からは最も縁遠いものだった。インフレは制御できず社会的緊張が高まる経済的困難のさなか、東方からは次々に大量の難民が押し寄せてくる。諸状況が、反ユダヤ主義の潮流に乗ってナショナリストと反移民の気分を相乗させる方向へ作用するなか、さまざまな政治団体が有効な政府を樹立しようと悪戦苦闘していた。オーストリアでは一九一八年に国家社会主義ドイツ労働者党が結成されていたが、これがドイツの兄弟組織〔ドイツ労働者党〕と合併する。その党首はアドルフ・ヒトラーという名の、カリスマ性をそなえたオーストリア人だった。

一九二三年の夏、姉のラウラとベルナール・ローゼンブルムの結婚式の二週間後、レオンはパスポート取得のためにいったんルヴフへもどる。ウィーンで十年過ごしてもオーストリアのパスポートを取得できないことに気がついたのだ。ヴェルサイユ条約締結と同じ日に結ばれたがあまり注目を集めぬポーランド・マイノリティ保護条約（the Polish Minorities Treaty）なるもののせいで、レオンはポーランド人にされてしまっていた。

　この条約はポーランドに対し、マイノリティを保護する義務を課すものだった。近代的人権協定のモデルとなる先駆的条約で、その第四条が定めるように、一九一九年の署名日以前にルヴフで生まれた者はだれもがポーランド国民と見なされた。何かに記入したり、申請用紙を提出したりする必要はない。条約は「事実上いかなる手続きも要さず」といい、レオンと同様、ルヴフやジュウキエフの何百何千というユダヤ系市民が、ポーランド国民になったのである。驚きでもあれば厄介でもあった、この気まぐれな法律の適用は、後日彼とわたしの母の命を救うことになる。わたしが今ここに存在しているのも、ある意味でこのマイノリティ保護条約第四条があったればこそ、といえる。

　オーストリア国内だったレンベルクをレオンが去ったのは、第一次世界大戦前夜、ポーランド人とウクライナ人とユダヤ人のあいだでの殺しあいの泥沼が口をあける前だった。彼がパスポート取得の

ポーランドのパスポートに添付された
レオンの肖像写真。1923年

ために舞いもどってきたとき、町はポーランドの大都市として繁栄し、金属的なきしりをあげて走り抜ける市電の音や「ケーキ屋、果物屋、植民地物産店、エドワード・リードル社やユリウス・マインル社のティーショップやコーヒーショップの香り」が町にあふれていた。ソ連とリトアニアを相手にした戦争が終わったあと、町は比較的安定した時期に入っていたのである。一九二三年六月二三日、レオンはルヴフの警察署長から、新しいポーランド国パスポートを発行してもらった。肖像写真のレオンは眼鏡をかけ濃い髪の色をしているが、所持人特徴の欄には金髪碧眼の青年とある。身だしなみのいい彼は落ちついた色の上着に白シャツ、そして太めの横ストライプをあしらった意外とモダンなネクタイをしめている。十九歳になっていたが、職業欄には「エコリエ（生徒）」〔学生に達しない中学生程度の響き〕とある。

夏のあいだ彼はそのままルヴフに残り、友だちや家族と共に過ごした。母親はまだシェプティッキッチ通りに住んでいた。ジュウキエフにも足を伸ばし、ライブス叔父や、大シナゴーグの北側のピウスツキ通りに建つ木造家屋（一世紀後、建物は消え通りは泥だらけの道になっていた）に住む親族のもとを訪れたのだろう。彼はまた、町の東のすばらしいオークやカバノキの森を抜けて、周囲の丘へ登ったりもしただろう。なだらかな丘と丘のあいだの平地に広がり、ルヴフへつづく主要道路沿いにあるその森は「ボレク」という名前で知られ、ジュウキエフの子どもたちがよく遊びにゆく場所だった。

八月、レオンは、大学近くのブライェロウスカ通り一四番地の二階にあったオーストリア領事館を訪れる。借家人に落ちぶれたオーストリア帝国はこの最後の牙城で、レオンのパスポートにスタンプを押してくれた。オーストリア行き片道許可証である。法学部の近くにあったチェコスロヴァキア領事館は通過ビザをくれた。騒々しい町のどこかの通りで、レオンはある二人の青年とすれちがっていたかもしれない。ニュルンベルク裁判で重要な役割を果たすことになる職業の、そのときはまだ駆けだし段階にあった二人だが。その一人、ハーシュ・ラウターパクトはウィーンで勉学をつづけるべく一九一九年にこの町を去っていたが、実家を訪れるため、あるいはルヴフ大学の国際法講座に職を求めるためにもどっていたとしてもおかしくない。二人目のラファエル・レムキンはルヴフ大学法学部の学生で、マルケの家の近く、聖ゲオルギウス大聖堂から至近距離のところに住んでいた。ときはまさに、ルヴフの町とガリツィア地方が惨劇にさらされたあと、大規模な残虐行為の阻止のために、法はどのような役割を果たすべきか検討されはじめるという、法理論の形成期にあった。

レオンは八月下旬にルヴフを去った。列車に十時間ゆられてクラクフに着く。そこからプラハへ向かい、チェコスロヴァキアの南の国境ブルジェツラフにいたる。一九二三年八月二五日の朝、彼の乗った列車はウィーンの北西駅に到着した。グスタの家があるクロスターノイバーガー通りはすぐ近くだったので、レオンは徒歩で帰宅する。それ以降、レオンがルヴフやジュウキエフにもどることはなかった。またわたしが知るかぎり、残してきた親戚と二度と会うことはなかった。

8

それから五年が経過してレオンは蒸留所製造業者となり、ウィーンの第二〇区ラウシャー通り一五番地に自分の店をかまえた。その時期の写真を一枚だけ、彼は取っておいた。一九二八年三月という、再燃した不況とハイパーインフレの時期に写されている。ウィーン酒類販売業者組合の年次総会のときの写真で、義兄のマックス・グルーバーと共に写っていた。軌道に乗った彼は、年配の男たちに囲まれ、二十七個の電球がついた青銅製燭台の下、ウッドパネル張りの室内でテーブルに着席している。男性ばかりの集まりだが、そのなかでも最年少、二十四歳の好青年である。口もとにはかすかな笑みがうかがえる。不安な時代だったはずだが、どこ吹く風といった表情だ。レオンは組合会員になった日、一九二六年四月二七日に発行された会員費領収書を保存していた。八シリングを払って、彼はアルコール業界へ仲間入りをしている。

その八十年後、わたしは娘を連れてラウシャー通り一五番地を訪れてみた。建物はクラブに変貌をとげる工事中で、わたしたちは改装中の室内を窓から覗き見た。入り口には新しいオーク製のドアが取りつけられるところだった。レッドツェッペリンの曲、『天国への階段』から引用された詩句が彫りこんである。「西の方角を見るたびに、心をゆさぶるある感情」と歌う。「旅立ちを、とわたしの魂は叫ぶ」

レオンとマックス・クプファマン。1929年、ウィーン

政治情勢と経済状況の不安定がますなか、さらにもう数年、レオンはラウシャー通り一五番地に留まった。彼のアルバムには、社会に溶けこんで幸福そうな屈託のない時期に生きているように見えるイメージがいくつかある。伯父や叔母や従兄弟たちの写真、無名の親戚たちの写真、友人とのハイキング休暇の写真。特別に親しかった友人マックス・クプファマンと撮った写真も多い。こざっぱりした二人の青年の写真や笑いかわす二人の写真。スーツにネクタ

イ姿の写真も少なくない。オーストリアの丘陵地や湖で過ごした夏の記念写真。

二人はウィーンの北、町からさほど遠くないレオポルツベルクへハイキングに出かけている。丘のうえのレオポルド教会からは、眼下にウィーン全体のすばらしいながめが見渡せる。わたしもその眺望を自分の目でたしかめようと、二人の足跡を追って丘を登ったが、結構きついハイキングになった。二人はさらに北へ足を伸ばし、ドナウ川沿いのクロスターノイブルクというアウグスティヌス会の修道院がある小さな町を訪れたり、西へ向かってプレスバウムの村を訪ねることもあった。そんな折に撮った写真は、違和感のない現代的なイメージで、水着姿の若い男女が腕をからませ、肌を寄せあい、気ままな振る舞いを見せている。

もっと遠い場所、トリエステの北、オッシアッハ湖沿岸のボーデンスドルフへ出かけたときの家族旅行の写真もある。二人がスポーツに興じるまれな姿もある。オスターライシッシェ・スピリッツオーゼンツァイトゥング紙が報じたサッカーの試合に出場したアマチュアチーム、ウィスキーボーイズ・フットボールクラブのメンバーとしてマックスとレオンが登場している。マックスのほうがすぐれたプレーヤーのようだ。

こうした写真は、出自来歴のしがらみから解放されたレオンが秩序ある日常を送る姿をかいま見せてくれる。「ウィーンにやってきた新参の東方ユダヤ人ほど辛酸をなめた連中はいなかった」とヨーゼフ・ロートは二大戦間の時期について書いたが、レオンはというと、「第一区で堅実な仕事を得た」ユダヤ人たち、すなわち「生粋のウィーン市民然とした」ユダヤ人たちに混じって人生を築いていた。見たところ順風満帆のレオンは、みずからの立ち位置を中流ホワイトカラーと東方ユダヤ人の中間あたりに見いだし、政治活動に積極的に参加し、社会主義系統の新聞ノイエ・フライエ・プレッセ紙（新自由新聞）を熱心に読み、政治プログラムの中心にアイデンティティ、反ユダヤ主義、人種浄化を掲げるキリスト教社会主義やドイツ国家主義とは明確に一線を画す進歩的な社会民主主義を支持していた。

9

一九三三年一月末、大統領パウル・フォン・ヒンデンブルクはアドルフ・ヒトラーをドイツの首相に任命する。今やレオンは、レオポルトシュタット〔第二区の呼称〕の中心、タボール通り七二番地にある以前よりも大きな店の所有者となっていた。アルコールビジネスは商売繁盛だったが、彼は隣国ドイツのできごとをおびえた目で追っていたにちがいない。国会議事堂が焼き討ちにあい、ドイツ連邦議会総選挙でナチスが最大得票率を勝ちとり、オーストリアのナチスもさらなる支援を得た。レオポルトシュタットでおこなわれるデモは頻度をまし、ますます暴力的になってゆく。

四か月後の一九三三年五月一三日、ドイツ新政府の代表が最初のオーストリア訪問をする。ドイツ政府専用の三発機が、レオンの店から遠くないアスペルン空港に着陸。ナチスの官僚七名が乗っていた。そのリーダーはバイエルン州司法大臣に任命されたばかりのハンス・フランク博士で、彼は以前ヒトラーの顧問弁護士を務めていた腹心の友である。

フランクの到着に呼応するように数々のデモが企画され、大挙して押しかけた支援者の多くが、ナチス支援の印である膝下までの白いソックスを履いていた。オーストリア首相エンゲルベルト・ドルフースはただちにオーストリア・ナチ党を非合法化したほか、さまざまな処置を講じる。だが、ドルフースはフランク訪墺から一年とたたぬうち、一九三四年七月、地元の弁護士オットー・フォン・ヴェヒターが率いるオーストリア・ナチスの一味によって暗殺されてしまう。オットー・フォン・

ハンス・フランク（車のなかで立っている人物）がウィーンに到着する。1933年5月

ヴェヒターとは、後日レンベルクで知事になり武装親衛隊ガリツィア師団を創設する人物である。

暗雲垂れこめるこの時期にレオンが何をしていたか、手がかりはほとんどない。独身だったという事実以外には、彼が残した書類から家族にかんする不完全な断片が出てくることはあったけれど、手紙とかそのほかの情報、政治的であれ何であれ彼の活動を窺い知ることのできるものは見つからなかった。あとになってから順不同でアルバムにくわえられたらしい写真はある。そのうちの何枚かの裏面に、レオンは撮影場所と日時を書いていた。わたしはそれらの写真をできるかぎり時の流れに沿って並べてみた。一番古いのは一九二四年という日付のあるマックス・クプファマンの写真。たいがい一九三〇年代に写されたもので、一九三八年以降になると潮が引くようになくなってしまう。

いくつかの写真は仕事関係のものだ。夜会服着用、淑女同伴の集まりは一九三〇年一二月に撮影され、裏面に参加者の名前が書いてある。レア・

ソチ、マックス・クプファマン、ベルトル・フィンク、ヒルダ・アイヒナー、グレーテ・ツェントナー、メッツル、ロース。クロスターノイバーガー通りにある義兄マックス・グルーバーの酒屋の表で撮ったレオンの写真もある。ほかには家族や親戚の写真。彼の従妹ヘルタとエディット・グルーバーを登校前に父親の店先で撮った写真。エレガントな黒いジャケットを着た姉のグスタをウィーンの通りで撮った写真。休暇先のボーデンスドルフから従妹のデイジーがよこした「親愛なる叔父さま……」というメッセージ。三枚のマルケの写真がある。どれも黒づくめでひたいにしわを寄せた寡婦の姿。路傍のマルケ、アパートのなかのマルケ、レオポルツベルクの丘を息子と歩くマルケ。レオンが母親といっしょに写っている唯一の写真がそれだ。小ぶりの木々を背景に一九三八年に撮った写真。

レオンとマルケ。1938年、ウィーン

友人たちとレオンの写真もある。多くは一九三〇年代にクロスターノイブルクで撮ったものだ。水着姿の男女がさんざめき、身体に触れあい、ポーズを取っている。レオンは名前のわからない女性といっしょだが、二人の関係を解く鍵はない。

マックス。一九二四年から一九三八年まで毎年連続欠かすことなく少なくとも一枚、この親友の写真が出てくる。道連れのようなものだ。レオンとマックス、ウィーン北部ドナウ河岸クリーツェンドルフにて。レオンとマックスと若い女性、足もとに革製のサッカーボールを置いて。レオンとマックス、ヴァッハウ渓谷ハイキング中。レオンとマックス、黒光りする自動車の前で。レオンとマックス、サッカーボールを相手にふざける。立っているマックス。肖像写真のマックス。笑うマックス、微笑みのマックス。

レオンがいつもエレガントで身だしなみの良いことに、わたしは注目していた。こぎれいで気品がある。かんかん帽をかぶってウィーンを闊歩するレオン。スーツ姿で駅頭に、あるいは市場に現われる。彼はいつも笑みを浮かべて幸せそうだ。わたしの記憶のなかの祖父レオンとは違って、はるかに幸せそうに見える。わたしがニューヨークで結婚式を挙げたとき、九〇歳になった彼がひとり物思いにふけっているのを見たことを思いだす。まるで、うつろう一世紀を回想しているかのような。

そうした時期、いわばレオン独身の日々を閉じる最後の写真には、路上にたたずむ魅力的な二人の女性が写っていた。が、毛皮をまとう二人の背後には嵐雲が大きくせまっていた。

10

一九三七年になると暗雲がどす黒さをます。ヒトラーはマイノリティを保護するさまざまな協定を悪しざまに罵り、国際法の軛《くびき》からドイツを解放し、マイノリティを自由勝手に処分できるようにした。にもかかわらず、ウィーンでは暮らしも恋も平常通り。ヨーロッパが戦争へところげ落ちてゆくその瞬間、レオンは結婚を決意する。

花嫁はレギーナ・ランデス、結婚式は一九三七年五月二三日、ウィーンで一番大きなユダヤ教寺院であるテンペル通りのムーア式建築シナゴーグ、レオポルツシュタット教会で執り行われた。愛称リタ、すなわちレギーナ・ランデスというわたしの祖母はどこからともなく現われた。白いウェディングドレス姿、それが写真が伝える最初のイメージだ。

この写真に、わたしは大変なじみがある。流れるようなドレスに包まれて花束を手にした彼女、黒い蝶ネクタイをしめた正装の彼。幸福の日なのに、二人の表情に笑みはない。この写真というのがパリの彼らのアパルトマンに飾ってあった唯一の写真で、子どものころわたしはそれをよくながめていた。

花嫁は二十七歳、オーストリア人でウィーンっ子。母親のローザ・ランデスは夫に先立たれ、第一六区ハビヒャー通りに娘といっしょに住んでいた。結婚の立会人はレオンの義兄マックスと、リタの兄で歯医者のウィルヘルム。マルケは夫同伴のグスタとラウラと共に出席し、レオンの四人の姪もついてきた。リタは、母親と三人の兄弟によって引き渡された。リタの兄弟とは、ウィルヘルム（妻アントニアと息子のエミール）、ベルンハルト（妻シュザンヌ）、そしてユリウス。これが、レオンのウィーンにおける新しい家族である。

レオンとリタの結婚式。1937年5月

ルヴフとジュウキエフの親戚はウィーンへ出てこれなかったが、電報をくれた。わたしはそのうち二通を見つけることができた。「ご多幸を祈ります」とジュウキエフの叔父ライブスから。もう一通はルヴフの伯父ルービンから。

レオンはこうした祝電を保存していた。新婚の二人が安定した中流階級のコミュニティに属していたことの証しとして。医者、弁護士、商店経営者、毛皮商人、エンジニア、会計士たちによって形作られていた世界、だがそれは、まさに消滅へ向かう昨日の世界でもあった。

11

一九三八年三月一二日、ドイツ軍がオーストリアに侵攻しウィーンめざして行進すると、熱狂的な大群衆がこれを出迎えた。オーストリアが大ドイツ第三帝国の一部になった日、リタは妊娠五か月だった。アンシュルス（併合）の前には、ドイツからの独立を問う国民投票を、オーストリア・ナチス党がクーデタを起こして阻止するという事件があった。三月二〇日、ドイツの作家フリードリヒ・レックは絶望し、「平和を踏みにじる最大規模の犯罪だ」と日記に書いた。「犯罪者は処罰を受けなかったことで、実力以上に強力になってしまった」

三日後ヒトラーがウィーンに到着し、ヘルデンプラッツ（英雄広場）の大群衆を前に演説する。彼と並んで演台に立ったのは、アルトゥル・ザイス＝インクヴァルトという新任の総督、その背後にはドイツからもどってきたばかりのオットー・フォン・ヴェヒターがいた。その数日後の国民投票で併合は正当化され、ドイツ法がオーストリア全体に適用されるようになる。強制輸送第一号として、ナチスに敵対的な一五一名のオーストリア人が、ミュンヘンに近いダッハウの強制収容所へ送りこまれた。ユダヤ人たちは嫌がらせを受け、通りをブラシで洗うことを命じられ、新しい法律によって大学生になることも教授になることも禁じられた。それから数週間とたたぬうちに、ユダヤ人は所有資産、不動産、事業の登録を義務づけられた。レオンと義兄マックスが経営する酒屋にとっては死の予告であった。

ユダヤ人たちの事業をただ同然で没収してゆくのと並行して、アルトゥル・ザイス＝インクヴァルトの新政府はアドルフ・アイヒマンに対し、ウィーンのユダヤ人移送中央事務所の運営をゆだねた。「ユダヤ人問題解決」の責任を負った実行部隊である。「自発的」移住や強制移送と共に、迫害が基本政策となった。資産移転局がユダヤ人の資産を非ユダヤ人に移転した。オットー・フォン・ヴェヒター率いる委員会は、オーストリア国内の公職からユダヤ人を追放する手続きを監視した。

多くのユダヤ人が移住したり、移住を試みた。そのなかにはレオン、そしてリタ側の義兄弟たちがいた。最初にウィーンを去ったのはベルンハルト・ランデスとその妻、次にウィルヘルムの家族が一九三八年九月に去る。彼らはオーストラリアから観光ビザをもらっていたが、ロンドンまでしかいかず、そこに留まった。ウィルヘルムの息子エミールは当時六歳だった。「夜中、タボール通りにあったあなたのお祖父さんとお祖母さんのアパートにいたことを覚えているよ」と彼は回想する。「建物の外から行進の足音が聞こえてきて、みんな恐怖と落ちつかない気分のなかにいた」。彼は九月の夜に一家そろって西駅からウィーンをあとにしたことも覚えている。「わたしは汽車の客　室《コンパートメント》からプラットホームを見おろしていた。かなり高い位置からね。心配そうな顔とか泣きじゃくる顔ばかりだった。たしかわたしの父の母親（ローザ）がそこに立っていた。あなたのお祖母さん（リタ）もいたと思う。大勢の大人が泣いていた。ただ立ちつくして泣いているだけだったんだ」

兄弟たちは母ローザのビザを取得するために、ありとあらゆる手を尽くしたが、ビザは届かなかった。レオンの三人の姪、つまりグスタとマックスの娘たちは脱出することができた。二十五歳になっていた長女のデイジーはロンドンで勉強することにした（後年彼女はパレスチナへ移住）。ヘルタ（十八歳）とエディット（十五歳）はいっしょにイタリアへ南下し、そこからパレスチナへ向かった。彼女らの両親、グスタとマックスはウィーンに残った。

わたしは、レオンがウィーン・ユダヤ人コミュニティに申請した書類を探しだした。移住するために不可欠な申請書だ。申請書上ではみずからを「酒類および蒸留酒」製造業と定義し、電気技術とラジオ修理技術を習得し、ポーランド語とドイツ語を話す、と書いてある。移住先は、オーストラリア、パレスチナ、アメリカのいずれでも可（海外在住の親戚として、ニューヨークのブルックリンに住むリタの「従兄弟」、P・ヴァイシェルバウムなる人物を挙げているが、聞きおぼえのない名前だ）。彼は、二人の扶養家族、リタ（妊娠中）とマルケの代理人として移住許可を申請している。金融資産その他の資産を記入するスペースに彼はただひとこと、「なし」と書いた。タボール通りの店は在庫もろとも没収されていた。レオンは無一文だった。

一九三八年七月一九日、リタは女児を出産する。わたしの母親、ルースである。四か月後、パリのドイツ大使館に勤める下級官吏が暗殺され、ドイツ各地で「水晶の夜」、すなわちユダヤ人資産・建物の破壊を引きおこした。その一一月九日の夜、レオンとリタが結婚式を挙げたレオポルツテンペルが焼け落ち、数千人のユダヤ人が逮捕される。そのうち殺害されたり「ゆくえ不明」になった人々のなかに、レオンの二人の義兄弟がふくまれていた。マックス・グルーバーは一一月一二日に逮捕され、釈放されるまで七日間牢屋で過ごした。彼は、グスタとの共同所有になる店舗と建物を二束三文で手放すことを強要された。リタの一番下の弟、ユリウス・ランデスはさらに不運で、「水晶の夜」の数日後ゆくえ不明になったまま二度と姿を現わさなかった。彼の足取りをかいま見せてくれる唯一の書類は、一年後の一九三九年一〇月二六日に彼が東方へ移送されたことを示す一枚の紙。クラクフ

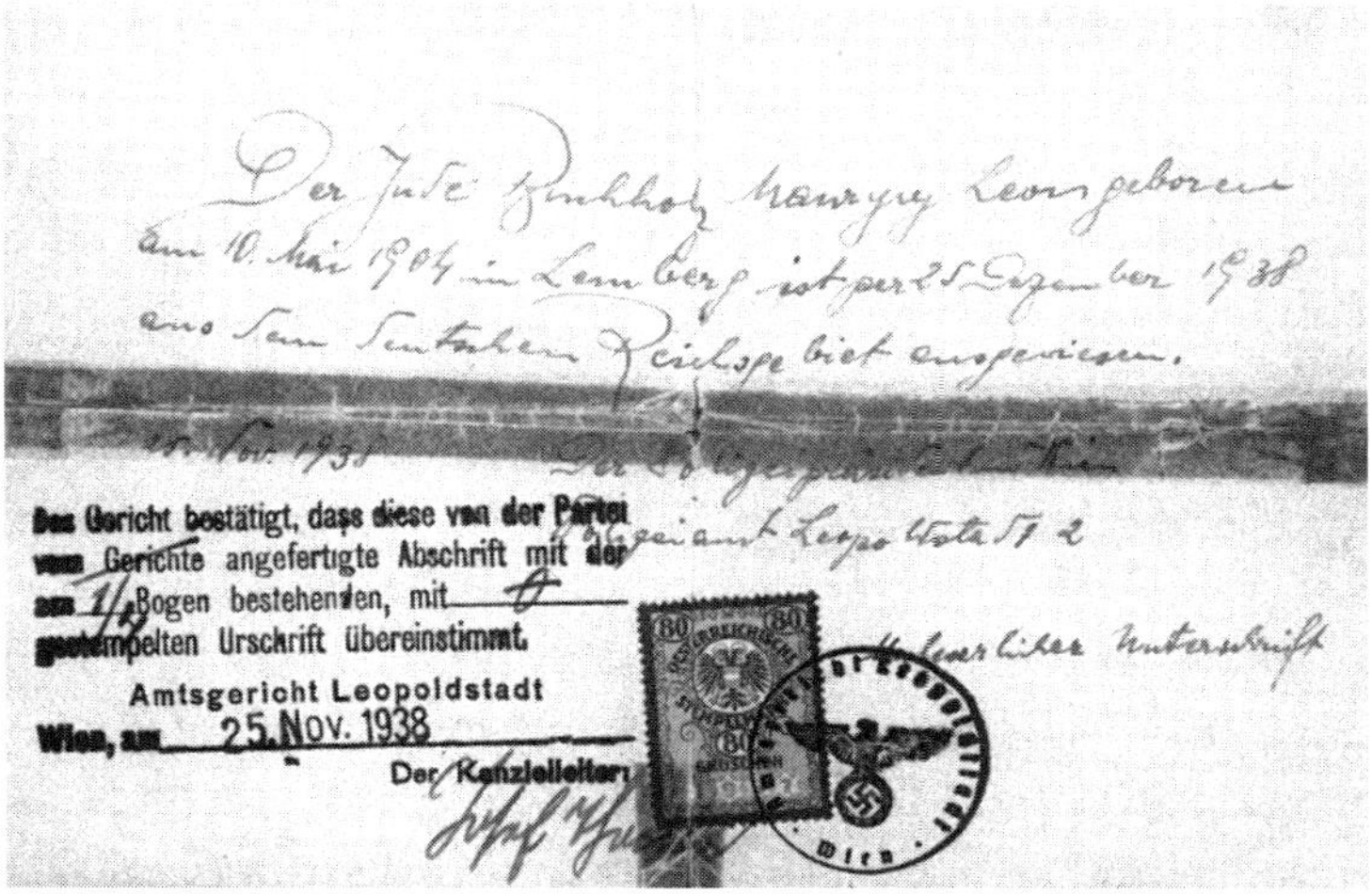
Das Gericht bestätigt, daß diese von der Partei vom Gerichte angefertigte Abschrift mit der aus 1/4 Bogen bestehenden, mit gestempelten Urschrift übereinstimmt.
Amtsgericht Leopoldstadt
Wien, am 25.Nov. 1938
Der Kanzleileiter:

ドイツからレオンを追放する命令。1938年11月25日

とレンベルクのあいだに位置するニスコという町の近くの強制収容所へ搬送されている。それから七十年後も、彼はゆくえ不明のままだ。

　レオンとリタは罠にかかる。「水晶の夜」から一週間とたたぬうち、リタは出生証明書と婚姻証明書の両方に「サラ」という名前をくわえてユダヤ人であることを明示すべく、改名させられる。事情は不透明だが、レオンと娘はそのような屈辱を味わわずにすんだ。一一月二五日、レオンは当局の呼びだしを受ける。ウィーン警視庁長官オットー・シュタインハウスが追放命令を出したのだ。

　　ユダヤ人であるブフホルツ、モーリス・レオンは一九三八年一二月二五日までにドイツ帝国から退去すること。

　レオンはこの紙をずっと取っておいたのだが、わたしがそれを初めて目にしたのは、リヴィウへの旅の準備をしていた最中、資料として母が手渡

してくれたときだ。その紙は二つ折りにされていて、地元のユダヤ人コミュニティの会長が発行した、レオンが温和従順であることを示す証明書と共に保管されていた。注意深く読んでみると、追放命令はレオポルトシュタット管区裁判所の主席裁判長によって確認されていることがわかる。

12

レオンがウィーンを出発したとき、具体的にどんなふうな状況だったのかは常に謎めいていたけれど、妻子と共にパリへ向かったのだろうとは推測していた。

彼の娘ルースには、第３８１４号のパスポートが一九三八年一二月二三日に発行されていて、父親と共に旅立つ前提だったことを示唆している。鍵十字のスタンプが割り印のように押された彼女の肖像写真の下に署名欄があるが、そこは役人の筆跡でこう埋められていた。「本旅券所持人は筆記不可能」。ルースは生後六か月だった。属性として「小人」「無国籍」と記してある。

パスポート第３８１６号が、同日レオンに対して発行されている。ウィーン警視庁長官の権限のもとに。レオンに追放命令を出したのと同じ人物だ。レオンのサインは大きな、自信にみちた頭文字Ｂで始まっている〔Buch-holzの〕。娘のパスポートと同じく国内・国外の旅が許可され、やはり属性は「無国籍」だ。実は、ポーランド国籍を失っていたのである。それは一九一九年にやぶから棒にポーランド国籍を与えられたのと同じく唐突なできごとだった。ポーランド外相のユーゼフ・ベックが、一九三四年九月に国際連盟の会議で行った演説で、一九一九年に締結されていたポーランド・マイノリティ保護条約を破棄したのである。国籍喪失には、思いがけぬメリットがひとつだけあった。無国籍の個人に対して発行しうるパスポートは外国人パスポート（フレムデンパス Fremdenpass）のみであり、そこには大きな赤字の「J」文字スタンプを押す必要はなかった。すなわちユダヤ人〔Juden〕の印だ。こうして、レオンのパスポートにも、娘のパスポートにも赤字のJはない。

　三つ目のパスポート、第３８１５号がリタの名前で発行されたはずだが、それは見あたらない。レオンが残した書類のなかから見つかった、リタの名前を帯びたパスポートの発行日はずっとあとで、一九四一年八月とほかのパスポートから三年後になっている。もちろんパスポート番号も違う。リタはウィーンに残って母親ローザのめんどうを見た、とは聞いていた。夫や娘と離ればなれの期間は短かったろうと勝手に考えていたのだが、判明したのはそれが三年間にもおよんでいたという事実だ。一九四一年の後半にもなって、リタはどのようにしてウィーンを逃れたのだろう？　ルースの従兄弟のエミールは一九三八年九月にウィーンを離れているが、彼はこの事実に驚いていた。「謎だね。ずっと謎のままだった」と彼は淡々と語った。レオンとリタが同時にウィーンを出発しなかったことは、彼も承知していたのだが。「まさか、本当かい？」とわたしは問い返された。リタは一九四一年末までウィーンに残っていたんですが、ご存じなかった？　「知らなかった」と彼は答えた。

　第３８１５号のパスポートがどうなったか調べてみたが、何もわからない。リタに対して発行されたものの、たぶん使わずじまいで捨てられたのだろう。ドイツの外務省に勤める親切な法律家が調査してくれたが、ドイツ連邦公文書館では何も見つからなかった。「そうした書類がドイツの公文書基金を使って保存されていた可能性はゼロに近いそうです」と彼はいった。

　第３８１４号と第３８１６号のパスポートには、さらに驚くべきことが隠されていた。レオンは娘を連れずに立ち去っていたのだ。レオンのパスポートに押されたスタンプは、彼がウィーンの外貨交換所を訪れた日、一九三九年一月二日のものだけで、それ以外には何もない。その日付以降、彼がいつ出国してどのルートを通ったかの手がかりとなる印はパスポート上に残されていない。一方、彼の娘のパスポートにはそれよりずっとあと、一九三九年七月二二日にオーストリアを出国したスタンプが押してあり、翌日フランス入りしたことも読み取れる。彼女は父親といっしょではない。よって第一の疑問は、だれがこの赤ん坊の旅に付き添ったのだろう?

「君のお祖父さんが、どうやってウィーンを去ることができたのか、まったく見当がつかないんだ」と、ルースの従兄弟エミールはわたしにいった。「それだけじゃない。お祖父さんがどうやって自分の娘をウィーンから出発させることができたのか、そして君のお祖母さんがどうやってウィーンを脱出することができたのか、まったくわからない」

13

レオンが単身パリに到着した一九三九年一月末、彼は三十四歳になっていた。首相エドゥアール・ダラディエ率いるフランス政府が政治的現実に立ち向かってヒトラーとの会談の席につき、スペインにおけるフランコ政府を承認しようとする状況ではあったけれど、パリはまだ安全な場所だった。レオンはパスポートと第三帝国からの追放命令書のほか、二枚の証明書を持参して到着した。そのうちひとつは彼の性格保証書、二枚目は一九二三年から一九三八年にかけて彼が酒屋を経営していた事実の証明書。金はなかった。

細部の詳細はわからぬまま、わたしはレオンのウィーンからパリへの逃避行をあれこれ想像してみることがあった。あるときわたしは、ウクライナのチェルノブイリ原子力発電所事故にかんするウィーンで開催された会議に参加したあと、とっさの気まぐれで、改築された西駅へおもむきパリ行き夜行の片道切符を買った。同じコンパートメントに、ドイツ人の若い女性が乗り合わせた。彼女とは、

ルース。1939年、パリ

戦争がヨーロッパを席巻していた時代のこと、戦争が我々の家族に与えた影響、過去を現代につなげて考えることの意味、そんなことを語りあった。すっかりうちとけた旅だった。ときに共通理解を分かち合い、ときに過去に思いを馳せ、おたがいの名前は知らぬままに。

パリに着いたわたしは、レオンが到着後身を寄せた建物へ足を運んだ。マルト通り一一番地は五階建ての建物で、シルク・ディヴェール〔冬期サーカス場〕の裏手にあたり、レプュブリック広場からそう遠くない。彼はここを根城にし、フランスでの滞在許可を取得すべく何度も申請を繰りかえしたが、手元に溜まったのは警視庁から受け取った何枚もの却下票、青インクにまみれた小さな紙片の束だった。五日後には退去せよ、という紙をもらっては毎月毎月、丸一年挑戦しつづけた。その甲斐あって、最終的には滞在許可を得ることができた。

一九三九年七月、彼の赤ん坊娘がパリに到着する。二人がどこに住んでいたのか、どうやって生きのびることができたのか、わたしにはわからない。八月になって彼はド・ラ・リュンヌ通り二九番地にひと部屋を借りる。狭い小路に建つ背の高い幅狭の建物だ。九月一日にドイツがポーランドに侵攻したとき、彼はそこに住んでいた。その数日後、フランスと英国がドイツに宣戦布告したため、リタとの連絡が困難になった。フランスにとってウィーンが敵国領土

レオン、ル・バルカレス（フランス南西部）。1940年

になったからだ。手紙は残されていない。一〇月にリタへ送った娘の写真があったきり。その裏面にはレオンの手書きで、「明るい未来へ向けて走るルーティ〔ルースの愛称〕」とある。彼はさらに数語、家族へ向けてあいさつを付け加えているが、ほかのメンバー全員が英国へ旅立ったことは知らなかった。

レオンは娘を第三者に託し、ドイツとの戦いに参戦すべくフランス陸軍に志願する。フランス軍は彼に身分証明書を発行。そこで彼は「電気技師」となっていた。一九四〇年三月、彼は第三外国人志願兵行進連隊（Troisième Régiment de Marche de Volontaires Étrangers: RMVE）に入隊する。これはフランス外人部隊の派生部隊である。数日後、彼はフランス南西の海岸、ピレネー山脈とスペイン国境に近い駐屯地、ル・バルカレス・キャンプへ移送される。地中海と広大な淡水池をへだてる長い砂州状の土地だ。彼が属していた第七中隊は、ヨーロッパ全域からやってきた数千人の兵士をふくんでいた。共和党派のスペイン人、共産党員、ハンガリー、チェコスロヴァキア、ポーランドから来たユダヤ人などもいた。何枚かの写真に、アルペン・ベレーをかぶって短ズボンに外套姿という粋な格好の兵士レオンが写っている。

一か月とたたぬうちに彼は兵役を解かれた。三十五歳では年を食いすぎていて戦闘には向かないと判断されたのである。その数週間後、ドイツ軍がフランス、ベルギー、オランダへ侵攻し、レオンが所属していた第七中隊は、ソワソンやポン・シュル・ヨンヌでドイツ軍と交戦するために北へ移送された。六月二二日、戦いは終わり休戦協定が結ばれる。中隊は解散した。

一九四〇年六月一四日ドイツ軍のパリ入城の日、多くのパリジャンが町を逃げだしたが、レオンはパリにもどっていた。数週間のうちにパリ郊外の道路から人影が消える一方、シャンゼリゼのレストランはドイツ人軍人に占領され、フランス親衛隊に属する青少年（ヒトラーユーゲントのフランス版）がオ・ピロリ紙という強烈な反ユダヤ主義、反フリーメーソンの立場を取りレオン・ブルムとエドゥアール・ダラディエを血祭りにあげようと主張する週刊新聞を売るというありさまで、首都には「こびへつらいの気風」がただよっていた。

レオンはドイツ語の能力を活かして、サン・ラザール通り一〇二番地にあるエコール・サン・ラザールという語学学校で働きはじめる。彼の書類のなかから、わたしは同校の校長エドモンド・メルフィ氏の手になる、レオンの職種が教師であることを認証した文書を見つけた。ルースはパリから離れたムードン市にほど近い隠れ家、「ローブ・ド・ラ・ヴィ（人生のあけぼの）」という名前の私設乳児院《プポニエ》にあずけられていた。彼女は二歳になっていて、歩くことはできたがまだしゃべれなかった。ルースの記憶には残っていないけれど、その保育園は、その後転々とすることになる隠れ家の一軒目だった。その後四年間、わたしの母は父親から切り離され、ジョスリン・テヴェという偽名を与えられて世間から姿を隠す。

14

その乳児院《プポニエ》にかんする手がかりは、レオンが保管していた一枚の写真カードしかない。満面の笑みを浮かべた若い女性が写っている。彼女は白シャツに大きな蝶ネクタイをしめ、ピンストライプのジャケットを着て、褐色の髪をうしろでまとめている。かわいい人で、カードの裏面に彼女自身がこう書いている。「ルースのお父さまへ。ありったけの友情をこめて。S・マンジャン、乳児院『ローブ・ド・ラ・ヴィ』園長、ムードン市（ソーヌ・エ・オワーズ県）」

ムードンの市庁舎でわたしは文書館員のところへ行くようにいわれ、彼女が保育園のファイルを見つけてくれた。一九三九年から一九四四年にかけて、マドモワゼル・マンジャンは町の中心部、ラヴォアジエ通り三番地の小さな前庭のある一戸建ての自宅で、何人かの幼児のめんどうを見ていた。「ですが、この保母《ヌリス》さんがあずかっていた子どもたちの記録のなかに、ルース・ブフホルツという名前は見あたらないんです」とマダム・グルイエはいう。「ひょっとすると市に対しては別の名前で届けたのかもしれないわね」という彼女は、そんなことが往々にしてあったのだと説明した。彼女は、一九三八年九月に最初に登録した子ども（ジャン＝ピエール・ソメール）から一九四二年八月の最後の子ども（アラン・ルゼ）までの氏名リストを送ってくれた。全部で二十五人のうち、女児は八人だった。ルースが登録されていたなら、偽名を使っていただろう。それよりも、彼女は単に登録簿からはずされていた可能性が高い。

15

パリから東へ一六〇〇キロ離れたジョウクヴァの町で、マルケが生まれたのと同じ通りに今も住んでいる女性が、一九三九年のできごとを別の視点から話してくれた。現在九十歳のオルガは、一九三九年九月にドイツ軍がやってきたとき、十六歳だった。彼女はポーランドが占領されていた時期の鮮明な体験を話してくれた。秋の冷えこみから身を守ろうと、あざやかな色のスカーフを二重三重に巻いた彼女は、キャベツをゆでる大鍋のかたわらに立ったまま、語りはじめた。

「本当のことを話しますよ」とオルガはいった。「ジュウキエフにはたしか一万人くらいの人が住んでいて、半分がユダヤ人、残りがウクライナ人とポーランド人。ユダヤ人はごくふつうに隣近所にいて、仲良くしていました。お医者さんがいましたね。みんなから尊敬されていて、何かあれば診てもらいましたよ。時計屋さんもいました。みんな正直な人たち、全員がね」

オルガの父親はユダヤ人たちと仲良くしていた。一九一九年にポーランドが独立すると、彼は逮捕される。彼の最初の妻が――オルガの母親ではなく――一九一八年一一月に独立したものの、きわめて短命に終わった西ウクライナ人民共和国を積極的に支持していたというのが理由だった。（この会話は、二〇一四年にロシアがクリミアを占拠する直前になされた。そうした時期だったから、ウクライナで出会った人々は、西ウクライナがまた台頭するかもしれないとほのめかした）。「わたしの父が牢屋に入っていたとき、ゲルベルクという隣のユダヤ人がお金と食べ物を持って牢屋に来てくれました。父がひとりぼっちだから、というんです。そんな具合に、わたしの父はユダヤ人と仲が良かった」

こんなふうにおしゃべりをしながら、オルガはお茶を飲み、キャベツのゆで加減を見、そして戦争を回想する。

「最初にドイツ人が来て」ユダヤ人はびくびくしていた。「ドイツ人たちがジュウキエフにいたのは一週間くらい、大したことはせずに帰っていきましたよ、西のほうへね。その次に町にやって来たのがロシア人」

ソ連軍が侵攻してきたとき、オルガは学校にいた。

「最初に来たのは女の人。美人の女兵士で、みごとな白馬にまたがってソ連軍を町に連れてきたのよ。そのあとに兵隊がぞろぞろ、大砲がごろごろ」

オルガは大砲類に興味があったが、馬上の女性が最も印象に残っている。

「とてもきれいな人だったの。大きな銃を持っていてね」

ジュウキエフは十八か月ソ連の管理下にあり、共産主義に即して管理される町になったから、私的事業は排除された。ポーランドの他地域はナチスドイツによって、具体的にはハンス・フランク総督が指揮するポーランド総督府によって占領されていた。この棲み分けは、スターリンとヒトラーのあいだで合意されたモロトフ＝リッベントロップ協定という不可侵条約によって決められた。ポーランドがレンベルクとジュウキエフの西に引かれる線で二分され、レオンの親戚はソ連領域内で安全無事だった。一九四一年六月、ドイツは協定を破ってバルバロッサ作戦を開始する。東方へ猛進する軍隊のスピードはすさまじく、六月末にはジュウキエフもレンベルクもドイツ軍のコントロール下に入っていた。

ドイツ軍がもどってきたことで、ユダヤ人たちは恐怖にふるえた。オルガはドイツ軍到着後に施行されたさまざまな制限事項、ゲットーの創設、シナゴーグの焼き討ちを覚えている。彼女自身はマルケの一族、フラッシュナー家のだれとも面識はなかったが、その名前に思い当たるふしがあった。「だれか一人、宿泊所の経営者がいたわね」と突然彼女はいった。同じ名字の人がたくさんいたことを思いだしたのだ。「彼らはゲットーに連れていかれたわ、ユダヤ人みんながね」。彼女はレオンの叔父ライブスについて、叔母について、従兄弟について、町の三五〇〇人のユダヤ人について語っているのだった。はるか遠くのパリで、そんな事件をレオンは知らずにいた。

16

一九四一年の夏、ウィーンのリタも苦渋の日々を送っていた。レオンと娘と離ればなれになってから三年近くがたち、彼女は母親ローザと義母のマルケといっしょに暮らしていた。レオンが残した書類のなかに、彼女のこの時期に光をあてる手がかりはなく、そもそもリタ自身けっして口に出さなかった。娘にも話したことはなかったし、ましてやわたしなどには。わたしはほかの手段で、次に展開を待つ物語のいくつかの糸口を得た。

九月、ウィーンのユダヤ人全員に対し、黄色い星を身につけるよう布告が出る。ユダヤ人たちは許可なくして外出することができなかったため、公的交通機関の便が削減された。ウィーン市の資料館ではもっと具体的なことが見えてきた。レオンが去ったあと、リタはタボール通りのアパートから強制退去させられ、マルケのところへ引っ越す。最初はフランツ・ホッヘトリンガー通り、次にオーベレ・ドナウ通りと、二人はユダヤ人が多く住むレオポルトシュタット区内を動きまわった。マルケは四分の一世紀住んでいたロマノ通りのアパートから追いだされ、デニス通りの「集団」アパートに住むことを強いられる。ユダヤ人の東方強制移送は一九三九年一〇月にいったん停止されていたが、一九四一年の夏になると、ウィーンの大管区長（ガウライター）に任命されたバルドゥール・フォン・シーラッハの指揮下、強制移送の波がまた寄せてくるという噂が駆けめぐる。

　八月一四日、リタはフレムデンパスというパスポートを取得する。これがあれば、一年間にかぎって帝国の内外を旅行できる。彼女はユダヤ人として登録されていたが、パスポートに赤字の「J」のスタンプは押されていなかった。二か月後の一〇月一〇日、ウィーン警視庁が彼女に対し、フランスと国境を接するドイツの町、ザールラント州ハルガルテン・ファルク経由でフランスへ出国する片道旅行を許可する。旅行は一一月九日までに終了すること。パスポートに貼られた写真ははっとするほど悲しげだ。くちびるをきつく閉じ、目に不吉な予感を湛えて。

リタのパスポート。1941年

　わたしは同じ写真をレオンの書類のなかに見つけた。彼女がウィーンからパリへ送ったものだ。裏面にはこんなメッセージが書いてある。「わたしの親愛なる娘へ、わたしの大切な娘へ」

　ユダヤ人として登録されていたリタが、かくも切迫した時期になってから旅行を許可する書類を受け取った、ということにわたしは驚いた。ワシントンにあるアメリカ合衆国ホロコースト記念博物館の文書館員は、フレムデンパスを入手するまでに乗り越えなければならない数々の手続き――アドルフ・アイヒマンが設定した障害――を説明しつつ、この経緯を「ありそうにないこと」と評した。文書館員は「オーストリアからのユダヤ人移住、一九三八～一九三九年」と題された大きなチャート図を見せてくれた。アイヒマンの構想を図式にしたものである。オーストリア併合以降に無国籍ユダヤ人と結婚したことを理由にオーストリア国籍を失い、自身も無国籍者になっていたリタは、ほかの人たち以上に複雑なステップを踏まなければならないはずだった。

ウィーン脱出に際し、リタはだれかコネのある人物の協力を得ていたにちがいない。一九四一年一〇月、アイヒマンと彼の副官アロイス・ブルンナー（その後まもなくパリへ転勤になる）は、大規模なユダヤ人移送について大量の命令を発した。その月だけで、約五万人のユダヤ人がウィーンから移送されている。そのなかには、レオンの姉ラウラと十三歳の娘、レオンの姪ヘルタ・ローゼンブルムもふくまれていた。母子は一〇月二三日、リッツマンシュタット（ウッチ）のゲットーへ送られた。

リタは強制移送をまぬがれた。彼女は一一月九日にウィーンを去る。まさにその翌日「難民に対し、ドイツ第三帝国の国境は閉鎖された」ため、すべての移住が終了しすべての出国ルートが閉鎖される。リタは間一髪のタイミングで脱出したのである。彼女の逃避行は僥倖だったというべきか、それとも内部情報に通じた何者かの手引きを受けていたのか。わたしはリタのパリ到着日を知らないし、どうやってそこまでたどりついたかも知らない。別の書類によって、一九四二年の早い時期に夫と合流したリタがパリにいたことは確認できた。

レオンの家族のうち、ウィーンにいるのは今や母親のマルケただ一人。子どもたちも孫たちも町からいなくなり、同伴者はリタの母親ローザ・ランデスだけだった。当時のできごとを語る家族の不在によって生じた余白は、各地の公文書館で手に入れた書類で埋めてゆくことになった。文書化された無機的な記述が、ときに陰惨な細部を描きつつ、その後のできごとを教えてくれた。だがまず最初に、こうしたできごとが繰りひろげられた現場を、わたしはこの目で見たかった。

17

公文書から拾い集めたさまざまな住所を訪ねてみようと、わたしは十五歳になる娘を連れてウィーンへ旅立った。歴史の授業で好奇心を駆り立てられたせいか、娘は「アンシュルス（併合）博物館」へ行きたがったが、そんな博物館は存在しない。その代わりに、「第三の男博物館」というすばらしい場所を見つけた。リタもわたしも好きだったオーソン・ウェルズの映画にちなんで建てられたものだ。当時の写真、新聞、手紙が一九三八年から一九四五年までの不幸なできごとをたぐり寄せる。アンシュルスの直後におこなわれた国民投票――ドイツとの統一を追認するための動員であり、カトリック教会による支持宣言でもあった投票――で使用された、断固たる曇りなき意志を表示するための投票用紙も展示されていた。

その後わたしたちは、街路を経めぐってクロスターノイバーガー通り六九番地へ行ってみた。レオンが一九一四年にレンベルクから到着したあと住みついた建物だ。姉のグスタと義兄マックスの家だったが、一階の酒屋はコンビニエンスストアになっている。その近くにはレオンが通った学校、カラヤン通りのレアルシューレ、そしてラウシャー通りには彼が最初に開いた店がある。タボール通りにも足を運んだ。レオンとリタがいっしょに住みはじめたところで、わたしの母が生まれた場所でもある。こぎれいな通りだったが、七二番地は戦争で破壊された建物群のなかにある。レンブラント通り三四番地へも行ってみた。マルケが最後に住んだウィーンの家は共同アパートで、高齢者たちと共に住んでいた。彼女のウィーン最後の日は容易に想像できる。一九四二年七月一四日の早朝、逃亡を阻止するために親衛隊が通りを封鎖する。近所の男性から「この通りは全部やられるよ、ユダヤ人はみんな逮捕される」と警告を受けてパニック状態になった女性は、親衛隊の兵士が鞭を手に「アレス・ラウス、アレス・ラウス（皆おもてに出ろ）」と大声をあげながら行進してくるのを見た。

マルケは七十二歳だった。東方行きの旅に許された荷物はスーツケースが一個だけ。ベルヴェデーレ宮殿裏手のアスパング駅まで護送されたが、彼女ら移送対象者は野次馬からつばを吐きかけられ、あざけられ、侮辱され、出発時には拍手喝采が起きた。唯一のなぐさめはマルケがひとりぼっちではなかったこと。リタの母親ローザがいっしょだった。心がかき乱されるような情景だ。アスパング駅で二人の老婆が小さなスーツケースを握りしめている。ウィーンを去る九九四人の高齢のユダヤ人たちに混じって、二人は東へ向かう。

彼らは輸送第Ⅳ／4号という通常の列車で旅を始めた。コンパートメントのなかに座席があって、昼食も飲料もありの表向きは快適な「疎開」に見えた。二十四時間の旅の終点は、プラハの北六〇キロに位置するテレージエンシュタットである。到着後すぐにボディチェックがあった。最初の数時間で不安に打ちのめされ、心が打ち砕かれた。宙ぶらりんのまま待たされ、最終的には割り当てられた居住区へ連れていかれたが、ひと部屋だけで床には使い古しのマットレスがあるのみ。

ローザはその後数週間しか生きることができなかった。死亡証明書によると、彼女は九月一六日に結腸周囲炎で死んでいる。証明書はジークフリート・シュトライム医師というハンブルクから来た歯科医によって署名されているが、彼自身はテレージエンシュタットでさらに二年過ごしたのち、アウシュヴィッツへ移送され一九四四年の秋に死んだ。

ローザの死から一週間後、マルケは輸送第Ｂｑ４０２号に乗せられてテレージエンシュタットをあとにした。彼女の乗った列車は東へ向かい、ワルシャワを越えてハンス・フランクが支配する領域へ入る。移動距離は千キロを超え、二十四時間、虚弱で高齢の「劣等人種《ウンターメンシエン》」八十人と共に家畜貨車に詰めこまれての旅だった。同列車で輸送された一九八五人のなかには、ジークムント・フロイトの妹三人がいた。七十八歳のパウリーヌ（パウリ）、八十一歳のマリア（ミッツィ）、八十二歳のレギナ（ローザ）である。

列車は、トレブリンカという小さな町の駅から二・五キロ離れたところにある収容所で停車した。そのあとにつづく手順は、フランツ・シュタングルという収容所々長みずからの指導によって、入念に予行演習されていた。そのときまでマルケが生きていたとすれば、マルケもフロイトの妹たちといっしょに、到着後五分以内に列車からおろされていたはずだ。彼女らはプラットホームに整列させられ、男女別に分けられ、鞭でおどされながら素裸になった。脱ぎ捨てられた衣服はユダヤ人労働者が拾い集め、バラックへ持ち去った。歩くことができる者は裸のまま、「天国への道《ヒンメルファートシュトラッセ》」を歩いて収容所へ入っていった。床屋が女性の頭を刈りあげ、髪の毛はたばねられてマットレスメーカーへ送られた。

この順を追っての解説を読みながら、わたしはクロード・ランズマンの映画『ショア（Shoah）』のシーンを思いだしていた。トレブリンカの数少ない生き残りの一人、男性の髪を切っていたという床屋、アブラハム・ボンバがインタビューを受けるシーンだ。どんな仕事をしていたか問い詰められるのだが、話したがらないのは明らかだ。ボンバは回答を拒否するが、ランズマンがしつこく追求する。床屋はついに崩れ落ち、泣きながら自分がやったこと、女たちの頭を丸刈りにしたことを語りはじめるのだった。

「死ぬことを運命づけられた者たちの最後の場面というものに、わたしは偏執狂的な関心を抱いていた」と、ランズマンはトレブリンカを訪れたときのことを書く。「つまり、死の収容所で彼らが直面した局面、局面について」。そうした局面について語ることは禁じられていた。頭を刈ること、裸で歩かせたこと、ガスで殺したこと。

貨車からおりて十五分もたたぬうちに、マルケは絶命した。

18

マルケが殺されたのは、一九四二年九月二三日、トレブリンカの森にて。その詳細をレオンは長いあいだ知らずにいた。彼女の死から六か月以内に、彼女の弟ライブスとジュウキエフ出身の全家族が死んでいる。それぞれが死にいたる具体的状況は闇のなかだが、ジュウキエフのユダヤ人の運命について、数少ない生存者の一人であるクララ・クレイマーから聞くことができた。彼女は現在、米国ニュージャージー州のエリザベス市に住んでいる。

クララに出会ったのはまったくの偶然だ。ジョウクヴァの小さな博物館にはばかることなく展示されていた一枚の写真がきっかけだった。博物館は、スタニスワフ・ジュウキエフスキの朽ちかけた城の翼棟一階の陰鬱な数部屋にしつらえられてある。そこの壁には小ぶりでぼんやりとした、かなりの数の陰鬱な白黒写真がかかっていたが、そのなかの四、五枚、ピンボケで粒子の粗い写真は一九四一年夏、ドイツ軍占領初期に撮られたものだった。装甲車、にやにや笑いを浮かべた兵士、火に包まれた十七世紀のシナゴーグが写っている。町に入る門はいくつかあるが、わたしがくぐってきた門、ブラマ・グリンスカ（グリンスケ門）の写真もあった。ドイツ軍到着後すぐに撮られたものだ。

堂々たる石門の上部に三本の横断幕が貼られ、到着したばかりの来客に対する地元民の歓迎の意

ジュウキエフ、グリンスケ門。1941年7月

が、ウクライナ語で示されている。「ハイル・ヒトラー！　ペトリューラ〔ウクライナの民族主義者〕に栄光あれ！　バンデラ〔同上〕に栄光あれ！　独立ウクライナ連合国万歳！　われらがリーダー、ステパーン・バンデラ万歳！」

この博物館の館長にとって、地元ウクライナ人がドイツを支援していた証拠にほかならぬこのような写真を展示するには、勇気がいったはずだ。そんなことを思いながら、わたしは館長のリュドミラ・バイブラを探しあてた。彼女は市の職員で、城館の別の翼棟で働いていた。ルダと呼んでくれという彼女は四十代で、漆黒の髪のたくましく魅力的な女性である。自信と正直さが顔に現われ、吸いこまれそうな青い目をしている。ユダヤ人不在の環境、ユダヤ人については口を閉ざす空気のなかで育った彼女は、戦時の記憶を喪失した故郷の町について学ぶことに人生を捧げてきた。わずかに生き残ったユダヤ人の一人が彼女の祖母の友人で、昔話を語る高齢のその婦人が、消されてしまったものに対するルダの好奇心をかきたてたのである。

ルダは情報の収集を開始し、発見したもののなかからいくつかを博物館の壁に展示することにした。昼食のピクルスとボルシチを食べながらおしゃべりをしていたとき、『クララの戦争（Clara's War）』を読んだことがあるかと尋ねられた。ドイツ占領期を生きのびたジュウキエフ出身の少女の話だという。クララ・クレイマーは、ポーランド人ヴァレンティン・ベック夫妻と娘が住んでいた家の床下に二年間隠れていた十八人のユダヤ人の一人なのだ、と彼女は教えてくれた。一九四四年七月、ロシア軍が東からやってきて、彼女は解放される。

わたしはクララの本を買い求めて一気に読んだ。興味深いことに、十八人のユダヤ人のなかにゲダロ・ラウターパクトという名前の若者がいて、彼はハーシュ・ラウターパクトの遠い親戚だということが判明した。わたしはもっと知りたいと思い、ニュージャージーのクララを訪問した。彼女は愛想の良い快活でおしゃべりな九十二歳であった。彼女は元気はつらつにこやかで、記憶のしっかりした人だったけれど、ちょうど数週間前に夫を亡くしたばかりの、寂しい境遇にいた。「一九三〇年代のジュウキエフはいいところでした」と彼女は思い返す。バルコニーに四方を囲まれた高い塔のある瀟洒な市庁舎があった。「毎日正午になると警官がトランペットでショパンのメロディーを吹くんです」と彼女は笑みを浮かべていった。「彼はバルコニーの四方を歩きまわってトランペットを吹くんですが、いつもショパンでした」といって、彼女はメロディーを口ずさんでみたものの曲名は思いだせない。

子どものころ、クララは徒歩で学校へ通っていた。レンベルク門を通過し市立劇場の前を通って。日帰りでルヴフへも行った。「鉄道は一日三本くらいの便がありましたけどね、だれも乗らないの」と説明する。「バスは何時ちょうどって毎時間ありましたから、いつもそっちを使ったわね」。異なるコミュニティのあいだに深刻な対立はなかった。「わたしたちはユダヤ人だし、ポーランド人はポーランド人、ウクラナイ人は自分たちがウクライナ人だってわきまえていました。みんなそれぞれ決まりを守って信仰心が篤かった」。ポーランド人とウクラナイ人の友人がいて、クリスマスの季節になると一家そろってポーランド人の家を訪れてクリスマスツリーを見せてもらった。夏になれば、ガリツィア地方とは違う美しい森にめぐまれた別の地方へ旅行をした。そっちの地方では——と彼女は思いだす——ユダヤ人の商売とか旅行に制限があった。生まれて初めて悪口をいわれたものそこだった、と。

東西をつらぬく通りにあった古い木造教会のことを、彼女は懐かしそうに語った。「わたしたちの家の隣だったんですよ」。彼女の隣人のなかに一世代前のラウターパクトがいた。毎日通りで出会う彼女たちにあいさつしていたその男は、ハーシュの伯父ダヴィッドであると判明した。彼女は、フラッシュナーという名前もレオンの叔父ライブスという名前も覚えていたが、顔は思いだせなかった。宿泊所を経営してなかった？　と彼女は問う。彼女は、フラッシュナー一家が子どもたちと住んでいた通りをよく知っていて、その通りはピウスツキ通りといって彼女の家と中央広場のあいだにあった、という。

ドイツ軍がやってきたけれど突然去っていった、とオルガと同じことを彼女はいった。「ソ連軍が来てほっとしました。ドイツ軍は本当に怖かったから」。アンシュルスについてはラジオとか、一九三八年にウィーンから逃げてきた結構な数の避難民から聞いた、という。彼女の家ではウィーンからきた医師夫婦、ローゼンベルク夫妻のめんどうを見ることになった。毎週水曜日、夫婦は彼女の家に夕食を食べにきた。最初、彼女と両親は、ローゼンベルク夫妻が語るウィーンの暮らしを信じることができなかった。

一九四一年にドイツ軍がもどってくると、暮らしはずっと耐えがたくなった。学校の友人たちは通りで彼女を見かけても、近づいてくる彼女から目をそむけ、無視するようになった。「わたしは白い腕章をつけていました」と彼女は説明する。一年後、彼女たちは古い木造教会の向かい側にあるベック家の床下に隠れることになる。全員で十八人。ゲダロ・ラウターパクト、メルマン夫妻、そしてハーシュ・ラウターパクトの親戚たちなどがそこにいた。

彼女は一九四三年三月のある日のことを、鮮明に覚えている。家の外から聞こえてくる足音と、すすり泣く声泣きわめく声に目を覚ました。「ジュウキエフに運命の日がくるだろうことは承知していました。たしか朝の三時ころだったと思います。わたしはその騒音に目を覚まし、銃声を聞きました。彼らが森へ連れていかれるところだったのです。墓穴を掘ることのできる唯一の場所でした」。彼女は森についてくわしかった。ボレクと呼ばれ、子どもたちの遊び場でもあった森だ。「美しい森でした。楽しい思い出がありました。でも、もうわたしたちにはなすすべがありません。隠れ家から引きだされて彼らと運命を共にするだけです。少なくとも三回か四回そんなふうなことがあって、これが最後だと覚悟を決めました。で、そのときは本当に運命が尽きたと確信しました」。

それは三月二五日のことだった。ジュウキエフのユダヤ人三五〇〇人が森へ行進していった。森のなかの切り開かれた場所へ、砂が掘り返された場所へ向かって。故郷の町の中心から二キロ離れた場所で、彼らは整列させられ、そして撃ち殺された。

19

ジュウキエフで起きたこと、レンベルクで起きたこと、そしてウィーンで起きたことのいっさいを、レオンは知らなかった。リタがレオンとのパリ暮らしを始めてからすでに丸一年が経っていたが、定期的におこなわれるユダヤ人の一斉検挙、いわゆる「ラフル」を避けるためにあれこれ策を講じなければならず、二人は不安定な環境のなかにいた。一年前の一九四二年七月には、一万三千人のパリのユダヤ人がヴェロドローム・ディヴェール〔冬期競輪場〕に収容され、その後アウシュヴィッツへ移送されていた。

その夏レオンとリタは公式書類を受け取った。一九四三年七月六日、フランス西北の小さな町クリエールで発行された二枚の小さな身分証明書である。四十年前にヨーロッパで最悪の炭鉱事故が起きた町だ。カードは二枚ともレオンの書類のなかから見つかった。それぞれ小型の顔写真つきで左右の手から一本ずつ指紋が採られている。レオンのカード番号は第４３３番で、出生地は「オーストリア」地方のレンベルクと記されている。リタのは第４３４番。彼女の旧姓は偽名カンペールとされ

レオンとリタの身分証明書。1943年

（ランデスとあるべきところ）、サインも明らかに偽造である。二枚とも国籍はフランス（これも偽り）となっており名字もひとつhを抜かしてBucholz と正しくない綴りにしてある。

　カードは二つ折りになる薄手の青い紙で、いやに安っぽい。クリエールの市庁に照会したとき、一九四〇年五月に親衛隊がジャン・ジョレス通りの市庁舎を破壊し、ドイツ軍の侵攻に抵抗した住民が何十人か殺されたことを教わった。地元の歴史家ムッシュー・ルイ・ベトレミューによると、その身分証明カードは本物ではないだろうという。ほぼ確実に偽造されたものだろう、と。クリエールの町というのはレジスタンス活動の中心地だったところで、偽造カードが山ほどこしらえられたという。この情報にヒントを得たわたしは、レオンと地下組織の関係について考えをめぐらしはじめた。

20

パリは一九四四年八月に米国軍によって解放されるが、その直前までの困難な時期を過ごしていたレオンの人生について、若干の発見があった。語学学校での教師職はすでに終え、レオンはなんらかの形でユダヤ人組織のために仕事をしていた。わたしの母が保管していた書類のなかにこの点をつまびらかにする資料は見つからなかったが、叔母のアニー（戦後生まれのわたしの叔父ジャン・ピエールの寡婦）に、その時期のことでレオンから何か聞いていなかったか、と尋ねると、彼女はレオンから死ぬ前に手渡されていたという書類をひと束、どこからか持ってきた。書類はプラスチックの買い物袋に入っていた。

そんな書類があるとは、まったく予期していなかった。大量の紙束のなかに粗雑な印刷物、フランス・ユダヤ教徒連合（Union Générale des Israélites de France: UGIF）の会報があった。この組織は、ナチスによる占領期間、ユダヤ人コミュニティを支援するために創設されたもので、会報は毎週金曜に発行されていた。レオンはこの会報のほぼ完璧なひとそろい、第一号（一九四二年一月発行）から第一一九号（一九四四年五月発行）までを保存していた。四ページを超えることのない会報は安っぽい紙にユダヤ人関連のテーマ、広告（第四区のレストランや葬儀屋の）、死亡広告などが印刷してある。ユダヤ人の強制移送が頻繁になってくると、配達不能郵便のリストが掲載されるようになった。名宛て人がはるか遠く東方の「労働者収容所」へ送られてしまったために配達ができなくなった郵便だ。

会報はナチスが施行した諸規則の掲示板の役目も果たし、不服従の場合の危険を警告するなど、そこから占領下のパリの一面をかいま見ることができる。初期の布告として、ユダヤ人に対する午後八時から午前六時までの外出禁止令がある(一九四二年二月)。そのひと月後、ユダヤ人の雇用が禁止される。一九四二年五月以降、すべてのユダヤ人は左胸にダビデの星をつけることを義務づけられる(ダビデの星はテヘラン通り一九番地にあるエレガントな十九世紀の建物、UGIF本部で入手可能。レオンはここで働いていた)。七月、ユダヤ人は劇場など公的演技場への入場を禁止される。一〇月、買い物時間を一日一時間に制限され、電話の所有を禁じられ、地下鉄に乗るときは最後尾の車両に乗ることを義務づけられる。翌年の一九四三年八月、ユダヤ人専用の特別な身分証明書が発行される。

強制移送の頻度がますにつれ、UGIFに課される制限も増加した。とりわけ、同連合幹部が外国出身ユダヤ人職員の解雇命令を拒否してからは。一九四三年二月、パリのゲシュタポ司令官クラウス・バルビーがUGIF本部ビル急襲を指揮し、八十人以上の職員と被支援者を逮捕する。その一か月後、三月一七日と一八日にUGIFの前職員が逮捕される(その週の、これを報じた第六一号がレオンのコレクションから欠けていることにわたしは気がついた)。同じ年の夏、アロイス・ブルンナーはUGIFの幹部数名に逮捕状を出し、ドランシー収容所経由アウシュヴィッツ送りにした。

ポーランド出身ユダヤ人という出自のレオンは、ことのほかあやうい立場にいたが、なんとか逮捕はまぬがれることができた。わたしの叔母はレオンが、一九四三年夏のある日、ブルンナーみずからテヘラン通り一九番地の建物を訪れて逮捕の一部始終を監督したときのことを語ったといった。レオンはブルンナーに見つからぬよう、ドアの陰に隠れていたのだと。

プラスチック袋には別の活動証拠も入っていた。未使用のノート用紙でそれぞれ、「アメリカ・ユダヤ人共同配給委員会(American Jewish Joint Distribution Committee)」、「戦争捕虜と抑留者のための国民運動（Mouvement National des Prisonniers de Guerre et Déportés)」、「フランス・ユダヤ人の統一と擁護の委員会（Comité d'Unité et de Défense des Juifs de France)」というレターヘッドが入っていた。これらの諸団体は皆テヘラン通り一九番地に事務所をかまえていて、レオンはそれぞれの団体のために働いていたにちがいない。ほかには二通の個人的な報告書が入っていた。いずれも東方へ移送された人々がどのような目にあっているかを詳細に書きとめたものである。一通は一九四四年四月にパリで作成されたアウシュヴィッツにかんする証言記録だ。「何の理由もなく、音楽に合わせて首を吊られるのです」。もうひとつは終戦後まもなく作成された。「ビルケナウでは汚物のなかで働かされましたが、アウシュヴィッツでわたしたちは清潔に整然と殺されるのでした」。記録は「要するに、上記内容を口述した青年は、強制収容所についてのラジオ放送や新聞が伝える内容は事実であると断定しているのだ」というコメントで閉じられている。

レオンはナチス占領下、ポーランド総督府内の収容所やゲットーに宛てて送った郵便小包の受領書も保存していた。一九四二年の夏だけで、彼はマルシェルブ大通りの郵便局に二十四回も出かけ、リナ・マルクスというルブリン市の近くのピアスキ・ゲットーに住む女性に小包を送っている（翌年の夏このゲットーは破壊された。わずかな生存者のなかにリナ・マルクスの名前はなかった）。

二枚の葉書がわたしの目にとまった。一九四一年二月にウィーンから移送されたエルンスト・ヴァルター・ウルマン博士が、ナチス占領下のポーランド、サンドミェルツという小さな町から送ってきたものだ。最初のは一九四二年三月に投函されており、ウルマン博士は、ウィーンから避難してきた老齢の引退弁護士であると自己紹介し「どうか助けてください」と援助を求めている。四か月後の七月に届いた二通目は、テヘラン通り一九番地のレオン個人宛てに送ってきている。ウルマン博士は、ソーセージとトマトの缶詰と少量の砂糖の入った小包に礼を述べている。レオンがその葉書を受け取ったとき、ウルマン博士はすでに死んでいた。葉書の送付元であるゲットーは七月に破壊され、住民はベウゼックの強制収容所へ移送された。ベウゼックは、レンベルクとジュウキエフをつなぐ鉄道線路の先にある。

プラスチック袋の一番底には黄色い布の束が入っていた。四角に切り取られた布きれで、切断面はほつれている。そのすべてにダビデの星の輪郭が黒々と印刷され、その中央には「Juif（ユダヤ人）」という文字がある。全部で四十三枚の星があった。すべてが新品未使用で、すぐにでも頒布され左胸に着用されるばかりになっていた。

21

レオンとリタはパリでの生活を始めてから最初の数年、娘のルースとは離れて暮らしていた。もっとも、ときには三人で過ごすこともあったようだ。二十枚程度の小さな正方形の白黒写真が残っている。日付はないが二歳か三歳くらいの、よちよち歩きの女の子が両親といっしょに写っている。白いリボンを髪に結わえた彼女のかたわらには、心配そうな顔のリタがつきそっている。年上の男の子と写っている写真もある。しゃれた着こなしの両親といっしょに公園のカフェのテーブルにすわる彼女。その隣には老齢のカップルがいて、女性のほうは箱のような帽子をかぶっている。三つ目のグループはルースと母親だけの写真。五歳か六歳で、おそらくまもなく終戦という時期だろう。いずれの写真からもリタの微笑みはうかがえない。

そのころレオンとリタはブロンニャール通りに住んでいた。パリで一番短い通りで、友人のムッシュー・ブサールとマダム・ブサールという非ユダヤ人でレオン夫婦の周囲を警戒してくれる夫妻の家の近くだった。ブサール氏が一斉検挙の噂を教えてくれ、通りからもアパートからも離れているよう警告してくれたものだ、と晩年のレオンが娘に語ったという。だがレオンの書類のなかにブサール夫妻にかんするものはなかったし、彼らの名前の手がかりはどこにもない。レオンとリタは戦後もブサール夫妻と親しい関係を結んでいた。しかしわたしの母が英国人であるわたしの父と結婚することになったとき、ブサール夫妻を結婚式に招いたが出席を辞退され、それ以降関係は失われた。英国人はドイツ人よりも嫌われていたんだ、と彼らは解説した。そういう事実が一九五六年にあった。母がこの話をしてくれたときわたしは笑いころげたが、母によるとそれは笑いごとではなく、そのせいであの老夫婦との関係がぎくしゃくしはじめたのよ、といった。それ以降ムッシュー・ブサールには二度と会っていない、と。それから何年もたってから、母はモンパルナス大通りの有名なカフェ、ラ・クーポールでマダム・ブサールとお茶を飲むことになった。そこでブサール夫人はこういったそうだ。あなたのお母さんはあなたよりもわたしたちの息子、ジャン・ピエールのほうをずっと愛していたのよ。それ以来、わたしの母はブサール夫人にも会っていない。

時計を巻きもどして一九四四年八月二五日、パリ解放の日をレオンとリタはブサール夫妻と祝った。四人はシャンゼリゼの群衆に合流し、米国軍を歓迎し、さてムードンにあずけた娘をどうやって引き取りにいこうかと思案した。レオンは若い兵士を乗せた米国陸軍のトラックを止めた。そのなかの一人がポーランド語を話した。

「乗りな」とその兵士がいう。「ムードンに連れてってやるよ」。一時間後、兵士たちは二人を町の中心でおろしてくれ、「幸運を祈る」とポーランド語で言葉をかわして別れた。

その夜一家は水入らず、ブロンニャール通り二番地の屋根裏、ふた部屋しかない小さなアパルトマンで寝た。三人が同じ屋根の下で寝るのは五年ぶりのことだった。

22

わたしはもう一度、レオンの書類のなかにあった一枚の写真に立ちもどる。初めてリヴィウへ旅立つ前、母の家の居間で見た写真だ。

わたしはその写真を、パリのシャルル・ド・ゴール研究所の文書局員のもとへ送った。一九四四年一一月一日、パリ郊外のイヴリー・シュル・セーヌの墓地で撮られたものだ、と彼女はいう。その日ド・ゴールはキャレ・デ・フュジエ（銃殺された人々の広場）という、占領時にドイツ軍によって処刑された外国人レジスタンス戦士を弔う記念碑を訪れたのである。

「口ひげの男性はアドリアン・ティクシェといって、一九四四年九月にド・ゴールからフランス共和国臨時政府の内務大臣に任命された人物です」と文書局員は説明した。「そのうしろにいるのがパリ警視庁の署長シャルル・ルイゼです（写真の左側、ひさし付きの帽子をかぶった眼鏡の男）」。そしてセーヌ県の知事マルセル・フルレ（右側、同様の帽子をかぶり白い肩章をつけた男）。「フルレのうしろにいるのがガストン・パレウスキー」。その名前には思い当たるところがあった。パレウスキィはド・ゴール内閣の大臣だったが、貴族作家ナンシー・ミットフォードの恋人で、後年彼女の小説『Love in a Cold Climate』のなかの登場人物ド・ソーヴテール公爵、ファブリスとして不朽の名声を与えられた。

そんな人たちに混じって、レオンはいったい何をしていたのか？

キャレ・デ・フュジエに埋葬された死者たちが、秘密の鍵を握っていた。銃殺された人たちのなかに、二十三名のレジスタンス戦士がいた。彼らは Francs-Tireurs et Partisans Main d'Oeuvre immigrée:

シャルル・ド・ゴール。1944年イヴリー墓地

FTP-MOI〔義勇兵と遊撃兵―移民労働者〕というパリ在住外国人戦士団のメンバーだった。このグループには、ポーランド人八名、イタリア人五名、ハンガリー人三名、スペイン人一名、フランス人三名、アメリカ人二名をふくんでいた。アメリカ人のうちの一人がリーダーでミッサク・マヌキアンといった。唯一の女性がルーマニア人で半数がユダヤ人である。

これら二十三名のレジスタンス戦士は一九四三年一一月に逮捕される。三か月後、パリやその他の都市に真っ赤なポスターが貼りだされる。「犯罪軍団」と名指しされ、氏名と顔写真がさらされた。これが「ラフィッシュ・ルージュ」、すなわち赤いポスターと呼ばれた有名な貼り紙で、フランスが破壊され女性子どもが殺される前にこのような外国人を見つけだせ、と呼びかけるものだった。ポスターの裏面には「かかる行為をたくらむのは常に外国人である。実行部隊は常に失業者とプロの犯罪者である。こうした考えを吹きこむのは常にユダヤ人である」という主張が印刷されていた。数週間後一九四四年二月に、一名を除く全員がモン・ヴァレリアン要塞で銃殺刑に処せられる。彼らはイヴリー・シュル・セーヌの墓地に埋葬され、終戦後の一一月にド・ゴールはレオンたちに付き添われて墓参したのだった。一人孤独な例外がオルガ・バンシック、唯一の女性メンバーで、処刑はとりあえずまぬがれていた。数週間後、三十二歳の誕生日に彼女はシュツットガルトで斬首される。

詩人のルイ・アラゴンがこれらの処刑を『赤いポスター（L'affiche rouge）』という詩に託し、永久《とわ》の記憶にきざんだ。一九五五年に書かれたこの詩は、マヌキアンが妻メリネに宛てた最後の手紙から霊感を得、のちに歌手レオ・フェレによって歌曲にされる。わたしがその歌に子どものころからなじみがあったのは、ひょっとするとレオンを通してかもしれない。

幸福を全員に、生きのびた者全員に幸福を
わたしはドイツ人を憎むことなく死んでゆく
苦痛も不幸も、これでおさらばだ

ド・ゴールが墓地を訪れたとき、レオンは随行者のなかにいた。彼はその二十三人を知っていたのだろうか？　ポスターに名前をさらされた一人、二十歳で処刑されたモーリス・フィンゲルスワイグというポーランド系ユダヤ人には思いあたりがある。どこかで聞いたことのある名前だ。わたしの母の小さいころからの友だちにリュセットという女の子がいて、占領後のパリでいっしょに徒歩通学をしていた。その後彼女はリュシアン・フィンゲルスワイグという男性と結婚する。処刑された若者の従兄弟だった。後日リュシアンがわたしに、レオンはそのグループと懇意にしていたが、それ以上のことはわからない、と話してくれた。「でもそれが理由なんだよ、イヴリー墓地の参列で彼が先頭近くにいたのは」とリュシアンはいった。

23

パリの占領が終わったとき、マルケ、グスタ、ラウラなど、レンベルクやジュウキエフの家族がどうなったか、レオンは何も知らなかった。新聞では強制収容所での大量殺人が報じられ、トレブリンカとかアウシュヴィッツという町の名前がメディアにのぼりはじめていた。レオンは最悪の事態を懸念していたにちがいないが、同時に計らざる幸運を願ってもいたはずだ。

いろいろな組織が誕生した。一九四五年にアメリカ・ユダヤ人共同配給委員会が「社会的支援と復興のためのユダヤ人委員会（Comité Juif d'Action Sociale et de Reconstruction）」を立ちあげた。この委員会はパリの中心部、かつてゲシュタポの本部があったリュテシア・ホテルに事務所をかまえており、そこで働いていたレオンは四月三〇日、ヒトラー自殺のニュースを聞いた。一週間後、アルフレート・ヨードル将軍が無条件降伏文書にサインをする。七月、レオンは「部長」に任命されているが、彼が保存していた書類のなかの色あせた灰色の身分証明書からは、どういう部署の長なのかはわからない。この組織について彼から聞いたことは何もないが、レジスタンス活動から派生してきた組織らしく、移民や強制収容所の生き残りを戦後の社会に復帰させる手助けをしていたようだ。わたしの母はこの時期について、彼らが住んでいたブロンニャール通りにときおりやってくる人たちがいた、ということぐらいしか覚えていない。極貧の男女を、食事やおしゃべりに招いていたようだ。そうした人たちのなかには自殺を選ぶ者も一人ならずいた。

ひとつだけ、レオンの心を明るくしてくれるニュースがあった。六年間離ればなれだった親友マックスがニューヨークに住んでいることを四月に知り、彼はその住所に宛てて手紙を書いた。七月に返事が届く。交信再開の歓喜と、連絡を取れぬ家族の運命についての懸念がないまぜの手紙だ。「悪いニュースがこないかぎり」とマックスは書く。「僕は希望を失わない」。君の家族について何かわかったかい、とマックスは問いかける。そして、消息を知りたい人たちの名前を列挙している。そこには、連絡が途絶えた兄弟の名前もあった。手紙の末尾には、心優しい友情の表白と共に、レオンとリタも渡米すべきだという励ましと、ビザの取得には協力しようという言葉があった。一九四六年一月、レオンとリタはパリのアメリカ領事館に氏名その他を登録し、アメリカ移住の申請をする。国籍欄にリタはオーストリア、レオンはポーランドと書いた。

24

こうしたことと前後して、ル・モンド紙などの新聞が、ナチスのリーダーたちを裁くために連合国側が国際法廷の設置を検討中、という記事を掲載した。憶測だったものが現実へと具体化してゆく。裁判所は八名の裁判官を擁し、二名はフランス人になる。レオンはそのうちの一人ロベール・ファルコについて、少なくとも名前だけは耳にしたことがあったのではないか。以前、パリ控訴院の裁判官を務めていた人物だ。

一九四五年一〇月、二十二名の被告人に対する起訴が裁判所に提出される。ル・モンド紙は起訴状に記された罪名が、耳慣れぬ「ジェノサイド」というものであると報じた。新聞は問いかける。この罪名は何を意味するのか？　どこから出てきた言葉なのか？　これに対する回答は、この用語を作りだしたといわれる人物、アメリカの大学教授という肩書きのラファエル・レムキンとのインタビューを通して明かされる。実務的にはどのような結果をもたらすのかと尋ねられ、レムキンはジャーナリストを前に、レオンが抜き差しならぬかかわり合いを持つ場所、ウィーンやポーランドで起きた事件に触れた。「ある国が、その国内に住んでいるある国籍の人々あるいはマイノリティを抹殺しようという意図で、権力を行使したとします」とレムキンはフランス人読者に向けて語った。「そのときの犯罪実行者がその国を離れた場合、わたしたちは彼を逮捕することができるようになるのです」

ウィーンとポーランドの件を例示されて、レオンは何の知らせも聞こえてこない家族にあらためて思いを馳せたことだろう。彼の父ピンカスと兄のエミールは一九一四年末にはもうこの世を去っていた。だが、ウィーンとレンベルクとジュウキエフに残してきた人たちはどうなったのだろう?

一九四五年の時点でレオンは何も知らずにいたが、今わたしは知っている。少年時代に彼を取り巻いていた人々、ガリツィアのブフホルツ家とフラッシュナー家の血縁者は一人残らず殺されていたことを、レオンが語ったことはない。戦争が始まったときにレンベルクとジュウキエフに暮らしていた七十人以上の親族のうち、生き残ったのはレオンのみ、あの大きな耳の笑顔の少年だけだったのである。

レオンは戦争中のできごとをいっさい語らなかった。親族について触れることもなかった。リヴィウでの講演への招待を承諾したからこそ、二十世紀末まで生きた彼の人生につきまとったとほうもない規模の蹂躙を、わたしは少しずつ理解することができたのである。幼いわたしが彼の面識を得たとき、彼は人生の後半にいた。ガリツィアのあの日々から逃れ、そして生き残った最後の人間なのだった。子どものころのわたしにつきまとったあの沈黙、彼がリタと暮らしていた小さなアパルトマンを浸していた沈黙の理由は、そこにあった。

かぎられた数の書類と写真から、わたしは失われた世界の輪郭を再構築することができた。隙間だらけではある。登場すべき人物の欠落、ということだけではない。レオンが残した書類のなかには、彼とリタのあいだの愛の交歓を裏づけるものも見あたらぬ。リタは「わたしの親愛なる娘」には満腔の愛を送っているが、同種の感情をレオンに対して抱いていたにしても、それを書き表したものは残されていない。レオンからリタに対しても同じことがあてはまる。

二人が離ればなれになる一九三九年一月以前に、二人のあいだに何かが入りこんだのではないかという直感が働いた。なぜレオンは単身でウィーンを去ったのか？　まだ乳児にすぎぬ娘がどうやってパリに到着したのか？　なぜリタは居残ったのだろうか？　わたしは書類をもう一度見直した。ミス・ティルニーなる女性の住所が走り書きされた紙片とか蝶ネクタイの男の三枚の写真に、何か手がかりは隠されていないかと。

だがその先に展望が開けることはなかった。そこでわたしは別の場所、彼らの初期の人生が織りなされた小さな町、ジュウキエフに目を転じた。そこはレオンの母親マルケが生まれた町でもあれば、ハーシュ・ラウターパクトの生誕地でもある。ニュルンベルク裁判に「人道に対する罪」という言葉を持ちこんだ男である。

第2部 ラウターパクト

個人こそが……
すべての法が対象とする究極的単位である。
ハーシュ・ラウターパクト、一九四三年

25

ヨーロッパの戦争終結から数週間がたった一九四五年の暑い夏の日、ジュウキエフ生まれだが今は英国ケンブリッジ在住の、ある中年の法学部教授が昼食に招いた客人の到着を待っていた。わたしは次のような情景を思い浮かべてみる。クランマー通りに建つ堅固な二軒一棟家屋《セミデタッチドハウス》の二階の書斎で、大きなマホガニーの机を前に、窓の外をながめている教授。レコードプレーヤーからは、バッハのマタイ受難曲が流れている。四十八歳のハーシュ・ラウターパクトは不安げに、米国連邦裁判所の裁判官ロバート・ジャクソンの到着を待っていた。ジャクソンはトルーマン大統領から、ニュルンベルクにもうけられる国際軍事裁判所でドイツ人戦争犯罪人を起訴する主任検事に任命されたばかりだった。

ジャクソンがはるばるケンブリッジへやってくるのは、ある特定の問題を抱えていて、その解決のためにはラウターパクトの「すぐれた判断力と学識」を仰ぐ必要があったからだ。具体的にいうと、彼は、ドイツ・ナチスの指導層が犯した国際犯罪の責任者としてニュルンベルク法廷に引きだされる被告人を告訴する正当性を、ソ連とフランスに納得させなければならなかった。ジャクソンとラウターパクトは何年も前からの信頼関係で結ばれていた。二人は、裁くべき犯罪の検討、検事の役割と判事の役割、証拠の取り扱い方、言葉のこまかい定義などを話題に議論することになる。

ただし、二人がラウターパクトの実家を話題にすることはなかった。レオンや数えきれぬ同胞と同じく、ラウターパクトもまた両親、兄妹、伯父や伯母、従兄弟と甥など、レンベルクとジュウキエフの沈黙のなかに消息を絶った家族、親族にかんするニュースを待ちわびていた。

そんなことはロバート・ジャクソンとかわすべき話題ではない。

26

ラウターパクトは一八九七年八月一六日にジュウキエフで生まれた。ワルシャワの公文書館で探りあてた出生証明書の宣言者は、ビジネスマンである父親アーロン・ラウターパクトと、母親のデボラ・トゥルケンコップ。誕生の立会人は、バリック・オルランダーという宿泊所経営者だが、偶然にも彼はレオンの母親の遠縁にあたる人物だった。

アーロンは油関係の商人で製材所も経営していた。デボラは主婦。兄のダヴィッド（デュネク）と三つ下の妹ザビーナ（ザブカ）がいた。四人目の子どもは死産だった。ラウターパクト家は大家族で中流階級に属し、教育のある敬虔なるユダヤ教徒だった（デボラは食物戒律《コーシャー》を厳守して家事をまかない、正統派の伝統にもとづいてかつら《シェイテル》をつけていた）。家族の写真に写っている五歳のラウターパクトは、両爪先をほぼ九〇度に開いて立ち、どんとかまえた父親の腕にしがみついている。

スツールにちょこんとすわった妹は、やがてインカという名前の娘を産むことになる。わたしがインカに面会したとき彼女は、アーロンとデボラを「すばらしい」祖父母だったとほめ、「やさしく愛情にみちた」人たちであり、勤勉で寛大で、子どもたちに対しては「とても大きな期待を寄せていた」と語った。インカは陽気な一家を覚えている。いつも音楽が流れていてたくさんの本があり、思想やら政治の話題に事欠かず、楽天的な雰囲気にみちていた。一家はイディッシュ語を話していたが、子どもたちに聞かせたくない会話のときにはポーランド語に変えた。

ジュウキエフの土地台帳を見ると、ラウターパクト家は第四八八区の一五八番に住んでいたことがわかる。偶然にも、わたしの曾祖母マルケ・ブフホルツ（旧姓フラッシュナー）の家があったのと同じ東西をつらぬく道路で、マルケはその西端、ラウターパクトは東端に住んでいたことになる。

ラウターパクト家。1902年ジュウキエフ。左端がハーシュ

ジュウキエフの歴史にくわしい親切で優秀な女性リュドミラが、その現在地を正確に探りあててくれた。町の東の端、今ではアスファルトで舗装された場所で、わたしがリヴィウから到着したときに通過した道だ。

「銅像を建てるには格好の場所ですね」とリュドミラがいたずらっぽくいう。いずれそういう日がくるかもしれない、とわたしたちは合意した。その場所はアルター・フリードホフ（旧墓地）と聖三位一体教会という古い木造教会に近く、リュドミラはその教会を案内してくれた。古びた茶色のこけら板で覆われた教会のなかに入ると、木と香のほっとする匂いに包まれる。色鮮やかなイコンが一面にはめこまれた絢爛たる祭壇がある。金色の飾り枠のなかの深紅と静かな青がかもしだす暖かさにみちたこの空間は、百年間変わることなく、平安の場所だった。ラウターパクトの伯父ダヴィッドが住んでいた家がこの真向かいにあった、とリュドミラがいう。ずっと前になくなってしまいましたが。そのあと、彼女は近くの家を指さし、あそこが次の訪問場所です、といった。彼女はその家のドアを勢いよく叩いた。しばらくすると、小太りで陽気な家主が満面に笑みを浮かべてドアを開く。お入りなさい、とわたしたちを木造教会が見渡せる正面寝室へ招き入れ、ベッドと壁のあいだの狭い空間にいざなった。彼はひざまずいて床板の一部をこじ開け、大人一人が通りぬけられるだけのいびつな穴を見せてくれた。この空間、この暗がりのなかに、クララ・クレイマーと十七人のユダヤ人が二年間近く隠れていたのだ。そのなかには、ラウターパクト家の親戚が何人かいた。ラウターパクトが生まれた家からほんの目と鼻の先に。

27

一九一〇年、ラウターパクトは両親と兄妹と共にジュウキエフを去る。時はフランツ・ヨーゼフの治世六十二年目、十三歳の彼はより良い教育を求めてレンベルクをめざした。ちなみにその年のエプソムダービー〔英国サリー州の競馬場でおこなわれる〕の優勝馬がレンベルクという名前だったが、独身英国人の馬主アルフィー・コックスはレンベルクの町とは何の関係もない。

アーロンは町外れの製材所の経営に従事し、すでにきわだった才能を見せ理路整然とした息子はフマニスト・ギムナジウム〔古典に重点を置くアカデミックな中等学校〕に入学した。彼は大の読書家で自信満々、政治には関心があったが宗教方面には興味を示さなかった。彼の同級生たちは彼を教養あふれ、強固な意志を持った硬骨漢で、「底知れぬ知性」と道義心をそなえた生まれながらのリーダーと見なしていた。レンベルクの町のいたるところに社会的不平等が散見されたが、それは外国人恐怖症、人種差別、集団のアイデンティティ、集団間抗争などを下地にはびこってきたものだった。彼は年少の時分からこうした問題に敏感だった。

ラウターパクトはすでにジュウキエフで、信仰心や政治的信念をめぐってグループ間の不和、分裂が日常生活に深いみぞをきざむことを知っていた。だが、ナショナリストと帝国主義者の野望の断層上にできた町レンベルクではさらにすさまじく、それはレオンも体験していた。ただ、正統派ユダヤ教一家ではあったけれども、ローマカトリック教会文明と東方正教会文明のあいだに心地良くおさまったラウターパクト家には、自由文明の中心的主要都市に生きているという自負があった。独創的な数学者や勇敢な法律家がつどい、科学者や詩人や音楽家の集まるカフェが点在し、真新しく美しい鉄道駅と豪華なオペラハウスのある町。バッファロー・ビル・コーディー〔米国人興業主〕が白羽の矢を立ててもいいくらいだ（実際に彼は、一九〇五年ワイルド・ウェスト・ショー〔実演西部劇〕を率いて巡業にきている）。

音《ね》色《いろ》ゆたかで香おりかんばしい町でもあった。「ルヴフの鐘の音が今でも聞こえてくる、それぞれが異なった音色をかなでるのだ」とユーゼフ・ヴィトリンが書いている。「マーケットスクェアの噴水のささやきが聞こえ、春の雨がほこりを洗い流した木々の枝葉が風にゆれ、芳香を降らす」。若きラウターパクトも、ヴィトリン行きつけのカフェに通っていたかもしれないが、そうした店はとうの昔に消えてしまった。「オイロペイスカ」というカフェがヤギェウォ通りと五月三日通りの角にあった（「美しき異性が姿を現わすことはめったにない」とヴィトリンは書く）。「シトゥカ」はアンドゥリオリ小路の上階にあった（「長髪のヴァイオリニスト、ヴァッサーマンがシューマンのトロイメライを弾くときは必ずムードたっぷりの照明が一段暗くなった」)。そして五月三日通りとコシチュシュコ通りの角にあった「ルネサンス」(ほかのカフェで働くウェイターがひけらかすように派手なジャケットと極彩色のネクタイで現われ、同業仲間に給仕をさせる)。

レンベルクに戦火がおよんだのは一家が引っ越してから三年後だ。一九一四年九月、ロシア軍が町を占拠したときラウターパクトはそこに居合わせた。ロシアのニコライ二世は、オーストリア軍は総崩れで「統率を完全に失い潰走中」という報告に接していた。レオンの兄エミールが戦死したのは、おそらくこの戦いだろう。ニューヨークタイムズ紙は、ロシアの「侵攻軍」は、教会や「沿道の礼拝所」に敬意を払い、戦争という血なまぐさい騒乱の最中でもレンベルクをロンドン並みに平和で活気ある都市のまま手つかずにしておこうという「配慮」を見せた、と報じている。

一九一五年六月、オーストリア=ハンガリー帝国陸軍はドイツ軍の支援を得て町を奪回し、「オーストリアとドイツじゅうで狂喜が爆発した」。一か月後、ラウターパクトはオーストリア陸軍に徴集されるが、実際にはほとんどの期間、父親の製材所勤務を命じられていたらしい。友人の証言によると、彼は機関室にこもって工場の騒音にも戦争の雷動にも「我かんせず」読書に没頭し、フランス語と英語を独習していた。ラウターパクトは読書ノートをこまかくつけていた。現在彼の息子が所有しているそのノートからは広範な読書内容がうかがえ、戦争と経済、宗教と心理学、アダム・スミスの『国富論』、マルキシズムにかんする論文などを読んでいたことがわかる。音楽に気晴らしを求めることも多く、特にバッハとベートーヴェンは彼の一生を通じて情熱となぐさめの源泉であった。「聴覚と音の記憶はなみはずれてすぐれていた」といわれているが、実演となるとクロイツェル・ソナタを二本指でたどるのが関の山だった。

大学で何を学ぶか決断すべきとき、両親から兄と同じ道を進むよう説得される。一九一五年の秋、

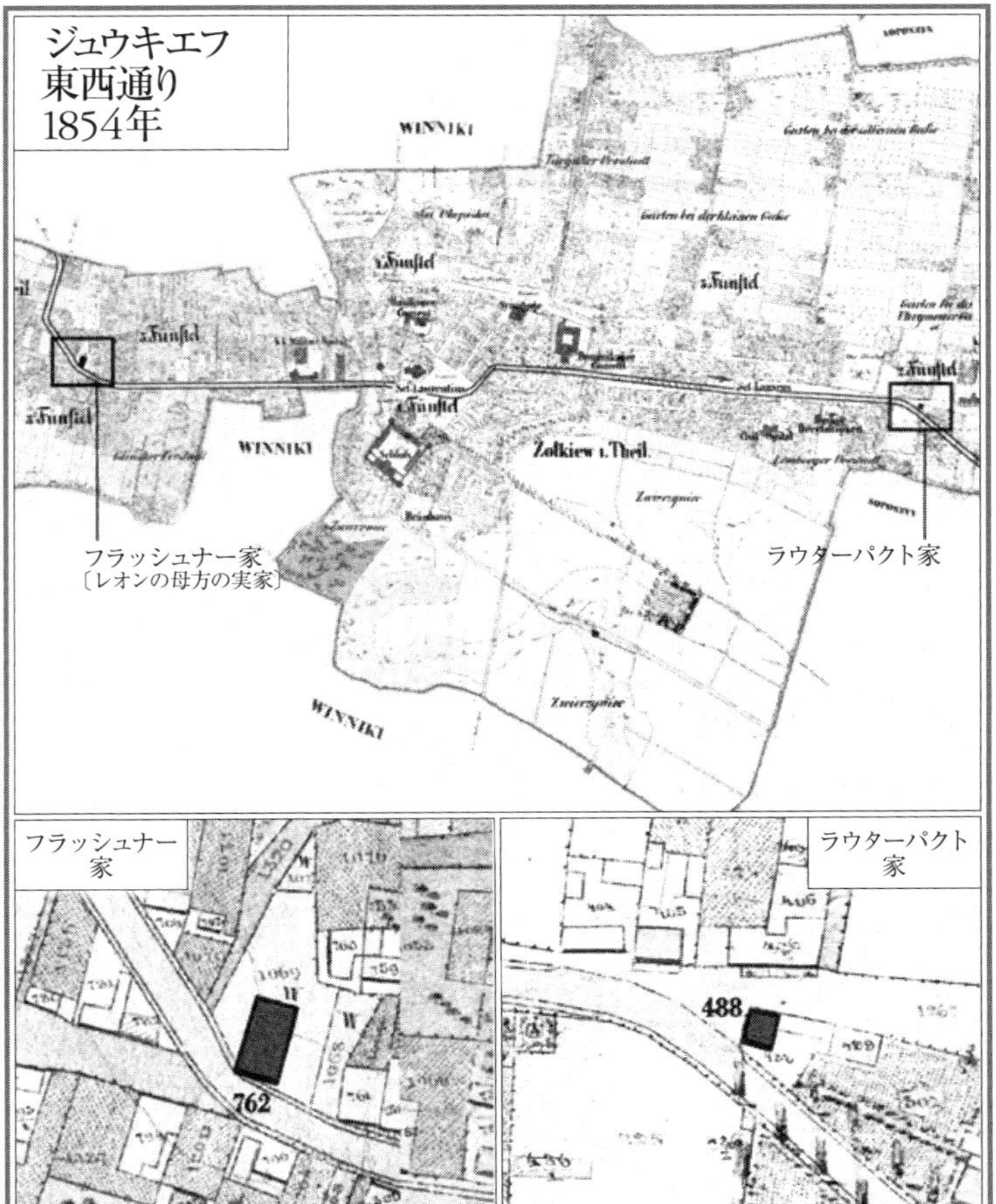
ジュウキエフ
東西通り
1854年
WINNIKI
WINNIKI
WINNIKI
Żolkiew 1. Theil
フラッシュナー家
〔レオンの母方の実家〕
ラウターパクト家
フラッシュナー家
762
ラウターパクト家
488

彼はレンベルク大学法学部に入学する。

28

彼の大学時代について、たとえば何を学びどこに住んでいたかというような点を明らかにした著作はほとんどない。そこでわたしは自らリヴィウの公文書館で調べることにした。ポーランド語もウクライナ語もできないわたしは、一世紀前にラウターパクトが学んだのと同じ法学部の学生、イホールとイヴァンの助けを得ることにした(イヴァンの博士号のテーマはクリミア半島のセバストポールにあったソ連海軍基地だったが、偶然にもロシアによる領土略奪が再燃、とりわけ今回のクリミア違法占拠が起きてみると、タイミングの良すぎるテーマとなった)。というわけで、わたしはイヴァンに連れられて、リヴィウ州国立公文書館という迷路のような建物に迷いこむことになったのである。

市庁舎のすぐ北のムゼイナ広場にはなじみがあった。ノミの市の本拠地で、そこに広げられた絵葉書や古新聞や古本は青空図書館ともいえ、二十世紀を生きのびたこの町の苦悶の歴史を雄弁に語ってくれる。わたしの息子がソ連製の鳩時計(青と赤で着色された金属製)を求めるかたわら、わたしはオーストリア=ハンガリー帝国時代のスクラップ、ポーランドの絵葉書とかユダヤ関連、イディッシュ関連の掘りだし物をあさる。プレミアム賞品――もしも値段が基準になるならば――は三年間のナチス占領時代から持ち越された品物だ。あの独特の形をした暗緑色のシュタールヘルム、つまり一方の側面に鍵十字、反対の側面に親衛隊SSのシンボルがついた鉄兜を見つけたのだ。だが、もっと近づいて見ようとすると、売り子にシッシッと追い払われた。

国立公文書館は荒廃した十八世紀の建築物で、バロック式の聖体教会の一部であるかつてのドミニ

1917年のジュウキエフ。左側上から二番目の写真が法学部。
右側上から二番目が鉄道駅。右側一番下がジョージ・ホテル

コ会の修道院の建物に隣接している。ソ連時代、この教会は「宗教史と無神論博物館」として使用されていた。今は、ウクライナ東方カトリック教会になっている。入り口でスカーフをかぶった老婦人が警備をしていた。「何の用か?」と大声をあげる。イヴァンがもったいぶっていう——アルヒーフ(古文書)——毅然とした態度が奏功し、わたしたちは入場を許された。ここでの秘訣は立ち止まらずに歩きつづけることだ。

閲覧室までは、のびのびと枝を伸ばしたバラ園を抜け、雨水を吸いこんだカーペット敷きの金属製階段を昇ってゆく。イヴァンとわたしは二階に入ったが何の表示もなく、通路を照らす照明もなく、廊下にはレンベルク資料集の山また山、壁が書類で埋め尽くされていた。一九一八年一一月、オーストリア=ハンガリー帝国陸軍最終退却にかんする資料。同年同月、短命に終わった西ウクライナ人民共和国の独立宣言。一九四一年六月、ドイツ軍によるソ連占領下のリヴィウの封じこめ。一九四一年八月、ガリツィアをポーランド総督府に吸収させた総督ハンス・フランクの命令。一九四一年九月、レンベルクのすべての学校と大学を閉鎖させた同総督の命令。

廊下の端までゆきつくと、閲覧室入り口扉のうえに蛍光灯がちらちらしていた。ここで文書係がわたしたちの注文を受けつけてくれる。閲覧中の人が五人いて、そのうち一人が尼僧、二人が睡眠中。停電になるまでは静まりかえっていた。そう長引くわけでもなく毎日おなじみのできごとだが、多少騒がしくはなる。あるとき、電気がつくまでの騒ぎのなか、一人の尼僧がずっと眠りこけているのに気がついた。明日一〇時に来館願います、と文書係がいう。そのときまでに注文した本が準備できているというわけだ。翌日、本の山が待ちかまえていた。木製の机にきちんと積みあげられた、ほこりと革と今にも破れそうな紙からなる三つのタワー。一九一五年から一九一九年に法学部に在籍していた学生の記録である。

わたしたちは一九一五年の秋学期から着手した。学生の名前のアルファベット順に並べられた、手書きの何百枚という記入用紙を片っぱしから見ていった。国籍はポーランド人かユダヤ人ばかりだが、ウクライナ人がたまにいる。骨の折れる作業だ。フルネーム、受講した講義のリスト、受講時間、担当教授の氏名。その裏面には日付と署名が記されている。

イホールの下調べを手がかりに、イヴァンがラウターパクトにかんする最初の書類を見つけた。一九一五年秋の日付がある。ロシア軍が撃退された直後だ。こうしてラウターパクトの学問の形成期にあたる一九一五年から一九一九年までの七学期の学業内容という、ほぼ完全セットを集めることができた。自宅住所のルトフスキーゴ通り六番地は現在テアトラルナ通りという名前になっているが、そこはわたしが滞在していたホテルの数軒先だった。その前を何度も通りすぎたことがあり、繊細な鋳鉄細工のドアの真ん中、丸い枠取りのなかに大きな「L」の字がはまっていることにも気づいていた。ラウターパクト（Lauterpacht）の頭文字なのだろうか？ それともレンベルク（Lemberg）の？ あるいはルヴフ（Lwow）の？

ラウターパクトはローマ法とドイツ公法の勉強から始め、魂と肉体にかんする講義、そして楽観主義と悲観主義にかんする講義を取っている。彼の初年度の教授たちのなかには有名な教授、オズヴァルド・バルゼールがいた。彼はポーランドとオーストリアの法制史という特異な分野を講義していた。バルゼールは実務弁護士でもあって、オーストリア政府とガリツィア政府のためにかなり専門的な訴訟案件を引き受けたりもしている。彼の最も有名な業績は、国境紛争にかんするわたし自身の仕事を通して知るにいたったのだが、タトラ山脈〔カルパチア山脈の一部〕にある二つの湖の所有権をめぐって起きた紛争案件である。バルゼールは実践的な法律家で、ラウターパクトに大きな影響を与えた。

大学二年生の一年間、一九一六年九月からの時期は、六十八年間の治世後崩御したフランツ・ヨーゼフ皇帝の戦争と死に大きく影響を受けた。町の周囲で戦火が激しさをまし、情勢変化の気配があたりにたちこめてきても、授業は平常通りつづいていた。彼が宗教的な講義をみっちり選択していたことや（カトリック教会法、イスラエルの歴史と文化など）、実用主義と本能主義の講義を毎日受講していた点に、わたしは注目した。ラウターパクトの知性の発展が、まさにこの二つの主義のあいだを、交流電源の波形のようにうねりながら進んだからである。一九一七年四月、彼は歴史学と法律学の国家試験に合格し、最高位（「優」）を得る。

大学の三年度は一九一七年九月に始まった。レンベルク市に対するオーストリアの支配力がどんどん弱まっていった時期である。ラウターパクトはまずユリウシュ・マカレヴィッツ教授の刑法を取る。教授はオーストリア刑法の権威者だ。次に選んだのが同じ教授による監獄学。三つ目がモーリシー・アレーハント教授によるオーストリア裁判手続きについての講義。この二教授の名前をここに書きだしたのは、本書中盤以降で彼らが再登場するからである。

大学生活最後、ラウターパクトの四年度の勉学は、レンベルク、ヨーロッパ、そして世界が新時代へ向かう劇的変化のなかで進められた。一九一八年一一月、第一次世界大戦が終わり、同時にオーストリア＝ハンガリー帝国も終焉し、レンベルクの主導権を握る者は週ごとに変わった。

29

「赤い大公」と呼ばれたオーストリア大公、二十三歳のヴィルヘルムによる秘密の決定がラウターパクトの人生を変える。彼の決断によって、レンベルクをめぐるポーランド人とウクライナ人の血なまぐさい抗争の火蓋が切られたのである。それはレオンがウィーンへ発ってから四年後、一九一八年一一月のことだった。ヴィルヘルム大公は、オーストリア＝ハンガリー帝国陸軍のポーランド人部隊に対しレンベルクからの退却を命じ、代わりにウクライナ・シーチ銃兵隊二個連隊を招き入れる〔ヴィルヘルムはウクライナ贔屓だった〕。一一月一日、ウクライナ兵はレンベルクを占拠し、新規独立国、西ウクライナ人民共和国の首都であると宣言する。

　かくしてポーランド派とウクライナ派がふたてに分かれて戦いを始め、板ばさみになったユダヤ人は、負ける側についてしまう危険を恐れて中立を決めた。第一次世界大戦の休戦協定はドイツと連合国のあいだで一一月一一日に締結され、その日にポーランドも独立宣言をしたが、それとは無関係に抗争はつづく。流血の惨事はラウターパクト一家が住んでいたテアトラルナ通りにもおよび、彼らの家も損害を受けた。ラウターパクトの学友、ヨーゼフ・ロート（同じガリツィアの町ブロディで生まれた作家にちなんで名前がつけられた）はそのあとにつづいた時期、オーストリア＝ハンガリー帝国崩壊にともなう「軋轢と紛争」の日々について書いている。「ユダヤ人住民を守るために」とロートは書く。「自発的なユダヤ人市民軍が組織された」。そのなかにはラウターパクトもいて、ユダヤ人地区を「昼も夜も」パトロールしていた。

　一週間でウクライナ人は統制力を失い、ポーランド人が町を制して停戦協定が結ばれる。リヴィウがルヴフとなり、略奪や殺人が町にはびこった。

　わたしは、その後ラウターパクト一家が住むことになる通りに早めの雪がうっすらと降り積もり、バリケードが築かれた写真を見つけた。この写真をながめると、ニューヨークタイムズ紙が報道した三日間のできごとを鮮明に想像できる。記事の見出しはこうだ。「レンベルク大虐殺、ユダヤ人一一〇〇人殺される」。この見出しをきっかけに、虐殺を止めさせるべく、ウッドロウ・ウィルソン大統領にプレッシャーがかかってゆく。

レンベルク、シクストゥスカ通りに設置されたバリケード。1918年11月

こうした流血事件がマイノリティの直面する危険をあらわにするかたわら、ラウターパクトはこつこつと勉学にはげんでいた。二集団の戦いのあいだで板ばさみになった何万という人々のきびしい現実を突きつけられ、彼はガリツィア・シオニスト学会のリーダーになる。またポーランド人学校のボイコットとユダヤ人高校の設立に向けて活動をした。そこには、ユダヤ人の若者たちの「ユダヤ人虐殺に参加した連中と同じ机にすわるのは不可能だ」という考えがあった、と彼の友人が説明している。

これまで安泰だった権威が崩壊すると、新しいポーランドやウクライナ独立の可能性が見えてきて、過激なナショナリズムが放たれた。ユダヤ人住民の反応は一様ではなかった。正統派ユダヤ教徒による反ナショナリスト陣営はポーランド人やウクライナ人との平和的共生を望んでいたが、これまでのオーストリア＝ハンガリー帝国域内のどこかに独立したユダヤ人国家を作るべきだという声もあった。独立したばかりのポーランド国内で大幅な自治権を持つべきだと主張するユダヤ人もいたが、シオニストたちはパレスチナに別途独立したユダヤ人国家を樹立するありかた以外は了承できぬという立場だった。

このような集団としてのアイデンティティと自治権の問題がかさなり、第一次世界大戦後のナショナリズムの勃興や新国家の誕生とあいまって、法律問題が政治的議論の中心的テーマとして前面に押しだされてきた。法律が規模と射程距離を拡大するという新しい展開を迎えたといえる。法律でマイノリティを守るとすればどのように？　彼らの共通言語は何にすべきか？　彼ら専用の学校を作って子弟を教育するということか？　こうした疑問は今でも世界中で繰りかえし問われるが、当時はそれをいかにして提起しいかにして解決するかのガイダンスとなる国際規則がなかった。新興国であれ歴史のある国であれ、国境内に住む人々に対して国家は生殺与奪の自由を有していた。国際法は、一国内の多数派が少数派を牛耳ることについて制限を課すことはほとんどなく、また個人の権利を保障することもなかった。

ラウターパクトの知的成長は、こうした問題が噴出する正念場と時を同じくしていた。シオニズムの活動に関与しつつも、彼はナショナリズムを怖れていた。レンベルクの住人であり大学の講義も受け持っていた哲学者マルティン・ブーバーは、シオニズムをおぞましいナショナリズムの一形態であるとしりぞけ、パレスチナにユダヤ人国家を作れば避けがたくアラブ系住民を迫害することになるという見方を固持し、ラウターパクトに知的影響力をおよぼすことになる。ブーバーの講義を受けたラウターパクトは、彼の思想に引かれ、ブーバーの弟子であることを自認する。国家権力に対する懸念を抱きはじめた時期だった。

そうこうしながらも法学部の授業はつづく。オーストリアは国として衰退していたが、ラウターパクトはロンシャン・ド・ベリエ教授のオーストリア私法に没頭した。ポーランドの一部となったルヴフではもはやオーストリア法は適用されなくなったのだが、マカレヴィッツ教授はオーストリア刑法の講義を毎日つづけ、教室には非現実的《シュール》な空気がただよっていたという。ラウターパクトは、一九一八年秋学期にユーゼフ・ブゼク教授による国際法の入門コースも取った。教授はウィーンで政治活動をしていた人物で、その後まもなくポーランド議会の議員になる。大学では人種差別がはびこり、教授の一存でウクライナ人学生やユダヤ人学生をクラスから排除することも自由にできた。そんな大学で、国際法を取る学生の数は少なかったにちがいない。

ラウターパクトは学問の場所を変えることを考えた。彼の読書ノートにはいろいろな本がリストアップされているが、そのうちのある本に影響を受けた可能性がある。イズレイル・ザングウィル著『ゲットー・コメディーズ（Ghetto Comedies）』がそれで、著者の顔写真は数年後タイム誌の表紙を飾る。同書は、「ものごとを英国風に変えること」の栄光について触れた短編集である。『悲しみのモデル（The Model of Sorrows）』で、ザングウィルはロシアを去って英国へ移住した宿屋の主人を描く。母国ロシアが「がまんできない」状態になったのが移住の理由だ。別の短編（『神聖な結婚生活（Holy Wedlock）』）で、著者はこんな質問を投げかける。「ウィーンにいってみたいとは思いませんか？」

30

一九一九年のウィーンは凋落国の首都、一千年近くつづいた君主国に最後に残された陣地であった。荒廃した建物が並び、群れをなしてもどってきた復員兵や戦争捕虜が街路にあふれ、インフレがとどまるところを知らず、オーストリア通貨クローネは「指先についた膠《にかわ》のように溶けてなくなった」。シュテファン・ツヴァイクは、町へ出かけるのは「痛ましい」体験で、物資の欠乏と「飢餓にさいなまれて黄色く光る剣呑な目」や、「アスファルトと接着剤の味がする黒ずんだ破片でしかないパン、凍りついたジャガイモ、古い軍服やずだ袋で作られたズボンを身につけた人たち、そして「道徳の全面的な崩壊」などに圧倒されたと書いている。だが、そんななかでもレオンと彼の家族は希望を持ちつづけ、彼らはもう五年間住んでいた。ラウターパクトのような者にとって、自由な文化、文学、音楽とカフェ、来る者を拒まぬ大学などは、強烈な魅力を発散していたことだろう。

一九一九年の夏学期終了後、ラウターパクトはルヴフを去る。ヨーロッパの国境が再度引き直されつつあり、ルヴフの帰属もはっきりしなかった。一九一八年一月に、米国大統領ウッドロウ・ウィルソンは連邦議会でおこなった演説のなかで「十四か条」の綱領を発表する。そこには、「オーストリア＝ハンガリー帝国内諸民族」の「自立的発展」という考えがふくまれ、「ポーランド人である人々の居住する」新しい国家が樹立されるべき、という願望も考慮されていた。ウィルソンのこの提案は意図せぬ結果をもたらす。現代の人権法が、ルヴフとその周辺で鍛えられ生まれることになったのである。

一九一九年四月、ヴェルサイユ条約締結までもうひと息という時期に、政府間組織であるポーランド問題特別委員会が、ポーランドの東端に国境線を引いた。この国境線は、英国政府外務大臣の名前にちなんでカーゾン線として知られるが、この準備のためにラウターパクトは通訳として補助的な役割を果たしている（彼自身はどこにも書き残していないが）。同地域について熟知し、言葉も堪能な青年だったのだ。「当時二十一歳だったハーシュは通訳として雇用され、その任務を立派に果たした」という友人の報告がある。そのころまでに、彼はフランス語、イタリア語、ポーランド語、ウクライナ語を話し、ヘブライ語、イディッシュ語、ドイツ語の知識をそなえていた。くわえて英語も多少話すことができた。カーゾン線はルヴフの東側に引かれたため、ルヴフ市とジュウキエフ市をふくむ周辺一帯はポーランド領になった。ロシア人による管理をまぬがれたのである。

こうしたなりゆきはポーランド全域で発生したユダヤ人攻撃と軌を一にし、新たに独立したポーランドに国内マイノリティであるドイツ人やユダヤ人を保護する能力があるのかと疑う声が、合衆国をはじめその他の国々から湧きあがる。ヴェルサイユ条約の交渉過程で、交換条件が出される――マイノリティの権利を保護することを条件にポーランドの独立を認めよう。ウィルソン大統領の要請にもとづき、ハーバード大学の歴史家、アーチボルド・クーリッジがルヴフとガリツィアについてレポートを書き、マイノリティの「生活、自由、幸福追求」の基本的権利が保護されなければならない、と呼びかけた。

ウィルソン大統領はポーランドの国際連盟への加盟には、同国内の人種的少数派・社会的少数派を平等にあつかうという公約を前提条件とするという特別協定を提案する。フランスはこれを支持したが、英国は同様の権利が「アメリカ黒人、南アイルランド人、フラマン人、カタロニア人」をふくむ他民族にも授与されることを怖れて拒否。新しくできる国際連盟があらゆる国のマイノリティを保護するようなことをしてはならぬと、英国代表は不満を表明した。さもないと、「リバプールにいる中国人、フランスにいるローマカトリック教徒、カナダにいるフランス人などの権利のみならず、さらに深刻な問題であるアイルランド人をも、擁護してしまうことになる」と。英国は主権――自分たち以外の人々を意のままにする権利――がほんの少しでも傷つくこと、あるいは国際的な管理に従属することをいやがった。英国はこの立場に固執した。「不正義と抑圧」がはびこることは意に介さずに。

このような状況を背景にして、一九一九年三月、シオニズム支持派や各国のユダヤ人代表団がパリに到着し、自治権、言語権と文化権、民族自決の基本原則、代表権などの強化を要求した。こうした事項が討議されていたとき、ルヴフから北東へ三五〇キロ離れたところにあるピンスクの町で、ポーランド兵のグループがユダヤ人市民三十五人を虐殺したというニュースが飛びこんできた。この事件がパリ平和会議の振り子をゆらし、条約草案にポーランド国内のマイノリティ保護が盛りこまれることになる。五月二一日、ポーランド代表団に草案のコピーが手渡される。ウィルソン大統領が要求したマイノリティの「厳正な保護」が示してあった。ポーランド新政府はこれを国内問題に対する不当な干渉であると見なした。ピアニストでもありポーランド代表団の団長でもあったイグナツィ・パデレフスキーは〔このときすでにポーランド首相兼外相である〕、英国首相デイヴィッド・ロイド・ジョージに直接手紙を書いて、草稿の全条項に反論をならべた。彼は、ポーランドであれどこであれ「ユダヤ人問題」を蒸し返さないでくれと警告した。ワルシャワが署名を拒否しかねないと気遣ったロイド・ジョージは、譲歩しようと合意した。

一か月後、ヴェルサイユ条約が締結される。その第九三条によってポーランドは、大多数の住民とは人種、言語、宗教を異にする「居住者」を保護するための条約を別途締結することを要求された。連合国にはこうしたマイノリティを「保護する」権利もあるという程度にとどまっているのに、ポーランドには義務を課す。ポーランド人たちは、これはバランスを失した義務であり二重の屈辱だと憤った。権利を与えられるのは一部のグループだけで全部ではなく、また勝利国側は、自国内に居住するマイノリティに対する同等の義務をまぬがれているではないか、というのだった。

事実上ポーランドは、ヴェルサイユの小条約（Little Treaty of Versailles）〔ポーランド・マイノリティ保護条約（the Polsih Minorities Treaty）〕として知られる書類に強制的に署名させられた。第四条はルヴフおよびその周辺で生まれたすべての人に対し——ラウターパクトもレオンもふくまれる——ポーランド国籍を与えることを強制している。ポーランドは「人種、言語、宗教の区別なく」すべての住民を保護しなければならない。マイノリティは自分たちの学校、宗教的・社会的団体を運営でき、言語権と信教の自由を有する。そこで留まらず、ポーランド・マイノリティ保護条約はさらに踏みこむ。こうしたマイノリティの権利を「国際社会が共有する義務」にまで格上げし、国際連盟によって保護されるべきものとした。これにかかわるあらゆる紛争は、ハーグに新設される常設国際司法裁判所で裁かれることになる。

ポーランド国内の一定のマイノリティは、国に課されたこの革命的責務のおかげで国際的保護にアピールする権利を得ることになるが、国内多数派にその権利は与えられない。この点が反発を引きおこした。この小条約は小型時限爆弾となり、善かれと思ってなされた国際的な立法が予期せぬ結果を招いてしまうのである。マイノリティ保護条約に署名した数日後、ウィルソン大統領はポーランド国内のユダヤ人問題につき、おそらくはパデレフスキー首相の要請に応えて調査委員会を設置し、その委員長に前駐オスマン帝国合衆国大使ヘンリー・モーゲンソウを任命する。新生ポーランドの国家元首ユーゼフ・ピウスツキは、マイノリティ保護条約を苦々しく非難していた。彼はモーゲンソウに対し、「どうしてポーランドの道義心を信用してくださらぬのか?」と問う。「ポーランド国内の全党派がユダヤ人を公平にあつかうことに合意しているのです。にもかかわらず平和会議の場で、アメリカのしつこさに負け、わたしたちに対し正義をなせと居丈高に命じるとは、無礼きわまりない」

委員会は一九一九年八月三〇日にルヴフを訪れる。委員たちは「思っていた以上に美しく近代的な」町に感銘を受けた。前年一一月のポーランド派とウクライナ派の抗争にもかかわらず、「焼き討ち」にあったユダヤ人居住区を例外として、ほとんど無傷だったのだ。委員会は、「常軌を逸した」行為はあったがニューヨークタイムズ紙が報じた千人の死者というのは根拠がなく、実際にははるかに少ない六十四人だったと報告した。さらに委員会は、加害者は兵士であって市民ではなかったことを知り、一地域の数名の兵士ないしは暴徒が犯した暴力の責任者として「ポーランドを一緒くたにして非難するのはフェアではないだろう」と意見した。

委員会が帰国の途につく直前、委員会の若き法律顧問アーサー・グッドハートがルヴフ理工科大学の学長フィードラー博士と、市街を一望のもとに見おろせる北側の大きな丘、ヴィソキ・ザモク〔高い城、城塞丘〕に登った。雲ゆきがあやしくなっているのです、とフィードラー博士はグッドハートにいう。ユダヤ人が自分たちのための独立した学校を要求したりしているせいで。彼らが同化してくれないと、困難に直面するだけなのですが。

31

それからおよそ一世紀後、わたしはフィードラーとグッドハートが丘のてっぺんに登ったのと同じ道をたどってみた。一九一九年当時、彼らの眼下に広がっていた眺望は、大変動を目前にした町の姿だった。「卒業試験を受けることができなくなりました」とラウターパクトは不平を述べている。「大学が東部ガリツィア出身のユダヤ人に扉を閉ざしたからです」。彼は、作家イズレイル・ザングウィルの誘いに乗ってウィーンへ向かう。

彼があとにしたルヴフの家を、わたしは訪れてみた。テアトラルナ通りの五階建て、新古典主義の灰色の建物はおおむね無傷の状態で、現在は「コサック・ホステル」という宿泊所になっている。当時の写真では、その建物は両側を教会にはさまれ、背後には市庁舎の立派な塔が見える。ロビーには建築家の名前（建設技師A・ピラー、一九一一年）を記した銘板が掲げられ、がっしりした階段から頭上に目を転じるとガラスの天窓が見える。二階の客室にはバルコニーがあって町のながめを満喫できる。

これを見納めとして町を去るラウターパクトを想像してみた。彼は、作家カール・エミール・フランツォスが描写した、エレガントな紳士のそばを軽騎兵隊士官たちが闊歩してゆく情景のなか、活気にみちた街路を通って駅へ向かったのだろう。「黒髪で狡猾な顔だち」をし「大ぶりの金の指輪をはめた」モルドヴァ貴族たち。「厚手の絹のドレスと汚れたスリップ」をまとった黒い瞳の女たち。長い髭をはやしたルテニア教会の聖職者、人生に残された運をためそうとブカレストやヤーシ〔ルーマニア北東の町〕へ向かう色あせた艶女たち。そしてまた、彼のように西へ向かおうとするポーランド出の自由なユダヤ人、何人かの「教養ある旅行者」にも出会ったことだろう。

ラウターパクトは、フロイト、クリムト、マーラーの町、ウィーンの北西駅に降り立った。町は難問山積の経済と帝国終焉のトラウマにあえいでいた。ラウターパクトが足を踏み入れたウィーンは「ローテ・ヴィーン（赤いウィーン）」といわれ、社会民主主義の市長を戴き、ガリツィア地方からの移民で混雑し、インフレと貧困は手がつけられぬ状態にあった。ロシア革命はある人たちを狼狽させ、ある人たちには希望を与えた。オーストリアは衰弱し、帝国は瓦解した。今や彼らは、チェコスロヴァキアとポーランドに石炭を依存し、穀物はバナト〔かつてハンガリー領だった肥沃な地域〕に依存するしかなくなった。ドイツ語圏ズデーテン地方、南チロル、ハンガリー、チェコスロヴァキア、ポーランド、スロヴェニア、クロアチア、セルビアという以前の領土のほとんどを失い、海への出口もなくなった。ブコビア〔カルパチア山脈北東部の一部〕、ボスニア、ヘルツェゴビナも失った。ドイツとの合邦も許されず、自分たちの国をドイッチュウースタライヒ（ドイツ・オーストリア共和国）と名乗ることも許されなかった。

服従と屈辱という悶々とした気分が、ナショナリズム的情動に火をつける。ガリツィアから流入してくるオストユーデン（東方ユダヤ人）――ラウターパクトやレオンのような青年――が格好のターゲットになった。ラウターパクトが到着したころ、市庁舎前に五千人の群衆が集まってユダヤ人の排斥を訴えていた。二年後の一九二一年三月になると、ブルク劇場の総監督ホフラート・ミレンコヴィッチによるユダヤ人就職口の厳格な制限を呼びかけるアンチセミテンブント（反ユダヤ主義同盟）主催の大会に、四万人が集結する。

ジャーナリストのユーゴー・ベッタウアは小説『Eine Stadt ohne Juden（ユダヤ人のいない町）』を出版し、これがベストセラーになる。「レンベルクの焼き討ちにあったゲットーから逃れて、ウィーンへたどりつくことができたのだから」と登場人物の一人がいう。「ウィーンから逃れてゆく先を見つけることだってできるだろう」。同作品のなかで、ユダヤ人のいなくなったウィーンは崩壊するが、ほどなくして、ユダヤ人を追放した過ちを認めたウィーンは彼らを呼びもどす。ベッタウアのこうした空想の代償は高くついた。一九二五年、彼はオットー・ロスストックという若いナチス党員によって殺される。ロスストックは裁判にかけられるが、精神障害を理由に無罪となる（後日、彼は歯医者になった）。ナショナリストの新聞、ヴィーナー・モルゲンツァイトゥング紙は、ベッタウアの殺害は「主義主張の好きなインテリ全員に対する」メッセージだ、と警告した。

こういう事件がラウターパクトのウィーン暮らしに影響を与えていた。彼はウィーン大学の法学部に入学し、教授陣のなかには有名な法哲学の教授ハンス・ケルゼンがいた。彼はジークムント・フロイトの友人で大学の同僚でもあった。ケルゼンは大学人としての生活と実務の世界、いわば理論と実践を両立させ、戦時にはオーストリア政府陸軍大臣の法律顧問を務めている。彼はまたオーストリアの革新的な憲法草案の作成に貢献した。同憲法は、その後ヨーロッパの各国がモデルにしたもので、憲法の解釈と適用の権限を有する独立した憲法裁判所を設置し、かつ個人が法律の合憲性を同裁判所に直接問うことを可能にした〔個人提訴〕点において嚆矢とされる。

一九二一年、ケルゼンが憲法裁判所の判事に任命され、ラウターパクトは恩師を通し、アメリカはさておき少なくともヨーロッパでは先端的な新思想に直接触れることになった。すなわち、個人は憲法に規定された不可侵の権利を持ち、その権利実行のために裁判所への出訴権を持つ、という考え方の新しさである。マイノリティの権利を保護してやる、というポーランドのような形態とは異なるモデルだ。重要な二つの区別——集団と個人の区別、一国による執行と国際的機関による執行の区別——がラウターパクトの思考に影響を与えた。オーストリアでは、個人が法秩序のなかの核心にある。

これとは対照的に、高尚で保守的な国際法の世界で——法律は主権に仕えるという考え方が支配的な世界——個人が国家を相手どって権利行使を要求できるなどという話は、想像を超えていた。国家は、自発的に束縛規定を受けいれた場合（あるいはそのような束縛規定が課された場合、たとえばマイノリティ保護条約の遵守を課せられたポーランド）以外は、思いのままに行動できて当然だ。ひらたくいえば、国民を生かすも殺すも国次第。国は人種差別、拷問、殺人を自由にできる。ヴェルサイユ条約の第九三条や、後日一九三八年に〔ベック外相が破棄したために〕、わたしの祖父レオンのポーランド国籍を喪失させることになるポーランド・マイノリティ保護条約などは、ある国のなかに住むある少数派を保護することにはなったけれど、個人の権利の一般的保護を提供するまでにはいたらない。

ラウターパクトは教授の目にとまる。ケルゼンは彼の「抜群の知性」に着目し、「本物の科学的精神」をそなえたレンベルク出身の若者と評した。彼が東方ユダヤ人だと認識していたケルゼンは、彼がドイツ語を話すときの「出身まるだしのなまり」にも気づいていたが、一九二〇年代のウィーンで、それは「ひどく不利なハンディキャップ」だった。一九二一年六月に取得した学位が「優」ではなく単なる「可」だったのは、そのせいだった可能性がある。

ラウターパクトは国際法の研究と、新設された国際連盟をテーマとした博士論文に没頭する。指導教官は二人、ユダヤ人のレオ・ストリゾワー教授と非ユダヤ人のアレクサンデル・ホルド＝フェルネック教授。一九二二年七月、彼は政治学の博士号を等級「優」にて取得。この結果にケルゼンは驚いた。ホルド＝フェルネックが熱烈な反ユダヤ主義者であることを知っていたからだ（十五年後、オーストリア併合のあと、ホルド＝フェルネックが公の場で――かつまちがえて――大学の同僚エリック・フェーゲリンをユダヤ人だと非難したために、このすぐれた哲学者はアメリカへ逃れることになる）。

グスタフ・マーラーはウィーン国立歌劇場の指揮者になるためにローマカトリック教の洗礼を受けなければならなかったが、そうした空気を残す環境のなかで、ラウターパクトは民族的・宗教的差別という現実にまたしても向き合うことになった。そこから彼は、個人の権利が「必要欠くべからざる」ものだという新しい思想へ突進する。自信にみちた彼は、みずからを知的指導者と見なしていた。同時代の人々は彼のことを、正義感に燃えたすぐれた擁護者、「ぴりりと辛い」ユーモアをそなえた若き学者であると認めていた。黒髪に眼鏡をかけ、くっきりとした目鼻立ちに鋭い眼光の彼は、「自分だけの世界」にこもりがちな人づきあいの良くない人間だったが、政治に関心を寄せユダヤ人学生仲間とのつきあいには積極的に参加していた。彼はユダヤ人学生組織調整委員会の会長を務め、一九二二年には、アルバート・アインシュタインを名誉会長に戴くユダヤ人学生世界連合の会長に選ばれている。

手が空いたときには、ユダヤ人学生寮の運営の雑事などに協力することもあった。具体的な仕事としては家政婦の雇用など。あるとき彼らはパウラ・ヒトラーという名の若い女性を雇ったが、躍進著しい国家社会主義ドイツ労働者党の党首ヒトラーの妹を前にしているとはだれも気づかなかった。アドルフ・ヒトラーは一九二一年、妹に会うために前触れもなくウィーンにやってきた。「天から降ってきた」訪問者でした、と妹は語る。悪名をとどろかせる前の兄だった。

32

大学のとある催事で、人気者の弁士だったラウターパクトはレイチェル・シュタインベルクに紹介される。パレスチナ出身の知的で意志の強そうな魅力的な音楽学生だ。彼女は若い法学部の学生にすっかり魅せられた。「とても静かで、とてもやさしくて――身振り手振りはいっさいなし――東ヨーロッパから出てきたほかの学生とは大違い」。感情的からはほど遠い彼の性格が気に入った。二人は相思相愛になる。最初のデートの日、彼女は教官から課題として与えられていたベートーヴェンのピアノソナタを弾く。どのソナタかは不明だが、彼女の手紙に、あの曲は「とても美しいのですが弾くのは大変です」とある（第八番『悲愴』だろうか?）。彼はレイチェルをコンサートに招待する。プログラムにはベートーヴェンの第七交響曲がふくまれていたが、指揮者はウィルヘルム・フルトヴェングラーだったかもしれない。彼女は音楽とデートの相手の両方にうっとりしていた。物腰のやわらかさも、行儀の良さも、ユーモアのセンスの鋭さも。着こなしも立派だった。

ラウターパクトがベルリンへの旅行に彼女を誘うと、彼女はこれを受ける。ベルリンで二人は別々の宿を取った（彼女はエクセルシオール・ホテルに、彼はシャルロッテンブルク地区にある民宿へ）。一九二二年一二月一七日――ポーランド大統領ガブリエル・ナルトヴィッツが、国粋主義者の芸術評論家に暗殺された翌日――ラウターパクトは意をけっして彼女の手を取り、くちびるにキスをし、愛を告白する。彼女がロンドンの王立音楽大学に留学したがっていることを承知していた彼は、

ベルリンでの婚約記念写真。1922年12月18日

すぐに婚約して結婚しロンドンへ移住しようと提案した。彼女はちょっと考えさせてくれといった。この人は本気なのかしら、と首をかしげて。

　彼は大まじめだった。翌朝彼は、ルヴフの両親から届いた電報を手にエクセルシオールへとんぼ返りをする。婚約を祝う電報だ。だが、彼女のほうはまだ両親に話していない。ラウターパクトは唖然とした、というよりおそらく苛立っていた。彼女は婚約に同意する。

　一か月後、パレスチナにいるレイチェルの両親も娘の結婚に同意した。ラウターパクトはベルリンから「心からの」感謝の言葉を送った。一九二三年二月、二人はウィーンにもどり、三月二〇日火曜日に結婚する。その二週間後、彼らは列車でドイツを北上し、英国行きの船に乗った。

33

新婚夫婦は一九二三年四月五日、イングランド北東の漁港グリムズビーに到着する。ラウターパクトはポーランドのパスポート、レイチェルはパレスチナの英国委任統治政府が発行した書類を携行していた。彼はロンドン・スクール・オブ・エコノミクス（ＬＳＥ）に入学し、彼女は王立音楽大学に入学する。最初の数か月、二人はシティ周辺の住居を転々とし、そのなかにはリージェント・スクェア近くのフラットや、カレドニアン通りに近いフラットもあった。当時のＬＳＥは進歩的社会主義者シドニーとベアトリス・ウェブの影響下にあり、流行の先端をゆくキャンパスはＢＢＣのブッシュハウスの斜め向かい、ホートン通りにあった。

ラウターパクトが取ったコースは一〇月に始まる。その前に彼はルヴフ大学の国際法教授職に応募したが、それは失敗に終わっていた。ＬＳＥで彼はアーノルド・マクネアの指導を受けて勉強した。国際法の講師をしていたマクネアは、スコットランドの知的名門一家の出身だった。法哲学とか法理論にはあまり興味を持たぬ非常に実際的な男で、彼はラウターパクトに、判例と実務に重きを置くアングロサクソン流のやり方を紹介した。マクネアはこの学生が、見知らぬ者の前では引っこみ思案なところがあるけれども、なみはずれた知性の持ち主だと見抜く。立ち話程度ではラウターパクトの「本当の資質」を知ることはできない、とマクネアはいった。彼とその妻マージョリーは、ラウターパクトの「生涯通じて真心を寄せあう」友となり、夫妻は「わたしをとても贔屓にしてくれました」とレイチェルは回想する。マクネアの子どもと孫たちは彼女のことを「レイチェルおばちゃん《アンティ・レイチェル》」と呼んだ。

マクネアの実際的なアプローチの仕方は、今日でも条約と戦争について代表的な参考文献の位置を占める彼の著作に現われている。彼はバランス感覚にすぐれ、中庸と独立を尊重した。これをラウターパクトは英国的なものと了解し、ルヴフやウィーンが持つ熱情とはずいぶん違うものだと感じた。

ラウターパクトがロンドンに到着したとき、彼の英語力はおそまつで道を尋ねても理解してもらえない。ロンドンにくる前に英文の読書はしていたけれども、実際に話すのを聞いたことはなかったのだ。「最初のミーティングでは、ほとんど会話が成り立たなかった」とマクネアが伝えている。彼の学生が話す英語は「ほぼ理解不能」だった。ところが二週間後、マクネアはラウターパクトのよどみない英語に「びっくり」する。後年彼の著作の特色となる、美しく構築された英語が彼の口から流れてきたのである。山ほどの講義、ときには一日八回の講義に通い詰め、語彙をふやし耳を肥やした成果だった。夜は「延々と映画館で」過ごしたといっているが、どれほどの効果があったかは不明だ。その年の大ヒットはハロルド・ロイドの『Safety Last!（ロイドの用心無用）』とジェイムズ・クルーズの西部劇『The Covered Wagon（幌馬車）』であるが、いずれも無声映画だったから。

　ラウターパクトを個人的に知っていた何人かの人たちが、彼の声はやわらかなしわがれ声で、独特のなまりは生涯消えなかったという。自分の声がどんなふうに聞こえるものなのか、彼は何年も経ってから、現在はラジオ3になったBBC第三プログラム〔一九四六年〜七〇年〕のための談話を録音したとき、初めて知った。放送を聞いた彼は「仰天し」、「あくの強い大陸なまり」に頭を抱えた。そしてすぐラジオのスイッチを切り、なみなみとついだウィスキーのグラスを手に、録音は金輪際しないと宣言したそうだ。というわけで、彼の声を録音したテープは存在しないといわれている。

34

中央ヨーロッパの途絶えることのない騒動から遠く離れ、ロンドンに落ちついたラウターパクトは、数年も経たぬうちにすっかり順応していた。彼とレイチェルはロンドン北西の緑豊かな郊外、クリックルウッドのウォルム・レーン一〇三番地に居をかまえる。わたしの家からそう遠くない場所だ。検分に出かけてみると、入り口のタイルはなくなっていたが玄関周囲の木製の装飾はそのままで、緑色に塗られていた。ときどき金がなくなると、マクネアが少額を貸してくれた。

一九二八年の夏は忙しかった。ワルシャワで開催された国際法協会の会議に出張もした。今や彼は同協会の英国支部のメンバーという立場だった。そこから彼は家族に会うためにルヴフへ足を延ばす。兄のダヴィッドは法学部学生のニンシャと結婚し、エリカという娘をもうけていた。妹のザビーナもマルセル・ゲルバードと結婚していた（彼らの一人っ子、インカという名の娘は二年後の一九三〇年に生まれている）。この旅で彼は旧友にも再会したけれど、初対面の人たちは彼の流ちょうなポーランド語に驚いた。幼児期からジュウキエフとレンベルクで身につけた母国語だ。ポーランドの司法府幹部がなぜ「そんなに洗練されたポーランド後を話すのか」と尋ねた。これに対し彼は辛辣な答えを返す。「あなたがたのヌメルス・クラウズス（numerus clausus＝入学制限）のおかげです」（ルヴフで人種を理由に勉学がさまたげられたことを皮肉った）。

このころまでにラウターパクトは、マクネアの指導を受けて三つ目の博士号を取得している。博士論文のタイトルは『国際法の法源としての私法と私法類推（Private Law Sources and Analogies of International Law）』という、読書欲をそそるような題名ではないけれど、国際法分野では重要な位置づけの論文である。国内法が国際法の発展にどのように影響してきたか、国内法と国際法をつなぐリンクは何なのかを探り、こうした探求が国際規則の体系のあちこちにあるギャップを埋めるための手助けになることをめざしている。彼は依然として、合憲性審査の効力に信を置くケルゼンの影響下にあり、またおそらくはジークムント・フロイトの思想、すなわち個人の重要性と個人と集団の関係に光を当てる考え方にも影響を受けていたと思われる。こうしてラウターパクトは多数のなかの個、というテーマを追求してゆく。

彼の仕事のきっかけとなったのが、ヴェルサイユ条約が生みだした最初の国際裁判所の創設である。ハーグを所在地とする常設国際司法裁判所は一九二二年に業務を開始し、国家間の紛争解決をめざした。そこで適用される国際法の法源——主たるものは条約と慣習法——のなかに「文明国によって認められた法の一般原則」がある。この一般原則は国内法体系のなかに見いだせるものだから、国際法はすでに確立した国内法の規則を活用すればいい。ラウターパクトは、こうした国内法と国際法のリンクが国際法規則の進化に「画期的な」可能性をもたらし、一般的に「永遠かつ不可譲」と見なされている国家権力に今よりも制限を課すことができると気づいたのである。

実際的で直感にすぐれ、レンベルクの実生活と法学部の体験によって練り鍛えられたラウターパクトは、国家の権力を制御することは可能だと信じていた。それを実現するためには、たとえば文筆家や平和主義者の渇望は役に立たず、正義をつらぬく意志と「国際世界の進歩」に貢献するための、厳密かつ足が地についた考え方が不可欠だ。その目的達成のため、国際法は孤立せず気取らず、外部の声に対しもっと開放的であるべきだ、と彼は願った。彼の博士論文——国際義務を強化するために国内法の基本原則を応用するという趣旨の——は一九二七年五月に出版され、学界で絶賛を博す。それから一世紀近くを経た今日でも、同書は重要基本書のひとつと見なされている。

彼の著作はより広範囲の人々に認められ、一九二八年九月にはＬＳＥの法律学助講師の職を得た。マクネアは、彼の移住国の選択が良かったと思っていた。「スポーツ界とか証券取引所を別にすれば、外国人個々人に対してそんなに偏見のある国だとは思わない」と、楽観的に彼は書いている。むろん、英国議会や新聞一般には「かなり排外的な気分が充満して」いたのだが。「わたしたちにとって幸運なことに」ラウターパクトは英国で暮らすことを選んでくれた、とマクネアは感じていた。とはいいながら、マクネアはラウターパクトの大陸風の仰々しさをからから。どうして君は「norms

（規範）」などという言葉を使うのかな。平凡な英国人にとっては「インテリ臭さ」がぷんぷんするんだよ。現実的なマクネアは、ラウターパクトに弁護士《バリスター》になってロンドンの法曹界に溶けこむことを勧める。支配者層のふところに飛びこむために、と。彼はこれも成就したのだが、若干けちがついた（一九五四年、ラウターパクトが国際司法裁判所の英国代表判事の候補者になったとき、最終的にはことなきを得るのだが、法務長官サー・ライオネル・ヒールドが反対した。ハーグの法廷で英国を「代表する」者は「中身も見かけも純粋にブリティッシュであるべきだが、ラウターパクトは生まれも名前も教育もこの条件をみたさない」というのだった）。

マクネアは彼の教え子を、「気質からして政治運動に走る要素はみじんもない」が、「正義実現のための情熱」と「受難者救済の意志」には事欠かぬ、と見ていた。一九一四年から一九二二年にかけてレンベルクとウィーンで体験したできごとをふまえて、人権は「絶対に不可欠」という信念が彼のなかに胚胎したのだろう、とマクネアは考えた。個人は「どこの国にいようと人権を持つべき」であるという、その当時のみならず、現在でもある地域においては斬新で革新的な思想だ。

ラウターパクトがルヴフに懐旧の情をいだくとしても、それは家族を思ってのことであり町に未練はなかった。母親のデボラからは何通か手紙がきたが、とても彼の不安を癒やすどころではない。状況は「今のところそんなによくありません」と、経済的な問題に触れていた。一九二八年に母親はその年に生まれた孫エリフに会うために、生まれて初めてのロンドンへやってきた。息子は母を歓迎したが、彼女の個人的嗜好に対して小言をいい、彼女の「塗りたくった爪」に激しく抗議し、マニキュアを落とすように命じる始末だった。

母親がレイチェルに与える悪影響にも抵抗を示した。レイチェルが流行のルイーズ・ブルックス風のおかっぱ頭にしてくると、ラウターパクトは「烈火のごとく怒り」、束髪にもどせといいつのり、これが夫婦間の全面戦争へと発展し、レイチェルは家を出ていくとすごむ。「あなたにいじめられることなく、だれにも迷惑をかけないでわたしの好きなように生きる、それが当然だしそうあるべきなんです」。だが、最終的にレイチェルは折れた。復活した束髪はそのまま持ちこたえ、それから五十年以上ののち、わたしが彼女に会った日も健在だった。

個人の人権を人々に、しかれども母と妻はこのかぎりに在らず。

35

五年後の一九三三年一月、ヒトラーが権力の座に就く。ラウターパクトにとって最大の危惧が現実になった。タイムズ紙の熱心な読者だったラウターパクトは、同紙が掲載した『わが闘争』からの長い抜粋を読んでいたはずだ。ヒトラーがウィーンで過ごした年月や、ユダヤ人文化を「精神的疫病、黒死病より有害」と見なす彼の認識が綴られていた。ユダヤ人とマルクス主義にかんするヒトラーの見解を示すために抜粋された部分で、彼は「個人の価値」をはっきりと否定し、「国籍と人種」と宗教的運命の役割がいかに重要かを強調している。「ユダヤ人と戦うことによって主の御業《みわざ》を達成する」とヒトラーは書いた。

国家社会党員は続々勢力を伸ばし、ルヴフやジュウキエフに深刻な影響をおよぼすことになる。ポーランドはドイツと不可侵条約を結び、一九一九年のマイノリティ保護条約を破棄する。一九三五年九月、アーリア人種の純潔性を守るため、ドイツ国会でニュルンベルク法が可決される。ユダヤ人とドイツ人のあいだの性交渉や結婚が禁じられる。ユダヤ人は国籍とほとんどの権利を剥奪され、弁護士、医者、ジャーナリストの職業に就くことを禁じられる。それに比べると、ラウターパクトが住ん

レイチェル、ラウターパクト、エリ。1933年、ウォルム・レーン

でいたロンドン北部のクリックルウッドは別世界だった。

一九三五年、彼の両親、アーロンとデボラがロンドンへやってきて、ルヴフの暮らしは経済も崩壊し人種差別もひどくなり、前にもましてむずかしくなったと告げる。比較的安定していた情勢が五月の国家元首ピウスツキ元帥の死以降不安定になり、一家はテアトラルナ通りから五月三日通りに引っ越していた。それとは対照的にウォルム・レーンの暮らしは快適だった。ラウターパクトの評判は留まるところを知らず、LSEの法律学准教授に昇格していた。一九三三年に彼は二冊目の本を出版し——『国際社会における法の機能（The Function of Law in the International Community）』——さらなる称賛を受ける。同書は国際法の下での個人というテーマをあつかい、ラウターパクト自身が彼の著作のなかで最も重要な作品と位置づけたものである。彼は国内および国際法廷から国際法にかんする判例を収集し、先駆的な国際法判例集を世に出した。『Annual Digest and Reports of Public International Law Cases』がそれで、今日では名前を変えて『国際法判例集（International Law Reports）』と呼ばれている。彼はまたオッペンハイム著『国際法』第二巻の改訂版の作成にあたった。同書は世界各国の外務省が参照した専門書であるが、戦争法に関する第二巻では文民保護の重要性が中心に据えられている。「個人の福利こそがすべての法の究極の目的である」とラウターパクトは序文に記した。達識の言であり、支配層に地歩を固めつつあった人物からはなかなか聞けぬ急進的な見解だった。

ラウターパクトは世間の耳目を引く大問題からしりごみするようなことはしなかった。彼は『ドイツにおけるユダヤ人迫害について』という意見書を書き、人種と宗教を理由にした差別を防止するために国際連盟のアクションを求めた。この意見書を今日読んでみると、著者が思い切り踏みこめていない感じがぬぐえない。というのも、ラウターパクトが現実主義者で、当時の国際法のもとでは、ドイツ政府がアーリア人種に認定しなかった人々を迫害することが許されていたからである。とはいえ、彼はそうした迫害が国際関係をゆるがす原因になると信じ、「世界の公法」によって禁止されるべきだと考えた。彼はスペイン、アイルランド、ノルウェー〔同意見書執筆時に国際連盟理事会の非常任理事国だった西欧国〕が政治道徳にしたがって行動してくれることを期待した。だがこの三国は動かず、同意見書はこれといった影響をおよぼさなかった。

ラウターパクトを酷評する者もいた。ユダヤ人がドイツから脱出している状況を憂い、国際連盟の役人で避難民担当責任者だったジェイムズ・G・マクドナルドは、米国政府の怠慢に腹を立てて辞任を決意する。強烈な抗議書を準備するため、彼はニューヨークのシティカレッジの歴史家、オスカー・ヤノウスキーに協力を仰ぎ、ヤノウスキーはラウターパクトの協力を取りつけるべくロンドンへ飛んだ。だが、出会いは不調に終わる。ラウターパクトは「才気煥発でまだまだ若い風雲児」なのだろうが、うぬぼれが強くて「高圧的な」男だ、とヤノウスキーは書いている。大義を主張し擁護する側に立たなければいけないのに、彼ときたら「裁判官でもあるかのような尊大な話し方」をする。ラウターパクトがヤノウスキーの教え子である大学院生と仕事をすることを拒否すると、ヤノウスキーは、尊大な態度だの傲慢だの道徳水準がゼロだとか寛容精神の欠如だのと、際限なき非難を浴びせた。ヤノウスキーは彼を「人をなめてかかる典型的ガリツィア人」と評した。

ラウターパクトは彼自身の意見をがむしゃらに通したがり、他人の意見を無視した。ミーティングのあいだずっと、「せかせかと落ちつかぬ」彼は「紳士らしさをこれっぽっちも持ちあわせず」、自分の主張が通らないと相手を見くだし腹を立てた。まずい振る舞いだったと悟ったラウターパクトは、ヤノウスキーに不承不承、謝罪らしきものを書いた。「自分の仕事を批判してもらうときは、いっそのことそれをずたずたにしてもらったほうが嬉しいくらいです」と彼は書く。「ほかの人たちも同じアプローチをするだろうと考えるまちがいを犯していたのかもしれません」

プレッシャーにもかかわらずラウターパクトは、ドイツのユダヤ人対応問題をハーグの国際法廷に付託する協力依頼の呼びかけに抵抗した。そういうやり方は「効果的でも実践的でもないばかりか、大変危険ですらある」。というのは、国家に人種差別を許しニュルンベルク法のようなやりくちを採ることを許してしまう抜け穴が国際法にはあると、その限界を見抜いていたような彼は、いいくるめやすい同僚ではなかった。

一九三三年、彼は弁護士《バリスター》になる。最初のころの仕事のひとつとして、エチオピア皇帝ハイレ・セラシエからの鑑定依頼が届く。そのなかで皇帝は、イタリアによるエチオピアの併合について意見を求めていた。一九三六年一一月にはスイスの有名な学者からの文書が届く。上シレジア地方のユダヤ人保護について鑑定書を欲しがっていた。ユダヤ人たちが外交的保護を受けられないのなら、せめて財産をもってドイツから脱出できないだろうか？　ラウターパクトは、英国政府に影響を与えようと試みるような鑑定書を出すことは断った。スイスの学者が狙った目標はとうてい達成の見こみがなかったからだ。

世界情勢に暗闇がたちこめるなか、ラウターパクトは両親に対し英国永住を説き勧めた。今やポーランドは一九一九年のマイノリティ保護条約を反故にし、ルヴフに住むユダヤ人やその他のマイノリティは国際的な法的保護を剥奪されていた。だが、アーロンとデボラはルヴフに留まることに決めた。そこがわが家だったから。

36

澄みきった秋の日のケンブリッジ、わたしはラウターパクトの息子エリといっしょに、庭のリンゴの木をながめながら、壁一面に本が並ぶ彼の自宅の書斎にすわっていた。エリはウォルム・レーンでの暮らしを回想し、家の前を走っていた路面電車や、「LSEへ通勤する途中の」父親に連れられて毎日幼稚園に通っていた思い出を語った。

父親は仕事に「完全に没頭し」、家の裏手にある書斎、「静かな部屋」でほとんどの時間を過ごしていた。「脇目もふらずに」仕事をしていたから息子を寝かしつける暇などなかったけれど、それでもうちとけたときなどは、「知的な」ところはなかったとしても「情のこもった」きずな、密接な関係がうまれた。エリは両親がビゼーの『カルメン』に合わせて居間で踊っていたことや、ラテン語の語形変化と活用を暗記するために、近くの公園へいっしょに歩いていったことなども思いだす。「何度も復唱させるんですよ、いやになるくらい」

ポーランドの家族はどうなったんですか？　エリには漠然とした記憶がある。「祖父母は二度会いにきました」。だが彼が覚えているのは一九三五年、彼の父親が「どうかこのまま永住してくれと二人に」懇願したときのことだけだ。祖父母はそれを受けいれず、残してきた息子と娘の近くにいるほうを選んだ。幼かったエリは、何がせまってきているのかわからなかった。「父は危険のきざしを感じていたのでしょうが、わたしにはまったく思いもよりません」

家族でルヴフについて話したことは？

「まったくありません」

ルヴフの影響とか？

「何もありませんね」

戦争の恐怖は父親の心にのしかかっていたろうか？　そう尋ねるとエリはいぶかしげな表情を見せ、そして考えこむ。興味深いテーマですが、と彼は口を開いた。そんなことはなかったでしょう。「父はそういうことを心にしまっておく人でした。ひょっとすると母と話すことはあったかもしれませんが、ポーランドのできごとは完全遮断。レンベルクがどうなっているかなどけっして話しません。父にとって話すことはほかにありましたし」

わたしはしつこく食いさがった。

「そうですね、たしかに恐ろしい時代でしたよ」とエリはやっと折れてきた。「何か恐ろしいことが起きるだろうと、父は確信していました。ああいうことが起きるとか、実際にあんなふうに繰りひろげられた事態を予測していたわけではありませんが」

彼の父親は平安をたもつために距離を置いていた。エリは説明した。「彼にとっては生活と仕事が第一で、両親にはこちらにくるよう説得していたわけです。父と祖父母のあいだでときどき手紙のやりとりはありましたがね、残念なことに、まったく残っていないのですよ。両親に会いにポーランドへ帰ることはありませんでした。距離を置いていたというのかどうかはわかりませんが、両親との関係はどこか素っ気ないところがありました。もちろん父が彼らをとても愛していたことは知っていますが。父と母が面と向かって座し『このことについてあの子に話すべきだろうか？』なんて話しあったことは、まずなかったでしょうね」

ラウターパクトはポーランド時代のことを語ったりしたのだろうか？

「いいえ。うちのなかでは彼はポーランドの正統派ユダヤ教徒の家庭で育ったという了解事項がありました。過ぎ越しの祭りの祝宴《パスオーバーセダー》をひととおり実践してみせ、伝統に則って典礼を歌うように読んでくれました。それがわたしは大好きで、そのメロディーが今でも頭のなかに残っています。でも、彼がポーランドでどういう年月を送ったのか、実のある会話をした記憶はありません」

「まったく？」

「ええ、まったく」

エリはしばらく押し黙っていた。そして、「ばりばり仕事をしていましたからね、忙しかったのです」といったあと、疲れ果てたように小さなため息をついた。

37

「ばりばり仕事を」した甲斐あって、ラウターパクトはさらなる栄誉に輝く。ジュウキエフから出てきた少年が一九三七年末、ケンブリッジ大学における国際法の名誉ある講座の担当教授に選ばれたのである。一九三八年一月、ラウターパクトは、ロンドンのキングス・クロス駅から新任地ケンブリッジに向かい、法学部の国際法教授に就任するとともに、トリニティ・カレッジのフェローになった。ケルゼンやLSEの仲間から祝電が届いた。LSEで同僚だったフィリップ・ノエル＝ベイカーからは心温まる祝いの言葉、学長だったサー・ウィリアム・ベヴァリッジからも同じく祝福の言葉が届いた。後年、ベヴァリッジは近代的社会保障制度の創設にかかわることになるが、当時はドイツから逃れてくる大学関係者の援助に尽力していた。

ラウターパクトはベヴァリッジに「言葉に尽くせぬ感謝の気持ちを常に抱いております」という返事を書き、ドイツからの大学関係避難民に差しのべてくれた援助に礼を述べている。

ケンブリッジ大学移籍のニュースに対し、故郷ルヴフからも誇らしげに快哉を叫ぶ声が届いた。「わたしのいとしい息子よ！」とデボラからの手紙が届く。「すばらしい知らせに千回感謝を捧げます」。アーロンが遠くのグダンスクへ働きに出ているので「喜びを分かちあうことはできません」と、金銭的に困窮していることをうかがわせる個所もあった。

一九三八年九月、一家はケンブリッジ、クランマー通り六番地に建つ大きめのセミデタッチドハウスへ引っ越した。マクネアから一八〇〇ポンドで買った物件は、街路樹の並ぶ通りに立つ、大半は前庭に車回しのある家のひとつで、ゆったりした間取りだった。居間が数部屋、食事室、食器室と流し場があった。食事時間は規則正しく――昼食が一時、夕食が七時――青銅の銅鑼で告げられた。お茶の時間は四時半で、現在も営業をつづける地元のケーキ屋、フィッツビリーズのスポンジケーキが出てくることもよくあった。

二階には家族全員、ラウターパクト、レイチェル、エリ、それぞれの寝室とラウターパクトの書斎があった。彼はそこで仕事をし、よくクラシック音楽が流れていた。ウォールナット製のひじ掛け椅子の前には、マホガニー製の天板が革張りになった大きな机があり、その先に庭が見渡せる。庭にはリンゴ、プラム、スモモの木があって、ラウターパクトはその剪定を好んだ。タンポポ、バラ、スズランなどが彼の好きな花だった。雑草のない芝生にこだわる彼は庭師に芝を刈らせていたが、濡れた草に触れて風邪をひくのを終生恐れていた。爪先を浮かせてかかとだけで歩き、接地面を最小限にしようとするのはそのせいだった。「まるで漫画でした」とエリは回想する。

ラウターパクト家は快適な暮らしをしていたけれど、裕福だったわけではない。室内の装飾は地味だったし、最初の十年間はセントラルヒーティングがなかった。きわめてまれな贅沢は九〇ポンドで買った自動車だ。コヴェントリーで製造された青いスタンダード9サルーンの中古車である。ハーシュは落ちついてハンドルを握ることができず、速度八〇キロを超えると尋常ならざる興奮状態におちいった。

同じ通りの住人の顔ぶれを見ると、ラウターパクトを取り巻いていた新しい世界の多様性が理解できよう。壁をはさんだ八番地の隣人はブルック博士という引退牧師。通り一本向こうの四番地には、ヘブライ語欽定講座教授で一時期ウェールズ代表のラグビー選手だったデイヴィッド・ウィントン・トーマスの家があった。通りを少し進んで一三番地には、英国法ラウズ・ボール講座教授で、不法行為法では国内第一の権威者サー・パーシー・ウィンフィールドが住んでいた（現在でも使われている彼の主著『ウィンフィールドの不法行為（Winfield on Tort）』は、サイモン・シャーマ〔英国の人気歴史作家〕の学生時代、法律にかんする興味をきれいさっぱり抹殺してくれた本、として名高い）。

政治学の教授、サー・アーネスト・バーカーが一七番地に住み、『英国と英国人（Britain and the British People）』の執筆にはげんでいた。一九番地には、アーサー・B・クックという古典考古学名誉教授。二三番地には、ケンブリッジ大学のスコット極地研究所の初代所長を務めた地理学教授フランク・デベナムが住んでいた（彼は若いときロバート・ファルコン・スコットの最後の南極探検に同行したが、深い雪のなかでサッカーをしたために膝を痛め、悲運の南極点到達行には参加できなかった）。

ラウターパクトはトリニティ・カレッジや近くの法学部へ徒歩で通うことを好んだ。非常に几帳面で身だしなみに気を遣っていた彼は——いつもダークスーツとガウンを着て講義をした——お気に入りの中折れ帽姿で現われることも多かった。あるとき、ハーグからスイスへ列車で移動中、愛用の中折れ帽が「窓から飛んで線路のうえにみごとに着地したんだよ」と、レイチェル宛ての手紙にいそいそと書き、わざわざローザンヌ駅の遺失物事務所へ出向く手間もいとわなかった。帽子は見つからなかったが。

ラウターパクトがケンブリッジで最初の講義をおこなったとき、レイチェルはまだロンドンで暮らしていた。彼は謙遜することなく、「かなり堂々とした」授業だったとふりかえっている。学生新聞『大学（Versity）』は彼のことを「熟練かつ洗練されたテクニックを弄す第一級の講師」と評し、大きな手振りを「効果的に使う」点に着目した。目につく欠点をあげるならば、「ぼんやり窓の外を見るくせ」か。またもうひとつの特徴にも注目する。「彼のくちびるに永遠に浮かぶ微笑は、いかなる秘密のジョークがもたらすものなりや？」おそらくは、驚きのあまり。たしかにジュウキエフからケンブリッジまでの長い旅は驚嘆に値しよう。

こうしたのどかな環境とは対照的に、遠くの喧噪のなかから不吉な響きが一段とつのってくる。ドイツ軍はズデーテン地方を占拠したあと、チェコスロヴァキアを攻撃した。ラウターパクトは、ルヴフとジュウキエフのことが気がかりでならなかった。

38

一九三九年九月一日、ドイツがポーランドに侵攻する。二日後の日曜の朝、首相ネヴィル・チェンバレンが英国の対独宣戦布告を報じる。クランマー通りの家族は、ラジオを聞くために書斎に集まった。ラウターパクトは背もたれの高い椅子に、妻と息子は緑の革張りの四角いひじ掛け椅子にすわって、パイ社製のラジオの前に陣取った。エリは十一歳だった。彼は「人々がどれほど苦しむことになるのかなどは」気づかぬまま、興奮していたことを思いだす。父親は静かにニュースを聞いていた。家は戦時体制に入った。非常食が運びこまれ、灯火管制のための遮光カーテンが張られた。暮らしはそれまでと変わらぬが、下宿人を取るようになる〔疎開者を対象にした戦時下の義務〕。ラウターパクトは講義に出かけ、執筆をつづける。四十二歳になっていた彼は戦闘には歳を取りすぎていたが、国防市民軍に入り、ランパースプラッシュ〔おデブ《ランパー》がバチャバチャ水をはねあげ（スプラッシュ）、というようなイメージ〕というあだ名で愛された。

ドイツ軍は九月にルヴフとジュウキエフにやってきたがすぐに退却した、と当時ジュウキエフ・現在ジョウクヴァのあの老婆オルガが話してくれた。ポーランドの独立が消滅するとソ連が町の主導権を握り、国はヒトラーとスターリンによって分断される。今やルヴォフと名前を変えた町から手紙が届き、ソ連占領下の町の暮らしの困難さを伝えてきたが、深刻な危険はないという。

一九四〇年六月、ドイツがフランスに侵攻し、このときレオンがわたしの母、当時はまだ幼児だった娘と離ればなれになる。パリが占領されたことで、エリとレイチェルのアメリカ疎開が決まる。ラウターパクトはカーネギー財団の招きによる講演ツアーを承諾し、同年九月、一家はキュナード・ホワイト・スター・ライン社の英国郵便船シジアン号に乗ってアメリカをめざした。その三日後、リバプールから出航したシティ・オブ・ベナレス号がドイツ海軍のUボートが発射した魚雷にやられ、多くの子どもたちをふくむ二四八人が死亡している。ラウターパクト一家は一〇月初旬にニューヨークに到着し、ハドソン川に近いブロンクス地区リバーデイルのアパートに落ちつく。エリはホーレス・マン・スクールに入学する。同校はジャック・ケルアックの母校でもあるが彼は一年前に卒業していた。ラウターパクトはさっそく講義に出かけた。

ワシントンでは、英国の政治学者ハロルド・ラスキが彼をアメリカの法曹界上層部の面々に紹介した。ドイツと戦争状態にない合衆国はロンドン支援の意図を持っていたが、中立の立場を取っていたために限界があった。ラウターパクトは英国大使館の職員たちと時を過ごし、最高裁判所にフェリックス・フランクファーター判事を訪ねた。妻がレンベルクとつながりがあるフランクファーターは、ラウターパクトを紹介してくれたことをラスキに感謝した。これを受けてLSEの教授ラスキは、ラウターパクトの理性と寛容の精神のおかげで、英国が砲火をもって死守せんとしているものの価値をアメリカ人たちも理解してくれるだろうと期待した。

ラウターパクトは二か月間で一万キロ近くを移動し、十五の法科大学院と大学で講演する。講演の中心テーマは国際法を批判する声に対する反撃であり、危機の時代であればあるほど国際法が、とりわけ個人の保護という意味で重要なのだと訴えた。だが自宅へ宛てて書いた手紙には、戦争がどういう方向へ向かうのか、不安と危惧を表明している。「わたしたちが帰るべきケンブリッジは、あのままでいてくれるだろうか?」とレイチェルに問う。エリには簡単なアドバイスを送っている。「ベストを尽くせ。いい気になるな。友だちを作り、友情を大切にしなさい」

一九四〇年一二月、ラスキはラウターパクトをロバート・ジャクソンに紹介する。ローズヴェルト大統領が選んだ司法長官である。「一月の第一週にワシントンへ出かけますが、表敬訪問をさせていただけるでしょうか?」とラウターパクトはジャクソンに書き、ジャクソンをこれを快諾する。数週間後、彼はワシントンへ飛んで国務省法律顧問に会い、フランクファーター判事にも再会する。

戦争に引きずりこまれることなく合衆国が英国を支援する方法はないものか、と思案していたジャクソンにとって、ラウターパクトとの面談は願ったりかなったりだった。「ここで必要なのは」と彼はラウターパクトにいった。「大義なのです」。「参戦一歩手前までのあらゆる支援を連合国に送る」というアメリカの政策を実行に移すための。ジャクソンはアメリカの国際法専門家を信頼していなかった。彼らの多くがかかわり合いを拒否していた。

ラウターパクトは応援したかったが、状況がデリケートなことも承知していた。彼は、ワシントンの英国大使館から、合衆国が中立法規に違反することなく英国を支援する可能性について法的意見書を作成する許可を得る。ジャクソンはこの意見書からいくつかアイデアを借り、数週間後にローズヴェルト大統領が連邦議会を通過させることになる法案、武器貸与法に反映させた。物議をかもした法律だったが、これによって合衆国政府が英国や中国を支援することが可能になった。ラウターパクトとジャクソンの協力が実をむすんだ最初の例である。

ラウターパクトはほかにもいろいろなアイデアを伝え、そのうちのいくつかはジャクソンが一九四一年三月におこなったスピーチのなかに取り入れられた。臨席した法律家たち――保守陣営である――に対して、司法長官はラウターパクトの考え方を引き、現代的なアプローチを採用するように懇願した。法を破る者は代償を払わなければならない、とジャクソンは説く。アメリカが被害者を助けることは許されるべきだ。ニューヨークタイムズ紙はジャクソンのスピーチを「なみはずれて意義深いもの」と評し、法と中立に関する古くさい十九世紀的な発想を拒絶するものだと、拍手喝采した。自分の考え方が是認されたことにさだめし会心の思いであったろうラウターパクトは、ジャクソンが申しでた謝礼金を断った。スピーチがおこなわれていたころ、ラウターパクトは英国への帰途に就いていた。レイチェルとエリはニューヨークに留まった。

39

ラウターパクトがケンブリッジにもどったのは一九四一年の一月末。大西洋横断飛行艇に乗り、バミューダ、アゾレス諸島、リスボンと三個所を経由して帰ってきた。同行者の一人に、数週間前にローズヴェルトとの大統領選に負けた共和党候補者、ウェンデル・ウィルキーがいた。二人はフライトのあいだずっと、世界情勢について活発な会話をかわした。ウィルキーはトリニティを訪れる約束をしたが、空約束に終わっている。

ラウターパクトの帰還を待っていたかのように、ほとんど不通状態だったルヴォフからの手紙が届いた。「親愛なる弟！」という書きだしの兄からの手紙には、一家が「比較的良好に」暮らしていることと「われらがじいさんばあさんも、最近は二十年分歳を取った」と書いてあった。ソ連軍の検閲を通ってきたその手紙には、暗号めいたメッセージがふくまれている。「またいっしょに暮らせるよう、再会できるといいな」と書くダヴィッドは、次のようにほのめかす。「再会の方法は君に都合のいいやり方でいいから」。再会するためには、ラウターパクトのほうで手筈を整えてほしい、というメッセージだ。我々一家は「こんな時期だからいっしょにいたほうがいい」。ラウターパクトにルヴォフに来てほしい、そして国外に連れだしてほしいということか？「僕らの望みはわかるだろう」と結ぶダヴィッドの筆致は、検閲を気にするせいか謎めいていた。「元気でいてくれ。僕らからキスを送る」

この手紙は彼の心をかき乱した。彼は家族を英国に呼びよせる努力をしたのかもしれないが、そうした記録はどこにも残っていない。彼は大学の講義や、「骨が折れる」けれども気晴らしになる

『Annual Digest（国際法判集）』の仕事や、オッペンハイム著『国際法』の改訂作業に専念していた。食べることがせめてものなぐさめだった。ケンブリッジで手に入るものにはかぎりがあったため、彼はクリックルウッドにあるズィードマンという男性が経営する惣菜店に定期的に通った。ズィードマンのことを「天のめぐみ」だと、ラウターパクトはレイチェルにいった。「ちょうど欲しかった揚げ油」とかなかなか手に入らない品物を、どうにかこうにか見つけてきてくれる。

手紙を書くのも気晴らしになった。あるときはLSE時代に知り合ったレナード・ウルフに宛てて、妻ヴァージニアの死を悼む手紙を出している。ニューヨークに残っていたレイチェルに対しては、ユーゴスラヴィアがドイツ側について参戦した戦況を案じ、かつての顧客ハイレ・セラシエ皇帝の希有な快挙、アディスアベバの奪還については善しとした。ニューヨークの生活に不満たらたらのエリに宛てては、英国に住んでいる人たちは「もっと切羽詰まった不安のなかにいて、あらゆることで悩んでいるのだ」と叱っている。

一九四一年四月、マサチューセッツのウェルズリー大学から招待状が届く。五月には、ロンドンの王立国際問題研究所で「国際法の現状について」と題する講演をおこない、そのなかで彼はふたたび個人が置かれた窮状を浮き彫りにした。彼は虚脱感と悲観主義におちいることを戒め、国際法と希望にチャンスを与えよと主張した。ヨーロッパ全体が「言語道断の侵害」に犯されているという報道が広まっていたタイミングだけに、この主張はかなり挑戦的だった。不法国家によるこのような蛮行に対しては、各国政府が立ちはだかり、国際法学者と「強い意志と力のかぎりを尽くす市民」が対決しなければならない、と彼は聴衆に呼びかけるのだった。

ラウターパクトは向かい風のなかで、「人間の権利と義務」を論じ、説得力にみちた声で語った。父親が一九四一年一月四日に書いた短い手紙を受け取ってから、彼の情熱は燃えあがる。「親愛なる息子よ！」と父親は愛情をこめて語りかける。お前からの手紙が「わたしたちみんなをとても喜ばせてくれたよ」と。息子一家がアメリカで安全に暮らしていると知って、「すっかり安心した」。ルヴォフではみんな「すばらしく元気だ」が、それ以上語ることはない。みんなで幸運を祈っている。ジュウキエフにいる伯父ダヴィッドからもよろしくと。「そちらのみんなに心からの祈りとキスを送る」。最後に彼の母親がキスの印を羅列していた。

そのあとルヴフからは何の音沙汰もなくなった。彼はレイチェルに「わたしの家族にもっと手紙を書いてくれ」とルヴフの住所を伝えた〔英国からソ連占領下ポーランドへは郵送不可だが、アメリカからなら可能だった〕。その住所は今では「ソヴィエト・ロシア」内になっていた。ウリツァ・オブロニー・ルヴォフという通りの名、それは「ルヴォフの防御者」という意味だった。一家は依然として五月三日通りに住んでいた。〔一家はオブロニー・ルヴォフ通りと五月三日通りの二個所を住所としていたのではないか、と著者は推測する〕

40

一九四一年六月、ヒトラーはモロトフ＝リッベントロップ協定を破棄し、ドイツ軍に対して東方へ進軍しソ連占領下のポーランドへ侵攻することを命じる。一週間以内にジュウキエフとルヴォフはドイツ軍の手に落ち、大学教師たちが一斉逮捕される。そのなかにはラウターパクトにオーストリア私法を教えたロマン・ロンシャン・ド・ベリエ教授もいた。ポーランドのインテリというだけの理由で、三人の息子と共に翌日処刑される〔AB行動（特別平定行動）というナチスによるポーランド知識層・指導者層抹殺の一環〕。これを「ルヴフの教授虐殺事件」と呼ぶ。

ラウターパクトの姪、インカがこうした日々の実体験をわたしに語ってくれたが、それはドイツ軍がジュウキエフに到着したときのクララ・クレイマーの生々しい体験談に匹敵するものだった。わたしがラウターパクトの妹のひとり娘インカに会ったのは二〇一〇年のパリ、エッフェル塔近くのこぎれいな小さなアパルトマンでだった。彼女は脇目もふらぬ雀のような人で、元気いっぱい、部屋のなかをせかせかと動きまわる。ともあれわたしたちは、清らかなまばゆい日ざしで照らされたダイニングルームの、洗いたての白いテーブルクロスをかけた食卓に落ちついた。彼女が繊細な磁器の茶碗に紅茶を入れてくれる。開け放した窓を背に、彼女は落ちついた口調で静かに語りはじめた。

テーブルに一九三八年版のルヴフの地図を広げる。この年には八歳でしたと彼女はいい、当時彼女がよく歩いた通りにあるわたしの祖父レオンの家を指さした。わたしが持参したいくつかの書類を見せてくれ、と彼女はいう。レオンの父親ピンカス・ブフホルツに対して発行された一八九〇年作成のある証書を見せる。「彼は一八六二年に生まれたって書いてあるわ」と興奮する彼女のなまりには、祖父レオンの話しぶりを思い起こさせるものがあった。ピンカスは蒸留酒製造試験に合格した、とある。「でもね『アッセボン』だから、まあよろしい、程度だわね」と彼女は微笑んだ。「『良』とは違うの！」

彼女の父親マルセル・ゲルバードは一家の伝統をつぎ、彼の父と同じく弁護士になった。二人とも金髪だ。ゲルバードとはドイツ語で「黄色い髭」という意味で、オーストリア゠ハンガリー帝国時代に授けられた名字である。インカが生まれる前にラウターパクトは英国へ移住していたから、当時の彼にかんするインカの記憶はおぼろげである。ジュウキエフ（Zółkiew）について話していると、「おやおや、あなたの発音は正しくない。Zはそんなふうに発音しないの。ZはJみたいな音にして『ジュウキエフ』。やわらかなJですよ」と彼女がいう。そして、ため息まじりにこういった。「その町のことはよく知ってます。わたしの母の町、伯父たちと祖父母の町ですから。戦争が終わったあと

インカ（右端）とレイチェル、ラウターパクト。1949年、ロンドン

にいってみましたよ」

わたしたちは一九三八年のルヴフを地図のうえでたどった。彼女は一九四五年以降は一度ももどっていなかったけれど、ラウターパクトの両親、彼女にとっては祖父アーロンと祖母デボラがテアトラルナ通りから引っ越した先、五月三日通り六四番地を指し示した。そこはレオンが生まれた「格下の地域」シェプティツキッチ通りまで徒歩数分の距離だった。「ブリストルとかジョージで食事をしたものです」と、彼女はおしゃれなホテルの名前を口にした。「九歳になるまではルヴフの町を自由に歩きまわることができたのですが、ロシア人がきてからはそういうわけにはいかなくて、それまでの暮らしはそこでおしまい」

紅茶をひとくちすすってから、彼女は話しつづける。

「写真をご覧に入れましょうか」わたしたちは彼女の寝室へ移動する。彼女は衣装戸棚のなかから両親の写真を入れた小さな木箱を取りだした。ラウターパクトから届いた一九五〇年代の手紙が一通と、ロンドンのウェストミンスター宮殿前で撮った写真も入っていた。彼女が伯父と伯母といっしょに写っている。叔父は勅撰弁護士に任命された上級弁護士《シニアバリスター》として鬘《かつら》を被っている。

わたしたちは居間にもどった。一九三九年九月にソ連軍に占領されるまでルヴフの暮らしはとても良かった。インカは小規模の私立小学校に通っていて、差別という言葉を知らなかった。「そういうことを両親は伏せていましたし、学校では話題になったことすらありません」。彼女の父親はみんなから尊敬される優秀な弁護士で、もっぱらユダヤ人だが友だちも多かった。非ユダヤ人の知り合い、つまりはポーランド人も何人かいて「食前酒を飲みにきた」。彼らが去ったあとの夕食時、今度はユダヤ人の食客がくる。彼女の生活圏にウクライナ人はいなかった。

ソ連軍の到着と同時にすべてが「一夜にして」変わってしまった。「それまで住んでいたアパートに居残ることを許してはくれたものの、わが家だけで占領してはいけないというのです。最初はふた部屋だけ、次にひと部屋と台所、そしてトイレと浴室を使う権利というふうに小さくなっていきました」。彼女は住所を覚えていた。五月三日通り二五八番地、いや八七番地だったかもしれない。ともかく同じ通りのラウターパクト家のすぐ近く。その通りはシクストゥスカ通りと並行に走っている。一九一八年一一月の抗争時の写真にバリケードが築かれた街路が写っていたが、あれがシクストゥスカ通りである。

彼女の母親は「めちゃくちゃ魅力的」だったので、ロシア人たちから山ほど招待状を受け取った。「うちのアパートに住んでいた連隊長が彼女に惚れこんでしまったのよ」とインカはあきれたようにいう。まあまあ過ごしやすい日々だった。そうこうするうちにドイツ軍がやってきた。一九四一年七月のことだ。そして状況は比べものにならないほど悪化する。

「なんとか生活を維持することはできました。というのもわたしの父はドイツ語を話せたのでね。でも大半のユダヤ人はそういうわけにはいきません。前からユダヤ人居住区に住んでいたユダヤ人は別として、ユダヤ人は全員立ち退きを要求されました。でもどういうわけか、わたしたちだけもとのアパートの一室に住んでいてもいいということになったんです。全室徴用はされずにすんだのです」

ときおり、数日間にわたってアクツィオーネン（一斉行動）が展開され、ダビデの星印の腕章をつけずに通りを歩いているユダヤ人を一斉検挙した。彼女の父親は有名人だったから慎重に行動する必要があったけれど、母親はほとんど顔を知られていなかったので、たまに「ル・トリュック（あのあれ）」をつけずに出かけたりした。インカは腕章のことを「あのあれ」と呼び捨てにした。

「不愉快なだけでなく身に危険を感じはじめました。わたしたちは鼻つまみになったんです。戦争の前までは、町にいる人のうちだれがユダヤ人かなんてわかりませんでした。それがもう一目瞭然」

わたしが持参した何枚かの白黒写真を見てもらった。そのうちのひとつに、十七世紀に建てられた有名なシナゴーグの荒廃した姿が写っている。この建物、覚えていますか？「いいえ」

インカがその絵葉書に目を這わせているとき、ふしぎなことが起きた。玄関のベルが鳴った。管理人が手紙を持って立っている。インカは手紙を見て「これはあなたにだわね」という。奇妙な話だ、わたしはその日初めてインカに会ったというのに。彼女は封書をわたしに手渡した。宛先はインカで、差出人は「ジュウキエフの犠牲者協会」となっている。わたしはそれを開封し、なかに入っていたパンフレットをテーブルのうえに置いた。

表紙はジュウキエフの古いシナゴーグの写真。たった今インカに見せたばかりのと同じ写真だった。彼女には見覚えがないという。まったく偶然のめぐりあわせで、彼女は同じ写真を二枚手に入れることになった。

41

一九四一年八月、レンベルクとガリツィアは、ドイツ帝国のポーランド総督府に併合される。ハンス・フランクが総督になるころ、ラウターパクトはアメリカへもどろうと考えていた。ウェルズリー大学で講義をしたあと、ハーバード・ロースクールの図書館の小さな仕事場へ向かうつもりだった。

ドイツ軍占領が何を意味するのか徐々に判明してゆくなか、出発までの日々が物憂くだらだらと経過した。彼はレイチェルに宛てて書く。「ルヴフのことはわかっているだろう。感情的になってあれこれいいたくはないが、悪夢のようにずっとわたしにつきまとっている」。恐怖を押し隠すことはできない、しかし生活は平常通り。まるで自分の「人格が二つに裂かれたみたいに」。人々との交流は「まったくふつうどおり」にこなしていた。平然をよそおっていつものように振る舞い、トリニティの同僚を助け、将官たちの相手をする。政治的な活動にはより深く関与するようになった。アメリカへ発つ前に、彼はケンブリッジ大学教授陣がソヴィエト科学アカデミーに宛てた、ソ連による「共通の敵を相手にした勇敢な戦い」に対する支持表明の賛同者として名前を連ねた。

ラウターパクトは一九四一年八月にニューヨークにもどり、ウェルズリー大学で秋学期を過ごす。そのあとハーバード大学へ場所を移し、週末はニューヨークでレイチェルとエリと過ごした。一〇月、彼はワシントンへ出かけ、ジャクソンの後継者、新司法長官のフランシス・ビドルに会う。彼はアメリカがドイツの潜水艦を攻撃しうる、法的な裏づけを欲しがっていた。ジャクソンと交信を絶やさずにいたラウターパクトは、米国連邦裁判所の陪席裁判官に任命されたジャクソンに祝辞を送っている。ジャクソンからは友情あふれる返事と、彼がハバナでおこなったスピーチの抜き刷りを送ってきた。ラウターパクトはジャクソンの別の原稿、「国際的無法状態」を終わらせるために何をすべきか、というスピーチ作成にも協力しようと申し入れていたが、自分の考え方を伝えようとしていた矢先、戦争は決定的な転機を迎える。一二月七日、日本軍がパールハーバーの米国海軍基地を攻撃し、合衆国は日本に対して宣戦布告をする。その数日後、ドイツはアメリカに宣戦布告。一九四二年初頭に二人がワシントンで会ったときから、軍事的・政治的状況は一変していたのである。

ちょうどそのころ、ヨーロッパ九か国の亡命政府――ポーランドとフランスをふくむ――が、ドイツの「恐怖政治体制」にかんする報告書について共同声明を決議するため、ロンドンのセント・ジェイムズ宮殿に参集した。大量投獄、大量追放、大量処刑、大量虐殺といった恐ろしいストーリーが流布していたのだ。これを座視するわけにゆかぬ亡命政府は一九四二年一月、残虐行為につき「有罪」で「有責」の者たちを処罰するために刑法を適用すべしと宣言する。加害者を「探しだし裁判にかけて処罰する」、これが〔連合国側の〕戦争遂行目的のひとつになったのである。

九か国政府は残虐行為と加害者についての情報を収集するための戦争犯罪にかんする委員会を設立し、これが連合国戦争犯罪委員会の母体となる。チャーチルは英国政府の法律家たちに、法務次官のデイヴィッド・マクスウェル・ファイフの指揮のもと、ドイツの戦争犯罪について調査する権限を与えた。数か月のうちにニューヨークタイムズ紙は、ポーランド亡命政府が十名の主要犯罪人を名指しした、と報じる。リストの最初にハンス・フランクの名前があり、その次にオットー・フォン・ヴェヒター知事の名前があった。フォン・ヴェヒターはウィーンでラウターパクトの級友だった。

こうした状況を背景にして一月下旬、ジャクソンはニューヨークのウォルドルフ・アストリア・ホテルで『国際的無法状態〔を終結させるメカニズムと技術〕』というスピーチをする。ラウターパクトの協力を得て執筆したもので、当日は彼もゲストとして招かれていた。スピーチは戦争と残虐性について語り、「暴力を抑制するために編みだされるべき最善策」であると、法と裁判所の必要性について訴えた。かくしてラウターパクトの思想は、アメリカ政府の最上層に支持者を得ることになる。彼もジャクソンも知らなかったのは、残虐性がエスカレートして恐怖の域に達しようとしていたことだ。その三日前、ナチス高官がベルリン近くのヴァンゼー湖畔の別荘に集結し、ひそかに「最終的解決《ファイナルソリューション》」が合意されていたのである。

ラウターパクトは英国大使館の職員と仕事をしたり、講演会に出席したり、ニューヨーク州知事ハーバート・レーマンに会ったりして、その後数週間をニューヨークで過ごした。レイチェルと映画を観にいったり、くつろげる時間もあった。ベット・デイビスの『The Man Who Came to Dinner（晩餐に来た男）』にはあまり感心しなかったが、ブロードウェイのリヴォリ劇場で観た『"Pimpernel" Smith（紅はこべ）』を二人は大いに楽しんだ。

その映画を七十年後に観たわたしは、なぜ彼らが気に入ったのかを理解した。女性のあこがれの的レスリー・ハワード（この一年後、彼の乗った旅客機が大西洋上でドイツ空軍に撃ち落とされて彼は死ぬ）が演じる主人公はケンブリッジの大学教授で、「喉頭音」を習得し「茶色のシャツを」自然に着こなし、ナチスの魔の手から、彼自身の娘をふくむ犠牲者たちを救いだすのだ。「シンガポールは陥落するかもしれないが」とニューヨークタイムズ紙のレビューが褒めそやす。「英国人はまだまだスリル満点のメロドラマを作ることができる」

42

一九四二年三月、日本軍によるシンガポール占領の直後、ドイツ軍が東欧支配を拡大しようとたくらんでいたころ、ラウターパクトは英国へ帰った。レンベルクからの情報がないので、ラウターパクトはレイチェルとエリに頻繁に手紙を書いた。エリはマサチューセッツ州アンドーバーにあるフィリップス・アカデミーに入学していた。「ちょっとふさぎこんでいる……戦争のニュースのせいだ」とラウターパクトは書く。「わたしたちは最悪の時代を生きているのだよ」

配給制度で食事もままならず、彼は落ちこんでいた。「もういっさい家事はあきらめた」。どの店も配達をしてくれなくなった。「何もかも自分で取りにいかなけりゃならない」。自宅の庭が心を明るくしてくれた。スイセンが「豪勢なショー」を繰りひろげ、アメリカと英国のあいだの海のどこかで消えたトランク〔レイチェルがニューヨークから送ってくれた〕のささやかな保険金を受け取ったりしている。

彼はオッペンハイムの『国際法』の新版の改訂と、戦争が始まった当初の判例をくわえるために『国際法判例集』第九巻の仕事に専念していた。スペインの市民戦争、イタリアのアビシニア征服、「ドイツにおけるナチス体制による立法と実践」そしてその「不穏な一般的特徴」などに触れている。ラウターパクトは注意深く判例を選んだ。そのひとつがドイツの帝国最高裁判所がくだした判決で、アーリア人種の女性と性交をし、一九三五年のニュルンベルク法〔具体的には「ドイツ人の血と尊厳を守るための法律」〕違反を問われたユダヤ系ドイツ人の被告人が上訴したもの。この事件は、いくぶん目新しい法的論点を提起していた。つまり、性行為がドイツ国外でなされていたとしたらどうだろう？　最高裁の判断は、同法はプラハでなされた性行為についても適用されるとした。その理由は立法の目的をひたすら追求した単純なものである。国外でなされた性行為が例外にされたりすると、ニュルンベルク法の目的〔純血ドイツ種の保護〕が徹底されぬというわけだ。したがって、ドイツ人血統のドイツ国民と帝国外で同棲したユダヤ系ドイツ人は「かかる目的遂行のために国外で会おうと彼女を説得した場合、罰せられなければならない」。ラウターパクトは、このような判決が出るからこそ国際的な再審裁判所が必要なのだ、とコメントしている。

ラウターパクトは学問の世界の外でも活動的だった。彼は引き続きジャクソンにアドバイスを与えていた。合衆国が参戦するなか、彼はジャクソンをアメリカ孤立主義に対するとりででであり、かつ彼の話を「理解してくれる政権内の有力者」と見なしていた。彼はアメリカにいるエリとレイチェルに宛てた手紙のなかで、「いわゆる戦争犯罪という問題」を検討し、占領地域での国際犯罪を犯すドイツ人をいかにして罰するか、という新しいプロジェクトに参加していると説明している。プロジェクトは一九四二年六月、セント・ジェイムズ宮殿の宣言を実行に移すための「戦争犯罪委員会」の委員長にアーノルド・マクネアが任命されて動きはじめた。マクネアはラウターパクトを委員会に招き、七月初旬、彼は委員会の最初のミーティングに参加する。マクネアは彼に法的論点を整理して、議論の叩き台を準備するよう頼んだ。

委員会がラウターパクトのやり方を「モデル」にして作業を進めていこうと決めたとき、「わたしはかなり鼻高々だった」と、彼はレイチェルに書き送っている。会議への参加で、彼はさまざまな機会にめぐまれた。というのは、ロンドンに亡命中の外国政府の法律家たちも、その会議にかかわっていたからである。この機会をとらえて「東ポーランドのマイノリティのために大いに役立つこと」ができれば、と妻に抱負を語っている。なぜならばポーランド人こそが、この戦争が終わったあとのマイノリティの定住にかんする「重要な要因」となるのだから。この仕事を契機に彼は、正義と個人責任の問題に――個人が仕える国家の責任の問題ではなく――実践的なやり方で取り組むことになる。

その夏、別の新プロジェクトが届く。アメリカ・ユダヤ人委員会が人権にかんする国際法の本の執筆を、魅力的な条件（経費別で二五〇〇ドル）で依頼してきた。彼の心を引く新テーマだったので、彼は承諾する。彼は「個人の国際人権章典（といったようなタイトルで）」書くと決めた。七月一日に執筆を開始した彼は、年末までには脱稿できるだろうと楽観的に考えていた。

一二月、彼はロンドンに出かけ、「厳粛な」雰囲気のなかで講演をおこない、国際法にかんする新説を披露した。なかなかうまくいった、とレイチェルに報告した彼は、「君の旦那に対してあきれるほどの崇拝を捧げる者もいたよ」と書き加えた。彼の中心テーマは、基本的人権を保護することになる新しい国際法の「革命的な広がり」を、各国政府に受けいれさせなければならない、というものだった。

43

一九四二年の夏、ラウターパクトは自分が新しい本の執筆を開始した時期と、ハンス・フランク総督が、ポーランド総督府へのガリツィア編入一周年記念のためにレンベルクを訪問した時期が一致していたことなど、知るよしもない。彼が国際人権章典の仕事にとりかかったまさにそのとき、フランクは、ヴァンゼー会議での合意事項を実施するため、ガリツィアでの最終的解決を実行に移しはじめていたのである。ラウターパクトの家族はその影響を即座にこうむり、壊滅的な結末を迎えた。

何が起きたかを、インカ・カッツが語ってくれた。彼女はフランクの訪問と、それが引きおこした恐怖、そしてそのあとに展開された結末を覚えていた。八月一六日、最初に連行されたのが彼女の祖父、すなわちラウターパクトの父であるアーロンだった。彼はラウターパクトの兄ダヴィッドとアパートを共有していたが、浴室の収納のなかに隠れているところを見つかってしまった。

「その二日後、八月一八日にはハーシュの妹、つまりわたしの母のザビーナがドイツ人に連れていかれました」と、インカはきわめて冷静に語った。「家の前の通りを、ウクライナ人とドイツ人の兵隊にせきたてられてね」。彼女はたった一人で家にいて、その情景を窓から見おろしていたという。そのとき彼女の父親は、数軒先の彼らの古いアパートで仕事をしていた。「わたしの母が連行されたことをだれかが父に伝えたんでしょう」とインカがいう。「何が起きたのかはわかったわ。全部窓から見ていましたから」

何歳だったんですか？

「十二歳でしたから、もう子どもじゃありません。わたしは一九三九年に子どもではなくなったの。何ごとが起きているか、何が危険か、何でも承知してましたよ。父が母のあとを追いかけて、通りを駆けていくのも見ました」

彼女はそこで話をやめ、紅茶をひとくちすすり、エレガントな窓からパリをながめた。「何もかも終わってしまったことを理解したの」

彼女は三階の窓から目撃していた。子どもに特有の抜群の記憶力で、細部までしっかり覚えていた。

「こっそり覗いていたの。勇気がなかったから。もしあったら、母のあとを追って走っていったでしょう。でも、何が起きたかはわかってた。今でもありありと浮かぶのよ、母のドレスとかハイヒールとか……」

もしかしたらもうお母さんには会えないという考えは？

「『もしか』じゃないわ。はっきりとわかってました」

こうしてラウターパクトの妹は、娘の面前でドイツ兵に連れさられた。

「父はわたしのことなんて考えてなかった。変な言い方に聞こえる？　むしろそれでいいと思ったのよ。彼にしてみたら、やつらが妻をうばっていった、あんなに愛していた妻を、というストレートな話。ならば奪い返してやる、というだけのことでしょう」

黒っぽいグレーのスーツ姿のまま妻を追っていった父のことを、彼女はすばらしいと思う。

そして彼も捕まった。もどってくることはなかった。インカはひとりぼっちになってしまった。

「それ以降、何の情報もなし。何千人という人たちが連れさられた。そのあとどうなったか、わかるわけがないわよね？　でも、どういうことになるのか、わかってました。数日後、わたしはそのアパートを去りました。ドイツ人たちがきて占拠するのを知っていましたからね。お祖母さんはゲットーへ移ったけど、わたしはいやだった。ゲットーにいる自分なんて想像できなかったの。家庭教師婦人のところへいってみました。昔、わたしに勉強を教えてくれた人です。彼女はわたしの両親と親しい関係にありました。父が親切にしてあげていたのでね。ユダヤ人ではありません。ひょっとすると、そうだったかもしれないけど。何が起きたのか彼女に話すと、『わたしといっしょにおいで』といってくれて。彼女は家庭教師という役柄以上の人だった。彼女は……何というの、乳母？　わたしの母はおっぱいで育ててくれずに、彼女なのよ。彼女のお乳でわたしは育てられたの」

会話のあいまにインカは濃いロシア紅茶を入れてくれた。

「それでわたしは彼女の家にいきましたが、そんなに長くはいなかった。家捜しがきますから。尋ねられるたびに『この子はわたしの姪』と答えていました。たしかにわたしはユダヤ人には見えなかったけど、ぜんぜん彼女の姪にも見えないの。だから本当はだれも信じなかった。そこでわたしは田舎に住む彼女の家族のもとへ送られました」。だがインカはそこにも長居できなかった。

「そこを去った理由はまた別です。子どもに変に執着するタイプの男の人がいたのよ。そういうことは本で読んで知っていました。そういう男をからかうジョークなんかも。だからわたしはそこを出ていきました。一九四二年の年末で、またルヴフの近くへね。ユダヤ人のゲットーではなかったけど。わたしをかくまってくれた女性は、従妹だとか姪だとか従兄弟の娘だとかいろいろごまかしてくれたけど、だめ。彼女の家族のほうが心配しはじめて。ドアに聞き耳を立てていると、こんなふうな会話が聞こえてきた。『あの子、うちの家族には見えないよ』。その通りだったんです」

そしてインカは立ち去る。「ものすごく大変でした。もう、どこへいったらいいのかわかりません。一日じゅう通りをうろついて、横になれるところだったらどこでもいいから寝る。その当時のポーランドでは、アパートの建物の正面玄関は夜になると、そうね一〇時か一一時になると鍵をかけてしまうんです。だから、わたしのことを知ってる人がいない建物を選んで鍵をかけられる前に入り、すうっと屋根裏まであがっていくの。そして屋根裏部屋の脇の階段で寝るの。夜中にだれかがきたりするともう生きた心地がしません。ひとりぼっちでびくびくして、警察に突きだされるんじゃないかって」

彼女は淡々と話をつづける。「そういうことがひと月かふた月つづきました。秋が終わりかけていました。母から宝石と現金の隠し場所を教わっていたので、それで暮らしていたの。でも全部盗まれちゃった。ある朝起きてみると全部なくなってた。なんにも残っていなかった」

ひとりぼっちで、追いつめられて、十二歳の少女は父親の顧客で友だちだった年老いた婦人をたよってゆく。喜んで置いてくれたけれど、それも二か月間。

「みんなうわさしはじめたから、出てゆくしかなかったわ。彼女はクリスチャンで、修道院へいったらどうかって提案してくれた。それでいっしょに出かけていったら、修道女がいいですよ引き取りましょうって」

その修道院は町の郊外にあった。

「何という名前だったかは思いだせません」とインカ。「とても小さくて、あまり知られていないところ。十二人の修道女がいてイエズス会とつながりがありました」

インカは、気づまりな結末へ近づくことを先延ばしにするかのように、話のペースを落とし、声をひそめた。

「修道女がいいました。ここに滞在するためにはひとつだけ条件があると。このことを家族に話したことはありません」。これまでの生涯、ずっと隠してきた秘密を明かそうとしているインカはしばし居心地が悪そうだった。

「洗礼を受けなければいけない、というのです。選択の余地なんてなかった。今もそうだけどユダヤの戒律をきちんと守っていなかったのが、不幸中の幸いだったのかしら。宗教的にあまり厳格な家庭で育たなかったのが良かったのでしょう」

それから七十年間ずっと、彼女の胸の閊《つか》えは取れなかった。自分の命を救うために所属集団を捨てた、その呵責と折り合いをつけようとしている、彼女はそうした女性だった。

44

まだ会ったことのない姪がどんな逆境にいるか、知るはずもないラウターパクトは、アルコールを断ち痩身法を始めることにした。医者から命じられたわけではなく、分別ある転ばぬ先の杖として。国防市民軍兵士としての務めをつづけ、国際人権章典に何を盛りこむべきか思索をめぐらす彼は、節制の必要性を自覚したのである。彼は父親が八月一六日に連行されていたことを知らない。その同じ日、彼はロンドンの戦争犯罪委員会に宛てて、戦争犯罪人を処罰する国際的な実例がわずかしかない点をくわしく述べた覚え書きを送っている。

東欧からは、断片的なニュースやうわさ話がもれ聞こえてきた。九月になると、タイムズ紙にポーランドでのナチスの残虐行為にかんする記事が載った。これがケンブリッジ大学のユダヤ人同僚たちの民族的感情を燃えあがらせ、レイチェル宛ての手紙にもその反映がうかがえる。「昨夜、ドイツからの避難民が集まっているシナゴーグへ出かけた。彼らの苦難はわたしのものでもあるという思いを伝えたかった」。彼は食料を入れた小包にダヴィッドの宛名を記し、レンベルクの虚空に向けて発送した。町がどうなっているかわからぬままに。

家族からの連絡が途絶えたまま、もう十八か月が経過した。どこになぐさめを見つけたらいいのかわからない。音楽を聴けば心がもろくなり、過去のことばかり考えてしまう。

一二月のある日、「現在日曜の午後六時。今日は一日じゅう断食をしていた」と彼はレイチェルに宛てて書いた。ポーランドで虐殺されたユダヤ人のための断食と代禱の日だった。「どうしてもその一員になりたかったのだ」

ルヴフはいつまでも彼につきまとった。「かけがえのない人たちがあそこにいる。なのに、彼らが生きているのかどうか、わたしにはわからない。状況があまりに過酷だから死んだほうがいいと思っていたとしてもおかしくはない。わたしは丸一日、彼らのことを考えていた」

45

翌年、戦争の風向きが変わる。一九四三年の夏、レイチェルはケンブリッジへ帰ってきた。エリはそのままアメリカに残る。ラウターパクトは書斎でたったひとり、バッハを聴き、庭を見おろして木の葉の色が移ろうのをながめ、ルヴフのどこかで動けずにいる家族の音信不通を黙して嘆き、長い時間を過ごしていた。スモモは実をつけなくなり、芝生の手入れもおろそかになっていた。だが、暗い冬の日に閉じこめられながらも、ラウターパクトの仕事は光明に向かって進んでいた。九月、イタリアが落ちる。「意気軒昂の日」とラウターパクトは歓喜する。何年ぶりかで「生きていた甲斐があった」と感じ入り、「邪悪な力の破滅を目の当たりにする」快感を綴った。「力強き進歩の勝利」を肌で感じることができた、と。

彼は、人権にかんする新たな考え方の有効性をためすべく、一連の講義をおこなった。だが、このプロジェクトは思ったよりも時間をくう。最大の関門は、新たな法秩序のなかにどのように個人の権利をはめこむか、その実践的方法の模索だった。ロンドンで、そしてケンブリッジで講義をつづけ、彼は「厳《おごそ》かに」彼なりの国際人権章典の草稿を読みあげる。すると聴衆の多くが、これを「歴史的瞬間」だと感じた。彼の思索は深まってゆく。「国際人権章典を実効性のあるものにするためには、国家権力による強制力のみならず、国際機関による強制力がなければならない」。この発言は、国際裁判所の可能性につながるものだった。自分の仕事場の雰囲気を、彼は息子のエリに坦々と伝えている。「想像したまえ。窓を開け放った書斎を、バッハの『マタイ受難曲』の感動的なメロディーが滔々とみたす。どんな雰囲気かわかるだろう」

今やヨーロッパ全域でドイツ軍の退却が始まっていた。ラウターパクトの思想が一年前に連合国軍政府によって創設された連合国戦争犯罪委員会（United Nations War Crimes Commission）の作業に浸透するにつれ、戦争犯罪委員会（War Crimes Committee）の仕事が忙しくなってきた。国際レベルでの仕事の広がりのおかげで、委員会のアメリカ人メンバーと旧交をあたためる機会も得たし、以前LSE時代の同僚で今や英国政府の一員になっていたフィリップ・ノエル＝ベイカーとの再会によって、権力中枢へのアクセスと影響力を得ることもできた。

一九四四年三月、彼は戦争犯罪についての「かなり重要な原稿」を完成させる。裁判で最善の判決が出るように影響を与えることができればと期待していた。世界ユダヤ人会議から残虐行為の調査に協力してくれと頼まれたことを、ニューヨークへもどっていたレイチェルに書き送っている。「ドイツがユダヤ人に対してしでかした恐ろしい戦争犯罪」を捜査するための特別委員会を、ユダヤ人会議が設置したいという趣旨だった。だが、ポーランド・マイノリティ保護条約が不発に終わった事実を直視するならば、彼が主眼とする保護の対象は集団でもなくマイノリティでもなく、個人なのだ。とはいうものの、集団としての境遇も無視はできない。彼は、ユダヤ人が「ドイツが犯した犯罪の最大の犠牲者」であるから、「反ユダヤの残虐行為を特別捜査と報告の対象にすることは適切である」という理屈づけをした。

こうした事柄に思いをめぐらせていたのはラウターパクトだけではない。一一月アメリカで、ラファエル・レムキンという名前の、以前ポーランドで検察官を務めていた男がある本を出版した。『Axis Rule in Occupied Europe（占領下のヨーロッパにおける枢軸国の支配）』という題名のその本は、ラウターパクトとは異なるアプローチで集団の保護を目的とし、そのために犯罪行為の新概念「ジェノサイド」、すなわち集団の抹殺行為という意味の言葉を考案した。ラウターパクトは同書の書評を『The Cambridge Law Journal』に載せ、レムキンの考え方にはあまり感心しない旨をほのめかしている。

レムキンの著作は「堂々たる」作品でありドイツの法律と命令にかんする「有益な」概説を、「興味深く筋の通った批評」を添えて呈示した。「驚くべき努力と構想」にもとづいた「非常に貴重な」労作である。としながらも、ラウターパクトの筆致はどこかよそよそしく醒めていた。特に「彼がいうところの『ジェノサイド』――国民やマイノリティの物理的破壊を意味する新用語」については冷ややかだった。同書は「学術的な歴史資料」という位置づけになろう、とラウターパクトは結論づける。「法律学に貢献する作品という評価は正しくない」。カーネギー国際平和基金による同書の出版を称賛するラウターパクトだったが、著者の名前にはいっさい触れていない。彼の書評は新用語とその実践的有効性について懐疑的だった。そうした彼の態度が意味するところは明快だ。集団の保護に重点を置くと個人の保護がおろそかになる、という懸念である。そちらを法の最重要事項にしてはならない。

わたしはこの件をエリに話してみた。彼の考えはこうだ。レムキンの名前を出さなかったのは書評が「客観的な学問的評価」だったというだけのこと。「父はレムキンに会ったことはなかったし、彼がうちにくるというような話も聞いたことがありません」と彼はいった。わたしはエリのいいにくそうな気配を感じ取り、もう少ししつこくせまってみた。

「とてもぼんやりとした話ですけれど、レムキンのことを父はそんなに評価していなかったという記憶がありますね」とエリはいった。「彼は資料を編集しただけの男であって思想家ではない、と見なしていました」。父ラウターパクトはジェノサイドという考え方を嫌っていた。「国際法の領域に、実践的裏づけのないジェノサイドなどという個人的な思いこみを持ちこまれたことが気に入らなかったんだろうと思います。たぶん、実務では使えない、現実的ではないアプローチだと感じたのでしょうね。父は実際的な人間で、ものごとを考えすぎるあまり現実から浮いてしまうことを常に警戒していましたから」

「個人的な思いこみ」と断じたのは、彼個人の家族が巻きこまれていた状況に通ずるものだったからか？　とわたしは尋ねた。

「ジェノサイドという概念はちょっと行き過ぎだと思ったんじゃないでしょうか」

行き過ぎてしまって現実から乖離していると？

「その通り。わたしの父はとても実際的な男で、裁判官が万能だなどという幻想を抱いたりすることはなく、ある種の問題を裁判官は裁けないんじゃないかと心配したりする人でした」

集団に脚光を浴びせると個人がかすんでしまう、というような恐れを抱いていたのだろうか？

「そうです、そこがポイントだったかもしれません」とエリは答えた。彼はオッペンハイムの『国際法』の第七版に触れた。ラウターパクトが戦後手を入れたもので、ジェノサイドについては大変冷淡である。この考え方は「理論の穴、牽強付会、潜在的危険」にみちており、個人の人権擁護からは「後退」してしまうことになろう、とラウターパクトは書いている。

一九四四年の年末、ラウターパクトは個人の人権にかんする著作の校正ゲラを提出した。解放されたばかりのパリでレオンが妻と娘と暮らしはじめたそのころ、エリはアメリカからケンブリッジに帰り、ここでもまた、離ればなれだった家族が元の鞘へともどってゆく。

46

一九四五年二月、チャーチル、ローズヴェルト、スターリンの三人がクリミア半島のヤルタに集まり、多数の重要事項について合意する。そのひとつがヨーロッパの分割である。これに先立つ数か月前に赤軍によって解放されたルヴォフはウクライナに帰属し、ソ連の支配下に入ることになった。アメリカはルヴォフがポーランドへ帰属することを願ったが、そうはならなかった。ドイツの指導者たちは罪人として取り扱われ、起訴されることになる。

三か月後、ヨーロッパで戦いが終わる。五月二日、ローズヴェルトの死後大統領に就任したハリー・トルーマンは、ドイツの主要戦争犯罪人を裁く法廷の検事チームのトップとして、ロバート・ジャクソンを任命する。数週間後の六月二六日、サンフランシスコで国際連合憲章がサインされる。各国政府はあらためて「基本的人権」を導入することを確約し、「人間の尊厳及び価値」を尊重することに合意した。

六月、コロンビア大学出版局がラウターパクトの国際人権章典についての本を出版する。新しい国際法秩序への希望のあらわれとして、彼は国際法秩序の中心に個人の保護を据えるべく、チャーチルが主張する「人権の王位就任」を引き合いに出した。ラウターパクトは序文のなかで、自分の目標を「国家の絶対権力」の終焉であるとした。反応はおおむね肯定的だった。「説得力に富む」、「切れ味鋭い」、「思わず息をのんだ」、「豊かな発想」、そして法理論と政治判断を「実践的かつ現実的」なレベルで結合させている。ただ、「人種差別主義《ジム・クロウイズム》と絶滅収容所」を一国の国内法だけで独占的に取り扱うのはやめさせたいという彼の希望に対しては、批判もあった〔モーゲンソウに代表される〕。彼のアイデアは危険だし、とうに消滅した十七世紀の一連の思想〔自然法思想にもとづくグロティウスなど〕をたどっているだけだ、という。ラウターパクトは「将来をかいま見せてくれるというよりは、過去の残響を反復しているにすぎない」と批判された。

同書に列挙された諸条文は「国際法の根本的刷新」という触れこみで提示された。万国国際法学会(Institut de Droit International)のつつましい努力とか、H・G・ウェルズの思想や戦時中に生まれたさまざまな国際的組織の発想・発案を超える前例がほぼ皆無というなかで、ラウターパクトの憲章草案は市民的権利にかんする九つの条文をふくんでいた(個人の自由、宗教の自由、表現の自由、集会の自由、プライバシー、平等、等々)。ある種の問題には言及されておらず、拷問の禁止とか女性差別などには触れられていない。今ふりかえってみて同様にショッキングなのは、南アフリカにおける非白人の状況と「合衆国のいくつかの州における黒人住民の大多数が実際に市民的権利を剝奪されているという難問」を容認する彼の立場である。こうした政治的現実の許容は、これら二か国を国際的法案に引き入れるための必要条件だった。そのあとにつづく五つの条文によって、政治的権利（選挙権、自治権、少数集団の権利、等々）と、職業、教育、そして「不慮の困窮」に対する公的支援など、一定程度までの経済的・社会的権利をカバーしている。ラウターパクトは財産権については沈黙していた。おそらくは東側共産主義陣営に対する配慮と、英国内での政治的配慮〔当時、総選挙に向けて企業国営化が議論されていた〕があったのではないだろうか。

国際連合憲章の発効、自己の思想を世に問う著作の刊行、という流れのなか、戦争犯罪裁判というアイデアが出てきたことや、そこにジャクソンを検事として任命することに、ラウターパクトは諸手を挙げて賛成した。ジャクソンは彼に協力を求める。七月一日に二人はロンドンで再会した。ドイツ人指導者を裁く史上初の国際刑事裁判所を創設するための合意書の作成作業が、いよいよ始まった。しかしその時期になってさえ、レンベルクがドイツの支配から解放されて一年がたつというのに、ラウターパクトのもとには家族の運命にかんする情報は何も届いていなかった。

七月最後の日曜は暑かった。ロンドン、メイフェア地区のクラリッジス・ホテルを出たジャクソンは、ケンブリッジのラウターパクトに会いにいくために運転手つきの車に乗った。彼は、連合国四強を説得するために碩学の協力は強みになるだろうと考えていた。特に被告人に対する訴因について納得を得るのが一番の難点だ。このような訴訟は前例がなく、またソ連とフランス勢の「頑固で容易ならざる」意見の相違があった。

四強はいくつかの点で妥協を見せる。裁判所の権限がおよぶのは個々人であって国に対してではない。被告人が国の権威の陰に隠れることは許されない。裁判官は八名、連合国各国がそれぞれ正判事一名と予備判事一名の計二名を出す。また各国は一名ずつ検事を出す。

だが裁判運営上の手続きについて、意見の不一致が残ったままだった。ドイツ人被告人たちを尋問するのはフランス流に裁判官なのか、それとも英米方式で検察官がやるのか？　さまざまな難題のなかでも最も深刻な憂慮は、訴因となる犯罪事実に何を列挙するかだった。意見の相違は、国際軍事裁判所憲章〔ロンドン憲章またはニュルンベルク憲章と略される場合あり〕、すなわち新たに設定される国際法廷の運営方針文章の第6条〔戦争犯罪規定〕草案作成時に火花を散らす。

ソ連が列挙したのは三つの犯罪。侵略、侵略時に文民にくわえた残虐行為、戦時法違反。アメリカは以上三つにくわえてさらに二つ。違法な戦争の遂行、ナチス親衛隊やゲシュタポ・メンバーの犯罪性。フランスがソ連を支持しそうだと心配したジャクソンは、両案のみぞを埋めるためにラウターパクトの協力を得ようとする。ちょうどジャクソンは、ヒトラーの個人執務室の見学をふくむドイツ出張からもどり、総選挙でチャーチルと保守党が、フランスとソ連により好意的であろう労働党に敗れたというニュースに接したばかりだった。彼は英国の新政権がソ連を支持することを怖れていた。ジャクソンがロンドンに帰り着いた七月二八日土曜日、彼は裁判にかんする英国政府の提案を受け取ったが、案の定、フランス政府は同案を支持していた。

翌日車でケンブリッジに向かうジャクソンの心には、こうした事情がのしかかっていた。息子のビル、二人の秘書と法律家のスタッフ一名も同行した。彼はラウターパクトを、たぶんグランチェスターにある「感じのいい古い田舎のパブ」へ昼食に誘い、そのあとみんなでクランマー通りの家へもどった。暑い夏の日、彼らは「テニスコートのようになめらかに短く刈りこんだ」芝生に出た。庭一面が緑の匂いでかぐわしい、とコメントしてくれた訪問者に、ラウターパクトは顔をほころばせる。

歓談の最中、隣の庭から小さな子が迷いこんできた。レイチェルが紅茶やコーヒーを運んでくる。フィッツビリーズのスポンジケーキが出たかどうか、それは記録に残っていない。

ジャクソンは問題を披瀝した。ソ連案はフランスと英国によっておおむね支持されてしまっていたから、どういうふうにまとめあげるのが一番いいかが課題になった。ラウターパクトは各条文の頭に見出しをつけることを提案する。そのあとに妥協案を導入するというやり方だ。こうすることで、法が漸進的に発達してゆく。

ラウターパクトは「侵略」という言葉を「戦争という犯罪」に置きかえることと、交戦法規の違反については「戦争犯罪」という言い方にしたほうが良いだろう、と提案する。こうした見出しをつけることで、どのような行為が罰せられるのか、大衆が理解しやすくなり、裁判の支持も得やすくなり、ひいては裁判手続きの正当性が高まるだろう。ジャクソンは、彼の見出し案に賛成した。

ラウターパクトは、さらにもうひとつの考えを提案した。ソ連とアメリカの意見が割れているポイントでもあり、かつ個人的に彼が胸に秘めていた憂慮の元でもある文民に対する残虐行為に対処するために、国際法に新用語を導入してはどうか？　彼は真剣になって説いた。個々の文民に対する残虐行為を「人道に対する罪」と呼んではどうか？

この表現は、一九一五年のトルコによるアルメニア人虐殺事件に対し、英米が非難声明を出した際に使われたことがあるが、その声明は法的な拘束力を持つものではなかった。連合国戦争犯罪委員会の作業のなかでも同じ表現が使われたが、それもまた法的拘束力はなかった。ジャクソンはそのアイデアが気に入った。一歩前進するための現実的で訴えかける力のあるやり方だ。彼は考えさせてくれといった。

そのあと一行はトリニティ・カレッジを訪問し、偉大なクリストファー・レンが設計した図書館を通りぬけ、部外者立ち入り禁止の庭を見学した。ジャクソンは木々のたたずまいを愛でる。ジャクソンの部下の弁護士、キャサリン・ファイトは「ザ・バックス（学寮裏手川沿いの庭園）」とカム川にかかる小さな橋をほめそやし、「イングランドの思い出のなかで一番美しいもの」と母親に宛てて書いている。

47

七月三一日、ロンドンにもどったジャクソンは、憲章草稿の修正案を提出する。各条文冒頭に見出しをつけるというラウターパクトの案を採用し、それぞれの犯罪の新定義をふくめた。ここで初めて「人道に対する罪」という呼称が文書化される。「ドイツ国内だけでなく国外においてもユダヤ人その他の人々が迫害されたことを問題にしているのだと明瞭に理解してもらうために、こうした文言を入れるべきです」とジャクソンは連合国の面々に説明した。「また、開戦後だけでなく開戦前の行為も対象になるということを」

こうした意図を託された用語によって、国際法が保護する範囲が広がることになる。自国民――ユダヤ人およびその他――に対するドイツの行為が、戦争が始まる前のものもふくめ、裁かれる。一九三八年一一月にレオンを帝国から放逐した行為も、一九三九年九月より前に無数の人々を対象にした強硬措置をもカバーすることになる。国家は勝手気ままに自国民をあつかうことができなくなるのだ。

八月二日、四強は合意達成をめざして最後の会議にのぞんだ。新たに任命された意志強固な英国法務長官、サー・ハートリー・ショークロス――歯に衣着せぬタイプで「英国官辺筋一番の美男子」と称された――が、連続性維持のため引き続き臨席を乞われた前任のデイヴィッド・マクスウェル・ファイフと共に出席する。ラウターパクトが提案した見出しつきの草稿第6条をめぐる検討は、相当な論争になりそうだったので、会議の最後に回された。ソ連の陸軍少将イオナ・ニキチェンコは見出しをつけることに強く反対。それがあると「ものごとをややこしくする」から取り除いてほしいと主張した。彼の腹心A・N・トレーニン教授は「理論的な観点」からはいいと思うが、見出しに選ばれた文言があいまいだと反対し、削除を求めた。ジャクソンはこれにきっぱりと反意を唱える。見出しをつけて区別するのは有効だと。ある有名な国際法学者が――その名は明示されていない――示唆してくれた「便利な」区別の仕方だ。この見出しがあることで、大衆はそれぞれの犯罪の違いを理解しやすくなるだろう。本裁判では、大衆の支持を得ることが重要なのだ。

　ソ連は折れる。こうして個人の保護を目的とした「人道に対する罪」が国際法の一部となった。その一週間後、八月八日に最終草案が採択され、署名ののち公表された〔ロンドン合意〕。歴史的な日だった。憲章第6条（c）項によって、国際軍事法廷の判事たちは、人道に対する罪を犯した個人を処罰する権利を得たのである。そこでカバーされる犯罪とは次のように定義された。

> 戦争前あるいは戦争中にすべての文民たる住民に対しておこなわれた殺害・殲滅・奴隷化・強制移送及びその他の非人道的行為。あるいは犯行地の国内法の違反であると否とを問わず、本法廷の管轄に属する犯罪の遂行としてもしくはこれに関連しておこなわれた政治的・人種的・宗教的理由にもとづく迫害行為。

（原文） murder, extermination, enslavement, deportation, and other inhumane acts committed against any civilian population, before or during the war; or persecutions on political, racial or religious grounds in execution of or in connection with any crime within the jurisdiction of the Tribunal, whether or not in violation of the domestic law of the country where perpetrated.

このパラグラフは注意深く読む必要がある。特に、〔英文原文〕二行目にぽつりと置かれたセミコロン〔;〕が重要で、これが問題を引きおこすことになる。ラウターパクトはこの文章のカバーする範囲が広すぎると認識はしていたけれど、セミコロンの使用によって〔セミコロン以前とそれ以降の文章が二つの独立文に分かれ〕法廷の管轄権が戦前の行為にまでおよぶと解釈される可能性には頓着しなかった。彼は「合意書の第6条（c）――人道に対する罪――はまさに新しく考案されたものです」と英国外務省にいっている。それは啓蒙的な新機軸であり「国際立法に重要な一石を投じる」ことになる、と。これによって国際法が「国家間の関係を律する」法というだけではなく、「人類の法」でもあることが確認された。人道に対する罪を犯す者は、国家の指導者であったとしても免責されない。「激怒する世界の道義心」の法制化なのだ。

ショークロスは、マクネアの戦争犯罪委員会の代わりに新設された英国戦争犯罪執行部にラウターパクトを招く。ショークロスは裁判の準備作業や英国側陳述書の執筆を手伝ってほしいと申しでた。ラウターパクトはこれに応じる。数日後、ジャクソンから手紙が届く。ケンブリッジでのもてなしと犯罪にかんする「入念な覚え書き」に礼を述べる内容だった。すべての提案が聞き入れられたわけではなかったが、「あのおかげで、この問題についての考え方が整理されました」とジャクソンは書いた。彼は今後も協力関係を維持したいという。「ロンドンにはたびたび来ますので、またお目にかかることになるでしょう」

憲章の第6条は実務面と学術的側面において画期的な意味を持ったが、ラウターパクトにとって個人的慰謝にはならない。レンベルクからもジュウキエフからも便りが途絶えて四年がたつ。「パパはそのことについてほとんど話さないの」とレイチェルがエリ宛ての手紙に書く。「感情的なことはけっして顔にださないから」

48

憲章が採択されて数日後、人道に対する罪を定義した第6条（c）項の小さな不一致に気づいた人がいた。セミコロンの問題である。英語とフランス語版がセミコロンになっている個所が、ロシア語版ではコンマになっていたのである。この不一致はただちに合意修正され、英仏版がロシア語版に寄せて直され、セミコロンが削除されコンマが挿入された〔フランス語版はコンマの挿入だけでなく文章後半が書き換えられている〕。一〇月六日のことである〔いわゆるベルリン・プロトコール〕。

これが無視できない結果を生んだ。セミコロンのままならば、戦争が始まった一九三九年より前の人道に対する罪〔迫害以外〕も、今回の軍事法廷の管轄範囲内にふくまれることになるが、これをコンマに変えると、戦前に生じたできごとは範囲外になる。人道に対する罪が戦争中の行為に結びついていなければならぬとされると、戦前の行為は罰することができない。そもそもの意図はどういうものだったのか、あるいは意図はともあれ戦前の行為は罰することができなくなるのか、それらは裁判官の判断にゆだねられることになった。*

セミコロンが削除されてから数日後、ショークロスは別の問題についてラウターパクトに愚痴をこぼしている。被告人を起訴するにあたってのある具体的罪名が気に入らない。その起訴内容について四強は「大いなる困難に直面し」ていて、ショークロス自身もその起訴状には「まったく」気に入らない。「そこで開陳されている主張のいくつかは、わたしが思うに、とうてい歴史の審判に耐えられるものではないし、それどころか本格的な法的検討にも耐えられないでしょう」。ショークロスが言及しているのは、起訴状に突然現われた新用語「ジェノサイド」のことだろう。この言葉は起訴状作成の最後の段階で、英国の強い反対にもかかわらず、アメリカ側の主張によって追加されたのだった。ラウターパクトであれば採用しなかった用語だ。「この文書はどうにも気に入りませんが、なんとかベストを尽くすしかありません」とショークロスはラウターパクトに書いている。

法廷は一九四五年一一月、ニュルンベルク裁判所で開かれることが決まった。連合国は二十四人の被告を決定。そのなかには、ヘルマン・ゲーリング（ヒトラーの副官）、アルベルト・シュペーア（軍需大臣）、マルティン・ボルマン（ヒトラーの個人秘書）などがいた。七人目の男の名前はラウターパクトの関心を引いたはずだ。ハンス・フランク。占領下ポーランドの総督であり、彼の支配下にはレンベルクとジュウキエフがふくまれていた。

「開廷後の最初の数日だけでも臨席してくれたら」とショークロスは提案する。「わたしたちにとって大いに助かるのですが」。報酬は支払えないが経費は持たせてもらう、と。

再度、ラウターパクトは招待を快諾した。

＊訳注　英文原文のセミコロンをコンマに変えると、先の日本語訳は次のように変わる。「犯行地の

国内法の違反であると否とを問わず、本法廷の管轄に属する犯罪の遂行としてもしくはこれに関連して、戦争前あるいは戦争中にすべての文民たる住民に対しておこなわれた殺害・殲滅・奴隷化・強制移送及びその他の非人道的行為、もしくは政治的・人種的・宗教的理由にもとづく迫害行為」。なお、このセミコロン問題については「訳者あとがき」の補足にて詳説する。

第3部 ノリッジのミス・ティルニー

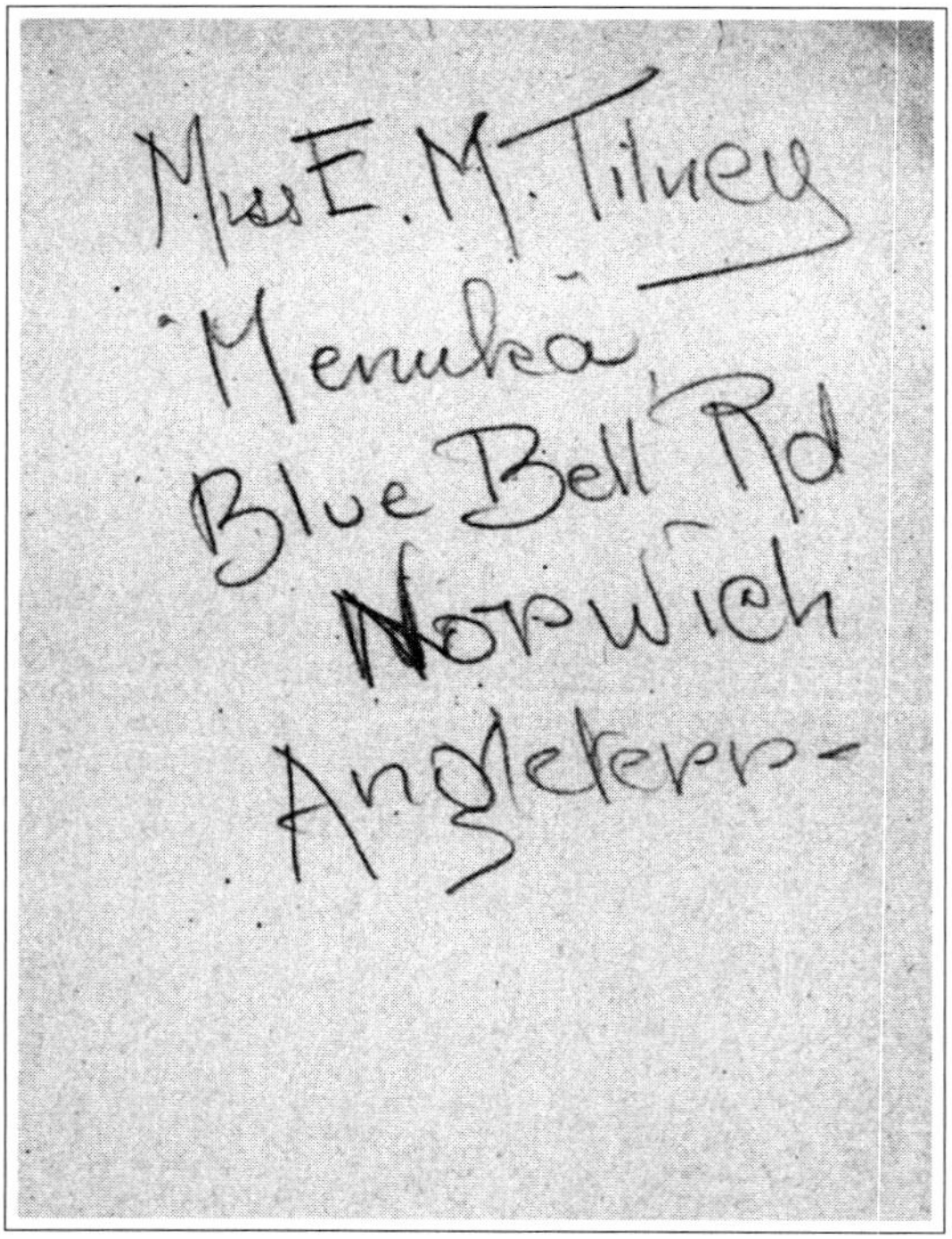
Miss E. M. Tilney
Meruka
Blue Bell Rd
Norwich
Angleterre

49

「ミス・ティルニーってだれですか？」とわたしは母に訊いた。

「だれかしらね」と答える彼女は、特に関心を示さない。

しばらくしてから母は言葉をついだ。「たしか、わたしのことをウィーンからパリに連れてきてくれた人じゃないかしら。一九三九年の夏に」。だが、それ以上はわからないといった。そんなことがあってから、何年もたったあとでレオンから聞いたことだと。「パ・ザンポルタン」。たいしたことじゃないわ。

どうやらミス・ティルニーという人が、たった一歳のルースを彼女の母親リタからあずかったということらしい。引き渡しは西駅でなされた。別れの言葉がかわされ、ミス・ティルニーと幼児はパリ行きの列車に乗る。母親にとっては耐えがたい瞬間だ。パリの東駅に到着後、子どもはレオンに渡される。ミス・ティルニーは紙切れに自分の名前と住所を鉛筆でそそくさと書く。そして、さようなら。彼女に会うことは二度となかった。

「お母さんの命を救ってくれた人ですよね？」

母はうなずいた。

「彼女がだれだったのかとか、会いたいとか、もっといろいろ知りたいとか、ないんですか？　お礼をいうとか？」

「いいえ」

「どうしてそんなことをしてくれたのか、知りたくない？」

「別に」

50

ドイツ軍に占領されたウィーンから生後一年と三日の母が、両親の付き添いもなしに旅立ったという状況は、どう考えても不可解だ。過去を洗ってみることをためらう気持ちはわからぬでもない。そのときの詳細を知る者は生き残っていないし、手がかりとなる書類は何もない。一九三八年一二月に母の名前で発行されたパスポートはある。かすれたスタンプが何個かと鍵十字。一九三九年五月四日のスタンプは、オーストリアからの出国と帰国を一度だけ認めるという許可証だ。出国記録のスタンプの日付が、それから二か月半後の七月二二日、チューリッヒの東、スイスと国境を接するオーストリアの町フェルトキルヒで押されている。フランスへの入国は「Entrée（入国）」という文字のスタンプで、七月二三日に押されている。パスポートの表紙に鍵十字の印はついているが、赤いJの文字はない。この赤ん坊はユダヤ人ではないという扱いだ。

リタはウィーンに残った。この事実がずっとわたしの母を悩ませていた。どういう状況のなかでリタは――もし選択の余地があったとして――自分は付き添わず、ひとり娘をパリに送りだそうと決断したのだろう。やむを得ぬことだったのか、それとも選択の結果だったのか？　やむを得ぬ状況だったのだと思いたい。

　パスポート以外の唯一の手がかりは、レオンの書類の山のなかでじっと発見されることを待っていた黄ばんだ紙切れだけだった。五センチ四方そこそこの二つ折りにされた紙片の片面に、力強く書かれた鉛筆の跡。「ミス・E・M・ティルニー、『メヌカ』、ブルーベル通り、ノリッジ、アングレテール〔フランス語で英国の意味〕」。名前と住所だけで、メッセージは何もない。

ルースのパスポート写真。
「保持者はサインできず」と記されている

　この黄ばんだ紙片は二年間、わたしの机のうえに貼ってあった。ときどきそこに視線を投じては、いつ書かれたものなのか、だれが書いたのか、ウィーン発パリ行きの危険な旅を引き受けたのが本当にミス・ティルニーだったなら、彼女の動機は何だったのかと思案に暮れた。ここに記された情報は重要なのだ、だからこそレオンは六十年ものあいだこの紙切れを保存していた。

　ノリッジのその住所はロンドンから北東へ一六〇キロ離れたところにある。ケンブリッジのもっと先、ノーフォーク・ブローズ〔湖と川からなる国立公園〕の少し手前だ。「メヌカ」という名前の家を見つけることはできなかった。いかにもイギリスの中流家屋につけそうな愛称ではある。

わたしは二十世紀初頭のノリッジの国勢調査記録と電話番号簿にあたってみた。驚いたことに、E・M・ティルニーという名前の女性は五人もいる。そのうち二人は年齢からして除外してもよかろう。エドナ・M・ティルニーはウィーンへ旅するには若すぎる（一九二四年生まれ）。イーディス・M・ティルニーは歳を取りすぎていた（一八六六年生まれ）。そこで残った三人の名前。

1　E・M・ティルニー、一九一五年生まれ、ブロフィールドという近くの村の出身。

2　エルシー・M・ティルニー、一八九三年生まれ、一九〇一年の国勢調査時点で七歳、両親と共にノリッジ、グロスター通り九五番地に住む。

3　イーディス・M・V・ティルニー、生年不明、一九四〇年にヒル氏と結婚。

電話番号簿にはブロフィールドに住むE・M・ティルニーの名前が載っていた。これが国勢調査記録にあったティルニーと同一人物だとすると、彼女は九十五歳ということになる。わたしは何日間かこの番号をためし、ようやくデスモンド・ティルニーという、すてきなノーフォークなまりの男性と話すことができた。彼は「姉のエルシー・メイは三年前に亡くなりました」と悲しげにいった。お姉さん、一九三九年にウィーンへいったことは？

「ああ、わからんね、そんなふうなことは一度も聞いたことがないですが」。とりあえず心当たりに尋ねてみよう、と彼はいった。数日後彼から電話があり、残念ながら姉は戦前海外へ出たことはなかったようだ、と報告してくれた。

一八九三年生まれのエルシー・M・ティルニーにとりかかる。一九〇一年の国勢調査によると、彼女はアルバート（文房具店事務員）とハナという両親、そして四人の兄弟姉妹と一戸建ての家に暮らしていた。名前と生年をウェブで検索すると、二件の情報がひっかかった。一九六〇年一月一日、同姓同名、生年も同じ女性がサザンプトン埠頭で、南アフリカのダーバン発の商船スターリング・キャッスル号（ユオニン・キャッスル・ラインの船）から下船している。同船の乗客名簿では、ミス・ティルニー――ミドルネームがモード――はバストランド〔レソト王国の旧名〕から帰国した「宣教師」となっている。そこから十四年後の一九七四年一〇月に、同姓同名同年齢の女性がフロリダ州デイド郡で亡くなっていた。

この女性の死亡広告元から六ドルの手数料を払って郵便番号を得ることができた。五桁の番号と市名、33134、マイアミ。ティルニーという名字と郵便番号を手がかりに物故者を調べた結果、何人かが浮かびあがったが、そのうち二名が一九七四年に亡くなっている。その一人がフレデリック。一九〇一年の国勢調査記録に載っていたエルシー・モード・ティルニーの弟の名前だ。マイアミ市の個人別電話帳を探ると、同じ郵便番号のエリアに住むティルニーが何人かいた。数日後、最初にコンタクトできたのがそのなかの一人、ジャーメイン・ティルニーだった。

51

「ええ、エルシー・ティルニーなら知ってます」と、ジャーメイン・ティルニーは歯切れ良くいった。エルシーは彼女の亡夫の伯母にあたるという。彼女の義父、フレデリック・ティルニー博士の姉ということだ。エルシーが死んでもう四十年がたつから、ジャーメインはエルシー伯母さんのことはあまり覚えていない。「優雅な婦人」で、ジャーメインたちが親しくしはじめたのは一九六〇年代半ば。彼女は福音主義教会の宣教活動にすべてを捧げ、引退後は弟フレデリックといっしょに住むためにフロリダへ越してきた。「物静かな孤高の人で、上品でした」。ときどき、たいていは日曜日に、親族との食事にやってきた。

ジャーメインのもとにエルシーの写真はなく、彼女の若いころの話はほとんど知らない。唯一覚えているのは、ノリッジにいる兄のアルバートという牧師が語った、辺鄙な場所での布教活動のことだ。「たしか彼女、北アフリカにいたわね」とジャーメインは記憶を掘り起こそうとしたけれど、戦時中のこととかウィーンへの旅については何も知らなかった。戦争の話はやや微妙なテーマだった。というのもジャーメインはドイツ系だったから。「相当最初のころに」と彼女が説明する。「わたしの夫のロバートが家族一同を集めて、戦争については何も語らぬことにしよう、と決めたんです」。戦時中、彼女の義父フレデリックとその妻ノラは、マイアミに駐屯していた英国兵士を歓待した。

ミス・ティルニーの弟フレデリックについて、どれくらい知っているかとジャーメインはわたしに尋ねる。

「なんにも」とわたしは答えた。彼の人生ってとてもおもしろいのよ、と彼女が解説を始めた。彼がアメリカに渡ってきたのは一九二〇年代で「ボディビルダーとして名を馳せ、チャールズ・アトラス〔イタリア系の有名なボディビルダー〕の親友になったんです」。ジャーメインはフレデリックの自伝『Young at 73 - and Beyond!』について語り、後日わたしはその古本を見つけ（のちにわたしの母の七三歳の誕生日のプレゼントになる）、彼の顔写真も見つけた。本のなかで彼はノリッジでのきびしく粗野で貧しい少年時代、そして横暴な父親（彼も牧師だった）、チャールズ・アトラスとの長いパートナーシップと友情を描いている。

ジャーメインは彼女の甥のジョンを紹介してくれた。電話での会話だけだったが、なぜか短い会話だけで切れてしまった――ジョンが故意に切ったのか故障だったのかはわからない。だが、そこでわたしはたったひとつ有意義な情報を得た。

「エルシー・ティルニーはドイツ人を憎んでいた」とジョンは何の前置きもなく、またそれ以上の説明もなく、ぶっきらぼうにいった。「ただもう嫌いなだけ」。戦時中に何かあったのだろうか？　ジョンはこまかいことは覚えていない。

ある人生の、おおまかな輪郭がわかってきた。ミス・ティルニーは牧師の家庭の出身で、南アフリカへ布教活動に出かけ、ドイツ人を憎み、晩年の数年間をマイアミのココナツ・グローブで過ごした。わたしはアフリカでの布教活動にかんする公文書（想像していたよりも豊富で興味をそそられる資料）をあさり、ウェストミンスター大学図書館の公文書内に手がかりがあることを突きとめる。そこでわたしは、戦後の南アフリカでおこなったミス・ティルニーの布教にかんする書類を発見した。書類のなかには自筆の手紙類もあった。

手紙の筆跡と、例の紙片の筆跡を比べてみた。まったく同じだ。この宣教師とブルーベル通りのミス・E・M・ティルニーは同一人物だったのだ。手紙を読むと書き手の意志強固な性格が伝わってくる。彼女がポルトガルと、その前にはフランスで過ごしていたこともわかった。そこでわたしはフランスの公文書館へ向かい、一九四二年二月付けの一枚の手紙を見つけた。あるフランス陸軍士官がフロントシュタラーク〔ドイツ帝国外の前線捕虜収容所〕１２１号の所長オットー・ラントホイザーに宛てて書いたものだ。そこは鉱泉の町ヴィッテルにあるドイツ軍捕虜収容所だった。その手紙によると、同収容所には二十八名の女性捕虜が収容されていて、ドイツ軍は彼女たちを英国軍によって捕えられているドイツ人捕虜と交換したがっていた。女性捕虜のなかに、「エルシー・M・ティルニー、一八九三年生まれ」と

エルシー・ティルニー、1920年

いう英国籍パスポート保持者がおり、彼女はヴィッテルでドイツ軍に捕まっていた。

ジャーメインはミス・ティルニーの兄、アルバートという牧師について話していたが、これが別の糸口となった。アルバートは、オックスフォード大学ウースター・カレッジのフェローだったロバート・ガヴィットが創設したノリッジのサリー・チャペルに関係していたことが判明する。ガヴィットは論理（「合理的結論に到達するまで論点を追求することを怖れぬ」）と独立心（「宗教改革後のプロテスタンティズムのありきたりの教義」を拒否）と簡素（「だれもが理解できるような直截で平易な言葉」を使う）を宗として聖書により忠実であることを渇望し、サリー・チャペルを建立した。わたしは一九五四年に印刷されたチャペルの一〇〇年記念祭のパンフレットを入手し、そのなかで一九〇三年に設立された布教団を知る。チャペルが送りだした宣教使節の全リストも載っていた。そのうちのひとつが一九二〇年にノリッジを発ってアルジェリアへ向かった一団で、ざらざらとした白黒写真もあった。輪郭のはっきりとした決然たる表情の若い女性が写っている。ひたいをかすめる前髪、シンプルでエレガントな服。わたしはミス・エルシー・ティルニーと対面していた。二年間かけて捜し求めた人。

52

サリー・チャペルはノリッジの中心部にあって、精力的な、活動範囲の広い組織だということがわかった。チャペルを指導する主任司祭、トム・チャップマンにわたしはメールを送った。ものの一時間とたたぬうちに、「すばらしい問い合わせ」に興奮し、わたしの問い合わせの対象が「あのエルシー・ティルニー！」と同じ女性であることを祈るというメールが返ってきた。彼はわたしからのメールをチャペルの活動家、ロザムンデ・コドリング博士に転送しておいてくれた。翌朝、ミス・コドリングから返事がきた。彼女たちのミス・ティルニーとわたしのミス・ティルニーが同一人物であることは「ほぼまちがいない」という。

コドリング博士はミス・ティルニーを理解する補助線として、彼女の兄アルバート牧師について触れた（彼が書いたパンフレット、『Believers and Their Judgment』に言及。その昔「ミスター・A・J・ティルニー、ノリッジ、ホールロード六六番地から、十二冊で六ペンス、百冊で三シリング六ペンス、送料無料」で入手可能だったもの）。チャペルが発行していた会報のなかにも、ミス・ティルニーにかんする情報があるとのこと。彼女はモダニズムに対し「猛然と」反対していた、とコドリング博士が説明する。彼女の「専門分野」にはただ「ユダヤ人」と記入されているだけだという。

数週間後、わたしはその後頻繁に繰りかえすことになるノリッジ行きの、第一回目の旅に出た。コドリング博士は全身これ協力体制という感じだった。なにしろわたしが明らかにしようとしている物語は彼女にとって（のみならずサリー・チャペルのだれにとっても）初耳だったし、「救いだされたユダヤ人」の子どもがコンタクトしてきたことに彼女は感激していたのだ。わたしは司祭とコドリング博士の歓待を受けた。博士は会衆のなかでも高齢のエリックを招いておいてくれた。エリックはミス・ティルニーのことを「かわいらしい娘さんで、やわらかな美声の持ち主だったね」と評したが、その言い方にはおどけた感じがあった。「宣教活動とかわいいってのとは、なかなか結びつかんでしょう、どうです?」という彼は、はたして彼女は生涯独身だったのだろうかと自問するふうだった(結婚したという記録はどこにもない)。エリックは日曜学校の教壇に立つミス・ティルニーを覚えている。アフリカという、子どもたちにとっては遠すぎて何もわからぬ異国の話をしてくれた。「大英帝国の地図は見慣れていても、アフリカの文化とかアフリカ人がどんなものか、なんてことは知らなかった。イスラムのこととかもね」とエリックは説明する。「そういうことは全部彼女から教わった。アフリカから持ってきた絵だとか彼女が自分で描いた絵も見せてくれた」。彼女は「特別な存在」で、アルジェリアに夢中だった。一九三〇年代半ばのことである。

わたしはコドリング博士に連れられてノリッジ公文書館へゆき、ミス・ティルニーの活動の足跡を見つけようと、その午後いっぱいをかけて膨大な数の書類を調べた。それほどむずかしい作業にはならなかった。というのも、彼女は手紙魔であるうえに福音派の複数の雑誌に、理路整然とした鋭いエッセイを書いていたからである。ヨーロッパがファシズムと反ユダヤ主義を受け入れはじめたとき、彼女は正反対の道を選んだ。公文書館の資料ではっきりしたのは、一九三九年の春、ちょうどレオンがパリに到着したとき、彼女がパリに住んでいたという事実だった。

彼女は一九〇三年二月、十歳のときにサリー・チャペルのメンバーになり、一九二〇年にアルジェリアとチュニジアへの布教使節として旅立ち、現地で十年以上過ごしている。一九二七年一一月、彼女の活動基地はチュニジアの地中海沿岸のナブールという小さな町で、マダム・ガマティという女性と仕事をしていた。彼女はユダヤ人家庭の訪問録のなかで、ユダヤ人たちをイエスの救いに与《あずか》らせようとした（その成否には触れていないが）ときに受けた「すばらしい」歓待について記している。たまに帰国することもあったようで、一九二九年にボーンマスで北アフリカ宣教活動の夏期大会があったとき、そこでひと夏を過ごしている。だれかが撮った集合写真もあり、子どもを抱いた彼女の姿が写っている。数少ない彼女の写真のひとつである。

一九三〇年代、彼女はマイルドメイ・ミッション〔一八六六年設立の伝道組織でロンドン東部のユダヤ人援助に尽力。医療部門が有名〕という歴史のある組織に参加し、ユダヤ人の福祉問題に注力していた。サリー・チャペルが準備した送別の辞は、根本信条である「まずはユダヤ人を」〔ローマ人への手紙第一章〕という言葉で始まっている。彼女はチャペルの司祭ディヴィッド・パントンとコンタクトを密にし、彼が編集していた雑誌『The Dawn』のなかの彼の文章に影響を受けていた。一九三三年七月二五日のタイムズ紙が「ユダヤ人を相手に戦うことによって主の御業を達成する」というタイトル付きで掲載したヒトラーの主張（クリックルウッドに住んでいたラウターパクトも読んでいたであろう記事）の読後感としてパントンが書いた文章を、彼女は読んでいたにちがいない。パントンはヒトラーの「ユダヤ人に対する憤激」を馬鹿げた狂気であり、なんら宗教的基盤のない「人種差別的で狂信的な」憎しみであると攻撃した。ヒトラーの見解は「ユダヤ人一人ひとりの性格や行動とはなんら関係がない」とパントンは書く。この記事は、チュニジアのジェルバ島にいたミス・ティルニーを興奮させたことだろう。一年後の一九三四年の春、彼女はフランスへ移住して新たな活動、「パリのユダヤ人といっしょに働く」ことに専念する。

ミス・ティルニーは一九三五年一〇月の段階で、すでにパリに落ちついていた。チャペルの「宣教報告書」は『Trusting and Toiling』という雑誌〔マイルドメイ・ミッションの公式機関誌〕からの記事を引用し、彼女が危機一髪大事故をまぬがれた経緯を報告している。パリの大通りを歩いていたミス・ティルニーが歩道から降りかけたところへ自動車が突進してきたが、「ある紳士が車に轢かれかけた彼女をぎりぎりのタイミングで引っ張りあげてくれた」。とりわけ興味深い点は、というよりもまったくもって歓喜すべきは、その紳士が「ユダヤ人！」だったことだ。

一九三六年、彼女はパリ市内にある北アフリカ宣教活動会館に引っ越す。フランス語とアラビア語に流ちょうな彼女は、パリ・モスクの訪問記を書いたりしている。彼女にしてみれば「福音否定の教義」を敬う人たちの建物だから魅力は感じないのだが。とはいうものの、そこではアラブ風な雰囲気のなかでとびきりのクスクスが食べることができたし、黙禱と信仰表明の良い機会でもあった（チュニスからきた給仕にルカによる福音の一節を読んでやって「心底喜ばれ」たりしている）。彼女はモスクの内装や「陽光あふれる中庭のエキゾチックな花々、緑の陰や噴水」を描写するが、「ただただ悲しみを感じる」。なぜならそれらすべてが「わたしたちの主をひそかに否定する印に見える」からだった。

彼女の一九三六年と一九三七年は、パリ暮らしとチュニジア南部のガベスでの暮らしに分かれていた。ガベスでの主要な仕事は腸チフス予防だった。彼女は隔離中のアラブ人たちと時間を過ごし、「あわれにもすっかりおびえてしまったユダヤ人の老婆」のめんどうを見たりと忙しかったけれど、状況をポジティブに捉えようと努めていた。腸チフスが蔓延したせいで「たくさんのユダヤ人家庭とムスリム家庭がドアを開いてくれ」、彼女に「若いユダヤ人の少年が、『マタイによる福音書』に読みふける姿」をかいま見る機会を与えてくれた。パリにもどっては、十四区のメーヌ大通り〔一二三番地〕にあるバプティスト教会で働いた。「ドイツから逃げてきた不幸なユダヤ人たちを目の当たりし、助けの手を差しのべることができるとは、なんてめぐまれたことでしょう」とノリッジの友人に手紙を書いている。

一九三七年九月、パリにいた彼女は、バプティスト教会に避難しているドイツとオーストリアのユダヤ人たちの面談をしていた。いっしょに働いていたのが執事のアンドレ・フランクルという、「ユダヤ人のためのアメリカンボード」のパリ代表だった（一八九五年生まれ、ハンガリー人ラビの孫。フランクルはユダヤ教から改宗し、レオンの兄エミールと同じく一九一四年にオーストリア＝ハンガリー帝国陸軍兵士として従軍している）。ミス・ティルニーは、バプティスト教会の牧師、ムッシュー・ヴァンサンが「ユダヤの人々に教会の門を――そして心を――開け放したのです」と報告している。彼女はユダヤ人たちの集会で話をし、避難民たちとの仕事にはげみ、個別面談に付き添い、どのような種類の援助が必要かを判断した。一九三九年一月、レオンがパリに到着したとき、彼女はまだバプティスト教会で働いており、亡命地での援助を求めにきたレオンとそこで出会ったのだろう。ミス・ティルニーの活動内容は雑誌『Trusting and Toiling』に掲載されたが、同誌にはレンベルクの窮状も報告されていた。「ポーランドのルヴフ大学でポーランド人学生が反ユダヤの暴徒に攻撃される」。

メーヌ大通りのバプティスト教会は、オーストリアとドイツからきた避難民のよりどころになっていた。知識層や大学関係者、医者などもいて、皆避難民支援機関から助けを受けていた。教会は、レオンのような、何百人という避難民のために「無料給食所」を開いた。金曜夜の集会は「特に感動的だった。教会の一番大きな場所がドイツ、オーストリア、チェコスロヴァキアから逃れてきたユダヤ人でいっぱいになるのだ」。それから何十年もたったある日の午後、わたしはその教会で、現在の牧師リシャール・ジェランと時を共にした。彼は保管資料を見せてくれ、ユダヤ人たちが危険をまぬがれるために洗礼をした記録がたくさん出てきた。ユダヤ人避難民とその子どもたちを助けた記録も多く、アンリ・ヴァンサンの勇敢な仕事を記した本も何冊かあった。レオンやミス・ティルニーに関係した情報を見つけることはできなかったが、オーストリアやドイツからきたユダヤ人避難民の写真が数枚あり、わたしはそれに深く心を動かされた。そのうちの一枚は、教会のホールに座りこむ人々の姿で「順番を待つ、窮状にあえぐ人々」というキャプションがついている。わたしは、パリでひとりぼっち、無一文のレオンがこの部屋で静かにたたずんでいるようすを思い浮かべた。

『Trusting and Toiling』誌によれば、ミス・ティルニーは一九三九年七月一五日、パリで仕事をしていた。その一週間後、彼女はウィーンの西駅をめざし、一人の幼児を引き取りにゆくといういささか危険をともなう旅に出る。ウィーンの駅頭で彼女はリタに会い、一歳の誕生日を迎えたばかりの女児をあずかる。母がいうには、リタはレオンの姉ラウラと駅へきていたらしい。ラウラは十一歳になるひとり娘のヘルタを連れてきていて、当初の予定ではヘルタもミス・ティルニーとパリへゆくはずだった。ところが最後の土壇場になってラウラは娘を手放さなかった。別離に耐えられなかったのだ。その決断には同情できるけれども、悲劇を招くことになる。二年後の一九四一年一〇月、少女へルタは母親といっしょにリッツマンシュタット（現在のウッチ）のゲットーへ送られ、数か月のうちに二人とも殺されてしまう。

ミス・ティルニーは子どもを一人だけ連れ、列車でパリへもどった。レオンは東駅に迎えにきていた。レオンがどのような感謝の言葉を述べたのか、はたまた後日ミス・ティルニーに再会することがあったのか、わたしにはわからない。彼女は紙片に自分の名前と住所を書いて彼に渡し、二人はそれぞれパリの自分の住所へと帰っていった。

53

ここでミス・ティルニーの調査を終わりにしても良かった。だが、わたしには未練があった。なぜそんなことをしたのか、思いやりにみちた行為の動機は何だったのか、そしてその後の足取りは？わたしの好奇心がうずいた。一か月後、独仏戦が始まったとき彼女はパリにいて、北アフリカ宣教活動の人々と仕事をしていた。フランスの身分証明書《キャルトディダンテイテ》を手に入れて、フランスに留まることも考えていた。親しくなった「ユダヤ人の被保護者《プロテジエ》」の世話をする彼女の仕事の範囲は「多岐に渡った」。「被保護者《プロテジエ》」たちがアメリカへ旅立つときには、ル・アーブルなどの港まで見送り、幸福な旅路を祈った。一九四〇年六月、パリはドイツ軍によって占領される。

彼女は外部との連絡を絶たれたまま、数か月間パリ市内で身動きが取れなくなる。沈黙は彼女の友人たちを不安におとしいれ、『Trusting and Toiling』誌は読者に、彼女と「これまでにない苦渋にみちた運命を」背負ってしまった人々のために祈ろうと呼びかけた。サリー・チャペルは救援金を送ることを票決したが――当時としては大金の一〇ポンド――送金がパリに着くのに一年以上かかり、そのあいだ彼女は米国大使館の世話になっていた。一九四〇年九月、ようやく彼女からの手紙が届く。ずっと具合が悪かったけれど今はずいぶん良くなって陽光を浴び、借金だらけになり、「家族と友人たちのことを、特にサリー・ロードのことを考えないことはありません」。

チャペルのメンバーは心配をつのらせるあまり、チャーチル政権の外務大臣であるロード・ハリファックスの力を借りようとするが、思うようにはいかない。記録には、外務大臣は「全員によろしくとのあいさつを伝えてきたが、それだけだった」と皮肉な調子がにじむ。その後もまた、音沙汰なきまま時間が経過した。フランス国内では敵性外国人の収容が始まっていた。ミス・ティルニーは、一九四一年の早い時期に、数百人の英国人・米国人と共にブザンソンの仮設小屋に移送されている。五月、彼女はフランス東部の保養地ヴィッテルのフロントシュタラーク121号に移される。それは接収されたグランド・ホテル（現在はクラブメッドになっている）のことで、彼女はそこに収容されたまま四年間過ごすことになる。

一九四二年二月、英国政府とドイツ政府は捕虜交換に合意しようとしたが、何の結果も出なかった。サリー・チャペルは彼女に歯科治療費として二ポンドを送金している。一九四三年初頭には、彼女が栄養不良におちいってるという憂慮すべき手紙が届く。彼女の手紙は短く、「平和な日々を切望しています」とあった。収容所生活が三年目に入るころ、不穏な空気が流れてきた。ヴィッテルの敵性外国人二五〇〇人は十個所のホテルに収容され、三メートルの高さの、てっぺんに有刺鉄線を巻いたフェンスによって、保養地の中心へ近づけないようになっていた。ほとんどが英国、カナダ、米国の女性だったが、一九四三年四月、ユダヤ人の男女と子どもたち四〇〇人がやってきた。おもにワルシャワのゲットーからきたポーランド系で、南米のパスポートを持っていたのが幸いして国外に出ることができたのだという。彼らはにわかには信じがたい虐殺や大量殺戮の話をした。そのときミス・ティルニーは収容所のコマンダントゥア、すなわち司令部で働き、各種記録や公文書の管理をしていた。彼女は収容所の責任者、司令官ラントホイザーがアロイス・ブルンナーとアドルフ・アイヒマンから、ヴィッテルにいるワルシャワ出身のユダヤ人を一斉逮捕するように命令を受けたことを知る。東方へ送り返すために。彼らのパスポートが偽造だったというのだ。

一九四四年一月、司令官ラントホイザーは、ワルシャワ出身のユダヤ人をホテル・プロヴィダンスからホテル・ボーシットへ移し、本拠地から隔離する。収容所に戦慄が走った。三月、ユダヤ人の第一グループ一六九名が輸送第72号の列車に乗せられてアウシュヴィッツをめざした。そうしたなかに詩人のイツハク・カツェネルソンがいた〔彼は四月二九日発の列車〕。彼が収容所の瓶に隠した最後の詩作が戦後発見されている。そのうち広く世に知られることになったのが『Dos lid fun oysgehargetn Yidishn folk』〔『滅ぼされたユダヤの民の歌』飛鳥井雅友・細見和之訳、みすず書房〕である。

いくばくかの抵抗はあった。ホテルの上階から飛び降りたり、人質を取って自殺したユダヤ人。脱走を計画した者たちもおり、そのなかにサーシャ・クラヴェッツという若いポーランド人がいた。彼は収容所内の英語教師、ミス・ティルニーに助けを求める。わたしはこのできごとを、『Sofka: The Autobiography of a Princess』という、もう一人の被収容者、ソフカ・スキップウィズが書いた本で知った（彼女は、わたしの隣人の大おばにあたるという嬉しい発見もあった）。同書には、アウシュヴィッツ行きの列車が出る直前にゆくえ不明になったサーシャ・クラヴェッツの話が出てくる。「司令部で働いていたミス・ティルニーという中年女性がサーシャと親しくしていたので、サーシャの蒸発には彼女が一枚かんでいるとわたしたちは感じていました」。

ソフカ・スキップウィズの推測は正しかった。ミス・ティルニーはサーシャ・クラヴェッツを六か月以上、アメリカ軍が到着する一九四四年九月一八日までかくまっていたのだ。「収容所が解放されたあとでした、彼が彼女の浴室で数か月間隠れていたと知ったのは」とソフカは書いている。別の被収容者はミス・ティルニーの兄アルバートに「妹さんはいつも自分のことはあとまわし」だったと伝えている。「大きな危険を冒してみんなのパスポートを保管しておいたり……ポーランドの絶滅収容所へ送られることに決まっていた若いユダヤ人を六週間もかくまっていたのです。しかし被収容者のだれかが彼女のことをドイツ人に通報したのですが、運のいいことに、女の子をかくまっているという告げ口だったので否定することができたわけです」。また別の被収容者がアルバートにいった。サーシャ・クラヴェッツの命を助けたのは「今回の戦争のなかで抜きん出て勇敢な行為のひとつ」で、彼女は「勇気があって重労働をいとわず、いったん仕事に取りかかれば骨身を惜しむということがありません」。ミス・ティルニーは「わたしがこれまで出会ったなかで最高に勇敢な人でした」。

解放のあとも彼女は米陸軍第六軍のために働き、その後は米陸軍第七軍の休養施設団の一組織にされたエルミタージュ・ホテルの「秘書兼支配人」として仕事をし(まじめで有能で機転が利き誠実な人という評判)、収容所を去った最後の人たちの一人になった。その後彼女は、ほかの被収容者たちが残していった所持品を抱えてパリへ向かい、メーヌ大通りのバプティスト教会に帰る。数年後、ミス・ティルニーは南アフリカ布教団に合流するためにフランスを去り、一九五〇年代の大半を同地で過ごした。引退後は、ココナツ・グローブに住む弟フレッドの近くに住むためにフロリダへ移住する(フレデリックはにぎやかな男で、一九五五年にはマイアミの法廷において郵便物詐欺の件で有罪とされ、「ヴァイ・ビー・アイアン」なる商品名のあやしげな「ボディビルディング飲料」の――ビール酵母に野菜風味をくわえたもの――販売を禁止されている)。「このココナツ・グローブでみんな楽しくやっていました」とジャーメインがいう。「ドクター・ティルニー、ミスター・アトラス、それからエルシーとでね」。

ミス・ティルニーは一九七四年に死ぬ。すべての書類は破棄された。埋葬の地もわからず、わたしはマイアミ・ヘラルド紙の死亡記事担当者に連絡を取った。あちこち調べまわった彼女は、ミス・ティルニーは火葬に付され、その遺灰はフロリダ南部の大西洋側、ビスケーン湾に撒かれたという調査結果を教えてくれた。

ウィーン行きのことやヴィッテルでのできごとをだれかに話した記録はどこにも残っていない。サリー・チャペルにもフロリダにも。

54

ほかに『Sofka: The Autobiography of a Princess』に出てきた被収容者で存命している者はほとんどいなかったが、九十歳のアーティスト、シュラ・トロマンを見つけることができた。彼女はヴィッテルに三年間、一九四四年まで収容されていた。今はブルターニュのプルミリオーという、大西洋がすぐそこといった小さな村に住んでいる。わたしたちが会ったのはパリ、マレー地区にある彼女のお気に入りのレストラン、ロズィエ通りにあるシェ・マリアンヌにて。真っ赤な服に満面の笑み、元気はつらつとやってきた彼女。シュラをひと目見てわたしは敬愛の念に打たれた、としかいいようがない。そしてその気持ちはずっとつづいた。

シュラが収容所にやってきたのは、事務的なまちがいが原因だった。フランスの小さな村に住んでいたシュラは、ある日身分証明書の作成を申請する。村の事務員は、彼女の出生証明から彼女が英国委任統治領パレスチナで生まれていることを確認した（彼女の父親は一九二三年にワルシャワからパレスチナへ移住している）。そこで事務員は、彼女の国籍を英国と書き入れてしまったのだろうけれど、彼女はその誤りを指摘せずにいた。その後、彼女はダビデの黄色い星を着用しなければいけないユダヤ人であったにもかかわらず、書類上英国籍となっていたため、パリでドイツ人に捕まったときに一命を取りとめたのだった。

そうこうして一九四一年の春、彼女はヴィッテルへ送りこまれ、グランド・ホテルの七階に住むことになる。「中庭が見おろせる広々としたすてきな部屋。一種のスイートルームで浴室付きでした」と、彼女は楽しげに回想した。収容所暮らしはそんなに不愉快でもなかったけれど、一九四三年にワルシャワからのユダヤ人が「信じられないような」話を持ってやってきたときなど、耐えがたい時期もあった。彼女は颯爽たる英国人青年、モーリー・トロマンから美術のレッスンを受けるうちに恋に落ち、その後結婚する。彼女は収容所の文芸・政治グループに属し、そこにソフカ・スキップウィズとソフカの親友ペネロピ・「ローピー」・ブライアリーがいた。

彼女は友人ローピーといっしょに写っている写真を見せてくれた。その裏面に、ローピーの筆跡でシャルル・ヴィルドラックの詩の引用がある。「Une vie sans rien de commun avec la mort」——「死とは似ても似つかぬ生」

ときたま、当たりさわりはないけれど悪戯心いっぱいのショーを企画することもあって、ミス・ティルニーも観にきた。ある宵の演《だ》し物は「東洋の歌」。「それはそれは大成功！」とシュラは目をきらきらさせて思いだす。「最前列にはお偉方がずらりと並んでラントホイザー司令官が真ん中の席、主賓としてゲシュタポのお歴々がその両隣。わたしたちは歌詞の翻訳を配ってなかったから、みなさん何を歌っているかわからないでしょう。とりわけお気に召したらしいのが『イスラエルの民に永遠の命あれ！　イスラエル万歳！』というくだりのある歌でした。わたしたち、ヘブライ語で歌いましたからちんぷんかんぷんですよね。最前列全員がスタンディングオベーションで、もう一度歌えっていうんです。あんなにすてきなことはなかったわ」

彼女は高らかに笑った。「わたしたちの歌声はもっと大きく、彼らの拍手もどんどん大きくなる。本当の喜びはそのあと。彼らが歌詞の意味に気づいたときよ。それ以降はショーをやらせてもらえなかった！」

シュラはラントホイザーのことを、いくぶんかの懐かしさをこめて思いだす。もともと宿屋の主人だったが収容所の司令官になりあがった彼は、第一次世界大戦のときには戦争捕虜としてイングランドにいた。「彼はクリスチャンとかユダヤ人とか関係なく、イギリス人が好きでした」とシュラはいう。「解放のあと、彼は名刺をくれてわたしたちに遊びにおいで、というのです」

収容所にきた当初すでに、彼女はとても風変わりなイギリス人の独身婦人に気がついていて――その女性の名前を彼女は「ミース・ティールネイ」と発音した――なるべくかかわらないようにしていた。「ミス・ティルニーは司令部で働いていて、被収容者の書類とかファイルの管理をしていました。どういう人かわからなかったから、わたしはなんだか怖かった」。その女性は年齢不詳、半分白髪で「とても痩せて」いて、ほかの人たちとは交わらずにひとりでいることが多く、信仰心の厚い人だった。彼女はレトレシー（偏狭）で、堅苦しく、内にこもっていた。シュラはこの英国婦人はスパイではないかと勘ぐり、自分がユダヤ人だということは隠していようと思った。

一九四一年の夏、ミス・ティルニーとの関係がドラマチックに変わる。「ある日廊下を歩いていると、ミス・ティルニーがこちらへやってくるのに気がつきました。司令部で働いている人だって知ってたから、わたしは緊張して近づくまいと思いました。どんどん彼女が近づいてきて、わたしはもうどきどき。とそのとき、とてもふしぎなことが起きたの。わたしの真ん前にくると彼女は突然ひざまずき、手を伸ばしてわたしの手を取りキスをしたんです。そんなことをされたわたしはもうエストマケ――びっくり仰天。どう反応すればいいのか、何をいったらいいのかわかりません。するとミス・ティルニーがこういうの。『あなたはこの世界を救う人たちに属しているのです。あなたは選ばれた民の一人なのです』」

シュラはレストランのテーブル越しに、わたしの目をまじまじと見た。「わかりますか、そのときの恐怖！」と彼女はいう。「ここにいるわたしはだれにも秘密を知られずにいたい。ユダヤ人だということ、本当は英国人じゃないということ。なのにこれですよ、恐ろしいじゃありませんか。これが

シュラ（右）とロービー・ブライアリー。1943年、ヴィッテル

ばれたら、どうなってしまうだろう？」。無国籍者に分類されて、たぶん強制移送の対象になってしまう、という考えが彼女の頭のなかを駆けめぐる。「ところが、ミス・ティルニーはこういうんです。『心配しないで。わたしがあなたのめんどうを見ます。あなたを守るためならどんなことでもしますから』。あんなふしぎなことったらなかった。ユダヤ人であることは危険だというのが常識だった世界で、ミス・ティルニーだけはユダヤ人であることはすばらしいと信じているんですから」

シュラは言葉を探していた。「彼女はあの時代、みんなとは反対の方角を見ていたのね」

ミス・ティルニーは若き娘シュラを注意深く見守った。その後解放の日に、シュラはサーシャ・クラヴェッツの命が彼女によって助けられたことを知る。「解放されたわたしたちは収容所の庭にいたの。英国の管理下になったふしぎな空間で、晴れて自由を取りもどし、ただただ茫然としていました。その数か月前、ユダヤ人が別のホテルに集められたとき、わたしの友人のラビット〔マドレーヌ・シュタインベルク〕は気も狂わんばかり。そしてすぐ、アウシュヴィッツ行きの迎えがきて、わたしたちはサーシャ・クラヴェッツもそのときに連れていかれたと思っていたわ。ところがどうでしょう、わたしたちが集まっていた庭に彼がひょっこり現われたんです。ろうそくみたいに真っ白に憔悴しきって、半分頭がおかしいような、とほうにくれた感じで。まるで麻薬漬けでおかしくなったみたいだったけど、生きていた。ミス・ティルニーに助けられて。それからわたしたちは彼女がどうやって彼を助けたか、知ったんです。次のアウシュヴィッツ行きの運搬車がきたら、すぐに連絡しなさいといわれてた。それで彼は彼女に連絡した。ミス・ティルニーはすぐに彼を自分のところに呼びよせて——女装をさせてね——かくまったのよ」

シュラはそこでまた口をつぐんだ。それから静かに口を開く。「そういうことを、ミス・ティルニーはしたの」といって、彼女は涙をこぼした。「ユヌ・ファム・ルマルキャーブル（すばらしい女性）」とつぶやく彼女の声は、ほとんど聞こえなかった。

55

サリー・チャペルのロザムンデ・コドリング博士は、エルシーを覚えているもう一人の会衆メンバーとのミーティングを準備してくれた。グレース・ウェザリーは八十代後半の女性。弁護士は信用ならないということで、最初彼女はわたしに会うのをいやがっていた。結局は折れてくれ、わたしたちは日曜朝の礼拝後に会うことになった。彼女の容貌は群衆のなかで人目を引いた。輪郭のはっきりした力強い顔だちで、目は鋭く明るく、雪のように白い髪が美しい。彼女は一九三〇年代当初からミス・ティルニーのことを知っていた。北アフリカから帰ってきて日曜学校で教えていたころだ。

「どちらかというとお兄さんのアルバートのほうをよく覚えています。好きじゃなかったけど」と、彼女はストレートにいう。「彼は妹みたいな性格じゃなくてね。ちょっと気むらなところがあったのよ」。あれこれ尋ねるうちに彼女の記憶がよみがえってきた。「わたしが彼女に教わったのは一九三五年です」とグレースは声をはずませ、きわめて正確にいった。「彼女はまったくもって大胆不敵で、子どもたちに全身全霊を捧げていました。それが彼女の活力の源でした」といって彼女はひと呼吸入れる。「それがわたしたちにも伝染したの」。彼女の顔中に微笑みが広がった。「ティーンエイジャーになるにつれて、偶像化するという言葉は正しくないけど、もうこの人にはかなわないと仰ぎ見るようになりました。とにかく怖いものなしなのよ」

グレースは、会衆がミス・ティルニーの行動について語り、そのうわさ話をしていることを知っていた。「ユダヤ人の赤ちゃんを救ったということよね」。だがその詳細は知らなかった。救われたユダヤ人がチャペルにやってくることはなかったし。「戦時中の話でしょう。彼女は外国にいたから、ユダヤ人を始末しろっていう動きの近くに身を置いていたわけね。ともかく彼女は怖いものなし。かわいそうなユダヤ人の子どもたちを目の当たりにし、その命を救ってやった。信じられないような仕事をしたわけですよ、自分の命を危険にさらしてまで」

わたしたちは腰かけたまま、しばし物思いにふけった。「でも、やっとあなたがきてくれました」と笑みを浮かべてグレースがいう。「死に瀕した子らがユダヤ人だったから、というだけじゃないと思うのよ」と彼女はいった。「ヒトラーがすべてをめちゃくちゃにしたから、ということに尽きる。彼女はそれに対して人間的な思いやりで対処した。そもそもクリスチャンならば、困っている人はだれであれ助けてあげるのが当然でしょう」。彼女は当時を回想し、自分がしたことをふりかえった。「わたしはどのような困難に立ち向かったといえるかしら?」と彼女は声の調子をあげる。「なんにも。ゲシュタポに連行されたわけじゃないし。ところが彼女はすべてを失う瀬戸際にあった。いつ命を失ってもおかしくなかった」

グレースはミス・ティルニーが収容所にいたことも知っていた。「なぜなのかわかりませんけど」とつづける。「フランスで、彼女は徹底してお荷物あつかいされていたんです。ヒトラーが死ねと命じた人たちの命を救おうとしたことで」。彼女は、「あやうく死をまぬがれた女性」ミス・ティルニーを知っていたことを誇りに思っている。「彼女は哀れみ深く、聡明で、礼儀正しい人でした」。とそこでひと息入れた。「そして、どうしようもないお荷物」

わたしが彼女たちの集会まで足を運んだことを、グレースは喜んでくれた。

「わたしたちの存在を知ってくれてとても嬉しいわ。そしてあなたが光を見いだしてくれたことはもっとすばらしい」

56

「ミス・ティルニーの動機が何だったか、知りたいとは思いませんか?」とわたしは母に尋ねた。

「知ったところでね」と母。しかしわたしはミス・ティルニーがなぜそういうことをしたのか、ユダヤ人の赤ん坊を救うためにウィーンまでいったり、とんでもないリスクを冒してサーシャ・クラヴェッツをかくまったのかを知りたかった。

グレース・ウェザリーなど鍵を握っている人たちはいた。そこでわたしはもう一度、サリー・チャペルのロザムンデ・コドリングをたよることにした。ふたたびあちこち探しまくってくれたあと、彼女はややためらいながら新情報を教えてくれた。

「少々デリケートな話なんですが」と前置きした彼女は、教義解釈的というか、理詰めの説明を用意していた。「イエスがユダヤ人に示した態度を、ミス・ティルニーが大いに尊重していたという話なんです」。つづけてください、とわたしは彼女をせかした。「どうやら、彼女はパウロによる『ローマ人への手紙』を文字通りに解釈し、それに突き動かされていたようなのです」

ロザムンデはその有名な書簡のなかの当該部分――いうまでもなくその文章のおかげでわたしの母も、ひいてはわたし自身も今ここに生きているというわけだが――を見せてくれた。わたしたちは『ローマ人への手紙』第一章十六節をいっしょに読んだ。「わたしはキリストの福音を恥とは思いません。なぜなら福音は信仰を持つすべての人々を、まずはユダヤ人を、そしてギリシア人をも救う神の力だからです」

彼女はほかの部分も指し示した。第十章一節である。「兄弟たちよ。わたしが心から望み、神に願い求めるものは、イスラエルのため、イスラエルの民が救われることとです」

ロザムンデの解釈は、こうした個所を読んだ彼女が、ユダヤ人と共に働き「彼らをキリスト者にする」ことが自分の使命だと考えた、というものだ。ロザムンデが最初ためらった理由がわかった。ミス・ティルニーの行動の背景にあったのは宗教的イデオロギーだった、というとわたしが愛想をつかすのではないかと思ったのだろう。そんなふうに気を回す必要はなかったのだが。

トム・チャップマンはこうした推理に同意した。ミス・ティルニーの人間的な思いやりが、「まずはユダヤ人を」という語句に対する熱い信仰心――サリー・チャペルの人々と分かち合っていた――とあいまって強い動機になっていた、と彼は考える。彼の前任者デイヴィッド・パントンは、ユダヤ人に対する深い同情心と神の御業を成就するためのユダヤ人の重要な役割を強調する『ローマ人への手紙』の字義通りの解釈を受けいれていた。それはナチスの信条とは正反対の立場だとトムはいう。

「パウロがいっているのは」とトムが説明する。「ユダヤ人に対する同情心と思いやりの表明によって、クリスチャンとしての神に対する信仰を示そうということなのです」

ミス・ティルニーがウィーンへ出かけたのは、その子をクリスチャンにすることができると期待してのことだったのだろうか？　これは野暮な質問だった。「彼女はユダヤ人たちに喜んでもらえた。苦しんでいる人たちに何か良いことをしてやりたいといつも思っていた彼女です」とトムが言葉をつづける。「そこに聖書にもとづく信念がくわわり、宗教的感受性が高まった、ということでしょう」。慈善心と宗教心の結合ということか？

その通り。だが一番の動機は慈善心であって、そこに宗教的要素がくわわったということだろう。「彼女は、オーストリアとドイツでユダヤ人が迫害されていることを知っていましたが、彼女の立場はドイツで支配的だった反ユダヤ主義とは正反対でした」

わたしも、とりわけ同性愛や教会での女性の権利にかんする意見表明において、『ローマ人への手紙』が論議の的になっていることを知っていた。また、ユダヤ人が改宗するまでキリストの再来はない、すべてのユダヤ人が同じ神を信じるまでキリストの再臨はない、と預言しているという意味でも意味深長なものだということも承知していた。ミス・ティルニーにとって、これはむずかしい問題だった。彼女が教わったのは、救済は神と個人の一対一の問題であり、ユダヤ人は個々人の行為としてみずからの改宗を決めなければならない、というものだ。個人であって集団ではない。ミス・ティルニーは自分自身で問題解決をはからなければならなかった。マルティン・ルターとカトリック教会の分裂の結果を個人的に一身に引き受けているようなものだ。そうした立場に立てば、個人の道義心に重きを置く聖書の教えが重要になってくる。集団は眼中に置かれない。

「近代世界における個人概念の出発点がそれなんだ」と、神学にくわしい知り合いが説明してくれた。近代的人権や、個人の尊重の源はそこにあるということだ。

トム・チャップマンの解釈と同じように、わたしもミス・ティルニーの行動を支えていたものはイデオロギーを超えたところにあったにちがいない、という考えでいた。彼女が書いたものの内容、パリへ移住しようとした決意、アラビア語とフランス語に堪能だった事実、それらはすべて何か別な動機を感じさせた。モスクを訪れたときの彼女は、そこにいた人々一人ひとりの美しさと魅力に注目している。彼女が観念的であり信じるところに忠実だったことはまちがいがないが、だからといって、生のデリケートな色調や多様性に対する感受性を押し殺していたわけでもないし、同じ信仰を分かち合わぬ個人にも心を開き、共に同じ時間を過ごすことに喜びを感じていたのである。

ミス・ティルニーは心優しい女性だった。教義に縛られて布教におもむくタイプではない。人をかくまうにしても、彼女は自分の命を賭けてかくまった。「英雄的行為が可能なのは、何かを熱烈に信じているときだけだ」とある友だちがいった。「抽象的にものを考えているだけでは、英雄的行為に踏みだせない。何か感情的に深く突き動かされているのでなければ」

第4部 レムキン

国民的、宗教的、民族的集団に対する攻撃は
国際犯罪とされるべきである。
ラファエル・レムキン、一九四四年

57

うららかな春の日のニューヨーク、ケンタッキー州ルイズビル出身の女子学生、ナンシー・ラヴィーニャ・アカリーが、コロンビア大学キャンパスに近いリバーサイドパークの芝生に腰をおろしていた。時は一九五九年、ナンシーはインド人の友人とつつましい昼食を食べていた。スーツ姿でネクタイをしめた年配の男性が、二人のほうへゆっくりと近づいてくる。やさしそうな目が印象的だ。彼は中央ヨーロッパの重たいアクセントを帯びた英語でこういった。「わたしは二十か国語で『アイラヴユー』っていえるんだけど、教えてあげましょうか？」

どうぞ教えてちょうだい、とナンシーはいった。どうぞ、どうぞ。彼は二人の脇にすわる。あれこれ会話をしてゆくうちに、この男性がジェノサイド条約〔一九四八年採択、五一年発効〕を起草した人だと知る。ラファエル・レムキンという名前でポーランドの出身だった。

ナンシーとレムキンは親しくなり、彼女は西一一二丁目の彼の部屋を訪れるようになる。電話も洗面もなく、ソファーベッドだけをそなえたひと部屋で、本と書類が空間を埋め尽くしていた。彼は困窮状態にあって病気だったが、彼女は気づかなかった。数か月の交友ののち、回想録の執筆の手伝いをしてくれまいか、と彼に頼まれる。「文章のゴツゴツしたところを直して」くれる気はないかと。夏のあいだじゅう二人がかかりっきりになった原稿に、レムキンは『Totally Unofficial（徹底的に非公式）』というタイトルをつけた。

出版社を見つけることができぬまま、原稿はコロンビア大学の南側を十数ブロックくだったところ、ニューヨーク公共図書館の暗がりにおさまることになった。それから長い長い年月がすぎたあと、大変親切なアメリカ人研究者がその原稿の存在をわたしに教えてくれ、コピーを取って送ってくれた。ロンドンに届いたコピーを、わたしは興味津々ていねいに読んだ。飛躍があってうまくつながらない部分はあったけれど、レムキン自筆の加筆訂正でいっぱいのタイプ原稿には愛着が湧いた。ある文章が特にわたしの関心を引いた。レムキンのルヴフでの学生時代を書いたわずか数行の文章で、もちろん遠い過去の回想だから脚色された向きはあるだろうが、ある教授との会話に触れた部分だ（別の原稿では複数の教授との会話になっていたりするが）。ともあれその個所はわたしの好奇心を刺激しただけでなく、レムキンとラウターパクトが同じ教授陣について学んでいたことを知るきっかけにもなった。

58

「わたしはヴォウコヴィスク市から二十三キロ離れたところにあるオゼリスコという名の農園で生まれ、十歳になるまでそこに住んでいた」とレムキンは回想録に綴る。彼の人生は一九〇〇年六月、ビヤウィストクからそう遠くない、森林開拓地で始まる。レンベルクの北方数百キロのところ、一七九五年にロシアがポーランドから併合した土地である。その領地は白ルーシないしはリトアニア

〔現在のベラルーシやリトアニアとは一致せず〕として知られていた。北に東プロイセン、南に現在のウクライナ、東にロシア、西に現在のポーランドがあった。オゼリスコは現在ベラルーシ領内でアジャリスカと呼ばれており、小さすぎるため地図上で確認することはむずかしい。

そこが、ベラとヨーゼフの三人息子の一人、レムキンが生まれた場所だ。兄のエリアスと弟のサミュエルにはさまれた次男である。彼の父親は、ポーランド人とロシア人がながらく争い、そのあいだでユダヤ人が板ばさみになっていた土地で小作農をやっていた。彼の父親の表現によれば、常に悪戦苦闘の人生で、三人息子はひとつのベッドで一枚の毛布を奪い合っていた。「右に寝ている子が自分のほうに毛布を引っ張ると」、真ん中の子しか毛布の恩恵を受けられない。

レムキン家は別の二家族と同居していて、子どもたちは「愉快な徒党」を組んでいた。レムキンは、ニワトリやいろいろな家畜、リアブジックという名前の大きな犬やみごとな白馬が走り回り、クローバーやライ麦の畑を円弧を描きながら刈り進む大鎌の「金属的なささやき」が聞こえる、牧歌的な子ども時代を懐かしんだ。食べ物は、黒パン、生タマネギ、クーゲル（ポテト・プディング）など豊富にあった。彼は白樺に縁取られた大きな湖の近くの農場を手伝い、暇ができれば兄弟といっしょに手作りの平底船を湖に浮かべ、海賊ごっこやバイキングのまねをした。こうした牧歌的平安も、ユダヤ人による農場保有の禁止を徹底させるために見回りにくるロシア帝政の役人によって、ときどき乱された。ヨーゼフ・レムキンは、制服に身を固め磨きあげたブーツを履いて大型の馬にまたがった口ひげの警官にわいろを払うことで、法律をかいくぐっていた。レムキンが人生で最初に恐怖を感じた役人がこの警官だった。

六歳のときに始めた聖典の学習を通じて、人々のあいだには正義を、国々のあいだには平和をと説く預言者の存在を知る。学習継続のために彼は、祖父母が寄宿舎を経営していた隣の村へ学びに出かけ、大の読書家だった母親のベラからは、正義と失望の物語であるイヴァン・クルィロフの寓話を初めて聞かせてもらった。彼は晩年になってからも、コウノトリを昼食に招いて平皿に乗せた食べ物をふるまったキツネの物語を暗誦した。コウノトリは仕返しをする。キツネを食事に招き、首細の瓶に食べ物を入れてふるまった。不正は不毛。そんなことを彼は子ども時代の寓話から学んだ。

ベラは歌もうたってくれた。十七世紀のロシア・ロマン派の作家セミョン・ナドソンが書いた詩をもとにした単純なメロディーだった。ナドソンの詩歌、『愛の勝利』は暴力拒否の歌だ。「邪悪が人類を虐げるさまを見よ」とナドソンは世界を見回す。「拷問と流血にはもううんざりだ」。その後セルゲイ・ラフマニノフがナドソンの作品に霊感を得、ちょうどレムキンが生まれた年に、ナドソンの別の詩（『メロディア』）を元に作品二一―九を作曲した。ロマンチックなピアノ伴奏付きのテナー独唱曲で、よりよき人間世界が実現する希望を歌っている。

ベラルーシ出身の同僚がわたしにそそのかされて、ミンスクから車で三時間をかけ、アジャリスカを見学しにいった。木造家屋が何件か集まっていて、それぞれの家に高齢の寡婦が住んでいたという。そのうちの一人、八十五歳の婦人は、わたしは若すぎるからレムキンのことは覚えてないよ、といって笑ったそうだ。そして彼を、だれも訪れぬユダヤ人墓地へ連れていってくれた。何かわかるかもしれないから、といって。

その小村の近くでわたしの友人はミジェリシ村という、ベラルーシ貴族スキルムルトゥ家の出身地を通りかかった。その昔、一家はフランス語とポーランド語の蔵書で有名だった。「レムキンの母親がいろんな言葉を話したってのは、それが理由かもしれないね」と友人が指摘した。

レムキンの幼年時代がいつも牧歌的だったわけではない。ユダヤ人大虐殺やユダヤ人に対する集団暴行は彼の耳にも入ってきた。一九〇六年、レムキンが六歳のとき、ビヤウィストクで起きた事件で

ベラルーシ、アジャリスカ。2012年

百人のユダヤ人が殺された。腹が裂かれ、そこに羽根枕の中身をつめたシーンなどを描いているが、それはハイム・ナフマン・ビアリクという詩人の作品『In the City of Slaughter』から受けた印象を書き直しているのだろう。同作品は千キロ以上南方で起きた別の虐殺を生々しく描いたもので、「裂けた腹、羽根がつめられて」というくだりがある。レムキンはビアリクの作品を読んでいた。初めて出版されたレムキンの本は（一九二六年発行）ビアリクの中編小説をヘブライ語からポ

レムキン。1917年、ビヤウィストク

ーランド語に翻訳した『Noah i Marynka（ノアとマリンカ）』であり、わたしはそのコピーがエルサレム大学にあるのを突きとめた。ユダヤ人少年とウクライナ人少女の恋の芽生えの物語だが、二つの集団の対立の物語でもある。

一九一〇年、レムキン一家はオゼリスコを去り、近くのヴォウコヴィスク市にある別の農場に引っ越す。引っ越しの動機は子どもたちの教育のため、レムキンを町の学校に入学させるためだった。そこで彼はトルストイ（「ある思想を信じるとはその思想を生きることだ」と彼はよくいった）の崇拝者となり、ヘンリク・シェンキェヴィチによる歴史小説、愛と古代ローマを書いた『クォ・ヴァディス』の愛読者となる。この小説を読んだのは十一歳のときだと、彼はナンシー・アッカリーに話している。ローマ人たちがキリスト教者をライオンの餌食にしたときになぜ警察が止めに入らなかったのかと、彼は母親に尋ねたそうだ。彼は回想録のなかでそれと似たケースに何度か触れている。たとえば、一九一一年にキエフでおこなわれたといわれるユダヤ人の「生け贄殺人」――そのせいで彼自身や同じ学校に通うユダヤ人の生徒が嘲罵されることになった。

59

一九一五年、第一次世界大戦がヴォウコヴィスクにも到達する。彼の回想録は未完であるだけでなく創作的粉飾も散見されるが、そのなかで彼は、ドイツ軍はやってくるなり彼らの農場を荒し、また一九一八年の撤退時にもベラの蔵書以外を破壊して帰ったと書いている。語学に驚くべき才能を見せる優秀なレムキンは、ビヤウィストクのギムナジウムに入学する。戦争が終わるとビヤウィストクはポーランド領になり、ラウターパクトやレオンと同じようにレムキンもポーランド国籍を取得する。

第一次世界大戦の終結と同時に、レムキン一家を別の形の悲劇が襲った。一九一八年七月、世界的に広がったインフルエンザがヴォウコヴィスクにも蔓延し、レムキンの弟サミュエルの命をうばった。

ちょうどそのころ、レムキンが十八歳のとき、彼は人間集団の破壊について考えをめぐらせはじめたという。彼の注意を引いたできごとのひとつが一九一五年の夏に起きたアルメニア人の大量虐殺だった。ニュースによれば「一二〇万以上のアルメニア人」が殺され、「彼らがキリスト教者だというそれだけの理由で」殺されたことに彼は唖然としたのである。駐オスマン帝国アメリカ大使だったヘンリー・モーゲンソウは一九一八年にルヴフで起きる虐殺について報告書を準備することになるが、このアルメニア人虐殺を「史上最悪の犯罪」と断じた。ロシア人はこれを「キリスト教と文明に対する犯罪」と呼び、フランス人は表現を変えて「人道と文明に対する犯罪」と糾弾した。ムスリムたちの感情に配慮したわけだ。「一民族が殺され、その犯人は逃げおおせた」と書くレムキンは、オスマン帝国の大臣タラート・パシャ〔一九一七年から一年半ばかり首相を務める〕を「最も恐ろしい犯罪人」と名指しした。

60

レムキンの回想録には、第一次世界大戦のあとしばし空白がある。ルヴフでの勉強について触れた部分があったり、他人のペンによる彼の横顔からは彼が文献学を学んでいたらしいことがうかがえるが、こまかいことはわからない。わたしはリヴィウの公文書館へ舞いもどり、二人のウクライナ人アシスタント、イヴァンとイホールに協力を求めてなんらかの記録が見つからないか試みたが成果はなかった。これまで語られていたレムキンの人生というのは、正確ではないのだろうか？　彼は実人生と空想をごっちゃにしていたのだろうか？　そのひと夏じゅう、わたしたちは空振りばかりしていたが、ある日大学の年報のなかに、一九二六年、レムキンに法学博士号が授与されたという記述を見つけた。指導教員としてユリウシュ・マカレヴィッツ教授の名前があり、彼はラウターパクトに刑法を教えた教授だ。何と数奇な、いや驚異的といってもいい偶然だ。ニュルンベルク裁判と国際法に、ジェノサイドと人道に対する罪という概念を持ちこんだ二人の人物が偶然にも同じ教授のもとで学んでいたのである。

わたしたちは再度公文書館へもどり、探索をつづけた。イヴァンは一九一八年から一九二八年まで法学部にいた学生にかんするすべての記録を端から洗ってくれることになったが、骨の折れる作業だった。ある秋の日、イヴァンは山のように本を積みあげたテーブルにわたしをいざなった。全部で三十二巻の合綴本《がってつぼん》、それぞれが数百ページにおよぶ学生の記録だ。

レムキンにかんする情報を求めて、わたしたちは数千ページに分け入った。多くの巻は長いあいだ開かれた形跡がない。何冊かには最近研究者が検討した跡として、細長く切った紙切れが栞《しおり》代わりにはさまれていたりした。数時間の作業のあと、第二〇七巻にたどりつく。一九二三―二四年の学生簿で頭文字H～Mをカバーしたもの。イヴァンがページをめくり、そこでアッと叫ぶ――めざす署名を見つけたのだ。「R・レムキン」

自信ありげに書きなぐった黒インクの筆跡によって、彼がルヴフ大学に在籍していた事実が証明された。イヴァンとわたしは抱き合って喜ぶ。近くにいたピンク色のブラウスの女性が微笑む。それは一九二三年に書かれたもので、生年月日と生誕地（一九〇〇年六月二四日、ベズヴォドネ生まれ）、両親の名前（ヨーゼフとベラ）、両親の住所（ヴォウコヴィスク）、そしてルヴフでの住所と当該年度に受ける講座の全リストが記されている。

そのあと、一九二一年一〇月の入学から一九二六年の卒業までの学業成績ひとそろいを見つけるのに時間はかからなかった。一九二四年の卒業証書には彼が受けた全講義がリストアップされ、一九二六年の学位授与証によれば五月二〇日に法学博士のタイトルが与えられている。今まで知らなかった情報を得ることもできた。一九一九年六月三〇日付け、ビヤウィストク・ギムナジウム卒業証書。その三か月後、クラクフのヤギェウォ大学法学部に入学しているが、一九二一年一〇月一二日にルヴフ大学の法学部へ転籍してきたこともわかった。

それでも丸一年が彼の人生から抜け落ちている。一九二〇年の夏以降の一年間のことだ。彼は回想録のなかでクラクフ時代に触れていない、というよりも生前にはまったくその時代に触れていない。実際には、ヤギェウォ大学で法制史といくつかのポーランド関連の授業を取っている。ただし刑法や国際法の授業は受けていない。あるポーランド人の学者によると、レムキンはポーランド＝ソヴィエト戦争に出兵していたようだというし、彼自身も一九二〇年、ピウスツキ元帥がボリシェヴィキを東ポーランドから押し返した際に負傷したといったことがある。それなのに回想録はその件に触れていない。ポーランドの歴史家、マレク・コルナット教授がわたしにこういった。ポーランド陸軍における一九一九年の履歴が不正確だったので（彼は兵士ではなく軍事裁判官のアシスタントだった）、ヤギェウォ大学から追放されたのだと（コルナット教授によると、クラクフは「大変保守的な」土地柄で、それに比べてルヴフはずっとリベラルだった）。

61

レムキンは回想録のなかで「ルヴフでわたしは法学部に入学した」と書いている。彼はそれ以上あまり語ってくれないが、わたしは見つけたばかりの受講リストを手に、彼が取った講義の内容や彼が住んだ場所をたどることができた。

彼は、ラウターパクトが卒業した二年後の一九二一年から一九二六年までの五年間をルヴフ大学で過ごしている。一九二一年九月から始まる八つの学期のあいだ、彼は四十五の講義を取った。教会法、ポーランドの司法制度、ローマ法などさまざまなコースを選び、教授陣の多くはラウターパクトを教えたのと同じ顔ぶれだった。一年目、彼は市の西側、ステボナ通り六番地（現在のフリボカ通り）に住む。ロシアとの長い戦いのあと、ポーランドの国境は新たに引き直され、原案のカーゾン線――この決定のために、一九一九年ラウターパクトが通訳として仕事をしている――より東二四〇キロが新国境となり、四百万人のウクライナ人がポーランド領に入ることになった。

レムキンが住んでいた五階建ての建物の正面は装飾的で、門の上部の石には若い女性のレリーフが彫りこまれ、それぞれの窓枠のうえにも花柄の浮き彫りがほどこされており、わたしの訪問時、向かい側の荒廃した空き地にあったにぎやかな花市場と対をなしていた。そこはまたレンベルク・ポリテクニークに近く、そこの学長フィードラー博士というのは、一九一九年にウッドロウ・ウィルソン大統領のもとで働いていた若き弁護士アーサー・グッドハートいっしょにヴィソキ・ザモク（城の丘として知られる）のてっぺんまで登り、危機がせまっていることを警告した人だ。

翌年、レムキンはユリウシュ・マカレヴィッツ教授のもとでポーランド刑法を学ぶ。ラウターパクトにはオーストリア刑法を教えていた教授だが、その後分野を変えていた。ほかには国際商法（アレーハント教授）と財産法（ロンシャン・ド・ベリエ教授）も取っていたが、この二人の教授は、一九四一年ドイツ軍の侵攻直後命を落とす。レムキンが二年目に住んでいたのは、グロデツカ通り四四番地（現在のホロドツカ通り）。オペラハウスにいたる大通りに立つ堂々たるパラディィオ式建築で、聖

リヴィウ、ザマースティニヴスカ通り21番地。2013年

ゲオルギウス大聖堂の長い影が触れる位置にある。そこはまた、わたしの祖父が生まれたシェプティッキッチ通りのすぐ近くでもある。

一九二三年九月から始まる三年目、レムキンはマカレヴィッツ教授が担当する二講座と、なかんずく刑法に専念する。ルドウィック・エアリッヒが教える国際法入門も取った。ラウターパクトが応募し、念願を果たせなかった国際法教授のポストにおさまったのが、このエアリッヒだった。レムキンはふたたび引っ越して、今度は鉄道の向こう側、より貧しい労働者階級地区へ移る。橋の下を通ってゆくその地区は、二十年後、ドイツ軍占領下のレンベルクでユダヤ人ゲットーになる。今日、ザマースティノウスカ通り二一番地（現在のザマースティニヴスカ通り）は暗く陰鬱な雰囲気をかもしだしている。修繕が必要な状態だ。

彼が転々とした住処は、まるで彼自身が下

り坂の人生をあゆむがごとく、一軒ごとに貧相になっていった。

62

回想録のなかでレムキンは、こうした場所やルヴフでの暮らしについて何も触れていない。この時期のことで語っているのは、彼が大学生活を始める三か月前、一九二一年六月にベルリンで開かれた「興味深く大いにセンセーショナルな」裁判について。被告はアルメニア人の青年、ソゴモン・テフリリアン。彼はドイツの首都で、オスマン帝国政府で大臣を務めていたタラート・パシャを暗殺した。裁判は満員の法廷でおこなわれた（傍聴人席には法律を専攻するドイツ人の若き学生、ロベルト・ケンプナーもいた。彼は四半世紀後、ニュルンベルクの法廷でレムキンの援護をする）。裁判官の名前は偶然にもエリッヒ・レンベルクといった。テフリリアンは「小柄で浅黒いが青ざめた顔をした」ダンスとマンドリンが好きな学生で、タラート・パシャの暗殺は、彼の故郷エルズルムのアルメニア人と彼の両親を虐殺したことに対する敵討ちだと弁明した。

テフリリアンの弁護士は集団アイデンティティという切り札を使い、被告は単にアルメニア人という「膨大な数の忍耐強い」集団の復讐をしたにすぎなかったと主張した。決め手となった証人はヨハネス・レプシウスという六十二歳のドイツ人、プロテスタントの宣教師で、彼は一九一五年のアルメニア人大虐殺の責任者はトルコ人にあると証言した。裁判官レンベルクは陪審員に対し、テフリリアンの行為は「精神的な動揺」によるものであり自由意志にもとづくものではないと判断するなら、テフリリアンを放免すべしと告げた。陪審員は一時間もかけずに「無罪」の評決を出したが、これが大騒動を呼び起こす。

この裁判は新聞紙上で広く報道され、クラスルームでも討議のテーマとなった。「この件についてわたしは教授たちと議論をした」とレムキンは回想録に書いている。教授というのがだれなのかは明かしていないが、トルコにかくも大勢のアルメニア人の迫害を許し、そのあげく刑罰を受けずにすんでしまうやり方に公平性はあるのかと懸念を表明している。レムキンは、テフリリアンが、世界共通の道徳秩序を求め、「人間的良心のためにみずからを勝手に法の執行者と定めて」行動したことには疑問を投じていた。しかし、どうしても納得できないのは、罪のないアルメニア人たちを殺してもだれも罰せられないことだった。

それから何年がすぎてからも、彼はしばしば教授陣との会話を思いだしている。レムキンは教授たちに、テフリリアンは正しいことをしたといった。教授の一人が、しかし国の主権はどうなるのか、自国民を自由に捌くことのできる国家の権利はどうなるのだろう、と尋ねた。厳密にいえば教授のいいぶんのほうが正しい。当時、国際法は国家に対し国内事項の自由裁量権を認めていたのだから。驚くべきことだが、トルコのそうした振る舞い、すなわち自国民の殺戮を禁じるような条約は存在しなかった。国家主権は国家主権、全面的かつ絶対的なのだった。

国家主権が力をふるうべきはそんな場面ではない、とレムキンは反駁した。たとえば外交の舞台であり、学校や道路の建設であり、国民に対する福祉の提供であると。国家に「何百万という無辜の民を殺す権限」など与えてはいない。もしも与えてしまっているというならば、世界はそのような蛮行を律する法律をそなえなければならぬ。レムキンの描写では、それが誰だったのかたしかめるすべはないが、ある教授との議論がエスカレートした結果、大いなる啓示を得ることになった。

「アルメニア人がトルコ人を、虐殺の件で逮捕させようとしたことはあるんですか?」

「トルコ人の逮捕を可能にするような法律はないよ」と教授が答える。

「トルコ人がこんなに多くの人々の殺戮に加担していてもですか？」とレムキンは食いさがる。

「ある男がたくさんのニワトリを保有していたとする」と教授はやり返す。「彼はニワトリを全部殺してしまった。それがどうしたというのか？　君の知ったことじゃない。それを阻止しようとすれば君は不法立入りに問われる」

「アルメニア人はニワトリじゃない」とレムキンは嚙みつく。

教授は若者の正義感には取り合わず、説明の仕方を変える。「君がある国の国内事項に介入すれば、君はその国の主権を侵害することになるんだよ」

「ということは、一人の男を殺したテフリリアンの行為は犯罪だけれど、百万人を殺した男は無罪だということですね」とレムキンは尋ねた。

教授は肩をすくめ、レムキンは「まだ若くて興奮しやすい」などといった。「君がもっと国際法を理解していればね……」

このやりとりは本当にあったことなのだろうか？　レムキンは、テフリリアン裁判が彼の人生を変えたとし、この問答を生涯いろいろなところで繰りかえしている。ニューヨーク・レビュー・オブ・ブックス誌の編集長、ボブ・シルバーズは、一九四九年イェール大学ロースクールにおけるレムキンの授業で、これと同じ話を聞いている（シルバーズは、レムキンを評して「孤独で、一途で、ややこしく、感情的で、交際下手な、おおげさな」人物であり、魅力的とはいえないが「人に気に入られようと努めていた」という）。レムキンはこのエピソードを、劇作家、外交官、ジャーナリストに話している。彼がこの会話をかわした教授とはいったいだれだったのか、わたしの好奇心が頭をもたげた。ひとつ明確なヒントがある。大学の教室といったかしこまった場所で、これだけずけずけと話ができたからには、レムキンがよく知っている教授だったということになる。

63

わたしは、リヴィウ大学の歴史学部長、ロマン・シュスト教授にたよることにした。大学の過去について「何でも」知っているという評判の人物である。わたしたちが会った日は、ちょうど欧州人権裁判所が、レムキンを激高させた問題を再度取りあげ、「ジェノサイド」という言葉がアルメニア人虐殺が起きた一九一五年当時は存在していなかったからといって、トルコは、同虐殺を「ジェノサイド」と呼ぶことを違法とすることはできない、という判決を出した日だった〔二〇一二年一〇月二五日〕。

シュスト学部長の小さなオフィスは、昔のオーストリア＝ハンガリー帝国議会の建物内にあった。そこは現在では大学の一部になっている。豊かな白髪の愛想のいい大柄な人で、柔和な笑みを浮かべている。ゆるい感じで椅子に腰かけた彼には、遠いロンドンの学者殿が何を好きこのんでこの町の古ぼけた話を聞きにきたのかと、愉快がっている気配があった。彼はレムキンのことは聞いたことがあるけれどラウターパクトという名前は聞いたことがないといい、イヴァンとわたしが掘りだした公文書に大いに興味を示した。

「一九四一年にナチスがここにきたとき、学生記録を総ざらいしてユダヤ人学生を探そうとしたことはご存じですか？」と書類に目を落としたままシュスト学部長がいう。そして彼はレムキンが自分の国籍を「モザイク〔モーゼの民、すなわちユダヤ人〕」と記入している個所を指さした。学生たちは公文書館へやってきて自分たちの記録を消そうとした。教授たちも同じことをした。レムキンとラウターパクトの両方を教えたアレーハント教授もその一人だ。

「アレーハント教授がどうなったかは？」と学部長に尋ねられ、わたしはうなずいた。

「ヤノフスカ収容所で殺されたのです」と彼はつづける。まさにここで、この町の中心で。「あるドイツ人警官がユダヤ人の男を殺そうとしているそのとき」と彼はつづける。「アレーハント教授は自分に注意を引きつけようとして警官に近づき、短い質問を投じました。『あなたに心はないのか？』警官はアレーハントのほうを向いて拳銃をかまえ、射殺してしまいました。そのときのようすは別の捕虜が回想録のなかで書いています」

彼はため息をついた。

「レムキンと言葉をかわした教授がだれだったか、いっしょに探しましょう」。そして彼は、一九二〇年代の大学教授たちの政治的立場は、今でもそうだけれど、とても幅広かったと説明する。「ある教授たちは自分のクラスにユダヤ人とウクライナ人を入れることを拒んだし、ユダヤ人学生を教室の一番うしろにすわらせた教授もいました」。学部長はレムキンの成績表に目をやった。「ひどい成績だな」と声をあげる。おそらく彼の「国籍」のせいだろう。国民民主党支持の教授だったら、それを見ただけで「偏見にみちた態度」に出たはず。国民民主党のリーダー、ロマン・ドモフスキは極端なナショナリストで、マイノリティに対して「あいまいな」感情を抱いていた、と彼は説く。わたしは、ヘンリー・モーゲンソウが一九一九年にルヴフでドモフスキとかわした会話を思いだした。大使モーゲンソウは「ポーランドはポーランド人だけのもの」というドモフスキの言葉を記録している。その際、ドモフスキは「反ユダヤ主義というのは宗教的なものではなく、政治的態度なのだ」と説明している。彼は、ポーランド国籍ではないユダヤ人に対しては、政治的であれ何であれ偏見を持っていないと主張した。

学部長は話題を一九一八年一一月のできごとにもどす。彼の表現によれば、ユダヤ人「排除」のことだ。学生たちは一部の教授たちの「偏見にみちた態度」にさらされた。特に若い教授たちにそうした態度を示す者が多く、オーストリア＝ハンガリー帝国時代の教授陣よりも非寛容だった。「レムキンがここの学生だったころ、ルヴフは多言語・多文化の社会で、人口の三分の一がユダヤ人でした」。このことはけっして忘れてはなりません、と学部長はいう。

わたしたちはいっしょにレンベルク時代の教授たちの写真を見た。一九一二年に撮影されたものだ。

学部長はめざとくユリウシュ・マカレヴィッツを見つけた。写真の真ん中のグループで、あごひげが一番長い男。レムキンがあちこちで言及していた某教授とは彼であった可能性が高い、と学部長はいう。彼はラウターパクトとレムキンの二人に刑法を教えていたから。学部長は短い電話をし、数分後一人の同僚が部屋に入ってきた。准教授のゾヤ・バランはマカレヴィッツの専門家だという。エレガントで凛々しく好奇心で目を輝かせた彼女は、最近ウクライナ語で書いたばかりのマカレヴィッツにかんする記事を要約してくれた。

マカレヴィッツがくだんの教授その人だと「確信をもって」いうことはできない、とバラン先生はいう。が、「あり得」なくはない。マカレヴィッツは生まれはユダヤ人だったがカトリックに改宗している。彼は国内のマイノリティについての著作をいくつか出版し、それが、彼が支持するポーランドのキリスト教民主党、ハデツィアとして知られる党の基本方針となる。

マイノリティやユダヤ人、ウクライナ人に対する彼の見方はどのようなものだったろう？

「権力を握ろうとしないマイノリティなら大目に見ましたが」と彼女は単刀直入にいう。「スラヴ系マイノリティは嫌われ、ユダヤ人は移住を余儀なくされ」と彼女は、片手でハエを追う払うような仕草をした。

レンベルク大学法学部、1912年、鬚をたくわえたユリウシュ・マカレヴィッツは中央の列、下から二番目の楕円

マカレヴィッツは国内のマイノリティは危険だと考えていた、と彼女はつづける。特に一定地域でそこの人口の「大多数」を占めた場合には。さらに「彼らが国境近くに住んでいた場合」には尚のこと。ルヴフは国境の都市と見なされていたから、マカレヴィッツはルブフに住むユダヤ人とウクライナ人を、独立したばかりのポーランドにとって特別な「危険」をはらんだ存在だと感じていただろう。彼女は別の観点も示唆してくれた。マカレヴィッツには「右翼的」な傾向があり、一九一九年のポーランド・マイノリティ保護条約を嫌っていた。ポーランド人に対して差別的だというのだ。マイノリティは彼らの権利が侵害されたならば国際連盟に訴えることができるが、ポーランド人はその方法を使えない。

マカレヴィッツはナショナリストでもあれば逆境に強い男でもあった。彼は一九四五年にKGBに捕まってシベリア送りになる。だが、ポーランド人教授たちの仲介のおかげで解放され、ソ連の管理下にあったルヴォフへもどって法学部の教授ポストを取りもどす。彼は一九五五年まで生きた。

「ラウターパクトとレムキンが学んだ教室を見たくありませんか?」と学部長が訊いてくれた。ええ、もちろん、とわたしは飛びついた。

64

翌朝、プロスペクト・シェフチェンカ〔プロスペクト大通り〕の端にある、ウクライナで最も有名な歴史家ムィハーイロ・フルシェーウシクィイの銅像の下で、ゾヤ・バランと待ち合わせをした。そこは、一九三〇年代に数学者たち〔ルヴフ学派〕が集まって知る人ぞ知る複雑な数学の難問を解いていた溜まり場、スコティッシュ・カフェが入っていた建物の近くである。彼女はロマンという名前の博士課程の学生を連れてきていた。彼は、マカレヴィッツ教授が一九一五年から一九二三年までのあいだ、フルシェウスコホ通り（旧ミコラヤ通りの南西）四番地にあった古い法学部棟のN13教室で教えていた全講義のリストを見つけていた。徒歩でもわずかな距離だ。十九世紀オーストリア＝ハンガリー帝国時代のがっしりとした三階建ての建物で、一階部分がクリーム色、上階が黄土色というふうに二色に塗り分けられていた。外壁にはめられたいくつかのプレートにここで学んだ名士の名前が記されていたが、ラウターパクトの名前もレムキンの名前もなかった。というよりも、法律家になった卒業生の名前がない。

薄暗い構内は、天井からぶらさがった電球に照らされ、荒廃した教室と塗装のはげかけた壁が見える。通りの寒さと騒乱から逃れてきた法学部生たちが、この神殿の秩序と規律にほっとしていたであろうようすが容易に想像できる。現在は生物学部の建物になっており、学部長が上階にある動物学博

かつて法学部が入っていた建物。フルシェウスコホ通り4番地。2012年

物館へ案内してくれた。そのすばらしいコレクションはオーストリア＝ハンガリー帝国時代にさかのぼり、五部屋全部が標本や剝製で埋め尽くされている。蝶や蛾も、魚類のなかには学名 Lophius piscatorius という恐ろしい顔つきで、凶暴な歯をむきだしにしたフロッグフィッシュ、別名アングラー〔ニシアンコウ〕の剝製もあった。トカゲと爬虫類の群れ、そして哺乳類の骨格標本、獰猛そうなのからかわいいらしいのまで。剝製にされたペリカンが窓から町を見つめ、場違いのサルどもが壁に張りつき、ありとあらゆる色彩と形とサイズの鳥たちが、天井から吊るされ、ガラス瓶のなかにおさまっていた。無数の卵が属別、サイズ順、地域別に周到に並べられている。急降下するワシ、それを凝視するシロフクロウ。わたしたちは Schlegelia wilsonii という学名の、パプアニューギニアで十九世紀に捕獲された、この世のものとは思われぬ美しさと色彩の極楽鳥に感銘を受けた。

Schlegelia wilsonii(極楽鳥の一種)、リヴィウ大学生物学部、2011年

「オーストリア人たちは、この鳥の頭部にインスパイアされてあの独特の帽子をデザインしたのです」と館長が説明してくれた。黒と黄色の小鳥の頭部を飾る二本の細長い羽根。一本は左に、もう一本は右へくるりと向いている。それにしても時と場所から浮いた感じのこの空間。そんな場所に身を置いていたせいで、この町の先住者だったポーランド人、ユダヤ人、アルメニア人にかんする記憶を留めておく博物館の不在がことさら印象深かった。一流の動物学博物館が何だというのだろう、かつての支配者がかぶった帽子のデザインの由来を知ってどうしろというのだろう。

わたしたちの次の訪問場所は有名なウクライナ人作家、イヴァン・フランコが勉強した教室で、そこは二十世紀初頭のまま変わっていない。フランコは作家であると同時に政治活動家だったが、一九一六年レンベルクで絶望的貧困のなかに死ぬ。現在は彼の銅像が、シュスト学部長のオフィスとこの記念碑的教室から通りをへだてた場所に立っている。わたしたちは教室のドアをノックして入室した。授業が中断され、学生たちが顔をあげる。ラウターパクトやレムキンもそんなふうにすわっていたのだろう。木製の長椅子に腰かけ、中庭を見おろして。教室に差しこむまぶしい陽の光が、天井からぶらさがった八つの青銅製ランプの明かりを無用にする。教室内は気品があって簡素で、明るくて風通しの良い、学習ならびに静寂と秩序、構造と序列が重んじられる場所であった。

この教室がそうだとはいわないけれど、ラウターパクトとレムキンが法律を学んだのもこのような場所だったのだろう。一九一八年の秋学期に、マカレヴィッツはこの建物でオーストリア＝ハンガリー帝国の刑法について講義をしている。暴力が町を席巻した一一月、ラウターパクトはバリケードをかいくぐってここの授業にやってきた。そしてその月は、町の支配権がオーストリア＝ハンガリー人からポーランド人に移り、ポーランド人からウクライナ人に移り、またポーランド人にもどるというめまぐるしい権力遷移の月だった。町の支配者が次々と変わっても、マカレヴィッツ教授は消失した帝国の刑法を教えていた。

その四年後、レムキンが木製の長椅子に腰かけるころ、マカレヴィッツ教授は教える科目をポーランド刑法に変える。時の変化なのか――ラウターパクトが受講していたマカレヴィッツの授業は午前一〇時からだったが、レムキンのときには午後五時になっていた――ただ、N13教室は変わらない。ヨーゼフ・ロートの小説『Die Buste des Kaisers（皇帝の胸像）』に登場する老齢のガリツィア州知事、モルスティン伯爵を思いだす。彼は皇帝フランツ・ヨーゼフ崩御から何年たっても皇帝の胸像に向かって毎日儀式を執りおこなう。「わがいにしえの家、わが君主国、それだけが住むにあたいする大邸宅であった」とモルスティンは思いをめぐらす。しかし今、邸宅は「分割され、奪い合いになり、こっぱみじんだ」。

町の支配者が転々としても、マカレヴィッツ教授はねばり強くやり抜いた。国が変わり、政府が変わり、学生も変わり、法律が変わった。だがN13教室だけは変わらない。それからさらに時が流れてソヴィエト法が導入され、その後ハンス・フランクが命令を出し、再度ソヴィエト法が幅を利かせるという流れのなかで、マカレヴィッツ教授はそのときどきの現実に合わせて授業を変えた。このサバイバーは、授業が終われば法学部の建物を出、ドラホマノバ通りをあゆみ、大学図書館の脇を通りすぎ、丘のうえに建てた五八番地の自宅へ向かってゆっくりと坂道を登っていくのだった。そして家のドアを後ろ手に閉めれば、彼は世界から遮断される。

65

レムキンは一九二六年に大学を卒業する。そのころまでに、彼はビアリクの小説翻訳と、ロシア刑法、ソヴィエト刑法にかんする本の執筆を終えていた。ソヴィエト刑法の本にはユリウシュ・マカレヴィッツ教授による序文が添えられた。ピウスツキ元帥がクーデタを起こして民主的に選ばれた政権を打倒するなど、政治的にも経済的にも過酷な時代だった。だが、レムキンはそれ以外の代替体制——ドモフスキ率いる反ユダヤ主義の国民民主党——よりはずっとましだと考えていた。

クーデタから二週間後、またもや政治がらみの暗殺があり、レムキンはこれに注目する。今回の関係者はレムキンにとって身近な存在だった。犠牲者は一九一八年に短命に終わった西ウクライナ人民共和国の大統領、反レーニン主義者のシモン・ペトリューラ〔フランスに亡命中だった〕。パリのラシーヌ通りで射殺された。しかも犯人はユダヤ人の時計製造業者、サミュエル・シュヴァルツバルトで、ロシアにおけるユダヤ人虐殺の報復のつもりだった。虐殺を命じたのがペトリューラだといわれていたのだ。六年前のテフリリアンの裁判と同じくシュヴァルツバルトの裁判もメディアの狂騒を呼び、レムキンも注意深く見守っていた。証人として有名な作家が立ち、検察側にイスラエル・ツァングヴィル、弁護側にマクシム・ゴーリキーがついたが、世間の注目を集めたのはウクライナ赤十字の看護婦だった。ハイア・グリーンベルクは一九一九年二月の大虐殺《ポグロム》を目撃したと主張し、軍楽隊が演奏するなか、ペトリューラの手兵が殺戮をおこなったことを証言した。

陪審員の討議は一時間とかからず、事前に計画された犯行ではなかったことを理由にシュヴァルツバルト「無罪」の評決が出される。ニューヨークタイムズ紙は、パリの法廷を四百人の傍聴人が埋め――「中欧と東欧からきた白髭のユダヤ人」、「おかっぱ頭の若い女性」そして「いかにもスラヴ的な顔だちのウクライナ人」――評決を「フランス万歳」の歓声で受けとめた、と報道した。レムキンは満足していた。「〔無条件で〕無罪にすることも有罪にすることもできなかった」と彼は書いた。「彼自身の両親をふくむ何万という罪のない同族」の虐殺者に復讐した男を罰するわけにはいかなかった。その反面、裁判所は「人類の道徳基準を守るために勝手に正義の味方になった」男を容認するわけにもいかなかった。シュヴァルツバルトを狂人と宣言し無罪放免した裁判所の結論は巧妙だ、とレムキンは考えた。

レムキンはこの裁判をワルシャワから注視していた。彼はルヴフから一〇〇キロ東のベレジャヌィで裁判所の職員になり、その後検察官を務めたあと、ワルシャワへ移り控訴裁判所の事務官になっていた。マカレヴィッツ教授の教え子だったレムキンだが、この二つの判決が彼の思想を変容させることになる。「徐々にではあるが着実に」、人間集団を守るための新しい国際的な規則の発展に、自分も何か貢献しなければという決意が「育《はぐく》まれた」。ワルシャワでの「司法業務」はそのための練習台として役に立ったし、多くの著作をものにしたことで「賛同者と影響力」をふやすことができた。学識は思想を広めるためのたしかな基盤なのだ。

ヒトラーが権力を握るころまでに、レムキンは検察官として六年間の実務を積んでいた。ヴォウコヴィスクの農場の少年は地歩を固め、ポーランドのエリートである法律家、政治家、裁判官たちの仲間入りを果たしていた。彼はソヴィエト刑法、イタリア・ファシスト政権下の刑法、ポーランドの革新的な恩赦法についての本を著わす。彼の著作は、分析的というよりも記述的な性格を帯びている。彼はまた良き指導者を得た。ポーランド最高裁判所の判事であり、レムキンが教鞭を執ったワルシャワのポーランド自由大学を創設したエミール・スタニスワフ・ラパポートである。

本職のあいまをぬって、彼は国際連盟で刑法の発展にかかわる仕事をし、会議に出席し、ヨーロッパのあちこちに個人的ネットワークを張りめぐらした。一九三三年春、一〇月にマドリッドで開催予定の会議の準備のため、彼は「残虐行為《バーバリティ》」と「破壊行為《ヴァンダリズム》」を禁じる新たな国際的なルール作成を提唱する小冊子を書く。ヒトラーの加護のもと、ユダヤ人をはじめとするマイノリティに対する攻撃が拡大しつつあるとき、こうしたルールは前にもまして重要だと考えた。彼は『わが闘争』が、ふがいなき帝国議会がヒトラーに独裁権を与えるために通過させた全権委任法によって実行に移され、「破壊のための青写真」となることを怖れたのだ。

実践的理想主義者のレムキンは、的確に組み立てられた刑法ならば、実際に残虐行為を止めることができると信じていた。彼はマイノリティ保護条約は無力であると断じ、「人々の生命」を守るために具体的には、「残虐行為」すなわち種族集団の絶滅を防ぐため、そして「破壊行為」すなわち文明や伝統に対する攻撃を防ぐため、新ルールを構想した。こうした考えはレムキンのオリジナルではなく、「普遍的管轄権」という概念を広めたルーマニアの学者、ヴェスペイジャン・V・ペラの考え方に依拠したものだ。重大な犯罪の場合、世界各国のすべての法廷がその加害者を裁判に付すことができるようにすべきだという考えである（それから六十年後、チリのピノチェト上院議員が拷問の罪にかんし「普遍的管轄権」によって英国の法廷で裁かれるという事態を迎えた）。レムキンは「普遍的管轄権」がおよぶ犯罪リスト（たとえば海賊行為、奴隷、女子どもの売買、麻薬取引など）の制作者としてペラの名前を挙げているが、彼の初期の仕事「世界共通の危険を惹起しうる残虐行為と破壊行為」にかんする著作には触れていない。レムキンの小冊子は、国際連盟の公式出版社、パリのスフロ街にあるペドヌ書店によって発行された。

レムキンはマドリッド会議のポーランド代表メンバーになることを期待して旅支度をしていたが、エミール・ラパポートから問題が発生したと警告が届く。司法省の大臣が君の出席に異を唱えているのだ、と判事はレムキンに伝える。ドモフスキの国民民主党を支援する新聞、ガゼタ・ワルツァウスカ紙の妨害キャンペーンの結果だという。レムキンはマドリッド行きをあきらめるが、自分の小冊子をめぐって議論がなされることを期待した。これを契機に「新しい考え方が動きだす」かもしれない、と考えたのだ。会議の公式議事録に彼の小冊子が配布されたことは記されているが、議論がなされた気配はない。

会議が終了してから数日後、ドイツが国際連盟からの脱退を表明し、ガゼタ・ワルツァウスカ紙は「検察官レムキン」の個人攻撃をした。一〇月二五日、同紙は「レムキン氏自身が、ある民族による『残虐行為』と『破壊行為』によって最も危険にさらされている『人種集団』に属していることを考えれば、彼がいかなる動機によってこのような提案をしたかは容易に推測できる」とけちをつけた。同紙はまた、「このようなくわだての発案者たる」レムキン氏がポーランド代表の一人になることは、ポーランドにとって「面汚し」であろう、と報じた。

それから一年以内にポーランドはドイツと不可侵条約を締結し、一九一九年のマイノリティ保護条約を廃棄する。ポーランドの外務大臣ユーゼフ・ベックは、マイノリティに背を向けたのではなく、他国と平等になりたかっただけだと国際連盟に説明した。つまり、ほかの国々に国内のマイノリティ保護を義務づけないのならば、ポーランドだけがそんな義務を負うのはおかしい、という理屈だ。ニューヨークタイムズ紙はそんなポーランドを「ふらふらとドイツ帝国のほうへ流されて」と評し、レムキンは検察官の仕事を辞める。

66

商法関連の弁護士〔破産法、企業再生法、商業訴訟などを専門にした〕に転身したレムキンは、ワルシャワのイェロゾリムスキ（エルサレム）大通りに事務所をかまえた。仕事は順調に進み田舎に小さな家を購入したり、美術品の蒐集を楽しむ余裕も生まれ、その後市内中心部にほど近いクレディトワ通り六番地、モダニズム・スタイルのアパートに転居し、そこを自宅兼事務所とした（二〇〇八年には、レムキンの業績を讃えて「国際的に名高い優秀なポーランドの法律家・学者」という銘板がはめこまれ、新生ポーランド――Narodowe Odrodzenie Polski――というマイナーなネオ・ファシスト政党のオフィスが入居した）。

耳目をひく政治的殺害が増加していた当時、喫緊の問題だったテロリズムや法律の改革にかんする関心を研ぎすませていたレムキンは、年に一冊の本を出すことを目標にした（一九三四年に起きたユーゴスラヴィアのアレクサンダル一世の暗殺は、歴史上最初に動画撮影された暗殺。彼の息子、ペータル皇太子はケンブリッジ大学へ留学し、ラウターパクトのもとで学ぶことになる）。レムキンの人間関係は広がり、遠く海外から勧誘の話をたずさえてやってくる者もいた。ノースカロライナ州、デューク大学の教授マルコム・マクダーモットはレムキンの著作を英語に翻訳するためにワルシャワを訪れていたが、彼にデューク大学での教員ポストの申し出もした。息子にはポーランドにいてもらいたい母親の反対があり、レムキンはこれを断った。

一九三八年にレムキンが両側肺炎で床に伏せったとき、ベラは頻繁にワルシャワに出てきて息子の看病をした。ヴォウコヴィスクの自宅にもどったベラは、孫のソールにラファエル叔父さんの家のことやそのすばらしく現代的なエレベーターのこと、ワルシャワのインテリ・グループのなかでのレムキンの評判、名だたる彼の友人たち、などについて語って聞かせた。お偉方を相手に「残虐行為」と「破壊行為」に対する戦いについて延々とまくしたてるのだ、と彼女は少年に語った。ソールによると、叔父の話に傾聴する人もいたが頑強な反対意見にもぶつかった。あなたの考えは「過去の遺物だ」といわれ、ヒトラーは憎しみを政治的に利用しているだけで、本気でユダヤ人を殲滅しようなどとは考えていない、といわれた。「奇想天外な予言」はほどほどにしなさいと。

一九三八年三月、ドイツはオーストリアを併合する。その六か月後、英国首相ネヴィル・チェンバレンがチェコスロヴァキアのズデーテン地方をドイツへ併合させよというヒトラーの要求を呑んだころ、レムキンはロンドンへ出張した。九月二三日金曜日、彼はペルメルにある改革クラブで控訴院判事のハーバート・デュ・パルクと夕食を取り、その後大蔵大臣のジョン・サイモンが合流する。サイモンは二人を前に、チェンバレンとヒトラーの会談について語り、英国はまだ戦争準備ができていないから会談に応じたのだと説明した。

一週間後、チェンバレンはヒトラーと再度会談したあと、ダウニング街一〇番地の有名な黒塗りのドアの前に立ち「われらの時代の平和」が確保されたと宣言する。これで英国民は安眠できると。それから一年と経たずして、ドイツはポーランドと交戦状態に入る。百五十万のドイツ陸軍が親衛隊とゲシュタポと共にポーランドに侵攻し、空軍はワルシャワ、クラクフ、そしてルヴフやジュウキエフをふくむ東の諸都市を恐怖におとしいれ、爆撃を開始した。レムキンはワルシャワに五日間とどまっていたが、ドイツ軍がせまってきた九月六日、町から脱出する。

空が静かになったころ、彼はルヴフの北東、湿地帯の多いポレシエ地方のヴォウコヴィスクをめざした。レムキンは西のドイツ軍と東からせまりくるソ連軍のあいだにはさまれた形になった。ポーランドは、スターリンとヒトラーの外相、モロトフとリッベントロップが結んだ条約によって二分され、独立を失う。英国とフランスが参戦する。レムキンはさらに北をめざす。都会的な身なりをし、高そうなフレームの眼鏡をかけたレムキンは、ソ連軍からポーランドのインテリ、そして「大都市生活者」と見破られることを怖れた。一人のロシア兵に捕まったものの、なんとかいいくるめて無事逃れることに成功する。

ヴォルィーニ州に入った彼は、ドゥブノという小さな町の近く、ユダヤ人のパン屋一家のもとで休息する。どうしてユダヤ人たちはナチスから逃れたがっているのかね、とパン屋の主人が尋ねた。レムキンは『わが闘争』のことを話し、ユダヤ人を「ハエのように」抹殺したがっているヒトラーの意図を説明した。そんな本は聞いたことがないしそんな言葉はとても信じられない、とパン屋は答えた。

「ユダヤ人と商売はしなきゃいかんだろうに、なんでヒトラーがユダヤ人を殺すかね。戦争をつづけるために人材は大切だよ」

今回の戦争はこれまでのとはぜんぜん違うんだ、と彼はパン屋にいう。この戦争で彼は「ひとつの集団を皆殺し」にし、そこをドイツ人で埋めようとしているのだ。パン屋には馬耳東風だった。第一次世界大戦のとき、彼は三年間ドイツ人の支配下で暮らしたことがあり、それは良い体験とはいえなかったけれど「なんとか生きのびることはできたんだ」。パン屋には二十代の明るい顔をした息子がいた。熱心に会話に聞き入っていたが眉をひそめ、父親に反論する。「お父さんのそういう考え方には納得できないな。町にも同じような考えの人がたくさんいるけど」

レムキンは二週間、このパン屋の世話になった。一〇月二六日、ハンス・フランクがドイツ占領下のポーランド総督に任命される。ジュウキエフ、ルヴフ、ヴォウコヴィスクは境界線の東側になり、すべてソ連の管理下になった。期せずしてソ連領をさまようはめになったレムキンは、恐怖におののく旅行者たちと共にヴォウコヴィスクへ向かう列車に乗った。列車が到着した時間はちょうど戒厳令の時間帯だったので、レムキンは逮捕を避けるために駅のトイレで寝た。翌朝早く彼は主要道路を避けながら、兄エリアスの家、コジオスコ通り一五番地へ向かう。そっと窓を叩き、窓ガラスにくちびるを寄せ、「ラファエルだ、ラファエルだ」とささやいた。

レムキンが故郷を見捨てたわけではないと知って、ベラは大喜びだった。彼はベッドを与えられ、懐かしい古毛布にくるまって、ポーランドに降りかかった災難に胸を痛めながら眠りに落ちた。翌朝、彼はパンケーキを焼く匂いで目覚め、サワークリームをつけて舌鼓を打つ。ベラとヨーゼフは、ヴォウコヴィスクにいれば安全だという。息子といっしょに立ち去ることなど考えられない。わたしはもう退職した身だからね、とヨーゼフがいう。資本主義支持者じゃないんだ。エリアスは店の所有権を放棄し今や単なる雇われの立場だから、ソヴィエトも見逃してくれるはずだ。レムキンだけが旅立つことになった、ヨーゼフの兄弟イザドアの住むアメリカへ。

ベラは息子の旅立ちに合意したけれど、心配事がひとつあった。どうして結婚しないのか？　なかなか微妙なテーマではある。戦後しばらくたってから、レムキンはナンシー・アッカリーにこう説明している。仕事に完全に没頭していたから「結婚生活など不可能だったし、そもそも夫婦生活をやってゆく金がなかったんだ」。レムキンにかんするすべての資料を探っていたときに印象深かったのは、何人かの女性は彼に興味を示したらしいが、女性との密接な関係をほのめかすものが皆無だったことだ。ベラは食いさがり、結婚というのは安全な人生の担保なのだと息子に説く。「ひとりぼっちで愛のない」男は母親の支援が途切れたあと、代わりになる女性が必要なのだと。レムキンはその議論には乗らなかった。母がこの話を持ちだすたびに、レムキンの脳裏にはゲーテの叙事詩『ヘルマンとドロテーア』の一節が浮かんだ。「妻を娶りなさい。そうすればあなたの人生のなかで夜がもっと美しい部分になるだろう」。わたしもその詩を読んでみたけれど、彼の孤独を解き明かしたり、彼の人生に対する影響を理解する鍵を読み取ることはできなかった。ベラの懸命な説得に、彼は愛情あふれる感謝の気持ちで答えた。母親の頭に手を伸ばして髪をなで、両方のまぶたにひとつずつキスをして、「その通りだね」とはいったが、何も約束はしなかった。彼にできることはそれだけだった。乗りかかった放浪の生活が、より多くの幸運をもたらしてくれるだろうと期待して。

その夜、彼はヴォウコヴィスクを去る。別れの瞬間に名残りは尽きず、キスはことさらさりげなく、目と目が何度もぶつかり、気まずい沈黙が落ち、これが最後だとはだれも認めたくなかった。

67

その秋の日、レムキンの送別に立ち会っていた一人が彼の甥、ソールだった。多少の努力を要したものの、わたしはモントリオールに住む彼を捜しあてた。移民地区にある今では落ちぶれてしまった建物の一階にある、小さなアパートに住んでいた。彼の風貌は印象的だった。知的な顔に深く埋めこまれた悲しい目と、伸びるにまかせた灰色のあごひげは、十九世紀のトルストイの小説に出てくる人物を想起させた。柔和で教養あふれるこの老人は、辛い時を過ごしてきたらしい。

八十歳をとうにすぎた彼は、本に囲まれて取り散らかったソファにすわっていた。最近亡くなったばかりの女友だちについて悲しげに話した彼は、視力の問題やひとつしかない腎臓（もう一個は「一九五三年になくした」といったがその経緯は不明）で生きなければならぬ人生の意義についても触れたけれど、やはり思いのたけを語りたいテーマはその女性のことらしかった。そう、ラファエル叔父さんがやってきたのは一九三九年の秋だった、と彼は思いだす。彼が十二歳のときで「有名なポーランドの英雄の名前をつけた」通りに住んでいたころだ。ラファエルが去ったあと、あれが見納めだったとみんなが思った。

一九三八年まで、ソールと彼の両親は、ヴォウコヴィスクでベラとヨーゼフといっしょに住んでいた。その後レムキンが自分の両親のために家を買ってやったが、それは五千ズロチくらいした（約千ドル）。あのころにしたら大金だった、とソールはいう。弁護士として商売繁盛だったんだろうね。彼の祖父母はヴォウコヴィスク近辺の農家の出身で、「すばらしい」人たちだった。ベラのほうが夫よりも教養があって暇さえあれば本を読み、ヨーゼフは政治とイディッシュ語の新聞とシナゴーグでの毎日のほうに関心があった。わたしが質問したわけではなかったが「ラファエルは信者ではなかったね」とソールはいった。

彼の叔父は年に二度、祭事の時期にワルシャワから故郷へやってきた。過ぎ越しの祭り《パスオーバー》には、ごった返す店へ、「叔父さんのためにたっぷり買ってきて」とベラから使いに出された。故郷で尊敬を集めていたレムキンの帰郷は「教授さま・弁護士さまの」お帰りだったから、いつも特別あつかいのできごとで、家族内に政治論議や「ちょっとした衝突」をもたらした。最後の訪問のひとつ前、一九三九年春の帰郷時に、レムキンはいつもの手みやげとしてフランスの新聞を持参した。右翼の大物ペタン元帥が、フランコの機嫌取りのために、フランス大使としてマドリッドへ赴任する記事が載っていたが、それをめぐって家族は侃々諤々の議論をした。「叔父はペタンもフランコも嫌いだった」レムキンはポーランドで「とても有名」な存在だとソールは思っていた。ソール自身はワルシャワにいったことがなかったけれど、有名な大通りの巨大な建物——とりわけ、すごいエレベーター！——に住んでいたり、「上流階級の友人たち」と親しくなったりしたわけだから。わたしは叔父さんのロマンチックな方面について尋ねてみた。回想録のなかに出てきたティーンエイジャー時代のヴィリニュス〔現在はリトアニア共和国の首都〕への旅と茶色い制服を着た女子学生との丘歩きとかを持ちだしてみながら。レムキンはその子にキスをしたかったのだが、その衝動が「わたしには理解できぬ何かによって抑制されてしまったのである」と書いている。なんだかよくわからない書き方だ。

「叔父が結婚しなかった理由はわからんね」と何の関心も示さずにソールはいう。「そういうチャンスはあったと思うよ。だっていろんなコネクションがあったわけだから」。しかし女友だちにかんする話題が出たことは一度もない。ソールは、エドワード八世とマダム・シンプソンがウィーンにきたときに叔父がかかわった件をぼんやりと思いだしたが、ご婦人の同伴者は、となると何もわからない。「たぶん女性の友だちはいたんだろう」と彼は付け加えたが、噂にのぼったという記憶はない。「いったいぜんたいなんで結婚しなかったのか、わからないね」

ソ連軍はレムキン一家の住居を接収したが、そのまま住むことは許してくれた。士官が一人住むことになった。ソールはロシア語の学校に入学した。「叔父の最後の帰郷になった一九三九年一〇月、ワルシャワから脱出してきたとき、いろんな話をしてね。ロシア人とドイツ人の組み合わせというのは最悪の事態だ。そうわたしは聞かされた、そういうふうに話す彼のことを覚えている」

ソールは物思いに沈んだ。

ベラとヨーゼフの写真はありませんか？「ないね」

叔父さんのは？「ない」

当時の親戚の写真、だれでもいいんですが？「ないんだよ」と彼は悲しそうにいった。「何も残っていないんだ」

68

ヴォウコヴィスクを発ったレムキンは列車に乗って、接吻未遂の町ヴィリニュスへ向かった。町はすでにソ連の占領下に入っていた。ポーランドからの避難民であふれ、ブラックマーケットではビザやパスポート、そしてアメリカ行きを考えていたレムキンにとって自由のシンボルだった「ヌードル（米ドルのこと）」が売られていた。国際連盟で働いていたころの知人たちにも会い、そのなかには有名な犯罪学者ブロニスワフ・ウロブレウスキがいた。「残虐行為」と「破壊行為」を認めさせるのにわたしの努力は足りなかった、とレムキンはウロブレウスキにいう。でも「もう一度努力してみるつもりです」。

ベラとヨーゼフはレムキンに、息子といっしょに過ごすことができた幸せを書き送った。手紙はいつもの親密さを基調にしつつ、楽観的な気分を少々と隠しおおせぬ不安をのぞかせていた。レムキンの友人、ベンジャミン・トムキウヴィッツ〔ワルシャワでの弁護士仲間〕が、ベラのオーブン特製のケーキを持ってヴィリニュスへやってくるというニュースも届いた。トムキウヴィッツの悲観的な態度はレムキンの明朗な気質と対照的だった。困難な境遇は新しいドアを開き、手ごたえのあるチャレンジを提供する、とレムキンは考えた。高収入の弁護士稼業を捨て、高級家具や田舎の別荘も手放し、ワルシャワの快適な暮らしに別れを告げて新規蒔きなおしだ。「まやかしの威光」を帯びて権威に近い場所に棲息し、人脈第一の世界に慣れすぎた。そんな日々はかなぐり捨て、悔やむこともない。

レムキンはヴィリニュスからの脱出を画策しあちこちにコンタクトを始める。一〇月二五日、彼はノルウェーかスウェーデンに出る暫定ビザを申請した。「なんとか命を取り留めることができたのは奇跡が味方してくれたから」と彼はフランス語で書き残しているが、その脱路の確保は死命を制する鍵だった。「金銭面では余裕がある」といいつつも何としてもビザが必要なことを強調し「死ぬまで感謝いたします」と彼は書き加えている（彼の返信先住所はヴィリニュス市内、ラトビア領事館になっていた）。スウェーデンのビザを求めて、スウェーデンの前法務大臣カール・シュライターにも陳情の手紙が出されている。さらにはベルギー通過ビザを求めてカートン・ド・ウィアート伯爵にも一通、そして三通目がノースカロライナ州のマクダーモット教授宛て、デューク大学での教職ポジションを求める手紙だった。彼はまた、ペドヌ書店を経営する母娘に宛てて自分が元気でやっていることを知らせている。そのなかで、ドイツ軍がワルシャワへ侵攻する前に、国際契約にかんする新作の原稿を送っておいたが届いているだろうか、と尋ねている。仕事は通常操業。

ヴィリニュスを出発したレムキンは西へ向かってバルチック海寄りに進み、スウェーデンをめざした。カウナスで彼は知人に、避難民生活というのは確実性と希望を求めてさまよう幽霊みたいで悩みが多いと吐露している。人生で避けたかった三つの事柄に一気に見舞われた。「眼鏡をかけること、禿げること、避難民になること」。別の知人、退職した判事のザルカウスカス博士は、どうしたらポーランドが「三週間でなくなってしまったりするんだろう？」と尋ねた。レムキンは表情を変えずに、それも世の常、と答えた（レムキンがこの退職判事に再会したのは数年後のシカゴで。博士はモリソン・ホテルのエレベーター係になっていた）。

ペドヌ書店から、彼が一九三三年に書いた残虐行為と破壊行為についての小冊子の抜き刷りと共に新刊書の校正刷りが届く。レムキンは校正を終えた原稿をパリへ送り返し、数か月後に出版の運びとなる。スウェーデンのビザを入手したレムキンはカウナスを去る。ラトビアの首都リガに立ち寄った彼は、『History of the Jews in Russia and Poland』を書いた歴史家シモン・ドゥブノフとお茶を共にしている。「嵐の前の静けさですよ」とドゥブノフはレムキンに警告した。ヒトラーがラトビアにくるのは時間の問題だ。

69

レムキンは一九四〇年の早春、スウェーデンに着く。中立で自由なストックホルムの風習や食事を楽しみながら、首を長くしてノースカロライナからの招待状を待っていた彼は、滞在先のエーベルシュタイン家と過ごす時間を楽しんだ。ベルギーから船で米国へ渡る可能性はなくなった。一九四〇年四月にドイツがデンマーク、ノルウェーを占領したからだ。翌月フランスが落ち、リトアニア、ラトビア、エストニアとつづいた。レムキンが訪ね歩いた友人たちは、今や皆ナチスの支配下に入ってしまった。シモン・ドゥブノフの悲観的な観点が正しかったことが証明される。レムキンが、ドゥブノフの家に近いリガを去った二年後、ドゥブノフは殺されてしまう。

ストックホルムでは待たされても数週間と思っていたが、それが数か月になった。カール・シュライターからストックホルム大学で講義をしてはどうかと示唆され、彼はスウェーデン語の集中講座を受けることにした。彼のスウェーデン語はすぐに上達し、一九四〇年の九月にはもう為替管理についてスウェーデンで講義をし、同テーマで本を書けるまでになっていた。ベラとヨーゼフから届く手紙は、束の間の幸福をもたらしてくれたが、ソ連占領下でまともな暮らしができるのかという不安もにじむ。

じっとしていられず行動力旺盛で、怠けることのできぬレムキンは大仕事にとりかかる。「白地に黒蜘蛛が這う、血に濡れた赤布」が大陸を覆ってゆく、そんなヨーロッパ地図をながめているうちに、ひとつのアイデアが湧いた。ドイツの占領政策の本質は何なのか、レムキンの持ち前の好奇心に火がついた。具体的にどのようにしてナチス流の規則が強要されているのか？ 答えは制定されるさまざまな法律の細部にあると信じた彼は、好事家が切手蒐集にのめりこむような熱心さで、ナチスが出した命令や布告を片端から集めはじめた。法律家だった彼は、えてして公式文書というものが、そこに明示はされていない隠された目的を反映していることが多いのと、一枚の文書よりも全部寄せ集めてみて初めて露呈するものがある、という点を知っていた。ひとつのかたまりとして見たほうが、一個一個を足しあげるよりも、生きてくる。

彼はストックホルムの中央図書館にこもり、ドイツの行動パターンを見いだそうと、資料を集めて翻訳、分析にかかった。ドイツ人はとても几帳面で多くの決定を書きとめておいたために、たくさんの記録文書と追跡可能な資料《ペーパートレイル》が残され、これが大きな構想を理解する鍵になる。ドイツが犯した犯罪の「議論の余地を残さぬ証拠」を追うことが、可能になったのである。

彼は協力者を求める。名称不明のとあるスウェーデン企業〔電機メーカーのアセア社ではないか〕がそのひとつで、彼らはワルシャワに支店を持ち、レムキンが弁護士として働いていたこともある。ストックホルム本社を訪れたレムキンは、ヨーロッパ各地に散らばる同社の支店のうち、ドイツ占領下の国にある支店の協力を得て、ドイツが現地で発行している官報を集めてストックホルムへ送ってくれまいか、と問い合わせる。彼の知人は引き受けてくれた。

ヨーロッパ各地から、命令、布告その他の書類がストックホルムに到着する。レムキンは一枚一枚読んでノートを取り、書きこみをし、翻訳をした。ストックホルムの中央図書館にはベルリンで発行された書類も保管されており、それもくわわって書類の山はだんだん高くなる。

命令の山を崩してゆくなかで、レムキンは全体に共通するテーマ、「ある一点をめざす企《たくら》み」の原理を見いだした。諸個人の保護をめざしていたラウターパクトの努力についてレムキンは知る立場になかったけれども、それと並行する形で、レムキンはこのような仕事のなかから、支配下に置いた国々の絶滅がドイツの最終目的であることを見極めた。『わが闘争』のなかで公表された「生存圏《レーベンスラウム》」、すなわちドイツ人居住空間の創造というアイデアを実行に移すためのいくつかの書類には、ヒトラーが直々に署名している。

ポーランドでの最初の命令にヒトラーがサインしたのは一〇月八日、レムキンがワルシャワを去ってから一か月後のことだ。ドイツ軍に占領されたポーランドには「Eingegliederte Ostgebiete（東部編入地域）」という新しい名前がつけられ、その後「帝国」に吸収された。そこは土地と住民が「ドイツ化」されるべき領土で、ポーランド人たちは「首なしか脳なし」にされ、インテリは粛清され、住民は奴隷労働者として再編成された。二番目の命令は一〇月二六日、ポーランド総督に任命されたばかりのハンス・フランクによってサインされ、彼は自分が任された領土から「政治扇動家、あやしげな商人、ユダヤ人の詐欺師」がすぐに一掃されるだろうと喜ばしげに宣言していた。「思い切った決断」がくだされるだろう、とフランクは予告する。三番目の命令には一九四一年八月一日の日付があり、ガリツィア州とレンベルク市をポーランド総督府に編入する内容で、これはコロンビア大学のレムキン資料のなかに残っている。

レムキンは、つなげれば一定のパターンが見えてくる「決定的な足跡」を点々と追いかけた。たいがい第一歩は国籍剝奪で始まる。ユダヤ人と国家を結びつけている国籍という紐帯を切って個人を無国籍者にしてしまい、彼らが享受できる法律上の保護を制限する。次にくるのが「非人間化」。狙いを定めた集団に属する人々の法律上の諸権利を剝奪する。第三段階がそこの国民を「精神面と文化面」において破壊する。レムキンは、一九四一年初頭から発せられた一連の命令が、ユダヤ人を「漸進的」な段階を踏んで「完全に壊滅する」ことを目的にしていると突きとめる。それぞれの命令を単独で読むと無害に見えるのだが、全部をあるひとつのものとして読み、相互の関係を見抜くと、大きな絵が浮かびあがってくる。ユダヤ人が個別登録を強制される。大変目立つダビデの星の着用を命じられ、ひと目で見分けられる。特別に準備された区域、ゲットーへ移送される。レムキンはワルシャワのゲットーを設置する命令（一九四〇年一〇月）とクラクフのゲットー設置の命令（一九四一年三月）を見つけ、そのなかに許可なくしてゲットーを離れた者を死刑に処すと記された部分に着目した。「どうして死刑にする必要があるんだろう?」とレムキンは自問した。「いずれ実行することが決まっている」からそれを「前倒しでやってしまえ」ということなのか?

資産を差し押さえられると、対象集団は「困窮」し「配給に依存」するしかなくなる。次に発せられる命令は炭水化物とタンパク質配給を制限するもので、こうして対象集団の人々は「生きる屍」にされる。やる気をくじかれた個人は「自分の人生に無関心になり」、強制労働を受けいれ、多数の死者が生まれる。生き残った者たちには、「処刑のとき」を待つまでに、さらなる「非人間化と崩壊」が襲いかかる。

こうして資料に没頭していたレムキンのもとへ、ノースカロライナ州のマクダーモット教授から手紙が届く。教職ポストの提供とビザ発行の知らせだった。

70

今回ばかりはベラもヨーゼフも息子の渡航に賛成したが、レムキンとしては遠いアメリカからでは「彼らを見守る」こともできまいと、心が千々に乱れた。それはともかく、戦争のせいで大西洋航路は不通になり、ソ連経路の鉄路ももうすぐ短縮されるという噂がストックホルムで飛び交い、そもそもアメリカへの旅路確保がむずかしそうだった。レムキンは遠回りの経路で出発することを即断する。モスクワへ向かい、そこからソ連を横断し、日本へ渡って太平洋を横断してシアトルへ着き、そこから鉄道でアメリカを横断するという旅程だった。

旅支度として身の回り品は最小にし、代わりに何個かの大きな革鞄にたくさんの命令の束と自分が作ったノートを詰めこんだ。必要なビザもすべてそろい、エーベルシュタイン家が彼のために送別の晩餐会を催してくれた。ポーランドの小旗――赤と白の――で飾られたダイニングテーブルは、彼にとって永遠の思い出になった。

ラトビアでしばし停車し、ヴォウコヴィスクの「おおよその方角」に見納めの視線を投じたのち、レムキンはモスクワに到着する。冷ややかなロビーと巨大な寝室の旧式ホテルに投宿した彼は、町に出て赤の広場とクレムリン、とんがり帽子の聖ワシリー寺院に見とれた。特にワシリー寺院は、子どものころ好きだった詩人ナドソンの本とそれを朗読する母の声を思いださせた。みすぼらしい身なりをした笑顔とは無縁の人々が住む町で、彼はひとりぼっちの食事をした。

翌朝、目を覚ました彼の身体はノミに喰われた跡で一杯だった。一九一七年の革命は――彼はその支持者ではなかったが――「ノミを殲滅する」までは徹底していなかったのである。彼はヤロスラフスキー・ターミナル駅から東をめざして九三〇〇キロ、ウラジオストックまで十日間という世界最長の鉄道旅行を始める。コンパートメントの同室者はポーランド人夫婦と子どもたちだった。退屈でちっぽけなソヴィエト的な町や、ゆるゆると流れる時の背景にすぎぬ雪に覆われた憂鬱な灰色の景色を走り抜ける列車のなかで、唯一の気分転換は食堂車だった。レムキンはいつも、ロシア人らしい乗客がテーブルにつくのを待ち、間髪入れずに向かい側の空席にすべりこみ、子ども時代に使っていた言葉で会話を始めるのだった。社交的人物だった彼は、この経験を通してロシア人は食事中に最も人当たりが良くなることを発見した。

　五日間走りつづけたあと、列車はノヴォシビルスク駅に停まる。ソ連邦を半分横断した地点にある駅で、パリの北駅ないしはロンドンのヴィクトリア駅のようなにぎわいだった。それから二日後、杲々《こうこう》と照る太陽に輝く山並みと群青の水、バイカル湖が招いていた。モンゴルの北方、清らかな無辺際の空間に、レムキンは感動した。さらに二日がすぎると、駅名をロシア語とイディッシュ語で併記した小さな駅に着いた。レムキンは、一九二八年に少数民族人民委員だったスターリンが創設したユダヤ人自治区に到着していたのだ。背筋を伸ばしに列車をおりたレムキンは、貧相な身なりの二人の男が『ビロビジャンの声』という新聞を読んでいるのを見た。彼らは「故郷のルーツから切り離された難民たち」なのだとレムキンは感じ入る。それから七十年が経過した今、状況は相変わらず苦しいけれど、コミュニティ〔ビロビジャン〕は生き残っている。

　それから四十八時間後、列車はウラジオストック、「なんら美的感興のない」町へ入ってゆく。レムキンは醜悪なホテルで一夜を過ごしたあと、海の向こう千キロ先にある日本列島西海岸の港、敦賀行きの船に乗った。疲労感と不安がみなぎる船中に、レムキンは見覚えのある同胞の姿を見いだす。有名なポーランドの銀行家かつ国会議員で、かつては裕福な家族の出身だった。だらしなく不潔な姿に身をやつして鼻水を垂らすようすは、ヨゼフ・ロートの『ラデツキー行進曲』に出てくる、鼻先にぶらさがったままの「水晶のようなしずく」に気づかぬ登場人物を思い起こさせた。

敦賀には一九四一年四月上旬に到着する。ストックホルムを発って二か月、ベラとヨーゼフと別れの抱擁をかわしてから一年半がたっていた。レムキンは若いカップルと親しくなり、日本の古都、京都へいっしょに旅行をする。建築物や着物、とある公園の大きな仏像に向き合って立つ有名な桜の古木に見とれた。彼らは劇場にも出かけ、ひとこともわからぬものの「豊かな表情と身もだえ」によってのみ表現される「苦悶と痛心」を理解することができた。芝居の前には茶会があった。静寂のなかで、柄の異なる着物を着た個性豊かな芸者たちが茶をふるまう。茶会の彩りは楽しんだが、茶は渋すぎて彼の味覚に合わなかった。彼は芸者街を訪れてみたが、そこへ通う男性のほとんどが妻帯者であることに驚いている。

横浜で彼は自分用に着物を買う。ホテルのテラスにすわり、港の灯りをながめ、ヴォウコヴィスクに思いを馳せた。翌日、彼は新型船平安丸に乗船し、アメリカ行き最後の行程にのぞむ。レムキンはリラックスしていた。スーツケースとドイツの命令を無事船倉におさめ、旅仲間の賀川豊彦と親しくなる。彼は日本のキリスト教世界のリーダーで、前年の憲兵による逮捕は社会から大いに注目された。日本が中国人を虐待した件にかんする賀川の謝罪が罪に問われたのである。そのとき彼は、反戦講演をするためにアメリカへ渡る途上だった。二人は憂い顔で世界情勢について語りあった。

71

町の燈火が「安寧の吉兆」のように見えたバンクーバーに暫時停泊したのち、平安丸は最終目的地シアトルへ向けて直航する。四月一八日金曜日、船は雪をいただく峰々が見おろす港へ入ってゆく。澄みきった青空の下、レムキンは甲板に立っていた。ワルシャワが爆撃された日のような青空だった。スーツケースがおろされ、船客は愛想のいいカナダ人税関職員との問答の順番を待った。職員はレムキンのスーツケースを一瞥し、持ち主のポーランド人に向かい合う。「どう、ヨーロッパは？かなりひどい？」と訊かれてレムキンはうなずいた。職員はスーツケースをあけ、膨大な書類に驚くが何もいわない。「わたしもヨーロッパ出身なんだ。母はまだシャノンにいてね」といって、彼はレムキンの肩に手を乗せた。「OK、入国問題なし！」

　レムキンはシアトルで一日過ごしたのち、夜行列車でシカゴへ向かった。天井がガラス張りの展望車に乗るという、新しい体験をする。千変万化の地平線、バイエルン地方を真似たレヴンワースの町をすぎ、グレイシャー国立公園を抜け、ロッキー山脈を越え、ノースダコタ州のファーゴへと近づいてゆく。恐怖がしみついたヨーロッパ人や引っこみ思案の日本人に比べると、アメリカ人はリラックスして見えた。シカゴに着いた彼は、ビジネス街のループ地区を訪れる。「巨大な産業クジラの胃袋のなか」に入ったかのような。〔軽食を取ったとき〕英会話をためしてみたがうまくいかない。「わたしの右側にいた男は大きく『フン』と唸っただけだし、反対側の男はスープに鼻を突っこみわたしの存在など歯牙にもかけぬ」。夜汽車に乗って、まるで天国から降ってきた幻想のようなアパラチア山脈を越える。列車がヴァージニア州のリンチバーグで停車したとき、彼は駅のトイレに二つの入り口があり、ひとつは「白人用」もうひとつが「有色人種用」となっているのを見てびっくりした。

　彼は黒人のポーターに「有色」の人たちが使うトイレは特別なのかと尋ねた。彼の記憶ではワルシャワに「市内全体でたった一人の黒人」がいて、その黒人は人気のあるナイトクラブのダンサーだったがみんなと同じトイレを使っていた。レムキンの質問にポーターはあっけにとられ、返事をしなかった。

四月二一日、列車はダラム駅に到着する。暖かな春の日で、大気中にタバコの香りと汗の匂いを嗅ぎ取った。レムキンはすぐにマクダーモットを見つける。別れを告げてから五年が経過していたけれど、最後の会話の続きをするように、旅のこと原稿のこと、政府のこと商取引のこと、そしてマイノリティについて会話がはずんだ。マクダーモットはレムキンの荷物と中身の量に苦笑した。レムキンは大学のキャンパスに到着するやいなや泣きくずれる。感情のほとばしりを自制できなかったのは初めてだ。ヨーロッパの大学とのこの違い。猜疑心や不安の影もなく、刈ったばかりの芝生の匂いがただよい、青年たちは白いオープンシャツ、娘たちは軽快なサマードレスを着て本を抱え、皆笑みを浮かべていた。すっかり忘れていた牧歌的な気分がそこにあった。

学長から彼が背後に残してきた世界についてディナーでスピーチをしてくれと頼まれて、レムキンは休む暇もなかった。彼は、ヒトラーという男が領土をうばっては住民を虐殺している遠い世界について語った。彼は歴史について、アルメニア人とその迫害について語った。話をしているあいだじゅう、彼は最前列近くにすわっている年配の女性に視線を合わせていた。彼女は目を輝かせ、ほのかな笑みを浮かべていた。「女性と子どもたち、そして老人たちが、ここから百マイル離れたところで殺されようとしていたら、彼らを助けるために駆けつけるでしょう?」と彼は、彼女を見すえていった。その質問は、予想もしなかった雷鳴のような拍手を呼んだ。

学期が終了したばかりだったので、講義をする必要はなかった。ひっきりなしにやってくる話好きな訪問者のためにオフィスのドアは開け放したまま、彼はスーツケースを開いて命令集を紐解く。法学部の教職員、学生、図書館司書が出たり入ったり、ポーランドから流れてきた礼儀正しいおのぼりさんをひと目見ようとやってきた。彼はいくつかの授業に出席してみたが、判例と討論と意見の相違に焦点を置くアメリカの法学部と、法体系とその尊重を重視するヨーロッパの伝統との相違に驚いた。アメリカの学生はチャレンジせよと尻を叩かれ、教わるだけではすまされぬ。学生の思考に注意を払う教授の態度もすばらしい。レンベルク大学とは何と違うことか。

ドイツ帝国が発した命令の研究に際し学部長H・クロード・ソラックが提供してくれた協力に、レムキンは感謝する。図書館職員も協力的だったし、親しくなった学部の同僚たちも手を差しのべてくれたが、そのなかには故郷ポーランドと意外なつながりのある人もいた。サディアス・ブライソン判事は自分の名前は、アメリカ独立のために戦ったポーランドの英雄的な軍人――タデウシュ・コシチュシュコ――にちなんでいるといった。それは驚きですね、とレムキンはいう。ヴォウコヴィスクにいる兄のエリアスが住んでいる通りには、やはりその軍人の名前がついているのだと説明した。

72

大学はレムキンのためにノースカロライナ州を行脚《あんぎゃ》する講演会のお膳立てをしてくれた。ラウターパクトが講演旅行で米国を飛び回っていたのとほぼ同じ時期である。レムキンはおしゃれな白いスーツを買い、それに合わせて白の靴と靴下を履き、淡い色合いの絹のネクタイをしめた。こうした粋ないでたちで――わたしは一枚だけ写真を見つけた――彼はキャンパスの名物となり、米国のあちこちを訪れた。彼は心痛を述懐し切々たる思いをこめてヨーロッパについて語った。彼のたぎるような思いは、彼の英語に重たくからまる中欧なまりと同様、包み隠しようもなくあらわだった。

マクダーモットはレムキンをワシントン行きに招待する。彼にとっては国際連盟の仕事をしていた

白いスーツ姿のレムキン。時期不明、ワシントンDC

ころの仲間との再会の機会であり、進行中のドイツの命令研究に関心を示してくれる支持者開拓の好機でもあった。彼はワシントンが気に入った。一六番街の「控えめなエレガンス」やマサチューセッツ通りの豪華さ、記念碑類の飾り気のなさ気取りのなさを評価した。彼はポーランド大使館や議会図書館を訪れる。図書館では、四年前にハーグで開催された会議で知り合いになった法律図書館司書、ジョン・ヴァンスに再会した。細身でにこやかな司書は豊かな口ひげともみあげをたくわえ、彼の声には世界の不安すべてを憂い憐れむようなひびきがあった。ヴァンスはレムキンに議会図書館情報へのアクセスを提供し、自分の知りあいを紹介してくれた。そのなかの重要人物の一人がアーチボルド・キング大佐、米国陸軍法務部の戦争計画課長を務める法務部将校だった。

レムキンは残虐行為と破壊行為にかんする自分の考えをキング大佐に話してみた。じっくり傾聴したあとで大佐は、しかしドイツ人法律家たちは戦争法をきちんと遵守するでしょう、と彼なりの信念を述べた。レムキンは、ドイツ国内とドイツ占領地域で取られている行動を、実際の書類を証拠として提示しつつ説明する。キングはそれを読ませてくれという。ドイツが起こした戦争は、国際法に違反して「一般の人々を相手に」開始されたものだ、とレムキンは持論を述べる。ドイツはハーグ陸戦規則を公式に拒否したというわけですか、とキング。「公式には拒否していません」とレムキンは答える。「ですが非公式に拒否しているのです」。彼はキング大佐に、ヒトラーに仕える中心的思想家、アルフレート・ローゼンベルクのことを話すがキングはこのドイツ人を知らなかった。

ドイツが望んでいるのは「千年帝国をめざしてヨーロッパ全体の人口構成を変える」ことであり、そのために「特定国と特定人種」を消滅させようとしている、とレムキンは説明した。面食らったキングは、自分でも調査してみようという。

73

ノースカロライナに帰り、引き続き命令研究に没頭していたレムキンのもとへ、ベラとヨーゼフから手紙が届く。長い旅路を経てくたびれた封筒のなかに、一九四一年五月二五日付けの紙片が入っていた。レムキンからの手紙に礼をいうヨーゼフ。気分は良く、ジャガイモ収穫の季節が終わったので家でゆっくりできるだろう、という報告。「今のところ、不足しているものはありません」。父親はアメリカにいる何人かの知人の名前と住所を息子に伝え、ベラからは何も「問題はありませんよ」、必要なものは全部手に入るから、とあった。懸命に生きながらえる二人からのメッセージなのだ。もっと手紙を書いておくれ、とベラが乞う。「元気でね、幸せにね」

数日後の六月二四日、レムキンがラジオで音楽を聴いていると番組が中断された。「ドイツ軍がポーランド東部に侵攻」。ドイツはスターリンとの条約を破棄し、軍隊を東方へ送りこんだ。ルヴォフ、ジュウキエフ、ヴォウコヴィスク、さらにその向こうへ。レムキンには今後何が起きるかわかっていた。

法学部に到着した彼は「ニュースは聞きましたか」と声をかけられた。「バルバロッサ作戦のことです」。彼はその日「お気の毒です」という言葉を何度も聞いた。次の日も、その次の日も。厳粛な面持ちで押し黙った教員仲間や学生は、レムキンの故郷に何が起きつつあるか理解していたのだ。不吉な胸騒ぎに押しつぶされそうになりながらも彼は仕事をつづけた。「へこたれるな。しっかりしたまえ」とマクダーモットは彼を励ました。

親衛隊をともなったドイツ陸軍は東へ東へと進軍し、フランク総督の帝国を拡張した。一週間も持たずにジュウキエフは落ち、その後一日か二日でルヴォフが占領され、ロマン・ロンシャン・ド・ベリエ教授が三人の息子と共に殺された。同じ日、フランクのポーランド総督府域外になる北方のヴォウコヴィスクがドイツ軍によって占領される。こうしてレムキンの家族は、レムキンが熟知するドイツ帝国が発した命令の効力範囲に入ってしまった。

また同じその日、別のニュースが入ってきた。新生ポーランド建国の父、一九一九年のマイノリティ保護条約に反対した男、イグナツィ・パデレフスキーが、ニューヨークでのコンサート・ツアーの最中に死んだ（アーリントン国立墓地に埋葬されたが、半世紀後に遺灰がワルシャワへ運ばれ聖ヨハネ大聖堂に葬られる）。病に倒れる前におこなったスピーチ〔一九四一年一月三一日、ピクタ―・スタジオでの録音〕で、彼は善と悪の区別、個人と集団の役割の区別について聴き手の注意を喚起している。無意味な苦しみとやみくもな破壊を避けるために「正しい道を踏みはずさないことが、個人にとっても個人の集まりである集団にとっても、きわめて重要なのです」と彼はいった。

アメリカに到着してから五か月後の九月、レムキンはデューク大学のロースクールで最初の講義をおこなう。同じ月に、アメリカ法曹協会の年次総会に出席するためにインディアナポリスへおもむき、全体主義支配について講義をおこない、ジョン・ヴァンスが準備したドイツの残虐行為に対する非難声明に名前を連ねる。ディナーのあと、連邦最高裁判所の裁判官ロバート・ジャクソンが、「国際的無法状態が突きつける課題」というタイトルでスピーチをおこなった。スピーチのあちこちにラウターパクトの思想が織りこまれていたが、レムキンが彼の業績を知るようになるのはこれからである。レムキンと同じくルヴフで学んだ学生が、ジャクソンのスピーチの背後にいたとは知るよしもなかった。

「ドイツは条約上の義務に違反して戦争に突入したのだから」とジャクソンは聴衆に語り、アメリカは好戦的な国を平等にあつかう必要性から解放されると述べた。彼はスピーチを「諸国内の社会の平安を目的に制定された法律による支配に、主権国家が従属する」ことがあってもおかしくないという主張で締めた。このスピーチはレムキンの琴線に触れたにちがいない。

74

ダラムにやってきて一年後、ノースカロライナ法曹協会の年次総会でレムキンは演説をする〔一九四二年五月一六日〕。英国人裁判官のノーマン・バーケットとは演壇で合流した。わたしは総会のフルレポートを見つけるのに多少苦労したが、なんとか入手することができた。

ロースクールの学長ソラックがレムキンのことを、ポーランドからの脱出談をまじえて紹介した。最近レムキンの実家がドイツ軍によって接収されたこと、そして法の裁きをテーマにした絵画のコレクション――「中世の作品までさかのぼる」――も没収されてベルリンへ搬送されたことなどにも学長は言及した。学長は彼の経歴を読みあげる。「レムキン博士の出身大学は」一六六一年という大昔の創設で「ルヴォフ大学といい、L・V・O・Vと綴ります」。わたしよりも上手に発音できる方には、今夕会議のあとわたしとレムキン博士との面談にお招きいたしましょう。

レムキンは「ヨーロッパの隷属国における法律と法律家」について話をした。ナチスの命令によって塗りたくられたヨーロッパの日常という「暗い絵」を、そして裁判所を骨抜きにし、法律家を投獄し、国際法を無視する彼らの振る舞いについて語った。彼の家族と何百万というポーランド人の運命について、活殺自在の立場にいるハンス・フランクという男のことを語った。フランクは、占領下ポーランドで文民の諸権利を守るだろうか？　答えは自明だ。彼はフランクが一九三九年一二月にドイツ国法学会で配布した書類について語った。そこでフランクは、法律は「ドイツ国民にとって有益で必要なもの」以上の何かではない、といっている。レムキンは、このような発言は「国際法を冷ややかに否定するものである」ときっぱりと断じ、「筆舌に尽くしがたい嫌悪感」を催すといった。個人を国家に従属させるというフランクの発想は、「全世界をドイツに従属させよう」とする謀略の雛形なのである。

またレムキンはこの機会をとらえて、残虐行為と破壊行為についての考え方を、一九三三年一〇月のマドリッド会議で果たした自分の役割を引き合いに出しつつ、再度表明した。会議の議長からドイツについて触れないように釘を刺されたがそれを無視した、とレムキンは説明する。「わたしが〔新しい法律の必要性についての〕提案を読みはじめると、ドイツ最高裁判所長官やベルリン大学学長コールラウシュなどからなるドイツ代表団が会議室から出てゆきました」。

わたしはこの記述に驚いた。マドリッド会議の公式記録によれば、コールラウシュとドイツ最高裁判所長官（エルヴィン・ブムケ。彼は、同じ年の数か月前にラウターパクトが判例報告をしていた、ドイツ人とユダヤ人間の性行為を禁止するドイツ帝国法の効果はドイツ国外にもおよぶという判決を出した裁判官である）は出席していたことが確認されている。レムキンの同僚だったヴェスペイジャン・ペラとシュライター判事も、またポーランド代表団を率いていたラパポート判事もマドリッドにいたことが記録されている。だが、レムキンが出席していたという記録はない。

彼はマドリッドにいなかったし、スピーチもせず、二人のドイツ人の会議室退室など見てもいない。それはくだらない潤色だった。実害をもらしたわけではないが、それでも潤色であることに変わりはない。

75

ドイツの命令にかんする仕事が評判になり、レムキンはワシントンDCにある戦時経済局の法律顧問のポストを提供される。それは一九四二年の春のできごとで、同局の任務は真珠湾攻撃後のアメリカの戦争遂行支援と戦争実行の調整をはかることにあった。副大統領のヘンリー・ウォレスが統轄する同局での仕事は、アメリカ政治空間の上層部へ直接つながる門口だった。

彼は即刻ワシントンへ引っ越す。町中が戦時体制に専念して活気があふれ、めっきり軍服姿がふえていた。戦時経済局での仕事はやりがいがあった。占領下のヨーロッパで何が起きているか、ドイツ人の本当の狙いは何なのか、そうしたことにくわしい職員はどうやら一人もいない。レムキンはいろいろな情報を伝えようとするのだが、仲間はあまり興味を示さず、与えられた仕事に没頭するのみで、ぽつねんと寂しげな感情的なところのあるポーランド人の心配事につきあう気はない。彼が示す懸念は「理屈っぽく」「根拠に乏しい」と見られていた。「本当にナチスがそんな計画を実行したというんですか?」と同僚の一人が尋ねる。第一次世界大戦でドイツがやったという残虐行為の話はだれもが聞いたことがあり、またその大半が嘘だったことも知っていた。今回の状況は違う、となぜいえるのか?

意気消沈したレムキンは、社交とカクテルパーティーで時間をつぶす。何人か気心の合う人々と交わり、そのなかには司法次官補、ノーマン・リテルの妻、キャサリン・リテルもいた(彼と交友関係のあった既婚婦人の数自体、検討に値する記録である)。リテル夫妻はレムキンを、自分たちと懇意な間柄のウォレス副大統領に紹介する(ノーマン・リテルの日記に、副大統領は「ラルフ・レムキンのナチス命令コレクションに大いに興味を示した」とある)。レムキンは、ニューヨークのマディソン・スクェア・ガーデンでおこなわれる副大統領のスピーチ原稿の手伝いを頼まれた(最初のころの草稿では、「有色人種が合衆国大統領に選ばれる」可能性が考えられるようになって初めてアメリカは真の民主主義国といえるだろう、という主張がふくまれていたが、ウォレスが大統領選を戦う場合、この生硬なくだりが彼の首をしめることになるかもしれないとリテルが助言し、削除された)。

レムキンはときおりウォレスを合衆国議会議事堂に訪ね、自分の命令研究に関心を向けてもらおうとした。副大統領の関心はむしろアイオワ州のトウモロコシ畑にあり、彼は「わたしたちは世界中の農民に借りがあるんですよ」と結論づける。わたしたちはそこに焦点を当てるべきなのだと、ウォレスはレムキンにいう。「孤独な夢想」に閉じこもるウォレスに落胆した彼は、より目標を高く掲げ、リテルの励ましも得て、ローズヴェルト大統領に接近することにした。というのが、何はともあれ、レムキンが考えた筋道である。

彼は覚え書きを準備したがあまりにも長すぎた。もしもローズヴェルトに読んでもらいたかったら一ページにまとめないと、と忠告される。あの残虐行為をどうやって要約しろというのか? 彼は戦略を変えて、ローズヴェルトには新しい考え方を提示することに決めた。大量殺人を禁止すべし、と彼は書く。それ自体を独立した犯罪に、さらには「犯罪のなかの犯罪」にしよう、と。集団の保護を戦争の目的にし、ヒトラーに対する明確な警告となるような条約をレムキンは提案した。覚え書きを送付して数週間がたち、返ってきた返事は否定的なものだった。大統領はレムキンがいう危険を認知しているが、今はまだ行動すべきではないと考えている。もう少し辛抱してくれとレムキンはいわれる。警告は必ず発せられるが、今すぐにではない。

自分自身の葬列を見送るような気分におちいったレムキンは、ヴォウコヴィスクからのニュースが途絶えていたこともあり、塞ぎの虫に取り憑かれる。しかし彼はふたたび立ち直り、政治家連中はたよりにしないことに決めた。本を書いて、直接アメリカ国民に訴えよう。

76

ストックホルムから、米国議会図書館から、そしてヨーロッパ各地の友人から、書類の束がたえまなくノースカロライナに到着する。それらの書類のおかげで、ドイツの行為が詳《つまび》らかにされ（集団別の食糧配給内容とカロリーなど）、大量殺人や強制移送の噂も判明した。集められた命令によって大きな謀図《ぼうと》、すなわち組織的な殺人計画の一部が見えてきた。レムキンはシャーロッツヴィルの軍政学校での授業でこうした資料を使った。学生は感銘を受けた。

本を出したいと思ったのは、このような資料を広く社会に紹介したいという意図があったからだ。「おれはミズーリ州の出身なんだけどね、そいつを読ませてくれるかい」というふうに興味を示してくれればいいと思っていた、いつも楽観的な彼である。客観的かつ学究的なアプローチで、証拠を示しながら語り聞かせ、アメリカ人たちを説得したかった。彼はプロポーザルをワシントンのカーネギー国際平和基金へ送り、最終的にジョージ・フィンチ〔同基金の国際法部長〕がこれを受理し、認可がおりる。レムキンは原稿完成の依託を受け、カーネギーはその出版を引き受けた。分量二〇〇ページ、謝礼五〇〇ドル、相応の経費、という条件で合意が成立する。セント・ジェイムズ宮殿の宣言〔一九四二年六月〕のあと、まさに戦争犯罪が国際的関心を呼んでいた時期だけに、完璧なタイミングだった。一九四二年一〇月には、ローズヴェルト大統領が占領下の国々でまかり通っている「残忍な犯罪」について語り、加害者を「法廷で」裁かなければならぬと呼びかけた。彼は、「戦争犯罪人」は法廷に引き渡され、個々人の責任は「あらゆる証拠」にもとづいて確定されるであろうこと、そしてそのために連合国戦争犯罪委員会が創設されつつあることを明言した。

こうした努力を支援するのに十分価値のある資料が、レムキンの手中にあった。彼は手持ちの命令集を委員会に提出することに吝《やぶさ》かではなかったが、ひとつだけ注文をつけた。各資料の出どころを明確にしてほしいという要求である。各資料の最初のページに、当該コレクションがラファエル・レムキンにより、ストックホルム大学とデューク大学の法学部勤務中、ならびに戦時経済局の法律顧問を務めていた際に編纂されたものである、という趣旨の短文が入ることになった。

気分が多少高揚したとはいうものの、家族のことは相変わらず気がかりだったし、自分自身の健康も気になった。四十二歳の彼は血圧が異常に高かったにもかかわらず、ワシントンに届くヨーロッパでの大量殺人の情報にかまけて、仕事のペースを落として休養を取れという医者のアドバイスを無視していた。一二月に、亡命中のポーランド政府の外相が『ドイツ占領下のポーランドにおけるユダヤ人大量殺戮』というタイトルの小冊子を発行する。同冊子は、ワルシャワのポーランド人レジスタンスと協力していたヤン・カルスキ（彼もまたルヴフ大学法学部の卒業生）が提供した資料にもとづいている。

多少の骨休みは取ったものの、レムキンは丸一年を原稿執筆に当てた。一九四三年四月、彼はリテル夫妻と連れだってワシントンでのジェファーソン記念館の落成式に出席し、俳優のエドワード・G・ロビンソンやポール・ムニなどと歓談している。歓声をあげる群衆に迎えられて到着したローズヴェルト大統領は、黒いマントをまとい、エレノア・ローズヴェルトをともなって、レムキンのすぐ近くに立った。「ラルフはとびきり良い印象を受けた」とリテルは日記に記す。「以前、大統領を見たことがないこともあって」。レムキンはローズヴェルト夫妻の「まれにみる高邁な精神」に打たれた。「君たちはなんて幸運なんだろう」と彼はリテル夫妻にいう。「あれほど歴然とした能力を持った人物が、国の精神的指導者として二人もいるんだから」

レムキンは一一月に原稿を書き終える。ある程度資料を割愛しても七〇〇ページを超え、カーネギーとの合意条件をはるかに超過してしまい、これにはフィンチも頭を抱えた。本の題名は意見の一致を見た──『Axis Rule in Occupied Europe（占領下のヨーロッパにおける枢軸国の支配）』──が、ミズーリ州であれどこであれベストセラーにはなりそうもないタイトルだ。レムキンは序文でこう述べる。アングロサクソン圏のまっとうな男女に、「客観的な情報と証拠」によって明らかにされた特定集団に対するドイツ人の冷酷な残忍さを知ってもらいたい。彼が焦点を合わせたのはおもに「ユダヤ人、ポーランド人、スロヴェニア人、ロシア人」のあつかいだったが、ただひとつ抜けている集団があった──同性愛者である。レムキンはいっさい触れていない。彼はナチスの、とはいわずに「ドイツ人の」犯罪であるという書き方をし、「国家社会主義者」についてはたった一度触れただけであり、「ドイツの人々は」立案されたものを「公然と受けいれ」、喜んで行動に参加し、その成果を大いに享受していると論じる。集団の保護を目的とした彼だったが、ドイツ人をひとつの集団として突きだすことに遠慮はなかった。レムキンはかぎられた数の友人たちに謝辞を述べ、特に献呈の辞は付さず、一九四三年一一月一五日に最終稿を送りだす。

『枢軸国の支配（Axis Rule）』は読みやすい本ではない。占領下における「生活の諸段階」を網羅すべく、同書は三部構成になっている。第一部の最初の八章で「ドイツによる占領の技術」が解説される。管理組織、法律と法廷の役割、その他労働や財政にかんするテーマ。短い第八章で「ユダヤ人の法的地位」が語られる。

そして第一部最後の第九章。レムキンは「残虐行為」と「破壊行為」という言葉を捨てて新しい言葉を作った。ギリシア語のジェノス genos（部族ないし人種）とラテン語のサイド cide（殺人）の合成語である。

この第九章に彼は「ジェノサイド」という見出しをつけた。

コロンビア大学の記録文書館で、わたしはレムキンが残した何枚かの紙片を見つけた。そのなかにレムキンが鉛筆で書き散らした罫線入りの黄色いノート用紙があった。彼はそこに二十五回以上「genocide（ジェノサイド）」という単語を書きつけ、それを鉛筆で消してはほかの単語、「Extermination（皆殺し）」、「Cultural（文化の）」、「Physical（身体の）」などを書き散らしている。彼は別の新語、「met-enocide（メタ殺人）」などもためしている。

紙の中央のごちゃごちゃにまぎれて横線で消され、そこから矢印のような線が外へ向かっている言葉がある。それは「Frank（フランク）」と読める。

ジェノサイドとは「直接個人に向けられるが、その個人の特性ゆえにではなく、ある国民集団の一員であるがゆえに向けられる」行為のことである、とレムキンは第九章に書く。「新しい概念形成には新しい用語が必要だ」。この用語にたどりついた経緯は不明である。彼は、一年前にロンドン亡命中のポーランド政府に対してある提案をした際、ポーランド語のludobójstwoという言葉を使っていた。ドイツ語Völkermord（民族・種族などの大量殺人）の直訳で、詩人アウグスト・フォン・プラーテン（一八三一年に）によって使用された表現であり、次いでフリードリヒ・ニーチェが『悲劇の誕生』（一八七二年）のなかで使用している。だがこの言葉は、「ジェノサイド」という言葉を選択したときに、何の説明もなく姿を消す。選び取られたこの言葉は、占領地域の生物学的な構造を変え、これを永続的なものにしようとするドイツの「巨大な陰謀」に対する反発を意味している。「国民集団や民族集団の絶滅」のためにはインテリを抹殺し、彼らの文化を破壊し、資産を移転しなければならない。地域全体の人口を、餓死ないしはほかの方法による大量殺人で激減させる。レムキンは、破壊の各段階の説明を具体例を提示しながら、まるで検察官の論告のように進めてゆくのだった。

第二部では、占領された十七の国、A（アルバニア）から始まってY（ユーゴスラヴィア）までの各国内で実行された諸施策を検討する。それぞれの地域においてユダヤ人、ポーランド人、ジプシーなどのグループが迫害されてゆく諸段階が詳細に語られる。身体障害者のあつかいについて若干触れた個所もある。数年前になした分析よりも精緻になっていた。その国が占領されると、対象集団は明確な地位を与えられる。たとえばユダヤ人の場合なら、ダビデの星がついた「少なくとも十センチ以上の幅の」腕章をつけなければならない。次に行動制限がきて、その次に資産の差し押さえ、さらに移動の自由と公共交通機関利用の禁止がくる。ゲットーが設置されそこに対象集団が閉じこめられ、逃亡の代償は死刑であるとおどされる。その次が、占領地域から中央の指定地域――具体的には、ハンス・フランクが支配するポーランド総督府への搬送。そこは粛清地域で、最初は食糧の配給を餓死レベルまで減らすことで目的を達成していたが、それがゲットーへ閉じこめての銃殺、その次にほかの手段による殺戮へと変化してゆく。レムキンは個人的に搬送を知っていた。「特別列車」を使って

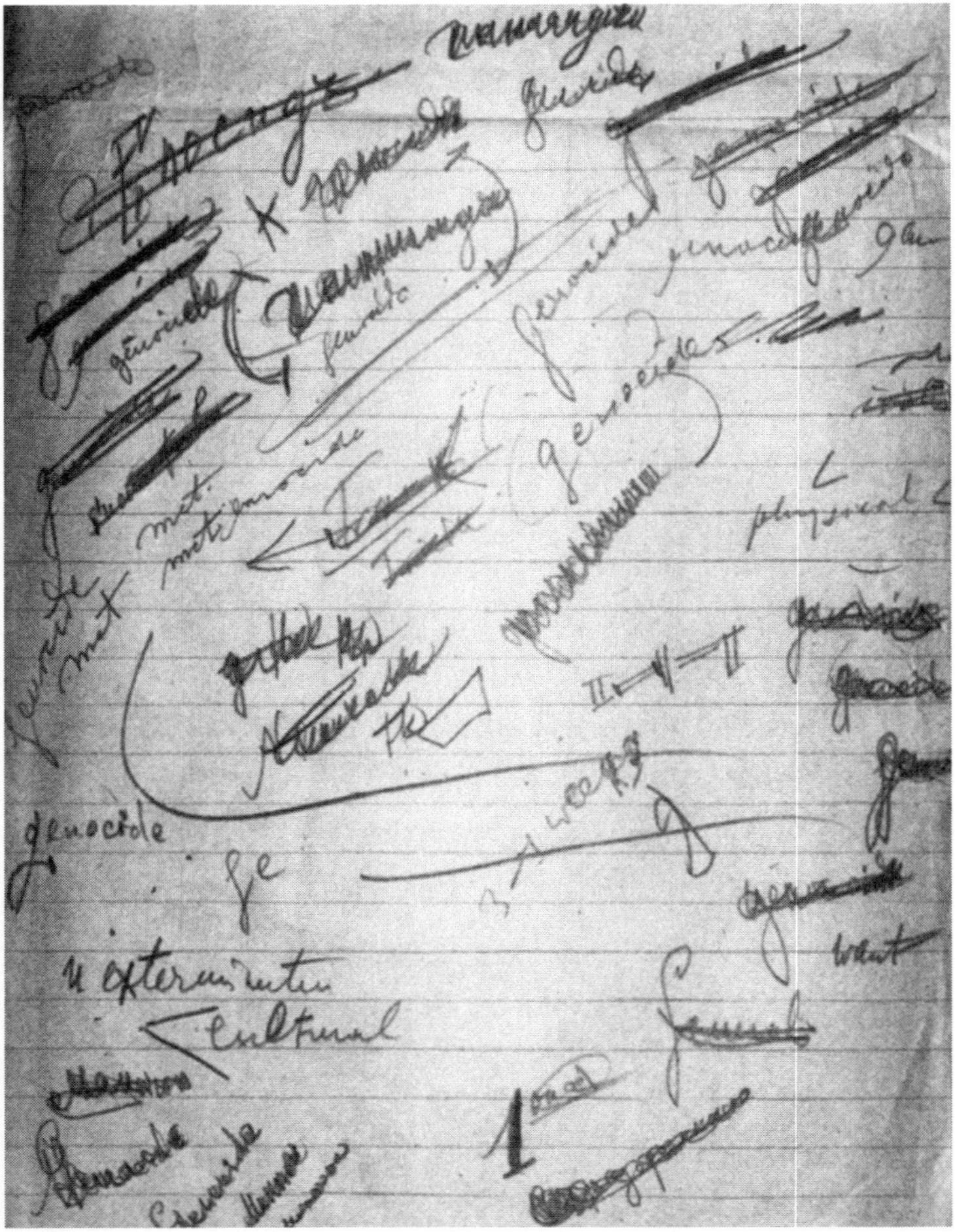

レムキンの走り書き。1945年頃

「いずことも知れぬ」目的地へ運ばれるのである。彼は、すでに二〇〇万人近い人たちが殺されたと推定していた。

分析は委曲を尽くした前例のないものだった。最後の第三部は証拠として英訳された命令四〇〇ページで構成されている。それはだれもが入手可能で議論の余地のない、死の細目であり、死を製造する仕様書なのだった。多くの書類は、フランクが最初に発した命令をふくめ、ポーランドで作成されフランク自身が署名している。「ポーランド総督府創設により」とフランクは布告する、「ポーランド領域は恙《つつが》なくドイツの管轄圏内に包含された」。レムキンは、自分の信念の対極にいる法律家としてフランクを照準におさめていた。

肉体的にも精神的にも疲れ切ったレムキンは、現実的な見通しを立てようとする。現存するルールでは役に立たない。何か新しいものを考案しなければならぬ。新しい言葉を提案することで新しい考え方を提示することができる。集団の絶滅を防ぎ、世界中のいずれの法廷でも加害者を裁くことができるような国際条約が必要なのだ。どの国も自国民の生殺与奪の権利を持つことはできなくなる。

77

レムキンは一九四四年の最初の数か月をワシントンで過ごし、論文の執筆とコンサルタント業のかたわら、ジョージタウン大学ロースクールに入学して自分を鍛え直していた（刑法の成績は良かったが、憲法ではぶざまなDしか取れなかった）。首を長くして本の出版を待っていたその夏、彼は戦況の決定的変化に元気づけられる。西へ迅走していた赤軍が七月末にはレンベルク、ジュウキエフ、ヴォウコヴィスクを奪取したのである。進軍の先々で彼らは恐ろしい残虐行為の跡を発見した。八月にはロシア人ジャーナリストのワシーリー・グロスマンが赤軍の機関誌に、『トレブリンカの地獄』〔赤尾光春・中村唯史訳、みすず書房、に収録〕という題で目撃談を書く。どうしてこのようなことが起こり得るのか?とグロスマンは問いかける。「これは本質的な問題なのだろうか? 遺伝的な問題なのか、教育がまちがっていたのか、環境の影響なのか、それとも外圧がもたらしたものなのか? 歴史的運命なのか、それともドイツ人指導者たちの犯罪性ゆえなのか?」

こうした報道や疑問が、すでにヤン・カルスキの警告や、知名度は劣るがレムキンの警告に耳をかたむけはじめていたアメリカで反響を呼んだ。ローズヴェルト大統領はヘンリー・モーゲンソウ・ジュニアにレポートを依頼した。一九一八年一一月、ラウターパクトがバリケードに身を隠したレンベルクでの抗争時にユダヤ人大虐殺が起きたが、それを報告したヘンリー・モーゲンソウはこのジュニアの父親にあたる。父親とは違って若きモーゲンソウは積極的に関与し、「ドイツが統治するヨーロッパにおけるユダヤ人の完全抹消」を防ぐためただちに対策を講じるべきだと呼びかける。無為無策でいれば、責任の一端は米国政府にありと糾弾されるだろう。ニューヨークタイムズ紙がポーランドの死の収容所について最初の記事を掲載しはじめる。ルヴフのヤノフスカ収容所での虐殺に焦点を当てたものもあった。数か月後、ローズヴェルト大統領によって設立された戦争難民局が『アウシュヴィッツとビルケナウのドイツ絶滅収容所』というタイトルの、より詳細なレポートを発行した。

レムキンの本は、このようなお膳立てが整ったなか、満を持して一九四四年一一月に出版された。最初の書評が一二月三日、ワシントンポスト紙に掲載され、その一か月後にはニューヨークタイムズ紙が書評セクションの第一面を割いて好意的な、しかし針をふくんだ論評を載せた。以前同紙のベルリン特派員を務め、ピュリッツァー賞の受賞者でもあるオットー・トリシュスの「非常にすぐれた手引書」であるという評価だ。だが、「法律書的な無味乾燥」な点が災いして広範な読者を遠ざけるきらいありと判じる。彼は、レムキンのドイツ人に対する激しい攻撃に対して、また、その恐ろしい蛮行が「ドイツ人の人種的属性ゆえの持って生まれた凶暴性に由来する軍国主義」の反映であるという主張に対して、さらに深刻な懸念を表明した。「大多数のドイツ国民が自由な選挙によってヒトラーを権力の座につけた」というレムキンの主張にひそむ皮肉を察した彼は、一方の集団を擁護するために他方の集団を非難するものだと、批判する。

おしなべて書評は好意的だったが、議論の中心に集団を据える点については意見が分かれた。わたしはある記録文書のなかから、オーストリア人レオポルド・コールがレムキンに宛てた警告の手紙を見つけた。コールはオーストリア人だがナチスを避けてアメリカへ亡命した学者である（すぐれた人物。「スモール・イズ・ビューティフル」という考え方の発案者であり、その思想は教え子のE・F・シューマッハーによって広く知られることになる）。手紙にはコールが公表しないことに決めた書評が同封されていた。コールは『枢軸国の支配』は「大変に価値がある」が「危険」だと書いた。レムキンは事実を選択的に引用しており、彼が攻撃すべきはナチスであってドイツ人ではない（「レムキン博士は国家社会主義という言葉を一度も使っていない」とコールは苦言を呈しているが、その指摘は正しくない。ジェノサイドの章に言及あり。ただしその一回かぎりではある）。

コールは同書が政治ジャーナリズムの本であって学究的な書物とは感じられないと苦情をもらす。というのは、レムキンが自分の先入観を裏づける事実にばかり注目し、かたよった記述になっているからだ。こういう書き方を「プロイセン流の歴史著述」という。第九章がさらに強い批判にさらされた。「一番興味の湧く」章だが深刻な欠点がある。ある集団を保護施策と国際法から「第一に恩恵を受ける集団」とすることによってレムキンは一種の罠におちいってしまった。反ユダヤ主義や反ドイツ崇拝主義を招くことになったのと同じ「生物学主義的な考え方」を適用している。コールはレムキンに対し、責任の所在を個人にではなく集団に求めることはまちがいで、「一番の危惧の向け先を、集団ではなく個人に向ける」アプローチを取るべきだったとさとす。彼が選んだ方法は「必ずヒトラーを生みだすとはいわぬが、やがてはヒトラーが選んだのと同じ方向へ向かうだろう」。

この舌鋒鋭い批判は私信のなかでなされただけだった。「友だちを責める」ことは本意ではないと書くコールだったが、英国のケンブリッジには彼の懸念に共鳴する者がいた。ラウターパクトが、個人の人権にかんする本を書き終えようとしていた。

78

『枢軸国の支配』が出版されてから六か月後、ヨーロッパは終戦を迎え、ローズヴェルトが死に、ヴォウコヴィスクは再度ソ連の支配下に入った。家族の消息は途絶えたままだったが、レムキンは、ロバート・ジャクソンを主任検事に任命してドイツ人指導者を戦争犯罪法廷で裁きたいというトルーマン大統領の要望に具体的にかかわるにはどうしたらよいか、没頭していた。

五月四日、米国陸軍がバイエルン地方でハンス・フランクを逮捕したのと同じ日に、レムキンはジャクソンに手紙を書く。彼はジャクソンに自分の本が最高裁判所図書館にあることを伝え〔初版完売で書店では入手不可能だった〕、『Genocide: A Modern Crime（ジェノサイド：現代の犯罪）』（レムキンはポーランド人だが国際的な「視野」をそなえているという執筆者紹介付き）というタイトルの自著記事を同封した。同記事は、「よその国に足を踏み入れた」ナチスの全員逮捕を目的に、マドリッド会議での小冊子から最新刊まで、彼がねばり強く努力してきた足取りを追ったものだ。

ジャクソンはペンを片手に記事を読んだ。彼は、バルバロッサ作戦に深く関与したゲルト・フォン・ルントシュテット陸軍元帥の言葉としてレムキンが引用している個所に印をつける。ドイツ軍が東へ向けて進軍しているとき、フォン・ルントシュテットが、ドイツ軍が一九一八年に犯した大失敗は「敵国の文民を殺さなかったこと」であり、住民の三分の一は「計画的に食糧不足を起こして」殺すことができた〔機関銃よりも効果的だと発言している〕、といった。レムキンによれば、こうした発言だけで陸軍元帥を刑事告発できるという。

　五月六日、ワシントンポスト紙がレムキンの本を引用し、報復の必要性を訴える社説を載せる。そのときすでに、最高裁判所図書館の『枢軸国の支配』は借りだされ、それから一年以上、一九四六年一〇月に返却されるまでジャクソンのオフィスにあった。ジャクソンはレムキンに感謝の手紙を出すかたわら、裁判のための法律家チームを集めはじめる。そのなかにはレムキンが法律顧問として働いていた陸軍省の法律家も数名ふくまれていた。ジャクソン・チームの首席法律家はシドニー・アルダーマン。サザン・レイルウェイ・システムの陽気で聡明な最高顧問弁護士で、彼は週末をつぶしてレムキンの本を熟読した。

　五月一四日にはジャクソン・チームの計画書草稿が完成していた。そこには「人種的少数派の大量殺戮」の疑いで個人を起訴するのに必要な証拠のサマリーはあったが、「ジェノサイド」という言葉はどこにもない。二日後、ジャクソンは草稿を手に、最高裁判所で部下の法律家たちと会い、対象となる犯罪リストに「ジェノサイド」を書き加える。ロンドン会議〔一九四五年六月～八月に開催されたニュルンベルク裁判準備の会議〕の代表団に送付された詳細レポートのなかには「ジェノサイド」を項目のひとつとする犯罪リストがふくまれ、ジャクソンによる定義は「人種的少数派と被抑圧住民の殺害」となっていた。

　レムキンは就職活動に専念していた。五月一八日金曜日、彼はデューク大学の卒業生、アルダーマンに紹介される。アルダーマンはレムキン（まちがってドイツ人だと思われていた）に、『枢軸国の支配』は「包括的」であり「大変興味深く」、ジャクソン・チームにとって基本的文献になりそうだと伝えた。法廷で「ジェノサイド」という言葉をどう使えばいいか議論するなかで、アルダーマンは、レムキンがその言葉に対して、また自分がその言葉の創案者だという点に「大いに鼻高々」であることを汲みとった。五月末、レムキンは司法省で開かれた会合に参加する。被告を起訴するための証拠集めに際し、戦略情報局（ＯＳＳ）――中央情報局（ＣＩＡ）の前身――がどのような任務を果たすべきかで論争になり、話しあいは張りつめたものになった。ジャクソンの三十六歳になる息子ビルもチームの一人として会合に出席し、そこで初めてレムキンに会う（ビル・ジャクソンは、レムキンとラウターパクトの両方と仕事をしたことがある希有な人物の一人。この会合の数週間後、彼はクランマー通りのラウターパクト家でのミーティングに臨席する。「人道に対する罪」がニュルンベルク憲章で表明される糸口となった話しあいである）。ビルはレムキンからたいした印象を得なかった。情熱的で「多才な学者」だが実際的でなく、チームが準備している案件がどういう性格のものかまったく把握できていない、と手厳しい。とはいうものの、若きジャクソンとアルダーマンは、レムキンの博識を買ってチームへの参加を適切とした。少なくとも、戦略情報局の監視役としては有効であろうと判断して。

五月二八日、レムキンはジャクソンの正式メンバーとして戦争犯罪局で働きはじめた。だが、自分の考え方を受けいれてもらえず、レムキンはたちまち失望する。ドイツが犯した残虐行為にかんする知識は評価されたものの、彼のやり方と気性が問題視されたのだ。ジャクソン・チームのなかには、レムキンがチームプレーヤーではないと非難する者や、訴訟の運び方を知らず、裁判を有利に戦う素質がないと判断する者がいた。レムキンは実務に耐えられないと判断したアルダーマンは、彼をチームの中心メンバーからはずすために別の法律家、テルフォード・テイラーに接触する。

チームの中核から「彼を排除」して舞台裏にまわし、裁判の準備のために彼の知識を「百科事典」として役立てることに決まる。「避難民のなかの第一人者」という位置づけや、彼が作製した資料に皆が信頼を寄せていたにもかかわらず、彼は窓際へ追われてしまう。七月、ジャクソン・チームがロンドンへ出発したとき、一行のなかにレムキンの名前はなかった。落胆した彼はワシントンに残り、ドイツ人起訴の根拠たる犯罪をどう規定するか、「後衛タスクフォース」の連中と共に検討していた。

79

インターネットで、わたしは『枢軸国の支配』のサイン入り初版本のありかを見つけた。売却済み、とその書店にはいわれたけれど、レムキンがどんな献呈の辞を書いたか興味があってと説明すると、購入者を紹介してくれた。数日後、ワシントンDCの司法省に勤める法律家から親切なメールが届く。伝説のナチ・ハンター、イーライ・ローゼンバウムだった。彼は献辞部分の写真を添付してくれた。「ロバート・M・ケンプナー博士へ、謹呈、R・レムキンより。ワシントンDC、一九四五年六月五日」

ケンプナー。その名前には聞き覚えがある。戦争犯罪局でレムキンの同僚だった法律家で、若き法学部学生のとき一九二一年夏の一部を割いて、ベルリンの裁判所でテフリリアンの裁判を傍聴していた人物だ。彼は、ヒトラーの起訴にかかわっていたことを理由に一九三五年に「帝国」から追放されている。その彼がワシントンでレムキンの同僚になったことにより、かつてレムキンを刺激した裁判とのつながりがひとつ完結する。六月五日という日付も意義深い。連合国がベルリンに集まってドイツを分割し、「ナチスの主要幹部」を罰することを決めた日である。それは、三か月前にヤルタで合意した「すべての戦争犯罪人を正しくすみやかに処罰する」という誓約の実行であった。

ジャクソン・チームは、英国、フランス、ソ連の仲間とニュルンベルク憲章にふくめるべき犯罪リストをどうするか討議するため、七月、ロンドンに集結した。八月八日、合意成立しサインがなされる。第6条に列挙された犯罪リストに人道に対する罪はふくまれていた――ラウターパクトの示唆による――が、ジェノサイドはなかった。レムキンはひどく失望し、英国が策を弄したにちがいないと考える。「わかってるだろう、彼らのやりくちを」と、十年後イェール大学で教鞭を執っていたレムキンが英国人について語ったのを、ボブ・シルヴァーズ〔著名編集者〕は思いだす。

かくしてニュルンベルク憲章からジェノサイドがはずされたわけだが、レムキンは第6条に列挙される犯罪内容について、被告を起訴するためにより具体的に練りあげられることを知っていた。であれば、ジェノサイドの罪を盛りこむ可能性はまだ残されている。レムキンがどうやって、ロンドンで起訴理由を準備中のジャクソン・チームへの合流許可を得たのか、はっきりたしかめることはできなかったけれど、ジャクソンの事務所長だったマレー・ベルナイス大佐の示唆があり、レムキンの生き字引のような博識が有益だと思われたようだ。ベルナイスは数少ないレムキン支持者の一人で、占領下ポーランドでなされた犯罪について彼が役立つと確信していた。

ところがベルナイスに反対する者がいた。戦略情報局の顧問弁護士、ジェイムズ・ドノヴァン海軍中佐がジャクソン・チームの中心メンバーに秘密のメモを送り、レムキンの仕事は「不十分」でありもっとすぐれたポーランド人学者はほかにもいる、と苦言を呈したのだ。ドノヴァンは、レムキンが激しやすく、このようにこみいった法律案件にはふさわしくない「感情的なアプローチ」をすると見ていた。彼はまた、レムキンには「人格的に問題あり」という、ほかにも共鳴する者のいる疑いを抱いていたが、それでレムキンを失脚させるにはいたらなかった。ベルナイス大佐はレムキンに責任を持つといったが、レムキンがロンドンに到着するとまもなく大佐はワシントンへ帰ってしまう。だれも彼のことを自分の庇護下に置こうとする者はいなかったが、自由奔放なレムキンは、自分用の仕事場も電話番号も与えられぬまま、へこたれずになんとかロンドンに居残った。

80

ロンドンでレムキンは耳をかたむけてくれる人ならだれにでも話をしたが、結局それが彼の零落を招くことになる。彼は手に負えぬ男で、許可なしで浮かれ歩いているという悪評が広がった。連合国戦争犯罪委員会のメンバーと非公式な会合を設定したとか、世界シオニスト機構にかかわりのある著名人とあやしげな会合を持ったなどという噂が飛び交う始末だ。ついにはワシントンのドノヴァン海軍中佐の事務所に苦情が届き、レムキンは自分勝手な計画を遂行し、ほかの人たちの業績をわが物にしているとまでいわれるありさまだった。レムキンが個人的にプレスを集めて説明会をおこない、連合国戦争犯罪委員会のメンバーに『枢軸国の支配』が配られていないと不服をもらし、ジャクソンの部下の面目をつぶしたという情報が流れ、関係者一同堪忍袋の緒を切らす。

ドノヴァンはテルフォード・テイラーに「レムキンがロンドンから失せるのは早ければ早いほどいい」と伝える。レムキンも負けてはおらず、要求を呑ませるまで戦った。しつこい「野郎」だった、と後年ビル・ジャクソンが認知するレムキンは、起訴状の草稿作成が進捗するなか、九月そして一〇月と持ちこたえる。レムキンはジェノサイドについて、白人と黒人は別のトイレを使うべしとする各州の政治家たちからプレッシャーを受けていたジャクソン・チームの大半が圧倒的反対の立場に立つなか、どういうわけかシドニー・アルダーマンを味方につけていた。英国もジェノサイドを犯罪の一形態とすることに強行に反対していた。その先鋒がジェフリー・ドーリング・「カーキ」・ロバーツという、ハートリー・ショークロスと親しいゲジゲジ眉毛の勅撰弁護士である。アメリカ人たちは、ロバーツがオックスフォード大学とイングランド代表としてラグビーをやっていたので彼に好意を寄せていたが、法律家としてはたいして評価していなかった。

カーキ・ロバーツが反対したことが、却ってレムキンを利することになった気配もある。アルダーマンがレムキンの主張を支援してくれたおかげで、「ジェノサイド」という言葉が起訴状の最初のころの草稿に現われる。英国の反対勢力は一致団結し、そのような言葉は厳密な法律文書のなかで使うには「あまりに風変わり」だとか「異様だ」といって反対する。アルダーマンは、オックスフォード大学の卒業生連中は「この用語の意味するところが理解できぬようだ」と同僚に語った。英国勢がこの目障りな言葉を駆除することに失敗し、レムキンは「このうえなく満足を感じた」。

一〇月六日、連合国四強は四つの訴因からなる起訴状に合意する。最後の訴因四が人道に対する罪だった。レムキンの期待を裏切ってその見出し以下の本文中にジェノサイドという言葉は使われなかったものの、訴因三の戦争犯罪の本文中に現われた。そこで、占領地域における文民の迫害と、被告が「計画的かつ組織的なジェノサイド」をおこなったという主張がなされている。

レムキンの作法そっちのけのねばり強さが報われたのである。国際的法律文書のなかでこの言葉が使用された最初の例だった。レムキンの本からほぼ丸写しの定義と共に。すなわちジェノサイドとは、

特定の人種や階層に属する人々、および国民、人種、宗教集団、とりわけユダヤ人、ポーランド人、ジプシーその他を絶滅させる目的をもって、占領地域の民間住民に対しておこなわれた、人

種・国民集団の殲滅。

ニュルンベルク裁判で集団の絶滅が論じられる。それはレムキンにとって個人的勝利の瞬間だった。書類を担いで世界中をめぐってきた年月が報われた。が、その付けも回ってきた。起訴状合意の三日前、米国陸軍医スタンリー・フォーゲル大尉がレムキンを診て鼻咽頭炎と診断する。ふつうの風邪だ。これで、レムキンをワシントンへもどす大義名分が見つかった。ちょうどそのころラウターパクトは、レムキンの旅程とは逆方向、ケンブリッジからニュルンベルクへの旅を準備していた。一〇月一八日、法廷に起訴状が提出されるころ、レムキンはすでに合衆国へ帰り着き、疲れ果ててはいたが会心の思いでいた。「わたしはロンドンへゆき、ニュルンベルクでナチスの戦争犯罪人にジェノサイドについての嫌疑を問うことに成功した」と、後年彼は書いている。「ニュルンベルク裁判の訴状のなかにジェノサイドをふくませたのである」

人道に対する罪とジェノサイドの両方の罪が法廷で問われることになった。

第5部 蝶ネクタイの男

81

祖父の書類のなかから、わたしは一九四九年に撮られた小さな長方形の白黒写真を見つけていた。カメラのほうをじっと見すえる中年男性の写真である。かすかな微笑がくちびるに浮かび、ピンストライプのスーツ姿の彼は、形良く畳んだ白いハンカチを胸ポケットにおさめ、白いシャツを着ている。水玉模様の蝶ネクタイが、どこか茶目っ気を感じさせる。

この写真のコピーは二年間、机の真上の壁でミス・ティルニーと張り合っていた。彼女の役割が判明したあと、毎日彼を見つめては、からかわれているような、じれったいような気分を味わっていた。「君が有能なら、わたしの正体がわかるだろう」と挑まれているような気がした。ときどきやる気になって挑戦を受けて立とうとするのだが、なんとなく身が入らず、そもそも名前がわからぬからいつも不発に終わる。写真をスキャンしてウェブ上で顔認識をしてみたこともあるが、何もわからない。

何度となく、写真の裏面に記されたいくばくかの情報を矯めつ眇めつしてはみた。「Herzlichste Grüsse aus Wien, September 1949」、つまり「ウィーンから心をこめて、一九四九年九月」と書いてあ

「ウィーンから心をこめて、1949年9月」

る。サインは堂々としているが判読不能。

　赤いスタンプの文字から何か得られぬかと凝視してもみた。写真が撮影されたスタジオの店名と住所。「Foto F. Kintschel, Mariahilferstrasse 53, Wien VI（フォト・F・キントシェル、マリアヒルファー通り五三番地、ウィーン第六区)」。通りはそのままだがスタジオはとうの昔になくなっていた。わたしは長い時間をかけてサインを解読しようと試みたがどうにもわからず、同じ男性が写るほかの二枚の写真もじっくりと検討した。「ロンドン、一九五一年八月八日」という日付のある写真は同じサイズで、写真館の名前もキントシェルと同じだが、スタンプのインクの色が青い。その夏、彼は斜めにストライプの入ったふつうのネクタイをし、胸ポケットには例のハンカチが挿してある。若干斜視の気配があるだろうか？

　三枚目の写真はほかの二枚よりも大きく、葉書大である。これにはスタジオのスタンプもサインもない。ただ手書きで「ウィーン＝ロンドン、一九五四年一〇月」とある。彼は少し太り、二重あごのラインが見える。彼はやはり斜視だった。青いインクで「Zur freundlichen Erinnerung an einen Grossvater」――「祖父の良き思い出に」と彼は書いている。祖父が死んだということか？ それとも彼に孫ができたということか？

母にこの男性のことを最初に尋ねたとき、彼女はだれなのかよくわからないといった。わたしは再度しつこく尋ねてみた。そうね、と彼女はいった。この男性はだれなのってレオンに訊いたことはあったわ、と彼女はいう。「だれでもないよ、ってそれだけ」。そこで彼女もそれ以上は追求しなかった、が、彼女なりの疑問を抱いたまま。

ということは、レオンはこの男性を知っていた。そしてさらに同じ男性の二枚の写真、ひとつは一九五一年八月に、ふたつめは一九五四年一〇月に写されたものを保管しておいた。なぜレオンは三枚の写真を保管しておいたのだろう、だれでもないような男の写真を？

正確にいえば、その後母がくわしく説明したところによると、彼女はその三枚の写真を、一九八六年に死んだリタが残した書類のなかから見つけた。そのあと彼女は写真をレオンの書類といっしょにまとめ、十年が経過した。もう少し食いさがってみると、母は小さいころの、あいまいだけれども実際にあったできごとの記憶を明かしてくれた。戦争が終わったあと、この男性と思われる人物がパリのブロンニャール通りのアパルトマンにやってきた、という記憶があるらしい。そのあとレオンとリタのあいだで言い争いが起き、大声のやりとりと怒りの爆発、そして仲直りという展開になった。

「わたしの両親はね、そんな口げんかをよくしていたの」。いったん白熱はするがその後は水に流す。

母の情報からゆっくりと意味がしたたり落ちてきた。おそらくこの蝶ネクタイの男は、レオンが一九三九年一月にひっそりとウィーンを立ち去ったことに関係している。一般的状況のつじつま――ドイツ軍の侵攻、そして「帝国」からの脱出――は明快だったが、レオンが妻と幼い娘をあとに残して単独出発を決めた点はなかなか説明がつかない。たぶん、レオンが去ったあと、蝶ネクタイの男はなんらかの形でリタのウィーン暮らしにからんでいた。ひょっとすると彼はナチスだったのかもしれない。リタは夫と愛娘と別れたまま三年間、一九四一年一〇月までウィーンを去らなかった。アイヒマンによる出国禁止が施行される前日まで。

82

何の進展もないまま時間が経過した。わたしは三枚の写真を片づけてこの件は忘れることにした。専念すべきはレンベルクであり、ルヴフ、ルヴォフ、リヴィウ、そしてラウターパクトとレムキンなのだ。ところが突然、思いがけぬところから解決の鍵が降ってきた。

第一回目のリヴィウ訪問のすぐあと、わたしはクラシック音楽会場として有名な、ロンドンのウィグモアホールで開催された友人の九十歳の誕生パーティーに出席した。お祝いの主役はミレイン・コスマン、傑出した才能と融通無碍の知性をそなえた小柄な画家で、卓越した音楽学者、故ハンス・ケラーの妻だった人である。彼女と夫は、別々にではあったが、戦時中に避難民として英国にやってきた。彼女はドイツから、彼はオーストリアから。一九五〇年代に二人はロンドンの北、ハムステッドヒースに近いウィロー・ロードにある小さな家に移り住む。その四十年後、わたしたち夫婦はその家を購入して現在にいたる（ソフカ・スキップウィズの姪が住んでいるウィロー・コッテージの向かい側）。

ハンス・ケラーはBBCのラジオ3〔クラシック音楽専門チャンネル〕に出演することがあり、妻のミレインといっしょに二十世紀の著名音楽家や指揮者に会う機会が多かった。フルトヴェングラーも知っていたし（「絶対にナチスではありません」と、ミレインは鼻息荒くわたしに語った）、カラヤンも知っていた（「ナチスの支持者で日和見主義者だったわね」と彼女の意見は歯切れがいい）。彼女は一九四七年に、死ぬ直前のリヒャルト・シュトラウスの肖像画を描いており、ほかのデッサンと共に現在も――彼女の誕生日を祝う百人以上の友人や家族たちが集まった――ウィグモアホールの壁を飾っている。

ミレインは彼女の友人であり、亡き夫の親戚にあたる婦人をわたしに紹介してくれた。九十一歳のインゲ・トロットは鋭い知性の持ち主であると同時に、徐々にわかってきたことだが、愛すべき悪戯好きなところのある女性だった。彼女はウィーンに生まれ、ロンドンには一九三八年、十七歳のときにやってきた。戦後、彼女はロンドンのキングス・カレッジでモーリス・ウィルキンス教授の実験室助手の仕事を得る。彼は後年、フランシス・クリックおよびジェイムズ・ワトソンといっしょにノーベル賞〔DNAの二重螺旋構造〕を受賞する。インゲの仕事のひとつが、ケンブリッジにいる彼らに精子を届ける役割だった。DNAの秘密を解明するのに役立った材料の配達という貢献に、彼女は誇りを抱いていた。

歓談のなかでウィーンの話になり、オーストリア人の性格やらアンシュルスも話題にのぼった。彼女は、ドイツ人の到着、軍事パレード、屈辱、灰色の軍服を着たドイツ軍兵士による実家の接収などを話してくれた。わたしは蝶ネクタイの男の写真、その筆跡、判読不明のサインについて触れた。

「コピーを送ってちょうだい」とインゲの指示が飛ぶ。「サインが読み取れるかどうかやってみるわ」。たぶんドイツ語の旧字体で書いてあるからあなたには読めないのよ、といい足す。

「それでは郵送いたします」

「だめよ」とインゲはきっぱりいう。「スキャンしてメールに添付して。そのほうが早いでしょ」

さっそくその夜、わたしは彼女の指示通りに作業をし、翌日にはもう返事が届いた。「写真裏面の文字は全部読めましたが、サインだけは上下さかさまなので読めません。もう一度、ひっくり返してスキャンして」

83

一日経過後、電話が鳴った。

「名前はリンデンフェルト（Lindenfeld）」と確信をもって宣言したあと、インゲは一抹の疑いをそっと添えた。「ただね、終わりはsで、リンデンフェルズ（Lindenfels）の可能性もあるけれど、わたしはそうは思いません」

彼女はL氏に苦言を呈す。「なんだってわざと読めないサインにするのか、あきれるわ」

劇的な啓示の瞬間のように感じられた。この名前ひとつで、未知の世界の探索につながるいくつもの新たな入り口が見えてきそうだ。一九四九年当時のウィーンに住んでいたリンデンフェルト（ないしはリンデンフェルズ）全員を調べ、同じ名前で一九三九年にも住んでいた人物をクロスチェックすることができる。この期間の電話番号簿があれば簡単な話だ、とわたしは考えた。ウィーン大学の博士課程の学生が、調査のとっかかりを手伝ってくれ、そのあとは私立調査員の助力を得た。カーチャ＝マリア・クラデック夫人はウィーンを本拠地にし、ウィーン人の家系調査を専門にする陽気で親切、そしてすばらしく有能な調査員である。

法律専門の学生は一九三九年のウィーン市電話番号簿を見つけてくれた。リンデンフェルズは皆無だがリンデンフェルトは十人いた。そのうち九人が男性で、ワーグナーのオペラに出てきそうな名前ばかりだ。ベラ、エミール、エルヴィン、クルト、マックス、メンデル、ルドルフ、そしてジークフリート。

次の作業は一九四九年版の電話番号簿を入手してクロスチェックをかけること。これが意外にむずかしかったが、私立調査員クラデック夫人がなんとか見つけだし、確認できた点を教えてくれた。一九三九年にウィーンに住んでいた十人のリンデンフェルトのうち、一九四九年にもそのまま住んでいたのはたった一人。彼の名前はエミールといい、クラデック夫人によれば、それはユダヤ人の名前ではない。彼女のさらりとしたコメントに、わたしは首をかしげた。

エミール・リンデンフェルトはウィーンの第六区、グムペンドルファー通り八七番地に住んでいた。マリアヒルファー通りにあった写真館キントシェルの近くだ。彼のアパートから写真を取りにその写真館まで徒歩でゆくと十分ですね、とクラデック夫人は説明する。電話番号簿のうえで彼は「行政部門職員」となっていたが、彼の名前は一九六九年版から消える。「彼は一九六八年か一九六九年に死んだのだと思います」とクラデック夫人はいう。

彼女はウィーン市庁舎の図書館で調査を続行してくれた。そこで、エミール・リンデンフェルトは一九四九年以降、同じ住所に二十年間住んでいたことがわかった。「この男性がお問い合わせの人物である可能性はかなり高いと思います」。彼女は心をはずませ、勇気づけてくれさえしたが、あの蝶ネクタイの男がエミール・リンデンフェルトであるという確証はない。次にすべきは彼の死亡年月日を割りだすことだ。それがあれば、彼のフェアラッセンシャフツアプハンドゥルング、つまり遺産書類を入手することができ、そこから彼の家族の詳細がわかり、ひょっとすると写真も手に入るかもしれないとクラデック夫人は考える。そこまで調査をしてみたいですか？　もちろん、とわたしは答えた。

彼女とのやりとりは活気にみち、彼女のやる気も伝わってきて楽しかった。そんな交信を始めてから数週間後、彼女から新情報を伝えるメールが届いた。彼女の表現によれば「とても驚きました」。

エミール・リンデンフェルトは一八九六年二月二日、ポーランドの町コピチンツィで生まれた商人である。しかし書類上、ポーランドという地名は削除されて「USSR」と書き直されていた。彼は一九六九年六月五日ウィーンで死んだ。

「とても驚いたというのはこういうことです」

クラデック夫人はリンデンフェルト氏のトーテンベシャウプロトコール、つまり彼が死亡したときの公式身上記録を見つけだした。「名前はまずエミールと書かれていたのにそれが消されていたのです」と彼女はいう。そこに「正体不明の人物」が別の名前、メンデルと書きこんだ。名前の書き換えがおこなわれるというのはきわめて異例で、彼女自身もこれまでめったに見たことがない。これを彼女はどう解釈するだろう？「彼はユダヤ人だったのです」。だがその事実は公にされていなかった。彼は「隠れユダヤ人」だったのではないか、とクラデック夫人は推理する。

記録書《プロトコール》だけでこれだけの情報が明らかになったからには、リンデンフェルト氏の全遺産記録を入手すべきだとクラデック夫人は考えた。彼女はこれを実行し、実に有益な情報が入手できたのである。「彼の母親はサラ・リンデンフェルトといい、最後の住所は英国、ロンドンとなっています」と彼女から連絡があった。これで、一九五一年と一九五四年の写真の裏面にロンドンと記されていたことの説明がつく。たぶん彼が母親を訪問しにきたか何か。

クラデック夫人はまた別の情報も手に入れていた。一九三九年に戦争が始まったとき、エミール・リンデンフェルトはリディア・シュトルムというユダヤ人女性と結婚していた。二人のあいだにはひとり娘がいた。その名をアリスという。一九三九年のある時期に、リンデンフェルトの妻リディアと娘アリスはウィーンを去ってロンドンへ旅立った。この動きには、リタの人生に直接結びつく対称性がある。つまり一九三九年末には、エミールとリタはウィーンで独身生活をしていたのだ。二人とも子どもと配偶者と別れ、戦時下の暮らし、ナチスの存在、そして孤独に向かい合っていた。

クラデック夫人からの報告はまだまだあった。エミール・リンデンフェルトが死んだとき、彼の娘アリスはアルフレッド・ザイラーという男性と結婚してニューヨークのフラッシングに住んでいた。アルフレッドとアリスには二人の子どもがいる。サンドラとハワードといい、いずれも一九五〇年代に生まれている。これですべてがつながった。サンドラの生年一九五二年は、あの一九五四年の写真裏面にあった「祖父」という言葉の説明になりうる。エミールが祖父になったという意味なのだろう。

エミール・リンデンフェルトの写真がどうしても必要だ。だがクラデック夫人はどこにも写真はなかったという。しかし今、わたしは彼の孫の名前を手に入れた。これが鍵だ。こうして探索の舞台はニューヨークへ移る。

84

ニューヨークのフラッシングに、アリス・ザイラーという名前は見つからなかった。孫のサンドラもハワードという名前も、フラッシングのみならずニューヨーク周辺の地元情報にはひっかかってこない。

打開策はフェイスブックだった。何億というユーザーの一人に、フロリダ州に住むハワードという人物がいた。手がかりは彼がフラッシングの高校に通っていたという事実。フェイスブックの写真からすると五十代前半、クラデック夫人情報の生年とほぼ合致する。ハワードの「友人」のなかにはサンドラという名前もあった。名字はガーフィンケル。

ハワードにメッセージを送ってみた。返事は来なかった。そこで今度は、サンドラ・ザイラー・ガーフィンケルという名前で調査し、ロングアイランド、マサペクアの住所を探しだした。フラッシングからそれほど遠くない。電話番号は公開されていなかったが、有料サービスに少額を払い、十桁の番号を入手した。暖かな夏の夜、いくぶんかの不安を抱きつつ、わたしはロンドンからその番号を押す。

強いニューヨークなまりの女性が出た。わたしはサンドラ・ザイラーという人、ウィーンにいたエミール・リンデンフェルトという人のお孫さんを探しているのですが、と説明した。何の反応もなく長い沈黙がつづいた。「わたしですが」。そしてまた沈黙がつづく。「なんだか気味が悪いわね。何ですか？」

わたしは全貌を話した。むろんぐっと切り詰めた形で。戦前のウィーンでわたしの祖母があなたのお祖父さんと知り合いだったかもしれないのです。するとサンドラはこういった。「わたしの祖父はエミール・リンデンフェルト。彼はウィーンに住んでいましたが」。彼女の疑義は晴れない。敵意むきだしというわけではないが、うちとけてくれるようなくれないような。彼女の家族について短い説明だけはしてくれた。

「エミールはリディアと結婚しました。わたしの祖母です。一九三八年三月にナチスがウィーンにきたあと、でも戦争が始まる前に、リディアは娘を連れてウィーンを去りました。娘というのがわたしの母アリス、十四歳でした。ロンドンに着いてから祖母は女中として働きます。戦後、アリスとリディアはアメリカに渡りましたが、エミールだけウィーンに残ったんです。彼は結核だったのでアメリカ入国ができなかった、というふうに聞いてましたけど。祖母のリディアは一九五八年に亡くなりました。そのあとエミールがアメリカにきました。わたしは六歳でした。六週間だけここにいて、わたしにドイツ語を教えてくれたりしたあと帰ってしまいました。そのときだけですね、わたしが彼と会ったのは」

エミールの写真は？「ええ、もちろんありますよ」、でもインターネットでも見つかるんじゃないかしら、と彼女はいった。彼女の母親は一九八六年に他界したが父親はごく最近まで生きていて、「自分の戦争体験を本にしたんです。ウェブで見つかるはずです、写真といっしょに」。彼女はウェブサイトを教えてくれ、会話をつづけながら、わたしは彼女の父親アルフレッドの本を探した。すぐに見つかった。『From Hitler's Death Camps to Stalin's Gulag（ヒトラーの死の収容所からスターリンの強制収容所まで）』という陽気なタイトルだ〔米国ないし英国アマゾンのサイトで閲覧可能〕。閲覧者は「Look Inside」をクリックして内容を見ることができる。彼女と会話をつづけながら、わたしは本の中を覗いた。薄い本で二〇〇ページもない。わたしは写真を求め、大急ぎでページをスクロールダウンした。一二五ページに、スクリーンからこちらを見ている見覚えのある顔があった。ダークスーツの胸には白いハンカチ、そして濃い色のふつうのネクタイ。その写真の下部にはエミールという名前。そのあとのページには彼の妻リディアの写真、エミールの孫、サンドラとハワードの写真がつづく。

言葉に詰まったわたしの沈黙を、サンドラに詫びた。エミールの三枚の写真がわたしの祖父の書類のなかで眠ったまま数十年、そしてその正体を見極めようとしたわたしの探索が数年間。サンドラはわたしの胸中を察してくれた。機微に通じた人だ。その写真のところのページを読んでくれませんか、と彼女がいう。父親が書いた回想録の一部分を。父親が亡くなったすぐあとに出版されたその本を、彼女は読むに耐えなかったらしい。

わたしはその部分を読みあげた。エミール・リンデンフェルトはアルフレッドの父親の少年時代の親友だった。エミールはリディア・シュトルムという、ズデーテン地方のヤーゲンドルフにある「ポザメントリー〔房飾り、編み紐、レースなど〕工場経営者の娘と結婚する。同工場は「しゃれたテーブルクロスやベッドの上掛けなど」を製造していた。夫婦のあいだにはアリスという名前の娘が一人いたが、一九三九年「有名な児童疎開列車《キンダートランスポルト》」に乗せられてイギリスへ送られた。その直後、女中としての労働許可証を取得したリディアが娘のあとを追う。妻子が去ったあとのエミールのウィーンでの暮らしを説明する一文がある。「エミールはナチス占領下のウィーンで、非ユダヤ人の親戚や友人のもとに身を隠し、『潜水艦』のように暮らしていた。アリスの両親が再会することはなく、父親〔エミール〕はずっとウィーンにいた」。この文章からすると、彼は完全なユダヤ人ではなかったか、あるいは非ユダヤ人としてウィーンにいたのかもしれない。戦後、パリで再会したレオンとリタとは違って、エミールとリディアは離別してしまった。

　エミールの義理の息子が書いたこの文章を読みながら、わたしの母の記憶を思いだしていた。エミール・リンデンフェルトと判明したこの男性が、戦後になってパリにいるリタとレオンを訪れたというあの話だ。彼がアパルトマンを辞したあと、母の両親が口論を始めたというあれだ。きわめて自然に考えられる理由は——ほかにもあるかもしれないが——エミールはリタの恋人で、戦後、彼女を探しにパリにきてウィーンへもどるよう説得した。その日はサンドラにこの推測を話さなかったけれど、その後わたしたちがもう少し親しくなってから、サンドラもこれに同意した。

　電話につきあってくれたことを、わたしはサンドラに感謝した。彼女はわたしが持っている祖父の写真を見たいという。机のうえの壁にピン留めしておいた写真だ。わたしは彼女にコピーを送った。数日後彼女からメールが届く。わたしとの電話が刺激となって、エミールの死後、ウィーンからニューヨークへ送られてきた彼の書類一式を探ってみたというのだ。そこで彼のアルバムを見つけた。戦前の写真もある。わたしの祖父祖母がエミールの写真を持っていたというなら、エミールもレオンとリタの写真を保管していたかもしれない。

「あなたのお祖父さんとお祖母さんの写真を送ってみてください」とサンドラはいってきた。わたしはナチス占領下で作製されたレオンとリタのパスポートの写真を送った。リタのは一九四一年ころ撮られた、悲しげな表情をしているあの写真だ。あれは夫と娘と生き別れになった彼女の悲しみの表情なのだとずっと思っていた。だが、別の理由があっての憂い顔なのではないか、とわたしは疑いはじめた。たぶんエミールに関係した何か。

85

翌日、サンドラからのメールが何通かまとまって届いた。エミールのアルバム数冊を端から端まで見て、リタの写真を数葉見つけたが、レオンのは一枚しかなかった(一九五〇年代のパリの通りでリタとわたしの母と撮ったもの。同じ写真は母のアルバムにもあった)、という。

わたしは胸の高鳴りを感じながらサンドラからのEメールを開いた。あの期間を覆う沈黙が、ここに添付された写真によって説明されるかもしれない。八枚の写真はすべて白黒で、年月の経過にもかかわらず明瞭だった。サンドラが送ってくれた写真のなかのリタは、これまで一度も見たことのない、思いがけぬ姿を見せていた。

最初の一枚はスタジオで撮ったソフトフォーカスのリタの肖像。その笑顔は、わたしのまったく知らなかった妖艶さを秘めている。ていねいに化粧した顔は美しく、口紅はくっきりと人目を引く。次の写真にはもっと驚かされた。日付はないが、リタとレオンの母親マルケがいっしょに写っている。わたしの曾祖母の写真としては、最後に撮られたもののひとつだろう。なんとなくどこかで見たよう

リタとマルケ。1938年頃ウィーン

な気がする。エレガントなマルケ、彼女のまぶたは目尻にかけて長く傾斜し、レオンの目によく似ている。シンプルなボタンのついた暗色のシャツを着て、銀髪をうしろになでつけている。枯れた威厳をただよわす静かな顔だち、このあと訪れる運命を彼女はまだ知らぬ。

それにしてもこの写真は何か妙だ。というのも写真の半分は見覚えがあったからだ。そこで、たしかに見たことがあるけれども、それはマルケが写っている側だけだということに気がついた。わたしの母はこの写真を真ん中から破いて半分を手元に残し、残り半分の笑顔のリタは捨ててしまったのである。やっと今、この完全版を目にすることができたので、あれはもともとマルケ一人の肖像写真ではなく、リタがいっしょだったのだとわかった。

三枚目の写真は春か夏に撮られたもので、どこかの庭のデッキチェアでくつろぐリタが写っている。四枚目は、おそらく同じ庭に立つ彼女の姿。縞模様のセーターを着てしゃれた靴を履いている。

最後の写真は四枚組。すべて同じ日にほかの写真と同じ静かな庭で撮られたもののようだ。木々と灌木の葉叢《はむら》は生気にみち、若々しく活きいきとしている。春の息吹が感じられる写真だ。写っている人たちは皆おだやかで屈託がない。リタが一人でベンチに腰かけ、その背後の芝生のうえに三人の女性とエミール・リンデンフェルトがすわっている写真がある。微笑み、楽しげに笑い、言葉をかわす人々。それぞれ顔をカメラのほうへ向け、正体不明のカメラマンを見つめる、のんびりとした光景。

リタとエミール（右端）と氏名不詳の男性。ウィーン

その次が同じベンチのうえのリタ。今度は帽子をかぶっている。三枚目では、見知らぬ女性が帽子を被って同じベンチにすわり、その隣には帽子とレイダーホーゼン〔サスペンダー付きの革製の半ズボン〕を着用し、「ヴァイスシュトゥルンプ」（膝下までの白靴下）を履いた男性がすわっている。その靴下はナチス支持派の印だと、あとで知った。画像が何かを能弁に語っている。そして靴下の持つ意味合いが、不穏な空気を呼ぶ。

最後の写真のなかで、リタは二人の男性にはさまれて立っている。彼女の右側の男がだれかはわからないが、左側の男〔写真上では右側〕はエミールだ。レイダーホーゼンと白靴下を履き、リタと腕をからませている。彼女は微笑んでいる。優雅に、おだやかに。こんなに美しい彼女をそれまでに見たことがなかった（後日、この写真を叔母に見せたところ、彼女も同じ反応を示した。「彼女がこんな表情をしているの、見たこともないわ。一瞬たりともね」）。エミールは両手をポケットに突っこんで立っている。どこか悪戯好きな感じがただよう。頭を少しうしろに反らせ、思いがけぬ瞬間を撮られたとでもいうような、かすかなにが笑いが浮かんでいる。

リタは暗色の花柄模様のワンピースを着ている。イメージがそれほど鮮明ではないのだが、目をこらせば、彼女の右手に結婚指輪が見える。たぶん今わたしがはめている指輪だ。

写真の撮影時期はいつだろう？　一九三七年以前、リタとレオンが結婚する前の、これは無邪気なイメージなのだろうか。それともレオンがパリへ去ったあと、一九三九年一月以降に撮られたものなのか。娘も夫もいなくなったウィーンで暮らすその時期のリタについて、わたしは、母親のめんどうを見る孝行娘というような姿を思い描いていた。リタがウィーンに残ったのはそれが理由だった、と聞かされていたから。暗黒の日々、耐えがたく不幸せな日々だったのだと。ところがわたしが見た写真はのどかな気分にみちていた。戦争が猛威をふるい、ウィーンのユダヤ人たちは貨車に乗せられ、ゲットーへ運ばれ、あるいは陸路を絶滅収容所へと運ばれていた、というような背景とはまるで別世界の絵であった。

四枚の写真の日付はわからないだろうか？　四枚ともアルバムに糊付けされている、とサンドラはいう。剝がしてみることはできそうだが、傷めてしまわないか心配だとも。うちにいらっしゃい、と彼女はわたしを招待してくれた。次回、ニューヨークに用事があるときにでも。

「いっしょに剝がしてみましょうよ」

86

数週間後、わたしはマンハッタンのペン・ステーションから電車に乗り、エミール・リンデンフェルトの孫、サンドラ・ザイラーとの一日を過ごすために、ロングアイランド沿岸のマサペクアをめざした。

ロングアイランド鉄道で一時間もかからない。黒いサングラスをかけたブロンドのサンドラは、鉄道駅前に車を停めて待っていてくれた。海岸沿いのシーフードレストランで昼食をごちそうになり、そのあと車で彼女の家へ向かい、夫君と娘に会った。エミールのアルバム数冊がそこにもう出ていて、精査を待つばかりになっていた。サンドラがリタの写真が貼ってあるアルバムを選びだす。日付だった、わたしたちが知りたいのは。

写真はどれも小ぶりで、間隔を空けず、アルバムの黒いページにしっかりと貼りついていた。サンドラがいうように、張りつけられた瞬間からこびりついているという感じだ。細心の注意を払い、ダメージを与えぬよう一枚ずつ丹念に剝がす。わたしはこれらの写真がリタがレオンと結婚する前の、一九三〇年代半ばに撮られたものだと思いたかった。であれば、ややこしい説明はいらない。

最初の四枚の写真――マルケがリタと写っているのをふくめ――に日付はない。そして次のセット、サンドラが「庭園四枚組」と名付けた組み写真にとりかかる。裏面を傷めては元も子もないので、前のよりもずっと気をつけて、四つの写真を一枚一枚剝がしていった。

すべての写真の裏面に、ウィーン第四区のフォト・クッチェラ写真館のスタンプがあった。またそれぞれの裏面右肩に、かろうじて読める鉛筆書きで四桁の数字が書いてあった。一九四一。

わたしは、エミール・リンデンフェルトが一九四一年に住んでいた場所を、それから数週間のうちに探しあてた。ウィーンの中心部の裕福な界隈でユダヤ人街の外側にあり、エミールがユダヤ人ということならば、住むことのできない区域だ。ブラームス広場四番地という住所は、ヴィトゲンシュタイン一家がかつて保有していた建物から数軒離れたところにある十九世紀末様式の堂々たる建物だ。

わたしはそこを訪れてみた。四番地のそばにはベンチが置かれ、芝生の植わった大きな庭園がある。あの四枚の写真に似た背景だ。ここでリタとエミールが写真を撮ったのだろうか、一九四一年に？　彼らがとてもリラックスしているようだったのを思いだす。親密な空気が写真からにじみだしていた。

エミール・リンデンフェルトとリタは一九四一年、おそらくこの庭にいっしょにいた。何月だったのか、その手がかりはないけれど、リタは一〇月に旅立った。そして庭には春の気配がある。一九四一年の春と断じてもいいような気がする。リタがウィーンに残ったのはエミールと過ごすためだったのか？　回答を得るのは不可能だし、たぶんそれはあまり重要ではない。一一月にはもう、彼女はウィーンを去っていた。

レオンは一九三九年一月、たった一人、大急ぎでウィーンを立ち去った。数か月後、彼はミス・ティルニーの助力を得て、娘を呼びよせた。レオンはなぜ娘をあとに残し、だがすぐに呼びよせたのだろうか。わたしにはわからない。ただ、新たに出てきた写真をながめれば、レオンの出発はエミール・リンデンフェルトとなんらかの形で関係していたらしいことがわかる。

郵　便　は　が　き

おそれいりますが切手をおはりください。

101-0052

東京都千代田区神田小川町3-24

白　水　社　行

購読申込書

■ご注文の書籍はご指定の書店にお届けします。なお，直送ご希望の場合は冊数に関係なく送料300円をご負担願います

書　名	本体価格	部　数

★価格は税抜きです

(ふりがな)

お　名　前　　　　　　　　　　　　(Tel.　　　　　　　　　　　)

ご　住　所　（〒　　　　　　　　　）

ご指定書店名（必ずご記入ください） Tel.	取次	（この欄は小社で記入いたします）

『ニュルンベルク合流』について (9625)

の他小社出版物についてのご意見・ご感想もお書きください。

なたのコメントを広告やホームページ等で紹介してもよろしいですか？
はい（お名前は掲載しません。紹介させていただいた方には粗品を進呈します） 2. いいえ

ご住所	〒 電話（ ）		
ふりがな） お名前	（ 歳） 1. 男 2. 女		
職業または 学校名		お求めの 書店名	

この本を何でお知りになりましたか？
新聞広告（朝日・毎日・読売・日経・他〈 〉）
雑誌広告（雑誌名 ）
書評（新聞または雑誌名 ） 4.《白水社の本棚》を見て
店頭で見て 6. 白水社のホームページを見て 7. その他（ ）

お買い求めの動機は？
著者・翻訳者に関心があるので 2. タイトルに引かれて 3. 帯の文章を読んで
広告を見て 5. 装丁が良かったので 6. その他（ ）

出版案内ご入用の方はご希望のものに印をおつけください。
白水社ブックカタログ 2. 新書カタログ 3. 辞典・語学書カタログ
パブリッシャーズ・レビュー《白水社の本棚》（新刊案内／1・4・7・10月刊）

※ご記入いただいた個人情報は、ご希望のあった目録などの送付、また今後の本作りの参考にさせていただく以外の目的で使用することはありません。なお書店を指定して書籍を注文された場合は、お名前・ご住所・お電話番号をご指定書店に連絡させていただきます。

第6部 フランク

共同体は、個人的エゴイズムが生みだす個人主義的・自由主義的・原子主義的な傾向よりも、はるかに重要である。

ハンス・フランク、一九三五年

87

ラウターパクトが英国の法律家たちとの仕事にはげみ、レムキンがロバート・ジャクソンの検察チームに名を連ねようとロビー活動をしていたころ、ポーランド総督ハンス・フランクは、バイエルン地方シュリアー湖に面した小さな町ノイハウスの古いカフェ、ベルクフリーデンをさしあたっての我が役所とさだめ、そこの表に面した部屋でアメリカ人たちの到着を待っていた。時は一九四五年五月、ヒトラーが自殺してから数日後のことである。フランクの付き人は運転手のシャンパー氏をふくめ、わずか三人に減っていた。占領下のポーランドで残虐きわまりない権勢をふるったあと、フランクはミュンヘンから五十七キロ南にある一家の本拠地の近くへ帰ってきていた。

フランクが待たされていたあいだ、連合国は彼をふくむナチスの主要幹部らの起訴準備を進めていた。フランクはヒトラーの弁護士でありナチズムを支える指導的な法律家の一人で、総督への愛と民族共同体思想を何よりも優先し、個人や集団の権利を抑圧した。彼は五年間にわたり占領下のポーランドの国王だった。妻を持ち愛人を囲い、五人の子どもを育て、詳細な日記を三十八冊残しただけでなく、レオナルド・ダ・ヴィンチの有名な肖像画などの絵画コレクションもある。彼はポーランドを去るに際し、シュリアー湖故郷の家に『白貂を抱く貴婦人』を持ち去り、小礼拝室に飾った。

五月四日金曜日、アメリカ軍のジープがカフェの前で停まる。ウォルター・シュタイン中尉が車から飛びおりて建物へ歩み寄り、正面ドアから入ってこう尋ねた。「どちらがハンス・フランクかな?」

88

フランクは、一九〇〇年五月二三日、シュヴァルツヴァルトに近いカールスルーエで、プロテスタントの父親とカトリックの母親のあいだに生まれた。ラウターパクトやレムキンと同様、彼も三人兄弟の真ん中だった。一家はすぐにミュンヘンへ引っ越し、フランクの学校生活もそこで始まった。一九一六年六月、兄のカールが不意の病で死ぬ。両親が離婚してからは、フランクは母のいるプラハと、父が顧客をだまして法曹資格を剝奪されるまで弁護士として働いていたミュンヘンとを行き来していた。

第一世界大戦が終わるころ、彼はドイツ軍に徴集され、それ以降ある私的な右翼民兵組織に近づく。反共産主義・反ユダヤ主義を唱える保守的な組織、トゥーレ協会に参加し、ヴェルサイユ条約に対する恨み辛みを発散させる機会を得る。一九二〇年一月、ミュンヘンのマテーザー・ビヤホールでヒトラーがドイツ労働者党(DAP。国家社会主義ドイツ労働者党(NSDAP)の前身)の初期党員の一員として演説するのを見た。その翌月、彼はホーフブロイハウスでヒトラーが出席する会合に出かけ、その後彼が入党することになるNSDAP、すなわちナチス党の政治綱領の発表に臨席する。

一九二三年、彼は学生の資格でシュトゥルムアプタイルング、すなわちSAという略語で知られるナチス突撃隊に入隊する。同じ年、彼はヒトラーのクーデタ、ワイマール政府転覆計画を熱狂的に支持し、ミュンヘン中心部へ行進する一隊にくわわり〔カンプフブント〕、ムゼーウムス島に架かる橋の東側に機関銃を据え付けたりもした〔通行人から「そんな危ないおもちゃ、ママは許可してくれたのかい？」などとからかわれたりもしている〕。クーデタの失敗とヒトラーの逮捕は、却ってドイツ民族主義的な政治への関心に火をつけた。彼はクーデタ参加で法律沙汰に巻きこまれることを恐れ、イタリアへ逃げる。二年後、彼はミュンヘンの通りでヒトラーに出会う。無限の未来につながる吉兆であった。

キール大学で法律学を修めて一九二六年に卒業したあと、彼は民間事務所で弁護士として働いたりミュンヘン工科大学の法学部で教鞭をとったりする。インテリでも野心家でもないが、がっちりとした体つきをし機を見るに敏な彼の人生の軌道は一九二七年一〇月、『フェルキッシャー・ベオバハター〔民族主義的観察者〕』というナチスの機関紙の広告に目を留めたときに急変する。ベルリンでおこなわれる裁判で起訴されたナチス党員の弁護士を募集していたのだ。フランクはこれに応募して採用され、世間の注目を浴びる政治裁判の表舞台へ登場することになる。

その後多くの裁判で彼はナチスの弁護人として立ち、党内では法律部門の権威者となった。一番大きな話題となったのが一九三〇年九月にライプツィヒでおこなわれた反逆罪の裁判だ。そこでは三名の将校が、ドイツ国防軍内部にナチスの細胞組織を作ろうとした件で起訴されていた。この三将校を弁護するフランクは、ヒトラーを証人として呼ぶ。フランクの仕掛けに乗ったヒトラーは、法廷をメディア戦略の場として活用し、彼は単に合法的手段に則って政治的権力を追求しているだけであるという合法性の宣誓（Legalitatseid）を実質的に公約としておこなった。この宣伝を通じて二人の関係は堅固なものとなる。もっともヒトラーは法的な細部にこだわる時間もなければ、フランクのように融通がきく弁護士がいたところで、それをありがたがるわけでもなかったが。

フランクのキャリアは順風満帆で、帝国議会の議員に選出され、バイエルン州議会で秘書をやっていた五歳年上のブリギッテ・ヘルプストと結婚もした。だが、彼が本当に愛していた恋人はリリー・グラウというミュンヘンの銀行家の娘だった。しかし彼女の家族がフランクは娘に不適当だとし、二人の関係を絶った。ブリギッテは地味だけれども意志の強い女性だった。二人のあいだにはすぐ二人の子どもが生まれる。さらにそのあと三人が誕生し、末っ子が一九三九年生まれのニクラスである。

ドイツの大半がヒトラーを受けいれてゆくなか、フランクは自分を「法理論家」として押しだし、党の指導層との関係を深めていった。一九三一年には「ユダヤ的退廃法学」にかんする長文を雑誌に掲載し、そうした法解釈の流儀がドイツ国民から善悪の判断力を失わせたと主張した。権力内部に入りこんだフランクは、ヒトラー首相就任後、一九三三年四月にバイエルン州司法大臣に任命される。

89

ヒトラーが権力の座に就いてから四か月後、五月一三日土曜日の朝、ハンス・フランクはドイツ政府専用の三発機に乗り、ウィーンの東部、レオポルトシュタットにあるレオンの酒屋からそう遠くないアスペルン空港へ向かった。飛行機のドアが開き、笑みを浮かべたフランクに先導されておりてきたドイツ政府の七名の大臣が、オーストリアの地を踏むようすを新聞が報じている。ドイツのナチス新政府による最初の訪墺である。国会議事堂が火災で崩壊したのはつい二、三か月前のことだったが、その後連邦議会選挙がおこなわれ（ナチスが最大得票率を確保〔一九三三年三月〕）、法改正がなされ、ヒトラー政権は憲法からかけ離れた諸法を制定してゆく。オーストリアではこうした展開に、小さな首相エンゲルベルト・ドルフースをふくむ大勢の人々が不安を感じていた。

ヒトラーの顧問弁護士であるフランクが、彼と親密な関係にあることは知られていた。一九三三年以前にヒトラーが頻繁に法廷へ召喚されていた事実は広く報じられており、少なくとも、裁判所の階段をおりてくるヒトラーとその背後に付き添う黒い法服姿のフランクの報道写真は誰もが知っていた。

こうしたイメージはフランクを利した。ナチスに忠誠を尽くした数年間のおかげで彼の顔は知れ渡り、そしてまた怖れられた。司法大臣に任命されて数週間のうちに、彼はバイエルン州の法体制を刷新するために多くの指令に署名をした。それらは特にユダヤ人を狙い撃ちにし、裁判所への立ち入りを許さず、既存のユダヤ人裁判官と検察官を職場から放逐するものだった。こうした処置に手を染めたフランクは、かてててくわえてヒトラーとの緊密な関係もあったから、オーストリアでは歓迎されざる客であり、ドルフース首相はこれを非友好的な態度で示した。フランクは、もしオーストリアがドイツの新方針に同調しないなら暴力的介入も辞さず、という訪墺直前に行ったスピーチで火に油を注ぐ。

支援者二千あまりがウィーンの空港にフランクを出迎え、ナチス賛歌の『ドイツの歌』や『ホルスト・ヴェッセルの歌』を合唱した。フランクの随行車群がウィーンのブラウンハウスまで進むなか、沿道に並んだ市民は、それぞれの政治的立場によって喝采を送ったり揶揄の口笛を浴びせたりした。フランク支持派の多くは、ナチスの大義を支援するシンボルの白靴下を履いていた。その夜、大勢の支持者を前にしたフランクは、トルコ軍からのウィーン解放二五〇周年を祝って演説をぶった（ポーランド王、ヤン三世ソビエスキがもたらした勝利。これを祝福して築かれたジュウキエフの城の壁は、度胸のあるウクライナ人の博物館長がナチス礼賛時代の写真を掲げていた場所）。フランクはヒトラーの個人的メッセージも代読した。総統もまもなく「両親の墓参りのために」オーストリア国民

ヒトラーとハンス・フランク。1928年、ドイツのとある裁判所の外

のもとを訪れるであろう。

その後、フランクはジャーナリストたちと私的な会合を持つ。ニューヨークタイムズ紙の記者は、このバイエルン州司法大臣が相手をしていたのは二十名そこそこの記者なのに「まるで二万人を前にしているかのような」振る舞いだったと書いている。話をしているうちに声がだんだん大きくなり、彼ないしヒトラーに少しでも否定的な意見が出ると、けんか腰で金切り声をあげた。もしもオーストリアがドイツに従わないのなら、あとは「どのような手段を取るか」だとおどした。

フランクはウィーンからグラーツへ向かい、大群衆に向かって自分に対する侮辱と同じだと告げ、その後ザルツブルクへ向かった。フランクの来墺はオーストリア国内に動揺をもたらし、ドルフース政府は彼を歓迎しない姿勢を表明する。フランク訪墺は広く報道され、ロンドンにいたラウターパクトもワルシャワのレムキンも着目していたにちがいない。オーストリアでのできごとに注目していたレンベルクやジュウキエフの情報通の市民たちの耳にも、こうした噂は届いていた。

フランクが去ってから一週間後、ドルフース首相は国民に向け、世論沈静のために演説をする。オーストリアは、ユダヤ人に対して強制力を発動するようなドイツ政府の真似はしない。わが国は「全国民が平等の権利を有する」近代的理念に基礎を置く国である。彼は常に、ラウターパクトの恩師ハンス・ケルゼンが編んだオーストリア憲法を援用していた。あらゆる人々に人権を約束した憲法である。

だがフランクの訪問で、ナチスのやり方に共鳴する多くのオーストリア人が力を得たのも事実である。一年後、ドルフースはナチス支持グループに暗殺される。それを率いていたのは三十三歳のオットー・フォン・ヴェヒターというラウターパクトの大学時代の級友で、彼はその後ドイツへ逃げる。

90

一九三五年はフランクにとって充実した年になった。まず、バイエルン地方に大きな邸宅を購入する（シュリアー湖近くのショーバーホーフ）。それから八十年後、取り壊される直前にわたしはその建物を訪れてみたが、梁の下にはまだフランク家の紋章が見えた。彼はまた、ユダヤ人の国籍を剝奪しドイツ人とユダヤ人の婚外性交渉を禁じた反ユダヤ法であるニュルンベルク法の準備に協力した。八月にはクロル・オペラハウス（議事堂火災のあと議事堂として利用されていた）で、ドイツ法アカデミー（彼自身が数年前に設立）と第十一回国際刑法刑務会議の合同会議で議長を務めた。

フランクはドイツ人法律家に知的かつイデオロギー的展望を提案することを目的にアカデミーを設立した。彼は議長として「国際的刑事政策」をテーマとする基調演説をおこない、将来刑法がどのような方向をめざすべきか、いくつかの考え方を提示した。彼の主張は、国際的刑罰の対象になる犯罪のリスト化とか国際刑事裁判所の創設などを説くレムキンやその同調者に対する反撃だった。すぐれた雄弁家である彼は、（やや総統に似た）興奮と気負いと全能感の産物である奇妙に甲高い声で、聴衆の心をとらえることに成功した。

フランクが演説で焦点を当てた問題は、もちろんその場に臨席はしていなかったけれど、ラウターパクトとレムキンが大いに関心を持ちそうなテーマだった。聴衆のなかにはルーマニア人の教授で、残虐行為と破壊行為について著書のあるヴェスペイジャン・ペラがいた。レムキンの恩師で刑法刑務会議の組織委員会メンバーだった裁判官エミール・ラパポートは欠席していた。フランクは普遍的管轄権という考え方に対し、国際刑事法を台無しにするだけで堅固にするものとは考えられないと強烈に反論をくわえた。ソ連共産主義とドイツの国家社会主義の主張の相違を解決できるような法律や国際機関は存在せず、「同じ道徳原則」を共有しない国々が分かち合う共通政策などあるはずがない、というのだ。フランクはまた、レムキンの同僚、アンリ・ドヌデュー・ド・ヴァーブル教授の考え方について、彼は出席していなかったけれども特に名指しで攻撃した。その数週間前、フランクはドヌデューをアカデミーに招待し、国際犯罪と「侵略戦争」についてスピーチをさせていた。

　フランクは、超国家組織の創設を唱えるドヌデューの考え方を一蹴する。それでは、このフランス人教授が提案する「刑事司法国際裁判所」という案はどうだろう？「おとぎ話だ」。世界法という考えは？「たわけた夢だ」。国際犯罪リストの拡張は？「ありえない」。フランクが好んだ唯一の国際的な発想は、ドイツに対する世界中のユダヤ人の不買運動を犯罪と見なす、という考えだった。

　フランクが望んだものは何だったのか？「外国の国内問題への不干渉の原則」は、ドイツに対するあらゆる非難の有効な口塞ぎとして、フランクはこれを支持した。独立した裁判官も諒とするが、一定の限界をもうけることが前提。彼が必要としたのは、「民族共同体」構想を護持する諸価値にもとづいた強力な政府と、あらゆるものごとに優先する「共同体の理念」によって性格づけられた法制度だった。新生ドイツに個人の人権などはない。したがって「個人的エゴイズムが生みだす個人主義的・自由主義的・原子主義的な傾向」に対して彼は全面的に異を唱える（フランクが表明するたぐいの思想の描写として、フリードリヒ・レック〔反ナチ作家〕はドストエフスキーの『悪霊』を引用し、「完全平等、全面的な服従、個性の絶対的消滅」と日記に綴った）。

　一九三三年以降に実現された前向きな展開を、フランクはすべてリストアップした。そこには、後年世界がその真相を知ることになるヒトラーの新たな刑事政策もふくまれていた。新機軸として「優生保護政策」、「危険な道徳犯罪者の去勢」、国家や「民族共同体」をおびやかす者の「予防拘禁」など。子どもを残すべきではない者には不妊手術をほどこし（彼はこれを「自然の淘汰プロセス」と呼んだ）、好ましからぬ者は強制移送し、「絶対不適合人種との混血」を避けるための新しい人種法を制定した。会議に集まった国際的な聴衆に話しかけるとき、彼はわざとユダヤ人とかジプシーという言葉を使わなかったけれど、皆わかっていた。同性愛者に対する刑罰についても、一九三五年前半すでに刑法改正時（フランクは草稿作成に参加）に検討がなされ、すべての同性愛行為が処罰されることになっていたのだが（旧法でも違法だったが範囲が拡大した）、彼はこれについて沈黙を守っていた。彼は、新生ドイツは「健康な肉体が病原菌をよせつけないのと同じように犯罪者を除去する」ので、「人種的に完全無欠」になるだろうと宣言した。こうしたイメージは、ヒトラーおかかえの人種理論家ユリウス・シュトライヒャー――フランクとドヌデューは二月に彼と食事をしている――の著作からも浮かびあがってくる。

甲高い声で演説する彼の姿は容易に想像できる。「国家社会主義は人間性にかんするまちがった原理を放擲する」と金切り声で叫ぶ彼は、「履き違えた人道的」行為をやり玉にあげる。共同体への忠実義務違反を償わせるために、理にかなった刑罰がくだされるのは時間の問題である。ナチスは「犯罪に対する恒久戦」をたたかっているのだ。

聴衆の反応はまだら模様だった。参加者四六三名の大半がドイツ人で彼らは拍手喝采したが、その他の者たちはそれほど熱心ではなかった。その後英国労働党の議員になる若き法廷弁護士ジェフリー・ビング（ガーナ独立後、最初の法務長官になる）が、海外から参加した役人、犯罪学者、改革論者たちがフランクの「身の毛もよだつ提案」に拍手する姿に空恐ろしくなったと書き残している。ビングは明確な警告を発した。ドイツを牛耳っている新種の法律家たちに気をつけろ、フランク博士のような「報復と威嚇を行動原理にしている狂信的扇動家」には。

91

四年後、ドイツがポーランドに侵攻し、国をソ連と分割したあと、ルドルフ・ヘスがヒトラーとの個人的会見のためにフランクをシレジアへ呼びよせる。十分間の会話のあと、フランクはドイツ占領下のポーランドの総督に任命された。占領下のポーランド総督府として知られる地域を、総統の個人的代理人として統治する役職である。地理的には北にワルシャワ、西にクラクフをふくみ、人口千百五十万人を擁する。彼は一九三九年一〇月二五日に就任した。ヒトラーの命令によると、フランクは個人的に直接総統への報告義務を負い（ここはレムキンが着目した点）、全体の行政は「総督が直接おこなう」ものとすると規定されていた。フランク個人にいっさいの責任が託され、彼の妻ブリギッテは女王になった。

就任早々のインタビューでフランクは、今やポーランドは「植民地」であり、そこの住民は「大ドイツ世界帝国の奴隷」だと説明している（ベルリンの法律家たちは、占領地域に適用されていた国際法が適用されぬよう躍起になっていた――ポーランド総督府の実態は帝国によって併合された領地であるからドイツ法が適用され、国際法の適用はありえない、という理屈）。フランクは、ポーランド国王が代々居城としたクラクフのヴァヴェル城に引っ越し、総督府もそこに置いたが、これはポーランドの傷口に塩を塗る国辱だった。ブリギッテと五人の子どもたちも城に移る。末っ子のニクラスは数か月前にミュンヘンで生まれたばかりだった。フランクの五人の腹心の一人として、ウィーンから到着したばかりのオットー・フォン・ヴェヒターがクラクフ県知事に任命される。

フランクは専政君主のように振る舞い、ポーランド人たちは完全に彼の支配下にあると知らされ

ナチスのポーランド総督府
領域 1943年
0 100 200
キロ
トレブリンカ
Modlin
ワルシャワ
Brest-Litowsk
Litzmannstadt
Radom
ルブリン
マイダネク
Kowel
Kielce
ベウゼック
ジュウキエフ
クラクフ
アウシュヴィッツ
レンベルク
Czernowitz
Miskolc

た。ここは人々が権利を有する「立憲国家」ではなくマイノリティは保護されない。短期間の戦争でワルシャワはひどく破壊されたが、フランクは再建せぬことに決めた。そうした努力の代わりに大量の命令に署名をし、そのうちの多くはレムキンが世界中をひっぱり回した旅行鞄のなかにおさまることになる。フランクの権限は地理的にも広範囲をカバーしたが、対象もまた、野生動物（保護対象）からユダヤ人（保護非対象）までと幅広かった。一二月一日以降、十歳以上のユダヤ人は全員ダビデの星をあしらった十センチより幅広の腕章を、室内着・外出着を問わず、右袖につけることが義務づけられる。公的資金を節約するために、ユダヤ人たちは腕章を自作しなければならなかった。

就任当初からフランクは毎日日記（執務日記）をつけ、日々の行動と成果を記録した。クラクフを去るまでに、彼は少なくとも三十八冊の、二人の男性タイピストが毎日タイプしたフールスキャップ判一万一千ページの、きちんと保管され、そのまま罪状証明として使える日記を残した。最初のころの記述には、ナチス体制がめざす不滅性の意識が如実にあらわれ、ポーランドは「帝国の新領地から全ユダヤ人を立ち退かせる」というヒムラーの願望達成のための領地であるという位置づけになっていた。ポーランド人の取り扱いは過酷だった。たとえば、独立記念日の一一月一一日にポーランド人が祝賀会を催すことを懸念して、フランクは祝賀的色彩のあるポスターを禁止し、違反者は死刑にするという命令を出した。完全に生殺与奪の権を握っていたフランクは、一九三五年のベルリン会議で表明された思想を実行に移し、実際にその権力をふるうつもりでいた。ポーランド総督府においては「人民の共同体」だけが法的主体であるから、諸個人は主権者である総統の意思に隷属する、としたのである。

92

一九四〇年一〇月、フランクはベルリンへ向かう。ヒトラーの私邸に食事に招かれ、自分が委任された領地の未来について話しあうことになっていた。ほかに招かれていたのは、新帝国直属都市ウィーンの総督に任命されたバルドゥール・フォン・シーラッハと、ヒトラーの個人秘書、マルティン・ボルマンである。フランクは総督府における新展開について自分の功績を語った。ボルマンの記録には初期の成果が読み取れる。「総督フランク博士より総統に対し、総督府領内の活動は大成果達成中と評して然るべしと報告あり。ワルシャワその他都市部のユダヤ人はゲットーに収容され、まもなくクラクフからもユダヤ人が一掃されるであろう」

フランクの努力は誉めそやされた。ところで、ドイツやオーストリアにいるユダヤ人――リタやマルケのような存在――はどうすべきだろう？　四人はフランクの役割と彼の総督府政府について議論し、両国に残っているユダヤ人を東方へ搬送する場合、フランクが協力するという申し出を皆が評価した。フランクは最初実行のむずかしさを表明していたがすぐに受けいれた。

総統の反対側に席を占めていたフォン・シーラッハ総督は、フランク博士がウィーンから引き取るべきユダヤ人の数は五万人といった。党員フランク博士は不可能だといった。〔プロシアの〕コッホ大管区長はチェハヌフ地区にまだポーランド人とユダヤ人を抱えているが、もちろんこれらも総督府に引き受けてもらわなければならないと発言した。

フランクに選択の余地はなかった。ウィーン在住のユダヤ人を彼の領土へ搬送することが決定される。今後彼の管轄下の人口が新規人口流入によって増大することを覚悟しつつ、フランクはクラクフへ帰った。命じられたことはやるしかない。

93

フランクの領土はたちまち拡大した。一九四一年六月にヒトラーがソ連を攻撃したバルバロッサ作戦以後、ドイツ軍はソ連がコントロールしていたポーランド領(とかつてオーストリア=ハンガリー帝国の州だったガリツィア)に侵攻し、同地域は八月一日付けでポーランド総督府に編入される。フランクは、ガリツィア県の首都になったレンベルクも管理下におさめ、県知事としてカール・ラッシュを据える。クラクフでは、自分の権力を使って何人かの知識人を放免したフランクだったが、ラウターパクトとレムキンの恩師であるレンベルクのロンシャン・ド・ベリエ教授の命は踏みにじった。

領土拡大によって、新たな挑戦が突きつけられる。ドイツ軍は易々と戦果をあげながらユダヤ人の多い東方へと侵攻してゆき、その結果フランクは、総督府領全体で二五〇万人以上のユダヤ人を抱えることになった。もし「混血」ユダヤ人もふくめると、その数は三五〇万人にのぼる。フランクはヒムラーと共に、彼らの行く末を考えた。必ずしも意見が一致する二人ではなかったけれど、他人の意に添うことに汲々とするフランクは、結局はむずかしいことをいわぬことにした。ヒムラーが決定し、これにフランクが追随した。

一二月、フランクはヴァヴェル城で総督府会議を開き、ユダヤ人の将来についての会議がベルリンで開催されることを告げる。親衛隊大将ラインハルト・ハイドリヒが議長を務めるヴァンゼー湖畔の会議で、「ユダヤ人大規模移送」が取りあげられるだろう。自分の代理として総督府次官ヨーゼフ・ビューラーが出席する旨を告げたフランクは、会議出席者に「憐憫の感情」を捨て、「移送」という用語の意味を明確に理解することを求めた。帝国の構造を維持するために「我々はユダヤ人を見つけ次第、ところかまわず可能なかぎり絶滅しなければならない」と説明した。わたしはフランクの日記の、一言一句を忠実に書きつけたこの個所を読みながら、果たして彼の書記たちは、このような意見表明を文字に残すことの是非を疑わなかったのだろうかといぶかった。

　ヴァンゼー会議は一九四二年一月に開かれた。ラウターパクトがニューヨークのウォルドルフ・アストリア・ホテルでロバート・ジャクソンとディナーを共にし、レムキンがノースカロライナ州のダラムにある大学の狭いオフィスでフランクが発した命令の数々を念入りに読みこんでいたころだ。会議議事録はアドルフ・アイヒマンによって作成され、「ドイツ民族の生活圏から合法的にユダヤ人を一掃する方法」について合意されたこと、その方法を「強制移住」と呼ぶことが記録されている。ユダヤ人の人口分布表が準備され、その数一一〇〇万人でそのうち二〇パーセントがフランクの支配下にあった。「西から東まで、ヨーロッパは梳《くしけず》られることになります」と、〔ヴァンゼー会議に先立つ事前打ち合わせで一九四一年一二月に〕ベルリンからもどってきたビューラーはフランクに報告していた。オーストリアに残っていたユダヤ人は——四万三七〇〇人しかいなかったが——「疎開ユダヤ人」として「中継収容所」へ送られ、その後フランクの総督府領へ向けて東をめざすことになる。オーストリアとドイツにいた老齢者は、まずテレージエンシュタットにある老人用ゲットーへ搬送された。わたしの曾祖母であるマルケ・ブフホルツとローザ・ランデスはそこにふくまれることになる。

　役に立ちたくてたまらないフランクは、全面協力の意志をビューラーに伝え、ビューラーはこれをハイドリヒおよびヴァンゼー会議出席者に伝えた。「ユダヤ人問題の最終的解決がポーランド総督府領内で開始されるのであれば」総督はそれを喜んで引き受ける、と会議の席でビューラーは告げる。総督府領でおこなうことのメリットはさまざまある。交通網の充実、豊かな労働力。したがってユダヤ人の除去は「迅速に」実行可能である。総督府の行政各機関は必要とされる協力をすべておこなう、とビューラーはヴァンゼー会議での発言を締め、ひとつだけリクエストを付け加えた。

おおまかな翻訳ではあるが、アイヒマンの議事録は明確なリクエストを記録している。ユダヤ人問題が可及的すみやかに解決されますよう、そしてその幕開けの栄誉をわれらにお与えください。

94

ビューラーはクラクフへもどり、総督府が全面的に協力するというオファーが熱烈な感謝と共に受けいれられた旨をフランクに報告する。たまたまそのころ、コッリエーレ・デッラ・セーラ紙から派遣されたイタリア人ジャーナリスト、クルツィオ・マラパルテが、フランクにインタビューするためにクラクフにやってきた。イタリアとムッソリーニ（フランクの友人）に好意を抱いていたフランクは大喜びでマラパルテをヴァヴェル城での私的な晩餐に招き、幹部とその妻たちも招待された。ゲストのなかには、クラクフの県知事オットー・フォン・ヴェヒターや、ヴァンゼー会議からもどってきたばかりのヨーゼフ・ビューラーもいた。

マラパルテはよりぬきの兵士たちに感銘を受けた。身体をぴったりと包む灰色の制服、赤い腕章と鍵十字。すばらしいワインをふるまう招待主フランクはテーブルの上座でがっしりした背もたれの高い椅子におさまり、すぐそばにはビューラーがすわっている。マラパルテはフランクの黒光りする髪

ヴァヴエル城でディナーパーティーを主催するフランク（中央）。時期不明

と白い象牙のように艶やかな高いひたい、そして分厚く眠たげなまぶたの下の突きでた目と、ビューラーの赤い頬、汗のにじんだこめかみ、フランクに対する敬意のあまりうるませた両眼に注目する。フランクが何か質問を発するたびに、追従《ついしょう》叫びとでもいうべき「ヤー、ヤー！」という声をあげつつ最初に答えるのはいつもビューラーだったこと。

ビューラーがきわめて最近、ベルリンでのヴァンゼー会議から帰ってきたばかりだということを、マラパルテは知っていたのだろうか？　ビューラーはハイドリヒのことや、合意を見た実行策について、「ヨーロッパのユダヤ人問題の最終的解決」について語ったのだろうか？　このイタリア人ジャーナリストは、一九四二年三月二二日に発行されたコッリエーレ・デッラ・セーラ紙に寄せた記事のなかで、そうした事柄については報告していない。ほんの少しだけユダヤ人について触れてはいるが——問題を惹起した資産の接収について わずかの言及——そのほかはフランク礼賛雨あられ。「彼は偉大な人物だ。力強いと同時に敏捷でもある」とマラパルテは書く。「繊細な口もと、ほっそりとしたワシ鼻、大きな目、豊かな前頭部は若はげ気味で輝いている」

流ちょうにイタリア語を話したフランクは、次のような記事にご満悦だったにちがいない。彼を評して「ヤギェウォ朝とソビエスキ家の国王の王座に座す」リーダーと描写したのだから。偉大なるポーランドの王族と騎士道の伝統が復活しようとしていたのである。

フランクの発言として、「わたしの念願は、ポーランド国民をヨーロッパ文明の栄誉ある地位に高めることである」という言葉が引用されている。夕食後、招待客はフランクの私邸に招かれる。ウィーン風の深々とした長椅子ややわらかな革張りの大きなひじ掛け椅子にゆったりとおさまった男たちは歓談し、葉巻を吸い、酒を飲んだ。青い制服の二人のボーイが室内を動きまわってコーヒーやリキュールや菓子をふるまう。贅沢は限りなく、緑と金の彩色にぬめるヴェネツィア風のテーブルには年代物のコニャック、ハバナの葉巻をおさめた木箱、砂糖漬けの果物や老舗ヴェーデルのチョコレートを盛った銀器が並んでいた。

フランクはマラパルテを自分専用の書斎に招く。二面の柱廊を持つ珍しい構造で、一面が外部に開いて市を一望でき、もう一面が内部に向いていてルネサンス式中庭を見おろすことができる。書斎の中央には巨大なマホガニーのテーブルがあり、磨き抜かれた素地が燭台の明かりを写していたらしいが、それから何十年もあとにわたしが訪れたときにはなくなっていた。

「ここでわたしはポーランドの将来を考えるのです」とフランクはマラパルテにいった。

二人は外側に向いた柱廊に出、眼下に広がる町をながめる。

「これはまさにドイツの城です」とフランクは腕をあげ、まばゆい積雪にくっきりと落ちたヴァヴェル城のシルエットを指さしていった。マラパルテは、城壁のはるか下で吠えたてる番犬、ピウスツキ元帥の墓を守る警備兵の一隊についても書きとめている。

その夜の激しい寒気のせいで、マラパルテの目には涙がにじんだ。二人は書斎にもどり、そこにブリギッテ・フランク夫人が合流する。彼女はマラパルテの腕に手を添えて、「こちらにいらっしゃい」という。「あの人の秘密をご覧に入れたいの」。二人は書斎の端のドアを抜けて、漆喰を塗っただけの小さな部屋に入った。ここが彼の「鷲の巣」だとブリギッテが告げる。黙想と決断の場所、プレイエルのピアノと木製の椅子のほかには何もない。

夫人はピアノの蓋をあけて鍵盤をひとなでする。マラパルテは、フランクが忌み嫌っている太い指とはこの指か、とまじまじと見る（そのころすでに夫婦生活は暗礁に乗り上げていた）。

「重要な決断をする前とか、ものすごく疲れていたり落ちこんでいるとき、あるいは重要会議の真っ最中などでも」と彼女は説明する。「彼はここに閉じこもって鍵盤に向かい、シューマン、ブラームス、ショパン、ベートーヴェンなどから慰謝や霊感を得るのです」

マラパルテは黙って聞いていた。「驚くべき男性だと思いません？」とささやくフランク夫人のがさつで貪欲で陶酔しきった顔には、誇りと愛情が見て取れた。「彼は芸術家なんですの。それも偉大な芸術家。純粋で繊細な魂をそなえた」と彼女はいう。「彼のような芸術家にしか、ポーランドを統治することはできません」

クラクフのその夜、フランクはピアノを弾かなかった。数日後マラパルテは、総督がロシア戦線からの退却と総督府人事異動についてヒムラーと話しあうためにワルシャワ訪問をした際、彼のピアノ演奏を聴いた。そこでヒムラーとフランクは、クラクフの県知事オットー・フォン・ヴェヒターを三三〇キロ東のレンベルクへ、ガリツィアの県知事として赴任させることを決めた。交代させられたのはカール・ラッシュで、汚職がその理由とされたが、彼はフランク夫人と密通していたとか末子ニクラス・フランクの本当の父親ではないか、という噂が立っていた。

95

わたしがニクラス・フランクに初めて会ったのは、ハンブルク郊外のホテル・ヤコブのテラスだった。そこからはエルベ川が見おろすことができる。春の初め、丸一日裁判所の審理に出席したあと——ハンブルクは国際海洋法裁判所の本拠地である——ニクラスとわたしの前にはリースリングのボトルとドイツチーズが山盛りの皿、頭上では甘い香りの若葉が茂って天蓋を作っていた。

七十三歳のニクラスは髭をたくわえ、傷つきやすそうな表情で、写真で見た子どものころの面影を残していた。学者のような雰囲気を持ち、親切でおだやかな人物だけれども、鋼《はがね》のような芯が通り、付和雷同せぬ気風と行動律をそなえている。マラパルテがヴァヴェル城を訪れた一九四二年の春、ニクラスはまだ三歳だったからそのイタリア人を覚えてはいないが、彼が父親について書いた文章は読んでいる。そうしたことを、わたしは彼が一九八〇年代に書いた本であらかじめ知っていて、それが私たちの出会いをうながした。彼は長いあいだシュテルン誌のジャーナリストをやっていたが、一九八七年に『Der Vater（父親）』というタイトルの、情け容赦もなければ手加減もしない父親批判の本を出した。ナチス幹部の子どもたちが父親の名誉を守ろうとしていた（そして秘密をもらすまいとしていた）ところへ切りこむ、タブー破りの本であった。その短縮英訳版が『In the Shadow of the Reich（帝国の影のなかで）』というタイトルで出ているが、ニクラスは翻訳の質と割愛部分についての不服を口にした。わたしはその本をウェブで見つけ——一〇ペンスと郵送料——週末に読み終えていた。その後、わたしは翻訳者——ウェズリー大学のドイツ語・ドイツ文学名誉教授、アーサー・ウェンシ

両親といっしょに写るニクラス・フランク。1941年、ヴァヴェル城

ンガー――と連絡を取り、ニクラスを紹介してもらったのである。だがそこにまた奇妙な偶然がかさなった。ニクラスの本を訳したこのウェンシンガー教授は、戦時中アンドーバー〔マサチューセッツ州〕のフィリップス・アカデミーにいたのだが、そこでエリ・ラウターパクトの同級生だったのである。

わたしがハンブルクでニクラスと最初に会ったのは、彼の本を読んでから数週間後のことだった。わたしは最初から彼に好意を抱いた。おおらかな人柄で、冴えたユーモアのセンスと小気味よい辛辣さを持ち合わせている。クラクフとワルシャワでの幼年時代、ヴァヴェル城の暮らし、そしてハンス・フランクのような父親を持ったことの困難について話してくれた。彼がまだジャーナリストだった一九九〇年代、ポーランド大統領に選ばれたばかりのレフ・ヴァエンサにインタビューするためにワルシャワへ向かった彼は、ベルベデーレ宮殿でワレサと対面した。

そこは、マラパルテがピアノを弾くフランクの姿を目撃した場所だった。

「テーブルのまわりを駆け回っていたことを思いだすんです。父はいつもテーブルの反対側にいて捕まえることができません。わたしはただ彼に抱きしめてもらいたくてたまらなかった。それなのに父はわたしのことを『フレムディ』――どこかのだれかさん――と、まるでわたしが家族の一員ではないかのように呼びつづけるので、わたしは泣きながら追いかけた。『お前はこの家族と関係ないんだよ』と父にいわれ、わたしは泣いてばかりいました」。わたしはこの話を聞いていぶかしい表情を見せていたにちがいない。ニクラスは解説してくれた。

「ずっとあとになって初めて、父がわたしのことを実の息子だとは思っておらず彼の親友、ガリツィア県知事のカール・ラッシュの子だと思っていたと知りました。というのも、彼は短期間、母の愛人だったことがあるのです」。ニクラスは母親の手紙類と日記から何が起きていたのかを知ることになる。「母は何でも書き残す人でした」と彼は説明を始めた。「どんな会話でも書きとめておくんです。ラッシュが撃たれたときに父とかわした会話もふくめて」（汚職の疑いでラッシュは一九四二年の春、ガリツィア県知事職をオットー・フォン・ヴェヒターに引き渡し、その後処刑か自殺で落命する）。

だが実際にブリギッテ・フランクの手紙を読むと、フランクがニクラスの父親だったことははっきりしている。数年後ニクラスが、ヴァヴェル城時代のフランクの個人秘書、ヘレーヌ・ヴィンター（旧姓クラフズィック）を訪問したときに真実が確認された。「彼女の家に近づいてゆくと、窓のカーテンがちらりとゆれるのが見えました。しばらくしてからわたしは彼女にこう尋ねました。『ヴィンターさん、わたし　はラッシュ氏に似ているでしょうか？』」。ヴィンター夫人の顔が蒼白になったという。彼女のほうでもニクラスが来る前に、彼がフランク似なのかラッシュ似なのか気にしていたらしいが、フランクに似ていることを確認できてほっとしたらしい。

「彼女はわたしの父を愛していました。夢中だったんです」といってニクラスは口を閉じた。そのあと彼は、わたしが惹かれはじめていた飾り気のない断定的口吻でこういった。「二人には肉体関係はあったんですよ。とてもいい女性だったからね」

年月がいくら経とうと、父親と家族のメンバーに対して抱くフランクの感情からしこりが取れることはなかった。フランクの妹、リリーは家族の地位を利用して取引をした。「彼女はよくプワシュフ強制収容所へ出かけたものです」と、ニクラスは教えてくれた。彼らが住んでいたクラクフに近い収容所だった。「クラクフのゲットーが閉鎖されたあと、何千というユダヤ人がアウシュヴィッツとプワシュフに分けて送られました。わたしの叔母のリリーはプワシュフにいるユダヤ人のところへゆき『わたしは総督の妹です。何か高価な貴重品を頂けるならあなたの命を助けてあげましょう』というのでした」。そんなことをどうして知っているのかと問うと、「母の手紙に書いてあったんです」と彼は答えた。

ブリギッテ・フランクは一九三二年までユダヤ人と良好な関係をたもっていた、とニクラスは考えている。ナチスが支配権を掌握したあとも彼女はユダヤ人と取引をつづけ、自分の新たな地位にふさわしい毛皮やきらきらした飾りを売買していた。「ナチスの支配が始まってからも最初の数か月、彼女はユダヤ人と取引をしていました」。父親は怒ったという。「そんなことをしてはいかん。わたしは司法大臣なのにお前はユダヤ人と商売をしている。あいつらを追いだそうとしているというのに」

父親とはどういう関係だったのだろう？　親密な瞬間として思いだせるのは、ただ一回きり、とニクラスはいう。ヴァヴェル城内にある父親専用バスルームの、埋めこみ式浴槽の近くで起きたできごとだ。

「父が髭をそっているところで、わたしはすぐそばに立っていました。するといきなり石けんの泡をわたしの鼻にくっつけた」とニクラスはしみじみ懐かしむようにいう。「あれが唯一わたしが思いだせる、父とわたしのあいだで心が通った瞬間でした」

日をあらためて、わたしはニクラスといっしょにヴァヴェル城を訪れ、フランクの個人居室、家族用の一画、くだんのバスルームなどを巡り歩いた。わたしたちは鏡の前に立ち、ニクラスは父親が彼のほうにかがみこんでシェービングフォームを鼻先につけたときのようすを再現してくれた。

「あのときのままだなあ」と、父親の寝室の隣にもうけられた埋めこみ式浴槽をいとおしそうにながめてフランクがいった。ドアのうえの十六世紀のまぐさ石に彫りこまれた文字を、わたしたちは読んだ。**Tendit in ardua virtus**「困難を生き抜く勇気」

96

マラパルテはもう一度フランクとディナーを共にしている。場所はワルシャワのブリュール宮殿。一九一九年に新生ポーランドの首相イグナツィ・パデレフスキーがショパンの前奏曲を弾いたとき、マラパルテはそこにいた。今回、マラパルテは宮殿内のプライベートルームでソファに腰かけ、感涙にむせぶパデレフスキーの幽霊のような顔を思いだしていた。あれから四分の一世紀を経てこの変わりよう！　フランクがピアノを弾いている。顔を鍵盤に寄せ、蒼白のひたいには汗がにじんでいた。「誇り高き」横顔には苦悩の色がうかがえ、総督は荒い息をもらしてくちびるをかんでいた。両眼は閉じられ、感情のたかぶりでまぶたが震えている。「病人だ」とマラパルテは思った。今、ショパンの前奏曲の清らかで人の心をあやしくさせる音符がドイツ人の両手からほとばしる。マラパルテは、慙悸の念と不服従の心とを聴き取った。

マラパルテが書いた一九四二年のコッリエーレ・デッラ・セーラ紙に、こうした描写は出てこない。彼が一九四六年に出版した小説『Kaputt（破綻）』〔『壊れたヨーロッパ』古賀弘人訳、晶文社〕からの引用である。そのときはすでにフランクの運命は暗転していた。小説バージョンによれば、その正確性はともかく、ブリギッテ・フランク夫人は編み物用の毛糸玉を膝に置いて、夫のすぐ近くにすわっていたらしい。

「ああ、天使のような演奏ね！」とポーランドの女王がささやく。ブリギッテは毛糸玉を放りだして夫にいそいそと寄り添い、彼の手を取ってキスをする。そのあとは夫の前にひざまずき敬意を表し、と思っていたマラパルテだったが、夫人はフランクの手を招待客のほうに向けて高々と掲げ、勝利を祝うがごとくこういった。

「ご覧なさい！　天使の手のできばえを！」

マラパルテはフランクの手を見た。小さくて繊細で白っぽい。妻の手とはまるで対照的だった。

「わたしが驚くと同時に安堵したのは、その手には一滴の血も付着していなかったことだ」と、彼は小説のなかで書く。そうした見解の表明がもはや危険視されなくなってからの著述ではあるが。

一九三六年六月にヤンキースタジアムでおこなわれたボクシングのタイトルマッチで、ドイツ人ボクサー、マックス・シュメリンクがジョー・ルイスを十二ラウンドでノックアウトしたことを祝し、ワルシャワにおけるフランクの私邸、ベルベデーレ宮殿にて昼食会が開催されたときもマラパルテは招かれていた。フランクは思いのたけを彼に打ち明けたかったらしい。

「親愛なる《マインリーバー》マラパルテさん」と、小説中のフランクは語りかけてくる。「ドイツ国民はとんでもない誹謗中傷の犠牲者なんですよ。わたしたちは殺人民族なんかじゃない……あなたの任務はね、正直で公平な立場のあなたがすべきことは、真実を語ることです。ポーランドにいるドイツ人は優秀で平和を愛し勤勉な一家で、それはポーランドという国そのものだ――まさにドイツ的な実直な家庭である、と正々堂々といえるでしょう」

そこでユダヤ人はどうなります？　とマラパルテは尋ねる。

「実態はこう！」ワルシャワ県知事のルートヴィヒ・フィッシャーが声をあげた。「戦前には三十万人しか住んでいなかった同じ場所に、今では百五十万人以上のユダヤ人が住んでいる」

「ユダヤ人はそういう住み方が好きなんですよ」とフランクの報道官、エミール・ガスナーが笑いながらいった。

「違う暮らし方を強制することはできないからね」とフランクが説明する。

「強制は国際法違反ですからね」とマラパルテは笑みを浮かべる。

フランクは、ワルシャワのユダヤ人居住区が多少窮屈であることは認めるが、「汚物」にまみれて暮らすのは彼らの自然な生息環境なのだという。

「彼らがネズミのように死んでゆくのは悲しい」といったフランクは、その表現が物議をかもす危険を承知のうえで、「単純に事実の描写」なのだと付け加えた。

会話の話題が子どものことになった。

「ワルシャワのゲットーで子どもの死亡率は？」とフランクがフィッシャー知事に質問する。

「五四パーセント」とフィッシャーは冷徹な正確さで答える。ユダヤ人は堕落した民族だ。ドイツ人と違って子どもの世話をすることができない。とはいえ、ポーランドの外でドイツ人の印象はよろしくない。それはなんとかしないと。

「イギリスとアメリカの新聞のいうことを真に受ける人は、ドイツ人はポーランドで朝から晩までユダヤ人を殺していると思うでしょうな」とフランクがいう。「しかしあなたはここポーランドに一か月以上いて、ユダヤ人が髪の毛を引っこ抜かれている現場など見たことはない、そうじゃありませんか」

そういったあと、フランクは深紅のテュルケンブルート（トルコ人の血）という酒をなみなみと注いだボヘミアングラスを高々と掲げたが、マラパルテは自分の反応を記していない。

「怖がらずにお飲みなさい、マラパルテさん。ユダヤ人の血じゃないんだから。乾杯《プロジット》！」

話題は近くにあるワルシャワのゲットーの話になった。

「ゲットーのなかでは完全な自由がたもたれています」とフランクはいう。「だれひとりとして罰したことはありません」

殺したこともないという。

「ユダヤ人を殺すなんてドイツ的なやり方ではありません」。そのような行為は時間と労力の無駄だ。「彼らをポーランドへ搬送してゲットーに閉じこめておく。そこで彼らは自由に行動してよろしい。ポーランド内のゲットーで、彼らは自由共和国にいるようなものです」

フランクはふと思いついてこういった。

「ところでマラパルテさん、ゲットーをご覧になったことはおありかな？」

97

わたしは『Kaputt』のイタリア語初版本を手に入れることができた。これと読み比べてみて、英訳版が原書の忠実な翻訳であることは確認できた。マラパルテは、みずから実地体験したということになっているワルシャワ・ゲットー訪問について詳細な記述を残している。クルツィオ・マラパルテの書いたものをすべて額面通りに受け取るわけにはいかぬと教わってはいたけれど、この訪問記は引用してみる価値はある。マラパルテはベルベデーレ宮殿から、フランク総督とフォン・ヴェヒター夫人が乗った先頭車に同乗して出発した。二番目の車にはフランク夫人とマックス・シュメリンク。そのあとにつづく二台にはほかの招待客が分乗した。一行の車は、「禁じられた町」の入り口、ドイツ人がゲットーを取り囲むように築いた赤煉瓦の壁に開けた門の前で停車し、全員が車からおりた。

「この壁が見えますかな？」とフランクがわたしに語りかける。「イギリスとアメリカの新聞が書いているような、機関銃が林立する恐ろしいコンクリートの壁には見えないでしょう？」といったあと、彼は笑みを浮かべてこういい添えた。「あわれなユダヤ人たちは胸が弱くてね。少なくともこの壁で強風から彼らを守ってやることはできますし」……

「それに」とフランクは笑いながらいう。「ゲットーから逃げだせば死刑になりますが、ユダヤ人たちは気の向くまま出たり入ったりしてるんですよ」

「壁を乗り越えて？」

「いやいそうじゃなくて」とフランクが答える。「夜のあいだに壁の下に掘っておいたネズミ穴ですよ。日中は土くれとか葉っぱで隠しておくんです。その穴をもぐって町に出て食べ物とか着る物を買ってくる。ゲットー内の闇市で売られている物はだいたいこの穴経由で運ばれてくるんです。ときどきネズミが罠にかかることもあります。八歳から九歳くらいまでの子どもです。スポーツマン精神で命を賭けるわけですよ。真のフェアプレーじゃありませんか、ねえ《ニヒトヴァー》？」

「命を賭けるですって？」とわたしは声をあげた。

「基本的に」とフランクが答える。「彼らが賭けることのできるものはそれだけですから」

「なのに、あなたはそれをフェアプレーと呼ぶんですか？」

「もちろん。どんなゲームにもルールはあるでしょう」

「クラクフでは」とフォン・ヴェヒター夫人が口をはさんだ。「わたしの夫がオリエンタルなデザインを取り入れ、エレガントな曲線を持たせた優美な胸壁を連ねた壁を作りましたの。クラクフのユダヤ人に文句をいわれる筋はないわね。ユダヤ趣味満載の壁にしてあげたんですもの」

凍結した雪のうえで足踏みしながら、皆笑い声をあげた。

「ルーエ――静かに！」といったのは、わたしたちから数メートル離れたところの盛り雪の背後にひざまずいて身を隠していた兵士だった。ライフルの銃座を頬に当てている。もう一人の兵士が彼の背後にひざまずき、同僚の肩越しに見守っている。突然ライフルが火を吹く。弾丸は穴の脇の壁にあたった。「はずれ！」と兵士は陽気に叫び、弾丸を銃身につめる。

フランクは二人の兵士に近づき、何を標的にしているのかと尋ねた。

「ネズミですよ」と答えて二人は大声で笑う。

「ネズミ？　そうか《アッハゾー》」とフランクはいい、しゃがみこんで兵士の肩越しに標的を見た。

わたしたちも彼らに近づき、婦人連中はスカートを膝までつまみあげ、笑いころげ悲鳴をあげる。ネズミ！　と聞いたときに女性が示すおきまりの反応を見せてくれた。

「どこなの？　どこにいるの、ネズミ？」とブリギッテ・フランク夫人が尋ねる。

「罠のなかさ」とフランクが笑う。

「気をつけろ《アハトゥング》！」と兵士が照準を合わせる。壁の下に掘った穴からもつれた髪の毛がひょいとのぞき、二本の手が雪のうえに出てくる。

子どもだった。

二発目の銃声。ほんの数センチ、的をはずれた。子どもの頭は消えてしまった。

「ライフルをよこせ」と苛立った声のフランク。「お前らはコツを知らん」。彼は兵士からライフルをもぎとり照準を合わせた。音もなく雪が降っていた。

社交の延長として妻や友人、ひょっとすると子どもたちを連れてのゲットー訪問記である。わたしはサーシャ・クラヴェッツのことを思いだした。フランスのヴィッテルで、エルシー・ティルニーに六か月かくまわれていた若者だ。フランクの表現を使えば、彼は逃げおおせたネズミ、ということになる。わたしはニクラスに、このマラパルテの話をどう思うか訊いてみた。ワルシャワのゲットーを実際に訪れたというリアリティについて。フランクが銃を手に取ってユダヤ人を狙うというようなことがありえたろうか?

彼は母親が『Kaputt』を実際に読んでいたことを認めた。「彼女がソファのうえでマラパルテの本に激怒していたシーンを覚えています。父の指がとても長いと書いていたのかな。事実彼の指はとても長かったんですが。それとも母の指について書いてあったのかな?」

「あなたのお父さんの指についてでしょう」とわたしはいった。マラパルテは、ブリギッテの指は太いと書いていた。ニクラスはうなずき、乱ぐい歯を見せて笑った。「母は興奮して部屋中を歩きまわり、すっかり落ちつきを失っていました。『嘘よこんなの』といいました。『ユダヤ人を殺したことなんてないの、個人的には』。その点が彼女にとってのよりどころだったんです。彼は悪くないと主張するときの。彼は『個人的に』人を殺したことはない、というふうに」

「個人的には?」

赤い服を着た少女

それで、ゲットー訪問というのは事実だったのか？

「わたしたちはみんなゲットーにいったことがあります」とニクラスは、きまり悪そうに淡々といった。彼は、フォン・ヴェヒターが作ったクラクフのゲットーだと思うが、そこを一度訪れたことがあるという。「兄のノーマンはワルシャワのゲットー、姉のジグリットはクラクフのゲットー。わたしは母といっしょにクラクフのゲットーを訪れたんだと思います」。後日ニクラスは、彼の父親が保管していた、「クラクフ」というタイトルのついたホームムービーを見せてくれた。家族の風景だとか仕事中のフランクの姿などの動画のあいまに、ゲットーの情景が写っている。短いシーンだが、カメラが赤い服を着た少女をとらえた映像がある。

カメラを見つめて微笑んでいる。美しい満面の笑み、希望にみちた笑顔はわたしの脳裏に焼きついた。赤い服もそうだ。『シンドラーのリスト』のなかでスティーヴン・スピルバーグ監督も赤い服の少女を印象深く演出していた。同じゲットーで同じ赤い服、フィクションと事実と。スピルバーグはこの映像を見ていたのだろうか。父親が残した映像は公にされたことはないとニクラスはいうが、それではまたもやこれも偶然なのか。

ニクラスに、彼の父親とマラパルテがワルシャワのゲットーをいっしょに訪れた可能性はあるだろうか、と尋ねた。

「ありうるでしょう」とニクラスは答えた。「彼がユダヤ人を個人的に殺したとは思いませんし、母にとってそんなことは思いもよらないと思います。だから彼女は興奮したんですよ、あの本のせいで」

だが、この重要な点について、家族のなかに別の見解もあった。すでに亡くなったニクラスの兄、ノーマンは母親の記憶には同意していない。

「ノーマンはシャンパーとゲットーにいきました」と、ニクラスは父親お抱えの運転手の名前を出した。「ノーマンは、わたしたちの父親ならば兵士から銃を取ることぐらいしただろう、というのです」

98

一九四二年の夏になると、フランクは高位高官のなかの敵に対処するため、守りを固める必要性を感じはじめる。六月と七月に、彼は法の支配とその重要性という法律関連の大演説を四回おこなった。ユダヤ人殲滅計画の主導的役割を握り、また占領下ポーランド領ではおおっぴらな権力争いの相手になってしまったヒムラーに対抗し、フランクは適性な裁判所と独立した裁判官を確保し、法の支配を尊重するシステムが必要なことを強調した。ベルリン、ウィーン、ハイデルベルク、ミュンヘンという錚々たる大学で演説をしたフランクは、帝国内の司法が崩壊しつつある危機を訴える高位の判事たちからの要求に応える形で自説を述べた。帝国を法の下に置きたい、とフランクは説いた。「法的思考の枠内では常に戦争はすべてに優先する」と彼は六月九日、ベルリンの聴衆に向けて述べた。だが、戦争の真っ最中でも法的安全性を欠いてはならない。というのも人は「正義の感覚」を必要とするからである。この発言は、ポーランドで彼の監督下でなされていた行為をふりかえると、自虐的冗談を超えている。彼は正義について独自の考え方を持っており、それは「権威主義的統治」と「裁判官の独立性」というはっきりと区別された二つの概念のうえに成り立っていた。法は権威主義的であるべきだが、その適用は独立した裁判官の判断にゆだねるべし。

ヒムラーは四つの演説をこころよく思わず、ヒトラーに注進する。フランクは言葉の選択にもう少し慎重であるべきだったのかもしれない。演説に対する強烈な反動はすぐにきた。まず彼はゲシュタポに尋問される。次いでショーバーホフを訪れたとき、ヒトラーから個人的な電話を受ける。ひとつだけタイトルを残し、その他の地位役職はすべて剝奪するという。

「ブリギッテ、総統は総督の職だけは残してくれたよ」と彼は妻に告げた。フランク夫人は夫の総督留任にほっとしていた、とニクラスはいう。

ニクラスはその本気度を疑っていたが、フランクの帝国のゆくえにかんする憂慮にまじりけがなかったとしても、彼が抱えていたほかの人生問題のほうがはるかに重要であった。人情がらみの事柄に比べると政治は二の次となる。リリー・グラウが思いがけなくも過去からよみがえってきたのだ。本当は結婚したかった幼少期からの恋人である。彼女の声はフランク宛ての封書の形で届いた。わたしのひとり息子がロシア戦線でゆくえ不明になってしまいました。お助けください。彼女からの懇願に彼は大いに動揺し、とめどなき欲望が頭をもたげた。彼はバイエルン地方のバート・アイブリングにある彼女の自宅を訪れる。二十年前に別れて以来の再会だった。
「たちまちわたしたちは自制心を捨てて燃えあがった」と彼は日記に記す。「わたしたちはふたたび結合したのである。情熱の激しさのあまり、もはや引き返すことは不可能だった」。一週間後二人はミュンヘンで会う。昼夜を分かたず彼女に尽くすべく、彼は十分な自由時間を確保してクラクフから抜けだしてきた。「二人の人間の崇高かつ神々しい結合、二人はたがいに火花を散らし、だれも止めることができなかった」と書くフランク。このくだりを最初に読んだとき、わたしは吹きだしてしまった。

フランクはブリギッテとの愛のない結婚から身をほどき、リリーといっしょになろうと決断する。ミュンヘン大炎上から一週間後、彼はブリギッテから自由になるためのきわめて独創的かつおそまつなプランを立てた。あのヴァンゼー会議での結論を利用して離婚に持ちこもうとしたのである。マルケ・ブフホルツがトレブリンカへの移送の旅を準備し、レンベルクのラウターパクト家が一斉逮捕され、レムキン家がヴォウコヴィスクのゲットーから追い立てられているころ、フランクはそうした無慈悲な行為の数々をこれ見よがしに例示し、自分はそうした犯罪行為――「筆舌に尽くしがたい陰惨な行為」――にどっぷりと加担しているのだと告白し、彼女自身の立場を守るためにもこんなわたしとは距離をたもつべきだと告げた。彼は、最終的解決として知られるようになる、身の毛もよだつ極秘計画の詳細を妻に伝えた。残虐行為を露悪的に使うことで、高慢で欲深な妻との日常から抜けだし、我が身の幸福を達成することができるという算段だった。そんな総督の悪名に妻を巻きこまぬために、彼は「最大の犠牲」を払う用意がある。つまりは離婚だ。そうすれば彼女が最終的解決のとばっちりを受けて汚されることはない。大量虐殺も使いようによっては、リリーへの道、幸福への道を確保してくれるのだ。

ブリギッテ(中央黒服)がヒトラーに送った写真、1942年。手前中央のニクラスから時計回りに次女ブリギッテ、長女ジグリット、長男ノーマン、次男ミヒャエル

フランクの四つの大演説にヒトラーもヒムラーも説得されなかったのと同じく、ブリギッテ・フランクもこの罠にはひっかからなかった。ポーランド女王はお城と兵隊に守られた豪奢な暮らしを楽しんでおり、その環境を手放すつもりはさらさらなかった。彼女にしてみればリスクを取って代償を払い、しがみつくほうが良かったのだ。「夫と別れた女になるよりは、国務大臣の寡婦になることを選びます！」と彼女は夫に宣言する。彼女が日記のなかに書き残した詳細を、ニクラスはわたしに教えてくれた。ハンスはわたしに「ぞっとするようなことを」語った、とブリギッテは日記に綴っている。大きな声では話せない。そのうち口外するときがあるかもしれないけれど、「その詳細は内々の話として」。

数日後、フランクは戦術を変える。ブリギッテをヴァヴェル城の音楽室に呼び、カール・ラッシュが拳銃で自害したと告げる。彼女は夫の反応に驚いた。「彼はもう離婚のことを考えなくてもいいといった」と彼女は日記に書いている。その夜は「和気藹々」だったけれど、何が彼の態度を変化させたのか「まったく理解できない」。

どたばた劇の夏はまだ終わらない。二週間後、フランクは自分が不幸なのはお前が原因だ、とブリギッテに別離を申し入れる。「わたしは良い国家社会主義者ではないと、だれかが彼に告げ口したらしい」と彼女は綴る。「そしてその告げ口を、あたかも離婚の勧めであるかのように解釈してみせた」

その翌日はまた平和がもどる。フランクは、いろいろと悩ませたことを償う護符として宝飾品を彼女に捧げた。だが一か月もするとまた彼は態度を変え、即刻離婚の話を持ちだした。

「わたしたちのあいだにはもう何の肉体関係もない」と彼はブリギッテにいう。彼の性欲はリリーによってみたされていた（そして明らかにもう一人、ゲルトルートという名前の婦人によって）。

こうしたむずかしい時期、ブリギッテは健気にも一貫して平静をたもっていたが、それが可能だったのは、彼女が完全にフランクを尻の下に敷いていたからかもしれない。ニクラスによると、彼女はヒトラーに宛てて、離婚回避のために介入してくれまいかと手紙を書いた。彼女は幸福な家族の肖像写真、女家長の庇護下につどう三人の息子と二人の娘というナチスの真に模範的な家族を写した写真を総統宛ての封筒に同封した。

写真の効果はあったにちがいない。ヒトラーが割って入りフランクに離婚禁止を告げた。ブリギッテ・フランクは夫の首根っこをしっかり押さえこんだ。「父は総統のことを家族よりも愛していましたから」とニクラスがふくみ笑いをした。

99

以上のエピソードが、一九四二年の夏にレンベルクを訪れたころのフランクを苦しめていた個人的危機である。彼はガリツィア地方を意のままに統治していたが、妻や自分の感情をコントロールすることはできなかった。肉体的衝動はいうまでもなく。

レンベルクでは、同市が新たにドイツ化されたガリツィア県の首都になって一周年を記念する行事が催されることになっていた。フランクは、三日間のツアーをタルノポリから始め、南方のチョルトキウとザーリシュフキをめぐってから東に向けてコシフとヤレムチェを回り、七月三一日金曜の朝にレンベルクに到着した。フランクは、絶えず襲撃の噂におびやかされていたため、装甲車と装甲列車で移動していた。ガゼタ・ルヴフスカ紙は、フランクを出迎えた新国民は「幸福に顔を輝かせ」、大勢の人々が感謝の意を表明した。子どもたちは花束を、女性たちはバラのブーケ、籠いっぱいのパン、塩〔ガリツィア地方は岩塩で有名〕や果物を捧げた。

今やレンベルクはドイツによってがんじがらめに管理されていた。フランクにとって大事な仕事は、数週間前にラッシュの後任として着任していた知事オットー・フォン・ヴェヒターの強力な権力のもと、文民統治を復活させることだった。ソ連を追い払ったあとのレンベルク統治について、フランクはいくつかの計画を持っていた。政策の相違でヒムラーと反目していたフランクは、すべての重要案件の決定には終始一貫関与したいと考えていた。監督と責任の幅が広がれば広がるほど、自分がリーダーだと認識させることができるだろうという読みである。この目的を達成するために、クラクフで党幹部らに説明していた「統治の統一化」の原理を適用しようとする。権力のピラミッドの頂点に立つ彼は、自分自身を「熱狂的信奉者」であると描いた。「親衛隊および警察の高級指導者はわたしに従属し、警察は県行政の一部を構成し、県内の親衛隊と警察は県知事に従属する」。フランクはその絶頂に君臨し、ヴェヒターはその一段下に位置する。

その論旨は単純だ。フランクはポーランド総督政府内のできごとを、すべて把握しているものと見

レンベルクのオペラハウス。フランクの訪問を祝して。1942年8月

なされる。そこで生じた行為に全面的に責任を持つ。保安警察と保安部の特別行動部隊《アインザッツグルッペン》の活動をふくむすべての行為にかんする報告を受ける。すべての重要文書の写しが必ず彼のもとに届けられる。すべてを知りすべてに責任を持つ自分は、釈明義務などのしばりのない権力を永続的に保持し得ると確信したのである。

彼の乗った列車がレンベルクの中央駅に入ってきた。ラウターパクトとレムキンが立ち去った同じ駅である。仲間のガリツィア県知事オットー・フォン・ヴェヒターと合流したのは午前九時だった。彼は長身でブロンドの、軍人然とした押しだしも良く、フランクと比べると非の打ち所のないハンサムなナチだった。教会の鐘が鳴り、軍楽隊が演奏を始める。二人は駅から町の中心へ向け、ラウターパクトの住居から近いレムキンの学生時代の宿泊所前を通りすぎ、帝国の旗で飾られた通りを進んでいった。オペラ通りに並んだ学童たちは、フランクがオペラハウス前の中央広場にやってくると、小旗を振って彼を迎えた。広場は、アドルフ・ヒトラー広場と改名されていた。

その夜、フランクは改築されたばかりの劇場の落成式に出席した。「芸術の神殿」たるスカルベク劇場である。彼は意気揚々と高位高官からなる聴衆の前に立ち、ベートーヴェンを振るフリッツ・ヴァイトリヒという、戦後はオーストリアの暗がりのなかへ消えてしまう知名度の低い指揮者を紹介する。本当はフォン・カラヤンかフルトヴェングラーを招きたかった。一九三七年二月のすばらしい夜、ベルリンのフィルハーモニック・ホールで神々しい総統を前に指揮したフルトヴェングラーの姿が忘れられなかったのだ。ベルリンでのコンサートは言葉にならぬ興奮を呼び起こした。あのコンサートを思いだすたびに、「若さ、力強さ、希望、感謝の念がもたらす陶酔に身震いする」と彼は日記に綴った。

その夜、彼は同様の情熱をこめて、オーケストラのただなかでスピーチをした。「我々ドイツ人は海外の土地へ出かけてゆくとき、イギリス人のように阿片のような人を堕落させるようなものを持ちこんだりはしない」と彼は宣言する。「我々は他国に芸術と文明と」そしてドイツ民族という不滅の国民を象徴する音楽をもたらすのである。とりあえずもちあげられたヴァイトリヒは、ベートーヴェンのレオノーレ序曲第三番作品七二を振り、そのあとにレンベルク・オペラ合唱団が参加して第九が演奏された。

100

翌朝八月一日土曜日の朝、フランクはガリツィア県のポーランド総督府併合一周年記念の祝典に出席する。会場はオペラハウスとかつてのガリツィア州議会議事堂内の大ホールだった。それから七十年が経過し、大学からその祝典について講演するよう招待されたとき、わたしが話をしたのも同じホールだった。わたしの前には、ヴェヒターの管理下で軍政から文政への移管がなされたことを祝福する演説をぶつフランクの写真があった。

フランクが演説をしたとき、大学の建物は赤白黒の旗で包まれていた。大ホールへ入るためにフランクは正面階段を昇り、ステージ中央の座席に着席する。彼は紹介されたあと、鍵十字のうえで翼を広げる鷲が見おろし葉飾りに縁取られた木製の演台へと進む。ホールは満員で、ガゼタ・ルヴフスカ紙は彼の演説を、町に文明がもどってきたことの布告であると讃えた。「ヨーロッパ型の社会秩序」がレンベルクに回帰したのだ。フランクはヴェヒター知事に対し、クラクフの知事として二年間「すばらしいリーダーシップ」を発揮してくれたことに対し謝意を表明する。「わたしがここへきたのは、総統と帝国の代理として貴殿に感謝の意を捧げるためである」と、彼の右手の雛壇にすわるヴェヒターに語りかける。

大ホールで演説するフランク。1942年8月1日

フランクは聴衆として集まった党幹部に対し、ヒトラーの反ユダヤ主義が正しかったこと、ガリツィアは「ユダヤ人世界の発生源」であることを説く。レンベルクと周辺地域の管理を引き受けることで、自分はユダヤ人問題の核心部分に対処できるであろうと。

「総統がガリツィアと共にわたしたちにプレゼントしてくれたものに対して大いに感謝したい。しかしわたしはユダヤ人のことをいっているのではない」と彼は、また必要以上に大きな声で叫んだ。「むろんこの周囲にはまだいくばくかのユダヤ人がいるが、我々は適切に対処したい」。彼が雄弁家だったことはまちがいなく、聴衆の心を引きつけることにたくみだった。

「それはそうと」といったあと、彼は劇的効果を狙って間を置き、オットー・フォン・ヴェヒターのほうへ身体をひねって語りかける。「今日はこの近辺でいっさいゴミを見かけなかった。いったい何が起きたのだろう？　聞くところによると、その昔この町には何千何万という扁平足の未開人がいたらしい――ところがわたしがこの町に到着してからそういう連中は一人も見かけていない」。聴衆からは雷鳴のような拍手喝采が起きた。フランクは自分で投じた問いに対する答えを知っていた。レンベルクのゲットーの入り口は、彼が演説をしている演台からほんの数百メートルしか離れていなかった。彼の部下である官僚たちがちょうど一年前に「ウムズィードルング・デア・ユーデン（ユダヤ人再定住）」の地図を準備していたことも知っており、その地図には七つのゲットー区域があり、市内の全ユダヤ人がそこに閉じこめられて暮らしていた。そして彼は、許可なくしてゲットーの外へ出た者は死刑に処すという命令を自分で出していた。

だれがゲットーのなかにいるかよく知らぬ彼だったが、聴衆を熱狂させる術だけはよく知っていた。

「彼らを手荒に扱ってきた、などということはありますまい」と彼は演説をつづける。彼らの存在に腹が立ったということもないだろう。フランクは聴衆に向かって、自分はユダヤ人問題を解決しつつあるところだと告げる。ユダヤ人はもはや二度とドイツに足を踏み入れることはできない。そのメッセージが意味するところは明白であり、聴衆はこれを「熱狂的拍手」で讃えた。

同じ日の晩、彼は県知事の妻シャルロッテ・フォン・ヴェヒター夫人と時を過ごす。彼女自身が日記に書いているが、その日彼女は一日のかなりの時間をフランクと共にしている。

フランクは朝食を取りに九時に来てすぐにオットーと家を出た。わたしもいっしょにゆくべきだったけれどいかなかった。ヴィクル嬢と在宅。その後熟睡。とても疲れていた。四時に……フランクに呼ばれる。またチェスがしたいという。わたしは二度勝った。彼は立腹して寝室に引きこもる。そのあと、出てきたと思ったらすぐ車で帰っていった。

日記には、その日のほかのできごとについて何の記述もない。フランク総督のぬかりない監視下で彼女の夫が重大な決断をし、まもなくそれが実行に移される、というようなことは。

101

フランクの訪問から一週間後、レンベルクで一斉検挙が始まる。ディ・グロッセ・アクツィオン（大量検挙）は八月一〇日月曜の早朝から開始され、ゲットー内外に残っていたユダヤ人多数を逮捕して、市内のヤノフスカ収容所へ連行する前にいったん学校の校庭に集めた。ヴェヒターは八月一六日、妻宛ての手紙で「ユダヤ人のグロッセ・アクツィオン」についてただ一行「レンベルクではいろいろなことをやらなければならなかった」と書く一方、別の行では「大いに熱中した」と書いている。ハインリヒ・ヒムラーはヴェヒター知事とオディロ・グロボクニクと協議するために八月一七日、レンベルク入りする。グロボクニクは、八十キロ北東に位置するベウゼックに死の収容所を建設する責任者だ。ヴェヒター邸での夕食時、レンベルクとその周辺にいるユダヤ人の将来について話しあいがなされた。ジュウキエフもその対象地域だった。それから二週間以内に、五万人以上のユダヤ人がベウゼック強制収容所へ向かう線路に乗せられた。

このときの大量検挙で捕えられた人々のなかにラウターパクトの家族がいた。ラウターパクトの姪、幼いインカが窓から覗いていたシーン、彼女が後年ありありと思いだす母のドレスとハイヒールという記憶はそのときのものである。ラウターパクトの両親と縁戚の人々もそのときに捕まった。わたしの祖父がレンベルクに残してきた家族が絶滅したのは、まちがいなくこのときだ。そこにはライブス叔父とその妻子もふくまれていた。残されたものは、一九三七年のレオンとリタの結婚を祝う電報だけだった。

こうした動きのなか、クラカウアー・ツァイトゥング紙にフランクのスピーチが掲載される。彼の行政は「完璧な成功をおさめ」、レンベルクやクラクフのみならず彼の統治下にある市町村で「ユダヤ人の姿を見かけることはほとんどなくなった」という宣言だった。

102

わたしがレンベルクに関心を抱いていることを知ったニクラスは、自分はオットー・フォン・ヴェヒターの息子と面識があるといった。ガリツィア県の知事、一九一九年にはウィーン大学でラウターパクトの同級生だったヴェヒターである。息子のホルストは「どちらかというとわたしとは違う見解の持ち主ですがね」と、ニクラスは父親の責任問題にかんする彼我の相違を説明した。そうした態度は別におかしいことではなく、たとえばヒムラーの娘は「わたしがあの本を出してからは口を利いてくれません」。

ニクラスはホルスト・フォン・ヴェヒターがわたしを招待してくれるよう、取りはからってくれた。場所はウィーンから北へ一時間走ったところにある彼の自宅、十七世紀に建てられた厳めしいハーゲンベルク城である。中庭を囲むように建てられたバロック様式の城は四階建てだが、不吉で無愛想な石造りの構造は朽ち果てていた。ホルストと妻ジャクリーヌが使っているのは、つつましい調度品を置いた数部屋だけだ。わたしは友好的でおだやかなホルストに好感を抱いた。恰幅がよく釣りあいの取れた身体をピンクのシャツに包み、サンダル履きで眼鏡をかけ、白髪頭の彼の顔には、写真から判断するに父親似の満面の笑みが浮かぶ。対話者の気をそらさず人なつこい彼は、四半世紀前にわずかな相続資産で購入した城の過去の栄光に包まれて(あるいは閉じこめられて?)暮らしているのだった。セントラルヒーティングなどはなく、真冬の身を切る寒さは、崩れかけたバロック風の蛇腹《コーニス》と色がはげかけた壁の下でちょろちょろ薪を燃やす暖炉でかろうじて食い止めている。

ある部屋の、そびえ立つ屋根を支える何本もの垂木の下に、彼は父親の蔵書を保管していた。家族の歴史のうち「国家社会主義」にかかわる蔵書である。彼は自由に閲覧することを許してくれた。ぎゅう詰めの本棚から無作為に一冊抜きだしてみた。最初のページにていねいなドイツ文字で手書きされた献辞がある。親衛隊中将、オットー・フォン・ヴェヒター博士へ「誕生日を祝して」。いくぶんにじんだ群青のインクで書かれたサインはまぎれもなくあの人物のものだ。「ハインリヒ・ヒムラー、一九四四年七月八日」

サインそのものにショックを受けたわたしだったが、それがここにこのように存在している意味合いを理解するにつれ、ショックの重みがました。この本は博物館の陳列品などではなく、この一家にとっての家宝であり、ホルストの父親に対する感謝の表明なのである。よくやってくれたと、その功績に対し。それはホルストの家族とドイツでナチスのリーダーをやっていた男とを直接つなげるものだった。(日をあらためて訪問したとき、わたしは『わが闘争』を見つけた。彼の両親がまだ恋仲だった時期に母親が父親にプレゼントしたものだ。「そこにあったとは知らなかったなあ」とホルストは、喜びを隠さずにいった。)

ホルストが書斎として使っている部屋には家族のアルバムがまとめて置いてある。それらの写真アルバムにしても、彼にとっては屈託なき日常の一部なのである。子どもたちや曾祖父母の写真、スキー休暇、ボート漕ぎ、誕生パーティーといったありふれた写真。しかしこうした平凡なイメージにまぎれて、違う種類の写真がある。一九三一年八月、無名の男性が壁に鍵十字を彫っている写真。ナチス式敬礼の腕が整然と並ぶなか、建物から出ようとしている男の写真。日付はないが「ゲッベルス博士」との書きこみあり。屋根がかかった鉄道操作場で会話をかわす三人の男たち。これも日付はないが「A・H」というイニシャルあり。わたしは目をこらす。中央の男はヒトラーだった。隣に立っているのが、エーファ・ブラウンをヒトラーに紹介した写真家、ハインリヒ・ホフマンだ。三人目の男性はわからない、とホルストがいう。「たぶんバルドゥール・フォン・シーラッハかな。わたしの父ではないですね」。わたしにはよくわからなかった。

わたしはアルバムのページを繰った。ウィーン、一九三八年秋。ホーフブルク宮殿の机に向かうヴェヒター。書類に目を通している彼は深く考えこむ風である。そのページには日付が入っていた。一九三八年一一月九日。数時間後に「水晶の夜」が始まる。

別のページには一九三九年末か一九四〇年初頭の写真が張りつけてある。焼け焦げた建物と避難民の姿。ページ中央に小さな正方形の写真があり、不安に駆られた群衆が写っている。ゲットーの内部で写されたものだろう。マラパルテの記録によると、ヴェヒターの妻シャルロッテはオリエンタルなデザインの「エレガントな曲線を持たせた優美な胸壁」をそなえたクラクフのゲットーの壁を気に入っており、ユダヤ人に快適な場所を与えてやったと思いこんでいたらしい(結局その写真はワルシャワ・ゲットーの、市場へいたる小路近くのノヴォリピエ通り三五番地近辺で撮影されたものと判明した)。

ヒトラー、ハインリヒ・ホフマンと氏名不詳の男性。1932年頃
(オットー・フォン・ヴェヒターのアルバムから)

群衆のなかに、防寒服に身を固めた少年と老いた女性が見える。そのスカーフを巻いた年老いた女性の白い腕章が目立つ。ユダヤ人であることの認識票だ。彼女の数メートル背後、写真の中央からカメラを直接見つめる少年がいる。撮影者、おそらくはヴェヒターの妻の方角、マラパルテが報告したのと同じようなゲットー訪問中のシャルロッテを見つめているのだろう。彼女はヨーゼフ・ホフマン

ワルシャワ・ゲットーの街路風景。1940年頃
（オットー・フォン・ヴェヒターのアルバムから）

のウィーン工房で勉強したこともあり、パースペクティブの把握に長けていた。

　この家族のアルバムのなかには注目すべき写真がほかにもあった。ヴェヒターとハンス・フランクの写真。ヴェヒターと彼の武装親衛隊ガリツィア師団。レンベルクでのヴェヒターとヒムラー。これらのイメージを見ればオットー・フォン・ヴェヒターがドイツ軍の戦略の中心部にいたことは明白である。壮大な国際的犯罪の個人的な記念写真。これらの写真が意味するところは明々白々であるが、ホルストにはそれを認めようとはしない気配がある。

　一九三九年生まれのホルストには、ニクラス同様、いつも家を留守にしていた父親にかんする記憶がわずかしかない。ポーランド亡命政府から戦争犯罪者として起訴された政治的リーダー、という位置づけの父親に対するホルストのスタンスは、ニクラスのそれと異なり、彼はオットーが残した足跡の塗り替えに汲々としている。

「父の善なる部分を見いださなければならない」と、わたしたちが最初にかわした会話のなかで彼はすでにいった。分の悪い勝負と事実にさからって、彼は汚名挽回の任務を引き受けたのである。おずおずと探りを入れつつの会話も次第になめらかになっていった。「父は善良な男でした。自由主義的な人物で彼なりのベストを尽くしたのです」と、自分を説得するかのようにホルストはいう。「ほかの連中はずっと悪かった」

彼は、たくさんの注釈がついた父親の詳細な伝記資料をわたしにくれた。じっくり読ませて頂く、といったわたしにホルストは「もちろん」と間髪を入れずにいった。「そしてまたいらっしゃい」

103

ユダヤ人虐殺を着々と進め、また夫婦関係のゆくえを案じつつも、フランクはまたひとつ名案を具体化するために時間を割く。かの有名な出版社ベデカーを招き、ポーランド総督府領の旅行ガイドを出版して旅行者をふやそうとたくらんだ。一九四二年一〇月に、フランクはガイドブックに短い序文を書く。わたしは、ベルリンの稀覯本書店で入手した古本でその序文を読んだ。おなじみの赤い装幀の本のなかに折りこみ式の大きな地図があり、フランクが支配する領域の境界線が水色で線引きされていた。その境界線の内側の、東側にはレンベルク、西側にクラクフ、そして北側にワルシャワが位置している。またトレブリンカ、ベウゼック、マイダネク、ソビボルの強制収容所が領域内にある。

フランクは序文でこう書いている。「東方から帝国へ向かう人々にとって、ポーランド総督府領はわが家を訪れるような懐かしい環境だろう」。そして西方からの旅行者たち、つまり帝国から東進してきた人々を「最初に歓迎する東方世界」がフランクの領地である、という。

カール・ベデカー〔孫のハンスと思われる〕は、ベデカー旅行ガイドシリーズにすばらしい新刊をくわえることができたのもフランクの発案のおかげだと個人的メッセージを寄せている。監修はオスカー・シュタインハイルが担当し、総督の個人的サポートを得て、一九四二年の秋に対象地域を旅している。シュタインハイル氏は車と鉄路で旅したが、訪問はしたもののガイドブックには掲載しなかった部分がある。それはどこだろう？　ベデカーの意図は、「過去三年半の戦時下という困難な時期に」フランクが果敢に達成した組織化と建設工事の結果を「体感してもらう」ことだった。

旅行者はさまざまな施設の大幅な改善を享受することができ、田舎も都市部も「以前とは違う表情を見せ」、ドイツ文明とドイツ建築にこれまでよりも容易に触れることができるだろう。地域別の地図も都市部の街路図も、フランクの命令に準拠した形で更新され、地名はすべてドイツ語風に刷新された。ガイドブックによれば、ポーランド総督府の面積は十四万二千平方キロ（旧ポーランド領の三七パーセントに相当する）、人口一千八百万人（ポーランド人七二パーセント、ウクライナ［ルテニア］人一七パーセント、ドイツ人〇・七パーセント）となっている。そこで百万以上のユダヤ人が消されていた（ガイドブック中、あちこちの都市を紹介する際に「ユダヤ人のいない町」という表現が定型句になっている）。注意深い読者なら、ワルシャワだけでも四十万人のユダヤ人がいたはずなのに、それが消えているという不自然なまちがいに気がついたはずだ。

レンベルクに割り当てられたページは八ページ（と二ページの地図）、ジュウキエフは十七世紀のドイツ文化遺産ゆえに「訪問の価値あり」とされてはいるが、一ページしか割かれていない。リンクプラッツは「典型的なドイツ風」広場で、バロック風のドミニコ派教会（一六五五年にさかのぼる）やローマカトリックの聖堂（一六七七年に再建）ではドイツ人画家による絵画を見ることができる。

ドイツ人旅行者は、近辺にドイツ人居住区があるので安心できるだろう。ジュウキエフ市内の礼拝の場所で唯一言及されていないのが、一九四一年の大火で壊された十七世紀のシナゴーグだ。ガイドブックが出版されたときに存在し、まだユダヤ人が住んでいたジュウキエフのゲットーについてもまったく触れられていない。とはいえ、出版日から半年以内に彼らのほぼ全員が殺されてしまった。

ジュウキエフ周囲の「深々とした森林地区」が何に使われたとか、フランクの統治領域に点々とする無数の強制収容所にかんする情報などもいっさいない。ベウゼックの鉄道駅からガリツィアの他地域へのネットワークについて簡単な記述があったり、アウシュヴィッツという小さな町がワルシャワとクラクフをつなぐ主要幹線、帝国道路《ライヒシュトラーセ》三九一号沿いにある、というような記述は見受けられたが。

104

ベデカーのガイドブックが出版されたのと同時期に、ニューヨークタイムズ紙が「ポーランド政府は四十万人殺人の責任者十人を告発する」という見出しの記事を掲載する〔一〇月一六日〕。同記事が「十人の冒瀆者」と名付けたこの一団は、ポーランド亡命政府によって戦争犯罪人として起訴されたポーランド総督府幹部のことだった。「その筆頭がドイツ人の総督である」。

いうまでもなく名指しされているのはフランクであり、彼の犯罪は二十万人のポーランド人の処刑と数十万人のポーランド人のドイツへの移送、そしてゲットーの構築をふくむとされている。オットー・フォン・ヴェヒターは、まちがった綴りではあるが「J・ヴェヒター」クラクフ県知事（一九四二年三月までの役職。その後レンベルクの県知事になっている）として七番目の犯罪人に指名された。ヴェヒターの専門は「ポーランド人インテリゲンチャの抹殺」とされている。

わたしはこの新聞記事のコピーをホルスト・フォン・ヴェヒターへ送った。父親のポーランドでの活動にかんする情報は何でもいいから見せてほしいと、彼から頼まれていたのだ。彼が示した最初の反応はまちがいの指摘である。同記事がフランクの部下たる県知事全員を「皆等しく犯罪人である」と断じている個所は不正確だという。ポーランド人たちもこの表現には異を唱えていたのだが。わたしは、カメラマンといっしょにハーゲンベルク城を再訪してほしいという招待を受け取った。今度はニクラス抜きで。わたしたちは一九四二年八月にレンベルクで起きたこと〔レンベルク一斉検挙の件〕を話しあった。この件についてはナチハンターのサイモン・ヴィーゼンタールが書き残している。彼は一九四二年の早い時期にレンベルクでヴェヒターを目撃していて、母親を彼からうばい一九四二年八月一五日に死の収容所へ送った「個人的責任者」であると断言している。ホルストはこの証言に懐疑的だ。問題のその日父親はレンベルクにいなかった、という。後日わたしはヴェヒターとフランクがヴァヴェル城にいっしょにいる写真を見つけた。日付は八月一六日、ヴィーゼンタールががレンベルクのゲットーでヴェヒターを見たという日の翌日である。

この一連のできごとは意外なことにごく最近かつ遠隔の地にまで尾を引いた。わたしはホルストに、二〇〇七年三月に米国の連邦裁判所判事によってくだされた判決について説明した。ミシガン州に住むジョン・カリモンなる男性から米国籍を剥奪した判決だ。カリモンが一九四二年八月の大量検挙にウクライナ補助警察の警官として参加し、ユダヤ人虐殺に直接加担したという判決である。判決の根拠に使われたのがドイツ人大学教授ディーター・ポールが準備した報告書で、そのなかにヴェヒターにかんする言及があった。ポールの報告書を鍵にして、わたしはワシントンの米国司法省の書類を調査し、そのうちの三通が一九四二年八月のできごとにヴェヒターが直接かかわっていたことを示唆していた。わたしはこれらの書類を望み通りホルストに見せた。

クラクフ、ヴァヴェル城。1942年8月16日：フランク（一番前）とヴェヒター（左から四人目）

最初の書類は、ヴェヒターが着任する直前、一九四二年一月にレンベルクで開かれた会議の覚え書きで、タイトルは「レンベルクからのユダヤ人搬送について」。三月にベウゼックへの片道搬送、そしてガス室送りという告知がなされている。「これが実現されれば『再定住』という表現は不用になる」と書類に記されている。言葉のニュアンスへの気配りとむきだしの事実が併存している。ヴェヒターは彼らの運命を承知していたにちがいない。

二通目の書類は一九四二年三月に出された命令で、ヴェヒターの署名がある。目的はガリツィア全域におけるユダヤ人雇用制限で、第一回目のゲットー掃討作戦（三月一五日）の二日前の日付があり、その発効日はユダヤ人をベウゼックへ搬送（四月一日）した翌日になっている。同命令によって勤労中のユダヤ人のほとんどが非ユダヤ人社会での仕事を禁じられたわけで、レムキンはこれをジェノサイドへ向かう必要な先行条件であると認識した。

以上二通だけでも大打撃だが、三通目は致命的だ。それはハインリヒ・ヒムラーからベルリンにいるヴィルヘルム・シュトゥッカート、帝国内務大臣〔当時は内務省次官〕への短い覚え書きである。八月二五日の日付があり、大量検挙進行中との報告だ。「つい先頃、わたしはレンベルクにいた」とヒムラーはシュトゥッカートに書き送っている。「そこで県知事の親衛隊少将ヴェヒター博士とざっくばらんに話しあいをした。わたしは彼にウィーンへもどりたいかと単刀直入に尋ねた。確認の必要があると常日頃感じていた質問を、この滞在中に尋ねずにいるのは正しくないと考えたからだ。だがヴェヒターはウィーンにもどりたがらない」

転勤の可能性、別天地でのキャリアプラン、任務からの解放、ウィーンへの帰還などが率直に話しあわれている。だがヴェヒターは辞退し、レンベルクに残ることを選んだ。申し出を承諾すればキャリアはここで断たれる。大量検挙の全貌を知ったうえでの決断だった、ということがホルストがわたしに見せてくれた八月一六日付けの彼の父親から母親への手紙から読み取れる。ヴェヒター夫人が去ったあと「リヴィウでやらなければならぬことは山ほどある……収穫の記録をつけること、労働者の調達（この地区からすでに二十五万人も出している！）、そしてユダヤ人相手に遂行中の大量検挙の仕事もある」

ヒムラーはこの時期に書いたある手紙に後顧の憂いを示し、次のように閉じている。「わたしたちがかわした会話のあと、ヴェヒターがポーランド総督府内のガリツィア県知事としてうまくやっていけるか、今後注視してゆく必要がある」

ヴェヒターはヒムラーを満足させる仕事ぶりを発揮したにちがいない。彼はさらにもう二年、レンベルクに留まった。彼は文民のリーダーとして一九四二年八月の大量検挙に一役買っていたのである。

ヒムラーの手紙を前にしては、あいまいさが残る余地も言い逃れを許す余地もない。ホルストに見せると、彼は無表情のままそれを凝視していた。もし今あなたの父親が目の前にいたら、あなたは何というだろう？

「まったく見当がつきません」とホルストはいった。「とてもむずかしい……きっと、何も質問しないと思います」

うら寂しい部屋に沈黙がみちた。しばらくののち、彼は弁解めいた言葉で沈黙を破った。父を取り巻いていた状況は不可避的で、それも破壊的な規模だったから、父はただ呑みこまれてしまい、命令やら緊急処置の要請にひたすら対応しただけだ。不可避ではなかったのでは、とわたしはホルストにそれとなくいった。サインはしなくても良かっただろうし、監督などしなくても良かった。ヴェヒターは立ち去ることができたのだ。

このやりとりで、また沈黙が生まれた。雪の降る音と、ときおりはぜる薪の音しかしない。こうした書類を前にしてもなお、ホルストは父親を非難できないのだろうか？　愛されてしかるべき父親だというのか、それともほかに何か理由が？

「父を愛している、とはいえない」とホルストは口を開いた。「祖父のことは愛しているといえるのですが」。彼はベッドのうえに掛かっている昔の軍人の肖像画のほうに視線を投げた。「父に対して一種の責務を負っているのです。実際に何が起こったのかを知ること。真実を語ること。そして父のためにしてやれることをする」

ホルストは自分の決意を自分に聞かせるように大声でいった。「ポジティブな側面を見いだしてやるのがわたしの義務なのです」

彼は、なんらかの形で父親とシステムを切り分ける理論構築をしていた。父親という個人と、父親がリーダーを務めていた集団とのあいだへの線引きである。

「あのシステムが全体として犯罪行為をしてしまったことは認めます。そして父がそのシステムの一部だったということも。しかし、彼が犯罪者だったかというと、そうではない。彼は犯罪者のような行為はしていないのですから」

レンベルクおよび彼の地方政府が統括していた殺戮事業から身を引いて、立ち去ることだってできたのではないか？

「システムから離れる可能性などなかった」とホルストはかぼそい声でいった。すでに見たように、米国司法省に残された書類によればその可能性はあったことが示されているのだが。ともあれホルストは、このテーマを当たりさわりのないものにしようと努め、「不愉快」とか「悲劇」という軽い言葉で片づけようとした。

彼の反応は理解しがたかったけれど、わたしは腹立ちよりも悲しみを覚えた。父親の断罪を拒否することで、彼は父親の悪事を永遠に肯定してしまうことになるのではないだろうか？

「そんなことは」。人なつこく温和でおしゃべり好きなホルスト、彼はもうそれ以上何もいえない。父親を断罪することもできない。罪はフランクの総督府にある、親衛隊に、そしてヒムラーにある。あの集団の全員に――ただしオットーを除いて――責任があるのだ。けれども、彼は最後にぽつりという。「あなたのおっしゃることは正しい。彼は完全にシステムの一部だった」

何かが崩れた。

「間接的にですが、彼はレンベルクで起きたことのすべてに責任があります」

間接的に？

しばらくのあいだ、ホルストは口をつぐんでいた。目がうるんでいる。泣いているのだろうか。

105

例のニューヨークタイムズ紙に戦争犯罪人と名指しされたことを、フランクは誇りに感じていた。一九四三年初頭の公式な会議の席で、「戦争犯罪人ナンバーワンという栄誉を受けた」と発表している。彼はこの自分の発言を臆面もなく日記に書いた。戦況がドイツに不利になってきた段階でも、彼は第三帝国が千年つづくことを信じ、ポーランド人やユダヤ人のあつかいについて手綱をゆるめることも、彼らにかんする発言を慎むこともなかった。「彼らには消えてもらわなければならない」と彼は総督府閣議で告げた。「したがってユダヤ人問題に対処するときは、基本的に彼らがこの世から消滅する前提で取り組んでゆく」

「消滅」という言葉に出席者は拍手喝采し、どこで止めていいかわからなくなっている総督に、もっとやれと徹底遂行をうながすのだった。時と場所を問わず彼らを見つけ次第、機会を逃さず、彼らを抹殺する。そうすることによって、帝国の統一と完全性がたもたれるのである。彼の総督府はこの計画を具体的にどのように実行しようとしていたのだろうか？　「三五〇万のユダヤ人を鉄砲で撃ち殺すわけにはゆかない。毒殺も現実的ではない」と彼は説明する。「しかしわたしたちは、彼らの絶滅をなんとしてでも首尾良く完遂するための必要なステップを踏んで、これを実現することができる」。この演説も彼は日記に書き残している。

八月二日、フランクはヴァヴェル城内で歓迎会を催す。ナチス高官たちにとって、戦況の進展をじっくり検討する良い機会だった。ロシア戦線での失敗はあったが、他地域では総じて好ましい展開を見せていた。三月にはクラクフのゲットーが、親衛隊少尉アーモン・ゲート（映画『シンドラーのリスト』のなかで英国人俳優レイフ・ファインズが演じた）の効率的な指揮により、週末だけで完全に無人にされた。フランクがヴァヴェル城からもうゲットーを見たくない、というのがその理由だった。五月にはワルシャワ・ゲットー蜂起がようやく鎮圧され、ワルシャワ・シナゴーグの爆破で終幕となった。この鎮圧は武装親衛隊中将ユルゲン・シュトロープによって実行され、彼はフランクに宛てて作成した報告書のなかで、その詳細を自信満々こと細かに説明している。ワルシャワの人口は一〇〇万人減少し、ゲットーを「完全に破壊すれば」人口を「さらに減らす」ことができると、フランクは希望を抱いた。

しかし戦況は変化していた。イタリアではムッソリーニが解任されてイタリア国王の命令で逮捕された。ポーランドの知識層は域内のアウシュヴィッツやマイダネクでおこなわれている残虐行為について、日ましにおおっぴらに語りはじめていた。一九四〇年にポーランド知識階級に属する人たちと共にソ連によって虐殺された何千というポーランド軍人の死体がカティンの集団埋葬地で発見されたが、フランクはこの事実を、ドイツ人とポーランド人の関係修復に利用できればと願っていた。だが、そうはならなかった。ポーランド国内の世論が、カティンの森の虐殺を「ドイツの強制収容所における集団死並みの死亡率」と比較したり、「集団処罰の際に老若男女を見境なく射殺したできごと」などになぞらえていることを、落胆しつつ日記に記している。

ヴァヴェル城でのパーティーは気分転換の場になった。晴れあがった八月の日、フランクは新たな戦闘方針について簡潔明瞭な言葉づかいで書き綴る。「一方に鍵十字、他方にユダヤ人」。自分の領域内での進展についても書く。「三五〇万のユダヤ人がいた」テリトリーには今や「ごくわずかの労働者がいるだけだ」。それで、彼らはどこへ行ったのだろう？「あの連中は全員が、いうなれば移住していった」。フランクは自分の役割と責任を承知していた。「わたしたちみんなが、いわば共犯者なのである」と投げやりな口調で認めている。

ヒトラーやヒムラーとの関係は良くなっていたようだ。総統は彼に、皮肉でも何でもなく法学研究国際センターの所長職を授けている。総督としての地位は安泰、仕事もあれば友人もいる、和解が成立して結婚生活も安定した。リリー・グラウは手の届くところにいた。そしてリヒャルト・シュトラウスからは、彼の運転手が東方戦線に召集されそうになったところを助けてくれたと、感謝の意をこめて新曲が献呈された。

部屋に入ってきたのはだれだろう、とても細身でスマートな人
見たまえわたしたちの友人、わたしたちのフランク大臣を

この献辞を見つけたわたしはそれが付された楽曲を探したが見つからなかった。「ゆくえ不明なのです」と聞かされた。無理もあるまい、大作曲家の名声を考慮するならば。

フランクは音楽と芸術を愛し、いつもそれらに囲まれていた。ポーランド総督として彼は、ポーランドの重要な美術品を保護下に置くという寛大な方針を立て、「保護目的」のために有名な芸術作品を没収するという命令に署名する。それら芸術作品はたちまちにしてドイツの芸術資産の一部となった。何点かはドイツ本国へ輸送される。たとえばレンベルクのルボミルスキ・コレクションから召しあげられた三十一枚のアルブレヒト・デューラーのスケッチは、直々にゲーリングに手渡された。ほかの作品はヴァヴェル城に運びこまれ、フランクの個室に飾られたものもある。彼は優雅な装幀のカタログを作り、統治開始から六か月以内に保護目的で略奪した主要な作品のすべてを記載した。カタログによると非常に多岐にわたる超一流の貴重な作品が収集されていたことがわかる。ドイツ、イタ

リア、オランダ、フランス、スペインの巨匠による絵画。挿絵本。インドやペルシアの細密画や木版画。クラクフの聖マリア聖堂に設置されていた十五世紀のファイト・シュトースによる祭壇画は、フランクの命令で解体されてドイツへ輸送された。金銀の手工芸品、クリスタル製品の骨董品、ガラス器や陶器、タペストリーと骨董の武器。珍しいコインやメダル類。すべてがクラクフやワルシャワの博物館、聖堂、修道院、大学、図書館、個人コレクションから略奪されたものだった。

フランクは最上級の何点かを自分の個室に持ちこんだ。家族全員の趣味に合ったというわけではない。ニクラスが父親の仕事部屋に入ることはあまりなかったけれど、きわだって「醜悪な絵」のことは覚えている。「頭に包帯を巻いた」女性の絵で、髪の毛は中央でまっすぐ分けられ「なめらかで完璧に梳かしてある」。フランクはその絵をお手本として息子に見せた。「髪の毛はこういうふうに梳かすものだ」といって、ネズミに似た「白い小動物」を腕に抱いたその女性を示すのだった。彼女は片手で動物をなでているが、そちらは見ずに視線を虚空にただよわせている。「髪の分け目はこれと同じくするように」とニクラスは命じられた。その絵は十五世紀にレオナルド・ダ・ヴィンチが描いたチェチーリア・ガッレラーニの肖像で、『白貂を抱く貴婦人』と呼ばれている作品だ。彼がそれを最後に見たのは一九四四年の夏だった。

106

ニクラスがこの話をしてくれたのは、ナショナル・ギャラリーで開催されていた大規模なレオナルド・ダ・ヴィンチ展の目玉として、チェチーリア・ガッレラーニがロンドンにきていたときだった。鉛色の一二月の朝、わたしは彼女を見に出かけた。ミラノ公ルドヴィーコ・スフォルツァの世にも名高い美人妾で、公の息子を産んでもいる。彼女がこの肖像画のモデルになったのは一四九〇年ころで、腕に抱く白貂は純潔のシンボルである。この作品は、ロシアがポーランドを支配していた一八〇〇年にチャルトリスカ公妃のコレクションにくわえられ、一八七六年以降はクラクフのチャルトリスキ美術館の収蔵品になっていた。フランクがくすねるまでの六十三年間（第一次世界大戦時にドレスデンに短期間滞在）、そこにおさまっていたことになる。美しさと象徴性に魅了されたフランクは、この作品を五年間手元から離さなかった。

レオナルド・ダ・ヴィンチ作『白貂を抱く貴婦人』

ニクラスの記憶のなかで、この絵は恐怖と微笑を呼び起こす。幼年時代、彼はネズミのような生き物が怖かった。そして、チェチーリアのような髪にしろと父親にせがまれるのが鬱陶しかった。どの部屋にこの絵が掛かっていたか、ニクラスと兄のノーマンの記憶は一致しないけれども「わたしの記憶のなかにポッと点《とも》っているシーンのひとつです」、風呂場でのシェービングフォームの記憶のように。

わたしが初めてヴァヴェル城を見学したとき、学芸員たちがチェチーリア・ガッレラーニの帰還にそなえていた。フランクが個人的アパートとして使用していた一画のツアーを終えたあと、写真課の課長が彼女のオフィスへ招きいれ、色のあせたベルベットで装幀した大きな平箱を見せてくれた。カバーには『クラクフの城』というタイトルがあり、箱の内張りには赤いクラッシュベルベットが使われている。「ナチスが退却したときに忘れていったものです。地下室で見つけました」

なかには大判のカードに印刷された上機嫌のメッセージが入っていた。「帝国大臣フランク博士総督へ、御誕生日を祝して、一九四四年五月二三日、官邸事務所一同感謝の念と共に」。そこには忠臣八名のサインが添えられ、彼らは、ソ連軍が近づいていた時期だというのにわざわざ一連の白黒写真を特注している。ヴァヴェル城とその部屋、芸術品の壮麗さの誇示。そのなかの一枚が『白貂を抱く貴婦人』の白黒写真で、ナチス時代特有の「赤白黒」の枠のなかにおさまっていた。

107

日をあらためてニクラスといっしょにヴァヴェル城を訪れてみた。そのときはもうチェチーリア・ガッレラーニがロンドンからもどっていた。美術館が開く前の朝早く、わたしたちだけでしばしこの絵と対話することを、美術館館長と作品の所有者が許可してくれた。ニクラスがこの絵を最後に見てから七十年という年月が経過していた。そしてふたたび、彼はこの絵の威力の前でいずまいを正す。

その夜ニクラスとわたしはクラクフの旧市街にあるレストランで食事をした。わたしたちは執筆について、文章と時間について、責任問題について語りあった。食事が終わるころ、隣のテーブルについていた三人の客が席を立った。去りぎわにそのうちの一人、高齢の女性が話しかけてきた。「盗み聞きと

チェチーリア（『白貂を抱く貴婦人』）を見るニクラス。2014年

かではなく、聞こえてしまったものですから ね。あなたがお書きになろうとしている御本、とてもおもしろそう」。そのまま会話がはずみ、三人はわたしたちのテーブルに腰を落ちつけてしまった。母親と娘とその夫。母親はブラジルの大学で化学の教授をしている、落ちついた貫禄のある女性だ。ユダヤ人の彼女は十歳のとき、一九三九年にクラクフを退去させられたが、生まれ故郷にもどってきたということらしい。その決断は容易ではなかった、と彼女はいう。わたしははっとした。わたしたちの会話はどの程度まで聞かれていたのだろう？　結局、それは取り越し苦労だと判明したのだが。

彼女の娘は戦後ずっとたってからブラジルで生まれた。彼女の態度は母親よりもはるかにきびしく、こんなふうにいった。「クラクフはいいところですよ。でも、ドイツ人がしたことはけっして忘れることができません。ドイツ人なんかとは口を利きたくもありません」

わたしはニクラスと顔を見合わせた。

母親がニクラスのほうに顔を向けて尋ねた。「それであなたはイスラエルからいらしたユダヤ人？」

ニクラスは即答する。「まったく違います。わたしはドイツ人。ポーランド総督だったハンス・フランクの息子です」

一瞬、その場を沈黙が支配した。

ニクラスは席を立ち、足早にレストランを出ていった。

その晩遅くなってから、わたしはようやく彼を見つけることができた。

「あの人たちがああいう強烈な意見を持つのは正しいよ」と彼はいった。「ドイツ人がしたことをわたしは恥ずかしいと思う。あの母親にしたこと、彼女の家族に対してしたこと」

わたしは彼をなだめた。

108

一九四四年。それはニクラスの父親にとって難局つづきの年だった。クラクフからレンベルクへ向かう列車のなかでの事件もふくめ、何度か暗殺がくわだてられた。その夏、連合軍はパリを解放する。ドイツ軍は西から東から退却し、欧州大陸の中央部へあともどりしはじめていた。

東方戦線からの情報、そして赤軍の進撃速度は特に不安をかきたてた。そんな状況でもフランクは自分の領地内に残っているユダヤ人——もはや十万人もいなかったが——の処理に心を配っていた。彼はクラクフで開かれたナチスの党大会で、「殲滅されなければならぬ人種」の処理について党員に語っている。

春になされたこの演説の二日後、ソ連軍が総督府領に侵入し、クラクフとヴァヴェル城へ急速に近づいてきた。五月、フランクは四十四際の誕生日を祝う。腹心の部下からプレゼントとして、ベルベットに包まれた箱に入った『白貂を抱く貴婦人』をふくむ五十枚の写真が贈呈される。

七月一一日、クラクフのドイツ警察指導者〔ヴィルヘルム・コッペ〕が、ポーランド人レジスタンスの大胆な暗殺計画であやうく落命しそうになる。報復としてフランクはポーランド人捕虜を処刑する。七月二七日、レンベルクがソ連軍の手中に落ちる。ヴェヒターはユーゴスラヴィアへ脱出し、ラウターパクトの姪インカはレンベルクの通りをふたたび思いのままに闊歩する。ジュウキエフも解放され、およそ二年間隠れていた穴ぐらからクララ・クレイマーが顔を出す。八月一日、ワルシャワ蜂起が始まる。負けを認める覚悟を持ち合わせぬフランクは、これまでにもましてより過酷な命令を次から次に発した。

九月、フランクは自領内の強制収容所に関心を向けた。彼は、マイダネク収容所についてヨーゼフ・ビューラーと話しあった内容を日記に書き残している。これが殺人工場にかんする最初の言及だった。その二か月前に同収容所を解放したソ連軍は、彼らが発見した恐ろしい状況を、生きながらえていた一五〇〇名の囚人の悲惨な姿を中心に、ドキュメンタリーフィルムに残した。

109

ソ連軍がクラクフへ刻一刻と近づいてくるころ、フランクはいざ脱出の際にはチェチーリア・ガッレラーニを道連れにしようと決めた。一九四五年の年初、ソ連軍が東側から押し寄せ、銃砲のとどろきが間近に聞こえはじめると、フランクはバイエルンへの逃避行に『白貂を抱く貴婦人』を同伴できるよう、職員に荷造りを命じた。

クラクフ最後の数週間に、フランクは残っていた仕事を片づける。二つのエッセイ、『正義について』と『オーケストラ指揮者』を完成する。クラクフ・オペラハウスで最後の観劇も果たした。演目は『オルフェオとエウリディーチェ』。有名なオーストリア人俳優、ハンス・モーザー主演の映画『Sieben Jahre Pech（七年間の不運）』も観た。ハンス・モーザーは映画化された『Die Stadt ohne Juden（ユダヤ人のいない町）』でも主役を演じている。あの映画が評判だったころ未来は明るく見えた、と回想するフランクは、モーザーがユダヤ人妻ブランカ・ヒルシュラーとの離婚を拒否したことを忘れていたが。

フランクは一九四五年一月一七日を出発の日と定める。クラクフ上空は真っ青でひとすじの雲もなく、町は太陽の光を浴びていた。午後一時二五分、フランクはお抱え運転手シャンパー氏がハンドルを握る黒のメルセデス（ナンバープレートはEAST23）で、ヴァヴェル城をあとにした。後続車にはバイエルンまでお供する親しい仲間たち、そして三十八冊の日記が積みこまれていた。『白貂を抱く貴婦人』も、フランクが後日主張するところでは「わたしの不在中に略奪されぬように」防御的対策として後続車におさまっていた。

一団は北西のオペルンをめざし、次にザイハウ（シフフ）へ向かい、そこで旧知の間柄のフォン・リヒトホーフェン公爵邸に数日潜伏する。クラクフから盗みだされた芸術品の大部分がすでに公爵邸に運びこまれていた。ブリギッテとニクラスをふくむ子どもたちほぼ全員が、ひと足先にショーバーホーフに着いていた。ヴァヴェル城を出発してから四日後、フランクと速記者のモーアとフォン・フェンスケ——一九三九年一〇月以降毎日フランクの日記を忠実に清書してきた忠臣——は、ヴァヴェル城から持ちだした公式書類の大半を破棄した。日記だけは無傷のまま、偉大な功績の証拠として保存された。

一行は南東のアグネテンドルフ（現在のヤグニョントクフ）をめざし、フランクの友人でノーベル文学賞受賞作家のゲルハルト・ハウプトマンを訪れる。ナチス同調者の作家と茶を喫したのち、フランクはバート・アイブリングまで旅をつづけ、リリー・グラウに会う。愛情の補給である。バート・アイブリングからフランクの家族が待つノイハウス・アム・シュリアーゼーまではあとわずかだった。

二月二日、フランクは臨時総督府を設立する。幻想であっても権威をたもちたいという意地だ。彼はカフェ・ベルクフリーデンのあるヨーゼフターラー通り一二番地に本拠をかまえ、それから十二週間命令を発しつづけ、権威行使ごっこをしていた。彼はときどきブリギッテと子どもたちを訪れ、バート・アイブリングにいるリリー・グラウと時間を過ごすことも忘れなかった（ニクラスによれば、彼女は死ぬまでフランクに忠誠を尽くし、歳月を経て迎えた死の床の脇机にはフランクの写真があったという）。四月、ローズヴェルト大統領が死に、副大統領だったハリー・トルーマンが後継者となる。その三週間後、ドイツのラジオが総統の死を伝える。

戦争が終わりナチス帝国も息絶えた。五月二日水曜日、フランクはアメリカ軍の戦車がシュリアー湖に近づいてくるのを見た。二日後の五日金曜日、彼はブリギッテに最後のプレゼント、五万ライヒスマルクの札束を贈る。ニクラスの兄ノーマンは、フランクが妻に最後の別れを告げる場に居合わせたが、キスも愛情のこもった言葉のやりとりもなかったことを覚えている。フランクは自分の権威が衰えるにつれて、ますますブリギッテを怖れるようになっていた。ニクラスはブリギッテにも責任の一端があると考えている。夫を増長させ、彼の権勢を利用し、一九四二年の夏には離婚を拒否した。

「母が『ハンス、やらなくていいわ、わたしがやるから』といえば父は邪魔をしませんでした」。言い訳ではなく、そういう夫婦だったという説明である。

フランクはブリギッテに対して残酷だったのに、他方ブリギッテは夫を強力に支配していたというパラドックスについて、ニクラスには彼なりの解釈がある。「父が残酷な振る舞いをしたのは、彼が同性愛者だったことを隠すためだったのです」とニクラスは説明する。どうやってその秘密を知り得たのだろう？ 父の手紙と母の日記から。「毎回、わたしのハンスは必死で葛藤と戦っているようだ。繰りかえし、繰りかえし」とブリギッテは秘密を暴露する。「若いころの青年らとの交わりから自分を解放しようとして」と、フランクがイタリアに滞在していた時代に触れている。この同じフランクが一九三五年、帝国刑法一七五条aによって同性愛禁止範囲が拡大されたことを歓迎したのだ。そのような同性愛者の行為は「正常な民族共同体に刃向かう性質の露骨な表出」であり「我々の人種が消滅せぬために」きびしく処罰されなければならない、とフランクは宣言していた。「彼はルストクナーべ、つまりゲイだったと思います」とニクラスはいう。

フランクがブリギッテと最後の別れをかわしたあと、前総督はまやかしの総督府へもどった。彼は古いカフェの正面の部屋に陣取り、最後まで忠実に使えた彼の副官、運転手、秘書と共に待ちかまえた。皆で薄いコーヒーを飲んだ。

米国陸軍のジープが一台、正面ドアの前で停まる。エンジンが切られ、米国陸軍第七軍のウォルター・シュタイン中尉が飛び降りた。彼は周囲を見回し、カフェへ歩を進めてなかへ入り、室内の隅から隅へ目を走らせてどれがハンス・フランクかと尋ねた。

「わたしだ」と帝国閣僚・前ポーランド総督が答える。

「わたしについてきなさい。あなたを逮捕する」

シュタインとフランクはジープの後部座席に乗りこんだ。日記の山を助手席に積み、ジープはカフェをあとにした。途中でシュタインはヨーゼフターラー通りに引き返し、何本かのホームムービーを取ってきた。何十年かののちニクラスの手元に返却されるまで、そのムービーはずっとシュタイン家に保管されていた。ニクラスがそれを映写してみせてくれた。犬にやさしくするフランク、走り去る列車、クラクフ・ゲットーの訪問、赤い服の女の子。

ショーバーホーフにあった『白貂を抱く貴婦人』は、何枚かのレンブラントといっしょに、数週間後に回収されることになった。もうひとつの名作、ラファエロの『若い男の肖像』は失われてしまった。世界で最もよく知られたゆくえ不明絵画のひとつである。ニクラスは、ブリギッテが地元農家にミルクや卵と交換に与えてしまったのではないかと考えている。「たぶんバイエルンのどこかの暖炉のうえに掛かっているんじゃないかな」と、ニクラスは愉快そうにいった。

110

六月、指導的ドイツ人高官の刑事裁判における被告人候補リストにフランクの名前が載った。「ワルシャワの虐殺者」として知られるようになるフランクを被告人リストにふくめることは、ポーランド亡命政府の支持を受け、ロバート・ジャクソンによって許可された。フランクは、ダッハウ収容所を解放した米国陸軍兵に打ちのめされたあと、ミースバッハ近くの刑務所へ移送される。彼は二度自殺を図る。最初は左手首を切って、二度目は錆びた釘で喉を切ろうとして。自殺未遂のあと、彼はルクセンブルクの温泉町モンドルフ・レ・バンへ連行され、ほかのナチス幹部と共に、接収されていたパラス・ホテルへ収容される。そこで彼は尋問を受けた。

ホテル訪問者の一人に、米国陸軍省を休職していた経済学者、ジョン・ケネス・ガルブレイスがいる。彼がパラス・ホテルについて書いた記事は、抗しがたくグラマーなドロシー・ラムーアをモデルに使ったビタミンBカプセルの広告と並んでライフ誌に掲載された。ガルブレイスは、いつもベランダを歩きまわって風景をながめているフランクたちの一団から良い印象を受けなかった。彼は囚人一人ひとりの習性を観察している。週刊新聞シュテュルマーを創刊したユリウス・シュトライヒャーは散歩を中断して突然手すりに歩み寄り、「直立不動の姿勢を取って腕を伸ばし、ナチス式敬礼を始めるのだった」。ドイツ労働戦線の指導者ロベルト・ライは「バワリー街の呑んだくれ」みたいだったし、ヘルマン・ゲーリングからは「頭の悪いいかさま弁護士」のような印象を受けた。

このような名だたる傑士のなかにあって、身なりもかまわず錯乱状態のフランクは何時間もめそめそと泣きつづけるか祈りを捧げていた。八月初旬、彼は米国陸軍の士官から尋問を受ける。彼の話しぶりからは不安定な精神状態がうかがえ、今後問われる責任から逃れようとする弱々しい努力が感じられた。捕囚期間のこの最初の時期、フランクは自分が果たした役割を無害なものに見せようと努める。クラクフでの役職は「信じてもらえぬほど困難だった」と尋問者に語っている。親衛隊が「特別な権力」を持っていて、「あの恐ろしい残虐行為のすべて」を執行したのは彼らだ。ポーランド人レジスタンスやユダヤ人に手をくだしたのは、自分ではなく親衛隊の連中だった。だがときには、「最悪の事態」を避けるために「戦いつづけ」なければならぬこともあった、などというわけで、はからずも事実を熟知していたことを暴露した。話しながら泣きだすこともしばしばだった。

政治的な活動に熱心だったことは一度もなく、初期の仕事はいつも法律関係の仕事にかぎられ（といえば自己弁護になるかのごとく）、ドイツ国内の大学で四つの演説をしたあと一九四二年にヒトラーとは不仲になった、とフランクは説明する。彼は、自分が統治していた領域内にもかかわらず、ポーランドに強制収容所があったことなど知らぬ、と言い張った。ソ連侵攻のあと、新聞を読んで知ったという。アウシュヴィッツは？　自分が統治していた領域外のことだ。わたしの日記を読めば容疑は晴れるだろう。彼が日記を大切にしていたのはそれが理由だという。「ジャクソンがわたしの日記を入手できれば、わたしはポーランドの法律と正義のための戦士として堂々と法廷に立つことができる」

ではだれが責任者だったのか？　「ドイツ人指導者だ」。すなわち親衛隊であり、ヒムラーやボルマンとつるんだ「徒党」であり、「ドイツ国民」ではない。ポーランド人はどうか？　「勇敢な人々、善良な人々だ」。ドイツへ絵画を持ちだしたが？　「ポーランドの人々のために保管しただけだ」

責任は感じているのか？　もちろん。ヒトラーを殺す勇気がなかったことに「良心の呵責」を感じている。総統はわたしを恐れていた、というのは、わたしが『マタイ受難曲』で表現されたマタイの激しさをそなえていたからだ。ヨハン・セバスチャン・バッハが情熱となぐさめを表現した楽曲の中心人物についてフランクが語るのを、わたしはいろいろな個所で読んだが、このコメントはその最初のものだ。フランクが深い文化的教養の持ち主で、さまざまな分野の本を広く読み、クラシック音楽に非常に興味を持っており、有名な作家や作曲家とも親しかったことを、わたしは思いだした。

一九四五年八月一二日、彼はニュルンベルク裁判所の法廷の裏側にある独房一四号室に移送される。八月末、検察側が国際軍事裁判にかける二十四名の「戦争犯罪人」リストを公表する。フランクの名前はそのトップ近くにあった。

数日後、彼は二十二歳の米国陸軍通訳を介してさらなる尋問を受ける。通訳を務めたシーグフリード・ラムラーは現在ハワイに住んでいる。どのような質問が投じられたか彼はよく覚えていないけれど、捕虜がどんな男だったか、それだけは鮮明に思いだす。「そうそう、フランクの目には力がこもっていて鋭かった。わたしとはがっちり視線を合わせて」。フランクは「興味深い男で印象深かった」。話しぶりは明確で教養もあり、「頭脳明晰」だったが「狂気に取り憑かれていた」。「集団的責任は認めるが、自分の個人的責任はない」と主張した。集団の責任はあるが個人の責任はないと?「そうです。彼ははっきりと意識的に行動していた。そしてそれが悪いことだとも知っていた。そういうふうにわたしは感じました」

一〇月一八日、ニュルンベルクで使用される起訴状作成に影響をおよぼそうと駆け回っていたレムキンがひと仕事を終え、ワシントンへの帰り支度をしていたころ、フランクは正式に起訴される。一九三五年夏の会議で刑事司法裁判所というアイデアに毒づいていた彼は、あれから十年後、すっかり様変わりした環境のなかにいた。刑事司法裁判所は今や現実となり、彼はその前に引きだされようとしていたのだ。それだけでなく、彼を裁くことになる八人の裁判官の一人はだれあろうあのアンリ・ドヌデュー・ド・ヴァーブル教授、セイウチ髭をはやしてフランクのドイツ法アカデミーが一九三五年に開催した会議でスピーチをし、フランクと夕食を共にしたフランス人だった。

ソ連はこの二人の関係に疑念を抱き、フランクが最近信仰心に目覚めたという話には感心もしなかった。彼は一〇月末、裁判所法廷の裏側の殺風景な独房でカトリックの洗礼を受けた。彼としては、そうすることによって起訴された罪に正面から立ち向かうことができる、占領下のポーランドで犯した人道に対する罪とジェノサイドに対しても。

フランク、ラウターパクト、レムキンの三つの人生は、ニュルンベルク裁判所という場において、起訴状の文言にいざなわれ、合流する。

第7部

よるべなき子

1.) Wien am 6. Feber 1939

Diese Niederschrift ist
seitens eines gütgesinn=
ten Freündes, für die Fa=
milie Bückholz ange=
sichts einer überstande=
nen* Gefahr, ihrer zum
Erlöschen bedrohte jün=
ge Liebesehe, verfasst wor=
den.
Da dieselbe nünmehr glück=
licherweise, der vollstän=
digen Genesung entgegen
geht, eben in Form eines
Glückwünsches gedacht, ist
züm Andenken gewidmet.

Steiner

111

一九四五年一〇月、ル・モンド紙がフランクのキリスト教改宗を報じるころ、レオンはラスパイユ大通りのリュテシア・ホテルで働いていた。以前はゲシュタポに占拠されていたホテルだが、今ではいくつかの慈善救済組織の本拠地となり、レオンが「部長」として働く「社会的支援と復興のためのユダヤ人委員会」も間借りしていた。毎日の仕事が終わると彼は職場から、ブロンニャール通り五階の狭いアパルトマンへ宿無しの人たちを連れてきて、リタと娘といっしょに過ごすのだった。

ウィーン、レンベルク、ジュウキエフからは、何の便りもない。東方でどういうことが起きていたのか、その詳細が明るみに出るにつれ、彼はウィーンにいる母、ポーランドにいる姉や家族が最悪の事態に巻きこまれてはいまいかと心を痛めた。七月には彼の娘が七歳の誕生日を迎えた――彼女にとって両親二人にはさまれて迎える最初の誕生日。わたしの母はこの時期について、平穏な日々とは無縁の混乱と不安といった漠とした感じは覚えているけれど、具体的なできごとの記憶はない。調査の結果判明したすべてを、わたしは母に説明した。レオンがウィーンを発ったときの状況。ミス・ティルニーのウィーンへの旅。リタとエミール・リンデンフェルトの関係。一九四一年一〇月、母のウィーン出発と直後のウィーン閉鎖。

そして母はまったく別の書類を見せてくれた。ほかの書類とは区別され、しまってあった書類である。わたしとしては初めて見る書類で、レオンがウィーンからパリへ発ったすぐあとに、彼宛てに送られた手書きの手紙だ。一九三九年二月六日という日付がありパリで受領されたその手紙は、レオンがウィーンに残してきた暮らしに別の角度から光を当てるものだった。

優雅な筆跡の十二ページの手紙にはレオン・シュタイナーという男性のサインがある。彼は**Seelenarzt**(ゼーレンアルツト)、「魂の医者」と自称する精神科医でその手紙は筆跡心理鑑定士の資格において書かれたものだった。この人物についての記録や足跡、あるいは同姓同名の医療関係者を見つけることはできない。

手紙は旧字体のドイツ語で書かれている。わたしには手に負えず、再度インゲ・トロットの協力を仰いだ。彼女は英語の完訳を送ってくれ、それをまた別のドイツ語を母国語とする友人に見てもらった。まず一度目の通読で、この手紙がなぜほかの書類と別に保管されていたか、その理由がわかった。

シュタイナー氏は短いまえがきを書いている。

本稿は、ブフホルツ家の恋愛結婚が危機に瀕していた状況を考慮し、同家の信認を得た友人の手によって認められたものである。しかるに、懸念されていた婚姻関係は幸いにして改善の一途をたどりつつあり、本稿はその祝福であると同時に回想の形を取るものである。

そして本文に移る。「親愛なるブフホルツ氏」と彼は始める。

レオン・シュタイナーからレオン・ブフホルツへ宛てた手紙。1939年2月6日

著者は彼らの結婚を元の鞘にもどすべく努力してきた点について述べ、レオンから「魂の医者シュタイナーは満足な仕事をしていない」と批判された点について反論している。そうした不当な批判は無用だった、とシュタイナー氏はいい添える。次に彼は、レオンがリタに対して「きびしい非難を浴びせる」ようになった原因たるリタの「振る舞い」について触れ、そのような事情があったがゆえに、レオンがウィーンから「無事に出発」したあと――というのは手紙の日付の数日前のことだが――でなければ、有効な心理療法ができなかったのだと釈明する。シュタイナーは、レオンが――「誤解のせいで」――「いかんともしがたい怒りと敵意を抑えきれず」ウィーンを去ることになり、「そのときの決意は、最近築いたばかりの家庭を永遠に去ることもいとわずという強いものだった」と推測する。そうした決断は、若い夫婦のあいだに生じた「不和」と「嘆かわしい対立」の結果としてなされた。そして、不和と対立はリタの「耐えがたき不行跡」（それが何なのか説明はない）と「浅はかさ」（その詳細も語られぬ）が生んだものだ、とする。

　この手紙によってはっきりしたのは、レオンの出発はリタとの確執のさなかのできごとだった、あるいは確執が出発の原因だといったほうがいいかもしれない、という事実である。どういう内容の確執なのかは明言されていない。以上を背景として、シュタイナー氏は、やり残しのないよう心がけて「あらゆる精神分析メソッド」をその状況に適用した努力を語る。レオンと同じく彼自身も、リタを非難しないわけにはいかなかった（「率直にいって彼女は非難されて当然です!」）が、彼の努力は「成功の栄冠を得た」。レオンから罵られたが、最終的にリタは彼女自身の

「浅はかさを認め」たことで「完全な回復」への扉を開くことができた。

家庭内を「支配する好ましからぬ雰囲気」があるために、ここまでたどりつくだけでも至難の業であった、とシュタイナー氏は付け加える。「外部からの、害悪をもたらしかねぬ影響が――これを両者は認めている――嘆かわしい対立を生みだし」、それがまさに「不和」であり不和は「敵対」へとエスカレートしたのである。

本件の成功は、表面から隠されていたが彼が可視化したもの、すなわちレオンの妻と「かわいらしいよるべなき子」に対する「深い愛」があればこそなのだ。よるべなき子とは、当時まだ生後数か月のわたしの母を指しているらしい。レオンはこの二者、彼が「無条件に愛している」二人の不在を嘆きはじめるだろう、とシュタイナーは予言する。リタは、レオンから最近届いた手紙のなかの一文にこめられていた「ふたたび湧きあがってきた恋情」を感じ取り、「貴殿との再会を心待ちにすることだろう」。レオンからのやさしい言葉をよりどころにして、シュタイナーは――「同じように愛情を回復した」――リタが幸福な婚姻関係へ再出発するべく、その準備に手を貸した。レオンの「神に対するゆるぎなき信仰心」が、新世界のゆく先々で立ちふさがるであろう障害物を二人が乗り越える力になるようにと、彼は楽観的なトーンで手紙を閉じている。ウィーンの生活一般について、ドイツ軍の占領について、新たに施行された法律について、シュタイナー氏は何も語らない。

112

何かが起き、「嘆かわしい対立」が生じたためにレオンは立ち去った。この一風変わった、うねうねと曲がりくねり、自己正当化にあがく手紙からは、それが何だったのか不明である。シュタイナーのおもねるような言葉は暗号めき、不明瞭な個所も多く、どのような解釈も許す。インゲ・トロットはわたしに、彼女の解釈を聞きたくないか、と尋ねた。ぜひ教えてほしい。この手紙は「よるべなき子」とされる子どもの父親がだれなのか、それが疑問視されていたことをほのめかしている、というのが彼女の考えだった。奇妙な言い回しでしょう、とインゲはいった。彼女がそんな考えを抱いたのも、その言葉の選び方のせいだった。というのもあの時代、その種の情報——本当の父親はほかにいるなどという——はおおっぴらに話しあうことのできぬたぐいのものだったから。

わたしはドイツ人の隣人といっしょに手紙を読みなおしてみた。彼女は翻訳を整理してくれたうえで、インゲがいうように「よるべなき子」という表現は「ひっかかる」といった。たしかに何かをあいまいにしている。しかし彼女は、その表現が必ずしも父親の正体がとうこうという意味合いで使われているとは思わない。わたしの息子の学校のドイツ語教師も一読してみようかといってくれた。彼はどちらかというと、インゲのではなく、わたしの隣人の解釈にかたむくふうだったが、彼自身の解釈はいいたがらない。

また別の隣人、ドイツ語の達人ぶりを評価されて最近ゲーテ賞を受賞した小説家は、別の解釈を示してくれた。「これは実に手ごわい」と始まる手書きのメモを、彼はわが家の正面ドアの郵便受けに残しておいてくれた。魂の医者《ゼーレンアルツト》という自称は「自虐的」あるいは「自嘲的」な意味で使っていたのではないか。手紙の文体からすると、シュタイナー氏というのは「才子ぶった人物」か、単に「気むずかしく回りくどい書き手」である可能性が高い。この書き手が、一矢報いたい気持ちを抑えつつ勝ち誇った態度が透けて見える書き方で実際には何をいおうとしているのか、あいまいだ。「彼はブフホルツ氏に対し、おおげさな言い方で何かをなじっているような気がするが、ブフホルツに向けたものであって我々には伺い知れず、一体全体何だったのか?」。この隣人は、ドイツ語言語学の専門家に見てもらってはどうかと提案した。わたしは専門家を二人見つけたが、どちらにしていいかわからず、両者に手紙を送ってみた。

一人目の言語学者はこういった。文法のまちがいが多く、完結していない文章もあり、句読点の打ち方がめちゃくちゃな「異様な」手紙だと。シュタイナー氏には「言語障害」があったのではなかろうかと彼はいい、さらに一歩進めて具体的な症状予測を指摘した。「この手紙は、ウェルニッケ失語症を軽くわずらった人が書いた文章のように読めます」。左脳の損傷によって引きおこされる言語障害のことだ。そうではないとすると、シュタイナー氏は過酷なストレスに圧迫されていて――当時のウィーンはたしかにむずかしい時期だった――思考の大きなかたまりが未消化のまま吐きだされ、それを「一気呵成に紙のうえに書きとめた」のかもしれない。「子どもがだれの子かというほのめかしがふくまれているとは思いませんね」とこの言語学者は結論づけた。「婚姻問題のさなかに子どもの父親が家庭を見捨てて立ち去った」という事実以上に深い意味はないのでは。

二人目の言語学者は、シュタイナー氏にもう少し寛容だった。シュタイナーはレオンの妻と子どもについて触れているが、それはひょっとすると一人の人物について、つまり「妻と子という二重人格」をそなえた同一人物について語っているのではないか、というのが彼の最初の解釈だ。そのあと彼は手紙を自分の妻（彼がいうには、微妙な意味合いの深読みには妻のほうがずっと長けている）に見せたが、彼女は夫の解釈に同意しなかった。彼の妻はインゲの直感に同調し、「よるべなき子」というのは意図的にぼかした表現で、本当の父親は「不明」ということか、それともシュタイナー氏は「自分の口からその名をいいたくない」ということなのかもしれない。

どの意見も説得力に欠ける。いずれも、レオンが容易ならざる不安と葛藤のなかウィーンを去った点では意見か一致しているが、それ以上踏みこめてはいない。子どもの父親がだれなのかという疑問が、その不安と葛藤の原因だったのかもしれない（あるいは、そうではないかもしれない）。レオンがわたしの本当の祖父ではない可能性、などということは考えてもみなかった。そんな可能性はまったくもってあり得ない、というしかない。わたしにかぎっていうと、そうした可能性があったところで何のショックもない。彼はずっとわたしの祖父として振る舞っていたし、わたしにとっては祖父以外の何者でもなかった。生物学的つながりがどうあろうと、彼はわたしの祖父だった。しかしほかの人々にとって、とりわけわたしの母にしてみれば、そう簡単に是認できるものではない。わたしが考えていたよりもはるかにデリケートな問題だったのだ。

113

どんな次の手を打てるだろうかと、わたしはこの件を何週間も頭のなかで転がしていた。そこに差しこまれたくさびが、ロングアイランドのサンドラ・ザイラーから届いたEメールだった。彼女は彼女で、祖父エミール・リンデンフェルトのこと、ウィーンのどこかの庭で彼とリタがいっしょに写っている写真のことをずっと考えていた。そして友だちとこの話をしていたとき、ある考えが浮かんだという。

「二人のあいだに何かがあったと考えるほうが自然だと思ったのです」と彼女はメールに書いていた。リタと同じように、エミール・リンデンフェルトも一九三九年に妻子が去ったあと、たった一人でウィーンに留まることを選んだ。そして三年がたち、リタは去った。戦後エミールはひとりぼっちだった。そこでリタを探しに出かける。

「こんなふうに一日じゅう考えていたのです」とサンドラは書く。

数か月前、わたしはサンドラの家の居間に腰をおろし、エミールのアルバムから写真を剝がしていた。「白黒つけるために」DNAテストをやってみる可能性も話題のひとつにはなった。だが、なにやら信義に欠ける行為のような気がして、脇へのけた。しかし頭のどこかにはひっかかっていた。

サンドラとわたしはEメールの交信をつづけ、DNAテストの話題も避けがたく浮上する。何が可能なのか調べてみる、とわたしはサンドラにいった。結構ややこしい話だということが判明する。ある二人の人間の祖父が同一かどうかを知るのは意外と複雑なのだという。祖母が同一かどうかならずっと簡単なのだそうだ。同じ男性を祖父として共有しているかどうかの検査は、技術的にはるかに複雑なのだった。

レスター大学の遺伝学部の研究者を紹介してもらうことになった。集団墓地の死体発掘の専門家だという。彼女は、この種のDNA検査を専門にしている会社を紹介してくれた。女性と男性という二人の個人――サンドラとわたし――が同じ祖父の孫である可能性を探る検査は可能だという。DNAの切片がマッチするかどうかを比較してゆく（測定されるサイズの単位をセンチモルガンという）。検査では対象となる二個人ないしはそれ以上の個体間でマッチする切片の数、その各々のサイズ、マッチする切片全体（ブロック）のサイズを検討する。このようにセンチモルガンやブロックを検討することによって、二個人間に血縁関係があるかどうかの推定が可能になる。あくまでもテストは推定であって絶対的なものではなく、確率の程度の見積もりにすぎない。テスト準備は綿棒で唾液を採取するだけのこと。

サンドラとわたしはしばらく考えたのち、やってみることにした。検査キットが検査会社から送られてきた。料金を払ってキットを受け取り、綿棒で口の内側をこすり、それをプラスチック容器に密閉してアメリカに送り、そして待つ。サンドラのほうがわたしより勇敢だった。「夕べガリガリこすって今日の郵便で出しました」と書く彼女はなんだか楽しそうだった。

口のなかに綿棒を入れるまで、わたしは二か月時間を置いた。本当に知りたいのかどうか、自分でもわからなかったのだ。そんなこんなのあと、わたしも口腔を綿棒でこすり、郵送し、待ちかまえた。

そして一か月が経過。

114

サンドラからEメールが届く。DNAテストの結果がウェブサイトにアップされたらしい。サイトにアクセスする。が、掲載された情報は複雑すぎて何のことやらわからない。わたしは検査会社にEメールを送って助けを求める。窓口のマックスがすぐに返事をくれ、結果の読み方を教えてくれた。

マックスの解説によると、わたしの祖先は「七七％ユダヤ人、二三％ヨーロッパ人」らしい。歴史的にアシュケナージ系ユダヤ人とヨーロッパ人の混合があるので、結構大きな誤差率（二五パーセント）はある。このデータを「興味深い」と思う人もいるかもしれませんね、と彼はいう。このような結果は、彼の言葉によれば、「ユダヤ人が、宗教によって結びついていることのほか、いろいろな要素（文化、言葉、等々）のなかでもとりわけ共通の遺伝的背景を有しているという考えを裏づける」方向に作用するだろう。その見解に、わたしはコメントを控えた。アイデンティティとか、個人とグループの問題などあらゆる問題の火種であるように思われたからだ。

マックスの解説が核心に入ってくる。わたしとサンドラの血のつながりは「とても遠い」一方、蛇足ながらわたしはマックスにより近い。ただし、いずれのつながりにしても一人だけ同じ祖先を共有しているだけのこと、それも「何代も何代も前の」一人。サンドラとわたしに共通の祖父がいるという「可能性はゼロ」だった。

いちおうほっとする。わたしは最初からそう信じていたのだ。と、わたしはわたし自身に同意を求めた。

レオンはひとりでウィーンを発った。子どもの真の父親はだれなのかという疑義に耐えきれなかったのか、リタとの関係が冷え切ったからか、もしくはナチスにうんざりしたか怖かったか、そうではなく脱出の機会を得たからなのか、あるいはリンデンフェルト氏のせい、それともそれ以外の無数の理由のいずれかなのか。彼が「よるべなき子」の父親だったことは確実だ。

しかしまだ、すっきりしないものが残っていた。レオンはひとりで旅立った。数か月後、エルシー・ティルニーがレオンの子を引き取るためにウィーンへやってきた。リタはこれにさからわず、その後ひとりになる。彼らは一九三八年に結婚し、その翌年子どもを授かっていたわけだが、夫婦関係に「不和」が生じ「嘆かわしい対立」を招く。二人は「魂の医者」にアドバイスを求める。何かまったく別のことが進行中だったのだろうか。わたしにはそれが何なのか、見当がつかなかった。

第8部

ニュルンベルク

115

初めてニュルンベルク裁判所の第六〇〇号法廷を訪れたとき、わたしは木製の羽目板がかもしだす親密な感じとぬくもりに意外な感がした。場違いなほどにうちとけた雰囲気で、想像していたような殺伐とした場所ではなく思いのほか小さかった。被告人たちがすわった席のすぐ背後に木製ドアがあることに気づいたけれど、最初の訪問時にはそれほど気を留めなかった。

ニクラス・フランクといっしょに再訪したときは、そのドアを通りぬけてみたくてたまらなかった。ニクラスが法廷内を歩きまわっているあいだ、わたしは、裁判官たちがすわっていた長いテーブルがあった背後の窓の下に立っていた。戦勝連合国の四つの国旗が疾《と》うになくなっていることを意識しながら、わたしは部屋の縁をぐるりと回ってみる。大きな白いスクリーンの掛かった壁、証人席のうしろを通って壁伝いに左に曲がれば、被告人たちがすわっていた二列の木製ベンチの背後に出る。

ニクラスが木製ドアを開いてなかに入り、ドアを閉める。しばらくするとまたドアが開き、彼が出てきた。そして彼の父親がほぼ一年間すわっていた場所へぶらぶらと近づいていった。この部屋で、検察官たちは有罪判決を得るために全力を尽くし、被告人たちは自分たちの行為を正当化して首縄から逃れようと懸命だった。法律家はあいまいな点を議論し、証人は証言をおこない、裁判官たちは耳をかたむけた。質問が投じられ、答えが返ってくることもある。証拠が検討され、徹底的に分析される。書類、写真、動画、皮膚などが。動揺と涙、ドラマ、うんざりするほど退屈な時間。こうした面を見るかぎりではふつうの法廷体験と変わらぬが、その実態は未曾有の裁判だった。人類史上初めて国家の指導者たちが、人道に対する罪とジェノサイドという二つの新しい犯罪で国際裁判にかけられたのである。

116

裁判の初日、一九四五年一一月二〇日の早朝、ハンス・フランクは法廷の背後にある監獄の、蓋なし便器をそなえた小さな独房で目を覚ました。九時ころ、彼は白いヘルメットの守衛に付き添われ、いくつかの廊下を経て、上階の法廷へみちびく小型エレベーターに乗る。スライド式の木製ドアから法廷に入った彼は、被告人席の一列目のベンチへすわらされた。ヘルマン・ゲーリングから数えて五人目、ヒトラーの人種論にかんする思想家だったアルフレート・ローゼンベルクの隣だった。検察官たちはフランクから見て右手、各国ごとに割り当てられて全部で四台の長い木製テーブルの周囲にすわっていた。軍服姿のロシア人検察官は被告人に一番近いテーブルに陣取り、次にフランス、英国とつづき、アメリカ・チームは一番遠いテーブルにいた。検察官たちの背後には記者団がすわり、やかましくおしゃべりをしている。彼らのうえのほうには、傍聴席にすわることのできたひとにぎりの幸運な人たちがいた。フランクの真正面、女性速記者たちが並ぶ背後の裁判官席にはまだだれも着席していない。

フランクはグレーのスーツを着ていた。サングラスをかけていたが〔映画撮影用のライトから目を保護するため〕、それは裁判期間を通して彼のトレードマークになる。手袋をした左手を隠していた。自殺失敗の跡である。落ちついたようすを見せ、感情はうかがえない。さらに十四名の被告人がフランクにつづいて入廷し、彼の左側と二列目のベンチにすわった。彼のすぐうしろには、ウィーンの大管区長だったアルトゥル・ザイス＝インクヴァルトがすわった。被告人のうち三人は姿を見せていない。ロベルト・ライは自殺した。エルンスト・カルテンブルンナーは具合が悪く欠席。マルティン・ボルマンはまだ逮捕されていなかった。

その朝、ラウターパクトも法廷にいて、被告人たちを観察していたが、レムキンはワシントンへ帰っていた。二人とも、ポーランドのどこかで情報が途絶えたままの自分たちの家族に、何が起きていたのかまだ知らない。そしてまた、家族の運命の玩弄《がんろう》に、フランクがどのような役割を担っていたか、そうした情報も入手していなかった。

一〇時ちょうど、事務官が裁判官の席に近いドアから入廷する。「裁判官入廷」と宣言し、その言葉はマイクから不格好なヘッドホンを通じてドイツ語、ロシア語、フランス語へと訳された。フランクの斜め前方の重たい木製ドアが開き、八名の高齢の男たちがゆっくりと入廷する。六名は黒いガウン、二名がソ連軍の軍服を着用し、裁判官席に着く。フランクはそのうちの一人を知っていた。ベルリンで最後に会ったのは、もう十年前のことになるが。フランス人裁判官、アンリ・ドヌデュー・ド・ヴァーブルである。

裁判長は英国控訴院裁判官のサー・ジェフリー・ローレンスで、彼は裁判官席の中央にすわる。禿頭でディケンズの小説にでも出てきそうな彼は、英国首相のクレメント・アトリーから数週間前に任命されたばかりだった。彼は、ほかの七名の裁判官全員からの信任を得ていた。彼と妻のマージョリーはシュティーラー通り一五番地を居住地とした。町外れにある大きな家で、かつてはユダヤ人の玩具製造家の持ち家だったが、のちに親衛隊の食堂として使われていた。

連合国四か国には、それぞれ二人の裁判官を選ぶ権利があった。被告人たちは裁判官全員について情報をかき集めていた。被告人席から見て一番左側に、ソ連の外交官だったアレクサンドル・ヴォルチコフ中佐、次が軍法務官の硬派イオナ・ニキチェンコ少将。彼はスターリンの見せしめ裁判で裁判官を務めていたことがある。次にくる二人の英国人裁判官に、ひょっとするとフランクは一縷の望みを託せるかもしれない。ノーマン・バーケットは——一九四二年の春、デューク大学でレムキンと同じ教壇に立っていた——メソジスト派の牧師から国会議員になり、その後裁判官になった。その右にすわるサー・ジェフリー・ローレンスは根っからの法廷弁護士。そして古株のアメリカ人フランシス・ビドルは、ローズヴェルトの司法長官としてロバート・ジャクソンの後継者になった人物で、以前ラウターパクトと仕事をしている。次がヴァージニア州リッチモンドからきた裁判官ジョン・パーカー。彼は連邦最高裁判所の判事になれなかったこと〔一九三〇年〕をまだ苦々しく思っていた。フランス人裁判官たちは一番右側にすわっていた。アンリ・ドヌデュー・ド・ヴァーブルはソルボンヌ大学の刑法の教授。ロベール・ファルコはパリ控訴院の判事だが、一九四〇年末にユダヤ人であることを理由にその職を解かれていた。裁判官たちの背後に四つの連合国国旗が掲げられていた。戦勝国は我々である。ドイツ国旗はどこにもない。

英国控訴院裁判官ローレンス卿が裁判を開始する。本裁判は「世界の司法の歴史上類例のない裁判である」と、検察官による起訴状朗読の前に、短い声明を述べる。フランクを初めとする行儀のいい被告人たちは、静かに拝聴した。そのあと起訴罪状のひとつひとつが連合国四か国の検察官によって読みあげられる。アメリカ人検察官が第一訴因、「国際犯罪〔第二、三、四訴因として挙げられる犯罪を包括〕の共同謀議」を挙げる。バトンは英国チームに渡されて丸々としたサー・デイヴィッド・マクスウェル・ファイフが第二訴因、「平和に対する罪」を挙げる。

第三訴因の読みあげはフランスに託される。「ジェノサイド」の罪をふくむ「戦争犯罪」である。検察官ピエール・ムーニエがジェノサイドという言葉を法廷で史上初めて発したとき、フランクはその言葉の意味と、それがどのような経緯で訴訟手続きのなかに入りこんだのか、首をかしげたにちがいない。第四かつ最後の訴因、「人道に対する罪」もまたフランクにとっては謎の用語でもあり、ソ連の検察官によって読みあげられたが、それが公開法廷で初めて発声された瞬間である。

こうして罪状が整理されたあと、検察官たちは被告人らが起訴されている殺害やその他の残忍行為など、おぞましい事実をこれでもかというほど述べ立てた。ユダヤ人とポーランド人に対する残虐行為について論じた際、ソ連チームはすぐにルヴォフで起きた残虐行為に話を集中し、一九四二年八月の大量検挙について触れた。フランクは個人的に熟知している事件だが、ラウターパクトにしてみればいきなり聞かされても具体的な形をなさない。だが、ソ連の検察官は驚くべき精緻な日付と数字を示し、一九四一年九月七日と一九四三年七月六日のあいだにドイツ人はレンベルク市内のヤノフスカ収容所で八千人以上の子どもを殺した、といった。わたしは公判記録を読みながら、このときフランクは八月一日に大学の大ホールでおこなった演説を思いだしただろうか、同じ日の晩、ヴェヒター夫人とチェスを指したことを思いだしただろうか、とふと思った。ニュース映画を見るかぎり、フランクの表情からは何もうかがえない。

初日は長い一日になった。一般的事実の陳述ののち、検察官は被告人一人ひとりの行為に焦点を当てる。最初がヘルマン・ゲーリング、そしてヨアヒム・フォン・リッベントロップ、ルドルフ・ヘス、エルンスト・カルテンブルンナー、アルフレート・ローゼンベルクとつづく。そのあとにハンス・フランクの名が読みあげられ、アメリカ人検察官シドニー・アルダーマンがフランクの役割を述べる。アルダーマンはレムキンのジェノサイド理論を支持してくれた法律家である。フランクの役割をまとめるのに長い陳述は不要だった。一方、前ポーランド総督は何をいわれるか、顧問弁護士のアルフレート・サイドルから詳細を聞いていたので、すでに知っていた。アルダーマンは、一九三九年までのフランクの役割を語ったあと、総統からポーランド総督に任命された点に触れる。彼はヒトラーに対して個人的影響力を持ち、戦争犯罪と人道に対する罪の遂行につき「許可し、指揮をし、参加した」。ポーランドとレンベルクでのできごとがこの裁判の核心となった。

117

ラウターパクトはパレスチナにいるレイチェルに手紙を書いた。彼女は両親を訪れているところだった。彼は「万感交々《こもごも》至る思いの」一日について書き送っている。生涯忘れえぬ日になったが、彼はその日のことをそれ以降めったに口にすることはなかった。「主権国家が被告人席にすわらされている、そんな史上初の情景を目撃するとは、けっして忘れることのできない体験だった」

ソ連の検察官がレンベルクでの虐殺について語るのを聞いたとき、ラウターパクトは自分の家族のゆくえをまったく知らぬ状態だった。新聞はラウターパクトの臨席を取りあげ、颯爽としたサー・ハートリー・ショークロスが率いる英国チームの重要メンバーであると紹介している。若き法廷弁護士たちで構成されるグループは「ケンブリッジ大学のラウターパクト教授を得て鬼に金棒である」とタイムズ紙は報じ、彼を「国際法のすぐれた権威者」であると評した。彼は前日のうちにケンブリッジからニュルンベルクに入り、現在もそのままのすばらしいバーをそなえたグランド・ホテルに投宿していた。彼は一四六番という出入許可証をもらい、裁判所のどこへでも自由に出入りができた（「本証携帯者に対し警備区域と法廷への出入を許可する」）。

ソ連が人道に対する罪について陳述した際、個人の保護というテーマがその中心になった。ラウターパクトの耳は「ジェノサイド」という言葉を捕えただろう。実際的ではない概念だとして彼が承認せず、むしろ個人の保護をあやうくする用語であると危惧していた言葉だ。彼の懸念は、ジェノサイドという考え方に力点を置くと、「我々」と「彼ら」という意識を助長しかねず、ある集団を別の集団に敵対させ、同族意識という潜在的な衝動をあおることになるのでは、というものだった。

自分がフランクら被告人たちの至近距離にいることに、ラウターパクトは深い感慨を覚えていた。「わたしのテーブルは被告人がいるところから十数メートルしか離れていなかった」と彼はレイチェルに宛てて書いた。しっかりと観察できる距離だ。列挙された罪状が読みあげられてゆくときの被告人たちの顔つきを見ることは「大きな喜び」だった。だがしかし、初日に開示された恐るべき事実について、一九四二年夏のレンベルクで起きたできごとについて、レイチェルには何も話さない。彼は特別な関心をこめてフランクを見ていたのだろうか？　フランクはラウターパクトに気づいただろうか？　わたしはエリに、彼の父親のすわっていた場所を知っているかと尋ねた。傍聴席にいたのか、英国検察官たちといっしょだったのか、それとも別の場所か。エリはそれを知る術はないという。「この件について、父が語ることはありませんでした」と彼は説明した。「それに、法廷にいる父をとらえた写真というものがないのです」。残されているのはイラストレイティド・ロンドン・ニュース紙に掲載された、法廷の外でカメラにおさまる英国検察チームの写真だけだった。

スーツ姿のにこりともせぬ十二人の男性チーム。ショークロスが脚を組み、腕を組んで中央にすわっている。彼の右側でカメラを凝視しているのが厳粛な面持ちのデイヴィッド・マクスウェル・

ニュルンベルク裁判所での英国検察チーム。
1945年12月のイラスレイティッド・ロンドン・ニュース誌に掲載
（前列左から、ラウターパクト、マクスウェル・ファイフ、ショークロス、カーキ・ロバーツ、パトリック・ディーン）

ファイフ、その右、前列の一人目がラウターパクトで腕を組んでカメラを見つめている。自信たっぷりというか、満足げですらある。

第六〇〇号法廷のどこにラウターパクトはすわっていたのだろう、とわたしは思いをめぐらせた。ある温かな秋の日の午後、わたしはロンドン西郊の目立たぬ場所にあるゲッティ・イメージの保管所へ足を運んだ。ニュルンベルク裁判を撮った写真はたくさんあった。法廷に何人ものカメラマンを送りこんだピクチャー・ポスト誌（すでに廃刊）による貴重なコレクションもふくまれていた。何枚ものベタ焼きがあり――「ドイツ人のカメラマンが撮ったやつ」と保管係の人が冷笑を浮かべていう――もろそうな長方形の薄ガラスに焼き付けたネガもたくさんあったが、こちらは特別なビュアーで覗く必要がある。それは時間のかかる作業で、ガラス板をパラフィン紙の保護袋からいちいち取りだし、それをビュアーに乗せて毎回フォーカスを合わせなければならない。午後一杯かけて、何百という小袋とガラス板をわたしは自分の手で取り扱った。ラウターパクトを探すための骨の折れる作業だった。何時間かを費やしたあと、わたしはようやく彼を見つけた。裁判開始の日、法廷へ向かう彼。心配そうな表情の彼はダークスーツに白いシャツ、おなじみの丸眼鏡を鼻梁に乗せている。彼の前をゆくハートリー・ショークロスは、かすかに尊大さを感じさせる表情でカメラを睨んでいる。彼らはまもなく被告人と対面することになる。

1945年11月20日、ニュルンベルク：
ショークロス（カメラの方を見ている）が法廷に入る。
そのあとにラウターパクトが続く

わたしはガラス板を一枚ずつ手に取り、豆粒のような顔を見分け、ラウターパクトの別のイメージを見つけようと粘った。その日法廷に姿を見せた人々の数はものすごく、その作業はまるでブリューゲルの絵のなかから、見知った顔を探そうとするようなものだった。そしてようやく、フランクからほんの少ししか離れていないところにいる彼を見つけた。

その写真は裁判初日に、法廷のうえのギャラリーから下を見おろす形で撮られたものだ。被告人たちは右下に見える。明るい色でやや大きめのスーツを着た身体を前にかがめているヘルマン・ゲーリングの姿が目立つ。

1945年11月20日、ニュルンベルク裁判所

ゲーリングの左には、ベンチに沿って五人の被告人が見え、撮影が許された窓の敷居によってイメージが切れる手前に、うつむき加減のフランクが確認できる。彼の隣にはアルフレート・ローゼンベルクがいて、フランクの膝のうえにあるものに目を落としている。

写真の中央には長い木製テーブルが五台あり、九人から十人の人たちがそれぞれのテーブルを囲んでいる。英国の検察チームは左から二番目のテーブルにすわっている。写真上では左側にはみだしていて見えない裁判官に対し、演台によりかかって陳述中のソ連人検察官の左に写っているのが、デイヴィッド・マクスウェル・ファイフだ。ラウターパクトはテーブルの端にいて、両手をあごの下で組み、真剣かつ思い沈むふうである。視線の先には被告人たちがおり、彼とフランクをさまたげる物は何台かのテーブルと椅子だけだ。

その日、フランクはいろいろな心配事で悩んでいたはずだ。ブリギッテから届いた手紙について、彼はアルフレート・ローゼンベルクとバルドゥール・フォン・シーラッハに語っている。シーラッハは前ウィーン大管区長で、マルケ・ブフホルツをふくむ六万五千人のウィーンのユダヤ人をテレージエンシュタットへ強制移送させた責任者である。彼女は夫宛ての手紙のなかで、ニクラスら子どもたちがパンをもらうために通りに出て物乞いをしている、と報告していた。

「教えてくれローゼンベルク、あの破壊と悲惨は本当に必要だったんだろうか？」とフランクは尋ねた。「人種政策とやらにはどんな意味があったんだろうか？」

バルドゥール・フォン・シーラッハは、ローゼンベルクがこう返事するのを聞いていた。自分が考えていた人種政策が大量殺戮を招くことになるとは思っていなかった。「平和的な解決だけを望んでいたのだが」

118

フランクの答弁は、ラウターパクトらが見守るなか、二日目におこなわれた。ほかの被告人と同じく、彼も二つのオプション、「有罪」と「無罪」からいずれかを選ぶことになっていた。彼より前に答弁に立った五人は皆「無罪」を選んでいた。

「ハンス・フランク」と裁判官ローレンス卿がやわらかな、若干しわがれた声で呼びかけ、ドイツ人法律家に起立を命じる。その日法廷にいたアメリカ人戦争特派員マーサ・ゲルホーンはフランクの「小さな安っぽい容貌」に深い印象を受けた。ピンク色の頬にはさまれた「小さな尖り鼻」、そして「黒くつやつやした髪」。我慢強い感じがする、と彼女は思う。まるで空っぽのレストランにたたずむウェイターのような落ちつきで、せわしない狂気のルドルフ・ヘスに比べるとまったく違う。

「無罪であると宣言します」とハンス・フランク。1945年11月21日

フランクがかけていたサングラスのせいで、世界は彼の目を見ることができなかったが、感情らしきものをうかがうことができたかもしれない。彼は長い時間をかけて二つの選択肢の損得を秤にかけ、また三十八巻の日記がこの起訴にどう有利に働くかじっくりと考えた。ほかの被告人とは違うところを見せるため、ある程度の責任は認めると告白するつもりでいたとしても、まだその手の内は明かさない。

「無罪であると宣言します」。彼は毅然とした態度で発言したあと、ふたたび針の筵《むしろ》に座した。わたしは、直立不動で誇らしげに立つ彼が手袋をした左手を被告人席の手すりに乗せ、きつそうな上着のボタンをきっちりと締め、裁判官の方角をしっかりと見すえる一方、弁護人の好奇のまなざしを浴びている一枚の写真を見つけた。

「有罪」を選んだ被告人はいなかった。全員がおおむね紳士的に振る舞っていたが、唯一の例外的できごとがゲーリングによって引きおこされる。突然立ちあがって演説を始めたが、むろん裁判官ローレンス卿が即座に、かつ断固たる態度で注意した。着席しなさい、発言を禁じる。ゲーリングは大人しく引き下がった。権力の完全移行を鮮烈に示す一場面だった。代わりにロバート・ジャクソンの冒頭陳述が求められた。

その後一時間、ジャクソンは語りつづけ、そのスピーチによって彼は世界的に有名になる。尊敬する仲間ジャクソンのちょうど背後にすわっていたラウターパクトは、彼が歩を進めて木製の演台へ近づき、書類とペンをていねいに整えるのをながめていた。また別の角度、アメリカ人を凝視するドイツ人被告人側弁護人の列のうしろから、フランクは、検察チーム最大の立役者の顔だちを観察することができた。

「世界平和に対する犯罪を裁く史上初の裁判を開廷するこの名誉には、重大な責務がともなう」。ジャクソンは慎重に言葉を選び、一語一語が持つ重要性を伝えた。勝者の寛容と敗者の責任を説き、計画的で悪意にみちた破壊的な犯罪は糾弾され処罰されなければならないことを説いた。文明社会はこうした犯罪から目をそむけることは許さず、また二度と繰りかえしてはならない。「勝利の喜びに湧き、しかし深い傷を負って嘆くこの偉大なる四か国が、捕虜となった敵国人に対し復讐に走ることなく、自発的に彼らを法の裁きの場へと差しだした、それは力が理性を敬い優先させた最も意義深い行為である」

考え抜かれた言葉で落ち着き払って発言するジャクソンは、割り当てられた長い時間をきびきびとした話法で引き締めながら、法廷に活気を与え、実際的な進行方法を示唆した。いうまでもなく同法廷は「前例のない実験的なもの」であり、「前代未聞の脅威に打ち勝つために国際法を利用すべく」創設されたことは承知している。だが、めざすところは現実的な運用であって、あいまいな法理論を戦わせる場でもなく、もとより「市井の人々のささいな罪を罰する場」ではない。被告人たちは巨大な権力を手に、それを使って「邪悪な力を解き放ち、この世の安らぎの場でその毒牙にかからぬ場所はなかった」。

ジャクソンは、被告人たちの「徹底を期すゲルマン気質」を語り、自分たちの行動を几帳面に書き残しておく性向に触れた。彼はいくつかの外国人集団やユダヤ人たちの取り扱い、「平然と行った無数の人間の大量殺戮」、「人道に対する罪」を犯したこと、を具体的に語ってゆく。これらの論点についてジャクソンは、一九四一年にニューヨークでラウターパクトと話しあい、その四年後にまたクランマー通りでも議論していた。これらはまた一九四一年九月にレムキンがインディアナポリスにいたとき、ジャクソンがスピーチで提起したテーマであり、彼が国際法の不在に対し「法の支配」の必要性を呼びかけていたのをレムキンは聞いている。

ジャクソンがハンス・フランクを名指しして語りはじめたとき、フランクは自分の名前を聞いて背筋を伸ばした。「同業者として慙愧に堪えぬが、本職は法律家だという」この男は、ニュルンベルク法の編纂に協力した。ジャクソンはフランクの日記を呈示し、そこから自由自在に個人的省察や公での演説を引用してみせ、公判のなかで彼の日記がいかに重要な役割を果たすことになるか、その端緒をさっそく披露した。「一年くらいでは、すべてのシラミとユダヤ人を駆逐することはできない」とフランクは一九四〇年に書いている。その一年後、彼は自慢げに、百万人以上のポーランド人を帝国へ送りこんだと語っている。そして一九四四年の末になってもなお、それもソ連軍がクラクフにせまっているというときに、フランクはしゃかりきになってユダヤ人は「抹殺されなければならない人種である」などと暴言を吐いていた。彼の日記は、採掘を待つばかりの金の鉱脈であった。フランクが、自分の言辞がどう使われるかいやな予感を抱いていたなら、彼は日記を見せたりしなかっただろう。

あふれんばかりの証拠にめぐまれて、ジャクソンの弁論は多言を弄することなく終わった。この裁判は「法の規律を国家指導者にあてはめる取り組み」であり、その成果は、新たな国際連合が平和と法の支配への道程を示したように、法の不在状態を絶つことができるかどうかによって判断される。

しかし、「本当の原告は、」とジャクソンは裁判官に訴える。連合国ではなく「文明」そのものなのだ。というのも、被告人たちはドイツ国民を「悲惨のどん底」へ突き落とし、世界中に憎悪と暴力を植え付けたからで、彼らの唯一の頼みの綱は、国際法などは人間の道徳意識よりもはるかに遅れている〔ので、法律上彼らの行為は無罪になるだろう〕という認識だ。裁判官は「国際法は平和の側に立ってその力を発揮し、善良な男女はあらゆる国において、『法の保護下、だれの許可も仰ぐことなしに生きることが許される』」という点を明確にしなければならない。ラウターパクトは、そこで使われた言葉がラドヤード・キプリングの詩、『The Old Issue（古い問題）』から引用されたものであることに気がついた。一六八九年のイングランドで勃発した、全能のイングランド国王を法の制約下に置くための闘争を喚起する作品だ。

ジャクソンの陳述の最中、ラウターパクトはいっさい感情を表に出さない。現実的、沈着冷静、そして忍耐強い男である。ジャクソンの話しぶりは堂々たるもので、歴史的な偉業であり、ラウターパクトがレイチェル宛ての手紙に書いたように「彼個人が成し遂げた偉大なる勝利」だった。自分たちの犯した残虐行為を聞かされるフランクやほかの被告人の顔を見るとき、彼は満足を覚えた。ジャクソンが話し終えるやいなやラウターパクトは彼に近づいてその手を取り、「無限にも思われる一分間」ずっと握りしめた。ジャクソンのスピーチのなかから、少なくとも重要な一語が抜け落ちていたことに、彼は気づいていたはずだ。ジャクソンはその年の五月、レムキンの主張を支持し、つい前月の一〇月、起訴状が完成したときにも〔本文中にその一語を書き記すという形で彼の考え方を〕支持してくれていたはずなのに、「ジェノサイド」という言葉を発することはなかった。

119

裁判が始まって三日目に、ラウターパクトは大学の授業の関係でニュルンベルクを発ち、ケンブリッジへもどった。ショークロスも同道した。政府関連の仕事でロンドンにいる必要があったからで、そのために英国チームの最初の陳述は一二月四日に延期された。ショークロスは彼の代理、マクスウェル・ファイフには英国チームの第一声を任せたくなかったのである。

悪天候のせいで、ラウターパクトの帰国の旅は時間をくうはめになった。彼の乗った小さな飛行機がクロイドン空港に着くころ、彼は体調をこわしていた。ただでさえ眠りの浅い彼は、法廷で聞いた残虐行為の詳細が脳裏から離れず、さらに深刻な不眠の夜がつづいた。フランクの日記に綴られた表現、ルヴフにいる家族にかんする不安と情報の欠如、両親たちを英国に呼びよせる説得に失敗したこととその責任。こうした個人的な心配事に輪をかけて、職業上の不安がからまってきた。ショークロスの最初のスピーチ原稿がどうもぱっとしない。構成がまずく法的議論として芯が通っていない。

ジャクソンの力強い冒頭陳述に見劣りしないために英国チームはギアを一段あげなければならない、と彼はまずはレイチェルに、そしてショークロスにも告げた。だがそれは容易なことではなかった、というのもスピーチの大部分を法務長官自身が書いていたからだ。ショークロスから原稿を改善してくれと頼まれたラウターパクトは、引き受けざるを得ない。医者からは休養を取るようにいわれていたがこれを無視し、ラウターパクトは丸々一週間をこの作業に当て、個人の保護と人道に対する罪についての彼自身の考え方を広める好機と位置づけた。彼は草稿を手書きで作り、それを忠実なる秘書のライアンズ夫人に手渡し、見直し用にタイプライターで打ち直してもらった。完成したタイプ原稿は三十ページにおよび、ケンブリッジから列車でロンドンのリバプールストリート駅へ送られ、そこへショークロス事務所職員が取りにきた。

エリは父親の手書き草稿を保管していた。ショークロスから依頼された主題であるドイツの好戦性について、ラウターパクトは順序立てた構成に組みなおしており、彼のアプローチを読み取ることができる。次いで彼は、自分が情熱をかけるテーマ、個人の権利についての議論をみちびき入れた。彼が彫琢した文章は、数か月前に出版したばかりの『An International Bill of the Rights of Man（国際人権章典）』で世に問うたアイデアを、わりとあからさまに引用したものだった。彼の考え方の骨子は次の一文に表現される。「国際社会は過去、国家によって人類の道徳意識に衝撃を与えるべく目論まれたやり方で踏みにじられた人権を擁護するために、介入する権利を主張し、かつ首尾良く行使してきた」

この文言を法廷でうたい、「人権」保護のための軍事力使用の権利を連合国が有する旨を、裁判所に採決させる機会を与えることになった。この議論に異論が多いのは当時も今も変わらない。いわゆる「人道的介入」という問題である。まさに、わたしがラウターパクトの手書き草稿を初めて見たその当日、オバマ大統領と英国首相のデイヴィッド・キャメロンは、それぞれ米国連邦議会と英国の国会で、何十万という個人の人権保護のために、シリアへの軍事介入は法的に正当化されると説得に努めていた。二人が展開した主張は——不首尾に終わったが——ラウターパクトが表明した考え方に源を持つ、とほうもない行為に接した第三者は保護目的で介入行為が許容されるという、人道に対する罪という発想のなかに見える主張である。ラウターパクトは、すでに存在している確立した原則を敷衍しているだけだと力説した。この議論が——一九四五年時点では野心的だったが——学究的理論ではなく、現実的選択肢として論じられたのである。

ラウターパクトの草稿はジェノサイドに触れることも、ナチスについて、あるいは集団としてのドイツ人について、またはユダヤ人やポーランド人に対する犯罪、というよりも集団を標的にした犯罪についてまったく触れていない。ラウターパクトは集団のアイデンティティを、犠牲者としても加害者としても、法律問題としてはあつかっていない。どうしてそういう立場を取るのだろうか？　納得のいく説明をしたことは一度もないが、レンベルクでの個人的体験が影響していたのだろうという気がする。バリケードのうえから、ある集団が別の集団に襲いかかるのをその目で見ていた。数年後、ある集団を保護しようとする法律の意図が――ポーランド・マイノリティ保護条約がそうだったように――急転直下激しい反動を生むのを、彼は目の当たりにした。十分な配慮なしで組み立てられた法律は、一番避けたかった事態を招き、意図せぬ結果を呼び起こしかねない。わたしは、直感的にラウターパクトの見解に共感を覚えた。それは、部族主義が持つ強烈な力を強化するのではなくそれを制限するために、たまたま属している集団の素性などとは無関係に個人一人ひとりの保護を強化したいという願いによって動機づけられている。集団ではなく、個人に重点を置くことによって、ラウターパクトは集団が相互に反目しあうエネルギーを減衰させようとした。それは合理的で啓蒙的、かつまた理想主義的な見解だった。

一番強い反論はレムキンからなされる。彼は、個人の権利に反対しているわけではないが、個人にばかり焦点を当てるのはナイーブだと考える。衝突とか暴力が現実にどのようなものか、それが視野に入っていないというのだ。個人が狙われるのは、彼ら・彼女らが特定の集団に属しているからであって、彼ら・彼女らの個人的特性ゆえにではない。法律は真の動機と実際の意図、つまりなぜ一定の個人――特定の対象集団に属する人々――が殺されたのか、その動因を理解したうえで制定されなければならない、というのがレムキンの考え方だ。レムキンにしてみれば、集団に重点を置くほうが現実的なアプローチなのだった。

二人の出発点は共通なのに、そして両者とも実効性のある方法を望んでいたのに、ラウターパクトとレムキンは、大問題を前に提案した解決方法においてまっぷたつに分かれていた。大量殺戮を防ぐために、法はどのように貢献できるか？　個人を保護せよ、とラウターパクトはいう。集団を保護せよ、とレムキンはいう。

120

ラウターパクトはショークロスのスピーチ原稿を書き終え、一一月二九日にロンドンへ向けて送付した。ジェノサイドや集団について触れた個所はない。ひと仕事終えた彼は、暗がりのなかをトリニティ・カレッジのフェローズ・パーラーまで歩き、ポートワイン一杯でささやかな祝杯をあげた。その翌日、ショークロスからていねいな礼状が届く。

ショークロスはラウターパクトをともなわず、英国チームの最初のスピーチをおこなうべくニュルンベルクへもどった。一二月四日、法務長官は、強制収容所を撮影した凄惨なフィルムの初上映のあと、記録動画に大いに動顛した人々が多数いる法廷で、陳述を開始する。粒子の粗い白黒フィルムが突きつけた残酷な内容は、ヨーロッパを蹂躙したナチスの侵略行為を順々に語ってゆくショークロスの秩序だった冷静さがかもしだすオーラをより強く印象づけた。一九三九年のポーランドから始めた彼は一九四〇年のベルギー、オランダ、フランス、ルクセンブルク、そして一九四一年前半のギリシア、ユーゴスラヴィア、最後に一九四一年六月のロシア侵攻、バルバロッサ作戦について語った。

ショークロスの法的議論はもっぱらラウターパクトの草稿をよりどころにしていた。彼はスピーチの大部分でケンブリッジ大学の学術的語彙を駆使して、人道に対する罪という概念は確立しており、「国際社会」はすでに長いあいだ「国家によって人類の道徳意識に衝撃を与えるべく目論まれたやり方で踏みにじられた人権を擁護するために、介入する権利を主張し、かつ首尾良く行使してきた」と論じた。この主張の部分だけで十五ページを要し、うち十二ページはラウターパクトのペンによる。人道に対する罪と個人の権利について述べた際、ショークロスはラウターパクトの言葉をそのまま使い、主権国が思うがままに国民を殺し、暴行をくわえ、拷問にかけることができるという伝統を本法廷は一蹴すべきであると力説した。

ラウターパクトは、被告人が返してくるであろう反論の機先を制するようショークロスに指示していた。国家が国際法上犯罪を犯すということは理論上ありえないのだから、国家に仕えた個人が犯罪について罪を負うということもありえない、と主張してくるだろうという読みである。ショークロスは国が犯罪者になることはありうる、と法廷で明言する。したがって国の犯罪は「個人を対象にする場合以上に徹底的かつ効果的な方法で」抑圧することが絶対に必要である。国のために行為した個人は「直接的な責任を負い」、処罰されなければならない。ショークロスは視線の先に、ゲーリング、シュペーア、フランクを捕えていた。

ショークロスの主張の核心はラウターパクトのものだった。「国は抽象的な存在ではない」と英国の法務長官は、その後ニュルンベルク裁判において、またその後も頻繁に反復されることになる定言を宣言した。「その権利と義務は、人間の権利と義務であり」、その行為は政治家の行為であって、彼らに「国家の不可侵性を盾に免除される」という理屈を許してはならない。個人の義務という考え方を重視し、新しい国際システムの中心部に「根源的な人権」と「根源的な人間としての義務」を置くという、これは革新的な主張であった。これを斬新な考え方だというのなら、それは擁護に値する斬新性である、とショークロスは結論づけた。

ラウターパクトの指導に沿っていたショークロスは、ジェノサイドについては触れていない。法務長官がニュルンベルクで演説をしているころ、ケンブリッジではラウターパクトが、個人の保護を重要視する観点からして、ニュルンベルク裁判がどのような役割を果たすのか、講義をしていた。講義終了後すぐ、トリニティ・ホールのフェローであるT・エリス・ルイスが「第一級のできばえ」の講義を祝福する手紙を送る〔彼は自分の授業をキャンセルして駆けつけた〕。「あなたの確信がひしひしと伝わる講義でしたね。冷静な知性と熱い心に支えられた確信です。テーマを熟知した法律家ならではの公正さがありました」

121

ニュルンベルク裁判開廷から最初の数週間、裁判官たちが直面したのは、新種の法的議論と前代未聞の恐ろしい証拠だった。フランクの日記のような書類だけではなく、グロテスクな手工品が呈示され――入れ墨のある人間の皮膚、縮んだ人間の頭部――法廷の奥に吊るされた白幕に何本かのフィルムが映写された。ある短編フィルムにヒトラーが現われると被告人席がざわめいた。「あのすさまじい人間的魅力をあんた方は感じないのか」とリッベントロップがいうのが聞こえた。「あれでみんな熱狂してしまったんだ」。人間的魅力のすさまじさ、それに「エアシュッターント」してしまった。陶酔してしまった。

ほかのフィルムを見せられると、特にヨーロッパのあちこちの収容所やゲットーで撮影された場面に、彼らは押し黙った。一本の私的なフィルム――ワルシャワの大虐殺《ポグロム》に参加したドイツ兵が撮影したもの――が映写されたときには、一種の弁士がついた、とニューヨーカー誌が報告している。「ポーランド総督府のフランク総督の日記の抜粋が、声高に読みあげられた」。映像と言葉の相互作用を目の当たりにしたフランクは、ワルシャワでの自分の行為や、日記を破棄せずにいたことの愚かさを反省しただろうか？　ワルシャワを「完全に破壊せよ」というヒトラーの命令がまだ耳朶《じだ》に残っていただろうか？　ヒトラーに打電した、「火炎の花輪であやどられた」ワルシャワの奇観を活写する自画自賛の電報——のちにソ連が発見することになる——を思いだしただろうか？　ゲットー破壊について親衛隊将軍ユルゲン・シュトロープがフランクのために作成した、みごとな製本の報告書を覚えていただろうか？　あるいは、クルツィオ・マラパルテを連れて彼自身がワルシャワ・ゲットーを訪問したことは？　そしてまた、統治期間の最後まで手元に置いていたホームムービーのなかで、にっこり微笑む赤い服を着た女の子のことは？

そうしたさまざまなシーンが、仮にフランクの脳裏をよぎっていたとしても、彼の表情からは何も読み取れなかった。サングラスに隠れた目は何も語らず、「過度の集中で張りつめた神経」がときおりもたらす顔面のひきつり以外に、感情は洩らさない。そこには羞恥心を隠そうという魂胆はなく、そのような映像を見せられたあと、どのような反論を組み立てようかと、法的議論の準備に集中していたからだ。彼の弁護士サイドルは、ワルシャワの映像はもっと複雑な話のごく一面しか示していないといい、ただちにフランクに疎明の機会を与えるよう裁判官に申し立てた。その願いは却下される。いずれフランクが法廷で発言する機会は与えられようが、まだそのときではない。

映像はジャーナリストだけではなく、傍聴席の一般人も見た。裁判開廷中に傍聴にきた有名人には、前ニューヨーク市長フィオレロ・ラガーディア、作家のイーヴリン・ウォーやジョン・ドス・パソスなどがおり、その他学者、武官、役者までもがやってきた。彼らは毎日報道される新聞記事に惹かれて来廷し、「斬新な服」をまとった派手なヘルマン・ゲーリングの「芝居がかった活力」をひと目見ようとした。わずかながら裁判官や検察官の家族も傍聴席にいたが、そのうちの一人イーニッド・ローレンスは、裁判長を務めたローレンス卿の二十一歳になる娘だった。

122

イーニッド・ローレンス。彼女はその後レディー・ダンダスとなり、ロビーという愛称で知られるようになる。わたしはケンジントンの静かで整然とした彼女のフラットへ、お茶に招かれた。ニュルンベルクの審問が始まったばかりのころの直接体験を語ることができる人はもう数少ないが、彼女はその一人だった。バトル・オブ・ブリテンの英雄〔サー・ヒュー・ダンダス〕の妻だった彼女は、一九四五年一二月に初めて両親といっしょにニュルンベルクを訪れ、滞在したときのことを、抑制のきいた声で明瞭に話してくれた。当時彼女は小さな携帯手帳を持ち歩き、鉛筆でメモを取っていた。わたしと会話をしているあいだ、彼女は記憶を呼び起こすためにその手帳に目を走らせる。

ニュルンベルクへの旅は公式な任務を帯びた出張だったのだ、と彼女は説明した。彼女は戦時中も戦後も二重スパイ対応のため、連合国のために働いていたという。彼女がニュルンベルクへいったのは、国防軍最高司令部総長だった被告人、アルフレート・ヨードルにインタビューするためだった。「感じのいい小柄な人でした」と彼女はいう。大変に協力的でもあった、と。ヨードルは、インタビューにきた若い娘が裁判長の娘とはつゆ知らず、暇があればニュルンベルクのあちこちに残るナチス関連の場所を見にいっていることも知らなかった。

彼女は父親を尊敬していた。「まっすぐな人」で野心とかイデオロギーには無縁、ジェノサイド、人道に対する罪、集団を保護することと個人を保護することの微妙な差異、などについて神学論争をらしい。

繰りひろげる興味はなかった。彼は、私的な晩餐会グループ「ジ・アザー・クラブ」の仲間だったウィンストン・チャーチルから任命されていた。彼女の父親は、この任務は事実に法律を適用するだけの仕事で、公平に迅速に進めることが肝心、といっていた。六か月以内に帰国できると考えていたらしい。

裁判長になったのはまったくの偶然で——とロビーは付言する——ほかの裁判官全員が了承したのは彼だけだったからです。「ロシア人たちはアメリカ人をいやがり、アメリカ人はロシア人もフランス人もいやがり、フランス人はロシア人を毛嫌いしていました」。彼女の父親はこの裁判について書き残すことはいっさいせず、それとは対照的にアメリカ人裁判官のビドルは本を一冊著わしたし、フランス人裁判官のファルコは日記をつけていて、裁判から七十年後にそれを出版している。

「父はビドルの日記をこころよく思っていませんでした」とロビーは手厳しくいう。裁判官のあいだで内密に決定したことは、ずっと秘密であるべきだ。

彼女はほかの裁判官たちとも知り合いになった。ニキチェンコ少将とも？　「モスクワの指図通りにしか動かない人です」。彼の代行のヴォルチコフ中佐とはときどき踊ったこともあって「まだ人間的なところがありましたね」。彼女にロシア語で「アイラヴユー」は何というか教えてくれた（彼女の父親は裁判後もヴォルチコフと連絡をたもっていたが、突然彼からの手紙が途絶え、英国外務省からは距離を置けというアドバイスを受けた）。ドヌデューは年寄りで「とても近づけやしない」。彼女の父親はむしろフランス人代行のファルコと近く、裁判後は親友になった。ビドルのことも気に入っていた。教養のある「典型的なアイビーリーグのアメリカ人」といって。

検察官のなかでロビーが一番尊敬していたのが、マクスウェル・ファイフだった。彼は「すべてをコントロール下におさめていて」裁判のあいだずっと法廷に出ずっぱりの献身的な法律家だった。わたしはこれをショークロスに対する当てこすりだと解した。彼はここぞという場面では審問に出てくるが、たいがいは不在で、一年中出席しつづけたジャクソンとは大違いだった。ロビーはそれ以上いわなかったけれど、ショークロスに対するはっきりとした嫌悪感を口にしたのは彼女が初めてではない。すぐれた弁論をする人だったが、多くの人たちが彼のことを傲慢で尊大だと見ていた。

一二月初旬、ロビーは第六〇〇号法廷に五日通った。英国の法廷より大きく、ヘッドホンから通訳の声が流れてくるというのも目新しかった。見渡せば男ばかり――全裁判官、全被告人、全検察官が男性だった。女性は速記者と通訳（豊かな金髪を盛りあげた女性は、裁判官のあいだで「情熱的な干し草」というあだ名で知られていた）、そして数名のジャーナリストとライターにかぎられていた。

被告人たちは皆「忘れられない連中」だったと彼女は回想する。なかでもゲーリングは、おれこそが総大将、と自分を押しだそうとしていたがために飛び抜けて印象深かった。ヘスは、顔の筋肉をしょっちゅうおかしな具合に動かすほか「ものすごく変な」振る舞いのせいで「とても目立って」いた。カルテンブルンナーは「細長い顔で、すごく残忍な感じがしました」。ヨードルは「ハンサム」。彼の上司だったヴィルヘルム・カイテルは「将軍然としたところがありましたね、根っからの兵士です」。フランツ・フォン・パーペンは「とてもハンサム」。リッベントロップはその名前がよく知られていたので、ロンドンの報道機関の興味を惹いた。ヒャルマル・シャハトは「品格があってこぎれいでした」。アルベルト・シュペーアはどうでした？「もう、すばらしいのひとこと」というのは立ち居振る舞いと自制心がすごかったから。シュトライヒャーは？「まったくもって最低」。ロビー・ダンダスはこういって冷笑した。「見るからに醜悪。彼にかんすることは何もかも醜悪」

ところで、フランクは？ ええ、覚えていますよ、ハンス・フランクのことね。サングラスをかけた。殻にこもった感じで、存在感がありませんでした。あの当時、英国の新聞は彼に邪悪なイメージ着せていた、と彼女は指摘する。漫画家ディヴィッド・ロウのペンにかかって。「だれが『このなかで最高におぞましい人』賞を受賞すべきか、意見はさまざまだろうが」と書くロウは、留保なしで「ワルシャワの虐殺者」フランクに一票を入れざるをえないといった。こうして彼は、顔に張りついた冷笑と陰険なつぶやきによって漫画家の一票を得た。

「あの人って四六時中泣いてた人でしたっけ?」とふいに彼女に尋ねられ、そういえばフランクの涙について語った人は多かった、と思いだす。そうです、とわたしは答えた。リッベントロップら大の男たちのとめどなき涙を誘ったヒトラーのフィルムが映写された日、彼女は法廷にいた。

あの恐怖の瞬間は、彼女の記憶に生々しい。ダッハウ強制収容所の女性看守の悪行、「人間の皮膚でランプの傘を作った」という看守の証拠を覚えている。彼女はそのことを話しながら、記憶を追い払おうとするかのように静かに首を横にふった。話し声もだんだんと消え入り、聞き取りにくくなる。

「とても退屈な時間が流れるだけでしたが、突然はっとするようなことが起き、わたしは恐怖にとらわれて」

そこで彼女は口をつぐんだ。

「あんな恐ろしいこと……」

シュトロープがフランク宛に作成した、『Es gibt keinen jüdischen Wohnbezirk in Warschau mehr!（ワルシャワ・ゲットー今やなし!）』という表題のついた報告書からの抜粋を、彼女は聞いた。

傍聴席で、彼女はフランクの日記の抜粋が読みあげられるのも聞いた。「百二十万人のユダヤ人を餓死の刑に処することは、単に脚注に書いておけばいい」というくだりを彼女は聞いた。

ブーヘンヴァルト強制収容所で人体から剝がされたという皮膚も見た。生きているうちに入れ墨のインクを入れた、という話を思いだす。

そうした証拠はロビー・ダンダスに非常に深い影響を残し、七十年後もその影から逃れることはできない。「わたしはドイツ人が大嫌い」と彼女はやぶから棒にいった。「いつも、今でも」。そういったあと、気品のある顔にかすかな羞恥がよぎった。「ごめんなさい」とつぶやく彼女の声はほとんど聞き取れなかった。「あの人たちを許すことはできないの」

123

レムキンはどうしていただろう？　大切にしてきた自分のアイデアが日の目を見そうだと思われた裁判だったが、二か月が経過すると、彼のすべての努力が水泡に帰してしまったように思われた。ジェノサイドという言葉は、開廷初日にフランスとソ連の検察官たちの口から発せられ、彼は大いに満足だった。アメリカ検察団、英国検察団の発言がつづいたが、彼らはその言葉にいっさい触れようとしなかった。一一月の残りと一二月いっぱい——合計三十一日間の審問——を通じ、その言葉が法廷にひびくことはなく、レムキンはとほうに暮れた。

ニュルンベルクにいるジャクソンのチームから遠く離れて、レムキンはワシントンで裁判の展開を注視していた。戦争犯罪局でコンサルタントとして働いていた彼は、そこに届く公判記録を読んだり、ジェノサイドという言葉の出てこない新聞記事を読んだりしたが、それは歯がゆい体験だった。ひょっとすると、南部出身の上院議員らがジャクソンと彼のチームに手を回していたのかもしれない。ジェノサイドという犯罪概念が通用すると地元の政治に影響が出てくる、つまりアメリカ先住民や黒人をめぐる問題がややこしくなるという危惧があったので。

ジャクソンのチームは、レムキンを裁判から遠ざけておくために積極的な手を使った。すでに一〇月に、ロンドンでのわがままな振る舞いで問題を起こしていたあとだったから、驚くにはおよばない。彼の才能は、一九四六年四月から東京で開かれる別の戦争犯罪裁判の準備に向けられることになった。それと関連して、カール・ハウスホーファーの活動についての調査が委託される。第一次世界大戦でドイツ軍兵士として従軍し、その後ミュンヘンで大学教授になり、作家のシュテファン・ツヴァイクとも交友のあった人物である。生存圏《レーベンスラウム》という考え方に知的基盤を与えたのが彼だとされている。ドイツ国民の生存圏を拡張するために、他国の領土を収容する必要性のことで、ルドルフ・ヘスは彼の研究助手だった。レムキンはハウスホーファーの訴追を勧告したが、彼の活動は「教育と執筆」に限定されているとしてジャクソンは賛成しなかった〔レムキンの主張は、日本勤務経験のあるハウスホーファーは大東亜共栄圏という考え方の黒幕だったというもの〕。そうこうするうちにハウスホーファー夫妻は心中し、この件は有耶無耶になる。

一二月二〇日、ニュルンベルク法廷はクリスマス休廷に入った。フランス人裁判官ドヌデューがパリのサン・ミシェル大通りの自宅に帰ると、レムキンからの手紙と『枢軸国の支配』が一冊届いていた。それに対するドヌデューからの返礼を、レムキンは一九四六年一月に受け取ったが、その手紙が、ニュルンベルク裁判になんとかかかわりたいと願うポーランド人法律家レムキンの心に火をつけたにちがいない。「機会があれば貴殿とはニュルンベルクでお目にかかることができるかもしれません」とフランス人裁判官は、その気にさせるようなことを書いてきた。二人は国際連盟の会議を通じて一九三〇年代からの知り合いだった。「貴殿からの手紙を拝受し、近況を知ることができ大変嬉しく思います」と、ドヌデューは細い筆跡で書き加え、レムキンからの手紙が届くのに大変日数がかかったことを驚いている。「わたしは国際軍事法廷の裁判官をやっています」と続ける彼は、レムキンが事情に通じていないと思っているようだった。

彼はレムキンの本を「重要な」著作だと評価した。すべてのページを読んではいないと白状する彼は、仕事のせいで「飛ばし読み」しかできないのだと説明する。しかし彼は第九章を全部読み、「ジェノサイド」という言葉が「法廷の全注目を集めている恐ろしい犯罪」を名指すのに「大変表現力豊かな」呼称であり、「的確な」表現だと感想を述べる。こうした言葉はレムキンを励ますものではあったろうが、彼は鋭敏にその歯切れの悪さを察知してもいた。思い返せば、ドヌデューというのは、一九三五年にフランクからベルリンへの招待を受け、それを気楽に了承した人物なのである。

「嘆かわしいことに、ポーランドは最大の犠牲者でした」とフランス人裁判官はつづける。おかしな言い回しだ。彼は法廷ですべての証拠を見ていたのだから〔最大の犠牲者はユダヤ人であることを知っていたはずだ、ということ〕。もちろんポーランドは犠牲者だった。しかし「最大の」犠牲者か？　たぶん彼はポーランド人レムキンに配慮したつもりだったのだろう。たぶんレムキンがユダヤ人だということを知らずに。「わたしたち共通の友人、ラパポート」について何か知らないか、と裁判官は尋ねる。一九三三年、レムキンに一〇月のマドリッド会議にいくことはできなくなったと警告したポーランド最高裁の判事のことだ（ラパポートは大戦を生きのび、最高裁判所長官に任命され、映画『シンドラーのリスト』で有名になったアーモン・ゲート、フランクの部下ヨーゼフ・ビューラー、アウシュヴィッツの看守ルドルフ・ヘスの刑事裁判を司った――全員死刑となる）。

ドヌデューの手紙には「レジスタンスにいた」娘婿が前年戦死したことや、ヴェスペイジャン・ペラはジュネーヴで戦争犯罪についての本を書いているが、彼とは連絡をたもっている、などということが書いてあった。彼の手紙は、レムキンが数か月前に手紙を書いたロンドンの住所に届き、そこからワシントンへ転送されてきた。レムキンはそれを、ワードマン・パークホテル内に借りていた小さなアパートで受け取った。この裁判でジェノサイドがだれの注意も引かないのであれば、自分がニュルンベルクへ乗りこむしかない、とレムキンは考えた。

124

わたしがエリに、彼の父親はいつどうやってレンベルクやジュウキエフにいた両親ほか家族のメンバーに起きたことを知ったのかと最初に尋ねたとき、彼はかなりぶっきらぼうに、わからないと答えた。家庭内でその話題が出たことはまったくなかったという。「隠しておきたかったんでしょう。だからわたしも尋ねなかった」。それは例のだんまり作戦だった。レオンや多くの人たちが選んだ態度で、周囲の人たちもそれを尊重した。

ラウターパクトと彼の姪インカの再会にいたる一連の偶然をわたしが知ったのは、ジュウキエフでラウターパクト家の近所に住んでいたクララ・クレイマーとかわした会話を通じてだった。クララがジュウキエフで隠れ住んでいたときの仲間の一人にメルマン氏という人物がいた。彼は解放されたのち、レンベルクへ生き残りはいないかと探しにいった。彼はユダヤ人厚生委員会を訪れ、ジュウキエフで生き残った数少ないユダヤ人の氏名リストを置いてきたが、そのなかにラウターパクト家のメンバー何人かの名前があった。そのリストは委員会事務所の壁にピン留めされたわけだが、そこを通りかかったのが、ドイツ軍占領のあいだ保護されていた修道院を出てきたインカだった。ジュウキエフで生き残っていた人たちの名前を見つけた彼女はメルマン氏と連絡を取り、ジュウキエフへ出かける。そこで彼女はクララ・クレイマーに紹介された。

「メルマンがそのすばらしい美少女を連れてきてくれたの」と、クララは感極まった口調でいう。

「それはそれは目の覚めるような、マドンナみたいで、隠れ家から出てきて最初に友だちになった人」。クララより三歳年下のインカはクララのベストフレンドになり、その後もずっと親しくつきあっていた。「まるで姉妹みたいにね」。インカは自分の伯父のことをクララに話した。ケンブリッジ大学の有名な教授で、ハーシュ・ラウターパクトという人。二人は、メルマン家の人々や、別のジュウキエフ生存者で一九一三年にレンベルクでラウターパクトの同級生だったパトロンタッシュ氏の協力を得て、彼の消息を探った。メルマン家とインカはソ連に占領されたポーランドを抜けだしてオーストリアへ向かい、ウィーンの近くの難民キャンプに落ちつく。あるとき――クララはそのときの状況をこまかく覚えていない――パトロンタッシュ氏が、ラウターパクトはニュルンベルクでの裁判に関与していると聞き及ぶ。たぶん新聞で知ったんじゃないかしら、とクララはいう。「インカの伯父さんがニュルンベルクにいるから、会ってこようと思う」と、パトロンタッシュ氏はメルマン氏にいった。

難民キャンプの外側に住んでいたパトロンタッシュ氏は自由に旅行することができた。「こうして彼は有名教授、ラウターパクト氏を探しにいってくれることになったんです」とクララが説明する。ニュルンベルクに到着した彼は、戦車に守られた裁判所の門前に立った。入ることもできず、騒ぎを起こすわけにもゆかず、彼は仕方なく待った。

「中に入ることを許されなかったので、」とクララはいう。「ただそこにずっと立っていました。来る日も、来る日も、三週間。スーツ姿の人が出てくるたびに『ハーシュ・ラウターパクト』、『ハーシュ・ラウターパクト』ってささやくんです」。やわらかな両手を口に当て、クララは全身を使ってアルトゥール・パトロンタッシュの物真似をしてみせる。ほとんど聞き取れないくらいに声をひそめて「ハーシュ・ラウターパクト、ハーシュ・ラウターパクト、ハーシュ・ラウターパクト」と繰りかえす。

そうこうしていると、通りがかりの人が名前を聞きつけて足を止め、パトロンタッシュに自分はラウターパクトを知っていると告げる。「インカが伯父さんを見つけたのはこういう経緯」。このとっかかりから数週間後、二人の直接交信が始まった。クララはそれが何月だったか思いだせなかったが、裁判が始まってまもなくのことだった。その年が終わるころ、一九四五年一二月にラウターパクトは家族にかんする情報を伝える電報を受け取った。こまかいことはわからぬが希望の持てる内容だった。「少なくともその子一人だけでも助かれば」とラウターパクトは大晦日に、パレスチナに滞在していたレイチェルに宛てて書いている。一九四六年の初め、家族のなかで生き残ったのはインカ一人だけだったと知らされる。それから何週間かがすぎ、春になるとインカとラウターパクトとのあいだで手紙のやりとりが始まる。

クララは、別の件で話してみたいことがあるといった。でもなかなかいいにくい、というのも今面と向かっているのはイギリス人だからだ、という。

「包み隠さずにいうと、ドイツ人よりもイギリス人を憎んでいた時期があるんです」といって彼女は謝った。なぜ？　とわたしは尋ねた。

「ドイツ人はわたしを殺すといって、本当に殺そうとした。それから大分たって難民キャンプにいたとき、わたしはパレスチナにいきたかったのにイギリス人がいかせてくれなかった。ある時期、わたしはイギリス人のこと、ドイツ人と同じくらいに憎んでいたの」

彼女は笑みを見せ、でもそれから考えは変わったといった。「十七歳でしたからね、そんな考えに凝り固まるのも若さのうち」

125

一九四六年の初頭、フランクに友だちができた。妻のブリギッテも愛人のリリー・グラウもいない環境下、グスターヴ・ギルバート博士が新しい話し相手になった。博士は米国陸軍の心理学者で、フランクの精神と魂の健康状態を監視する役目を負っていた。ギルバートは日記をつけていて、そこには二人の会話がたくさん書きこんである。裁判が終結したあと、そこからの長い抜粋が出版された（『ニュルンベルク日記』一九四七年出版）。

フランクはこの心理学者を信頼し、個人的なことでも職業上のことでも気にかかる事柄について気楽に相談していた。妻のこと愛人のこと、自殺とカトリックの信仰について、総統について（「一人間がこうしたすべてを冷酷に計画するなど、考えられますか?」）語った。生々しい夢、たとえば説明のつかぬ暴力的な性的幻想の夢を見、ときにはそのせいで「夜間の射精《ノクターナルエミッション》」（ギルバート博士の表現）をしてしまうなどということも打ち明けるのだった。ギルバートは、フランクから引きだした打ち明け話を洩らすことに遠慮しなかった。ロバート・ジャクソンの家で催されたディナーパーティーで、彼はビドル裁判官に、被告人のなかには三人の「ホモ」がいて、その一人がフランクだと告げている。

クリスマス休廷のあいだ、ギルバート博士は独房のフランクを定期的に訪れていた。かつてポーランド総督だった男は証言の準備に余念がなかったが、日記を破棄しておかなかった自分に苛立っているようだった。検察官たちの手の内で効果的に利用されていたのだ。ギルバート博士は、それならなぜ破棄しなかったのか、と訊く。

「バッハの『マタイ受難曲』を聴いていたのです」とフランクは答えた。「キリストの声に接したとき、何かがこう語りかけてきました。『何だって？　敵に偽《にせ》の顔を見せるというのか？　神の前で真実を隠すことはできぬのだ！』そう、真実を呈示しなければならないのです、断固として」。フランクは頻繁に、慈悲と許しのメッセージを乗せた慰謝を届けてくれるバッハの記念碑的作品が彼にとっていかに重要かを口にした。

このくだりを読んだわたしは、ロンドンやニューヨークでおこなわれた『マタイ受難曲』の演奏会に足を運んだ。バッハがこの曲を作曲したライプツィヒの聖トーマス教会での演奏会にもいった。フランクがこの曲のどの部分を念頭に置いていたのか、独房で慰謝を得たというのがどんな感じかを知りたかったのだ。一番有名なアリアはペテロが歌う〔正確にはペテロではなく、彼の心情をアルト歌手が独唱する〕『Erbarme dich, Mein Gott, um meiner Zähren willen（憐みたまえ、わが神よ）』である——「憐みたまえ、わが神よ、わたしの涙を憐れみたまえ」。ギルバート博士は、ペテロが個人の弱さを嘆いて泣き、懺悔を捧げて慈悲を乞い、人類全体のために償いを求めた、と理解しただろう。フランクはバッハの意図をよく理解していたのだろうか？　もし理解していたのなら、彼はまちがいなく別の作品を選んだはずだ。十年前のベルリンで、個人に権利ありとする考え方を彼は罵倒している。なのに今彼は、個人救済の権利を尊ぶ楽曲になぐさめを見いだしていたのだ。

ギルバート博士は裁判が始まる数日前、フランクの独房で彼のカトリック教への転向について話を向けた。フランクは責任感とか誠実であるべきこと、などを口ごもりながら語った。しかしそれは、罪悪感に耐えきれずヒステリー症状を起こしている、ということなのでは？　という博士の示唆に、フランクは答えなかった。アメリカ人心理学者は、フランクがまだナチス体制に肯定的な感情を持つ一方、ヒトラーに対しては憎悪を抱いていると感じていた。一月初旬、フランクの弁護士が、バチカンは検察側の肩を持つのかどうか、その場合、フランクは教会を去るべきなのか、バチカンに照会した。この問題でフランクは深く考えこんだ。

「まるでわたしというのは、二人の人間でできあがっているようなのです」というフランクに、ギルバート博士は耳をかたむける。「わたし、ここにいるわたくし、としてのフランク——そして別のフランク、ナチスの指導者としてのフランク」。しらばくれたゲームをしているのか、それとも真剣にそう感じているのか？　ギルバート博士は口を閉じたまま考えこむ。

「あのフランクという男に、どうしてこんなことができたのか、解せないことがあります。こちらにいるフランクがあちらのフランクを見すえて、『まったく、お前というやつは何と下劣なフランクなんだ！——なぜあんなことをしでかした？——感情のおもむくままにやってしまったんだな、そうだろう？』というのです」

ギルバート博士は何もいわない。

「心理学者として先生、とても興味深いケースだとお思いでしょうね——だってわたしは別々の二人の人間なんですから。ここにいるわたし——そしてあっちで裁判にかけられてナチス式の大演説をやらかしているもう一人のフランク」

ギルバートはまだ口を開かぬ。彼が黙りこめば黙りこむほど、フランクは饒舌になった。

「興味深いじゃありませんか、ねえ？」というフランクの顔に、切羽詰まった気配が浮かぶ。

興味深い多重人格者——ギルバートは考える——というのは、しばり首から逃れるためのフランクの演出にほかならない。

126

翌月からの裁判の焦点は、証人らが個人的な直接体験を述べるステージに入り、全般的な証拠の検証から被告人各人へと移った。証人の一人にサミュエル・ライズマンというポーランド語を話す会計士、トレブリンカ強制収容所の数少ない生き残りがいた。

トレブリンカはわたしの曾祖母マルケが殺された場所だったから、ライズマンの証言はことのほかわたしの心をゆるがし、他人事ではなかった。レオンが詳細を知ったのは彼の晩年のことで、わたしの母がテレージエンシュタットに収容されていた人たちの長い人名リストを載せた本を彼に見せたときだった。数千人の名前のひとつがマルケ・ブフホルツで、一九四二年九月二三日にテレージエンシュタットからトレブリンカへ向けて移送されたとくわしく記してあった。レオンはその本を持って自分の部屋にこもり、わたしの母によれば、そこから泣き声が聞こえてきた。翌日、彼はもう本には触れなかった。トレブリンカについて、けっして語らなかった。少なくともわたしのいる前では。

サミュエル・ライズマンは二月二七日の朝、証人席に現われ、裁判官たちに「別世界から帰ってきた男」と紹介される。ダークスーツにネクタイをしめた彼は、眼鏡の奥から法廷を見ていた。骨張ってしわの寄った顔からは、トレブリンカを自分の領地の一部として統治していたフランクが数メートル先にいて自分はこうして生きている、その事実に対する驚愕と当惑のようすがうかがえた。だが、彼をながめているだけでは彼がここまでたどってきた道のりも、乗り越えてきた恐怖も思い浮かべることはできない。

一九四二年八月のワルシャワ・ゲットーから、立錐の余地もない家畜運搬車に八千人が詰めこまれるという非人道的な状況で鉄道輸送された体験を、彼は慎重に、冷静な口調で話した。彼はトレブリンカを生きのびた囚人のうちで、唯一証人台に立った人間である。ロシア人検察官がトレブリンカ到着時のようすを尋ねた。彼らは皆裸にされ、ガス室へつづく「天国への道《ヒンメルファートシュトラーセ》」という短い道を歩かされたが、突然ワルシャワ時代の友だちが現われ、彼を引き抜いて別の場所へ連れていった。ドイツ人が通訳を必要としていたのだ。だが通訳をやる前に、彼は死んだ人たちの衣服を集めて乗ってきた空っぽの貨車に積み、トレブリンカから送りだした。その二日後、ヴィネグロヴァという小さな町からの列車が到着し、彼の母親と姉と兄弟を連れてきた。彼は家族がガス室へ歩いてゆくのを、何もすることができず、ながめていた。数日後、彼は妻の書類と妻と子どもの写真を渡される。

「わたしに残された家族というのは」と彼は法廷に告げ、人々の目を覚ます。「写真が一枚、それだけでした」

彼は工場で処理するがごとくの大量殺戮と、個人が個人にふるう恐ろしい行為、非人間的な残虐行為を生々しく語った。十歳の少女が二歳の妹といっしょに「ラツァレット（野戦病院）」にやってきた。二人を連れてきた看守はウィリ・メンツという黒いちょび髭のドイツ人で、以前は牛乳配達をしていた（終戦から一九六五年にドイツでおこなわれたトレブリンカ裁判で終身刑を宣告されるまで、彼は牛乳配達に復職）。メンツが銃を抜いたとき、姉は彼にすがりつき、どうしてわたしたちを殺そうとするのかと尋ねた。そのあと起きたことをライズマンは語る。メンツは二歳の子のほうを抱きあげて、近くにあった死体焼却場へ歩いてゆき、女の子をかまどのなかへ放りこんだ。次に姉を射殺した。

被告人たちは黙ってこの話を聞いていた。二列に並ぶ面目をつぶされた顔。フランクには頽《くずお》れそうな気配があっただろうか？

ライズマンは平板な一本調子で話をつづける。年老いた女性が分娩直前の娘と共に「ラツァレット」に連れてこられた。娘は草のうえに転がされる。看守たちは彼女が出産するようすをながめていた。メンツは老母に訊いた。だれを最初に殺してほしい？　老母はわたしを最初に殺してくれと乞うた。

「もちろん彼らは正反対のことをしました」とライズマンは静かな声で法廷に告げる。「嬰児が最初に殺され、次にその母親、そして最後に老母が殺されました」

ライズマンは収容所内の環境について、にせの鉄道駅について語った。副所長のクルト・フランツが立派な鉄道駅を作り、にせの標識を掲げた。後日、架空のレストランが付設され、架空の発着時刻表が掲げられる。グロドノ、スヴァウキ、ウィーン、ベルリン。映画のオープンセットのようだった。人々を安心させるためでした、とライズマンは説明した。「騒ぎが起きないように」

その目的は心理的なものですね、死が近づいている、それをまぎらわす気休めのような？

「そうです」とライズマンは同じ起伏のない声で答える。

毎日何人くらい殺されたのですか？　一万から一万二千人のあいだです。

どのようにして？

最初は三棟のガス室を使っていましたが、その後さらに十棟が増設されました。

ジークムント・フロイトの三人の妹が到着したとき、ライズマンはプラットホームにいたという。一九四二年九月二三日のことだった。三人姉妹の一人が、副所長のクルト・フランツに特別待遇を求めているのを、彼は見ていた。

フロイト姉妹がテレージエンシュタットから移送されてきたくわしい状況が記されたこの公判記録を読み終えたあと、わたしは彼女らの列車についてくわしく調べることにした。情報を入手したあと、リストに載っていた名前に目を通し、全部で千近くあるなかからマルケ・ブフホルツという名前を発見した。彼女が到着したとき、ライズマンはプラットホームにいた。

127

わたしはトレブリンカへいくことに決めた。トレブリンカの残痕、といったほうが正しいかもしれない。運良くポーランドから二つの講演要請が届き、ひとつはクラクフ、もうひとつはトレブリンカからほんの一時間のところに位置するワルシャワからという好機にめぐまれた。クラクフでの講義はアレーハント協会でおこなった。協会名は、ラウターパクトとレムキンを教え、レンベルクで警官に心の有無を尋ねて殺された教授の名前にちなんでいる。ワルシャワの講演会場はポーランド国際関係研究所だった。両方とも盛況で、ラウターパクトとレムキンにかんする質問が多かった。二人のアイデンティティをどう見るか、質問者の大半はそこにこだわっていた。二人はポーランド人だったというべきか、それともユダヤ人だったというべきか、あるいは両方だったと?「それは重要なことなんですか?」とわたしは訊きかえした。

ワルシャワではポーランド人の法制史家、アダム・レジックに会った。彼はラウターパクトとレムキンを教えたレンベルクの教授、スタニスワフ・スタジンスキについて話した。意図せずしてラウターパクトの命を救った、という意味でスタジンスキの名は認知されてもいいと彼はいう。というのは、彼が一九二三年に、ルヴフ大学の国際法教授としてラウターパクトではなく別の候補者を推薦したからだ。一九一二年に撮影されたレンベルクの教授たち、全員が口ひげないしは頬ひげをたくわえた十八名の写真は、実はレジック教授からもらったものだ。そこにはマカレヴィッツも、レンベルクでドイツ軍によって殺されることになるアレーハントとロンシャン・ド・ベリエも写っていた。

ワルシャワの講演会場には、ポーランドの元外務大臣がいた。講演後、わたしはアダム・ロットフェルトとルヴフについて話をした。彼が生まれたプシェムシラーニはルヴフの近くである。わたしたちはマイノリティの権利、一九一九年の保護条約、ユダヤ人に対するポグロム、ニュルンベルク裁判などについて話をした。そうですね、マカレヴィッツがラウターパクトとレムキンに影響を与えた教師だったということは大いにありえます、と彼はいう。それにしても何と皮肉なことでしょう、あれほど強烈な国家主義的な人物が、ラウターパクトとレムキンの対立、個人と集団という考え方の対立のきっかけになっていたとは、と感慨をこめていった。

そのあと、わたしは息子といっしょに、新設されたワルシャワ蜂起博物館を訪れた。ある部屋ではフランク一家の大きな白黒写真が他を圧し、壁一面を覆っていた。わたしはそのイメージに見覚えがあった。ニクラス・フランクが数か月前に送ってくれたものと同じだ。当時の彼は三歳で、黒と白のチェックの服を着せられて磨き抜かれた黒い靴を履き、母親の手を握っている。彼は父親に背を向けて立っている。父親はさみしげだ。ここではない、ほかに居場所を求めているような。

わたしと息子はワルシャワから車でトレブリンカへ向かった。風景は単調で起伏に乏しく灰色だった。主要幹線をおりてから、わたしたちは鬱蒼とした木立を抜け、村落や教会をあとにした。ぽつんと立つ木造の家や納屋が近づいては遠ざかり、変化のない景色にアクセントを与える。市場で車を停めて、ビスケットと花の鉢植えを買った。血のように赤い花だ。車にもどって地図を確認すると、トレブリンカはヴォウコヴィスクへ向かう道の途中に位置している。

トレブリンカには、ドイツ人たちが退去前に大急ぎで破壊していったために、収容所らしき跡は何も残っていない。小ぶりの博物館があり、粒子の粗い写真や古びた書類が何枚かずつ展示され、数少ない生存者たちの記憶にもとづいて作られた収容所の安っぽい模型がある。何枚かの政令がフローティングフレームの保護ガラスの背後に浮かんでいた。そのうちのいくつかにはフランクの署名があり、一九四一年一〇月に処刑執行を許可しているものもあった。

所長、フランツ・シュタングルによって署名された書類もある。彼はギッタ・セレニーが書いた不気味な本〔『人間の暗闇――ナチ絶滅収容所長との対話』小俣和一郎訳、岩波書店〕の主人公だ。シュタングルの署名の脇には、ポーランド総督府のおなじみの丸いスタンプが押してある。トレブリンカ、一九四三年九月二六日。フランクの権力が強制収容所を牛耳っていたことを示すまごうかたなき証拠である。黒々としたサインは、責任の所在について拭い去ることのできぬ、決定的な証拠だった。

ソ連軍がこの収容所を発見したときのようすを、ワシーリー・グロスマンが『トレブリンカの地獄』というタイトルの記事〔前出、二七六頁〕で、露骨かつ容赦なく描いている。「わたしたちはトレブリンカの大地を踏みしめていった」と彼は書く。「大地は骨の破片、歯、紙切れ、衣服、ありとあらゆるものを吐きだした。大地は隠しごとを嫌ったのだ」。それは一九四四年九月のことだった。

入り口から、むきだしの土と踏み固められた草で覆われた小道をゆくと、かつての鉄道線路をなぞって置かれたコンクリート製の枕木がつづいている。ライズマン、フロイト姉妹、マルケたちの人生の終着駅たるプラットホームがその先にあった。グロスマンが描写した半分朽ちたシャツやペンナイフは消えた、赤いボンボンのついた子どもの靴も消えた。マグカップ、パスポート、写真、食料配給券は森に埋められて消えた。何年もたってから森は切り開かれ、見学者に沈思をうながし想像の旅へ招くためにシンボリックな枕木とプラットホームが敷設された。

果てしなくつづく灰色の空の下、荒削りの石でこしらえられた無数の記念碑が墓石のように、見方によってはスノードロップのように地面にうずくまり、一面に広がっている。そのひとつひとつに、数えきれぬ犠牲者の出身地である村や町、都市や地方の名前がきざまれている。ここは瞑想の場所だ。当時からそうだったように、風景のほとんどが空であり、空をめざして立ちあがる常緑のモミの木がこの場を縁取っている。周囲の森は何も語らず、秘密を洩らす気配はない。

そのあと、わたしたちは食べ物を求めて近くの町へいった。途中、収容所から数キロ離れたところにある、トレブリンカの町の廃駅のそばを通りすぎた。看守のウィリ・メンツやほかのドイツ人たち、そして収容所勤務のウクライナ人たちが乗り降りした駅である。その近くのブロクという町の寂しいレストランで昼食を取った。店のラジオから静かに流れていた歌が、わたしたちの耳に届く。一九九〇年代、ロサンジェルス暴動のさなかに生まれた曲だ。「過ぎさったことにとらわれないで、まだ見ぬものにこだわらないで」

一九八〇年代のポーランドでレナード・コーエンは人気があった。何にだってひびが入る、ひびが入れば明かりが差しこむ。

128

サミュエル・ライズマンの証言の終了と共に、裁判は新たな段階に入る。一九四六年三月、ゲーリングが被告人弁論の先陣を切った。フランクの順番が近づいてくる。死刑台を避けるための真剣な試練が待ちかまえていることを、彼は知っていた。そしてそれが容易ならざることも。彼の日記が、しばしばソ連チームによって、彼を「張りつけ」にするために利用された、とニューヨーカー誌は報じている。

四月一八日、フランクの順番がきた。彼の前に弁論に立ったのはエルンスト・カルテンブルンナーとアルフレート・ローゼンベルクだったが、後者は「絶滅」という言葉は字義通りの意味で使われたのではなく、ましてや大量殺戮などを意味してはいなかった、と法廷を納得させようとした。アウシュヴィッツの所長だったルドルフ・ヘスがカルテンブルンナーに対する証人として立ち、三年間で「少なくとも二五〇万人」をガス室で殺し焼却したというくわしい説明をした。後悔の気配も感情のたかぶりもなく話すヘスに、フランクは注意深く聞き入っていた。ヘスは、ギルバート博士との私的な会話で、アウシュヴィッツに蔓延していた態度は完全なる無関心だったと話している。それ以外の感情を「わたしたちが感じたことはまったくありません」。

こうした場面のあとで、フランクは情け深く思慮深い自分を印象づけ、犯罪が計量できるものならば、自分の右側にすわる隣人よりも罪の度合いは低いと思わせることができそうだと期待した。フランクは弁論に立つ瞬間まで、自分の行為を断固として弁護するか、もっと慎重なアプローチを選び、一部の残虐行為については知らなかったと証言するかどうか決めかねていた。まだ捨てたわけではない別のオプションは、ある程度の責任を進んで引き受けることだった。弁論のために被告人席に向かって歩を進めるフランクは、何を心に決めていたのだろうか?

サングラスをはずし、傷ついた左手を隠した彼に、全員の視線が集まった。落ちつきを欠き、注目を集めていることをやや気にしているようすだった。ときおり、自分の右方向にすわっている被告人たちに目をやって、彼らの同意を得ようとしているように見えた（そんなことは期待しても無理だった）。ポーランド総督に任命されるまでのキャリアを、サイドル博士が手短かに尋ねる。サイドルはためらいがちだった。公判記録を読み、手に入るかぎりのニュース報道を見たわたしは――わたし自身の法廷体験にもとづいて――サイドル博士が、自分の問いかけに対してクライアントが想定外の返答をするのではないかと身がまえているように思えた。

フランクは本来の調子を取りもどした。力強く大きな声で話しながら、次第に自信をましてゆく。弁論の場所をまちがえているのではないか、と思ったほどだ。サイドル博士は、ヒトラーから任命されたあとのポーランドでの役割について尋ねる。「わたしは全責任を負いました」

「罪を犯したこと……人道に対する罪を犯したことについて、罪の意識はありますか？」

「それはこの法廷が決めるべきことだと思います」。裁判が始まってから五か月のあいだに、彼はまったく関知していなかったことを知るにいたったと説明した。おそらくヘスの証言内容に言及したのだろう。そして今、彼は恐ろしい残虐行為の「全貌を認識」した。「わたしは深い罪の意識に捕えられています」

一種の自白のようでもあり、サイドル博士に対する警告のようにも聞こえた。ほかの被告人たちにも、また法廷にいた人々にもそのように聞こえた。

あなたがユダヤ人のゲットーを創設したのですか？

はい。

あなたはユダヤ人を見分けるために特別な印を考案しましたね？

はい。

あなた自身がポーランド総督府内での強制労働を導入したのですか？

はい。

トレブリンカ、アウシュヴィッツ、その他の収容所の環境を知っていましたか？

これは危険な質問だった。フランクはライズマンの証言とヘスの証言を聞いたが、それはあまりに恐ろしすぎた。そこで彼は直接回答することを避ける。

「アウシュヴィッツはわたしのポーランド総督府領域外でした」。厳密にいえば正しいコメントだが、彼の職場があったクラクフからはきわめて近く、どのような状況だったか知ることはできた。

「わたしはマイダネク、トレブリンカ、アウシュヴィッツにいったことは一度もありません」

この発言の信憑性をたしかめる術はなかった。だが注意深い裁判官たちは、質問に対して答えていないはぐらかしに気づいたはずだ。

あなたはユダヤ人の皆殺しにかかわりましたね？

フランクは戸惑ったような表情を見せて、考えこんだ。そして、慎重に言葉を選んで回答する。

「『イエス』といっておきましょう。わたしが『イエス』という理由は、この裁判に出廷しつづけて五か月が経過し、特にヘス証人の証言を聞いてしまったあとでは、わたしより下位のメンバーに全責任を負いかぶせることをわたしの良心が許さないからです」

彼の発言は被告人たちのあいだに動揺を引きおこしたが、それも彼は視界に捕えていたはずだ。自分の発言の意味が明瞭に伝わることを彼は願っていた。つまり、絶滅収容所の建設にも、その推進にも、彼は個人的にかかわったことはいっさいない。しかしながら、彼の部下たちにヒトラーが空恐ろしい責任を負わせた以上、それは彼自身の責任でもある。一歩進んで一歩しりぞく。

彼の日記が読みあげられた。

「わたしたちは長いあいだユダヤ人と戦ってきた」。この言葉を彼は無視することはできない。そうです、わたしは筆舌に尽くしがたい暴言を吐きました。彼の日記は彼の首を絞め、言い逃れはできなかった。

「したがって、この件にかんするあなたの質問に対して『イエス』と答えることは、わたしの義務以外のなにものでもないのです」。法廷が静まりかえった。フランクは言葉をつづける。「これから千年がすぎたとしても、ドイツが犯した罪はけっして消え去ることはないでしょう」

一部の被告人にとってこの発言は度がすぎた。ゲーリングはうんざり顔で首を振って隣人にささやき、何かを書きつけたメモを被告人席内で回した。個人的な自責の念をドイツ国民全体の罪悪感に重ね合わせるフランクのやりくちを、不快に感じる被告人もいた。個人の責任と集団の責任には違いがある。フランクの最後のコメントに嫌味を感じた者もいた。

「聞きましたか、ドイツはこれから千年間、恥のかきっぱなしだそうです」と、フリッツ・ザウケルがゲーリングに耳打ちした。

「ああ、聞いたよ」。フランクに対する軽蔑を隠そうとしない。その日、フランクは静かな夜を過ごせそうになかった。

「シュペーアも同じようなことをいうんじゃないか」とゲーリングはいい添えた。フランクとシュペーアは腰抜けだからな。弱虫め。

昼食の休憩時、サイドル博士はフランクに罪の意識をもう少し精緻に語れ、範囲を狭くせよと勧めた。フランクはこの要請を拒否する。「あのように打ち明けることができて満足です。あのままにしておきます」。その後、彼はギルバート博士に、絞首台を避けるためのことは十分にやれたと思っている、と打ち明けた。「どんなふうに進行しているか、わたしにはよくわかるんです。心をこめて誠実に話せば、責任から逃げまくったりしなければ、裁判官たちは心底感銘を受けるのですよ。そうは思いませんか？　彼らがわたしの誠実さに感じ入ったようす、あれを見てわたしは本当に良かったと思いました」

ほかの被告人たちはフランクを軽蔑していた。シュペーアはフランクの誠実さを疑っていた。「彼が日記を提出せずにいたら、何をいっていただろうかと考えてしまう」と彼はいった。ハンス・フリッチェは、フランクが彼自身の罪をドイツ国民の罪に結びつけているところががまんならなかった。「彼は我々のだれよりも罪深いじゃありませんか」と彼はシュペーアにいった。「何もかも知っているんだから」

フランクと五年間机を並べていたローゼンベルクは、唖然としていた。『ドイツは向こう千年、恥をかいたまま』だって？ 調子に乗るにもほどがある！」

リッベントロップは、ドイツ人たるもの、自分の国はこれから千年恥をかいたままだなどといってはいけない、とギルバート博士に語っている。

「どこまで本気だったのでしょうか？」とヨードルは問う。

海軍元帥カール・デーニッツはフリッチェの懸念に同意した。フランクは個人の立場で彼自身のことを話すべきだった。ドイツ国民全体の名において話すなど、お門違いだ。

昼食後、サイドル博士がさらにいくつかの質問をし、次いでアメリカ人検察官トーマス・ドッドが略奪された芸術作品について尋ねる。悪事の片棒を担いでいたのではと疑われたフランクは、これを無礼だとはねつける。

「わたしは絵画の蒐集などしていなかったし、貴重な美術品を私物化するような時間は、戦争中ありませんでした」。すべての芸術作品は記録されて最後までポーランド国内に残っていた。それは正しくない、とドッドは指摘し、レンベルクから持ちだされたデューラーのエッチングはどうか、と問う。あれはわたしが任命される前のことだ、とフランクはやり返す。それでは一九四五年にドイツへ持っていった絵画は？ レオナルドはどうですか？

「わたしはあの作品群を保護したのであって、自分のために持ちだしたのではありません」。世界的に有名な作品ばかりだから、それを私物化できるわけがない。「だれがモナリザを盗めるでしょうか？」という彼は、チェチーリア・ガッレラーニを思い描いていた。被告人席の一番端で、ゲーリングは真面目くさった顔をしていた。別の端では何人かの被告人が薄ら笑いを浮かべていた。

129

フランクのアプローチは裁判所の内外で大騒ぎになった。その日法廷にいたイヴ・ベグベデールが、それは本当だったと証言してくれた。九十一歳の彼は、国際連合での輝かしいキャリアと国際刑事法にかんする何冊もの著作を残して引退し、今はスイスのノイシャテルに住んでいる。彼は今でもフランクの証言を生々しく思いだす。当時彼は二十二歳の法学部卒業生で、彼の伯父であるフランス人裁判官ドヌデューの秘書として法廷にいた。

ドヌデューは甥に対し、裁判にかんする話はいっさいしなかった。昼食の休憩時ですら。「伯父はとても他人行儀な人でした。わたしは自由に質問しましたが、彼は自分の見解は述べないのです。伯母も同じで、ただ寡黙な人でした」。ベグベデールはラウターパクトにもレムキンにも会った記憶はないけれど、二人の名前だけでなく、すでにその時点で二人の評判とそれぞれが追求していた議論の中身まで知っていたという。ただし、二人のレンベルク出身者の対蹠的な争点、個人と集団という点に着目していたわけではない。「わたしはまだ若すぎて無知でしたから！」　だが、あれから何年もたった今、彼はその重要性と活力を、そしてそれが現代国際法の始点になったという重要性を認知している。ドヌデューとファルコは雑談のなかで、ときおりレムキンについて話をしていたらしい。あの男はジェノサイドという「強迫観念」につきまとわれている。二人がそういっていたのを、ベグベデールは覚えている。

フランクが証言をおこなったのは、ベグベデールがニュルンベルクに到着した一か月後だった。彼はほかの被告人と違うアプローチをするらしいという噂が立っていたので、ベグベデールは必ず法廷にいようと思っていた。彼が覚えているかぎり、フランクはなんらかの責任をみずから認めた唯一の被告人だった。それが印象的だったので、ベグベデールはフランスのプロテスタント教会系の雑誌『Réforme』に、「思いもよらぬ罪の告白」という記事を書くことになる。

「フランクはある程度の責任を認めたように思います」と彼はいう。「もちろん徹底したものではありませんが、それでもある程度の責任を引き受けたという事実は重要だったし、そこがほかの被告人とは異なる点でしたから、みんなが注目したわけです」

わたしは彼の伯父とフランクのつながりについて訊いた。ドヌデューは一九三〇年代からフランクと面識があり、フランクから招待を受けてベルリンへ出かけたこともある、ということをあなたの伯父さんは話したことがあるか？　わたしの質問に対し、まずは沈黙。そして、「どういう意味でしょう？」　わたしは、ドヌデューがドイツ法アカデミーで講演をするためにベルリンへおもむいたことを話した。後日、ドヌデューの講演原稿のコピーを彼に送っておいたが『国際犯罪の処罰』という、これ以上ないくらい皮肉なタイトルがついている。フランクはドヌデューの考え方を「多大なる危険をはらみ、あいまいさは底知れぬ」という攻撃的言辞で迎え撃った。わたしは写真も送ったが、それはベグベデールにとって予期せぬ驚きだった。「あなたにいわれるまで、伯父がハンス・フランクとずっと前から知り合いだったなんて、まったく知らなかった。大変驚きました」

フランクとドヌデューにはそれぞれ、おたがいの関係を隠しておいたほうが得だという計算があった。とはいうものの、ファルコ裁判官は、彼の同僚がフランクと夕食を共にしたり、よりによってユリウス・シュトライヒャーと会っていたという事実を知っていて、日記に書き記している。ソ連側も二人の関係を知っており、ドヌデューがニュルンベルクで裁判官に任命されることに反対した。フランス社会党系新聞『ル・ポピュレール』は、「ニュルンベルク裁判にナチスの裁判官登用」という見出しの記事を掲載していた。

130

フランクが証言台に立った最後の日は聖金曜日だった。毎年その前日に、ライプツィヒの聖トーマス教会では『マタイ受難曲』が演奏される。ドッドはアメリカにいる妻宛ての手紙で、ポーランドでやったことが「邪悪な」だけに、フランクは一番「強情な」被告人だと思っていたが、最終的にはそれほど反対尋問に時間をかけることなく終わった、と告げている。フランクは事実上有罪であることを認めたのだ。ニュルンベルク裁判で最もドラマチックな瞬間だった。

「彼はカトリック教徒になった」とドッドは書く。「それが効を奏したんだろうね」

フランクは落ちついていた。義務を果たし、懺悔をした彼はむしろ楽観的だった。フランス、英国、アメリカの裁判官たちは彼の誠実さを評価したはずだ。ギルバート博士がフランクに、なぜキリスト教の道を選んだのかと尋ねたとき、神は寛大な主《あるじ》だと彼はいった。

ある新聞記事が「最後の引き金」になった、とフランクは説明した。

「何日か前の新聞で、ミュンヘンのユダヤ人弁護士、ヤコビー博士がアウシュヴィッツで殺されていたという記事を読みました。彼はわたしの父の親友でした。ヘスがどうやって二五〇〇万のユダヤ人を殺したか説明しましたが、そのときわたしは、父の親友を冷酷にも殺したのはこの男だったと理解したのです――立派な正直で親切な老人でした――そして、彼のような何百万という人々が殺されていった、それなのにわたしをそれを止めるために何もしなかった！　たしかにわたしがこの手で彼を殺したわけではありません。しかし、わたしの発言やローゼンベルクの発言が、そのようなできごとを生みだしてしまったのです！」

ブリギッテ・フランクと同じように、彼も自分が個人的に殺人を犯したのではないという信念のなかになぐさめを見いだしていたのである。たぶん、それで自分の命は救われる。

第9部

思いださないことに決めた少女

131

レオンは沈黙の道を選んだ。マルケ、姉のラウラとグスタ、レンベルクやジュウキエフにいた家族、あるいはウィーンに残してきた四人の姪をふくむ家族について、何も語らなかった。

四人の姪の一人がヘルタ。彼女は姉ラウラの娘で、一九三九年の夏、彼女が十一歳のときミス・ティルニーとわたしの母がパリへ向かうときに同道するはずだったが、実現しなかった。レオンが彼女について話したことはまったくない。

一九三九年一二月までウィーンにいた姉のグスタとその夫マックスについても、何も語らなかった。

わたしは、グスタとマックスの三人娘について——長女のデイジー、末娘のエディット、そして次女の、これもまたヘルタという名前の娘——彼女らが一九三八年九月になんとかウィーンを脱出したという以外には、ほとんど何も知らなかった。三人はパレスチナへ向かい、一九五〇年代になってからわたしの母は、そのうちの二人と連絡を取った。

母といっしょにリヴィウへの最初の旅支度をしていたとき、彼女はこの三人姉妹のことを思いだした。「音沙汰がなくなってずいぶん経つ」レオンの姪たち。そのうちの二人、エディットとヘルタには子どもがいた。その子たちを探しだしてみる価値はある。わたしはその世代について、子どものころの漠然とした記憶があるだけだった。

しかし今、わたしは彼らの話を聞くために、居場所を探ろうとしている。名前と古い住所だけで電話番号を割り出すことができ、グスタとマックスの次女ヘルタの息子、ドロンにコンタクトすることができた。ドロンはテルアビブに住んでいたが、いきなり驚かされることになる。彼の母親でありレオンの姪のヘルタがまだ元気でいて、地中海のながめがすばらしい近くの老人ホームに住んでいるというのだ。陽気で活発な九十二歳の婦人は、毎日チェスをし、ドイツ語のクロスワードパズルを毎週少なくとも二つは解く。

ただし厄介なことがあって、とドロンは説明する。戦前のできごとについて彼女は絶対に話さず、彼女がウィーンを離れた一九三八年一二月以前の暮らしについては多くを語らない。彼女のその時期の情報はほとんど持ち合わせず、何も知らない。彼女のその時期は「ミステリー」だと彼はいう。わたしの知るかぎり、彼女はマルケとレオンと同時期のウィーンにいて、当時のことを覚えている唯一の人物なのだ。彼女はしゃべってくれないという。だが、ひょっとすると記憶がよみがえるかもしれない。一九三七年春のレオンとリタの結婚式を思いだすかもしれない。あるいはその翌年、わたしの母が生まれたときのことを。あるいは彼女自身がウィーンから出発したときの状況を。

彼女はわたしに会ってくれることになった。当時の記憶を語ってくれるかどうかは別途考えればいい。

二週間後のテルアビブで、わたしはヘルタ・グルーバーの息子に付き添われ、彼女の部屋の前に立っていた。ドアが開くと、そこには歳の割に若々しく見える小柄な、頭髪を美しい赤毛に染めた婦人がいた。きちんと身繕いした彼女は、アイロンのきいた白いシャツに身を包み、くちびるには深紅の口紅を引いたばかりで、弓状の眉毛を茶色のペンシルで整えていた。

ヘルタは二日間、わたしにつきあってくれた。家族の写真、さまざまな書類、一九三〇年代のウィーンの写真に囲まれて。それは、彼女の記憶を揺り動かすために、わたしがロンドンから持参したものだ。彼女も自分の資料を持ちだし、そのなかにはわたしが初めて見る家族の写真がたくさん貼ってあるアルバムもあった。

一番古い写真は一九二六年、彼女は六歳、小学校へ初登校の日でマックスが経営する酒屋の前に立っている。一九三五年夏、プラッテンゼー〔バラトン湖〕での休暇、一九三六年冬、学校休みに出かけたスキーリゾートのバートアウゼー。ハンサムなボーイフレンドの写真は一九三六年に撮られたものだ。翌年の夏は南チロルへ出かけて友人たちと花を摘む。一九三七年、デープリングで過ごす休日、ユーゴスラヴィアのダルマチア沿岸で過ごした休暇。ボート池が近くにある市民公園で撮ったウィーンの風景の撮影時期は一九三八年初頭、オーストリア併合《アンシュルス》の直前だ。快適で幸せなティーンエイジャーの日常。

そしてドイツ軍が到来しナチス支配が始まり、日常が切断される。そのあとにつづくページには、一家の写真がある。両親と共に写るヘルタと二人の姉妹。彼女がウィーンを発つ直前に撮られたものだ。祖母マルケの姿も写っているが、まもなく彼女はひとりぼっちになる。次のページにヘルタは日付を書きこんだ――一九三八年九月二九日――ウィーンを立ち去った日である。彼女は妹のエディットと旅立ち、ウィーンから南イタリアのブリンディシまで列車にゆられる。そこからパレスチナ行きの船に乗った。

アルバムにはさまれた日付のない一枚の写真は彼女の従妹、同じ名前のヘルタの姿。レオンの姉ラ

ヘルタ・ローゼンブルム（ヘルタ・グルーバーの従妹）。1938年頃

ウラのひとり娘である。わたしは彼女の写真を見たことがなかった。眼鏡をかけて不安げな彼女は、地面に置かれた、髪を長い三つ編みに結った人形のそばに立っている。彼女も人形も帽子をかぶっている。この子が最後の最後にウィーンに留まることを決めたヘルタなのだ。母親と別れることができず、母親は彼女をパリへゆくミス・ティルニーに託すことができず。二年後、彼女は母親と共にウッチのゲットーで殺された。

　レオンの写真もあった。結婚式当日、花嫁をしたがえず単独の肖像写真、上流社会では有名な写真館シモニスで撮影されたもの。ウィーンで撮影された生後数か月のわたしの母親がマルケの腕に抱かれている四枚の写真。わたしの知らない愛らしいイメージだ。それとは対照的なマルケの物憂い表情、疲れ切った顔。

面会直後のヘルタの態度を形容するならば、中途半端というのが一番ぴったりしている。わたしに会って喜ぶようでも不満というわけでもない。わたしはただ彼女の前にいる、という感じ。レオン叔父のことは記憶にあり、彼については楽しげに語って座もなごみ、彼女の目も活きいきとしてきた。ああそうか、と彼女はいう。わかったわ、あなたは彼のお孫さんね。ただこれも事実確認の域を出ず、感情らしきものはまったくうかがえない。それだけでなく、いっしょに過ごした二日間、彼女は悲しみや幸せの表現、あるいはその両極端のあいだにたゆたうなんらかの情念を見せたことは一度もなかった。もうひとつふしぎなことがあるとすれば、あれほど長い時間を過ごしたにもかかわらず、わたしへの質問がいっさいなかったことだ。

会話を始めた早い段階で判明したのは、ヘルタは自分の両親がどうなったか何も知らずにいるということだった。もちろん死んだことは知っている。しかし、いつどのように、ということは知らない。両親に何が起きたか知りたくないか、とわたしは彼女に尋ねた。

「彼は知ってるの?」という質問が、わたしにではなく、息子に向けられた。わからなかったことがわかるらしいという期待に、彼女は驚いたようだった。

「知ってるそうですよ」とドロンが答える。二人はヘブライ語で言葉をかわしていた。わたしに理解できたのは、彼の返答のものやわらかな口調だけだった。

わたしはしばらく黙っていたが、沈黙を破って息子のほうに、お母さんは知りたがっているのだろうかと尋ねた。

マルケとルース。1938年

「訊いてみてください」とドロンは肩をすくめる。

知りたいわ、と彼女が答えた。こまかいことも何もかも全部。

わたしが物語るできごとと、テルアビブのヘルタの小さなアパートでのこのつどい。そのあいだには長い年月が流れていた。ご両親は殺害されました、とわたしは語る。七十年前のことです、あなたが妹さんとウィーンを発ったあと。不運としかいいようのない状況だった。わたしは、グスタとマックスがウラヌス号という汽船に乗船したことを突きとめた。その船はドナウ川をブラチスラヴァ方面へくだり、彼らと共に数百人のユダヤ人移民を黒海へ運ぶことになっていた。黒海からは船を乗りかえてパレスチナへ向かう予定だったのである。

ウラヌス号がウィーンを離れたのは一九三九年一二月だったが、自然と人為的な不幸がかさなって、具体的にいえば氷と占領体制のせいで、その旅程は中断された。年末には船はユーゴスラヴィア（現在はセルビア）の町、クラドヴォに達していた。だが、冬の異常気象で川が凍りつき、それ以降の航行が不可能になる。グスタとマックスは、翌春までの数か月下船を許されず、混雑した船上で凍えるような冬を過ごした。ようやく下船すると、クラドヴォ近くの収容所へ連れていかれ、そこでまた数か月を過ごす。一九四〇年一一月、別の船に乗せられた彼らはドナウ川をウィーン方向へ逆走し、ベオグラードに近いシャバツという町に到着する。彼らがそこにいた一九四一年四月、ドイツ軍がユーゴスラヴィアを攻撃し占領する。彼らは旅をつづけることができなくなり、そこに留まらざるを得なかった。

やがて、ドイツ当局は彼らを勾留。男女は別々にされる。マックスはセルビアのザサヴィチャへ連行され、同じ船できた男たちといっしょに野原に並ばされて射殺される。一九四一年一〇月一二日のできごとだ。グスタはそのあと数週間だけ生きのび、ベオグラード近くのサイミシュテ強制収容所へ移送されたが、一九四二年六月以前にそこで殺されている。正確な日付けは不明だ。

わたし自身ためらいながら語ったこの話を、ヘルタは注意深く聞いていた。語り終えたわたしは、彼女から質問がくるかと身がまえていたが何もなかった。彼女はすべてを聞き、理解した。そしてそのタイミングをとらえ、彼女は過去・沈黙・記憶に対する自分のアプローチについて説明を始めた。

「理解してもらいたいのは、わたしはすべてを忘れてしまったわけではない、ということです」

彼女はそういった。しっかりとわたしの目を見すえて。

「ずいぶん昔にふと決めたことなんです。あの時代はわたしが思いだしたくない時代なんだと。忘れてしまったのではありません。思いださないことに決めたのです」

133

その二日間、彼女自身のアルバムの写真やわたしのラップトップに入っていた写真をながめて、彼女の記憶は多少よみがえった。最初真っ暗闇だったところにちらちらする灯火が見え、それがだんだんと明るさをまし、点滅する照明になった。ヘルタは多少は思いだしたが、そのほかはあまりに深く埋もれていて浮上することはない。

彼女の母親の妹ラウラの写真を見せた。思いださない。レオンとリタの結婚式の写真と、式が執り行われた寺院の写真。この二枚にも反応しない。結婚式には出ていたはずだが、彼女は思いだせないという。リタという名前自体、彼女にとって何の意味もない。リタというのはレジーナのことだといってみても、何も変わらない、何も覚えていない。思いだせません。まるでリタという人間が存在しなかったかのように。わたしの母が一九三八年七月に生まれたという記憶もない。彼女がブリンディシへ発つほんの数か月前のことなのだが。レオンに子どもがいたことは知っているけれど、それがすべて。

ほかにも思いだすことがあったが、記憶がほとばしるという感じではない。

マルケの写真を見せると、ヘルタの表情が明るくなった。わたしの祖母です、と彼女がいう。「とてもとてもやさしい人でした。背はあまり高くなかったけど」。彼女たちが住んでいたクロスターノイバーガー通り六九番地の建物には、見覚えがあるという。彼女は家の内部を覚えていた（「寝室が三つと、そのほかに女中用がひとつ。家族が食事を取る広いダイニングルーム」）。家族で取る食事というテーマが別の記憶を呼び起こした。彼女の息子がすでにわたしに話してくれたエピソードだったが、両方の脇の下に本を一冊ずつはさんで食事をさせられたこと。食事中、腕をまっすぐにしておく訓練である。

数か月前、わたしが娘といっしょにその建物を訪れたときの写真を彼女に見せた。昔と変わらないわ、と彼女はいう。彼女は二階の端の大きな窓を指さす。

「毎朝、わたしが学校へいくとき、この部屋から母が手をふってくれました」

父親の店は一階にあった。彼女は窓を指さして店内のようすをこまかく描写した。並んでいた瓶のことやグラスのこと、店内の匂いがどうだったか。そして感じのいいお客さん。

彼女はどんどん饒舌になり、オーストリアの湖水地方での休暇、バートアウゼーでのスキー休暇（「すばらしかった」）、ブルク劇場や国立歌劇場（「豪華さに興奮しました」）での観劇などを思い出し語りしはじめた。ところが、彼女の家の近くの通りが鍵十字で派手に飾られた写真を見せると、そんな風景に見覚えはない、というのだった。まるで、一九三八年三月以降の記憶はすべて消しゴムで消されてしまったように。彼女はインゲ・トロットと同い年で、インゲはドイツ軍侵攻とナチス支配を覚えていたが、ヘルタは何も覚えていない。

わたしにうながされ、記憶をさらに掘り返すうちに、彼女はレンベルクという名前と、マルケの家族に会うためにその町へ列車で出かけたことを思いだした。ジュウキエフという町の名も聞き覚えがあるけれど、そこへいったかどうかは覚えていない。

家族にかんする最も鮮明な記憶は、レオンという名前と共によみがえる。彼女はレオンのことが「一番好きだった」という。レオン叔父さんは、彼女より十六歳年上なだけで、大きなお兄さんのような存在だった。彼はいつも彼女の近くにいて、彼女の生活の一部になっていた。

「とてもいい人で、わたしは彼を愛していました」といってから彼女は口をつぐんだ。自分が口にしたことに驚いているようすだ。だが彼女はもう一度繰りかえす。わたしにちゃんと聞こえたかどうか念押しするように。「わたしは本当に彼を愛していたの」

彼は彼女といっしょに成長したのだ、とヘルタは説明する。一九一九年にマルケがレンベルクへ帰ったあとも、彼はあの同じアパートに住んでいた。彼女が生まれた一九二〇年、彼はまだ十六歳の学生だった。彼女の母親グスタは、マルケがいなくなったあと彼の保護者になった。

その後ずっとレオンは彼女の人生に付き添っていた。マルケがレンベルクからもどってくると、彼女はグスタとマックスが所有していた建物のなかのアパートへ移り住んだ（のちにわたしはその建物が、アンシュルスから数か月後、グスタとマックスによって二束三文で地元のナチ党員に売り払われたことを知る）。ヘルタの幼児期を通してずっとマルケは安心感を与えてくれる、母性的な存在だった。特に、宗教的祝祭日の大きな食事会のときなどには。ヘルタが覚えているかぎり、彼女の家族は戒律厳守の一家ではなかった。シナゴーグへいくこともほとんどなかった。

「レオンは母親のことを非常に愛していたと思うわ」と、だれに訊かれたわけでないのに突然ヘルタがいった。「彼はとても母親に尽くしていた」し、第一次世界大戦勃発直後にエミールを失った彼女も、たった一人の息子レオンを大切にしていた。父親の存在は希薄だった、とヘルタは教えてくれた。アルバムのページを繰っていってレオンの写真を見つけるたびに、彼女の表情は明らかにゆるんだ。

彼女は、写真のなかに頻繁に現われる別の青年に目を留めた。彼女はその名前を思いだせない。マックス・クプファマンですよ、レオンの親友の、とわたしがいう。

「そうそう、そうでした」とヘルタがいう。「覚えてるわ彼のこと。叔父さんのお友だち。いつもいっしょでね。彼がうちにくるときはいつも親友マックスを連れてくるの」

こういわれて尋ねてみたくなったのは、彼の女友だちのことだ。ヘルタはきっぱりと首を横に振り、そして頰をゆるめた。ぬくもりのある微笑みである。両眼が多くを物語っているようにも見える。「いつもみんな、レオンに訊いてました。『いつ結婚するんだ?』そしてレオンの答えはいつも同じ。結婚したいなんて思ったことがない」

彼のガールフレンドについてもう一度尋ねてみた。彼女は一人も思いだせない。

「彼はいつも親友マックスといっしょでした」。彼女の言葉はそれだけ。それだけを繰りかえした。

レオンはゲイだったと思いませんか、とドロンが母親に訊いた。

「あのころはそんな言葉はありませんでした」とヘルタは答えた。取りつく島もない口調だ。驚いたわけでも憤慨したわけでもない。肯定もせず否定もしない。

134

ロンドンにもどったわたしは、再度レオンの資料を探り、ばらばらの写真をすべて集めてみた。そのあとでマックスが写っている写真だけを選びだし、可能なかぎり年月順に並べてみた。

最初の写真は、一九二四年一一月にウィーンのセントラリアトリエで撮られたフォーマルな肖像写真だ。正方形の写真の裏面にマックスによる書きこみがある(「わが友ブフホルツへ、良き思い出と共に」)。レオンのアルバムに貼ってあったマックスの最後の写真はそれから十二年後、一九三六年五月に撮られたものだ。革製のサッカーボールを持って草原に寝そべる二人の男。マックスが「マッキー」とサインをしている。

一九二四年から一九三六年のあいだ、十二年間という期間にわたって、レオンは親友マックスの写

レオン(左)と「マッキー」。1936年

真数十枚を集めている。写真のない年は存在せず、一年あたり数枚というのもよくある。

徒歩旅行に出かけた二人。サッカーに興じる二人。会合の写真。浜辺のパーティーでは娘たちと腕を組んで。田園風景をバックに車のかたわらでたたずむ二人。

二十歳からリタと結婚する数か月前、三十三歳のときまでの十二年間、写真から想像できるのは緊密な関係があったことだ。肉体関係だったのかどうかはわからない。今これらの写真をながめてみると、特にヘルタのコメントを考え合わせると、そこにはやはり特別な親密さがあったと思われる。結婚したいとはけっして思わない、彼はそういった。

マックスもウィーンを脱出した。いつどんなふうにして、その点はわからない。彼はアメリカへ向かってまずはニューヨークに着き、そのあとカリフォルニアへいった。レオンとは音信を絶やさずにいて、その後何年もたってから、わたしの母がロサンジェルスにいったとき彼に会っている。

彼は晩婚だったと母がいう。子どもはいない。どんな人でした？　温和で親しみやすくって愉快なところがあって、と母がいう。そして、「華があるのよね」。母は微笑んだ。思わせぶりな微笑。

レオンの書類のなかにあったマックスからの唯一の手紙を読み返す。一九四五年五月九日、ドイツがソ連に降伏した日の日付がある。レオンがひと月前にパリから送った手紙に対する返信だった。

マックスは家族の喪失、生存への執着心、ふたたび見いだした楽観的態度について書いている。文面からは匂い立つような希望が感じられた。レオンと同じように彼もまた人生を精一杯生きようとしていた。グラスにはまだ半分もワインが残っている。

タイプされた最後の一行にわたしの視線がとまる。最初に読んだときもその行に注目してはいた。だが、そのときは前後関係も知らず、ヘルタのコメントを聞く前でもあった。マックスはこの行を叩きながらウィーンの思い出にふけっていたのだろうか？　手紙を、ある問いかけで閉じる前に「愛をこめたキス」を捧げた彼は。

「君のキスに答えるべきだろうか」とマックスは問う。「それとも君のキスは細君のためだけのものなのか？」

第10部
判決

1946年10月、ニュルンベルク裁判所準備室。紙の洪水のなかで働く秘書たち

135

フランクが二日間の証言を終えたあと、残りの被告人たちもそれぞれの証言を終え、最後に検察官たちが最終論告をおこなった。アメリカ人たちは彼らの論告構築にレムキンを関与させなかったが、英国チームはショークロスに協力してきたラウターパクトの援助を仰いだ。冒頭陳述の原稿作成で「はかりしれない手助け」をしてくれたこともあり、ショークロスはラウターパクトに最後の法的議論の執筆と、それを起訴事実へ適用する仕事を頼む。「どのような事態になろうとも、あなたの助言には大いに感謝いたします」

〔右記感謝の言葉が届いたのは五月中旬だが、それに先立つ〕数か月前、最初のニュルンベルクへの旅で崩した体調の回復に、ラウターパクトはしばしば時間を要した。彼はその間講義をしたり、裁判を通して突きつけられた「現実主義」と「原則」の葛藤という課題を考察した論文などの執筆に没頭していた。「理にかなった現実主義」や実用主義的アプローチはいずれも必要だが、長い目で見た場合には、「法原則」の遵守がより重要で優先されるべきだと結論づける。彼はレムキンについては触れていないが、もし言及していたなら、レムキンの考え方は原則としてまちがいであるばかりか実用的でもないと評していたことだろう。

一九四六年春のラウターパクトは、疲労が抜けずみじめだとこぼしている。レイチェルは夫の健康だけでなく、精神状態と不眠症を心配していた。特に不眠のせいで日常の取るに足らぬこと、たとえばペルメル街のアシニーアムクラブの会員費についてもがき苦しんでいる。インカがもたらした彼の両親と家族全員の死という恐ろしいニュースは、その詳細を知る前にすでに彼の心に重くのしかかった。ラウターパクトが「〔ニュルンベルクで〕聞かされた残忍な行為」にうなされて「就寝中に泣き叫んでいた」と、レイチェルはエリに語っている。

インカが生きのびていたことはひとすじの光明だった。ラウターパクトは時間をかけて熱心に、イギリスへ来るように、ケンブリッジでいっしょに暮らそうと彼女の説得に努めた。彼は生存している一番近い血縁者として彼女を呼びよせる権利がある、と言い聞かせた。ただ、オーストリアの難民キャンプで彼女のめんどうを見てくれていたメルマン夫妻は呼ぶことができない。インカが、あの「身の毛もよだつ苦悩」のあと安全と安定を提供してくれたメルマン夫妻と暮らしたがっていることを、ラウターパクトは知っていた。「わたしたちは君のことをよく知ってるんだ」と彼は十五歳の娘に書く。「君のお祖父さんのアーロンは君のことをとても愛していて、しょっちゅう君のことを話してくれた」。彼女の意志をある程度までは尊重しよう。自分の将来を決めるのは君自身だ、と彼は書く。しかしイギリスには来るべきだ、こちらのほうが生活環境は「はるかに正常」だから。

難局打開のためにレイチェルが乗りだす。あなたが「不安を感じて迷っている」のはよくわかります、と彼女は書いた。だけどハーシュはあなたに一番近い親戚、あなたのお母さんのお兄さんなの。「わたしはあなたのお母さんに会ったことがあります。彼女のことは大好きでした」とレイチェルは書く。「あなたがうちへ来てここを自分の家にし、わたしたちがあなたの家族になるのは正しいことよ」。そしてとどめの一行を書く。「あなたはわたしたちの子どもになる、わたしたちの娘になるのです」。その年のうちにインカは渡英し、クランマー通りの家に移り住んだ。

インカとの交信をつづけていた最中に、ラウターパクトはニュルンベルクへ舞いもどる。今や彼は、自分が訴追中のドイツ人たちが彼の家族を皆殺しにしたことを、十二分に知りつくしていた。彼は、デイヴィッド・マクスウェル・ファイフおよび最終論告を準備中の英国法律家チームと協議するため、五月二十九日に出発する。論告をおこなうのはそれから数週間後、七月末だったので、ショークロスは分業を命じた。ニュルンベルク在駐の英国人法律家たちは被告人それぞれの事実を、ラウターパクトは「本裁判の法的、歴史的側面」の論点をつめることになった。彼の任務は、被告人たちを人道に対する罪、あるいはほかの犯罪で有罪にすることになんら障害はないと裁判官を説得すること。あなたの執筆部分が「スピーチの重要部分」になる、とショークロスは説明した。

136

活躍の場を与えられず、仲間はずれにされたレムキンは、ワシントンDCでくすぶったままだった。裁判で「ジェノサイド」がしりぞけられ、彼の声が無視されたからには、もう一度ヨーロッパへもどる算段をしなければならぬ。ジェノサイドを法廷に押しもどすことができるのは自分しかいない。そのためにもニュルンベルクへいかなければならない。

米国陸軍省でパートタイムの法律顧問（日給二十五ドル）として働いていた彼は一人暮らしで、家族の運命を案じ――依然として何のニュースもない――報道と公判記録で裁判のようすをフォローしていた。彼は証拠書類のいくつかに接し、フランクの日記に書かれた詳細に注目していた。それは「すべての『公式な』発言と行動」を読みとることのできる「緻密な記録文書」だと彼は評価した。

自分が犯している罪の深刻さを感知せず、憐れみをまったく見せぬ、傲慢で冷酷で冷笑的な男の台詞には、ところどころ「ハリウッドの二流映画の台本のような」安っぽさがある。日記のおかげで、レムキンにはフランクがどういう男か見えてきた。

とはいえ、人生は仕事と心配事ばかりとはかぎらない。彼は社交を——ラウターパクトよりもずっと活発に——楽しみ、プレイボーイ的な存在になっていた。それが昂じてワシントンポスト紙に、彼は「外国生まれの」男たちの一人として取りあげられ、アメリカ人女性をどう思うか、などと質問を受けている。その記事に参加することを了承した七人のなかで、ラファエル・レムキン博士は「学者」であり、『枢軸国の支配』を書いた「まじめな」ポーランド人国際法専門家という紹介になっている。

レムキンは、アメリカ女性についての持論を表明するチャンスを逃さない。独身主義者の彼は、ワシントンDCの女性たちは「あまりにあけっぴろげで、あまりに正直」なので彼の気をそそらない。彼にいわせれば「ヨーロッパ風の婀娜《あだ》っぽい女性の、誘惑的で隠微な特質」が欠けている。アメリカでは「事実上すべての女性がとても魅力的だ」という点は認めよう。というのは、美しさが大変民主化されているからだ。それとは対照的に、ヨーロッパの女性はだいたいが「不格好で往々にして醜い」、ということは本当の美人を見つけるためには「社会の上流階層」に入りこまなければならぬ。ほかにも相違がある。アメリカと違って、ヨーロッパの女性は男を魅惑するのに知性を使う。「知的な『芸者ガールズ』を演じる」ことが必要なのだ。とはいうものの、と彼は会見者にいう、アメリカ人女性にどんな欠点があるにせよ、「そのなかのだれかと結ばれる」ことはやぶさかではない。

だがそういうことは一度もなかった。わたしは、レムキンがニューヨークのリバーサイドパークで出会った「ドルイドのプリンセス」、ナンシー・アカリーに彼の恋愛事情を尋ねてみた。彼が「結婚生活をする時間はないし、やっていくだけの金もない」といっていたことを、彼女は話してくれた。その数週間後、レムキンの書いた詩が数ページ、郵送されてきた。レムキンが書いてナンシーにあずけておいた三十編の詩。大半は彼のライフワークにかかわるできごとを取りあげた詩で、人の目につかずにいて良かったような作品だが、何編かは恋愛にかんするものだった。女性に捧げられたものではないことは一読すればわかるが、そのうちの二編は男性を念頭に置いて書かれたように思われる。『愛の戦き《おのの》』という作品のなかで、彼はこんなふうに書いている。

彼は私をもっと愛してくれるだろうか
彼が今夜私のドアを叩いたときに
もしも私が鍵をかけてしまったら?

もうひとつの、特にタイトルのない作品は次のように始まる。

戦いをやめてください
愛をこめた私のキスを
あなたの胸に受けてください

このような言葉が何を意味しているのかは推測の域を出ない。しかし、レムキンが孤立して孤独をかこち、裁判の展開にかんする欲求不満を打ち明けることのできる人がほとんどいなかったのは明らかだ。一九四六年の春、レムキンの恩師エミール・ラパポートの指揮下、ポーランド国内で刑事裁判が何件か開かれ、そこでドイツ人被告らがジェノサイドの罪を問われるらしいと知ったとき、彼は勇気づけられたことだろう。しかしながらニュルンベルクでその言葉はあっさりと消え、開廷初日早々の祝砲のあと、一三〇日の審理期間中、ジェノサイドという言葉を口にする者はいなかった。

こうしたなかで五月、裁判の動向を左右する影響力のありそうな実力者に働きかけるため、彼は手紙の大量投下という新戦略に出る。わたしが見つけた数通の手紙からは、くだくだしくて必死、子どもっぽいこびへつらいに近い印象がぬぐえない。しかしながら、そこには無視することのできない、隙だらけではあるが胸を打つ訴えがある。エレノア・ローズヴェルトには三ページの手紙を書いた。彼女は新設の国際連合で人権委員会の委員長を務めており、「めぐまれない人々が何を必要としているか」をよく理解した思いやりのある女性であると、レムキンは評価していた。彼はローズヴェルト夫人に、彼の考え方を夫君と――彼はローズヴェルト大統領を「わたしたちの偉大なリーダー」と呼んだ――検討してくれたことを感謝し、ジャクソン判事が「ジェノサイドを犯罪として認定すべしというわたしの案」に賛同してくれた、という若干ごまかしのある報告をしている。法が「世界中で起きている問題に対する答えにはならない」のはわかるけれども、基本的な原則を確立させる手段にはなると彼は考える。ジェノサイドの発生を防止しこれを罰することができるような制度の創設に協力してくれませんか？　彼は自分の論文を二、三同封した。

同じような手紙をニューヨークタイムズ紙の編集委員だったアンヌ・オヘア・マコーミックや、国際連合の初代事務総長に選出されたノルウェーの弁護士、トリグブ・リーにも送っている。あまり関係がなさそうだけれども、コネをたよってさらに何通かの手紙を送っている。たとえばギフォード・ピンショーというペンシルベニア前知事もその一人だが、彼とはリテル夫妻を介して数年前に会ったことがあるだけで、その後何のコンタクトもなかった（「あなたがたにお目にかかる機会にめぐまれ

陸軍省が発行したレムキンの身分証明書。1946年5月

ず、大変残念です」とレムキンは書いている)。国務省の国際機構局の局長に宛てた手紙のなかで、彼は詫びを入れている(「突然、ニュルンベルクとベルリンから呼びだしがあり」、話しあいがつづけられなくなったという)。ネットワーク作りに長けたレムキンは、捲土重来キャンペーンの準備を整えていたのだ。

ニュルンベルクへの「突然の呼びだし」が何だったのか、説明はされていない。五月末、陸軍省が発行したばかりの身分証明書を胸に、彼はヨーロッパへ旅立つ。「通行証にあらず」と但し書きがついていたけれど、この証明書があればドイツでは顔が利きそうだった。

証明書のレムキンの顔写真は役人然としている。二か月前にワシントンポスト紙の記事といっしょに掲載されたのと同じ、白いシャツにネクタイをしめた姿である。カメラを凝視してくちびるをきつく締め、眉をひそめた断固たる表情には、苛立ちさえうかがえる。身体的特徴は、青い目、「白髪まじりの黒髪」、体重八〇キロ、身長一七七センチとある。

137

レムキンの最初の到着地はロンドン。そこで彼は、連合国戦争犯罪委員会のリーダーだったエイゴン・シュヴェルブに会う。彼は友好的なチェコスロヴァキア人法律家で、戦前のプラハで反ナチスの立場を取るドイツ人亡命者の代表を務め、ラウターパクトとも連絡を取っていた。二人はジェノサイドと責任の所在について語りあい、レムキンは、ゆくえ不明の戦争犯罪人たちを探しだすための映画を作る提案もしているが、それは実現しなかった。彼はロンドンを発ってドイツへ向かいニュルンベルクに到着する。六月初旬のことで、ラウターパクトとは数時間差のすれちがいだった。その日証言台に立ったフリッツ・ザウケルは、ドイツ国内でおこなった強制労働の刑事責任を問われていた。彼は裁判官たちに、クラクフでフランクに会ったときのようすを語る。一九四二年八月、フランクがレンベルクからもどってきた直後のことだ。フランクは、すでに八〇万人のポーランド労働者を帝国に送った、とザウケルに語った。だがもっと必要ならあと一四〇万人は送ることができる、といったという。人間が叩き売りの商品のようにあつかわれていた。

六月二日の日曜日、レムキンの欧州出張目的を説明するため、ロバート・ジャクソンとのミーティングがもうけられる。捕虜収容所から親衛隊隊員を解放する場合、どのような影響があるかを査定しなければならないが、そのための協力が目的だという。すでに二万五千人の親衛隊隊員が解放された、とレムキンはジャクソンに告げる。息子のビルを同伴してきていたジャクソンは、これを聞いて驚く。というのも、親衛隊は犯罪集団として起訴されている最中だったのだから。三人は、東京裁判を控えたレムキンの仕事についても話しあったが、そこで当然レムキンは「ジェノサイド」という言葉をすべりこませたはずだ。ジャクソン・チームの正式メンバーではないレムキンは、事実を適度に粉飾し、ジャクソンの「法律顧問」であると自称していた。彼はニュルンベルクで、将校専用の食堂に自由に出入りできる通行証をもらい、大佐クラスの夕食を取ることができた。法廷に入出できる公式通行証を彼が持っていたという事実は確認できず、第六〇〇号法廷を写した写真のなかに彼を見つけたという人はだれもいなかった。わたし自身もゲッティ・イメージの保管所で何時間も目を皿にしたが、彼の姿を見つけることはできなかった。

しかし彼が裁判所にいたのは明らかで、検察官を務める法律家たちを追いかけ回し、さらには——大変驚くべきことに——被告人側弁護士たちとも言葉をかわしているのだった。ジャクソン・チームの一員だったベンジャミン・フェレンツは、レムキンのことを、乱れた風体でまごまごしながら、終始検察官たちの注意を引こうと躍起になっていた男、と評している。「わたしたちは全員ものすごく忙しかった」とフェレンツはいう。ジェノサイドなどという、「じっくり考える余裕のない」テーマにかかずらっている暇はなかった。検察チームの法律家たちの関心は、「やつらを大量殺人者として有罪にすること」だけだったのだ。

はるかに協力的だった検察官はロバート・ケンプナーで、レムキンが一年前の一九四五年六月に自著を贈呈した相手だ。彼はヘルマン・ゲーリングによってドイツでの法律家としての地位を剝奪され、しまいには帝国から追放されたのだが、今ではジャクソンのチームで重要な役割を担っていた。驚くべきことに今や攻守逆転し、彼はゲーリングを起訴しているのだ。ケンプナーは、裁判所内の自分のオフィス一二八号室をレムキンに使わせてくれた。彼宛ての郵便物の住所として、また彼の作戦再開の企画室として。

ジャクソン父子との面談のあと、レムキンはジェノサイドでの訴追を嘆願する長い覚え書きを書いた。それがジャクソンからのリクエストによるものかどうかは不明だが、わたしはそうではないと思っている。その文書は――「本訴訟においてジェノサイド概念を確立させる必要性」という題名――六月五日にケンプナーに送られている。そこでは「ジェノサイド」という用語が、被告人らによるある国籍集団や人種的・宗教的集団を全滅させようという意図を要約するのに適した言葉である旨を、かなりくわしく説いている。インパクトの弱い表現――「大量殺人」や「大量殺戮」――などは不適当だ。なぜならばそのような用語では、人種差別にもとづく動機や特定の文化全体を破壊したいという欲求にひそむ不可欠な要素を伝えることができないからだ。レムキンは次のように書く。

ドイツ人から破滅の道を運命づけられた人々、たとえばユダヤ人たちが聖書もアインシュタインもスピノザも生みだすことが許されなかったなら、たとえばポーランド人たちがコペルニクス、ショパン、キュリーをこの世に輩出する機会を持たなかったなら、たとえばギリシア人がプラトンやソクラテスを、イギリス人がシェイクスピアを、ロシア人がトルストイやショスタコーヴィチを、アメリカ人がエマーソンやジェファーソンを、そしてフランス人がルナンやロダンを生みだすことが許されなかったなら、わたしたちの世界はどんなに貧しかったろう。

彼はユダヤ人の絶滅だけを懸念しているのではなく、すべての人間集団の破壊を危惧している点を明確にしている。ポーランド人、ジプシー、スロヴェニア人、ロシア人なども例として取りあげる。「ユダヤ的側面にのみ」焦点を当てることは慎まなければならない。そういうことをすると、ゲーリングやほかの被告人に法廷を「ユダヤ人差別思想の宣伝運動」の場として利用されかねない。ジェノサイドの罪を問うことは、被告人たちが人類の敵だということを暴露するためのより広い法廷戦略の一部として活用されるべきで、人道に対する罪をはるかに超えた「特別に危険な犯罪」であることを示す必要がある。

レムキンはその覚え書きを書き直し、フランク訴追を担当していたアメリカ人検察官トーマス・ドッドへ送った。そちらの改訂版にはドッドのニーズに合わせて新事実、ドイツ人たちが計画していた殺人対象者リスト上の二人のチェコスロヴァキア人の名前（バスとドボルザーク）をくわえている。そのほかに新しい項目も書き加えた。「ドイツ人」は「アベルを殺したカイン」であるという説で、ナチスによる個人の殺戮はばらばらに起きた殺人ではなく、「兄弟のような民族の殲滅」という意図された目的があってなされたことをドイツ人は理解すべきである。レムキンの覚え書きは次のような警告で終わっていた。本件の判決が、ジェノサイドという犯罪行為をふくめることなくくだされたならば、「検察は本件を完全に立証できずに終わった」という印象を残すことになるだろう。この覚え書きがどんな形であれドッドに影響を与えたという証拠は、どこにも見つからなかった。

レムキンは六月下旬にもう一度ジャクソンに会っている。このとき彼は、ジェノサイドが他と区別される独立した犯罪概念であるとジャクソンを説得しようとした。そこで直面したのは、米国と英国に存在する政治的理由を背景とした異議である。米国には黒人差別の問題、英国には植民地支配という歴史的事実があった。そして、ラウターパクトによって提起されていた実践上のむずかしさもある。ある集団を破壊しようとする意図、これを実際にどうやって証明したらいいのか？　さらには、レムキンが人間集団の括りにこだわるあまり、反ユダヤ人主義や反ドイツ人主義を生みだしてしまう「生物学的思考」の罠に落ちこんでしまったと指摘したレオポルド・コールに代表される原理上の異論もあった。ハードルは常に高いままだった。

138

かくも多くの難題を抱えながら、レムキンの努力はある程度報われる。ジャクソンと二度目の会談をしてから四日以内に、「ジェノサイド」という言葉が審理の場に帰ってきたのだ。それが起きたのは六月二五日、思いもよらぬ助け船を出してくれたのは、ヒトラー政権で最初の外務大臣を務めた外交官、コンスタンティン・フォン・ノイラートの反対尋問をするエレガントで威厳のあるスコットランド人、サー・デイヴィッド・マクスウェル・ファイフだった。フォン・ノイラートは、アルメニア人虐殺があったとき、若き外交官としてコンスタンティノープルに駐在していた。のちに彼は占領下のボヘミアとモラヴィアの総督となり、そのときに彼が書いた文書を、マクスウェル・ファイフは集中攻撃したのである。一九四〇年八月、フォン・ノイラートは占領地域におけるチェコ人住民の取り扱いについて意見を述べていた。彼が吹聴した選択肢のひとつは――「最も根本的かつ理論的に完璧な解決方法」と形容している――同地域からすべてのチェコ人を強制退去させ、そのあとに、十分な数のドイツ人が集まることを前提として、彼らを移住させる。代替案は、チェコ人のなかから「繁殖に適した個人を選びだしてドイツ人化し」、それに適さぬチェコ人は排除する、というものだった。いずれのアプローチも、チェコの知識人たちを絶滅させることが目的だった。

マクスウェル・ファイフはフォン・ノイラートの覚え書きの抜粋を読みあげた。

「さて、被告人」とマクスウェル・ファイフは歯切れのいい口調で語りかける。あなたは「ジェノサイド、つまり人種ないしは国籍にもとづく集団の絶滅」の罪に問われようとしているが、自覚しておられるか？　レムキンの喜びはいかばかりであったろう。それに引き続き、マクスウェル・ファイフが「レムキン教授が書いた有名な本」を取りあげ、レムキンによる「ジェノサイド」の定義を読みあげたとき、彼の満足感は最高潮に達したはずだ。「あなたがたがやりたかったことは」とマクスウェル・ファイフがフォン・ノイラートに語りかける。「チェコスロヴァキアの教師、作家、歌手たちを、つまりあなたがたが知識階級と呼ぶ人たち、チェコの歴史と伝統を次の世代に手渡そうとする人たちを始末することでした」。それがジェノサイドなのだ。フォン・ノイラートは何の反応も示さなかった。レムキンのニュルンベルクへの旅は、すみやかな効果をもたらした。

その後レムキンはマクスウェル・ファイフに手紙を書く。高揚感あふれる文章で、英国検察官がジェノサイドの罪による起訴を支持してくれたことに対し「心からの感謝」を捧げた。これに対するマクスウェル・ファイフからの返事は、あったとしても失われている。マクスウェル・ファイフは裁判終了後、タイムズ誌のジャーナリスト、R・W・クーパーがニュルンベルク裁判について書いた名著に序文を書き、ジェノサイドとレムキンの著作について触れた。ナチスの計画のなかでジェノサイドは「本質的部分」を占め、「恐るべき」行為を招くことになった、と彼は書く。クーパーは同書のなかで一章全部を「ジェノサイド」という「新犯罪」について割き、この用語を最初に世界に伝えたのは「荒野で叫び声」をあげた男、レムキンだったと書いている。「ジェノサイド」という用語に反対する陣営は、この概念が「北アメリカにおける北米先住民の絶滅」に適用されることを知っており、レムキンの思想が「白人たちが逃げ隠れできぬ叱責」になると自覚している、と彼は喝破する。

クーパーはカール・ハウスホーファーについて〔ジェノサイドという概念の枠組みの提供者として〕、あるいは「残虐行為」と「破壊行為」について、そしてまたレムキンが「〔途中退席し〕ポーランドへ帰国せざるを得なくなった」マドリッド会議（この記述から、レムキンは四年前にデューク大学勤務時代でひけらかしたあとも引き続き尾ひれをつけていたらしいことがうかがえる）について書いている。ここから明らかになるのは、レムキンがクーパーを介してマクスウェル・ファイフに接触していたことと、この経路を伝って「ジェノサイド」という言葉が法廷に返り咲いたのだろうということである。

そのときラウターパクトとショークロスがニュルンベルクにいなかったおかげで、マクスウェル・ファイフはジェノサイドの議論をだれにも邪魔されることなく自由に展開できたのだ。それは潜在的に重要な結果をもたらすことになる。戦争中の行為が問われる人道に対する罪という概念とは違い、ジェノサイドによる訴追は、戦争勃発以前に起きた行為をふくむすべての行為が対象になる可能性をもたらしたのである。

139

レムキンが攻め立て、ロビー活動で駆け回り、しつこく食いさがっていたとき、ラウターパクトはショークロスの最終論告の一部を書いていた。彼は、ニュルンベルクのグランドホテルのバーでジャーナリストたちと握手をかわす代わりに、クランマー通り六番地の二階にこもって執筆に専念していた。構想が浮かび、それを紙面に書きとめる背後には、バッハの『マタイ受難曲』が流れていたのだろう。ときどき目をあげては、窓の向こうの大学図書館やサッカー場をながめたのではなかろうか。

ラウターパクトは原稿の作成に何週間もかけた。まずは法務長官のスピーチの短い序文と、法的議論の展開に当てられた長めの第一部と第三部を完成させる（事実と証拠にかんする第二部はニュルンベルクにきてから書くことになる）。わたしは手元にラウターパクトのタイプ原稿を持っていたけれど、手書きのオリジナル原稿を見てみたい誘惑に駆られた。ラウターパクトがライアンズ夫人にタイプライターで清書するようにと手渡したほうの原稿だ。ケンブリッジにいるエリがそれを持っているというので、わたしはまたケンブリッジへでかけた。彼の筆跡にも議論の進め方にも、わたしにはなじみがあった。とても明確かつ論理的に論じられ、罪名が新奇だとか前例がないという被告人からの反論については、法廷にこれをしりぞけるよう呼びかける。最初の数ページは地味で坦々としている。感情のたぐいは洗い流されていた。ここでもまた、ラウターパクトがレムキンの対極にいることが如実にあらわれている。

しかしながらこの原稿の最後は、彼が冒頭陳述のために書いた原稿とは違い、生々しく、心をわしづかみにする熱のこもったものになっていた。だが出だしは静々とはじまり、九ページの序文はこの裁判の目的と公正性が重要であることを述べる。ラウターパクトは次のように書く。本裁判は復讐の場ではなく、法に則って正義をもたらし、犯罪を「正しい権威にもとづき周到かつ公平に見定める」場所である。本裁判所の任務は、個人を保護し、「将来の国際刑事裁判所にとって貴重な先例」を樹立するための法を確立することである（先見の明があったというべき。国際刑事裁判所はそれから五十年後に創設された）。

ラウターパクトの原稿の第二部は四十ページにわたり、彼が長年考えてきた多くのアイデアが盛りこまれている。戦争犯罪にかんする個所で、彼は殺人と戦争捕虜、そしてポーランド人知識人、ロシア人の政治活動家に焦点を当てる。彼は「人道に対する罪」はけっして新奇なものではないと、数か月前に英国外務省に説明した趣旨とはまったく逆のことを、綿々と述べている。それは「人間の権利」を守るため、「彼が属する国の残虐行為と破壊行為」から保護するための出発点なのだと主張する。そのような行為は、仮にドイツの法律が許容していたとしても違法である。原稿は、人間の基本的権利は国内法を凌駕する、国家のためではなく個人の利益に資する新たなアプローチなのだと宣言する。

かくして一人ひとりの個人が、残虐行為を見て見ぬふりをせぬ法のもとで保護される権利を有することになる。注目すべきは、ヒトラーと「ユダヤという人種ないしは宗教のみを理由に」殺された五百万人のユダヤ人について、ラウターパクトがほんの少ししか触れていない点だ。開廷日にソ連チームが述べたレンベルクでのできごとに、彼はまったく触れていない。ラウターパクトは個人的と思われるようなことへの言及はすべて剝ぎ取り、ポーランド人の処遇について、そしていうまでもなく「ジェノサイド」という用語について、彼は何も書かぬ。彼はレムキンのアイデアに対して、執念深く背を向けたままだった。

次いで彼は被告人たちに的を絞る。自分たちの救命のために国際法にたよろうとする「なさけない」一味。国家のために行為した者はなんらかの形で刑事責任から免除されるという、もはや通用しない時代遅れの考え方にすがろうとしていたのだ。法廷にいた二十一名の被告人のうち五人について個人名をあげ、ユリウス・シュトライヒャーは人種理論を構築した人物として、ヘルマン・ゲーリングはワルシャワ・ゲットーの「大量殺戮」に参加したかどで選びだす。

ラウターパクトが何度も繰りかえし名前を挙げたのは、ハンス・フランクだった。たまたま彼の名前ばかりが繰りかえされたというわけではなく、被告席のなかではやはり彼こそがラウターパクトの家族の殺人に最も直接に関与していた男だったのだ。フランクは、個人的には処刑に関与していなかったとしても、「殲滅の罪」の「直接の代理人」なのだ、とラウターパクトは書く。彼は原稿の最終ページでフランクが果たした役割を強調する。交響曲のように積みあげられてきたテキストが、フィナーレの最終小節へ突進してゆく。国際連合の新憲章によって、人権を至高の地位へみちびく第一歩が準備された。それは新時代の幕開けを告げ、「世界の憲法の中心部に個人の権利と義務を」据えるものである。このあたりはラウターパクトの真骨頂の発揮であり、生涯をかけた仕事の中心テーマの宣言である。しかし最後のページからは、うっせきした感情とエネルギーの噴射ともいえそうな変調した声が聞こえてくる。突然筆勢が変わり、言葉が付け足され掻き消され、むきだしの怒りが「自分たちの罪をみじんも認めぬ」被告人たちにぶつけられる。たしかに「卑屈な告白」があり、なかには誠実なよそおいもあったが、すべてが欺瞞であり、「狡猾な言い逃れ」以外のなにものでもない。

やおらラウターパクトは、彼の家族の運命に最も密接にかかわっていた男に照準を合わせる。去る四月、自分の責任について煮え切らぬ言い方をした男。「証人……被告人フランク」と彼は書く。「彼が深い罪の意識を表明したのは、自分の発言の恐ろしさに戦《おのの》いたからである——あたかも、自分の発言のほうが、それによって引きおこされた恐るべき行動よりも気にかかるかのように。人間らしさの残滓のせめてもの回復になるかと思われたものが、結局は死に物狂いの男たちの窮余の一策にすぎぬことが暴かれたのだ。彼もまたほかの被告人たちと同じく、大規模に組織化され、きわめて複雑に細分化され、一国の歴史をこれほどまでに汚したこのうえなく卑劣な犯罪をまったく知らなかったと、最後の最後まで言い逃れをしようとした」

彼にしては珍しく感情をあらわにした文章だ。この個所をエリに見せると彼はこういった——興味深いですね。それまで彼はそこに書かれた言葉の重みを真剣に受けとめてはいなかった。「父はこういうことをわたしに話したことはありませんでした。ただの一度も」。しかし今、背景にかんするわたしの説明を聞いたうえで書類を見直したエリは、父と被告人たちとの関係について問わず語りに話しはじめた。彼はそのときまで、フランクの副官だったオットー・フォン・ヴェヒター知事、レンベルクの虐殺に直接かかわっていた男が、彼の父親とウィーンでクラスメートだったことを知らなかった。数か月後、エリに、ニクラス・フランクとロビー・ダンダスと会う機会、つまり検察官と被告人

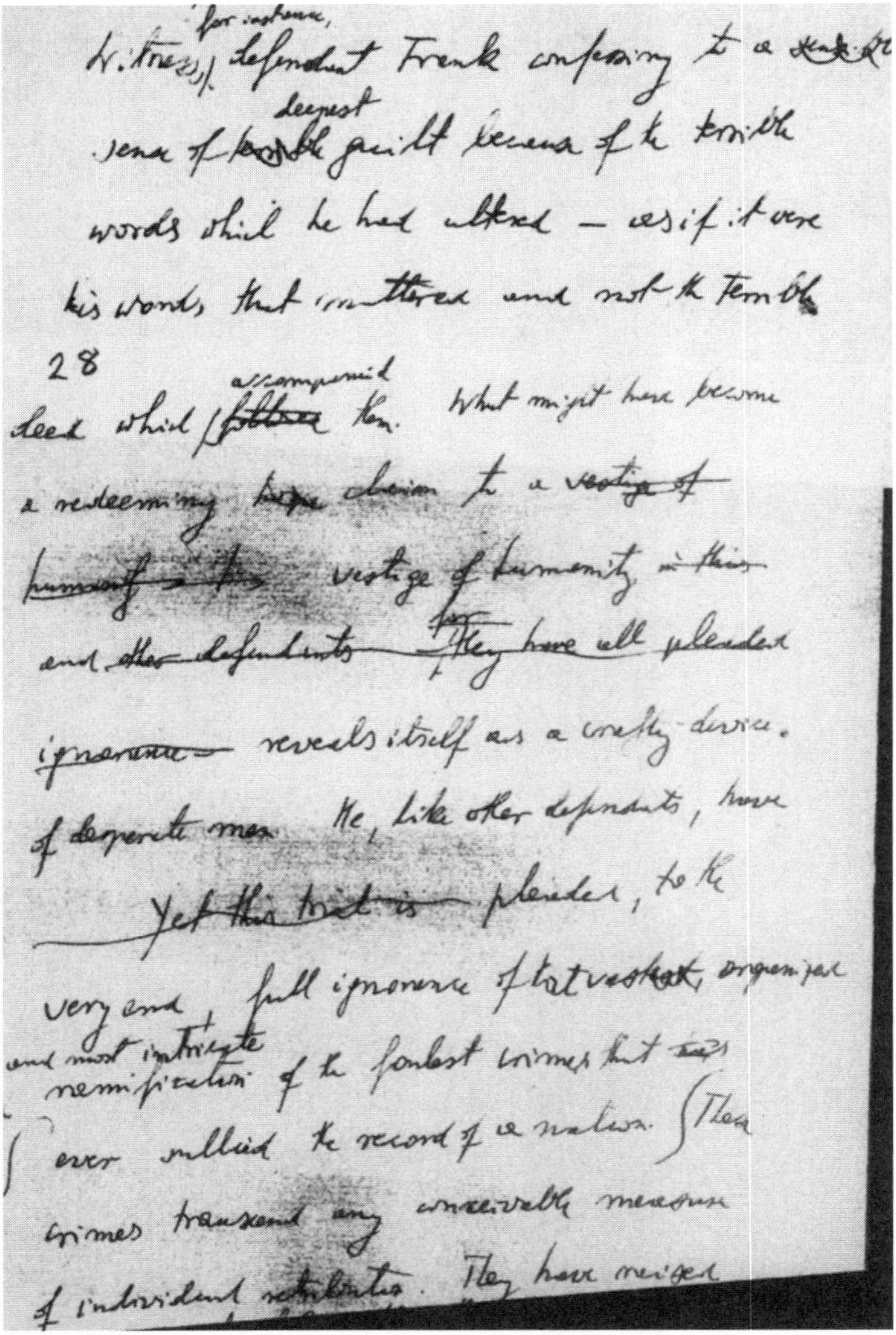
for instance,
Witness, defendant Frank confessing to a
deepest
sense of ~~terrible~~ guilt because of the terrible
words which he had uttered — as if it were
his words that mattered and not the terrible
28
accompanied
deed which ~~followed~~ them. What might have become
a redeeming ~~hope~~ claim to a ~~vestige of~~
~~humanity~~ vestige of humanity in this
and ~~other defendants~~ ~~They have all pleaded~~
~~ignorance~~ reveals itself as a crafty device.
of desperate men. He, like other defendants, have
~~Yet this trait is~~ pleaded, to the
very end, full ignorance of that vast, organized
and most intricate
ramification of the foulest crimes that
ever sullied the record of a nation. These
crimes transcend any conceivable measure
of individual retribution. They have raised

書き始めに「証人……被告人フランク」とある、ラウターパクトの草稿。1946年7月10日

と裁判官の子どもたちの懇親会という機会が訪れたが、エリは辞退した。

ラウターパクトは、自分が書いたものをショークロスが使わないのではないかと懸念した。「当然のことながらわたしはそれは密接に関連し必要なことだと考えます」と彼は法務長官に書き、法廷外で注視している人々にもメッセージを届けることの必要性を念押しする。もしスピーチが長すぎるのであれば、原稿の全部を法廷に提出し、読みあげるのは「選択した部分」だけにすれば良い。

七月一〇日、ラウターパクトの秘書はタイプで清書した原稿に彼の考えを綴った説明文を添え、大判の封筒に入れて送りだした。

140

ラウターパクトの原稿が列車でロンドンへ向かっているころ、レムキンは大奮闘していた。救いの手は意外なところ、アルフレート・ローゼンベルクから差しのべられる。被告人席の最前列でフランクの隣にいた彼が、わたしはジェノシデール〔ジェノサイドに加担した者〕ではない、と弁護士を介して裁判官に告げたのだ。弁護士アルフレート・トマは、ナチスの政策に対するローゼンベルクの貢献というのは単に「科学的」な事柄の提起であり、レムキンが喚起したような意味での「ジェノサイド」とはなんら関係がない、と法廷を説得しようと努めた。それとはまったく異なり、ローゼンベルクの動機は「異なる心理状態のせめぎあい〔ドイツ的精神価値に対立するユダヤ的精神価値というような意味〕」から生じたものであり、殺戮や破壊を意図したものではない。ローゼンベルクの代表的著作、一九三〇年に出版された『Der Mythus des 20. Jahrhunderts（二十世紀の神話）』からの一節が引用され、意外な方向へ議論が展開してゆく。同書は、人種差別的な考え方に知的基盤を与えることを目的にした書物だ。ローゼンベルクは、レムキンが彼の文章を悪用していることに不満を述べ、同書からの引用の際にレムキンが重要個所を削除している点と、ある人種の他人種による絶滅を正当化などしていない点を主張した。ゆがめられ、策に窮した議論だった。

わたしは、レムキンのアイデアがどのようにしてローゼンベルクに届いたのかふしぎに思っていたが、その回答は期せずしてコロンビア大学の記録文書館で見つかった。レムキン関連のわずかに残された書類のなかに、トマ博士がローゼンベルク弁護のために書いたくだくだしい弁論書がはさまっていた。その文書はトマがレムキンに送ったもので、トマ個人の筆跡で謝意が記されていた。「Ehrerbietig überreicht」とトマは書いている。「ご高覧賜りたく」。これが証明しているのは、レムキンのたゆまぬ全方位外交、弁護士を通じて被告人とさえも接触することをいとわぬ態度である。法廷ではその後もレムキンの考え方を引用する被告人側弁護士が現われたが、それは彼の考えに反駁をくわえる目的での引用だった。

家族にかんするニュースが届かぬことでレムキンの心労はつのり、彼の健康状態はさらに悪化していった。ローゼンベルクによるジェノサイド否定が炸裂した三日後、レムキンは寝こんでしまい、それから六日間鎮静剤を処方されてベッドから出られなくなった。七月一九日、米国陸軍の軍医によって急性高血圧症の兆候と、吐き気と嘔吐の症状が確認される。彼は徹底検査のために入院を余儀なくされた。米国陸軍基地病院第385号で数日を過ごしたあと、別の医者から即刻アメリカへ帰国することを勧められた。レムキンはこれを無視する。

141

七月一一日、サイドル博士が法廷でフランクのための最終弁論をおこなったとき、レムキンはニュルンベルクにいた。フランクが四月に集団的責任を事実上認めたことや、彼の日記からただ洩れる証拠を前にして、弁護人の任務は生やさしいものではなかった。サイドル博士がルドルフ・ヘスの弁護人を兼任していたせいで、すでに裁判官の心証を悪くしていたことも有利に働かなかった（ヘスのための弁論陳述の英訳を裁判官側に手渡していなかったことや、ヘスが責めを帰された恐ろしい行為はそもそもヴェルサイユ条約が原因なのだと繰りかえし主張したために、サイドルは裁判官たちをうんざりさせていた）。

サイドル博士は、フランクが当初おこなった証言や、日記のなかに出てくるたくさんの不利な記述を矮小化しようと努めた。「ひとつの例外を除いて、」とサイドルは裁判官に告げる。日記に書かれたことは単なる秘書による筆写であって、フランクが直接口述したものではない。タイピストが叩いた内容をフランクが自分自身でチェックしていないので、内容が正確かどうかはだれにもわからない。それらは単なる言葉であって、行為を立証するものでも事実でもない。そのように主張するサイドルも、フランクのスピーチがユダヤ人問題について一定の「見解」を示すものであり、「彼の反ユダヤ主義的立場を隠す」ものではなかったと認めたが、あまりに軽い発言だ。サイドルの主張は、検察官はフランクの言葉と保安警察が犯した行為とのあいだの「因果関係」を立証していないというもので、しかも保安警察はフランクの指揮下になかったという。

そのうえ、とサイドル博士はつづける。記録によれば、フランクは取り返しのつかぬやり過ぎには異議を唱えていたことがわかる。ポーランド総督府の領域で、とりわけ強制収容所内では恐ろしい犯罪行為がなされた。フランクはこうした行為のどれひとつとして否定するものではないが、彼に責任はない。それどころか彼は、「あらゆる乱暴な手段に対して五年間の反対闘争」を展開し、総統に対して苦情を呈してきたが不首尾に終わったのである。サイドルは彼の主張を裏づけるいくつもの書類を提出した。

フランクはこうした楽観的な議論を聞きながら、何の感情も表わさずに静かにすわっていた。ときどき身をくねらせるようすを見せたり、ある人によれば、裁判当初よりも少しうなだれて見えたという報告もある。サイドル博士はつづける。フランクはアウシュヴィッツの噂について調べることができなかったが、それはアウシュヴィッツが彼の管轄下になかったからだ。他方、管轄下にあったトレブリンカについて、弁護士は違う論法を使う。フランクの領域内に強制収容所を建設し管理をしたというそのことだけで、人道に対する罪になるというのだろうか？「そんなことはない」とサイドル博士は自問に否定で切り返す。ドイツは占領国として治安と安全性維持のために「必要な措置」を取る権利があった。トレブリンカの収容所はそうした必要な措置のひとつであり、フランクに責任はない。サイドル博士はサミュエル・ライズマンの証言については何も触れなかった。

こうした詭弁は、明らかに検察官ロバート・ケンプナーを激高させ、彼の激しい発言をまねく。彼は裁判官に向かって、サイドルの主張は「まったく的はずれ」であり、裏づけとなる証拠が何もない、という。裁判官ローレンス卿はこの意見を認めたが、サイドル博士は同じ趣旨をひたすら繰りかえすばかりだった。

裁判官たちは無表情で聞いていた。三か月前の四月、フランクは個人的責任は認めぬまでも、ある程度の共同責任を認めるような言葉を口にしていた。しかし今、彼の弁護士は方針を変えようとしている。ほかの被告人たちがフランクに詰め寄って、集団として連帯する必要性を強要していたのだ。

142

被告人側弁護士の弁論は七月末に終了した。二十一人の被告人に残されたのは、それぞれの短い最終弁論だけだ。だがその前に、検察側の発言がある。

四か国の検察官チームが、冒頭陳述のときと同じ順序で発言した。最初に米国チームが立ち、訴因一と共同謀議に焦点を合わせる。次の英国チームは訴因二の平和に対する罪と、ラウターパクトが準備した本件全体の法的側面の全体像について。フランスとソ連チームは戦争犯罪と人道に対する罪に重点を置いた。

七月二六日金曜日の朝、ロバート・ジャクソンが検察側の口火を切る。レムキンはまだニュルンベルクにいて、ジェノサイドについて何が語られるか気を揉んでいた。ラウターパクトはケンブリッジにいた。ジャクソンは法廷に対し再度、諸事実、戦争とその展開、占領地域における住民の奴隷化について喚起する。そのなかでも「最も広範囲におよぶ恐ろしい」行為はユダヤ人の迫害と殲滅、すなわち六百万人のユダヤ人を殺害するにいたった「最終的解決」だった。被告人たちは、そのような恐ろしい事実は記憶にないと訴え、「コーラス」を披露した〔そんなことは初耳だ、と声をそろえてざわめいたことの揶揄〕。彼らの言い分は「笑止千万」である、とジャクソンは裁判官にいう。ゲーリングは、「無数の命令」にサインしておきながらユダヤ人絶滅計画については関知せず、残虐行為については「何も知らなかった」という始末だ。ヘスは単なる「無知な仲介人」で、ヒトラーの命令の中身を読まずに右から左につないでいただけだ。フォン・ノイラートは？　彼は外務大臣だが「外交問題についてはほとんど知らず、外交政策については何も知らない」。ローゼンベルクはどうだろう？　党の思想を支えた哲学者だが、自分の哲学が火をつけた「暴力については何も知らない」。

そして、フランクは？　「支配はしたが統治をしなかった」ポーランド総督である。政府の上層部にいた彼は「狂信者」であり、ナチスの力を強固にした法律家であり、ポーランドを無法地帯にし住民を「悲嘆に暮れる残存者」におとしめた。思い起こしてください、フランクの言葉を、とジャクソンは裁判官に訴える。フランクはこういったのです。「これから千年が過ぎたとしても、ドイツが犯した罪はけっして消え去ることはないでしょう」

ジャクソンは半日話しつづけた。力強く痛烈でエレガントなスピーチだった。しかしその中心部分には大きな欠落があった、と少なくともレムキンの目には映る。ジャクソンはジェノサイドについて何も語らなかった。レムキンは危険を察した。もし主任検事が与《くみ》してくれなかったなら、ビドルやパーカーらアメリカ人裁判官が同調してくれる見こみは薄い。こうなると英国チームが前にもまして重要になってくる。しかしレムキンには、ラウターパクトがショークロスのために書きあげていた原稿にジェノサイドという言葉が出てこないのを知るすべもない。

143

昼食後、ショークロスは演台に歩を進め、その日午後いっぱいと翌日にかけて発言する。彼は事実について、「平和に対する罪」について、そして個人の尊厳について語った。

ショークロスが発言準備をしているときすでに、ラウターパクトは彼の原稿がニュルンベルクにいた英国人法律家たちによって大幅に書き換えられていたことを知っていた。彼らは裁判のなりゆきを危惧していたのである。「わたしたちは、裁判官が有罪判決と刑の宣告について話しあっているようすに不安を感じています」とハリー・フィリモア大佐がショークロスに打ち明けている。「夕食の席など非公式な場で、二、三人を無罪にし、かなりの人数が死刑をまぬがれるというようなことをほのめかしているのです」。ショークロスは非常に心配しはじめた。フィリモアはつづける。「一人か二人が死刑をまぬがれることはありえるとは思います。しかし被告人の誰かが無罪になったり、何人かが軽い罰ですんでしまったなら、この裁判は茶番劇に堕してしまう」

ショークロスはラウターパクトに対し、彼が書いた冗長な原稿は「かなりの困難」をもたらすと伝えていた。困難に対処するため、と同時に自己防衛のため、司法長官はもっぱら事実によって全体を構成し、ラウターパクトの法的議論を切り詰めることにした。「わたしがファイフのアドバイスにしたがわず、何か不都合なことが起こった場合、わたしの落ち度にされるのは明らかでしょう」。さらには、記録のために長いスピーチ原稿を提出するが実際に法廷で読みあげるのはその一部、という方法は取れないという。ただしラウターパクトの原稿から使えるところは使わせてもらう。最終的にできあがったショークロスの原稿の四分の三は、事実とその裏づけ証拠だけに費やされることになった。残された十六ページが法的議論に割かれたが、そのうちラウターパクトがみずからペンをふるったのは十二ページである。割愛された部分があるだけでなく、すぐにラウターパクトも気づいたが、加筆されている部分もあった。

ショークロスは時系列に沿い、被告人たちが犯罪実行の共謀をめぐらしていた戦前期から戦中までをふりかえる。彼は、レムキンが収集した命令などの文書をたどってヨーロッパ全体で起きたできごとを追ってゆく。ラインラントとチェコスロヴァキアから始め、ポーランドを通りぬけ、西方のオランダ、ベルギー、フランスへ向かったあと、北上してはノルウェーとデンマーク、南東へ下がってユーゴスラヴィアとギリシアへ向かい、最後は東進してソヴィエト・ロシアで終わった。彼が列挙した犯罪、すなわち平和に対する罪は「その他の諸犯罪〔人道に対する罪、戦争犯罪、通常殺人〕」が目的としたものである一方、これらの諸犯罪を生みだす母胎」でもあったとショークロスは裁判官にいう。人道に対する罪〔やほかの諸犯罪〕とは戦争の最中に起きたものであると。彼は、レムキンが一番恐れていた結びつけをした。この結びつけによって一九三九年以前になされたすべての犯罪が不問に付されてしまう。

だがこのスピーチは、唯一無二のみごとな法廷演説として決定的な足跡を残した。ショークロスは裁判官たちに殺戮の一現場を再現してみせた。十年間にわたる残虐行為を凝縮して突きつけた強烈な一場面である。彼はヘルマン・グレイベなる人物による供述書を読みあげる。グレイベは、フランクの統治領内のドゥブノの近くで工場長をやっていた男で、そこは一九三九年九月の数日間レムキンが避難していたパン屋のすぐ近くだった。ショークロスは感情を排した声でゆっくりと、一語一語を明瞭に発音していった。

> その人たちは泣いたりわめいたりすることなく服を脱ぎ、家族ごとに固まって立ちつくし、キスをかわし、別れを告げ、もう一人の親衛隊員が合図をするのを待った。彼もまた鞭を手にし、穴の近くに立っていた。

言葉の意味が聞く者の心にしみいり、時のあゆみが遅くなり、法廷全体を静寂が包む。ショークロスの声が響き渡るなか、報道席にすわっていた作家、レベッカ・ウェストは、フランクが身をよじるのを見た。まるで教師に叱られた小さな子のように。

そこに立っていた十五分のあいだ、わたしは不満の声も命乞いの声も聞かなかった。八人家族がいた。五十代の男女と彼らの子どもたち、一歳と八歳と十歳くらいに見えた。そして大きな娘が二人、二十歳と二十四歳くらいの。雪のように真っ白な髪の老婆が一歳の子を抱き、歌をうたってくすぐっていた。子どもは喉を鳴らして喜ぶ。夫婦は涙を浮かべてそのようすをながめていた。父親は十歳くらいの少年の手を取って、静かに語りかけた。少年は泣くまいと涙をこらえていた。

ショークロスは口をつぐみ、法廷をながめまわし、被告人たちのほうを見た。頭《こうべ》を垂れ、木の床を見つめていたフランクに、彼は気づいたろうか？

「父親は空を指さし、息子の頭をなでながら何か説明しているようだった」

レベッカ・ウェストは「ぬくもりのある慈悲心」がにじみ出た一瞬、とショークロスのスピーチを評した。

144

ショークロスはフランクに的を絞った。こうした蛮行は彼の統治領内で起きており、彼を有罪にするには十分な事実だが、さらにたたみかける。

ハンス・フランク、彼はバイエルン州司法長官時代の、すでに一九三三年という時点でダッハウ強制収容所における殺害報告を受けていた。

ハンス・フランク、彼はナチス党の指導的立場にある法律家時代、ユダヤ人ボイコット命令を出した党中央委員会のメンバーだった。

ハンス・フランク、彼は閣僚として、一九三四年三月のラジオ放送で人種差別的な法制の正当化をおこなった。

ハンス・フランク、この被告人は裁判官に、彼の日記のなかの文章は事実を把握せぬままに書かれたと信じてもらおうとした。

「このイギリス野郎」とフランクがショークロスに毒づく。法廷全体に聞こえるほどの罵りだった。

ハンス・フランク、この弁護士は「ジェノサイドという恐ろしい政策」を支持する発言をし書き物を残した。

あの言葉が意表を突いて出た。ラウターパクトの原稿にはなかった言葉。ショークロスが自分で追加したにちがいないが、彼はそれを何度も繰りかえす。ナチスの広範な目的としての「ジェノサイド」。ジプシーやポーランド人知識人やユダヤ人を標的にした「ジェノサイド」。ユーゴスラヴィア、アルザス=ロレーヌ、オランダ、そしてノルウェーでも、ほかのグループを標的にして「さまざまに異なったやり方」で遂行された「ジェノサイド」。

ショークロスは止まらない。ジェノサイドのテクニックにまで踏みこんでゆく。常に計画的な集団の虐殺で終わる定型パターンを描いてみせた。ガス室によるもの、一斉掃射によるもの、死ぬまで働かせて殺すもの。彼はまた出生率を落とすための「生物学的装置」について、不妊手術、去勢、堕胎、男女の隔離について語った。圧倒的な証拠がある、と彼はつづける。被告人全員が「ジェノサイド政策」を知っており、全員が有罪で全員が殺人者である。彼らに最もふさわしい刑罰は「極刑」以外にない。これを聞いて被告人席はどよめいた。

ショークロスはレムキンの用語を使ったけれど、レムキンがそこにこめた意味をもれなく受けいれたわけではない。レムキンは戦争が始まる以前、一九三三年からのすべての集団殺戮を犯罪にしたかった。ショークロスは、彼みずから明確にしているように、もっと制限を付した意味で使っている。「ジェノサイド」とは加重《かちょう》された「人道に対する罪」であるが、戦争に関連してなされた場合にのみ成立する。この制限はニュルンベルク憲章の第6条（c）によって、すなわち一九四五年八月にかの有名なコンマが挿入されたことによって生じたものだ。ショークロスは、それは「非常に重要な条件」だったと裁判官に告げている。つまり彼は、ジェノサイドという言葉を持ちだしはしたが、その概念の完全な意味を伴わせていない。彼の発言を通読してみて、わたしはその制限が招来する結果を理解した。一九三九年九月以前にドイツとオーストリアでなされたすべての行為が対象外になるということだ。一九三八年一一月にレオンのような個人をふくむ何百万という人々を極貧におとしめ追放した行為——財産没収、排除、拘禁、殺害など——は、本法廷の管轄権外になるのだ。

それはともかく、ショークロスはラウターパクトの主張に多くをたよった。法の遡及的適用ではないか、という懸念は問題にならぬ。なぜならば、問題とされている行為のすべて——殲滅、奴隷化、迫害など——は大半の国内法ですでに犯罪とされているのだから。これらの行為がドイツ法では合法だとしても変わらない、というのはこうした行為は国際社会を害するからである。それは「国際法に対する犯罪」であり、単に国内の問題ではすまされない。過去において諸国家の法は、各国に自国民の取り扱いをゆだねていたが、今では新しいアプローチによって代替されている。

国際法はかつて、国家の無限の権力には制限を課すべきであり、国家が人間的良心を侮辱する形で個人の権利を踏みにじったとき、すべての法の究極的単位としての個人から人間的保護を受ける権利を剥奪してはならないと宣言した。

戦争は「専制君主が被統治者に対し残虐行為をはたらく」ことの阻止を目的とするならば、正当であり合法である。かように国際法のもとで武力による人道的介入が許されるのならば、なぜ「司法手続きによる人道的介入」が違法とされるのか？　ショークロスは調子をあげた。彼は、被告人たちの、国際法上は「個人ではなく国家のみ」が犯罪を犯すという言い分をしりぞける。国際法にそのような原則はなく、国家が人道に対する罪を犯した場合、それを助けた個人は責任から逃れることはできない。つまり、彼らは国家を盾としてその背後に身を隠すことは許されない。「個人は国家を超越しなければならない」

ショークロスはレムキンのジェノサイドと集団にかんする考え方に若干目配せをしつつ、ラウターパクトの思想の精髄を前面に押しだした。彼は、ラウターパクトが願っていた落としどころにきちんと着地してくれた。「すべての法の究極的単位」としての個人を強調する場所に。ジェノサイドにかんしてラウターパクトの考えから歩を転じたショークロスだったが、もう一点、彼がラウターパクトの原稿に変更を加えている点にわたしは着目した。ラウターパクトが原稿の最終ページに書いたフランクにかんする言及を、ショークロスはすべて削除していたのである。無理もない、あの部分は個人的思い入れがあまりに強すぎ、あまりに感情的だった。

145

ショークロスのあとにつづいたのは、華奢な老齢のフランス人主任検察官、オーギュスト・シャンプティエ・ド・リブだったが、彼は短めの導入部を語っただけですぐ次席検察官に引き継いだ。シャルル・デュボストの語り口はショークロスに比べると柔和だったが、被告人たちは有罪であると明確に述べる。彼らはドイツ帝国の行為の共犯者である。ここでもまたフランクは、自分の言葉に足もとをすくわれた。政府のメンバーは、その命令を受けて実行した者たちよりも重い責任を負う、と認めたのは彼自身ではなかったか？

フランス人検察官はショークロスと足並みをそろえ、ジェノサイドの有罪判決を求めた。実行された皆殺しは「科学的かつ組織的」であり、何百万という人々がたまたま一定の民族、宗教グループに属し、「ドイツ民族覇権の道」を進むうえで邪魔になる男女であったというそれだけの理由で殺された。ゲシュタポの主導のもと、被告人たちの協力を得て、ジェノサイドは強制収容所やほかの場所で、あわや「達成寸前までいった」。

彼はサイドル博士が主張した、国家のために行動した個人はその行動が犯罪と見なされても責任は負わぬ、という議論をはねつけた。「被告人たちのだれひとりとして『孤立した個人』ではなかった」とデュボストは裁判官にいう。全員がそれぞれ協力し、それぞれが連帯して行動していた。「情け容赦なく打擲《ちょうちゃく》すべし」と彼は裁判官に訴える。フランクとその他全員を、あの恐ろしい行為を命じて悦に入っていた連中を。彼らは有罪です、罪の宣告をしてください、絞首刑を宣言してください。

ソ連の番になった。まるで波状攻撃の一シーンを見ているような具合だ。風体だけでなく議論のスタイルも堅固で手ごわいロマン・ルデンコ将軍は、被告人の一人ひとりにかかってゆく。言葉のあや、複雑な理屈、あるいは皮肉を弄する暇はない。彼はドイツ軍のポーランド侵攻をびしびしと糾弾する。ソ連も東方から似たようなやり方で進軍していた事実には、恥も見せず洟《はな》もかけぬ。一九四二年八月のルヴォフとそこで起きたできごとを再現し、フランクの非人間的な支配を微に入り細にわたりあげつらう。彼は新発見の証拠も持ちだした。ルヴォフでなされた犯罪にかんするソ連のレポート

オットー・フォン・ヴェヒターの肖像画（左上）と
アルトゥル・ザイス＝インクヴァルトの写真（右下）。
2012年12月、ハーゲンベルク城

で、養護施設で働いていたフランス女性、イダ・ヴァッソーによる証言にもとづいたものだった。ヴァッソーは子どもたちが射撃の標的に使われるありさまを報告していた。その「恐怖劇」はドイツ軍占領が終了する最後の最後、一九四四年七月までつづいた。その目的は完全な皆殺し。ただそれだけ。

「何とむなしいことでしょう」とルデンコは裁判官に訴える。「人々を奴隷にし、ジェノサイドを試みた連中を処罰する権利がわたしたちに与えられないとするならば。彼はふたたびフランクの日記を取りあげ、自分の領地からユダヤ人を消し去る方法について嬉しげに語る彼のようすを突きつける。フランクは強制収容所のことを知っていた。彼は「極刑」を受けるべきである。一九四〇年、アルトゥル・ザイス＝インクヴァルトに、ポーランドでの自分の業績は「永遠に残る」だろうといったフランクはまちがっていた。評価すべき業績などどこにも残っていない、皆無だ。

わたしはオットー・フォン・ヴェヒターの肖像を思いだした。彼の息子ホルストが、その肖像画の額縁の端にザイス＝インクヴァルトの写真をはさんでおいた。「ザイス＝インクヴァルトはわたしのゴッドファーザーなんです」とホルストがいっていた。「わたしのミドルネームはアルトゥルというんです」

146

わたしが、特にルヴォフでのできごとに注意を払いながら、初めてルデンコのスピーチを読んでいたころ、ワルシャワから小さな包みが届いた。なかに入っていたのは、ジュウキエフに住んでいた教師、ゲルション・タフェトによる、世間からはとうに忘れさられてしまった薄い本のコピーだった。それが出版されたのは一九四六年七月、ちょうどルデンコが法廷でスピーチをしていた時期だ。

タフェトは、ジュウキエフの町の歴史、ユダヤ人住民の絶滅、クララ・クレイマーが語ったのと同じ一九四三年三月二五日の大惨事について生々しく書き綴っていた。その日、――とタフェトは書く――ゲットーの住民三五〇〇人が町を東西に横切る通りを「ボレク」へ向けて歩かされた。レオンやラウターパクトも遊んだことのある小さな森のことだ。占領者は、通りに死体や帽子、書類や写真を散乱させたまま立ち去った。タフェトは実際に目撃した処刑のようすを伝えている。

一糸まとわぬ裸にされ、あらゆる部位を徹底的に探られたあと（特に女性の場合）、巨大な墓穴のふちに並ばされた。

一人ずつ、墓穴のうえに渡された木の板へあゆみを進める。射殺されたとき、まっすぐ墓穴のなかへ落下するように……処刑がすむと墓穴には土がかぶせられた……処刑後の数日間、墓を覆っていた土が動いた。地表が波打つように。

なかにはドイツ人が差しのべた救いを拒んだ者もいた。

ジュウキエフで尊敬されていた市民、シムカ・トゥルクのケースは父親の鑑、夫の鑑として記憶されるだろう。ドイツ人たちは彼にこういった。家族をあきらめるなら、トゥルクの職業上の知見・技術を評価して救ってやろう。それに対する答えとして、彼はこれを見よといわんばかりに片手に妻の腕を、もう一方の手に子どもの腕を取って家族のきずなを示し、一家は堂々と死におもむいた。

タフェトは、十六世紀からジュウキエフに定住していた集団全体の絶滅を描写している。一九四一年に五〇〇〇人いたジュウキエフのユダヤ人のうち「七十人くらいしか生き残らなかった」。彼は残存者のリストを添付しており、そこにはクララ・クレイマー、メルマン夫妻、ゲダロ・ラウターパクトの名前もふくまれていた。パトロンタッシュ氏の名前もあった。ニュルンベルクまで出かけて、インカのためにラウターパクトを探そうとした彼の同級生である。裁判所の前でラウターパクトの名前をささやいていたこのパトロンタッシュ氏の名前が、アルトゥルということも知った。だが、レオンの叔父ライプス・フラッシュナーのほか、同市に住んでいた五十人を超えたであろうフラッシュナー家の人々の名前はそこにはなかった。

　タフェトは、将来へ希望を託す仕草も見せた。ジュウキエフで同時代を過ごした注目すべき二人の名前を掲げている。一人は一九四二年八月の一斉検挙の際に殺された。もう一人は「ヘンリク・ラウターパクト博士、有名な国際法の専門家で現在はケンブリッジ大学教授」〔ヘンリクはハーシュの正式名〕

147

　ニュルンベルク裁判で検察官は論告求刑をおこない、被告人全員に対し死刑を求めた。そのあと裁判官たちに残されたのは一か月にわたる議論。おもに第三帝国のさまざまな組織の犯罪行為にかんする専門的な問題の検討に費やされた。重要な点は、その際に親衛隊、ゲシュタポ、内閣の共同責任が問われたこと。さらに議論を呼んだのは、参謀本部と国防軍最高司令部の共同責任についてだった。被告人それぞれが短い最終陳述を述べたあと審理休会となり、裁判官たちは審議のために席を立った。判決公判は九月末に予定された。

　ラウターパクトとレムキンの立場の違いは大きく広がっていた。ラウターパクトの人道に対する罪と個人の権利についての考え方は、審理のなかでしっかりと受けとめられ、本件全体の基調となった。本法廷の管轄権は戦時中の行為にかぎられ、ニュルンベルク法や一九三三年一月以前になされた殺人、「水晶の夜」などは対象外になる、という了解を支持する空気も高まってきていた。

　このような見通しに、レムキンは動揺していた。彼はまだ、潮目が変わってジェノサイドをめぐる議論が勢いを盛り返し、裁判所が戦前の行為についても判断をくだせる状態になることを期待していた。彼の楽観的な期待には、まったく根拠がないわけではなかった。数か月の沈黙がつづいたあと、ジェノサイドにもとづく起訴という考え方が審理の場にもどってきた。それはデイヴィッド・マクスウェル・ファイフが、ラウターパクトをふくむ懐疑派を無視してくれたおかげだった。頑強に反対していたのはアメリカ人たちだったが、コロンビア大学の記録文書を探っていたわたしは、アメリカ側にもあちこち突破口が生じていたらしいことを発見した。

レムキン関連書類のなかに、ジャクソンの事務所が七月二七日に発表したプレスリリースがあった。ジャクソンが法廷で発言した翌日のものだが、彼は法廷ではジェノサイドについて触れていない。ところが「特別報告第一」という表題のその文書には、フォン・ノイラートを尋問する英国チームが「ジェノサイド」に言及し、その用語はショークロスによって(「何度も」)持ちだされ、このあと「フランス人とロシア人の番になれば再度言及される」であろうと書いてあった。

プレスリリースの趣旨はこうだ。もしも法廷が被告人たちをジェノサイドの罪で有罪にしたならば、それは「こうした人間集団を国際的に保護する先例を作ることになるだろう──たとえ、政府が自国民に対して犯した犯罪の場合であっても」。アメリカ代表団のなかのだれかがレムキンの肩を持っていたにちがいない。レムキンはこの文書に励まされて孤独な戦いにのぞんでいたのだ。

思いがけなくも、英国ケンブリッジで八月に開催される国際会議で、彼の主張を掘りさげるチャンスがめぐってきた。もしその会議で彼の考えを支持する決議が採択されれば、彼のジェノサイド追求のポジションは強化されるということを、レムキンは理解していた。

148

国際法協会は由緒ある団体である。創設は一八七三年で本部はロンドンだが、そのルーツはアメリカにある。定例会議は一九三八年を最後にいったん中断したが、その七年後、第四十一回定例会議が一九四六年八月一九日にケンブリッジで開催された。参加者皆無のドイツを除く全ヨーロッパから、三百人の国際法専門家が同市に押しかけた。

参加者は多士済々、錚々たる顔ぶれで、一九一九年のレンベルクからたどりはじめたわたしの旅路で出会った多くの名前がそこにあった。ルヴフを見おろす丘から降りてきたアーサー・グッドハートがいた。ラウターパクトの恩師、サー・アーノルド・マクネアもいたし、レムキンがロンドンで会ったことのあるエイゴン・シュヴェルブもいた。サー・ハートリー・ショークロスも参加予定だったが、イギリス西部を襲った荒れ模様の天気のせいで取りやめになった。ラウターパクトも出席していて、彼の名前はアルファベット順の公式リスト上ではレムキンより五つ前に載っている（レムキンは自分の住所を「ニュルンベルク、国際軍事裁判所」と記すのみで、部屋番号を書いていない）。それはわたしが調査を始めてから、ラウターパクトとレムキンが同じ町、同じ建物のなかで、同一時刻に居合わせたのを確認できた最初の瞬間だった。

レムキンは健康状態を悪化させ、あやうく参加できぬところだった。ニュルンベルクから空路ロンドン南部のクロイドン空港に降り立った彼は、その場で倒れてしまう。危険なレベルの高血圧だったので応急手当を勧められたが、静養せよとのアドバイスを無視し、会議開会に間に合うようケンブリッジへ急いだ。開会日当日、彼の発言は三番目に予定されていた。会議の議長を務めていた裁判官ポーター卿による冒頭のあいさつの次が彼の番だった。ポーターは参加した法律家たちに、職務遂行に際しては「実際的」であること、今後対処しなければならない多くの挑戦の前では「夢中になりすぎないでください」と訴えた。へたな弁論は「敵を作りがちです」と、参加者を見回していう。レムキンが忌み嫌う英国実用主義全開であった。

レムキンはポーター卿を無視する。彼独特のいつもの情熱をこめ、ジェノサイドについて、ニュルンベルク裁判で呈示された証拠について、現実的対応の必要性について、刑法が果たす重要な役割について、滔々と語った。その年の後半に開催されることになっていた国際連合第一回総会で宣言されるらしい一般的人権宣言についての反対意見も述べた。海賊行為や偽造が国際犯罪にされる一方で——と彼はおおげさに問いかける——なぜ何百万人もの虐殺が国際犯罪ではないといえるのか？ジェノサイドは「国際犯罪であると宣言されるべき」であると支持を訴え、聴衆に対し自著『枢軸国の支配』の内容を想起させた。「ジェノサイドという犯罪的イデオロギー」に関与した者はだれであれ犯罪者としてあつかわれるべきだ、と主張した。

大人しく静聴する聴衆を前に、レムキンは反応を待った。何人かが原則同意を表明するが、彼が訴える積極的行動に出ようとする者はいない。そのときラウターパクトが会場にいたかどうかは不明だが（コペンハーゲンへゆく準備はしていた）、彼がレムキンに対し積極的に反意を表明した記録はない。おそらく彼は会場の空気を読み取り、勝者口論せずという正しい判断をした。その週準備されていた判決草案に、ジェノサイドという言葉はなく、ほかの国際犯罪についての記述もなかった。

失望したレムキンはロンドンへもどり、マクスウェル・ファイフに「精神的な、そして専門的な鼓舞に」感謝する旨の礼状を出した。ケンブリッジでの会議は、彼のアイデアを「冷ややかに迎え」てくれただけでした、しかしあきらめません、と彼は書く。

だらだらと終わりのないセンテンスで世界に説教しつづけるわけにはいきません。国籍、人種、宗教にもとづくグループの構成員を殺すなかれ。不妊手術をほどこしてはならぬ。堕胎を強制してはいけない。彼らの子どもを盗んではいけない。お国のために子どもを産めと女性に強制するな。等々と。ですが今、かけがえのないこの瞬間、世界に向けてひとことこういえばいいのです。ジェノサイドを禁ずる。

失敗の憂さ晴らしをするかのように、彼はふたたび手紙魔になる。レムキンはアメリカ人裁判官、ジョン・パーカーにいくぶん楽観的な調子の手紙を書いた。「あのような法の概念の有用性を、聴衆に納得させることができたと思います」といつも通り前向きに彼は説明した。

レムキンは、彼が以前おこなっていたキャンペーンの努力が実をむすび、世間の一角が彼の主張を聞き入れていたことを知らなかった。八月二十六日、ちょうど彼がマクスウェル・ファイフ宛ての手紙を書いた日、ニューヨークタイムズ紙が社説でレムキンをもちあげ、ジェノサイドが「尋常ならざる方法で尋常ならざる結果をもたらす」犯罪であると認知してくれた。残された作業は、――と同紙は読者に喚起する――この用語を国際法のなかに組み入れることだが「レムキン教授はその仕事の半分をすでに達成した」。

149

レムキンは、被告人らの短い最終弁論に間に合うよう、ニュルンベルクへ舞いもどる。ギルバート博士は、二十一人の被告人たちが、一か月にわたって親衛隊とその関連組織にかんする恐ろしい物語に面と向かわされたことでふさぎこみ、落ちつかぬようすで、「検察側が自分たちを依然として犯罪人あつかいしていることに傷つき愕然と」している気配がある、と観察していた。マクスウェル・ファイフの最終論告は、ナチスの「悪魔的」計画に対する烈火のごとき徹底攻撃だった。ショークロスが見せた自制心など気にかけず、ヒトラーのイデオロギーや『わが闘争』のメッセージである集団間闘争という考えのなかにある「ジェノサイドという悪辣な犯罪」に罵詈雑言を浴びせた。

英国チームは納得してくれたので、距離を置いているのはアメリカチームだけだろうとレムキンは考えていた。七月にあのようなジャクソンのプレスリリースがあったにもかかわらず、彼の同僚のアメリカ人検察官、テルフォード・テイラーは、マクスウェル・ファイフの次に順番が回ってきたとき、ジェノサイドについてまったく触れなかった。フランスチームはそれとは対照的に、強制収容所から奴隷化までのすべての犯罪を一網打尽にする用語として、「ジェノサイド」を担ぎだした。ソ連の検察官ルデンコは、親衛隊をジェノサイド遂行部隊と性格づけ、なんらかの形であれ親衛隊に関与していた者はすべてジェノサイドの共犯者と決めつけた。この主張は広範囲に影響をおよぼす可能性があった。

そしてその月最後の日、八月三一日に、被告人たちは裁判官に対して発言する機会を与えられる。一番目のゲーリングは、ドイツ国民の無罪を主張し、恐ろしい事実について自分は知らなかったと言い張った。次のヘスはいつものように支離滅裂になったが、多少まともになって裁判官に告げたのは、もう一度やり直せるとしたら「やったことと同じことをまたやる」という決意だった。つづいてリッベントロップ、カイテル、カルテンブルンナーが発言し、次にローゼンベルクの番がきた。彼はジェノサイドを罪として認め、レムキンばかりでなく多くの人たちを驚かせた。だがそれはドイツ人という集団を守るためだったという。そして同時に、彼自身はジェノサイドの罪を負うものではなく、それ以外の犯罪についても無実だといった。

フランクは七番目の発言者だった。第六〇〇号法廷にいた人々の多くは、彼が以前、部分的に責任を認めるという発言をしていたので、彼が何をいうのか、どのような方向へ持ちこもうとしているのか興味津々でいた。今回彼は、被告人全員はどんな結末を迎えるか想像することができぬまま神を裏切った、と話しはじめた。この法廷を死んだ人たち——何百万という「問答の機会もなく無視されたまま」死に果てた人々の魂が横切ってゆくとき、彼は「ますます罪悪感にさいなまれる」。日記を破棄せず、自由を失うその瞬間に自発的にそれを「引き渡した」彼の決断を評価してもらいたがった。

彼は、数か月前に表明した共同責任の意味を口にした。「わたしがまだ責任を果たしていない隠れた罪をこの世に残して」いきたくはありません、と彼は裁判官に告げた。ええ、わたしが答えなければならぬことについてはわたしに責任があります。はい、わたし自身の「罪の重さ」は自覚しています。そうです、わたしは「ヒトラーのために、彼の活動のために、彼の帝国のために戦う闘士」でした。

だがこのあとにくる「しかし」、それは巨大で、何でも呑みこんでしまう「しかし」だった。

彼は、自分が四月に口にした発言へ、裁判官の注意を引きもどさなければならぬと考えた。その発言は彼の心にひっかかったままで、訂正する必要を感じていた。例の「千年」発言である。ジャクソンやショークロスが飛びついた発言だったが、フランクは言葉尻を取られたように感じていた。よく考え直すとあれは軽率な発言で、自分から罠に落ちたような気がするのだった。時が経過して状況が変わった現実を、彼は見逃さない。つまり、ドイツがすでに大きな代償を払ったこと。そこで彼はこういった。「わが国が背負ったありとあらゆる罪はすでに完全に解消されたのであります」

法廷にいた全員が、彼の発言に真剣に耳をかたむけていた。ドイツの罪は「戦時中の敵による、わが国とわが兵士に対する行為によって」帳消しにされた。しかるに、そうした敵国の行為のすべてが本裁判では考慮されておらず、——と彼はいいつのる——ここにあるのは偏った正義である。ロシア人、ポーランド人、チェコ人は「最も凄惨なたぐいの」犯罪をドイツ人に対して犯した。意識はしていなかったろうが、一集団の他集団に対する対峙という図式を、彼は描いてみせた。

彼は被告人仲間に視線を投じ、次のように問いかける。「ドイツ人に対してなされたこのような犯罪を、いったいだれが裁くのでしょうか?」この質問は宙に浮いたままとなった。彼は、数か月前に認めた部分的責任を、一撃で撤回した。

フランクのあとに十四人の被告人が次々に発言した。責任を認めた者はひとりもいなかった。

最後の発言が終わったあと、裁判官ローレンス卿が九月二三日まで休廷すると告げる。判決が言い渡される日だ。

150

審理が終結するころになっても、レムキンのところには家族の知らせが届かぬままだった。ようやく九月の中旬になってから、休廷期間中に、彼はベラとヨーゼフの運命を知る。その情報を、彼は兄のエリアスとミュンヘンで再会した日に知った。家族の名前は「ニュルンベルク裁判の資料」のなかにあるという。

エリアス自身が生きのびることができたのは幸運以外のなにものでもない。その事情を、わたしは彼の息子ソール・レムキンから聞いた。一九四一年七月、ソールの家族がソ連旅行をしようと決めたとき、彼は十二歳で両親といっしょにヴォウコヴィスクに住んでいた。「〔ソ連での滞在中〕わたしたちが別荘《ダーチャ》でくつろいでいると、何か戦争のニュースがある、とおばがいうのでラジオをつけたんだ」。ヒトラーがスターリンとの条約を破棄し、バルバロッサ作戦を開始したこと、その一週間後にドイツ軍がヴォウコヴィスクを占領し、ベラとヨーゼフはほかの家族と共に身動きが取れなくなったことを知る。

短期休暇のはずだったのに、彼らはソ連の中心部で三年間暮らすことになった。「ラファエル叔父さん」がノースカロライナ州で無事だということは皆知っていた。だが、ベラとヨーゼフが殺されたことと、二人の健康状態を案じて旅行に連れていかなかったことの二点は、その後ラファエルとエリアスの兄弟間のいさかいの種となる。「叔父は、わたしたちが二人を置いてきたことに怒り狂ったけど、そんなことになるなんて予想できなかったからね」。七十年も前のできごとではあったけれど、ソールはうち沈み弁解めいたことを口にする。「ほんの休暇のつもりだったんだから。戦争が始まるなんてだれも知らなかった。スターリンだって」

ソールは家族と共に一九四二年七月までモスクワにいた。ビザが切れると、彼らは列車でウラル山脈を横断しバシコルトスタンというソ連内の小さな共和国の首都ウファへ向かった。モスクワへもどってきたのは一九四四年二月だった。終戦後、彼らはポーランドへ帰ったが、結局ベルリンの難民キャンプに落ちつくことになり、そこでレムキンが彼らを捜しあてた。「叔父がベルリンのわたしたちに電話をしてきたのは一九四六年の八月だった。彼がニュルンベルクにいたときだね。わたしにも話しかけてくれて」と、ソールは説明する。「彼はわたしの父に、ベルリンに長居するな、ロシア人が町を封鎖するかもしれない、といった」

レムキンがアメリカに掛け合って、一家をベルリンからミュンヘンの別の難民キャンプへ移す手筈を整えてくれた。レムキンがミュンヘンの彼らと再会したとき、ソールは盲腸の手術をしたばかりで入院中だった。

「彼は米国陸軍のアメリカ人秘書、マダム・シャーレをともなって病院にきてくれた。少しロシア語の話せる、感じのいい女性でね。叔父はりゅうとした身なりをしていたよ。それからみんなと抱き合って、わたしにこういったんだ。『君はアメリカに来なければいけないよ』」

彼らはヴォウコヴィスクで何が起きたのか、限りある情報を分けあった。「わたしの父エリアスは、一九四四年の夏にソ連軍がやってきたとき、ユダヤ人はほんの少ししか残っていなかったということを知った。たぶん多くても五十人から六十人程度」。同じことがジュウキエフ、ドゥブノ、そのほか中央ヨーロッパ各地の小村から大都市で繰りかえされ、その無数の場所を、トレブリンカに配置された無数の野面《のづら》石の記念碑が化体している。ソールはおだやかな口調でその話をしていたが、目が次第に曇ってきた。「そのあとは、ご存じの通り。あるユダヤ人が手紙で教えてくれた。祖父母は見知らぬ場所へ移送され、そして死んでしまった」

ソールに、ベラとヨーゼフの写真を持っているかと尋ねた。持っていない、と彼は答えた。ヴォウコヴィスク発、アウシュヴィッツ行きの最終列車は一九四三年一月に出たが、彼の祖父母を連れさったのは、それよりも早い時期の列車で、行き先はそう遠くなかった。「ベラとヨーゼフはトレブリンカへ運ばれた。近かったということで」

彼の言葉から、やるせない気分が伝わってくる。打ちのめされた、底なしの悲しみ。が、気分を持ち直してこんなことを訊く。「あの有名なジャーナリスト、『人生と運命』を書いたのはだれだっけ？」

ワシーリー・グロスマン。

「そうそう。トレブリンカについて書いたのも彼だったね。あれを読んでは祖父母に思いを馳せたものだよ」

ラファエル叔父は自分の父母がトレブリンカにいたとは知らなかったと思う、とソールはいう。

「それはずっとあとになってわかったことなんだ。彼がいなくなってからずっとあと」

ソールの話を、もうひとつ別の話に組み合わせると、ひとつの図が見えてきた。ジュウキエフでラウターパクト家と同じ通りに住んでいたわたしの祖母マルケ・フラッシュナーは、今度はトレブリンカで、レムキン家の人たちと同じ場所で死んでいったという偶然。

「当時のことで、ひとつだけいっておかなければならないことがあるんだ」と、ふいに声をはずませてソールがいった。「病院のドイツ人たちはとてもよくしてくれた。とても礼儀正しくて。ポーランドに比べたら、ユダヤ人にとってドイツは天国だった」。仮に敵意を抱いていたとしても、ソールはそれを表には出さない。

「もちろんラファエル叔父の意見は違ったろうが」と彼はつづける。「病院にはドイツ人が大勢いたけれど、叔父は彼らと目を合わせようとしなかった」。ソールはわたしを見つめた。「彼はドイツ人を嫌っていた。叔父にとってドイツ人は病毒だった。大嫌いだった」

151

ラウターパクトはケンブリッジで判決の日を待ち、判決が個人の保護と国際人権章典を成立させる後押しになることを期待していた。レムキンよりは弁が立たず、感情の波を見せることのないラウターパクトだが、情熱と思いやりの心ではひけを取らなかった。裁判は彼をはなはだしく動揺させたが、それを表に出すことは潔《いさぎよ》しとせず、トリニティ二年目準備のために九月中ずっと寝食を共にしていた息子に対してすら平然としていた。

エリは当時をふりかえり、ちょうどあのころ、父親のなかで何か変化があったのではなかろうかと考える。裁判と家族のニュースは彼の健康を害しただけでなく、仕事の方向性も変えたにちがいない。エリは、自分が父親の仕事をよく理解できるようになったのは——少なくともより強く意識するようになったのは——この時期だったと思う。

「わたしは大きな知的充足感を得たというだけでなく、ほかのこと、今はとてもむずかしい時期だということを身にしみて感じていたのです」。まもなくインカがケンブリッジに到着する。家族の喪失を強く感じさせるできごとだったが、同時に希望も抱かせた。

「感情的に、彼は裁判に深くのめりこんでいました」とエリは言葉を足す。裁判のことはあまり語らず「彼の両親についてわたしに話したことはありませんでした、一度たりとも」。わたしがずっと疑問に感じていたこの点について、彼自身はまったく顧みたことがなかったと認めたが、最近はよく考えをめぐらすようになったという。彼も以前は父親の態度にならい、当時の状況をありのまま仕方のなかったこととして受けいれることに慣れていた。困難や苦痛は、言葉で明確にはされず、別の形でにじみだす。

「ジェノサイド」という言葉について、父親がどう思っていたかを尋ねてみた。あまりに「非実践的」なので気に入らなかったんじゃないですか、とエリは答える。のみならず、危険だとすら考えていたのではないか。当時ラウターパクトが文通していた人のなかにエイゴン・シュヴェルブがいた。一九四六年五月にレムキンに会い、彼を励ましていたのと同じ男だ。シュヴェルブはラウターパクトの個人の権利についてのアプローチを強く支持し、彼の知性、業績を高く評価していたと思う、とエリはいう。シュヴェルブはある手紙のなかで、ニュルンベルク裁判で問われた「人道に対する罪」と

「基本的人権とそれを刑法によって守るという考え方」のあいだには「緊密な関係」があるというラウターパクトの信条に着目している。その手紙はまた、ラウターパクトが「いわゆるジェノサイドという犯罪についてあまり評価していない」ことと、彼がなぜそう思うかの理由が読み取れる。ラウターパクトは「ひとくくりの民衆全体を殺すことが犯罪であると強調しすぎると、一個人を殺しただけでもすでに犯罪であるという信念が希薄になるのではないか」と懸念していた。

シュヴェルブはまた、ラウターパクトが個人的な好き嫌いのレベルで、レムキンにあまり好感を抱いていないことを承知していた。もちろん二人のあいだに確執などはなかったし、ラウターパクトが「レムキンの行動力、理想主義、生一本な性分」を評価していたのはまちがいがない。おざなりな褒め言葉ではあるが。だが、元ケンブリッジ大学教授は元ポーランド国検察官を本物の学者、あるいは本格的な知的能力をそなえた人物とは見なしておらず、もうそこで切り捨てられた。ラウターパクトとシュヴェルブは、人道に対する罪とジェノサイドのかかわり合いは、前者を支持する形で「白黒をつける」のが「望ましい」と合意した。「白黒をつける」というのは、もはや語らず、という意味だ。最善の対処法は、この裁判でジェノサイドについていっさい触れぬことであろう。

152

一九四六年九月、ニクラス・フランクは七歳だった。判決の日までの数週間のあいだ、一家に垂れこめていた不安の気配を感じ取るには十分な年齢である。彼はその九月にニュルンベルクへ旅し、父親に会う。別れてから一年以上がたっていた。そのときの父親訪問は、何の感情もともなわぬ記憶としてしか残っていない。

もうそのころには、フランク一家は無一文同然で、食べ物と情報をできるだけかき集めている状態だった。フランクとはほぼ離縁同然だったブリギッテは、バイエルン地方のジャーナリストとコンタクトをたもっていて、この男がドイツのラジオ番組で毎晩、裁判の概要を放送してくれた。「毎晩七時になるとラジオに聞き入りました」とニクラスが回想する。そのジャーナリストはときどき彼らの家を訪ねてきて、子どもたちにとっては驚きのチョコレートを持参することもあった。自分のラジオ番組で使う断片情報を探していたのだ。ニクラスはこまかいエピソードを覚えている。このジャーナリストがユダヤ人だったということ。「それで、母は牢屋にいる父にこんなことを書いたのです。『あのガストン・ウルマン氏は良い人ですよ。牢屋で面会されてはいかが』」

とんでもない思いつきでしょう、とニクラスは含み笑いをした。

「母の手紙はこうつづきます。『彼はユダヤ人ですが、心はあるようです』」といってニクラスはひと呼吸置く。「そんなふうに書いたんですよ、彼女は」とニクラスは驚いてみせる。「考えられますか？『心はあるようです』だなんて？　もうニュルンベルク裁判が終わるころですからね、ドイツ人が犯した犯罪の全貌を母は知ったうえで、それなのにまだ彼女は、平気でそんな文章を書けたんです」

彼は首を横に振った。

「信じられません」とつぶやいて、彼は考えこむ。

「わたしの父が裁判にかけられたのは正しいことでした」。彼は以前からその意見を変えていない。そういえば彼の父親は、四月に証言台に立ったとき、ある種、罪の意識を表明した。

「あれは良かった。しかし本物だったのでしょうか？」ニクラスの疑いは八月のフランクの方向転換で確信に変わった。「彼の本当の正体が、あの二度目の陳述で浮かびあがったのです」とニクラスはにべもなくいう。父親は弱い男だったのだ、と。

九月になってから一家全員がニュルンベルクへ出かけた。ニクラスは一枚の写真を見せてくれた。大きな黒い帽子をかぶって黒いコートに黒いスカート姿の母親は、微笑みを浮かべ、細い脚で小走りに、フランクと彼の姉をせかしている。

「九月二四日だったと思います。母といっしょでした。わたしも入れて子どもはみんなで五人。裁判所の大きな部屋に入ったのですが、奥ゆきは二十メートルくらいあったでしょうか。右手に窓が並んでいて、その反対側にゲーリングが、家族といっしょにいるのが見えました。わたしは母の膝のうえにすわって、小さな穴の開いたガラス越しに、みんなで父と言葉をかわしたのです」

父親はどんな具合だったろう？

「微笑んで、陽気であろうと努めていました。父が嘘をついたのも覚えています」

どういう意味？

「彼はこういいました。『二、三か月もすればシュリアーゼーの家でクリスマスを祝えるな、またみんなで

ブリギッテ・フランクとニクラス（左端）。
1946年9月、ニュルンベルク

幸せになれるんだ』。どうして嘘をつくんだろう、と思いました。学校で友だちからいわれたりして、わたしにはわかっていたんです、何が起きるのか。七歳の子にけっして嘘をついてはいけない。いつまでも覚えているんだから」

それは判決が出る一週間前のことだった。ニクラスの記憶が正しければ、彼は父と話をしなかった。ひとことも。

「さよならもいいませんでした。そこにいたのはせいぜい六分か七分くらいでした。涙も流さなかった。わたしは悲しくてならなかった。父に嘘をつかれたことが悲しかった。彼がどうなるのか、本当のことを教えてくれなかったのが悲しかった。わたしたちがこれからどうなってしまうのか、それを考えると悲しかった」

153

判決は予定より多少遅れ、フランク家の面会から一週間後、秋の陽射しがきらめく二日間、九月三〇日と一〇月一日にわたって言い渡された。町は緊張に包まれ、裁判所周辺では普段よりも警備隊と戦車の数が目立った。法廷は満員となり、立ち入りはきびしく制限された。

裁判所の背後にある古いレンガ作りの建物の独房から出たフランクは、わずかな距離を移動するだけだ。白いヘルメットの憲兵に付き添われて屋根付きの通路を進み、エレベーターで上階へ移動し、引き戸から法廷へ入り、被告人席前列中央にすわる。いつものサングラスをかけ、手袋をはめた左手は目につかぬように隠す。

ラウターパクトはイギリスから飛び、判決公判日の二日前に到着していた。彼は、英国戦争犯罪委員会の長であるライト卿をふくむ英国要人の一団と共に飛来した。一年前、レムキン攻撃を先導した弁護士カーキ・ロバーツもその一員だった。全員グランド・ホテルに投宿し、公判日当日は午前九時一五分にホテルの受付に迎え人が現われ、裁判所へ車で送り届けられることになっていた。

九月三〇日、レムキンはパリに滞在中で、平和会議に出席していた。彼は条約の最終原稿にジェノサイドにかんする二言三言を挿入させるべく、各国代表者を説得しようと意気ごんでいた。だが、彼の健康は改善しておらず、ふたたび米国陸軍病院の世話になっていた。彼が裁判の判決を聞いたのは、ベッドの枕元のラジオを通してだった。

レオンもパリにいて、追放先からの帰還者や難民の世話をしていた。リュテシア・ホテルにいた人たちの多くも、裁判の判決には並々ならぬ関心を抱いていた。

判決の言い渡しは二部に分かれていた。初日の九月三〇日月曜日は、全般的な事実確認と規範定立に費やされ、被告人が有罪か無罪かは二日目に論じられることになった。裁判官は諸事実をカテゴリー別に細分化した。作為的な印象は否めぬが権威を感じさせる、法律家にとっては落ちつきのいい整理の仕方だ。一筋縄ではゆかぬ歴史の複雑さや人間と人間の絡み合い、それをナチスの権力掌握、ヨーロッパ全域を席巻した侵略行為、戦争の遂行を簡潔に記述する説話へと要約してゆく。法廷のマイクを通し、四百五十三件の公開審問のなかで十二年間にわたる大混乱、恐怖、殺戮が赤裸々に語られた。九十四人の証人が登場し、そのうち三十三人は検察官側から、六十一人が被告人側から発言した。

各組織について、裁判官は手ぎわよく裁いた。ナチスの指導者層、ゲシュタポ、公安局、親衛隊は、武装親衛隊とその指揮下にあった五十万の人員と共にすべて有責と認められた。この裁定によって膨大な数の犯罪者が生まれることになった。ナチス突撃隊、帝国閣僚、ドイツ国防軍の参謀本部と最高司令部は司法的妥協の結果、追求をまぬがれた。

裁判官が次にとりかかったのが、共謀、侵略、戦争犯罪である。人道に対する罪は判決の中心部を占め、史上初めて国際法の確立した一部として認知されることになる。法廷は静まりかえり裁判官の説明に聞き入った。殺人、虐待、略奪、奴隷労働、迫害、それらすべてが国際的な犯罪のレベルに引きあげられた。

運命がどちらに転ぶのか、全身を耳にしてヒントを得ようとしていたフランクたち被告人にしてみれば、生殺しにされているような気分だったにちがいない。三組織が放免されたことで検察側は苛立ったが、被告人たちは一抹の希望を見た。気まぐれな振り子のようだ。フランクの運命はどちらに振れるのか？ 絞首台を避けるためにわたしは十分に力を尽くしただろうか？ 当初集団的責任を認めたことは効果があったのか、それとも後半それを撤回したことで無に帰したのか？ フランクの不安は、ソ連の裁判官ニキチェンコが再度フランクの日記からナチスの歴史の最終章と人道に対する罪について触れた部分を引用しつつ語るのを聞くにつれ、いやがうえにも高まったはずだ。例の「千年」発言、これでもかこれでもかと。

法廷は、「抽象的な団体ではなく個人によってなされた」国際犯罪にかんする、ラウターパクトが書きショークロスが読みあげた文章の要諦を認める。かかる犯罪を犯した個人を罰することによってのみ国際法の規定が実施されることになる、と裁判官は述べた。個人には「国家によって強制される服従という国民義務をしのぐ」国際的義務がある。

これとは対照的に初日、ジェノサイドへの言及はいっさいなかった。英国、フランス、ソ連の検察官たちの支持、そしてジャクソンのプレスリリースという後押しがあったにもかかわらず。初日に発言した八人の裁判官のだれひとりとしてレムキンの用語を使わず、集団を保護するツールとして法の機能を語る者もいなかった。レムキンは孤立無援の心境だったろう。遠くパリの病院のベッドに横たわり、二日目に期待するしかないと希望をつないでいた。

ジェノサイドが割愛された点について、裁判官ニキチェンコの素っ気ない言葉以外、しっかりした説明はない。ソ連人裁判官は、人道に対する罪を構成する行為は、一九三九年九月の開戦時以降になされた行為のみであるとした。戦争状態になければ人道に対する罪は存在しない。この趣旨に沿って、法廷は一九三九年九月より前のできごとは、それがどれほど非道な行為であっても、すべて判決の対象外としたのである。平時戦時を問わずあらゆる残虐行為を非合法化しようというレムキンの努力は、憲章第6条（c）にあとからくわえられたコンマによってしりぞけられてしまった。再考後の手直し、とレムキンが案じた部分である。一九三九年一月にレオンがウィーンから追放されたこと、それ以外にも彼の家族に対し、あるいはその他何十万という人々に対してふるわれた行為も、一九三九年九月より前のことは犯罪として扱われなかった。

もちろん裁判官たちも、この解釈がもたらす難題は承知していた。裁判官ニキチェンコは、戦前のドイツで政敵が殺されていたことを法廷の人々にあらためて説明した。多くの個人が強制収容所に閉じこめられて恐怖を味わい残虐な仕打ちに合い、殺されてしまった者も少なくない。恐怖政治が大規模に遂行され、一九三九年の開戦以前でもドイツでの市民に対する組織的かつ計画的な迫害、弾圧、虐殺は徹底していた。ユダヤ人に対するさまざまな措置がすでに戦前から策定されていたのは「まったく議論の余地がない」。にもかかわらず、このような「忌まわしく恐ろしい」行為が、憲章の文中に〔セミコロンに替えて〕挿入されたコンマのせいで、裁判管轄権外にされてしまった。手を尽くそうにも我々は無力である、と裁判官たちは認めるのだった。

かくして判決公判の初日は、レムキンにとって決定的な打撃となった。法廷の一角にいたラウターパクトは、それとは逆に、動じずにいた。一九三九年九月以前のできごとをさえぎる何も通さぬカーテンは、ニュルンベルク憲章にて合意されたルールの結果であり、法の論理であった。実践的なラウターパクトは、ショークロスのために準備した七月の原稿でこの点を擁護していた。情熱的なレムキンは、その翌月ケンブリッジでこの点を批判していた。

初日終了後、出席者はそれぞれの事務所、自宅、独房、ホテルへ帰ってその日言いわたされたことを分析し、翌日どのような展開になるか予測した。レベッカ・ウェストは裁判所を出たあと、ニュルンベルクからそう遠くない小村を訪れる。そこで出会ったドイツ人女性は、彼女が英国人の作家であり裁判を傍聴中だと知ると、ナチスに対する不平を延々と並べ立てた。ナチスは彼女の村の近くに外国人労働者を連れてきたと文句をいう。「二千人もの汚らしい人食い人種よ。人間のくずよ。ロシア人、バルカン人、バルト人、スラヴ人」。その女性は裁判に興味を抱いていて、反対はしない。だけど検察官の親玉がユダヤ人だというのは気に入らないね。どういう意味かと尋ねると、デイヴィッド・マクスウェル・ファイフのことを非難していることがわかった。レベッカが勘違いを指摘すると、その女性はぶっきらぼうにいった。「デイヴィッドだなんて名前つけるの、ユダヤ人だけじゃないの?」

154

判決公判の二日目、裁判官ローレンス卿が九時半きっかりに入廷する。二十一人の被告人一人ひとりに対し判決文が読みあげられる日である。彼は、英国戦争犯罪委員会のレターヘッドが入った便箋に書きとめたメモを手にしていた。各被告人に対する判決と刑罰を記したカンニングペーパーである。マージョリー・ローレンス〔ローレンスの妻〕はその後、この紙片をファミリーアルバムに貼る。裁判官は、被告人それぞれに有罪・無罪を宣言する理由の説明から始めることになる。裁判官ローレンス卿は重々しい口調で始めた。

フランクは前列の中央にすわり、その目はサングラスに隠されてうかがうことができない。ラウターパクトは英国検察チームのテーブルに席を占めた。彼の両親、兄妹、伯父や伯母の殺害に最も直接的に責任のある被告人が、手の届くところにいた。パリのレムキンはラジオに耳を寄せて待ちかまえていた。

ローレンスはゲーリングから始めた。レベッカ・ウェストは、しばしば彼女に「売春宿の女将《おかみ》を連想させた」ゲーリングが引き戸から入廷し「びっくりしたような表情」でいるのを、傍聴席から見つめていた。四つの訴因すべてにおいて有罪。

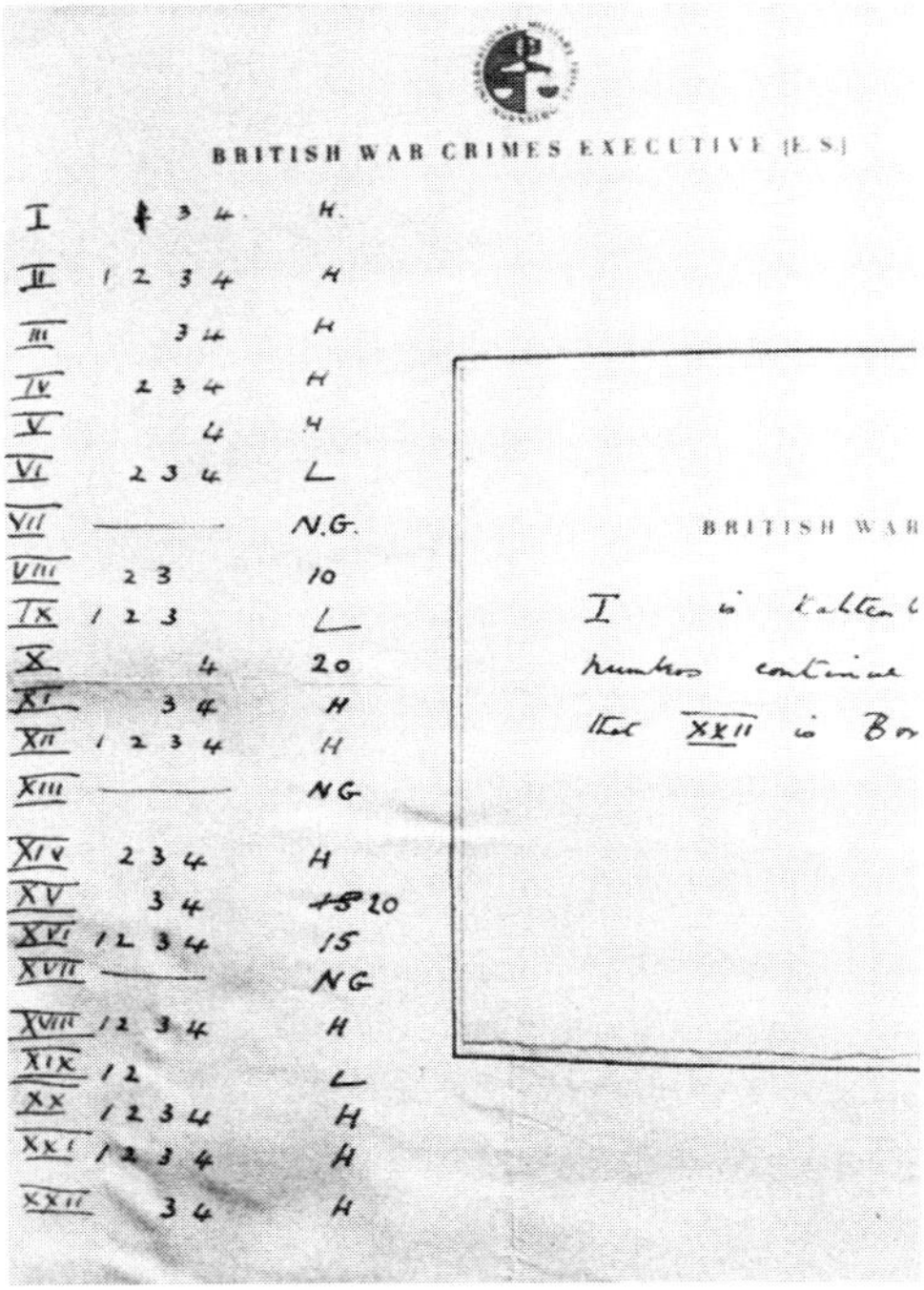

サー・ジェフリー・ローレンスのカンニングペーパー。1946年10月1日

サー・ジェフリー・ローレ

ンスはつづく五人の被告人に判決を申し渡す。全員有罪。裁判官ニキチェンコがローゼンベルクに宣告を言い渡す。彼は自分の人種政策の本当の目的がどこにあったかを説明したが、評価すべき価値なし。有罪。

フランクが裁かれる番がきた。彼は身動きせず、床を見つめていた。レベッカ・ウェストとのふしだらな恋愛沙汰に巻きこまれていた裁判官ビドルが、準備してきた書類を読みあげる。すでに三週間前に判決内容は決まっていたが、フランクは知るよしもない。ビドルは、法律家フランクが一九二七年にナチス党に入党した日からドイツ法アカデミーの会長をへてポーランド総督に任命されるまでの役割を手短かに述べた。証拠不存在のため、フランクは訴因一をまぬがれた。すなわち侵略戦争の謀議への加担は立証されず。とりあえずの安堵。

ビドルは訴因三（戦争犯罪）と訴因四（人道に対する罪）にとりかかる。両方とも戦争開始後のポーランドでのできごとにかかわることで、本裁判の管轄権内の話だ。フランクは、国家体制としてのポーランドの破壊に加担していた。ドイツの戦争遂行を支えるため、敵対勢力を極端に過酷な方法でつぶして、同国の資源を搾取した。彼は恐怖政治を敷いた。自分の領土に「悪名高きトレブリンカとマイダネク」をふくむ強制収容所を開設した。知識階級の「指導的代表者」をふくむ何千人というポーランド人を粛清した。奴隷労働者をドイツへ送りこんだ。ユダヤ人をゲットーへ強制収容し、差別し、飢餓におとしいれ、皆殺しにした。

裁判官は、フランクが自己の統治領域内でおこなわれた残虐行為について「激しい罪悪感」を表明したことを知ってはいた。しかし彼の弁護とは詰まるところ、そのような行為は彼の管轄外でおこなわれた、ないしは彼は知らなかった、よって彼に責任はないと証明する努力だった。

「ポーランド総督領で実行された犯罪のいくつかをフランクが知らなかった、ということは事実かもしれない」とビドルは結論へ向かう。「さらに彼の意向に反して実行されたこともあろう」。そうかもしれない、すべての犯罪的政策が彼から生まれたというわけではないだろうから。しかしながら彼はポーランドでの恐怖政治、経済的搾取という、膨大な数の住民を餓死に追いやった行為に「自発的に、その内容を知悉したうえで」参加していたのである。百万人以上のポーランド人のドイツへの強制移送にもかかわっていた。少なくとも三百万人のユダヤ人虐殺を引きおこしたプログラムに、彼は関与していた。

以上の理由により、彼は戦争犯罪および人道に対する罪について有罪である。

ビドルは「ジェノサイド」という言葉を使わなかった。

フランクは残りの被告に判決がくだされるあいだも、身動きせずに注意深く聞いていた。出廷していた二十一名の被告人のうち無罪とされたのは三名だけだった。ライヒスバンクの元総裁、ヒャルマル・シャハトは、戦争の侵略計画をあらかじめ知っていたとは立証されず無罪放免となった。ヒトラーの副首相として十八か月務めたフランツ・フォン・パーペンが放免されたのも、同じ理由だった。ゲッベルスの宣伝局で泳いでいた雑魚《ざこ》でありボスの不在後は三流代役を務めていたハンス・フリッチェは、ドイツ国民を残虐行為に走らせようと計画した旨の証拠不存在で無罪になった。ほかの何人かは人道に対する罪で有罪とされたが、ジェノサイドの罪を問われた者はいなかった。その言葉はだれの口にものぼらなかった。

法廷は昼食のために休廷となる。刑罰がくだされるのは休憩後だ。フランクは、無罪となった三人を祝うための輪にくわわっていた。

155

昼食後、全員の視線が被告人席の背後に見える小さな木製の扉に向けられ、刑の宣告を受けるために、被告人が一人ずつ入廷するのを待った。「開いては閉じ、開いては閉じ」と、新聞記者R・W・クーパーがふたたびタイムズ誌の読者に向けて書く。

法廷は午後二時五〇分に再開された。一年にわたる審理を通じて初めて、有罪を宣告され刑罰の詳細を待つだけとなった十八人の被告人がグループとして入廷するのではなく、個人としてあつかわれた。第六〇〇号法廷の外側、階下のエレベーター入り口で、各自が自分の順番を待った。一人ずつ順番に宣告を聞くために入廷し、退廷する。

その午後、第六〇〇号法廷に居合わせなかった者は、裁判を通じて最も劇的な瞬間を目撃することは永久にできない。被告人に対する刑の宣告のシーンは、彼らの尊厳を守るために、撮影されなかったのだ。フランクは七番目に呼ばれた。その前の六名のうち五人が死刑を宣告された。ゲーリング、リッベントロップ、カイテル、カルテンブルンナー、ローゼンベルク。ルドルフ・ヘスは絞首台をまぬがれて終身刑となった。

彼の順番がきて、フランクは七番目にエレベーターで階上へ運ばれ、あの引き戸から入廷する。入廷するやいなや、彼はすっかり方向感覚を失い、裁判官たちに背を向けて立った。警備員が彼の身体を回転させ、裁判官のほうに顔を向けさせなければならなかった。レベッカ・ウェストはその瞬間を見ていた。抗議の姿勢なのか？　いや違う。彼女はそれを、フランクがどれほど動顚していたかを示す「奇妙な証拠」だと解釈した。裁判官たちに対面したフランクは、何人かが証言するように、胸を張って宣告を静聴した。裁判官ローレンス卿は言葉少なに刑の宣告をする。

「起訴状の訴因について有罪判決を受けた被告に対し当法廷は絞首刑を宣告する」。フランクはヘッドホンから「Tod durch den Strang（ロープによる死）」という声を聞いた。

フランクは、アンリ・ドヌデュー・ド・ヴァーブルとの面識が最後の命綱になりかけていたこと、このフランス人が彼を助けようとしていたことを最後まで知らなかった。裁判官ドヌデューは最後の最後まで、死刑ではなく終身刑を主張していたが孤立無援で、残る七人全員の反対には勝てなかった。裁判官ビドルは、このフランス人の同僚が、今や国際犯罪人という札付きのドイツ人法律家に対し「ふしぎなくらい甘い」ことに驚いていた。おそらくこのアメリカ人裁判官は、イヴ・ベグベデール〔ドヌデューの甥〕と同じように、フランクが一九三五年、ドヌデューをベルリンに招待していたことを知らなかったのだ。

宣告を聞いたあと、フランクは独房にもどる。ギルバート博士が、ほかの被告人に対してそうしたように、彼を出迎えた。フランクはおだやかに微笑んだが、心理学者の目を直視できなかった。あれほどの自信が、今や消え失せていた。

「絞首刑でした」

フランクはおだやかな声でいう。そういいながら彼はうなずいた。了承の印のように。「当然です、予想通りです」。それ以上は何もいわず、ギルバート博士に対してだけでなく、その後家族のだれに対しても、自分の一連の行動について説明することはなかった。

156

ラウターパクトにとって判決は安堵をもたらした。彼が主張してきた人道に対する罪は、裁判所の支持を受け、今や国際法の一部となったのだ。個人の保護、そして極悪な犯罪に個人が刑事責任を負うべしという考え方が、新しい法秩序の一部になってゆくだろう。これだけの規模の犯罪の場合、個人が国家主権を盾に逃げ切ることは、少なくとも理論上は、不可能になったのである。

判決のあと日を置かずして、彼はショークロスから手紙を受け取った。「国際関係の将来のありかたに本質的な影響をおよぼすであろう事柄に、指導的役割を果たしたといういくばくかの満足感を今後とも感じていただければと思います」。満足感を感じていたとしてもラウターパクトは、公の場であれ家人の前であれ、それを表に出すことはなかった。息子にも、インカにも。

レムキンの反応は違った。ジェノサイドについて皆が口をつぐんでいたことに打ちのめされ、以前彼を悩ませた「ニュルンベルクの悪夢」がさらにすごみをまして襲ってきた。判決のなかでは、ジェノサイドについて議論されたかどうかすらうかがえない、三か国の検察チームによって支持された経緯があったことすら触れられていない（国際裁判の現場におけるわたし個人の経験からすると、判決要旨には、しりぞけられた議論であっても言及され、なんらかの慰謝を得ることがあり、またその議論が別の訴訟案件において活路を見いだすこともある）。レムキンが同じように愕然としたのは、戦前の犯罪がすべて無視されたことだった。

その後レムキンは、アメリカ検察団で補佐役だったヘンリー・キングに会っている。レムキンのことをぼろのような服を着た「髭もそらず」「むさくるしい」といった男だ。レムキンは彼に、あの判決の日は彼の人生で「最悪の暗黒日」だったと打ち明けている。そのひと月前にベラとヨーゼフの非業の死を知ったが、それよりもひどかったと。

レオンは判決結果をパリで聞いた。その翌朝、近所に住む少女リュセットがわたしの母、当時八歳だったレオンの娘をあずかって小学校まで連れていってくれた。そのときリュセットは、レオンがいつものように祈りを捧げているのを見た。それは彼が毎朝おこなっていた儀式で、わたしの母には、きずなをたしかなものにするためだと説明していたらしい。「消えてしまったグループに属している」ことの確認であると。

レオンがあの裁判や判決についてどう思っているか、犯罪行為がなされてしまったあとで、あのような司法手続きが、だれがどう責任を取るかの代替物として価値があると思うかどうか、わたしに話したことは一度もなかった。ただ、わたしが法曹の道を選んだことを、彼は大いに喜んでくれた。

157

十二人の被告人は死刑宣告を受けた。上訴する権利などはない。フランク、ローゼンベルク、ザイス＝インクヴァルトをふくむその十二人は、絞首刑執行までそう長く待つ必要はなかった。ローマ法王がフランクの恩赦を願いでたが拒否される。裁判官ローレンス卿にとって、死刑宣告は倫理的苦悩をともなわなかった。彼の娘ロビーがわたしに教えてくれたことだが、彼女の父はすでに何人もの犯罪者をイングランドで絞首台送りにした経験があるという。

「極悪犯に対する公正な刑罰であると、彼は考えていました」と彼女が説明した。「英国の死刑制度が廃止になったとき、彼は喜んでいましたが、あの被告人たちに死刑がふさわしいことはまったく疑っていなかったと思います」

判決日のあと、処刑日到来の前に、トルーマン大統領からローレンスのところへ手紙が届いた。そのなかで大統領は、「国際法と国際正義を強固なものにする」ために裁判官が捧げてくれた「誠意ある奉仕」に対し感謝を表明している。

二週間後、一〇月一六日の朝、デイリーエクスプレス紙に大見出しが躍った。「午前一時、ゲーリングが最初の処刑」という見出しのあと、ほか十人の被告人について報じられた。この記事は悪名高き誤報だった。ゲーリングは首に縄がかかるのを逃れ、処刑予定の時間前に自殺していたのである。最初に吊るされたのはリッベントロップだった。フランクの順番はひとつ繰りあがって五番目になる。処刑場は裁判所の体育館に設置され、彼に付き添ったのは米国陸軍従軍神父、シクストゥス・オコナーである。非常に緊張したまま、フランクは中庭を通って体育館へ入り、両眼を閉じた頭部に黒頭巾がかぶせられるとき、何度もつばを飲みこんだ。彼は二言三言、最後の言葉をつぶやいた。

その日遅く、絞首刑のニュースが出回りはじめたとき、タイムズ特派員、R・W・クーパーはパリにいた。「大団円をパリの小さなレストランで迎えた」と、彼は回想録に書いている。ミュージシャンたちが『Insensiblement《アンサンシブルマン》（少しずつ）』という楽曲をかなでていた。のちに、ジャンゴ・ラインハルトがよく弾くようになる曲だ。夕刊の裏に、フランクをふくむ被告人たちの処刑後の写真が掲載され、レストランにいた者が皆、見入っていた。

「Ça, c'est beau à voir.《サ、セ・ボー・ア・ヴォワール》（いいながめじゃないか）」と店主がつぶやく。「Ça, c'est beau.《サ、セ・ボー》」。そういって、店主はのんびりとページをめくった。

数百キロのかなた、バイエルン地方、ノイハウス・アム・シュリアーゼーにある小村の近くの幼稚園に、ハンス・フランクの幼いほうの子どもたちがいた。処刑があった日の午後、ブリギッテ・フランクは、子どもたちを迎えにきた。

「母は春物の花柄の服で、お父さんは天国にいったわ、と告げにきたんです」とニクラスは回想する。「姉と兄は泣きだしたが、わたしだけは黙っていた。そうなることはわかっていたから。あの瞬間だったんだろうね、苦悩の始まりは。家族に対するわたしの態度が冷たくなっていったのは」

何年もたってから、ニクラスはシクストゥス・オコナーと対面する。フランクを体育館まで連れていった従軍神父だ。あなたのお父さんは微笑みを浮かべて絞首台へ向かいました、とかつての従軍神父は彼にいった。「ニュルンベルクの独房に入っていたときも、あなたのお父さんはお母さんを怖がっていましたね」

ニクラスはその日のことを忘れず、思案に沈むことも多い。わたしたちはいっしょにニュルンベルク裁判所翼棟の空っぽの拘置所を訪れ、彼の父親が勾留されていたのと同じような独房内で腰をおろした。「おかしいのは、」とニクラスが話す。「父を絞首台へ連れていこうとして独房のドアをあけたら、わたしの父がひざまずいていたというやつだね」。ニクラスは自分でひざまずいてみせた。「神父にこういったそうですよ。『神父さま、わたしが小さいとき、毎朝学校へいく前に、母は十字を切ってくれました』といって、ニクラスは自分のひたいに十字を切った。「ここで今、そうしてください」と、フランクは神父に頼んだ。

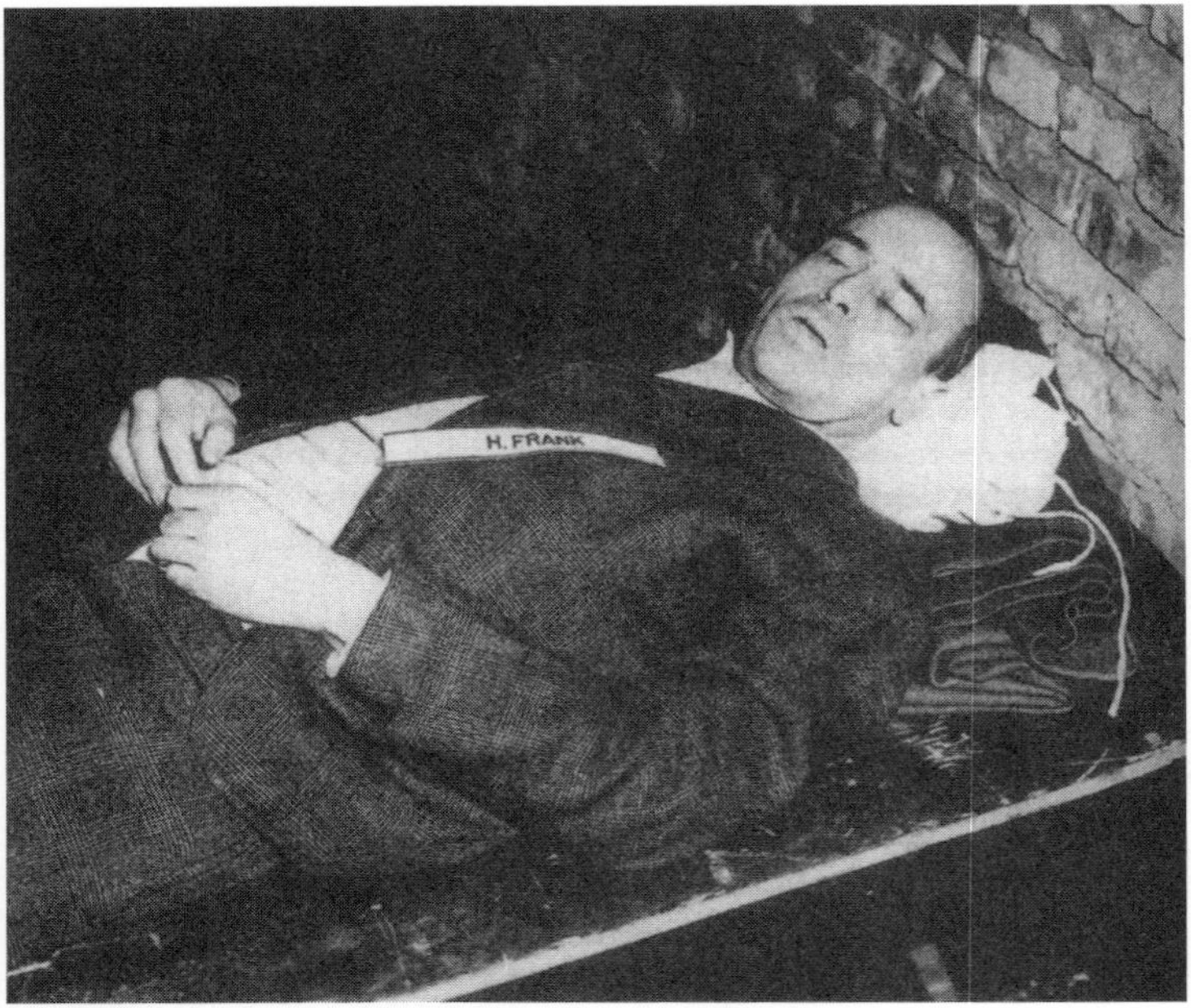

絞首刑後のハンス・フランク。1946年10月16日

それが芝居だったのかどうか、ニクラスにはわからない。そういう瞬間だったのかもしれない。「たぶん、もうすぐ絞首台というとき、死が目の前にせまって……一〇月一六日の夜を迎えることはないと承知している、そんなときだから、本当に正直な行動に出たのかもしれない、唯一最後に見せたありのままの自分」

ニクラスはしばらく考えこんでいた。「もう一度、罪のない子どもにもどりたかったんでしょう。母親が十字を切ってくれた、あのころの自分に」といって口をつぐみ、そしてまた話しはじめる。「初めてですよ、こんなふうなことが頭に浮かんだのは。少年にもどりたかったんだな、あんな恐ろしい犯罪とは無関係の小さな子どもに」

しかしながらニクラスは、法廷で部分的に罪を認めたときの父親に真の誠意がなかったことには疑義を抱かず、絞首刑も当然だと考えていた。「個人的には死刑には反対です」と坦々という。「父のケースを除いて」。会話をしているうちに、彼は父親が自分の弁護士、サイドル博士に宛てて書いた手紙のことを思いだした。処刑前夜に書かれたものだという。「彼はこう書いたんです。『わたしは犯罪者ではありません』」。ニクラスは疎ましげにいった。「要するに、彼は法廷で告白したすべてを撤回したわけです」

最後の対面、従軍神父との会話、母親の無言の忍耐力、などを話したあと、ニクラスは上着の胸ポケットに手を入れて、革の財布を取りだした。「彼は犯罪者でした」と静かな声でいいつつ、小さな白黒写真を財布から抜きだす。すり切れ、色あせた写真。それをわたしに手渡した。父親の死体写真、簡易ベッドに横たわり、命の失せた、処刑後数分内に撮影されたもの。胸のうえに名前札が乗っている。

「毎日、これをながめるんだ」とニクラスがいう。「彼が死んだことを、忘れないために、確認するために」

エピローグ
森へ

ニュルンベルク裁判はさまざまな影響をもたらした。

裁判終了から数週間後、ニューヨーク州北部で国際連合総会が開催され、一九四六年一二月一一日の議題には、新世界秩序を作るための決議草案が山ほど盛りこまれた。このうち二つの決議が、ニュルンベルク裁判に関連している。

国際人権章典へいたる道筋の準備を期し、国連総会でニュルンベルク憲章によって認められた国際法の諸原則——人道に対する罪をふくむ——が国際法の一部をなすことが確認されたのである。国連総会決議95により、国連総会はラウターパクトの考え方を支持し、新世界秩序のなかで個人の位置づけを明確にすることを決定した。

次いで国連総会は総会決議96を採択する。これはニュルンベルクの裁判官たちの決定内容を超え、さらに踏みこむものとなった。ジェノサイドが「全人間集団の存在の権利」を否定するものであることを特筆したうえで、国連総会は「ジェノサイドが国際法上の犯罪」であると確認したのである。二の足を踏んでいた裁判官たちと違って、各国政府はレムキンの著作が訴えた犯罪を法的に正当化したことになる。

この決議のおかげで、レムキンは彼の人生中「最悪の暗黒日」からやっと立ち直ることができた。再度エネルギーをみなぎらせた彼は、ジェノサイドにかんする条約案を準備し、世界各国の政府に対し彼の条約案を支持するよう働きかけようとする。それは二年間にわたる艱難辛苦の道のりであった。一九四八年一二月九日の国連総会で「集団殺害罪《ジェノサイド》の防止及び処罰に関する条約」が採択される。現代に入って最初の人権関連条約である。その発効までには二年以上の時間があり、レムキンは人生の最後の十年間を、各国に対する条約への参加をうながす交渉に費やすことができた。一九五九年に彼がニューヨークで心臓発作で死ぬまでに、フランスとソ連が批准している。英国は一九七〇年に加入し、合衆国はレーガン大統領の西ドイツ、ビットブルク墓地訪問後の論争をへたあと、一九八八年に批准した。レムキンは子どもを残さずに死ぬ。葬儀にはほんの数人しか参列しなかったと報道されていたが、ナンシー・アカリーの記憶は違う。「結構な数の人がいましたよ。五人とか六人とかいう人がいますが、あれは悲劇的効果ねらいよ」と彼女がわたしにいった。そのなかには「ベールを覆った女性も何人かいました」。彼はニューヨーク市のフラッシングに埋葬された。

ハーシュ・ラウターパクトは判決の日の翌日、学術活動と家族とインカに専念するためにケンブリッジへ帰った。彼の著作『An International Bill of the Rights of Man（国際人権章典）』は『The Universal Declaration of Human Rights（世界人権宣言）』に影響を与え、後者は一九四八年一二月一〇日の国連総会で採択される。それはジェノサイド条約〔集団殺害罪の防止及び処罰に関する条約〕が採択された翌日のことだった。人権宣言には法的拘束力がないことに失望したラウターパクトは、もっと強制力のある仕組みへと発展してゆく入り口になればいいと期待した。その願いは一九五〇年に調印された『European Convention on Human Rights（欧州人権条約）』にて実現される。ニュルンベルクで検察官を務めたデイヴィッド・マクスウェル・ファイフが、個人が直接提訴することのできる最初の国際人権裁判所

〔具体的には欧州人権裁判所のこと〕の設立につながる同条約の作成で中心的役割を果たした。このほかにも、地域的あるいは世界的規模での人権関連文書が相次いだが、レムキンのジェノサイド条約に匹敵するような人道に対する罪にかんする条約は締結されなかった。一九五五年、ラウターパクトは、彼を生え抜きの英国人とは見なせないという若干の反対意見にも拘わらず、ハーグの国際司法裁判所の英国代表判事に選出される。彼は任期途中の一九六〇年に斃れ、ケンブリッジに埋葬された。

ラウターパクトとレムキンは、レンベルクとルヴフで青春を過ごした二人の若者だった。彼らの思想は世界的な反響をもたらし、二人が残した業績は地球の津々浦々へ届いた。ジェノサイドおよび人道に対する罪の概念は、個人と集団の関係を問う議論のなかで、密接な関係をたもちつつ発展してきた。

国際刑事裁判所というアイデアが具現化するまでには、五十回の夏を経なければならなかった。異なる方向を志向する各国間で綱引きがなされ、国際犯罪の処罰についてのコンセンサスがなかなか得られなかったためだ。局面が変化したのはようやく一九九八年七月、旧ユーゴスラヴィアとルワンダでの残虐行為が引き金になってからだった。その夏ローマにおける会議で、一五〇以上の国が国際刑事裁判所の設立にかんする規程を採択する。そのときの交渉で補助的な役割を任されたわたしは、嬉々として仕事を引き受け、同規程に生気を吹きこむにはどうしたらいいだろうかと、同僚といっしょにその前文、すなわち規程趣旨の紹介部分の文章を練っていた。裏方作業をしていたわたしたちは、前文に「国際的な犯罪について責任を有する者に対して刑事裁判権を行使することがすべての国家の責務である」という簡単な一文を挿入することにした。一見当たりさわりのないこの文章は、そのまま交渉過程でも削られることなく生きのび、国際法のもとで国家がそうした義務を認めた最初のケースとなった。一九三五年のベルリンでアンリ・ドヌデュー・ド・ヴァーブルとハンス・フランクが国際裁判所という発想について討論してから三世代経過後、ついに、ジェノサイドと人道に対する罪を裁く権限をそなえた、新しい国際裁判所が創設されたのである。

ＩＣＣ〔International Criminal Court（国際刑事裁判所）〕にかんする規程が合意を見てから二か月後の一九九八年九月、ジャン＝ポール・アカイェスが国際裁判所においてジェノサイドの罪で有罪判決を受けた最初の人物となる。この裁判はルワンダ国際刑事裁判所〔タンザニアに設置〕でおこなわれた。

それから数週間後の一九九八年一一月、ロンドンの貴族院が、元チリ大統領アウグスト・ピノチェト上院議員は、彼が責任を問われている拷問が人道に対する罪であるがゆえに、英国法廷の裁判権からの免除を主張できないとした。国内法廷がこのような判断をくだした、最初の例である。

一九九九年五月、セルビアの大統領スロボダン・ミロシェヴィッチは、コソボにおける犯罪容疑を理由に、人道に対する罪で起訴された最初の現役国家元首になった。二〇〇一年一一月、彼が大統領職から離れたあと、彼の起訴状には、ボスニアとスレブレニツァでおこなわれた残虐行為に関連するジェノサイドの罪もくわえられた。

さらに六年が経過する。二〇〇七年三月、アメリカの地方裁判所の判事が、ジョン・カリモンから米国籍を剥奪した。なぜか？　一九四二年八月、彼がウクライナ補助警察のメンバーだったとき、ユダヤ人の大量検挙に参加していたからだ。彼は、人道に対する罪を構成する一般市民の迫害を手伝っていた。

二〇〇七年九月にはハーグの国際司法裁判所が、セルビアは、スレブレニツァでの集団殺害を阻止せず、ボスニア・ヘルツェゴビナに対する保護義務に違反したと認定した。この件は、国家がジェノサイド条約違反を理由に国際裁判所に糾弾された最初の事例である。

二〇一〇年七月、スーダンのオマル・アル＝バシール大統領が、国際刑事裁判所でジェノサイドで起訴された最初の現役国家元首になった。

その二年後、二〇一二年五月には、チャールズ・テイラー〔リベリアの元大統領〕が人道に対する罪で有罪とされる初めての国家元首となった。五十年の拘禁刑が科された。

二〇一五年、国連国際法委員会が、人道に対する罪という問題について積極的な作業を始め、ジェノサイド条約に類するものを作成する道を切りひらこうとしはじめた。

訴訟は次々と持ちあがり、犯罪もやむことがない。目下わたしは、セルビア、クロアチア、リビア、合衆国、ルワンダ、アルゼンチン、チリ、イスラエルとパレスチナ、英国、サウジアラビアとイエメン、イラン、イラクとシリアなどに関連するジェノサイドないしは人道に対する罪の案件を抱えている。ジェノサイドと人道に対する罪の申し立ては地球上いたるところで起きているが、ラウターパクトとレムキンを突き動かした考え方は、それぞれ異なった軌跡を描きながら発展している。

ある種の序列のようなものができてしまっている。ニュルンベルク裁判が終わってから数年間、政界や公の議論の場では、ジェノサイドという言葉が勢いをましてきた。ジェノサイドが「犯罪のなかの犯罪」と位置づけられると共に、集団の保護のほうが個人の保護よりも上位に位置づけられるようになった。レムキンの造語が秘める力のせいだったのかもしれないが、ラウターパクトの懸念どおりそのような風潮が、犠牲者の比較を招いてしまった。つまり、人道に対する罪の犠牲者はジェノサイドのそれに比べたらまだましだ、というような。ラウターパクトとレムキンがしのぎを削った努力とはあらぬ方向に現われてきた予期せぬ結果は、それだけではない。ジェノサイドという犯罪を立証するむずかしさである。実際にかかわった訴訟事件で、ジェノサイド条約が要請する、集団全体または一部を破壊する意図の証明の必要性が、いかに不幸な心理的結果を招くことになるか、わたしはこの目で見てきている。その条約の要請に合わせようとすると、犠牲者集団の連帯意識が強烈なものになる一方で、加害者集団に対する否定的感情が高まることになる。集団に重きを置いた「ジェノサイド」という用語だけでも、「彼ら」と「我々」という意識を先鋭化させ、集団としてのアイデンティティ感情が燃えあがり、本来その解決を目的としていた悪しき状況が無意識のうちに生じてしまう。つまり、ある集団が他集団と角突き合わせやすくなる状況を生みだし、和解はますますむずかしくなる。ジェノサイドの犠牲者というレッテルを貼ってもらいたがる被害者の強い望みの前に、プレッシャーを感じた検察がジェノサイドでの起訴へかたむきがちになるため、戦争犯罪あるいは人道に対する罪での起訴の可能性を減らしてしまうことになるのではないか、とわたしは危惧している。一部の人々にとって、ジェノサイドの犠牲者というレッテルを得ることが「民族的アイデンティティの不可欠な要素」になってしまい、幾世代もつづいてきた紛争の解決とか、大量殺戮を頻繁に起こさぬための工夫がどこかへいってしまう。ある主要紙が社説で、トルコによるアルメニア人虐殺事件百周年の際、「ジェノサイド」という言葉は「その国にとって必要な記録資料の冷徹な検討以前の段階で、民族的怒りに火をつける」ことになりかねず、逆効果かもしれないと意見したのは驚くべきことではない。

こうした議論はあるけれども、集団アイデンティティという意識が現に存在することは認めなければならない。ずいぶん昔、一八九三年に、社会学者のルイ・グンプロヴィッツは自著『La lutte de races（人種間の戦い）』のなかで、「個人がこの世に現われでるとき、その人はある集団の一員である」と述べている。この考え方は根強い。それから一世紀後、生物学者のエドワード・O・ウィルソンはこう書いた。「わたしたちの残酷な性格というのは身体にしみついている。というのは、ある集団が別の集団を相手に戦うという図式こそが、今のわたしたちを形成してきた原動力なのだから」。

どうやら人間性の基本的要素とは「どこかの集団に属したくてたまらず、属したあとは自分たちは競合する他集団よりもすぐれていると思いこむ」ことらしい。

　こうした事実は、実際の緊迫した状況に直面する国際法体系に、深刻な挑戦を突きつける。つまり、ある人々がたまたまある集団に属していたから殺されたという事実があると、法はこの事実を認知するが、その認知が集団アイデンティティの意識を先鋭化させ、集団間の対立を激化させる可能性を高めてしまう。たぶん、レオポルド・コールはこの点を正しく理解していた。親友レムキンに宛てた強烈な、しかし友人として書いた手紙のなかで、ジェノサイドという犯罪概念は、それが糾弾し改善しようとする状況そのものを生みだしてしまうことになる、と指摘していたのである。

　さて、この物語に現われたほかの登場人物たちは、その後どうなっただろう？

　ミス・ティルニーは、ヴィッテルで解放されたのちパリへ帰る前、米国陸軍のために働いた。パリでさらに二年間暮らしたのち、彼女はイングランドへもどってきた。一九五〇年代に入って、彼女はもう一度旅に出る。今度は宣教師として南アフリカへ、そしてその後一九六四年に合衆国へ移住した。彼女の終《つい》の棲家はマイアミのココナツグローブにある。引退したボディビルダーでもあり、インチキ薬の販売人でもあった弟、フレッドの近くに越したのだ。彼女の交友関係にはチャールズ・アトラスもいたと聞く。彼女は一九七四年に死ぬ。二〇一三年、彼女について発見した資料を、わたしは母とシュラ・トロマンの二通の宣誓供述書を添えて、エルサレムのヤド・ヴァシェム・ホロコースト記念館へ送った。二〇一三年九月二九日、ミス・ティルニーは「諸国民のなかの正義の人」として認められる〔ホロコーストからユダヤ人を救った人々に対する称号。杉原千畝もその一人〕。

　アウシュヴィッツへ強制移送されかけたところをミス・ティルニーに助けられたサーシャ・クラヴェッツは、ヴィッテルで解放されたあと、合衆国へ移住した。一九四六年、ブレーメン発の船でニューヨークへ向かっている。その後どうなったのかは追跡できなかった。

エミール・リンデンフェルトはウィーンに残った。彼は終戦までの最後の二年間を、非ユダヤ人の友人一家のもとで「潜水艦」として隠れ住んでいた。一九六一年に再婚し一九六九年にウィーンで死に、埋葬される。

オットー・フォン・ヴェヒターは戦後姿をくらませたが、最終的にバチカンにかくまってもらった。彼は、一九四九年ローマで撮影された映画『La Forza del Destino（運命の力）』にエキストラ出演している。同じ年、映画撮影の数か月後、彼は不可解な状況で死んだ。当時彼は、ポーランド政府からルヴフにおける十万人以上のポーランド人大量虐殺の罪で有罪判決を受け逃亡中の身の上だったが、オーストリア人司教アロイス・フーダルの庇護を受けていた。彼の息子ホルストは妻といっしょにハーゲンベルク城に住み、父親は正直な性格の善人で犯罪人ではない、と思いこんでいる。たとえば、一九三九年一二月にクラクフの国立博物館からブリューゲルの絵画やその他美術品を横領したというような、悪事にかんする新事実が明らかになっても、彼の意見は変わらない。

ニクラス・フランクは一流のジャーナリストになり、シュテルン誌で外信部長を務めた。一九九二年、彼はワルシャワへもどり、幼年期を過ごした建物のなかで、新たに選出されたポーランド大統領、レフ・ヴァウェンサにインタビューをした。今インタビューしている部屋で、そして自分たちがすわっているテーブルのまわりで、彼の父親に追いかけられた話は、ヴァウェンサにはしなかった。彼は現在ハンブルクで、妻とひとり娘、そして二人の孫と暮らしている。

二〇一四年の夏、わたしはニクラス・フランクとホルスト・フォン・ヴェヒターと連れだってリヴィウへ旅をした。わたしたちの『WHAT OUR FATHERS DID: My Nazi Legacy』というドキュメンタリー映画の撮影が目的だったが、その際にジュウキエフの破壊されたシナゴーグ、その近くの共同墓所、そして一九四二年八月一日にハンス・フランクが、オットー・フォン・ヴェヒター臨席のもと、大演説をおこなった大ホールを訪れた。ニクラスが尻ポケットからそのときの演説のコピーを取りだし、読みはじめたのには驚かされた。翌日、わたしたち三人は、オットー・フォン・ヴェヒターが一九四三年の春に創設した武装親衛隊ガリツィア師団戦死者の顕彰式に参列する。この式の主催者である国家主義的で過激なウクライナのグループは、いまだに親衛隊を崇拝しているのだ。ホルストはわたしに、これが今回の旅行の最高のひとときだと打ち明けた。老若問わず男たちがホルストのもとへやってきて、彼の父親を讃えてくれたのだから。わたしは彼に尋ねた。あの男性たちの多くが鍵十字をつけた親衛隊の制服を着ていたけれど、気にならなかったかと。「なぜ？　気にする必要なんてないでしょう？」とホルストは答えた。

レオンとリタ・ブフホルツは、人生の残りをパリでいっしょに暮らした。小さいころからわたしの記憶にある、北駅近くのアパルトマンで。レオンは一九九七年まで生きた。もう少しできっかり一世紀生きるところだった。彼らの娘、ルースは一九五六年に英国人男性と結婚し、ロンドンへ引っ越してきた。彼女は二人の息子をもうける。その長男がわたしである。彼女はその後ロンドンの中心部で、子ども向け絵本の稀覯本専門書店を経営した。わたしはケンブリッジ大学で法律を勉強し、一九八二年に国際法の講座を取ることになるが、そのときの担当教員がエリ・ラウターパクト、すでに初老の域に達したハーシュの息子だった。一九八三年の夏、わたしの卒業式のあと、レオンとリタがケンブリッジを訪問し、わたしたちといっしょにエリの家のガーデンパーティーに出かけた。彼の母親でラウターパクトの寡婦、レイチェルもいた。彼女のヘアスタイルが束髪だったのを覚えている。彼女とレオンが言葉をかわしたどうかわたしにはわからないけれど、そんな機会があって、ウィーン、彼レンベルク、ジュウキエフとの両家のゆかりが話題になったとしても、レオンとしては、そんな話を孫に語るにはおよばずと考えただろう。

一九八三年夏、わたしはアメリカへ出かけ、ハーバード大学のロースクールで客員研究員として一年を過ごした。一九八四年の春、エリ・ラウターパクトから手紙が届き、彼が新設しようとしている研究センターの特別研究員としてケンブリッジ大学の教職に応募してみないかと招待された。その当時から、そしてその後四半世紀にわたって、職場を同じくする者としての意識が次第に友情へと豊かに進化してきたが、わたしたちの先祖が半世紀以上前、同じ通りで暮らしていたことなど知らなかった。彼の父親とわたしの曾祖母がジュウキエフの同じ通りの両端に——東西通りに——住んでいたことをわたしたちが知ったのは、それから三十年が経ってからだった。

リヴィウからの招待状。それがなければこの偶然は、だれにも気づかれることがなかっただろう。

ところでリヴィウは？　わたしが最初に訪れたのは二〇一〇年。そしてそれ以来、わたしは毎年訪問を欠かさない。全盛期から一世紀が経過しても、すばらしい町であることは変わらないが、暗くうしろめたい過去は隠せない。昔の住人はかき消え、彼らが残した空間に今住むのは違う人々。立ち並ぶ建物、市電のきしみ、コーヒーとサクランボの香りは変わらない。一九一八年の一一月、町の街路で戦ったコミュニティは大部分が消滅し、ウクライナ人が支配勢力として立ち現れた。だが、消えた者たちの名残りは、まだそこかしこにある。ヴィトリンの言葉を手がかりにして、建造物の壁に感じることができるだろう、さらに目をこらせば見えてくるものもある。ライオン像の翼に見て取ることができるだろう。リノック広場一四番地入り口の門のうえから「いどみかかるように見おろしている」ライオンが、本のページを開いてまたがり、そこに彫りこまれた「PAX TIBI MARCE

EVANGELISTA MEUS（あなたに平和を、マルコよ、わたしの伝道者よ）」という文字を読み取ることができるかもしれない。あるいは消えかけたポーランド語の掲示に、その昔メズーザー〔ユダヤ教の護符〕が掛かっていたくぼみに、その名残りを見ることができるだろう。あるいは、バーナディンスキ広場にある古い「ハンガリーの王冠」薬局〔現在同広場はソボルナ広場と名を変え、当該薬局は「薬局博物館」として知られている〕の窓から覗いてみれば。その昔、ガリツィア地方とロドメリア地方で一番美しい薬局とされていたが、今でも灯火がともされ訪問客でにぎわう夜には、その評判に納得する。

わたしが初めてリヴィウを訪問したとき、若い女子学生が近づいてきて、わたしの講義が彼女にとって個人的にどれほど大切なものだったか忍び声で説明した。その後何度もこの町を訪れてみて初めて、わたしは彼女の意味するところをよりよく理解することができた。レムキンとラウターパクトが忘れさられた現在のリヴィウでは、アイデンティティや祖先の系統は複雑な問題、否、危険ですらある問題なのだ。この町は、過去多くの住民がそう感じていたように、いまだに「胆汁を混えたカップ」、苦みにみちた町なのだった。

祖先について触れたその若い女性との会話以外にも、リヴィウ滞在中、同種のメッセージに触れることがよくあった。レストランで、町を歩いているとき、講演会のあと、大学で、コーヒーショップで、わたしはアイデンティティの問題やそれをほのめかす素性について、婉曲な言い方で語るのを耳にした。リヴィウ大学法学部のラビノヴィッチ教授という、暗黒時代に人権を教えていたすばらしい教授に紹介されたときのことを思いだす。何人もの人が「あの人とこそ話すべきだ」といってくれた。その意味は明らかで、教授の家系をそれとなく示唆しているのだった。

ある人から、中世の面影を残す界隈の真ん中にある「ゴールデン・ローズ」で食事をしてみては、と勧められた。市庁舎と公文書館のあいだ、一八五二年に建てられ、一九四一年の夏にドイツの命令で破壊されてしまったシナゴーグの廃墟裏にある。ユダヤ料理の店、というのが謳い文句だけれど、ユダヤ人の消えたこの町では奇妙な存在だ。息子を連れて「ゴールデン・ローズ」の前を通りかかったとき、窓から店内を覗いてみた。大きな黒い帽子や、正統派ユダヤ教徒コミュニティを連想させる装身具をまとい、少なくとも見かけだけは一九二〇年代からやってきたように見えるかなりの数の客がいる。ぞっとした。観光客がやってきて、入り口にある掛け釘からトレードマークの黒い服や帽子を取って仮装するような場所なのだ。伝統的なユダヤ料理が出てくるが――ポークソーセージもあるが――メニューには値段が書いてない。食後ウェイターがやってきて、客に値引き交渉をさせようという趣向だ〔ユダヤ人は何でも値切る、という既成観念を揶揄したアトラクション〕。

なんとか勇気を振りしぼって店内に入ったわけだが（五年間の逡巡の成果である）、テーブルについたわたしはまたしても、自分はラウターパクトの考えに近いのかレムキンに近いのか、それとも両者から等しく距離を置いているのか、はたまた両者と和気藹々とテーブルを囲めるか、考えあぐねるはめになった。おそらくレムキンのほうが食事の友としては楽しいだろうし、ラウターパクトとはずっと厳粛な知的会話をかわすことになるだろう。二人に共通しているのは、善をなし、人々を守る法の力に対する楽観的な信頼と、そうした目的を達成するためならば法の変更も必要だという意識だった。二人とも、個人の命の価値と、その個人がコミュニティの一員であることの大切さには同意している。彼らが根本的に意見を異にするのは、こうした価値を守るためにはどのような方法が最も効果的か、という一点である。個人に焦点を当てるべきか、それとも集団に焦点を当てたほうがいいのか。

ラウターパクトはジェノサイドという考え方をけっして受けいれなかった。彼は人生の最後まで、その大志を認めたとしても、ジェノサイドというテーマと、おそらくはもう少しやんわりとその発案者である人物を否定していた。レムキンは、個人の人権を保護しようとする案と、集団を保護しジェノサイドを阻止しようとする案、その別々のプロジェクトは相互に矛盾すると憂慮していた。二人の男はお互いを打ちけしあっていた、といえるかもしれない。

　二極のあいだをゆれながら、学問的な曖昧域で宙づりになったまま、わたしは二人の議論それぞれに価値を見いだしている。わたしはとりあえず争点を保留し、その代わりにリヴィウ市長を捕まえて、二人の人物の業績を顕彰し、この町が果たした国際法と正義への貢献を記念する、なんらかの行動をうながすことに尽力した。すると市長はこういった。それではどこに銘板を置きましょうか。いってくれれば実行します。どうすればいいでしょう、どこから始めましょうか？

　案内役はやはりヴィトリンだ。希望にみちた牧歌的詩人、コミュニティの分断を超えた友情を夢見、ガリツィアと、わたしの祖父が少年時代を過ごした町の神話をうたうあの詩人だ。城塞丘〔ヴィソキ・ザモク〕から始めるのがいいだろう。そこから、すべてが始まった場所、翼を持ったライオンのいるリノック広場へ向かおう。戦闘中の派閥を避け、鋳鉄細工のドアがついたラウターパクトの家があるテアトラルナ通りを渡り、五月三日通りに沿ってインカ・カッツの家のほうへ向かう。あの窓から、インカは母親が連行されるのをながめている。最近ラウターパクトとレムキンの肖像が飾られた大学の国際法学部の事務所の横を通って、今度は古い法学部の建物へ向かおう。ユリウシュ・マカレヴィッツ教授の自宅の脇を通って、聖ゲオルギウス大聖堂の方角へ、うねうねと曲がる道を昇ってゆくと、オットー・フォン・ヴェヒターが武装親衛隊ガリツィア師団の兵士を集めた広場に出る。その少し向こう、目と鼻の先にある丘のうえのシェプティツキッチ通りへゆき、レオンの生家の前でしばしたたずんでみることにしよう。

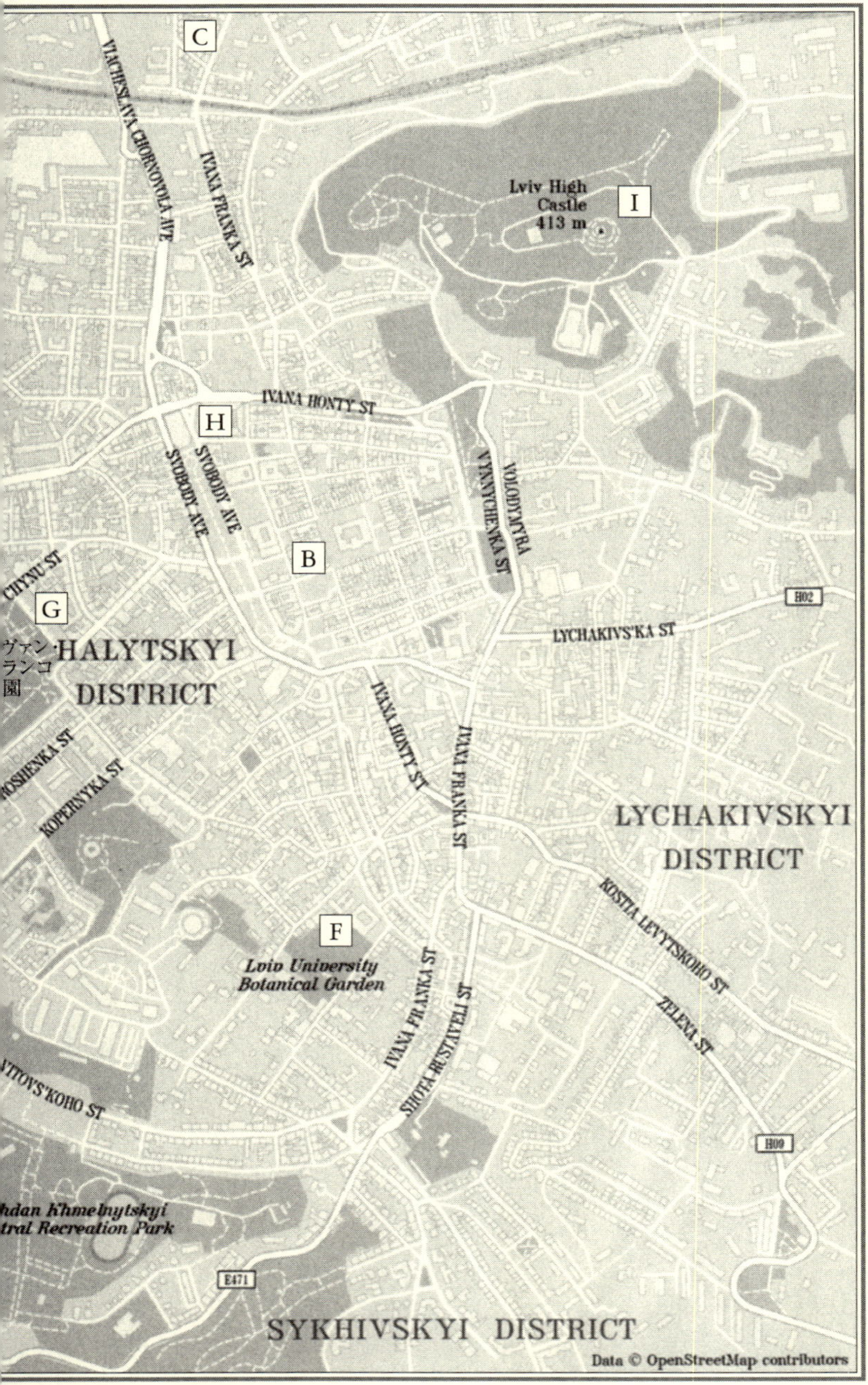
C
VIACHESLAVA CHORNOVOLA AVE
IVANA FRANKA ST
Lviv High
Castle
413 m
I
IVANA HONTY ST
H
SVOBODY AVE
SVOBODY AVE
VOLODYMYRA
VYNNYCHENKA ST
B
H02
CHYNU ST
G
LYCHAKIVS'KA ST
ヴァン・
ランコ
園
HALYTSKYI
DISTRICT
IVANA HONTY ST
IVANA FRANKA ST
OSHENKA ST
KOPERNYKA ST
LYCHAKIVSKYI
DISTRICT
KOSTIA LEVYTSKOHO ST
F
Lviv University
Botanical Garden
IVANA FRANKA ST
SHOTA RUSTAVELI ST
ZELENA ST
VITOVS'KOHO ST
H09
hdan Khmelnytskyi
tral Recreation Park
E471
SYKHIVSKYI DISTRICT
Data © OpenStreetMap contributors

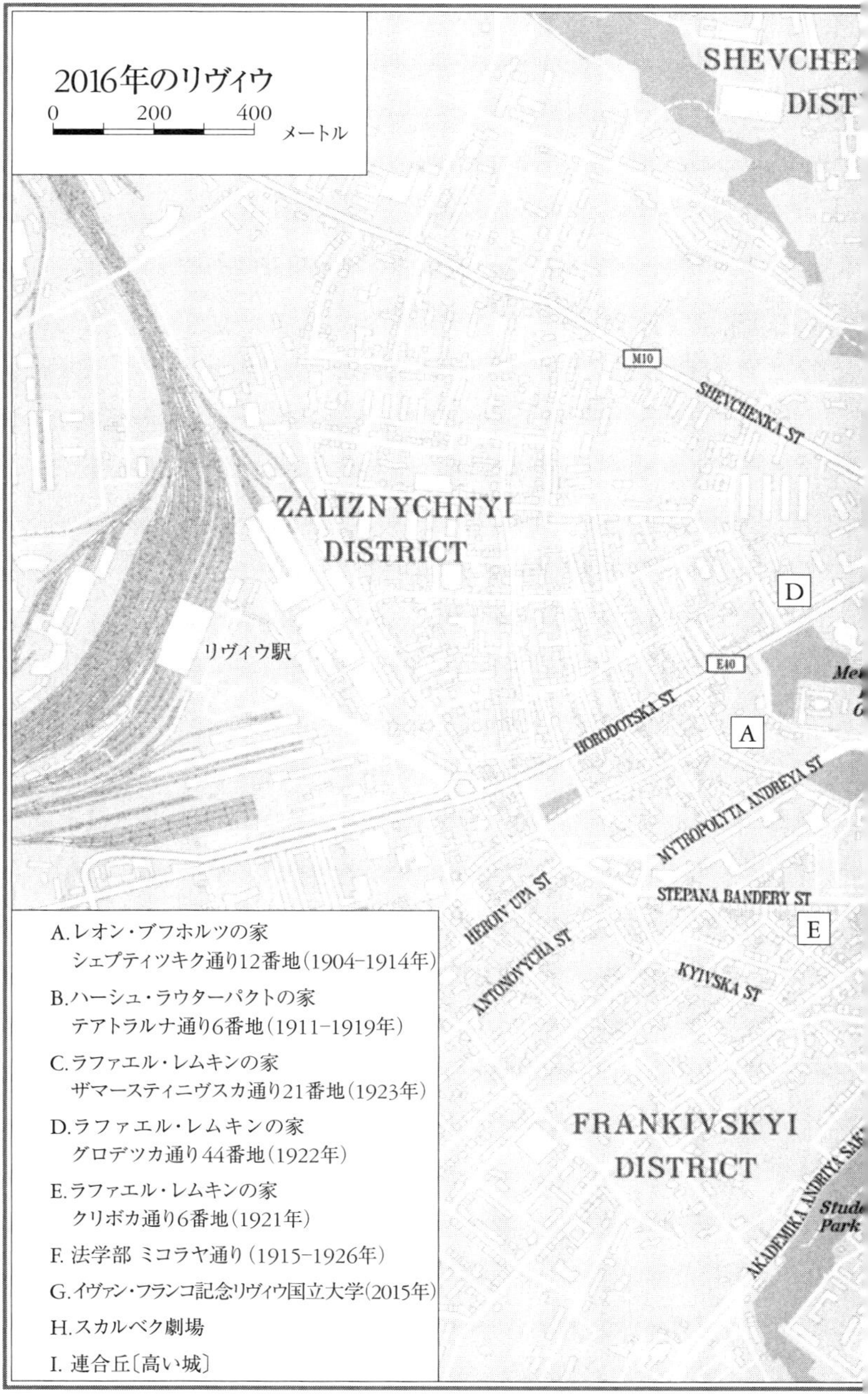
2016年のリヴィウ
0 200 400 メートル
SHEVCHE
DIST
M10
SHEVCHENKA ST
ZALIZNYCHNYI DISTRICT
リヴィウ駅
D
E40
HORODOTSKA ST
A
MYTROPOLYTA ANDREYA ST
STEPANA BANDERY ST
HEROIV UPA ST
ANTONOVYCHA ST
E
KYIVSKA ST
FRANKIVSKYI DISTRICT
AKADEMIKA ANDRIYA SAK
Park
A.レオン・ブフホルツの家
シェプティツキク通り12番地（1904–1914年）
B.ハーシュ・ラウターパクトの家
テアトラルナ通り6番地（1911–1919年）
C.ラファエル・レムキンの家
ザマースティニヴスカ通り21番地（1923年）
D.ラファエル・レムキンの家
グロデツカ通り44番地（1922年）
E.ラファエル・レムキンの家
クリボカ通り6番地（1921年）
F. 法学部 ミコラヤ通り（1915–1926年）
G.イヴァン・フランコ記念リヴィウ国立大学（2015年）
H.スカルベク劇場
I. 連合丘〔高い城〕

そして坂道を降り、レムキンがアルメニア人問題や国家が自国民を殺す権利について教授と議論したころ住んでいた建物の脇を通り、一九四二年八月にフランクが残忍な内容の演説をした昔のガリツィア州議会議事堂をすぎ、子どもたちが小旗と鍵十字の旗を振っていたオペラハウスへ向かう。それから、ユダヤ人たちが一斉検挙されたソビエスキ高校の校庭へ、そして鉄道橋の下をくぐり、ゲットーとレムキンの最初の住処、町の最貧地区に借りたひと部屋の方角へ。モーリシー・アレーハント教授が大胆にも警官に向かって心の有無を尋ね、そのひとことの対価として殺されたヤノフスカ収容所はすぐ近く。そして鉄道駅へいけばジュウキエフ行きの列車に乗ることができる。さらに望めばその向こう、ベウゼック、そして世界の終わりへも。

　実際にわたしはそこからジュウキエフ行きの列車に乗り、あの寂《さび》れ廃《すた》れた町の歴史家、リュドミラに会いにいった。わたしを、郊外のある場所へ連れていってくれたのは彼女だ。役所の人たちも気にかけず、住民のひとにぎりしか知らない場所。あの古いジュウキエフスキ城塞にある彼女の事務所から、わたしたちは東西通りの一直線の道に沿って、森の空き地へとまっすぐ向かった。あの長い通りの西の端、その昔わたしの曾祖母マルケの家が立っていた草地を始点とし、すばらしいカトリック教会とウクライナ東方カトリック教会の前を通りすぎ、十七世紀建立の、荒廃ぶりに胸の痛むシナゴーグをあとにし、木造教会真ん前の、クララ・クレイマーが床下に隠れていた家の前を通り、ハーシュ・ラウターパクトの生家があった十字路へといたる。わたしたちはさらに一キロ、そしてもう一キロと歩きつづけ、草原を越え、門を通りぬけ、こまかい砂の道を歩いた。オークの木々のあいまから、セミの声とカエルの鳴き声がひびき、土の匂いがただよってくる。そしてわたしたちは、光がはやく秋の森にいた。レオンやラウターパクトが遊んだ場所かもしれない。わたしたちは砂道をはずれ、草むらから茂みへと足を踏み入れ、やっと森のなかの空き地にたどりついた。

「着きました」とリュドミラが静かにいう。二つの池があった。正確には、砂の採取場としてできた二つの穴を泥が埋め、風に折れたアシが茂り、大量の黒い水に覆われた場所。目印としての白い石碑は市当局による悲哀や懺悔の印ではなく、だれかが個人的に建てた追憶のいしぶみだ。わたしたちは草のうえに腰をおろし、穴の縁までなみなみとみたす黒く静まりかえった水に、太陽の光が降りそそぐようすをながめていた。池の底には、半世紀以上だれにも邪魔されず眠ったままの三五〇〇人の遺体がある。遠い昔に忘れさられた作家、ゲルション・タフェトが一九四六年の夏に書き残した人々の遺体だ。個人の死、されど集団の死。

水底《みなそこ》でかさなりあう骨のなかで、レオンの叔父ライブスの遺骨とラウターパクトの伯父のダヴィッドの遺骨が隣り合い、永眠している。たまさか二人とも不運な集団に属していた、というそれだけの理由で。

陽光が池の水をあたためる。周囲の木々がわたしを垂直に引きあげ、アシの茂みからインディゴの空へと一気に突きあげる。天空に浮いたほんの一瞬、わたしは理解した。

謝辞

過去六年間、わたしは世界中の多くの個人および組織のお世話になってきた。ときにはその援助が並々ならぬ質と規模になり、長期間にわたることもあった。何気ない会話のなかでのひとつの思い出話や、場合によっては単なるひとことが、貴重な情報源になることもあった。リヴィウへの招待を受けたときの想定を、はるかに超えるものとなったこのプロジェクトに貢献してくれた方々全員に、深く感謝している。

この物語に登場する主要人物四人の家族には格別なる謝意を捧げたい。わたしの母、ルース・サンズは、深い傷跡を残した痛ましい記憶から目をそらすことなく、すばらしくかけがえのない支援の手を差しのべてくれた。二十年間にわたりわたしの祖父にとって大変身近な存在であったわたしの叔母、アニー・ブフホルツは、記憶の召喚に多大な時間と努力を惜しまず、わたしの弟のマークもまた鋭い記憶力をふるってくれた。わたしの父アラン・サンズ、彼の幼少期の友でもあり祖父の甥でもあるエミール・ランデス、そしてドロン・ペレグ、アルドとジャネット・ナウリなど、ほかの家族のメンバーも、茫洋とした全体像に細部を描き加え引き締めてくれた。わたしの教師にして人生の師であるエリフ・ラウターパクトと共に過ごした長い時間は、至福の時であった。ラファエル・レムキンを知る最後の家族、ソール・レムキンは終始親身な協力を惜しまず、思いがけぬ友情を結ぶことになったニクラス・フランクからも同様の協力を得た。ホルスト・フォン・ヴェヒターには、豊富な資料の提供と貴重な時間を割いてくれたことに感謝したい。

ある意味で、本書のなかの五番目の主人公はリヴィウ市であるといえよう。いや、第一の主人公といってもおかしくはない。同市の秘密を解き明かし、公文書館、コーヒーハウスへ案内してくれたすばらしく親切な二人のガイドは、親しい友だちにもなってくれた。リヴィウ大学のイヴァン・ホロドシキー博士はふしぎな力をそなえた、賢く、機転が利き、思慮深い若き法律家で、リヴィウ市に大きな貢献をする人物であることはまちがいがない。リヴィウ都市史センター館長のソフィア・ダイアク博士は、この町の歴史的豊かさと複雑さを、デリケートな手際で正直に、かつおもしろい方法で解き明かしてくれた。まだまだ多くの方々の名前を挙げたいが、そのなかでも、このプロジェクトを最初から最後まで支持してくれたペトロ・ラヴィノヴィチ教授とオクサナ・ホロヴコ教授の名前を忘れてはならない。そして、レムキンとラウターパクトにかんする研究を完成させたのちロシアとの戦いのために陸軍に召集されたイホール・リーマン博士。アレックス・デュナイ、ゾヤ・バラン教授。ジョウクヴァの勇敢で寛大な公文書保管人、リュドミラ・バイブラがいなければ、わたしはボレクの森とその秘密について知ることはなかったろう。

ユニヴァーシティ・カレッジ・ロンドン（UCL）の――わたしの学部長ヘイゼル・ゲン教授と、研究所長チェリル・トマス教授に率いられた――同僚たちは、想定外の長さになった執筆計画に惜しみない支援をしてくれた。またUCLの優秀で緻密な研究助手たちの知性と骨折りに多くを負っている。レミ・ライヒホルトにかかれば見つからない書類はない。マリアム・キズィルバシュとルイ・ヴィヴェロスは巻末の注を完成してくれた。デイヴィッド・シュヴァイツァーはドイツ語とドイツ文化にかんする個所で協力してくれた。ダリア・ツィグムントはポーランド関係に協力し、ヴィトリンの『Moy Lwów』の原本を見つけてくれた。ヘジャーズ・ヒズブラーは国際連盟関連の資料のなかから貴重な情報を探しだしてくれた。またテッサ・バルサック（パリ）、ノア・アミラヴ（エルサレム）、メリッサ・ゴールケとシャウン・ライアンズ（ジョージタウン）、エリック・シグムンド（シラキューズ）、アスィーム・メータ（イェール）にもお世話になった。

惜しみない協力の手を差しのべてくれた海外の人たちにも感謝したい。フランスでは、リュセット・フィンゲルクヴァイクが、「犯罪軍団」について個人的なものもふくめ、より多くの情報を提供してくれた。リシャール・ゲラン牧師は、パリ十四区のバプティスト教会資料室の利用を許してくれた。シャルル・ド・ゴール財団のカトリーヌ・トルゥイェは一九四四年に撮影された一枚の写真について解説してくれた。ダニエル・グルイエはムードンの公文書館の利用を許してくれた。ジャン・ミシェル・プティとレイモン・ベトレミューはクリエール市の歴史教えてくれた。

ポーランド。ポーランド科学アカデミーのマレク・コルナトは、クラクフのヤギェウォ大学に短期間籍を置いていたころのレムキンについて教えてくれた。ヤヌス・フィオルカ博士はクラクフ市内外で、果てしない協力をしてくれた。アレーハント協会のアルカディウス・ラドワン、ヤン・フォテク、グルゼゴルツ・ピゾン、アレクサンドラ・ポラックは、レムキンとラウターパクトを直接教えたモーリシー・アレーハントの家族を紹介してくれた。ワルシャワ大学のアダム・レジックは、ルヴフ大学の歴史に通暁した歴史家であり、同大学の記述にかんしお世話になった。エヴァ・サルキウヴィツ＝ムナリンは、大戦間のポーランドにおける国際法学会について貴重な見識を授けてくれた。アナ・ミヒタとヨアナ・ウィニウッツ＝ウォルスカはヴァヴェル城のガイドを務めてくれた。アグニェスカ・ビエンツズィク＝ミッサラは原稿の一部を読んでくれ、アントーニャ・ロイド＝ジョーンズはポーランド語からの訳語を調べてくれた。

オーストリアでは、陽気な私立探偵、カティア・マリア・チュラデックに助けてもらう幸運にめぐまれた。わたしの祖父が通ったブリギッテナウア・ギムナジウムの現校長、マーガレット・ヴィテックの見識と情報も貴重だった。「第三の男博物館」のヘルムート・ティチィ、エミール・ブリックス、エリザベス・ティチィ＝フィスルバーガー、カリン・ヘフラーにも感謝している。マックス・ヴェルデはウィーン大学でわたしの研究助手を務めてくれた。

ドイツ。ディルク・ロラン・ハウプト（外務省）とライナー・フーレ（ニュルンベルク人権センター）の助けで各地の公文書館を利用することができた。ニュルンベルク裁判所の法廷について知ることができたのは、アンヌ・ルーベサム、ミカエラ・リソウスキー、ベルント・ボーシャート（ニュルンベルク・アカデミー）、ヘンリケ・ツェントグラフ（ニュルンベルク裁判メモリウム）のおかげである。ノルベール・カンペ博士は、ヴァンゼー会議ハウスに個人的に招待してくれた。ドイツ語の理解を助けてくれたのはダニエル・アレクサンダー勅撰弁護士、ヨゼフ・バイエル教授（コンスタンツ大学）、ザビーネ・ボーゼ、デイヴィッド・コーンウェル、クラウス・フォン・ホイジンガー教授（ケルン）、ジェフリー・プラウ、エディ・レイノルズ。

ニュルンベルク裁判にかんしては、イヴ・ベグベデール、イーニッド、レディー・ダンダス、ベンジャミン・フェレンツ、ジークフリート・ラムラーの直接体験が大変参考になった。ジェフリー・ローレンスの妻、マージョリーの代筆にて日記化された彼の私的文書は、ロード・オークシーとレディー・オークシー、パトリック・ローレンス勅撰弁護士のおかげで閲覧可能になった。

ワシントンDCでは、アメリカ合衆国ホロコースト記念博物館では大いに学んだ。また、合衆国司法省のレイ・ファー、アナトール・ステック、レスリー・スウィフトから学ぶことも多かった。最後のナチハンターである、エリ・M・ローゼンバウムとディビッド・リッチ博士からは、非常に貴重な書類資料を見せてもらった。

エルシー・ティルニーの輪郭がよりあざやかに明確になったのは、サリー・チャペルの模範的文書管理者、ロザムンデ・コドリングとトム・チャップマン主任司祭のおかげである。彼女にかんする細部を補ってくれたのが、スーザン・マイスター、クリス・ヒル、そしてマイアミヘラルド紙の死亡記事担当記者エレノア・ブレッチャー、ジャネット・ウィンターソン、スージー・オーバック、シルヴィア・ホイットマン、ジャーメイン・ティルニーである。

ファミリーツリー社のマックス・ブランクフェルドとレスター大学のトゥリ・キング教授からは、DNAテストの複雑さを学んだ。

本書で使用した各種の地図は、インターナショナル・マッピング社の地図の達人、スコット・エドモンズ、ティム・モンテニョール、アレックス・テイト、ヴィッキー・テイラーによって準備された。わたしの親友、ピクセルの魔術師ジョナサン・クライン、マチュー・バットサンには口絵写真でお世話になった。二人ともゲッティ・イメージの所属である。ダイアナ・マターは時代と場所を問わず、的確なイメージを見つけだしてくれた。

世界中の作家、学者、司書、公文書保管人、博物館長たちとは大いなる協力関係を築くことができた。以下の方々に感謝の意を表したい。エリザベート・オスブリンク・ヤコブセン（ストックホルム）、ジョン・Q・バレット教授（セント・ジョンズ大学）、ジョン・クーパー（ロンドン）、デイヴィッド・クレーン教授（シラキュース大学法科大学院）、ジョナサン・デンボ教授（東カリフォルニア大学、J・Y・ジョイナー図書館）、ミシェル・デトロイト（アメリカン・ジューイッシュ公文書館、ヤコブ・レイダー・センター）、ターニャ・エルダー（アメリカン・ジューイッシュ歴史協会）、クリスティン・イーシェルマン（コネチカット大学、トーマス・J・ドッド研究センター）、ドンナ＝リー・フリーゼ教授（ディーキン大学）、ジョアンナ・ゴムラ博士（ケンブリッジ）、ジョン＝ポール・ヒムカ教授（アルバータ大学）、マーティン・ハウスデン博士（ブラッドフォード大学）、スティーヴン・ジェイコブス教授（アラバマ大学）、ヤラスラウ・クリヴォイ博士（ウェスト・ロンドン大学）、クリステン・ラ・フォレット（コロンビア大学口述記録センター）、ジェイムズ・ローフラー教授（ヴァージニア大学）、マルゲリット・モスト（ナショナル・ギャラリー）、ダン・プレッシュ博士（東洋アフリカ研究学院）、ディーテル・ポル教授（クラーゲンフルト大学）、ラドゥ・ポパ博士（ニューヨーク大学）、アンドルー・サンガー（ケンブリッジ）、サブリナ・ソンディ（コロンビア大学、アーサー・W・ダイアモンド法律図書館）、ゾフィア・スレジ（ウィットウォーターズランド大学、ウィリアム・カレン図書館）、フランチェスカ・トランマ（コリエーレ・デラ・セラ財団）、ケルスティン・フォン・リンゲン（ハイデルベルク大学）、アナ・フィリパ・ヴルドルジャク博士（シドニー工科大学）、アーサー・ウェンシンガー名誉教授（ウェスリアン大学）。

交友の新旧にかかわらず、友人や同僚からの支援と知識の提供に感謝する。本書構想の段階から励ましてくれたスチュアート・プロッフィット。ジェイムズ・キャメロンとヒシャム・マターは、いつも相談に乗ってくれた。アドリアナ・ファブラ、シルビア・ファノ、アマンダ・ゴールズワージー、デイヴィッド・ケネディ、ショーン・マーフィー、ブルーノ・シンマ、ゲリー・シンプソンは原稿段階での各章を読んでくれた。ユヴァル・シャニィは、はるか昔にゆくえのわからなくなったわたしの祖先、そして忘れられていた書類や書簡を探しだすのに協力してくれた。ジェイムズ・クロウフォードは、森を見て木を見ることを忘れがちなわたしに助言をくれた（またしても）。わたしたちのドキュメンタリー映画『WHAT OUR FATHERS DID: A Nazi Legacy』の制作中に、デイヴィッド・シャラプ、フィノラ・ドゥワイア、デイヴィッド・エヴァンスから新しいアイデア、秘められたアイデアが、滾々と湧いてきた。ローラン・ナウリ、ギョーム・ド・シャシィ、ヴァネッサ・レッドグレイヴ、エンマ・パラント、ヴァレリー・ブザンソン、カティア・リーマンによる『A Song of Good and Evil』〔著者も出演した一種の朗読劇〕のパフォーマンスは、思いがけぬ明察をもたらしてくれた。エヴァ・ホフマンからは、人生と経験をどのように言葉で伝えるべきかを教わった。ルイス・ベグリィ（彼の小説『Wartime Lies』〔邦訳『五十年間の嘘』東江一紀訳・早川書房〕は本書執筆初期に創造的刺激を与えてくれた）、ロビー・ダンダス、ミヒャエル・カッツ（アレックス・ウラムに紹介された）、クララ・クレイマー、ジークフリート・ラムラ、ボブ・シルバーズ、ナンシー・スタインソン（アカリー）、シュラ・トロマン、インゲ・トロットは皆、自分の体験をわたしに教えてくれた。アニャ・ハールバートはチェチーリア・ガッレラーニの肖像画の鑑賞をアレンジしてくれ、トム・ヘンリーは彼女の長い人生にかんする本を紹介してくれた。リズ・ジョベイはスタイルについて示唆してくれた。マルコ・デ・マルティノは、クルツィオ・マラパルテにかんするわたしの知識をより豊かなものにしてくれた。クリスティーヌ・ジェニングスは過去の会議にかんする資料を探してくれた。サラ・バーシュテルは各国語の語学者を見つけてくれた。ゴラン・ローゼンバーグはわたしにスウェーデン語の初歩を教えてくれた。デニス・マークスとサリー・グロヴスはリヒャルト・シュトラウスの過去を洗ってくれた。ジョナサン・スクラーは精神が崩壊する前の危険な状態について教えてくれた。シーリア・アサートンとヴォーン・リンゼイはダーティントン〔デヴォン州の小村〕で快適な執筆の場所を提供してくれた。

原稿を完成するために、用意周到かつ学識をそなえたルイーズ・ランズのタイピングは不可欠だった。彼女は三十年以上の親友であり同僚で、数えきれぬインタビューを次々にきれいにタイプしてくれ、すぐに本書で利用することができた。

寛大でいつも元気づけてくれるわたしのエージェント、ジル・コールリッジは担当の引き継ぎまで、この複雑に絡み合った物語の形を整えるため、もうしわけないほどの長い時間を割いてくれた。引き継いでくれたジョージア・ギャレットの指導のもとで、わたしはこのうえなく満足している。両者だけでなく、コールリッジ&ホワイト社のすばらしい職員の方々に、わたしは深謝を捧げたい。同様の感謝の気持ちを、大西洋を超えてニューヨークのメラニー・ジャクソンへも届けたい。理想的な編集者を探しあててくれたのは、彼女である。また偶然にも、わたしの原稿のなかに彼女の家族、すなわち彼女の父親と祖父が登場する（父親が一九四七年に書いた手紙のなかでレムキンのことを「あの、バガー（bugger）」と呼んだわけだが、その真の意味を洞察するチャンスをくれた〔buggerには「あいつ」とか「野郎」という意味のほか「男色者」という意味あり〕）。

アルフレッド・A・クノップ社のヴィクトリア・ウィルソンは非の打ち所がない理想的な編集者であった。恐れ多く、戦略に長け、注意深く、愛すべき、用心深い彼女は、時間の配分と書き急がぬことの大切さを口やかましく忠告してくれたが、わたしは彼女の助言に大いに感謝する。原稿完成までの道のりの後半から、ヴァイデンフェルト&ニコルソン社のベア・ヘミングと仕事を進めることになったのも幸運だった。彼女の読みの深さと知的思考のおかげで、終了間際の原稿でもさらに大きく改善することができた。まだ誤りが残っているとしたら、それは一重にわたしの責任である。

最後に、最も親密なわたしの家族、リヴィウの喜びと陰にすっかり（やり過ぎなくらいに）浸りきってくれた、かけがえのない五人には最大の感謝を捧げたい。歴史家のレオは敬虔主義信者について教えてくれ、社会科学者のララはわたしの過剰な虚偽意識について注意してくれ、芸術家カティヤは場所や物を違う見方でとらえることを教えてくれた。

そしてナタリア、勝手気ままなわたしたちの気まぐれに悠々と対応してくれ、アイデアに取り憑かれて夢中になっているわたしを受けとめてくれながら、彼女はこの小さなチームをすばらしい幸せ家族にしてくれた。彼女に対する感謝と愛は、いくら捧げても足りることはない。ありがとう、ありがとう、ありがとう。

訳者あとがき

本書は、Philippe Sands, EAST WEST STREET: On the Origins of GENOCIDE and CRIMES AGAINST HUMANITY, Weidenfeld & Nicolson, London, 2016 の全訳である。尚著者の諒解を得て変更した個所がある。

唯一無類の本

「家族の肖像」と「国際法発展史」が一冊の本に同居した例をほかに知らない。そのうえ探偵小説仕立てというのだから、類似書は古今東西たぶん存在しない。

二〇一六年三月に発売された本書の初刷部数は少なかったと聞く。だが出版からたちまち絶賛を博し、九か月後には英国ノンフィクションの最高峰とされるベイリー・ギフォード賞（以前のサミュエル・ジョンソン賞）を受賞してベストセラーになった。現在ではすでに中国語・韓国語をふくむ十六か国語に翻訳済ないしは翻訳中である。

この作品の駆動力は「偶然」である。二〇一〇年にウクライナの大学が著者に講演を頼まなければ本書は書かれなかった。一九三四年にポーランドがマイノリティ保護条約を破棄していなければ著者の母親は生まれていない。本書中無数にある偶然のうち、たとえば、本書と著者の存在を左右した決定的なものがこの二つだ。

ある英国の作家が「偶然に恵まれるのは、正しい道を歩んでいる印」といった。著者フィリップ・サンズは本能的にこれを理解していた。偶然に驚き、喜びを見いだし、弁護士の調査力をヨーロッパだけでなくアメリカでも振るい、法廷弁論のスキルを活字に乗せた。

書評は称賛に次ぐ称賛。だがそのなかに辛辣なのがあった。著名歴史学者による批判である。いわく、歴史家ならばリサーチの苦労話などは、なめらかな叙述の下に隠し、著者が表に出てきたりはしない。たまたま同じ町の出身だからといって、二人の法律家と自分の祖父を結びつける必然性があるのか？　著者は懸命にその意味を見いだそうとするが失敗している、云々。

珍しくきつい書評だったから読書中も頭の隙にこびりついていた。読み進めるうちに歴史学者の指摘が見えてくる。なるほど。しかしページを繰る手はとまらず感銘の度を高めながら読み終えるころ、彼が「欠点」とした部分は、実は本書の「美点」なのではないかと、偏見のベクトルが逆転した。

つながりそうもない情報がつながる、放っておいた切れ端が後日意味を帯びて立ちあがる。そうした断片を掘り起こし、揺すぶり、有意味に結合させたのは、著者の情熱だった。今読み終えたものは——国際法のすぐれた啓蒙書という側面を別にして——フィリップ・サンズという人物そのものだったのではないか、という思いに強く捕えられた。

本書はきわめてパーソナルな記録なのである。奇遇に導かれた著者は、ゆく先々で新発見に遭遇し新しい友人をこしらえてゆく。表紙のゲットーの写真も、単なるカバーデザインではなく、そうしたうちわけの縮図といえる。それはゲットー内部を撮影した唯一のカラー8ミリ動画からのひとこまで、その所有者は「虐殺者」ハンス・フランクであり、動画を著者に見せてくれたのがハンスの息子、奇縁によって著者の親友となったニクラスだった。いわば捕獲者ハンスらによって撮影された被捕獲者たちが余命も知らずにカメラを見つめほほえむという、本来は門外不出だったはずの色あざやかな、やりきれないイメージなのだった。

本書で何を書きたかったのか？　というインタビューに対して、著者はこう答えていた。「私は誰なのかという探究」

彼がみずからに課した問いの回答は知らない。だが少なくとも彼がどういう人物なのか、本書を通じて知ることができた。そしてまた、厳密な法解釈と訴訟という世界から本書の執筆を通して自己解放した彼の姿を垣間見たようにも思われる。

著者と作品

読書界における著者の名声は本書によって英国内外で高まったが、勅撰弁護士であり大学教授でもある彼は、国際司法の世界や国際法の学界ではすでに有名人である。専門的著作以外で、本書以前に一般読者を対象に発表した作品に次の二冊がある。

Lawless World: Making and Breaking Global Rules（2005）
『無法の世界』：本書は、ブッシュとブレアが始めたイラク戦争が違法であったという告発の書。二〇一六年の新版では、ブレアの個人的責任を検討したチルコット委員会レポートにも触れている。

Torture Team: Deception, Cruelty and the Compromise of Law（2008）
『拷問チーム』：ブッシュ政権が、それ以前米国内では許されていなかった拷問テクニックの使用を許可。そのような非道がまかり通ってしまったメカニズムを探る。

当初環境問題に傾注していた著者は、その後人権関連問題に軸足を置き、本書誕生のきっかけとなったリヴィウ大学からの講演依頼も、そうした彼の活動に注目した結果だった。

何よりも個人の人権を、と訴える彼の主張は、本書中、レムキンよりもラウターパクトを支持する態度に表われている。すなわち、人種等を括りとした集団の殲滅よりも個々人の殺戮を重大視する、個人重視の立場だ。

ハンナ・アレントが『イェルサレムのアイヒマン』で述べた「悪の凡庸さ」という考え方を彼は拒否する。アイヒマンは組織に盲従しただけの殺人装置の歯車・凡庸な官僚などではなく、誇り高く狡猾なナチ高官で熱狂的な「最終解決」の支持者だった、と新資料をもとに彼は断じる。組織の背後に隠れて責任を逃れようとする者を糾弾する姿勢は本書のそこかしこに読み取れる。命令に従っただけ、という弁明を許さぬ著者は、かように個人の責任を断固追及する一方、あるいはそれゆえに、個人の人権を絶対尊重する。

さらに、人権は人種、文化的背景などとは無関係だと強調する彼は、世界の一部、一部の民族、社会の一部が特権を得る状態を嫌悪し、「我々」と「彼ら」という分断を危険視する。

こうした立場を取る彼は、英国のブレグジット（EU離脱）に愕然とし、社会の分断に力を得たトランプ政権を非難する。歴史的に国際法という分野の二大推進力であった国々——英国と米国——が揃いもそろって「国際的」でなくなりつつある現象を、彼は国際法学者として懸念しているのだ。

著者は、あるドキュメンタリー（一種のロード・ムービー）の制作にも関与した。本書執筆の最中に、大学時代からの親友の映画監督に本書の要旨を語り、その結果完成したのが WHAT OUR FATHERS DID: My Nazi Legacy（邦題『父の背中：ナチス戦犯が遺したもの』）(2015) である。監督というのが『ダウントン・アビー』シリーズのうち六作を担当したデイヴィッド・エヴァンス。主役は著者のほか本書にも登場するハンス・フランクの息子ニクラスとオットー・フォン・ヴェヒターの息子ホルストであり、読者は本書中に描かれたさまざまなシーンを、ときにはほぼ記述された通りに観ることになる。本書を立体的に、生々しく理解するために、これに勝る作品はない。

以上のような幅広い活動を評価されて、著者は本年一月、英国ペンクラブの会長に選出された。前会長は「二〇二一年に百周年を迎える当クラブのリーダーとして、人権と表現の自由の確固たる擁護者である彼以上にふさわしい人物はいない」と賛辞を贈っている。

ハムステッドの坂道

寒風の吹く午後、著者と食事をし、店を出てしばらく歩いたところで彼が立ち止まった。

「こんなところで何をしてるんだろう?」と、彼は向かい側の歩道で信号待ちをしている老婦人のほうを見やっていう。「私の母ですよ」

信号を不安げに見あげている婦人は、著者の母親だった。一歳のときミス・ティルニーに抱かれ、母親が居残るウィーンから父親のいるパリへ向かう列車に乗った「よるべなき子」、ルースである。こちらに気づいた彼女は、自分の息子が東洋人といっしょに待ちかまえていることに驚いたようすで、ゆっくりと横断歩道を渡ってきた。

日本語版の翻訳者だと紹介された僕は、ルースのあたたかな手を取ってしばしその手を離せず、立ち話をしてから二人に別れを告げた。

ハムステッドヒースの駅へ続く長い坂をくだる道々、八十歳になる彼女の人生をロンドンからパリ、パリからウィーンへと辿りなおしてみた。偶然のドミノ倒しとでもいうべき人生、虐殺をまぬがれたあの大きな目が見たものを、想像力でおぎないながら。

謝辞

白水社編集部の藤波健さんには版権取得から出版まで迅速・丁寧なサポートを頂きました。また、帝京大学准教授の喜多康夫さんと日本学術振興会特別研究員の越智萌さんには国際法関連の用語チェックのほか貴重なアドバイスを頂きました。この場を借りて御礼申しあげます。

園部哲

二〇一八年三月、ロンドン郊外にて

補足：国際軍事裁判所憲章第6条（c）のセミコロン問題

第2部の48にある「セミコロン問題」は、セミコロンをコンマに変えたことによって文意が変わり、ニュルンベルク裁判の管轄範囲を根本的に変えてしまった珍事である。なぜロシア版だけがコンマで、英仏版がセミコロンになっていたのか？　単なるケアレスミスなのか一定の意図をもってなされたのか？　それ自体一種のミステリーだが、ここでは文意がどのように変化したのか原文解釈のみに限って補足する。

第6条はニュルンベルク裁判所（国際軍事裁判所）の設置趣旨と管轄範囲が以下（a）（b）（c）である旨を述べている。

（a）平和に対する罪（Crimes against peace）の内容説明（原文省略）

（b）戦争犯罪（War crimes）の内容説明（原文省略）

（c）人道に対する罪（Crimes against humanity): Namely, murder, extermination, enslavement, deportation, and other inhumane acts committed against any civilian population, before or during the war; or persecutions on political, racial or religious grounds in execution of or in connection with any crime within the jurisdiction of the Tribunal, whether or not in violation of the domestic law of the country where perpetrated.

右（c）項の「during the war」の直後の「;」が問題のセミコロンである。このままだとセミコロンを境に文章が前後二つに分かれていると見なされる。その了解でゆくと、「in execution of or in connection with any crime within the jurisdiction of the Tribunal, whether or not in violation of the domestic law of the country where perpetrated（犯行地の国内法の違反であると否とを問わず、本法廷の管轄に属する犯罪の遂行としてもしくはこれに関連しておこなわれた）」という前提条件は（以下、この句を『前提条件』という）セミコロン後の文章にしかかからない。

すると前文は、「before or during the war（戦前または戦時中）」に文民たる住民に対してなされたmurder以下other inhuman actsまでの諸犯罪（以下、『殺人他の諸犯罪』という）が人道に反する罪になるというだけで、特段の制約はない。「戦前」の犯罪も特に制約なく対象になることに留意。

後文では迫害行為（persecutions）が、『前提条件』に当てはまる場合にのみ人道に反する罪になる。「本法廷の管轄権がおよぶ何らかの犯罪」とは、先行する（a）平和に対する犯罪と（b）戦争犯罪になる。したがって、迫害行為が（a）か（b）の遂行時ないしはそれに関係した行為として位置づけられる場合のみ、人道に対する罪となる。


セミコロンをコンマに代えると（c）全体がひとつの文章になる。その場合の解釈はどうなるだろうか？『前提条件』が（c）全体にかかってくる。すなわち迫害行為だけでなく『殺人他の諸犯罪』を制限する。つまり（c）項に列挙された『殺人他の諸犯罪』と迫害行為は、（a）平和に対する犯罪、（b）戦争犯罪、のいずれかが存在したときにのみ人道に対する罪になりうる。と同時に、国内法では犯罪ではなかったという事実（ドイツ政府の命令に従っただけ、というような主張）は釈明にならない。また（a）（b）という犯罪、すなわち戦争開始後の犯罪への結びつきを要請されたということで、「before or during the war（戦前または戦時中）」という句の前半分は無意味になる。本法廷が有する管轄権限に、戦争以前のできごとは含まれないからである。
（a）（b）はいずれもそれのみで独立した犯罪だが、（c）の人道に対する罪はこうした結びつけによって（a）（b）に付随した犯罪となる。その結果人道に対する罪は（a）（b）というすでに公認された犯罪の派生的犯罪であり、今回新たにひねりだしたものではないという位置づけになり、罪刑法定主義からは逸脱していないという主張につながる。

訳者略歴

園部哲（そのべ・さとし）

翻訳家。一橋大学法学部卒業。訳書に『北朝鮮14号管理所からの脱出』『アジア再興』『アメリカの汚名』（以上、白水社）、『密閉国家に生きる』『人生に聴診器をあてる』（以上、中央公論新社）、『北極大異変』（集英社インターナショナル）、共訳書にシャーウィン裕子著『夢のあと』（講談社）がある。ロンドン在住。

ニュルンベルク合流

「ジェノサイド」と「人道に対する罪」の起源

二〇一八年四月　五日　印刷

二〇一八年四月二〇日　発行

著者　フィリップ・サンズ

訳者　©園部哲

装幀　日下充典

発行者　及川直志

印刷所　株式会社理想社

発行所　株式会社白水社

東京都千代田区神田小川町三の二四

電話　営業部〇三（三二九一）七八一一

　　　編集部〇三（三二九一）七八二一

振替　〇〇一九〇‐五‐三三二二八

郵便番号　一〇一‐〇〇五二

www.hakusuisha.co.jp

乱丁・落丁本は、送料小社負担にてお取り替えいたします。

株式会社松岳社

ISBN978-4-560-09625-3

Printed in Japan

人名索引

ア行（ヴで始まる人名も含む）

アイヒマン、アドルフ　Eichmann, Adolf　67, 81, 202, 292, 324–325
アインシュタイン、アルバート　Einstein, Albert　131, 474
アラゴン、ルイ　Aragon, Louis　99
アレーハント、モーリシー　Allerhand, Maurycy　118, 226, 231–232, 433–434, 546
ヴィトリン、ユーゼフ　Wittlin, Jozef　28–30, 42, 111, 540, 543
ウィルソン、ウッドロウ　Wilson, Woodrow　28, 119, 123–126, 226
ウェスト、ダーム・レベッカ　West, Dame Rebecca　490–491, 518–520, 522
ヴェスペイジャン、ペラ　Pella, Vespasian　241, 267, 316, 423
ヴェヒター、オットー・フォン　Wächter, Otto von　44, 61, 66–67, 160, 315, 319, 325, 328, 331, 340, 346–347, 349–357, 359–364, 373, 481, 496–497, 538–539, 543
ヴェヒター、ジャクリーヌ・フォン　Wächter, Jacqueline von　353
ヴェヒター、シャルロッテ・フォン　Wächter, Charlotte von　337–338, 351, 355, 362, 399
ヴェヒター、ホルスト・フォン　Wächter, Horst von　353–354, 356–357, 360, 362–364, 497, 538–539
オコナー、リチャード・シクストゥス　O'Connor, Richard（'Sixtus'）　526–527

カ行

賀川豊彦　Kagawa, Toyohiko　258
カッツ、インカ（旧姓ゲルバード）　Katz, Inka　108–109, 136, 154, 156–158, 164–168, 352, 373, 424–426, 466–467, 498, 510, 524, 532, 543
ガッレラーニ、チェチーリア（レオナルド・ダ・ヴィンチも参照）　Gallerani, Cecilia　368–371, 373, 441
ギルバート、グスターヴ　Gilbert, Gustave　427–429, 437, 440–441, 444, 503, 523
クーパー、R.W.　Cooper, R.W.　21, 477–478, 522, 526
クプファマン、マックス　Kupferman, Max　59–60, 62–64, 101, 458–461
クラヴェッツ、サーシャ　Krawec, Sasha　203–204, 209, 211, 339, 537
グラウ、リリー　Grau, Lily　312, 342–343, 345, 367, 375, 427
クーリッジ、アーチボルド　Coolidge, Archibald　124
グルーバー、エディット　Grueber, Edith　54, 63, 68, 449–451
グルーバー、グスタ（旧姓ブフホルツ）　Grueber, Gusta　47, 49, 51–54, 58, 63, 65, 67–68, 82, 100, 449–451,

454–456, 458
グルーバー、テレーゼ（デイジー）　Gruber, Therese（Daisy）　52, 63, 68, 449
グルーバー、ヘルタ　Grueber, Herta　54, 63, 68, 449–450, 453–456, 458–461
グルーバー、マックス　Gruber, Max　51–53, 55, 58, 63, 65, 67–68, 82, 449–451, 454–455, 458
クレイマー、クララ　Kramer, Clara　85, 87–88, 110, 155, 373, 424–426, 497–498, 546
グロスマン、ワシーリー　Grossman, Vasily　276, 435, 508
ゲッベルス、ヨーゼフ　Goebbels, Joseph　354, 521
ゲート、アーモン　Göth, Amon　365, 423
ゲーリング、ヘルマン　Göring, Hermann　182, 367, 378, 396, 399, 403–404, 406–407, 414, 416, 419, 436, 440–441, 473–474, 480, 487, 504, 513, 520, 522, 526
ケルゼン、ハンス　Kelsen, Hans　129–131, 136, 145, 315
ゲルバード、ザビーナ（サブカ。旧姓ラウターパクトを参照）　Gelbard, Sabina
ゲルバード、マルセル　Gelbard, Marcele　136, 155
ケンプナー、ロベルト　Kempner, Robert　228, 281, 473–474, 486
コスマン、ミレイン　Cosman, Milein　292–293
コール、レオポルド　Kohr, Leopold　277–278, 475, 537

サ行

ザイス＝インクヴァルト、アルトゥル　Seyss-Inquart, Arthur　66–67, 397, 496–497, 525
サイドル、アルフレート　Seidl, Alfred　400, 416, 437–438, 440–441, 485–486, 495, 529
ザイラー、サンドラ　Seiler, Sandra　298–301, 304–305, 389–392
サンズ、ルース（旧姓ブフホルツ）　Sands, Ruth　38, 68, 70–76, 95, 187, 189, 454, 539
ジャクソン、ビル　Jackson, Bill　280, 283, 472
ジャクソン、ロバート H　Jackson, Robert H　107–108, 150–151, 159–161, 163, 174–180, 265, 278–283, 309, 324, 377, 379, 398, 407–410, 419, 421–422, 427, 470, 472–476, 487–488, 500, 504–505, 516
シャンプティエ・ド・リブ、オーギュスト　Champtier de Ribes, Auguste　494
シュヴェルブ、エイゴン　Schwelb, Egon　472, 501, 510–511
シュトライヒャー、ユリウス　Streicher, Julius　318, 378, 419, 443, 480
シュペーア、アルベルト　Speer, Albert　182, 414, 419, 440–441
ショークロス、サー・ハートリー　Shawcross, Sir Hartley　179–180,

182, 284, 400–403, 410–411, 413–415, 419, 465, 467, 478, 483, 488–495, 500–501, 504–505, 516, 518, 524
ショパン、フレデリック　Chopin, Frederic　88, 328, 333, 474
シーラッハ、バルドゥール・フォン　Schirach, Baldur von　80, 322, 354, 405
スキップウィズ、ソフカ　Skipwith, Sofka　203, 206, 292
ソラック、H・クロード　Thorack, H. Claude　261, 265

タ行

ダラディエ、エドゥアール　Daladier, Edouard　72, 75
ダンダス、サー・ヒュー　Dundas, Sir Hugh　417
ダンダス、レディー・イーニッド（ロビー。旧姓ローレンス）　Dundas, Enid, Lady　417–419, 421, 481
チャーチル、サー・ウィンストン　Churchill, Sir Winston　160, 173–174, 176, 201, 418
チャルトリスカ公妃　Czartoryska, Princess Izabela　369
ツヴァイク、シュテファン　Zweig, Stefan　52, 123, 422
ティルニー、アルバート　Tilney, Albert　191–192, 194–195, 203, 210
ティルニー、エルシー　Tilney, Elsie　40–41, 103, 185, 187, 189–197, 199–204, 206–214, 289, 306, 339, 383, 449, 452, 537
ティルニー、ジャーメイン　Tilney, Germaine　191–194, 204
ティルニー、フレデリック　Tilney, Frederick　191–192, 204, 537
デュボスト、シャルル　Dubost, Charles　494–495
ドゥブノフ、シモン　Dubnow, Simon　252
ド・ゴール、シャルル　de Gaulle, Chrales　41, 97–99
ドッド、トーマス　Dodd, Thomas　441, 444, 475
ドヌデュー・ド・ヴァーブル、アンリ　Donnedieu de Vabres, Henri　317–318, 380, 397–398, 418, 422–423, 442–443, 523, 534
ドノヴァン、ジェイムズ　Donovan, James　282–283
ドモフスキ、ロマン　Dmowski, Roman　232, 239, 242
ドルフース、エンゲルベルト　Dollfuss, Engelbert　61, 312–313, 315
トルーマン、ハリー・S　Truman, Harry S.　107, 174, 278, 375, 526
トロット、インゲ　Trott, Inge　293–294, 384, 387–388, 457
トロマン、シュラ　Troman, Shula　205–209, 537

ナ行

ニキチェンコ、イオナ　Nikitchenko, Iona　179, 398, 418, 516–517, 520
ネヴィル、チェンバレン　Chamberlain, Neville　148, 244
ノイラート、コンスタンティン・フォ

ン　Neurath, Konstantin von　476–478, 500

ハ行

ハイドリヒ、ラインハルト　Heydrich, Reinhard　324–326
バイブラ、リュドミラ　Baybula, Lyudmyla（Luda）　87
ハウスホーファー、カール　Haushofer, Karl　422, 477
パーカー、ジョン　Parker, John　398, 488, 503
バッハ、ヨハン・セバスチャン　Bach, Johan Sebastian　107, 112, 169–170, 379, 428, 478
パデレフスキー、イグナツィ　Paderewski, Ignacy　125–126, 264, 333
バルビー、クラウス　Barbie, Klaus　93
ピウスツキ、ユーゼフ　Piłsudski, Józef　126, 140, 225, 239, 327
ヒトラー、アドルフ　Hitler, Adolf　19, 29, 42, 55, 61, 64, 66, 72, 78, 87, 100, 131, 139, 149, 154, 176, 182, 197, 211, 241, 244–245, 252, 254, 260, 263, 269, 277–278, 281, 299, 309–315, 317–319, 322–323, 342, 344–345, 348, 350, 354–355, 367, 378–379, 396, 400, 415–416, 420, 428, 438–439, 476, 480, 487, 504–505, 507, 521
ヒトラー、パウラ　Hitler, Paula　131
ヒムラー、ハインリヒ　Himmler, Heinrich　321, 323, 328, 341–342, 344, 346, 352–353, 356, 362–364, 367, 379
ビューラー、ヨーゼフ　Buhler, Josef　324–326, 373, 423
ファルコ、ロベール　Falco, Robert　101, 398, 418, 442–443
フィードラー博士、タデウス　Fiedler, Dr Tadeusz　127, 226
フィンゲルスヴァイク、モーリス　Fingercweig, Maurice　99
フィンゲルスヴァイク、リュシアン　Fingercweig, Lucien　99
フィンゲルスヴァイク、リュセット　Fingercweig, Lucette　99, 525
ブーバー、マルティン　Buber, Martin　121
ブフホルツ、アニー　Buchholz, Annie　92
ブフホルツ、アマリー（マルケ）　Buchholz, Amelie（Malke）　39, 46–50, 54, 58, 63, 65, 68, 77–79, 81–85, 100, 103, 109, 301–302, 305, 322, 324, 343, 405, 430, 433, 435, 449–452, 454, 456–458, 509, 546
ブフホルツ、エミール　Buchholz, Emil　47, 49, 51–52, 102, 112, 199, 458
ブフホルツ、ジャン・ピエール　Buchholz, Jean-Pierre　38, 92
ブフホルツ、ピンカス　Buchholz, Pinkas　39, 45, 47, 49, 51–52, 54, 102, 155
ブフホルツ、マルケ（ブフホルツ、アマリーを参照）　Buchholz, Malke（Buchholz, Amalie を参照）

ブフホルツ、ラウラ（ローゼンブルム、ラウラを参照） Buchholz, Laura
ブフホルツ、ルース（サンズ、ルースを参照） Buchholz, Ruth（Sands, Ruth を参照）
ブフホルツ、レオン Buchholz, Leon 24–26, 35–41, 43–76, 78–82, 85, 89–97, 99–103, 108, 111–113, 118, 123, 125, 128, 130, 149, 155–156, 173, 178, 187, 189, 196, 199–200, 222, 291, 300–302, 304–306, 312, 352, 383–386, 388–389, 392, 424, 430, 449–453, 456–461, 493, 497, 499, 515, 517, 525, 539–540, 543, 545–547
ブフホルツ、レギーナ（リタ。旧姓ランデス） Buchholz, Regina 35–38, 40, 64–69, 71, 73–74, 79–83, 90–91, 95–96, 101–103, 187–188, 200, 291–292, 296, 300–306, 322, 352, 383, 385–386, 389, 392, 450, 456, 460, 539
ブライソン、サディアス Bryson, Thaddeus 261
フラッシュナー、アマリー（マルケ）（ブフホルツ、アマリー［マルケ］を参照） Flaschner, Amalie
フラッシュナー、アーロン Flaschner, Ahron 47
フラッシュナー、イザック Flaschner, Isaac 40
フラッシュナー、ナタン Flaschner, Nathan 47
フラッシュナー、メイヤー Flaschner, Meijer 48
フラッシュナー、ヨゼル Flaschner, Josel 47
フラッシュナー、ライブス Flaschner, Leibus 47, 66, 79, 85, 89, 499, 547
ブラームス、ヨハネス Brahms, Johannes 328
フランク、カール Frank, Karl 310
フランク、ジグリット Frank, Sigrid 340, 344
フランク、ニクラス Frank, Niklas 21–22, 312, 319, 328–333, 339–342, 344–345, 352–353, 356, 360, 368–372, 374–377, 395, 405, 434, 481, 511–514, 527–529, 538–539
フランク、ノーマン Frank, Norman 340–341, 344, 369, 375
フランク、ハンス Frank, Hans 19–21, 24, 26–27, 29, 61, 78, 84, 114, 159–160, 164, 182, 239, 246, 254, 264, 266, 272–273, 275, 278, 307, 309–319, 321–328, 330–339, 341–352, 356–360, 364–370, 372–380, 383, 396–401, 403–410, 414–416, 419–420, 423, 427–431, 434–444, 465–468, 472, 475, 480–483, 485–488, 490–492, 494–497, 505–506, 512, 514, 516, 519–523, 525–528, 534, 539, 546
フランク、ブリギッテ Frank, Brigitte 312, 319, 328, 331–332, 334, 337–339, 342–345, 374–377, 404, 427, 445, 512–513, 527
フランク、リリー Frank, Lily 332
フランツ・フェルディナント大公 Franz Ferdinand, Archduke 51
フランツ・ヨーゼフ皇帝 Franz

Joseph, Emperor　54, 110, 117–118, 238
フリッチェ、ハンス　Fritzsche, Hans　440–441, 521
ブルム、レオン　Blum, Léon　37, 75
ブルンナー、アロイス　Brunner, Alois　81, 93, 202
フロイト、ジークムント　Freud, Sigmund　84, 128–129, 136, 432
フロイト、パウリーヌ（パウリ）　Freud, Pauline（Pauli）　84, 432, 435
フロイト、マリア（ミッツィ）　Freud, Maria（Mitzi）　84, 432, 435
フロイト、レギナ（ローザ）　Freud, Regina（Rosa）　84, 432, 435
ヘス、ルドルフ　Höss, Rudolf　319, 399, 405, 419, 422–423, 437–439, 444, 485, 487, 504, 522
ボルマン、マルティン　Bormann, Martin　182, 322, 379, 397

マ行

マカレヴィッツ、ユリウシュ　Makarewicz, Juliusz　118, 122, 224, 226–227, 233–235, 238–240, 433–434, 543
マクスウェル・ファイフ、サー・デイビッド　Maxwell Fyfe, Sir David　160, 179, 399, 401–402, 404, 410, 418, 467, 476–478, 489, 500, 502–504, 518, 532
マクダーモット、マルコム　McDermott, Malcolm　244, 251, 255, 260–261, 264
マクネア、サー・アーノルド　McNair, Sir Arnold　134–138, 146, 163, 180, 501
マラパルテ、クルツィオ　Malaparte, Curzio　325–329, 331, 333–337, 339, 341, 355, 416
モーゲンソウ、ヘンリー　Morgenthau, Henry　126, 174, 223, 232, 276

ヤ行

ヨードル、アルフレート　Jodl, Alfred　100, 417, 419, 441

ラ行

ライズマン、サミュエル　Rajzman, Samuel　430, 432–433, 435–436, 438, 486
ラウターパクト、アーロン　Lauterpacht, Aron　108, 110, 140, 143, 146, 156, 164, 466
ラウターパクト、エリカ　Lauterpacht, Erica　136
ラウターパクト、サー・エリフ　Lauterpacht, Sir Elihu　138, 143–147, 149–151, 159, 162–163, 170, 172–173, 181, 330, 401, 411, 424, 466, 478, 481, 483, 510, 539–540
ラウターパクト、サー・ハーシュ　Lauterpacht, Sir Hersch　19–20, 24, 30–32, 58, 87–89, 103, 105, 107–112, 114, 117–123, 125, 127–143, 145–154, 156, 159–165, 168–182, 197, 218, 222, 224, 226–227, 231, 233, 235, 238, 243, 254, 261, 265–266, 276, 278, 280, 282, 285, 292, 309–

310, 315–316, 323–324, 347, 352, 373, 380, 397–405, 407–415, 424–426, 433–434, 442, 465–468, 472, 475, 478–483, 487–489, 492–494, 497, 499–502, 509–511, 514, 516–519, 524, 531–533, 535, 539, 541–543, 545–547
ラウターパクト、ザビーナ（サブカ） Lauterpacht, Sabina（Sabka） 108, 136, 164
ラウターパクト、ダヴィッド（デュネク。ハーシュの兄） Lauterpacht, David（Dunek） 108, 136, 152, 164, 169
ラウターパクト、ダヴィッド（デュネク。ハーシュの伯父） Lauterpacht, David 88, 110, 154, 547
ラウターパクト、デボラ Lauterpacht, Deborah 108, 138, 140, 143, 146, 156
ラウターパクト、ニンシャ Lauterpacht, Ninsia 136
ラウターパクト、レイチェル Lauterpacht, Rachel 132–135, 138–140, 146, 148–151, 153–154, 156, 159, 161–164, 169, 171, 177, 181, 400–401, 409–410, 426, 466, 539
ラッシュ、カール Lasch, Karl 323, 328, 331, 344, 346
ランズマン、クロード Lanzman, Claude 84–85
ランデス、アントニア Landes, Antonia 65
ランデス、ウィルヘルム Landes, Wilhelm 65, 67
ランデス、エミール Landes, Emil 65, 67, 71–72, 548
ランデス、シュザンヌ Landes, Susanne 65
ランデス、ベルンハルト Landes, Bernhard 65, 67
ランデス、ユリウス Landes, Julius 65, 68
ランデス、レギーナ（リタ。ブフホルツ、レギーナを参照） Landes, Regina（Rita）
ランデス、ローザ Landes, Rosa 65, 67, 71, 79, 81, 83, 324
ラントホイザー、オットー Landhauser, Otto 193, 202, 206
リッペントロップ、ヨアヒム・フォン Ribbentrop, Joachim von 78, 154, 245, 399, 415, 419–420, 441, 504, 522, 526
リンデンフェルト、エミール Lindenfeld, Emil 294–300, 303–306, 383, 389–390, 392, 538
ルデンコ、ロマン Rudenko, Roman 495–497, 504
レオナルド・ダ・ヴィンチ Leonardo da Vinci 309, 368–369, 441
レムキン、エリアス Lemkin, Elias 219, 246, 261, 506–508
レムキン、サミュエル Lemkin, Samuel 219, 223
レムキン、ソール Lemkin, Saul 244, 247–249, 506–509
レムキン、ベラ Lemkin, Bella 219–220, 222, 224, 244, 246–248, 250, 252, 256, 258, 263, 294, 506–508, 525

レムキン、ヨーゼフ　Lemkin, Joseph　219, 224, 246, 248, 250, 252, 256, 258, 263, 506–508, 525
レムキン、ラファエル　Lemkin, Rafael　20, 24, 30–32, 58, 102, 171–172, 215, 218–233, 235, 238–285, 292, 309–310, 315–317, 319, 321, 323–324, 347, 361, 380, 397–398, 400, 408–409, 412–413, 421–424, 433–434, 442, 465, 467–480, 483–485, 487–490, 492–494, 499–504, 506–507, 509–511, 515–519, 524, 531–533, 535, 537, 541–543, 545–546
ローズヴェルト、エレノア　Roosevelt, Eleanor　271, 470
ローズヴェルト、フランクリン・デラノ　Roosevelt, Franklin Delan　150–152, 173–174, 268–271, 276, 278, 375, 398, 470
ローゼンブルム、ヘルタ　Rosenblum, Herta　81, 200, 449, 452
ローゼンブルム、ラウラ　Rosenblum, Laura　47, 49, 52, 54–55, 65, 81, 100, 200, 449, 451, 456
ローゼンベルク、アルフレート　Rosenberg, Alfred　263, 396, 399, 404–405, 437, 441, 445, 483–484, 488, 504, 520, 522, 525
ロート、ヨーゼフ　Roth, Joseph　25, 50, 53, 60, 119, 238, 258
ロバーツ、ジェフリー・ドーリング・「カーキ」　Roberts, Geoffrey Dorling　284, 402, 515
ローレンス、サー・ジェフリー　Lawrence, Sir Geoffrey　397–398, 405, 407, 417, 486, 506, 518–519, 523, 525–526
ローレンス、レディー・マージョリー　Lawrence, Marjorie, Lady　397, 519
ロンシャン・ド・ベリエ、ロマン　Lomgchamps de Berier, Roman　122, 154, 226, 264, 323, 434

注釈

プロローグ◈招待状

21 頁「開いては閉じ、開いては閉じ」: R. W. Cooper, *The Nuremberg Trial*（Penguin, 1946）, 272.

22 頁「ここは幸福の部屋なんです」: ニクラスと私は、撮影班を伴って 2014 年 10 月 16 日に法廷を訪れた。それを基に作成されたドキュメンタリーフィルムは *What Our Fathers Did: A Nazi Legacy* と題され、父ハンス・フランクと息子の関係を探究している。

25 頁「わたしたちにつきまとうのは」: Nicolas Abraham and Maria Torok, *The Shell and the Kernel*, ed. Nicholas T. Rand（University of Chicago, 1994）, 1:171〔ニコラ・アブラハムとマリア・トローク著『表皮と核』松籟社〕に収録された、Nicolas Abraham, 'Notes on the Phantom: A Complement to Freud's Metapsychology'（1975）。

25 頁「境界線があいまいな」: John Czaplicka, ed., の *Lviv: A City in the Crosscurrents of Culture*（Harvard University Press, 2005）, 89 で引用された Joseph Roth, 'Lemberg, die Stadt', in *Werke*, ed. H. Kesten（Berlin, 1976）, 3:840。

25 頁「赤と白、青と黄色、黒と金色」: 同上。

27 頁　議事堂の役目は失われたが：ヤン 2 世カジミェシュ・ヴァーザは 1609 年 3 月 22 日生まれで、ポーランド王かつリトアニア共和国の国王だった。1672 年 12 月 16 日逝去。

28 頁「今どこにいるのだろう」: Józef Wittlin, *Mój Lwów*（Czytelnik, 1946）; *Mein Lemberg*（Suhrkamp, 1994）（in German）; *Mi Lvov*（Cosmópolis, 2012）（in Spanish）.

28 頁　それから六十年後：イヴァン・フランコは 1856 年 8 月 27 日ナグイエーヴィチ村に生まれ、1916 年 5 月 28 日レンベルクで死す。

28 頁「あのときの記憶を生身に残した人々の」: Wittlin, *Mój Lwów*; 英訳は Antonia Lloyd-Jones による *City of Lions*（Pushkin Press, 2016）, 32。

29 頁「牧歌的なあの日々を生きている」: 同上、7–8。

29 頁「一九四二年八月上旬」: David Kahane, *Lvov Ghetto Diary*（University of

Massachusetts Press, 1990), 57。

第1部◆レオン

42頁 ハーグの件というのは：2011年4月1日、国際司法裁判所は同裁判所に本件審理の管轄権なしと裁定した。

42頁「血塗られた土地」: Wittlin, *City of Lions*, 5.

44頁　この努力が裏目に出て：ボレスワフ・チュルクは1947年に収監されて1950年に死ぬ。'Czuruk Bolesław - The Polish Righteous', http://www.sprawiedliwi.org.pl/en/family/580,czurukboleslaw.

44頁「武装親衛隊ガリツィア師団」: Michael Melnyk, *To Battle: The History and Formation of the 14th Galicien Waffen-SS Division*, 2nd edn (Helion, 2007).

44頁『汝殺すなかれ』: アンドレイ・シェプティツキは1865年7月29日に生まれ1944年11月1日に死んだ。Philip Friedman, *Roads to Extinction: Essays on the Holocaust*, ed. Ada June Friedman (Jewish Publication Societyof America, 1980), 191; John-Paul Himka, 'Metropolitan Andrey Sheptytsky' (*Jews and Ukrainians*, ed. Yohanan Petrovsky Shtern and Antony Polonsky (Littman Library of Jewish Civilization, 2014), 337–60. に収録)

45頁　市の公文書館から：リヴィウ州の政府公文書館。

47頁　レオンだけが嫡出子だった：ワルシャワ歴史資料公文書センター。

48頁　スタニスワフ・ジュウキエフスキ：1547生まれ、1620年死亡。

48頁　わたしはアレックス・デュナイから：デジタル資料で。

50頁「南北に走る通りの」: Joseph Roth, *The Wandering Jews*, trans. Michael Hofmann (Granta, 2001), 25〔『放浪のユダヤ人―ロート・エッセイ集』法政大学出版局〕

50頁　地図上の位置としては、東西に走る：1879年、ジュウキエフ土地所有者台帳、Lviv Historical Archives, fond 186, opys 1, fi le 1132, vol. B.

51頁　同年五月、平和条約がロンドンで：1913年5月30日に調印されたロンドン条約。調印国はブルガリア、オスマン帝国、セルビア、ギリシア、モンテネグロ、イタリア、ドイツ、ロシア、オーストリア＝ハンガリー帝国。

51頁　が、わずか一か月後：1913年8月10日に調印されたブカレスト条約。調印国はブルガリア、ルーマニア、セルビア、ギリシア、モンテネグロ。

51頁「前代未聞の大戦闘」:「レンベルクだけでなくハーリチも陥落した」と報じる1914年9月5日付けのニューヨークタイムズ紙。

51頁「一人の死がいかほどのものか」: Stefan Zweig, *Beware of Pity*, 英訳 Anthea Bell (Pushkin, 2012), 451.

52頁　「個人資料入手不可」: オーストリア国立公文書館々長が、2011年5月13日に著者に伝えてきた。

52頁　帝国は、崩壊と共に歴史的資料を : 1919年9月10日に締結されたサン・ジェルマン＝アン＝レイ条約。締結国はオーストリア、大英帝国、フランス、イタリア、日本、合衆国など。その第93条は次のように定める。「オーストリアは割譲地域の民政、軍政、財政、司法その他に関する各種の記録の記載、登録簿、図面、証書および文書を遅滞なく関係同盟国または連合国政府引き渡すべし。」

53頁　「彼ら全員が到着する」: Roth, *Wandering Jews*, 55.

54頁 ブルーノ・クライスキー : 1911年1月22日生まれ、1990年7月29日死亡。オーストリア首相（1970–1983年）。

56頁　ヴェルサイユ条約締結と同じ日に結ばれたが : 124頁の「人種、言語、宗教の区別なく」を参照。

57頁　「ケーキ屋、果物屋、植民地物産店」: Wittlin, *City of Lions*, 4, 28.

60頁　「ウィーンにやってきた新参の東方ユダヤ人」: Roth, *Wandering Jews*, 56–57.

61頁　ナチスの官僚七名が乗っていた : *Neue Freie Presse*, 13 May 1933, 1, http://anno.onb.ac.at/cgicontent/anno?aid=nfp&datum=19330513&zoom=33.

61頁　オーストリア首相エンゲルベルト・ドルフース : Howard Sachar, *The Assassination of Europe, 1918–1942: A Political History*（University of Toronto Press, 2014）, 202.

64頁　ヒトラーはマイノリティを保護する : Otto Tolischus, 'Polish Jews Offer Solution of Plight', *New York Times*, 10 February 1937, 6.

66頁　アンシュルス（併合）の前には : Guido Enderis, 'Reich Is Jubilant, Anschluss Hinted', *New York Times*, 12 March 1938, 4; 'Austria Absorbed into German Reich', *New York Times*, 14 March 1938, 1.

66頁　「犯罪者は処罰を受けなかったことで」: Friedrich Reck, *Diary of a Man in Despair*, trans. Paul Rubens（*New York Review of Books*, 2012）, 51.

66頁　彼と並んで演台に立ったのは : 'Hitler's Talk and SeyssInquart Greeting to Him', *New York Times*, 16 March 1938, 3.

67頁　「ユダヤ人問題解決」: Doron Rabinovici, *Eichmann's Jews*, trans. Nick Somers（Polity Press, 2011）, 51–53.

67頁　オットー・フォン・ヴェヒター率いる委員会は : ホルスト・フォン・ヴェヒターが作成したオットー・フォン・ヴェヒターの履歴書。1938年6月11日の記載。

68頁　わたしは、レオンがウィーン・ユダヤ人コミュニティに：ウィーン・イスラエル文化協会の創設は1852年と推定され、現在も活動を続けている。(http://www.ikg-wien.at).

68頁　その一一月九日の夜：Rabinovici, *Eichmann's Jews*, 57–59.

68頁　彼の足取りをかいま見せてくれる：Documentation Centre of Austrian Resistanceで見つけた情報に基づくヤド・ヴァシェムのデータベース（1911年4月12日生まれ）。

70頁　実は、ポーランド国籍を失っていた：Frederick Birchall, 'Poland Repudiates Minorities' Pact, League Is Shocked', *New York Times*, 14 September 1934, 1; Carole Fink, *Defending the Rights of Others*（Cambridge University Press, 2004）, 338–41.

74頁　共和党派のスペイン人：　一般的情報源として。Jean Brunon and Georges Manue, *Le livre d'or de la Légion Étrangère, 1831–1955*, 2nd ed.（Charles Lavauzelle, 1958）.

75頁　「こびへつらいの気風」: Janet Flanner, 'Paris, Germany', *New Yorker*, 7 December 1940, in *Janet Flanner's World*, ed. Irving Drutman（Secker & Warburg, 1989）, 54.

78頁　この棲み分けは、スターリンと：Augur, 'Stalin Triumph Seen in Nazi Pact; Vast Concessions Made by Hitler', *New York Times*, 15 September 1939, 5; Roger Moorhouse, *The Devils' Alliance: Hitler's Pact with Stalin, 1939–1941*（Basic Books, 2014）.

78頁　一九四一年六月、ドイツは：Robert Kershaw, *War Without Garlands: Operation Barbarossa, 1941/42*（Ian Allan, 2008）.

79頁　ユダヤ人たちは許可なくして：Rabinovici, *Eichmann's Jews*, 103.

79頁　ユダヤ人の東方強制移送は：同上。

80頁　彼女はユダヤ人として登録されていたが：次のウェブサイトで閲覧可能。http://www.bildindex.de/obj16306871.html#|home.

81頁　一九四一年一〇月、アイヒマンと：Rabinovici, *Eichmann's Jews*, 104.

81頁　まさにその翌日「難民に対し」: 同上。

82頁　その代わりに、「第三の男博物館」: 第三の男博物館 http://www.3mpc.net/englsamml.htm.

83頁　「この通りは全部やられるよ」: アンナ・ウンガー（旧姓シュヴァルツ）の証言。1942年10月にウィーンからテレージエンシュタットへ強制移送された。USC Shoah Foundation Institute, https://www.youtube.com/watch?v=GBFFlD4G3c8.

83頁　ベルヴェデーレ宮殿裏手の：ヘンリー・ステアラーの証言。1942年9

月にウィーンからテレージエンシュタットへ強制移送された。USC Shoah Foundation Institute, https://www.youtube.com/watch?v=HvAj3AeKIlc.

83頁　証明書はジークフリート・シュトライム医師：著者資料。

84頁　同列車で輸送された一九八五人のなかには：マルケ・ブフホルツの強制移送に関する詳細は次のウェブページを参照。http://www.holocaust.cz/hledani/43/?fulltextphrase=Buchholz&cntnt01origreturnid=1 氏名リストは http://www.holocaust.cz/transport/25bqterezintreblinka/.

84頁　そのあとにつづく手順は：フランツ・シュタングルに関する本として Gitta Sereny の *Into That Darkness*（Pimlico, 1995）〔『人間の暗闇ーナチ絶滅収容所長との対話』岩皆書店〕以上に興味深いものはない。トレブリンカについては、Chil Rajchman の実体験記 *Treblinka: A Survivor's Memory*, trans. Solon Beinfeld（MacLehose Press, 2011）が真に迫る。

84頁　床屋はついに崩れ落ち：このシーンは次のウェブで見ることができる。https://www.youtube.com/watch?v=JXweT1BgQMk.

84頁　「死ぬことを運命づけられた者たちの」: Claude Lanzmann, *The Patagonian Hare*〔『パタゴニアの野兎 ランズマン回想録』人文書院〕

85頁　マルケが殺されたのは：http://www.holocaust.cz/hledani/43/?fulltextphrase=Buchholz&cntnt01origreturnid=1.

87頁　昼食のピクルスとボルシチを：Clara Kramer, *Clara's War: One Girl's Story of Survival*, with Stephen Glantz（Ecco, 2009）.

90頁　故郷の町の中心から：同上。Ibid., 124。Gerszon Taffet, *The Holocaust of the Jews of Zołkiew*, trans. Piotr Drozdowski（Central Jewish Historical Committee, Lodz, 1946）.

90頁　一年前の一九四二年七月には：Maurice Rajsfus, *La rafl e du Vél d'Hiv*（PUF, 2002）.

91頁　地元の歴史家ムッシュー・ルイ・ベトレミュー：2012年8月2日に著者とベトレミュー氏との電話会話。

92頁　大量の紙束のなかに：UGIF（在仏ユダヤ人総連合）は1941年11月29日にヴィシー政府ユダヤ人問題担当局が、フランス全土のすべてのユダヤ人組織を一体化する目的で創設。1944年8月9日に法令により解散。

93頁　一九四三年二月、パリのゲシュタポ：Asher Cohen, *Persécutions et sauvetages: Juifs et Français sous l'occupation et sous Vichy*（Cerf, 1993）, 403.

93頁　同じ年の夏：Raul Hilberg, *La destruction des Juifs d'Europe*（Gallimard Folio, 2006）, 1209–10.〔ラウル・ヒルバーグ『ヨーロッパ・ユダヤ人の絶滅』柏書房〕

93頁　未使用のノート用紙でそれぞれ：1914年に創設された「アメリカ・ユダヤ人共同配給委員会（The American Joint Distribution Committee）」は現在でも活動を続けている（http://www.jdc.org）。「戦争捕虜と抑留者のための国民運動（Mouvement National des Prisonniers de Guerre et Déportés）」はフランソワ・ミッテランを長として1944年3月12日に創設され、それまでのフランス・レジスタンス3団体をひとつに融合した。この辺りの経緯は *Dictionnaire historique de la Résistance*, ed. François Marcot（Robert Laffont, 2006）の中にある Yves Durand の 'Mouvement national des prisonniers de guerre et déportés' を参照のこと。「フランス・ユダヤ人の統一と擁護の委員会（Comité d'Unité et de Défense des Juifs de France）」は、UGIF に対抗するために1943年末に創設された。次を参照のこと。*Terres promises: Mélanges offerts à André Kaspi*, ed. Hélène Harter et al.（Publications de la Sorbonne, 2009）, 509n8 に収録されている Anne Grynberg, 'Juger l'UGIF（1944–1950）?'。

96頁　それから何年もたってから：1927年開業のラ・クーポールは、ピカソ、シモーヌ・ド・ボーヴォワール、ジャン・ポール・サルトルなど作家、画家、歌手の溜まり場として有名。

97頁　「フルレのうしろにいるのが」: Nancy Mitford, *Love in a Cold Climate*（Hamish Hamilton, 1949）.

97頁　銃殺された人たちのなかに：「義勇兵と遊撃兵―移民労働者（FrancTireurs et Partisans de la Main d'Oeuvre Immigrée）」は1941年に創設された。その概要については Stéphane Courtois, Denis Peschanski, and Adam Rayski, *Le sang de l'étranger: Les immigrés de la MOI dans la Résistance*（Fayard, 1989）を参照のこと。23人のメンバーを裁くドイツ陸軍軍法会議は1944年2月15日、ホテル・コンチネンタルで開かれた。

98頁　「かかる行為をたくらむのは常に外国人」: ポスターの表と裏は次のウェブサイトで閲覧可能。http://fr.wikipedia.org/wiki/Affiche_rouge#/media/File:Affiche_rouge.jpg.

99頁　「幸福を全員に」: この原文。'Bonheur à tous, Bonheur à ceux qui vont survivre, Je meurs sans haine en moi pour le peuple allemande, Adieu la peine et le plaisir, Adieu les roses, Adieu la vie adieu la lumière et le vent.'

101頁　「悪いニュースがこないかぎり」: 1945年5月9日付け、マックス・クプファマンからレオン・ブフホルツ宛ての手紙。

101頁　レオンはそのうちの一人ロベール・ファルコについて：Robert Falco, フランス人法律家、ロベール・ファルコ、1882年2月26日生まれ、1960年1月14日死亡。1907年に完成した博士論文は「劇場観客の義務と権利」につ

いて。

102頁　「ある国が、その国内に住んでいる」: Robert Borel, 'Le crime de genocide principe nouveau de droit international', *Le Monde*, 5 December 1945.

第2部◆ラウターパクト

105頁　個人こそが : Hersch Lauterpacht, 'The Law of Nations, the Law of Nature, and the Rights of Man' (1943), (*Problems of Peace and War*, ed. British Institute of International and Comparative Law, Transactions of the Grotius Society 29 (Oceana Publications, 1962), 31. に収録)。

107頁　「すぐれた判断力と学識」: Elihu Lauterpacht, *The Life of Hersch Lauterpacht* (Cambridge University Press, 2010), 272.

108頁　ワルシャワの公文書館で探りあてた : ワルシャワ歴史資料公文書センター

108頁　家族の写真に写っている : Elihu Lauterpacht, *Life of Hersch Lauterpacht*, opposite p. 372

110頁　一九一〇年、ラウターパクトは両親と : 同上、p.19

110頁　ちなみにその年のエプソムダービー : 'Lemberg's Derby', *Wanganui Chronicle*, 14 July 1910, 2.

111頁　バッファロー・ビル・コーディー : Charles Eldridge Griffen, *Four Years in Europe with Buffalo Bill* (University of Nebraska Press, 2010), xviii.

111頁　「美しき異性が姿を」: Wittlin, *City of Lions*, 32, 26.

112頁　「統率を完全に失い」: 'Lemberg Battle Terrifi c', *New York Times*, 4 September 1914, 3.

112頁　「沿道の礼拝所」: 'Russians Grip Galicia', *New York Times*, 18 January 1915.

112頁　「オーストリアとドイツじゅうで狂喜が」: 'Great Jubilation over Lemberg's Fall', *New York Times*, 24 June 1915.

112頁　「我かんせず」読書に没頭し : Elihu Lauterpacht, *Life of Hersch Lauterpacht*, 20.

112頁　「聴覚と音の記憶は」: 同上、19.

117頁　イホールの下調べを手がかりに : リヴィウ州の政府公文書館。fund 26, list 15, case 171, 206 (1915–16, winter); case 170 (1915–16, summer); case 172, p. 151 (1916–17, winter); case 173 (1917–18, winter); case 176, p. 706 (1917–18, summer); case 178, p. 254 (1918–19, winter).

117頁　彼の初年度の教授たちのなかに : Manfred Kridl and Olga SchererVirski, *A Survey of Polish Literature and Culture* (Columbia University Press, 1956), 3.

118頁　最高位（「優」）を得る：リヴィウ州の政府公文書館。Fund 26, list 15, case 393.

118頁　それはレオンがウィーンへ発ってから四年後：Timothy Snyder, *The Red Prince: The Secret Lives of a Habsburg Archduke*（Basic Books, 2010）.

119頁　負ける側についてしまう危険を恐れて：Fink, *Defending the Rights of Others*, 110（and generally, 101–30）.

119頁　「昼も夜も」: Elihu Lauterpacht, *Life of Hersch Lauterpacht*, 21.

119頁　一週間でウクライナ人は：ワルシャワ条約（the Petliura-Piłsudski Agreement として知られる）は1920年4月21日に締結されたが目立った影響はなかった。

119頁　「レンベルク大虐殺」: '1,100 Jews Murdered in Lemberg Pogroms', *New York Times*, 30 November 1918, 5.

120頁　「ユダヤ人虐殺に参加した連中と」: Elihu Lauterpacht, *Life of Hersch Lauterpacht*, 23.

121頁　独立したばかりのポーランド国内で：Antony Polonsky, *The Jews inPoland and Russia, Volume 3: 1914–2008*（Littmann, 2012）; Yisrael Gutman et al., eds., *The Jews of Poland Between Two World Wars*（Brandeis University Press, 1989）; Joshua Shanes, *Diaspora Nationalism and Jewish Identity in Habsburg Galicia*（Cambridge, 2014）.

121頁　哲学者マルティン・ブーバーは：Asher Biermann, *The Martin Buber Reader: Essential Writings*（Palgrave Macmillan, 2002）.

121頁　国家権力に対する懸念を：Elihu Lauterpacht, *Life of Hersch Lauterpacht*, 21.

122頁　ユーゼフ・ブゼク教授：1873年11月16日生、1936年9月22日没。

122頁　「ウィーンにいってみたいとは思いませんか？」: Israel Zangwill, 'Holy Wedlock', in *Ghetto Comedies*（William Heinemann, 1907）, 313.

123頁　「指先についた膠のように溶けて」: Stefan Zweig, *The World of Yesterday*（Pushkin, 2009）, 316.〔シュテファン・ツヴァイク『昨日の世界』原田義人訳・みすず書房〕

123頁　「飢餓にさいなまれて黄色く光る剣呑な目」: 同上、313.

123頁　「自立的発展」: 1918年1月8日、米国連邦議会での発言。Margaret MacMillan, *Paris 1919*（Random House, 2003）, 495.

123頁　この国境線は、英国政府外務大臣の：Elihu Lauterpacht, *Life of Hersch Lauterpacht*, 20.

124頁　カーゾン線はルヴフの東側に引かれたため：R. F. Leslie and Antony Polonsky, *The History of Poland Since 1863*（Cambridge University Press, 1983）.

124頁　「生活、自由、幸福追求」: 'Rights of National Minorities', 1 April 1919; Fink, *Defending the Rights of Others*, 203–5.

124頁　「不正義と抑圧」: Fink, *Defending the Rights of Others*, 154n136.

125頁　こうした事項が討議されていたとき : Norman Davies, *White Eagle, Red Star: The Polish-Soviet War, 1919–20*（Pimlico, 2003）, 47.

125頁　「厳正な保護」: David Steigerwald, *Wilsonian Idealism in America*（Cornell University Press, 1994）, 72.

125頁　ワルシャワが署名を拒否しかねないと気遣った : 詳しい説明は、Fink, *Defending the Rights of Others*, 226–31, 237–57. にあり。

125頁　その第九三条によってポーランドは : 第93条は次の通り。「ポーランドは、同盟および連合国と締結する条約のなかに、ポーランド国内の、人種、言語、宗教において大多数の住民と異なる居住者の利益を保護するために、同盟および連合国が必要と見なす条項を組み入れることを承諾する。」

126頁　「人種、言語、宗教の区別なく」: ポーランドと連合国・同盟国の間の少数民族保護条約、1919年6月28日、ヴェルサイユにて締結。第4条と第12条。http://ungarischesinstitut.de/dokumente/pdf/191906283.pdf.

126頁　マイノリティ保護条約に署名した数日後 : Fink, *Defending the Rights of Others*, 251.

126頁　「ポーランド国内の全党派が」: Henry Morgenthau, *All in a Lifetime*（Doubleday, 1922）, 399.

126頁　「思っていた以上に美しく近代的な」: Arthur Goodhart, *Poland and the Minority Races*（George Allen & Unwin, 1920）, 141.

127頁　「ポーランドを一緒くたにして非難」: Morgenthau, *All in a Lifetime*, app.

127頁　「卒業試験を受けることが」: Elihu Lauterpacht, *Life of Hersch Lauterpacht*, 16.

128頁　「黒髪で狡猾な顔だち」: Karl Emil Franzos, *Aus Halb-Asien: Land und Leute des ostlichen Europas*, vol. 2（Berlin, 1901）, in Alois Woldan, 'The Imagery of Lviv in Ukrainian, Polish, and Austrian Literature', in Czaplicka, *Lviv*, 85.

129頁　二年後の一九二一年 : Bruce Pauley, *From Prejudice to Persecution: A History of Austrian Anti-Semitism*（University of North Carolina Press, 1992）, 82.

129頁　「レンベルクの焼き討ちにあったゲットー」: Hugo Bettauer, *The City Without Jews*（Bloch, 1926）, 28.

129頁　「主義主張の好きなインテリ」: Pauley, *From Prejudice to Persecution*, 104.

129頁　彼はウィーン大学の法学部 : Elihu Lauterpacht, *Life of Hersch Lauterpacht*, 26.

130頁　「抜群の知性」: Hans Kelsen, 'Tribute to Sir Hersch Lauterpacht', *ICLQ* 10（1961）, reprinted in *European Journal of International Law* 8, no. 2（1997）: 309.

131頁　この結果にケルゼンは驚いた : 同上。

131頁　グスタフ・マーラーはウィーン国立歌劇場 : Norman Lebrecht, *Why Mahler?*（Faber & Faber, 2010）, 95.

131頁　彼はユダヤ人学生組織調整委員会 : Elihu Lauterpacht, *Life of Hersch Lauterpacht*, 22.

132頁　「天から降ってきた」: Arnold McNair, 'Tribute to Sir Hersch Lauterpacht', *ICLQ* 10（1961）, reprinted in *European Journal of International Law* 8, no. 2（1997）: 311; Paula Hitler, interview on 12 July 1945, at

132頁　「とても静かで、とてもやさしくて」: Elihu Lauterpacht, *Life of Hersch Lauterpacht*, 31.

133頁　彼女はちょっと考えさせてくれと : 同上、32.

134頁　LSEで彼はアーノルド・マクネアの指導を : 同上、41.

134頁　立ち話程度ではラウターパクトの : 同上、43.

134頁　「最初のミーティングでは」: McNair, 'Tribute to Sir Hersch Lauterpacht', 312.

135頁　「あくの強い大陸なまり」: Elihu Lauterpacht, *Life of Hersch Lauterpacht*, 330.

136頁　『国際法の法源としての私法と私法類推』: 同上、44.

137頁　「国際世界の進歩」: 同上、55.

137頁　「わたしたちにとって幸運なことに」: 同上、49.

138頁　「中身も見かけも純粋にブリティッシュであるべき」: Philippe Sands, 'Global Governance and the International Judiciary: Choosing Our Judges', *Current Legal Problems* 56, no. 1（2003）: 493; Elihu Lauterpacht, *Life of Hersch Lauterpacht*, 376.

138頁　「正義実現のための情熱」: McNair, 'Tribute to Sir Hersch Lauterpacht', 312.

138頁　「今のところそんなによくありません」: Elihu Lauterpacht, *Life of Hersch Lauterpacht*, 40.

138頁　「塗りたくった爪」: 同上、157.

139頁　「あなたにいじめられることなく」: 同上、36.

139頁　「ユダヤ人と戦うことによって」: Adolf Hitler, *Mein Kampf*（Jaico Impression, 2007）, 60.〔アドルフ・ヒトラー『わが闘争』平野一郎訳・角川文庫〕

139頁　ポーランドはドイツと不可侵条約を : Antony Alcock, *A History of the Protection of Regional-Cultural Minorities in Europe*（St Martin's Press, 2000）, 83.

139 頁　ユダヤ人とドイツ人のあいだの性交渉や：ニュルンベルク法（*Nürnberger Gesetze*）は 1935 年 9 月 15 日に国会で可決された。Anthony Platt and Cecilia O'Leary, *Bloodlines: Recovering Hitler's Nuremberg Laws from Patton's Trophy to Public Memorial*（Paradigm, 2005）.

140 頁　一九三三年に彼は二冊目の本を出版し：Martti Koskenniemi, introduction to *The Function of Law in the International Community* by Hersch Lauterpacht（repr., Oxford, 2011）, xxx.

141 頁　「個人の福利こそがすべての法の」: Lassa Oppenheim, *International Law: A Treatise*, vol. 2, *Disputes, War, and Neutrality*, 6th edn, ed. Hersch Lauterpacht（Longmans, 1944）.

141 頁　『ドイツにおけるユダヤ人迫害について』: Reprinted in Hersch Lauterpacht, *International Law*, vol. 5, *Disputes, War, and Neutrality, Parts IX - XIV*（Cambridge University Press, 2004）, 728–36.

141 頁　強烈な抗議書を準備するため：Oscar Janowsky Papers（undated 1900– and 1916–1933）, chap. 17, 367（on fi le）; see James Loeffl er, 'Between Zionism and Liberalism: Oscar Janowsky and Diaspora Nationalism in America', *AJS Review* 34, no. 2（2010）: 289–308.

142 頁　「自分の仕事を批判してもらうときは」: Janowsky Papers（undated 1900– and 1916–1933）, chap. 17, 389.

142 頁　ラウターパクトは、英国政府に影響を与えようと：Elihu Lauterpacht, *Life of Hersch Lauterpacht*, 80–81（the request was from Professor Paul Guggenheim）.

145 頁　ジュウキエフから出てきた少年が：同上、82.

145 頁　LSE で同僚だったフィリップ・ノエル＝ベイカー：同上、88.

146 頁　「わたしのいとしい息子よ！」: 同上、86.

146 頁　お茶の時間は四時半で：同上、424.

147 頁　通りを少し進んで一三番地には：'The Scenic View', *Times Higher Education Supplement*, 5 May 1995.

147 頁　二三番地には、ケンブリッジ大学の：G. P. Walsh, 'Debenham, Frank（1883–1965）', *Australian Dictionary of Biography*（1993）, 602.

148 頁　「窓から飛んで線路のうえに」: Elihu Lauterpacht, *Life of Hersch Lauterpacht*, 85.

148 頁　「彼のくちびるに永遠に浮かぶ微笑は」: 同上、95.

149 頁　四十二歳になっていた彼は戦闘には：同上、104.

149 頁　ラウターパクトはカーネギー財団：同上、106.

150 頁　ラウターパクトは英国大使館の：同上、105.

150 頁　「ベストを尽くせ。いい気になるな」: 同上、134.

150 頁　「一月の第一週にワシン・トンへ」: ラウターパクトからジャクソンへの手紙、1940 年 12 月 Elihu Lauterpacht, *Life of Hersch Lauterpacht*, 131–32.

150 頁　「ここで必要なのは」: Elihu Lauterpacht, *Life of Hersch Lauterpacht*, 142.

151 頁　彼は、ワシントンの英国大使館から : 同上、135.

151 頁　ジャクソンはこの意見書からいくつか : 'An Act to Promote the Defense of the United States', Pub.L. 77–11, H.R. 1776, 55 Stat. 31, enacted 11 March 1941.

151 頁　「なみはずれて意義深いもの」: 'Text of Jackson Address on Legal Basis of United States Defense Course', *New York Times*, 28 March 1941, 12; the editorial is at 22.

152 頁　ウィルキーはトリニティを訪れる : Elihu Lauterpacht, *Life of Hersch Lauterpacht*, 137.

152 頁　「われらがじいさんばあさんも」: ダヴィッド・ラウターパクトからハーシュ・ラウターパクトへの手紙、日付なし。エリ・ラウターパクトの個人資料。

152 頁　「骨が折れる」けれども : Elihu Lauterpacht, *Life of Hersch Lauterpacht*, 152.

153 頁　「ちょうど欲しかった揚げ油」: 同上、153.

153 頁　あるときは LSE 時代に知り合った : 同上。

153 頁　ニューヨークに残っていたレイチェル : 同上、152.

153 頁　「もっと切羽詰まった不安のなかに」: 同上、156.

153 頁　「強い意志と力のかぎりを尽くす市民」: 同上、166.

154 頁　「そちらのみんなに心からの祈りと」: アーロン・ラウターパクトからハーシュ・ラウターパクトへの手紙、1941 年 1 月 4 日。エリ・ラウターパクトの個人資料。

154 頁　「わたしの家族にもっと手紙を」: Elihu Lauterpacht, *Life of Hersch Lauterpacht*, 152.

154 頁　「ルヴフの教授虐殺事件」: Christoph Mick, 'Incompatible Experiences: Poles, Ukrainians, and Jews in Lviv Under Soviet and German Occupation', *Journal of Contemporary History* 46, no. 336（2011）: 355; Dieter Schenk, *Der Lemberger Professorenmord und der Holocaust in Ostgalizien*（Dietz, 2007）.

159 頁　「共通の敵を相手にした勇敢な戦い」: Elihu Lauterpacht, *Life of Hersch Lauterpacht*, 176.

160 頁　「国際的無法状態」: 同上、180 and n43.

160 頁　残虐行為につき「有罪」で「有責」: 戦争犯罪人の処罰 : 1942 年 1 月 13 日、ロンドンのセント・ジェームズ宮殿において連合国共同宣言がなさ

れる。'Nine Governments to Avenge Crimes', *New York Times*, 14 January 1942, 6 (with text).

160頁　九か国政府は残虐行為と加害者：連合国戦争犯罪委員会の創設が1942年10月17日に公表される。Dan Plesch, 'Building on the 1943–48 United Nations War Crimes Commission', in *Wartime Origins and the Future United Nations*, ed. Dan Plesch and Thomas G. Weiss (Routledge, 2015), 79–98.

160頁　チャーチルは英国政府の法律家たちに：David Maxwell Fyfe, *Political Adventure* (Weidenfeld & Nicolson, 1964), 79.

160頁　数か月のうちにニューヨークタイムズ紙は：'Poland Indicts 10 in 400,000 Deaths', *New York Times*, 17 October 1942.

160頁　「暴力を抑制するために編みだされるべき最善策」: 'State Bar Rallied to Hold Liberties', *New York Times*, 25 January 1942, 12; speech available at http://www.roberthjackson.org/theman/bibliography/ouramericanlegalphilosophy/.

161頁　ベット・デイビスの『The Man Who Came to Dinner』: Elihu Lauterpacht, *Life of Hersch Lauterpacht*, 184.

161頁　「シンガポールは陥落するかもしれないが」: '*"Pimpernel" Smith* (1941): "Mr V", a British Melodrama with Leslie Howard, Opens at Rivoli', *New York Times*, 13 February 1942.

162頁　「ちょっとふさぎこんでいる」: Elihu Lauterpacht, *Life of Hersch Lauterpacht*, 183.

162頁　「ドイツにおけるナチス体制による立法と実践」: Hersch Lauterpacht, ed., *Annual Digest and Reports of Public International Law Cases (1938–1940)* (Butterworth, 1942), 9:x.

162頁　「かかる目的遂行のために国外で」: Jurisdiction over Nationals Abroad (Germany) Case, Supreme Court of the Reich (in Criminal Matters), 23 February 1938, in 同上、9:294, x.

163頁　「理解してくれる政権内の有力者」: Elihu Lauterpacht, *Life of Hersch Lauterpacht*, 188.

163頁　「いわゆる戦争犯罪という問題」: 同上、183.

163頁　「戦争犯罪委員会」: 同上、201.

163頁　「東ポーランドのマイノリティのために」: 同上、204.

164頁　「個人の国際人権章典」: 同上、199.

164頁　「革命的な広がり」: Hersch Lauterpacht, 'Law of Nations, the Law of Nature, and the Rights of Man', cited in 同上、252.

168頁　その同じ日、彼はロンドンの：著者資料

169頁　「どうしてもその一員になりたかったのだ」: Elihu Lauterpacht, *Life of Hersch Lauterpacht*, 220.

170頁　「力強き進歩の勝利」: 同上、234.

170頁　「歴史的瞬間」: 同上、229.

170頁　この発言は、国際裁判所の可能性に : 同上。

170頁　「想像したまえ。窓を開け放った書斎を」: 同上、227.

171頁　「ドイツが犯した犯罪の最大の犠牲者」: 同上、247.

172頁　そちらを法の最重要事項にしてはならない : *Cambridge Law Journal* 9 (1945–6): 140.

173頁　これに先立つ数か月前に赤軍によって : Serhii Plokhy, *Yalta: The Price of Peace* (Viking, 2010), 168.

174頁　「基本的人権」: 国連憲章前文。1945年6月26日、サンフランシスコで署名

174頁　六月、コロンビア大学出版局が : Hersch Lauterpacht, *An International Bill of the Rights of Man* (Columbia University Press, 1944).

174頁　「将来をかいま見せてくれるというよりは」: Hans Morgenthau, *University of Chicago Law Review* 13 (1945–46): 400.

175頁　七月一日に二人はロンドンで再会した : ジャクソンからラウターパクトへの手紙、1945年7月2日。ハーシュ・ラウターパクト資料(「昨日の数々のご親切とティータイムにラウターパクト夫人を交えて素晴らしい時間を過ごせたことに感謝致します。愚息へもお心遣いを頂き大いに感謝致しております。」)

175頁　「頑固で容易ならざる」: ロバート・H・ジャクソンの公式報告書、*Report to the International Conference on Military Trials* (1945), vi (以下、*Jackson Report* と呼ぶ).

176頁　アメリカは以上三つにくわえて : ソ連検察チームによる「犯罪」の再定義は1945年7月23日と25日に提出された。アメリカ検察チームによる「犯罪」の再定義は1945年7月25日に提出された。同上、327, 373, 374.

176頁　ジャクソンがロンドンに帰り着いた : 英国検察チームによる「犯罪」の再定義は1945年7月28日に提出され、フランス・チームの承認を得た。同上、390.

176頁　「テニスコートのようになめらかに」: キャサリン・ファイトから母親宛の手紙、1945年8月5日。War Crimes File, Katherine Fite Lincoln Papers, container 1 (Correspondence File), Harry S. Truman Presidential Museum and Library.

177頁　こうした見出しをつけることで：ウィリアム・E・ジャクソンからジェイコブ・ロビンソン宛の手紙、1961年5月31日。Elihu Lauterpacht, *Life of Hersch Lauterpacht*, 272n20.

177頁　連合国戦争犯罪委員会の作業：Dan Plesch and Shanti Sattler, 'Changing the Paradigm of International Criminal Law: Considering the Work of the United Nations War Crimes Commission of 1943–1948', *International Community Law Review* 15 (2013): 1, esp. at 11 et seq.; Kerstin von Lingen, 'Defining Crimes Against Humanity: The Contribution of the United Nations War Crimes Commission to International Criminal Law, 1944–1947', in *Historical Origins of International Criminal Law: Volume 1*, ed. Morten Bergsmo et al., FICHL Publication Series 20 (Torkel Opsahl Academic EPublisher, 2014).

178頁　「イングランドの思い出のなかで一番」: キャサリン・ファイトから母親宛の手紙、1945年8月5日。

178頁　「ドイツ国内だけでなく国外においても」:「犯罪の定義について」と「犯罪の再定義」、1945年7月31日にアメリカ代表団から提出されたれものとして *Jackson Report*, 394–95にあり。「この用語は国際法の高名な学者によって提案されたといっておきましょう。」同上、416.

179頁　「英国官辺筋一番の美男子」: 1945年8月2日の会議議事録。*Jackson Report*, 416.

179頁　戦争前あるいは戦争中にすべての文民たる：国際軍事裁判所憲章 *Jackson Report*, 422.

180頁　「激怒する世界の道義心」: Elihu Lauterpacht, *Life of Hersch Lauterpacht*, 274.

181頁　「ロンドンにはたびたび来ますので」: 同上、272.

181頁　「パパはそのことについてほとんど」: 同上、266.

181頁　この不一致はただちに合意修正され：1945年10月6日、合意と憲章への付属書 *Jackson Report*, 429.

182頁　「この文書はどうにも気に入りませんが」: Elihu Lauterpacht, *Life of Hersch Lauterpacht*, 275.

第3部◆ノリッジのミス・ティルニー

192頁　「ボディービルダーとして名を馳せ」: Frederick Tilney, *Young at 73 - and Beyond!* (Information Incorporated, 1968). 1920年6月20日に合衆国の永住者となったフレデリックは、同書のレビューで「肉体的フィットネスについて世代を超えたアドバイザー」、「新鮮な野菜・果物ジュースの熱烈な唱道者」と評されている。

193頁　書類のなかには自筆の手紙類もあった：同文書保管所は、南アフリカ、ヨハネスブルク、ウィットウォーターズランド大学のウィリアム・カレン図書館内にあり、1947年8月27日から1948年10月6日までのミス・ティルニーからと彼女宛ての合計6通の手紙を保管している。http://www.historicalpapers.wits.ac.za/inventory.php?iid=7976.

193頁　「エルジー・M・ティルニー、一八九三年生まれ」: 著者保有。

194頁　「合理的結論に到達するまで論点を」: ロバート・ガヴィット、1813年生、1901年2月20日没。W. J. Dalby, 'Memoir of Robert Govett MA', attached to a publication of Govett's 'Galatians', 1930.

194頁　一九五四年に印刷されたチャペルの一〇〇年記念祭：http://www.schoettlepublishing.com/kingdom/govett/surreychapel.pdf.

196頁　コドリング博士に連れられてノリッジ公文書館へ：ノーフォーク記録保管所。公文書館は3つのコレクションに分かれている：FC76; ACC2004/230; and ACC2007/1968. オンライン・カタログ閲覧可能：http://nrocat.norfolk.gov.uk/Dserve/dserve.exe?dsqServer=NCC3CL01&dsqIni=Dserve.ini&dsqApp=Archive&dsqCmd=show.tcl&dsqDb=Catalog&dsqPos=0&dsqSearch=(CatalogueRef=='FC%2076').

197頁　「すばらしい」歓待について：*North Africa Mission Newsletter*, March/April 1928, 25.

197頁　だれかが撮った集合写真：*North Africa Mission Newsletter*, September/October 1929, 80.

197頁　「パリのユダヤ人といっしょに働く」: Surrey Chapel, Missionary Prayer Meeting Notes, May 1934.

198頁　「ある紳士が車に轢かれかけた彼女を」: Surrey Chapel, Missionary Notes, October 1935.

198頁　「陽光あふれる中庭のエキゾチックな花々」: Elsie Tilney, 'A Visit to the Mosque in Paris', *Dawn*, December 1936, 561–63.

198頁　「ドイツから逃げてきた不幸なユダヤ人たち」: *Trusting and Toiling*, 15 January 1937.

199頁　彼女はユダヤ人たちの集会で：*Trusting and Toiling*, 15 September and 15 October 1937.

199頁　「ポーランドのルヴフ大学でポーランド人学生が」: *Trusting and Toiling*, 16 January 1939.

199頁　「特に感動的だった」: André Thobois, *Henri Vincent*（Publications Croire et Servir, 2001）, 67は*Le Témoin de la Vérité*, April-May 1939に報告された実体験記

からの引用。

200 頁　「順番を待つ、窮状にあえぐ人々」: Thobois, *Henri Vincent*, 80.

201 頁　「ユダヤ人の被保護者」: *Trusting and Toiling*, 15 April 1940.

201 頁　「これまでにない苦渋にみちた」: *Trusting and Toiling*, 15 July 1940.

201 頁　「家族と友人たちのことを」: Surrey Chapel, note following prayer meeting, 6 August 1940; Foreign Mission Band Account（1940）; *Trusting and Toiling*, 15 October 1940.

201 頁　「全員によろしくとのあいさつを」: Surrey Chapel Foreign Mission Band Account（1941）.

202 頁　五月、彼女はフランス東部の：ヴィッテルの収容所については次を参照。Jean-Camille Bloch, *Le Camp de Vittel: 1940–1944*（Les Dossiers d'Aschkel, undated）; Sofka Skipwith, *Sofka: The Autobiography of a Princess*（Rupert HartDavis, 1968）, 233–36; Sofka Zinovieff, *Red Princess: A Revolutionary Life*（Granta Books, 2007）, 219–61. ヴィッテルの収容所はJoëlle Novicによるドキュメンタリーフィルム *Passeports pour Vittel*（Injam Productions, 2007）で見ることができる。DVD 入手可能。

202 頁　「平和な日々を切望しています」: Surrey Chapel Foreign Mission Band Account（1942）; *Trusting and Toiling*, 15 March 1943.

202 頁　ヴィッテルの敵性外国人：Bloch, *Le Camp de Vittel*, 10 et seq.; Zinovieff, *Red Princess*, 250–58; see also Abraham Shulman, *The Case of Hotel Polski*（Schocken, 1981）.

202 頁　彼らのパスポートが偽造だった：Bloch, *Le Camp de Vittel*, 18, 22, and nn12–13.

202 頁　三月、ユダヤ人の第一グループ：同上、20.

203 頁　『Dos lid funem oysgehargetn Yidishn folk』: Zinovieff, *Red Princess*, 251（「その歌はソフカの偏愛の詩のひとつになり、彼女は何度も書き写してはみんなに配った。『彼らはもういない。何も訊かないでくれ。どこへ行こうと世界はもう終わった。彼らはもういない』」）

203 頁　「司令部で働いていたミス・ティルニー」: Skipwith, *Sofka*, 234.

203 頁　「収容所が解放されたあとでした」: 同上。

203 頁　「妹さんはいつも自分のことはあとまわし」: *Trusting and Toiling*, 15 December 1944, 123.

204 頁　「今回の戦争のなかで抜きん出て勇敢な」: 同上。

204 頁　「秘書兼支配人」: A.J. タール大佐からミス・ティルニー宛ての手紙。1945 年 4 月 18 日。D.B. フリーマン大尉からミス・ティルニー宛ての手紙。

1945年5月22日。

第4部◆レムキン

215頁　国民的、宗教的、民族的集団に対する攻撃は国際犯罪とされるべきである : Raphael Lemkin, *Axis Rule in Occupied Europe*（Carnegie Endowment for International Peace, 1944）, xiii.

217頁　「わたしは二十か国語で」: Nancy Steinson, 'Remembrances of Dr Raphael Lemkin'（著者資料）

218頁　出版社を見つけることができぬまま : Raphael Lemkin, *Totally Unofficial*, ed. Donna-Lee Frieze（Yale University Press, 2013）, xxvi.

218頁　「わたしはヴォウコヴィスク市から」: 同上、3.

219頁　「右に寝ている子が」: 同上。

219頁　ヨーゼフ・レムキンは、制服に身を固めた : John Cooper, *Raphael Lemkin and the Struggle for the Genocide Convention*（Palgrave Macmillan, 2008）, 6.

220頁　彼は晩年になってからも : Lemkin, *Totally Unofficial*, 17.

220頁　「邪悪が人類を虐げるさまを見よ」: J. D. Duff, *Russian Lyrics*（Cambridge University Press, 1917）, 75.

221頁　「裂けた腹、羽根がつめられて」: Paul R. Mendes-Flohr and Jehuda Reinharz, *The Jew in the Modern World: A Documentary History*（Oxford University Press, 1995）, 410.

221頁　レムキンはビアリクの作品を : Hayyim Bialik and Raphael Lemkin, *Noach i Marynka*（1925; Wydawnictwo Snunit, 1986）.

222頁　「ある思想を信じるとは」: Lemkin, *Totally Unofficial*, xi.

223頁　「一二〇万以上のアルメニア人」: 同上、19.

223頁　「史上最悪の犯罪」: Vahakn N. Dadrian, *The History of the Armenian Genocide: Ethnic Confl ict from the Balkans to Anatolia to the Caucasus*（Berghahn Books, 2003）, 421.

223頁　「キリスト教と文明に対する犯罪」: Ulrich Trumpener, *Germany and the Ottoman Empire, 1914–1918*（Princeton University Press, 1968）, 201.

223頁　「一民族が殺され」: Lemkin, *Totally Unofficial*, 19.

224頁　数時間の作業のあと : リヴィウ州の政府公文書館 fund 26, list 15, case 459, p. 252–3.

225頁　一九二四年の卒業証書には : 同上。

225頁　クラクフは「大変保守的な」土地柄 : Marek Kornat, 'Rafał Lemkin's Formative Years and the Beginning of International Career in Interwar Poland（1918–

1939)', in *Rafał Lemkin: A Hero of Humankind*, ed. Agnieszka Bien'czyk-Missala and Sławomir Debski (Polish Institute of International Affairs, 2010), 59–74; Professor Kornat to author, email, 3 November 2011.

227頁　ルドウィック・エアリッヒが教える国際法入門：ルドウィック・エアリッヒ、1889年4月11日テルノーピリ生、1968年10月31日クラクフにて没。

228頁　「小柄で浅黒いが青ざめた」: 'Says Mother's Ghost Ordered Him to Kill', *New York Times*, 3 June 1921; 'Armenian Acquitted for Killing Talaat', *New York Times*, 4 June 1921, 1.

229頁　「この件についてわたしは教授たちと」: Lemkin, *Totally Unofficial*, 20.

230頁　レムキンは、テフリリアン裁判が：Herbert Yahraes, 'He Gave a Name to the World's Most Horrible Crime', *Collier's*, 3 March 1951, 28.

149 'lonely, driven, complicated, emotional': 著者による Robert Silvers のインタビュー、2011年12月11日、ニューヨーク市にて。

231頁　わたしたちが会った日は：*Altugˇ Taner Akçam v. Turkey* (application no. 27520/07), European Court of Human Rights, judgement of 25 October 2011.

232頁　「ヤノフスカ収容所で殺されたのです」: ヤノフスカ収容所は1941年10月、レンベルク市の北西郊外、ヤノフスカ通り134番地の工場の隣に作られた。Leon Weliczer Wells, *The Janowska Road* (CreateSpace, 2014).

232頁　ロマン・ドモフスキは極端なナショナリストで：ロマン・ドモフスキ、1864年8月9日生、1939年1月2日没。

233頁　わたしたちはいっしょにレンベルク時代の：Adam Redzik, *Stanisław Starzyn'ski, 1853–1935* (Monografi e Instytut Allerhanda, 2012), 54.

233頁　エレガントで凜々しく：Zoya Baran, 'Social and Political Views of Julius Makarevich', in *Historical Sights of Galicia*, Materials of Fifth Research Local History Conference, 12 November 2010, Lviv (Ivan Franko Lviv National University, 2011), 188–98.

235頁　彼は一九五五年まで生きた：ユリウシュ・マカレヴィッツ、1872年5月5日生、1955年4月20没。

238頁　「わがいにしえの家」: Joseph Roth, *The Bust of the Emperor*, in *Three Novellas* (Overlook Press, 2003), 62.

239頁　そのころまでに、彼はビアリクの小説翻訳と：Rafael Lemkin and Tadeusz Kochanowski, *Criminal Code of the Soviet Republics*, in collaboration with Dr Ludwik Dworzad, Magister Zdziław Papierkowski, and Dr Roman Piotrowski, preface by Dr Juliusz Makarewicz (Seminarium of Criminal Law of University of Jan Kasimir

in Lwów, 1926）.

240頁　六年前のテフリリアンの裁判と同じく：John Cooper, *Raphael Lemkin*, 16.

240頁　「中欧と東欧からきた白髭のユダヤ人」: 'Slayer of Petlura Stirs Paris Court', *New York Times*, 19 October 1927; 'Paris Jury Acquits Slayer of Petlura, Crowded Court Receives the Verdict with Cheers for France', *New York Times*, 27 October 1927.

240頁　「無罪にすることも有罪にすることも」: Lemkin, *Totally Unofficial*, 21.

240頁　ワルシャワでの「司法業務」: 同上。

241頁　彼はソヴィエト刑法、イタリア・ファシスト：http://www.preventgenocide.org/lemkin/bibliography.htm.

241頁　一九三三年春、一〇月にマドリッドで：Raphael Lemkin, 'Acts Constituting a General（Transnational）Danger Considered as Offences Against the Law of Nations'（1933）, http://www.preventgenocide.org/lemkin/madrid1933english.htm.

241頁　「人々の生命」を守るために：Vespasian Pella, report to the Third International Congress of Penal Law, Palermo, 1933, cited in Mark Lewis, *The Birth of the New Justice: The Internationalization of Crime and Punishment, 1919–1950*（Oxford University Press, 2014）, 188, citing *Troisième Congrès International de Droit Pénal, Palerme, 3–8 avril 1933, Actes du Congrès*, 737, 918.

242頁　司法省の大臣が君の出席に：Lemkin, *Totally Unofficial*, 23. 但しラパポートの名前は出てこない。しかし警告を寄越した人物の描写に合致する。

242頁　「レムキン氏自身が、ある民族による」: *Gazeta Warszawska*, 25 October 1933.

243頁　ニューヨークタイムズ紙は：Lemkin, *Totally Unofficial*, xii.

243頁　耳目をひく政治的殺害：Keith Brown, 'The King Is Dead, Long Live the Balkans! Watching the Marseilles Murders of 1934'（delivered at the Sixth Annual World Convention of the Association for the Study of Nationalities, Columbia University, New York, 5–7 April 2001）, http://watson.brown.edu/files/watson/imce/research/projects/terrorist_transformations/The_King_is_Dead.pdf.

243頁　ノースカロライナ州、デューク大学の教授：Lemkin, *Totally Unofficial*, 155.

244頁　サイモンは二人を前に、チェンバレンと：同上、28.

246頁　「お父さんのそういう考え方には」: 同上、54.

247頁　わたしもその詩を読んでみたけれど：この解釈については次を参照。Charlton Payne, 'Epic World Citizenship in Goethe's *Hermann und Dorothea*', *Goethe Yearbook* 16（2009）: 11–28.

250 頁　「もう一度努力してみるつもりです」: Lemkin, *Totally Unofficial*, 64.

251 頁　「なんとか命を取り留めることができたのは」: レムキンが親愛なるダイレクター殿［氏名不詳］宛てに書いた手紙、1939 年 10 月 25 日。転記したコピーを Elisabeth Åsbrink Jakobsen から入手。

251 頁　レムキンは表情を変えずに : Lemkin, *Totally Unofficial*, 65.

252 頁　ラトビアの首都リガに立ち寄った彼は : Simon Dubnow, *History of the Jews in Russia and Poland: From the Earliest Times Until the Present Day*（Jewish Publication Society of America, 1920）.

253 頁　「白地に黒蜘蛛が這う、血に濡れた赤布」: Jean Amery, *At the Mind's Limits*（Schocken, 1986）, 44.

253 頁　「議論の余地を残さぬ証拠」: Lemkin, *Totally Unofficial*, 76.

253 頁　彼の知人は引き受けてくれた : John Cooper, *Raphael Lemkin*, 37.

254 頁　そこは土地と住民が「ドイツ化」: Lemkin, *Axis Rule*, 506; Lemkin, *Totally Unofficial*, 77 の中にある命令。

254 頁　「思い切った決断」: Lemkin, *Axis Rule*, 524.

255 頁　生き残った者たちには、「処刑のとき」: Lemkin, *Totally Unofficial*, 78.

256 頁　ポーランドの小旗――赤と白の : 同上、82.

257 頁　それから二日後、杲々と照る太陽 : 同上、86.

257 頁　だらしなく不潔な姿に身をやつして : 同上、88.

258 頁　二人は憂い顔で世界情勢について : 同上、96.

259 頁　「どう、ヨーロッパは？」: 同上。

259 頁　レムキンの質問にポーターは : 同上、100.

260 頁　すっかり忘れていた牧歌的な気分 : John Cooper, *Raphael Lemkin*, 40.

260 頁　「女性と子どもたち、そして老人たち」: Lemkin, *Totally Unofficial*, vii.

261 頁　「サディアス・ブライソン判事は」: アンジェイ・タデウシュ・ボナヴェントゥラ・コシチュシュコ、1746 年 2 月生、1817 年 10 月 15 日没。軍人。

262 頁　四年前にハーグで開催された会議で : Lemkin, *Totally Unofficial*, 106.

262 頁　そのなかの重要人物の一人が : 同上、108.

263 頁　「元気でね、幸せにね」: イディッシュ語の手紙、1941 年 5 月 25 日付け。Correspondence in Yiddish, 25 May 1941, box 1, folder 4, Raphael Lemkin Collection, 米国ユダヤ教歴史協会、ニューヨーク .

264 頁　「へこたれるな。しっかりしたまえ」: Lemkin, *Totally Unofficial*, 111.

264 頁　「正しい道を踏みはずさないことが」: パデレフスキー、アメリカ・デビュー 50 周年記念式典のスピーチ。1941 年。Ignacy Jan Paderewski, *Victor*

Recordings (*selections*) (*1914–1941*).

265 頁　同じ月に、アメリカ法曹協会の : 'The Legal Framework of Totalitarian Control over Foreign Economies' (paper delivered at the Section of International and Comparative Law of the American Bar Association, October 1942).

265 頁　「諸国内の社会の平安を目的に」: Robert Jackson, 'The Challenge of International Lawlessness' (address to the American Bar Association, Indianapolis, 2 October 1941), *American Bar Association Journal*, 27 (November 1941).

266 頁　「わたしが提案を読みはじめると」: 'Law and Lawyers in the European Subjugated Countries' (address to the North Carolina Bar Association), *Proceedings of the 44th Annual Session of the North Carolina Bar Association*, May 1942, 105–17.

267 頁　だが、レムキンが出席していたという記録 : *Actes de la 5ème Conférence Internationale pour l'Unifi cation du Droit Pénal* (Madrid, 1933).

267 頁　ドイツの命令にかんする仕事が評判に : Ryszard Szawłowski, 'Raphael Lemkin's Life Journey', in Bien'czyk-Missala and De˛bski, *Hero of Humankind*, 43; box 5, folder 7, MS60, 米国ユダヤ教歴史協会 .

268 頁　今回の状況は違う、となぜいえるのか？ : Lemkin, *Totally Unofficial*, 113.

268 頁　「有色人種が合衆国大統領に」: Norman M. Littell, *My Roosevelt Years* (University of Washington Press, 1987), 125.

269 頁　もう少し辛抱してくれとレムキン : Lemkin, *Totally Unofficial*, 235, xiv.

270 頁　彼はプロポーザルをワシントンの : John Cooper, *Raphael Lemkin*, 53.

270 頁　彼は、「戦争犯罪人」は法廷に : Franklin Roosevelt, Statement on Crimes, 7 October 1942.

270 頁　同冊子は、ワルシャワのポーランド人 : Jan Karski, *Story of a Secret State: My Report to the World*, updated edn (Georgetown University Press, 2014).

271 頁　「君たちはなんて幸運なんだろう」: Littell, *My Roosevelt Years*, 151.

272 頁　彼は別の新語、「met-enocide」: Rare Book and Manuscript Library, Columbia University.

272 頁　「新しい概念形成には」: Lemkin, *Axis Rule*, 79.

272 頁　この用語にたどりついた経緯は : Uwe Backes and Steffen Kailitz, eds., *Ideo krat ien im Vergleich: Legitimation, Kooptation, Repression* (Vandenhoeck & Ruprecht, 2014), 339; Sybille Steinbacher and Fritz Bauer Institut, *Holocaust und Völkermorde: Die Reichweite des Vergleichs* (Campus, 2012), 171; Valentin Jeutner to author, email, 8 January 2014.

275 頁　彼は、すでに二〇〇万人近い人たちが : Lemkin, *Axis Rule*, 89.

275 頁　「ポーランド総督府創設により」: 1939 年 10 月 26 日の布告。同上、

524.

275 頁　レムキンは一九四四年の最初の数か月 : ジョージタウン法科大学最終学年、1944–1945, box 1, folder 13, Lemkin Collection, 米国ユダヤ教歴史協会 .

276 頁　「これは本質的な問題なのだろうか？」: Vasily Grossman, 'The Hell of Treblinka', in *The Road*（MacLehose Press, 2011）, 178.〔ワシーリー・グロスマン『トレブリンカの地獄』みすず書房〕

276 頁　無為無策でいれば、責任の一端は : 'Report to Treasury Secretary on the Acquiescence of This Government in the Murder of the Jews'（prepared by Josiah E. Dubois for the Foreign Funds Control Unit of the US Treasury, 13 January 1944）. モーゲンソウ長官、ジョン・ペール、ランドルフ・ポールは 1944 年 1 月 16 日にローズヴェルト大統領に会い、「ヨーロッパにいるユダヤ人と敵国による迫害の犠牲者を即刻救助・救済する」ことを任務とする戦争難民局の設立の行政命令草稿を提出している。Rafael Medoff, *Blowing the Whistle on Genocide: Josiah E. Dubois, Jr., and the Struggle for a US Response to the Holocaust*（Purdue University, 2009）, 40.

276 頁　ニューヨークタイムズ紙がポーランドの : 'US Board Bares Atrocity Details Told by Witnesses at Polish Camps', *New York Times*, 26 November 1944, 1; '700,000 Reported Slain in 3 Camps, Americans and Britons Among Gestapo Victims in Lwow, Says Russian Body', *New York Times*, 24 December 1944, 10.

276 頁　数か月後、ローズヴェルト大統領によって : *The German Extermination Camps of Auschwitz and Birkenau*, 1 November 1944, アメリカ・ユダヤ人共同配給委員会記録文書 .

277 頁　「大多数のドイツ国民が自由な選挙によって」: 'Twentieth-Century Moloch: The Nazi Inspired Totalitarian State, Devourer of Progress, and of Itself', *New York Times Book Review*, 21 January 1945, 1.

277 頁　「大変に価値がある」が「危険」: コールからレムキン宛ての手紙、1945 年、box 1, folder 11, MS60, American Jewish Archives, Cleveland.

278 頁　レムキンはジャクソンに手紙を書く : レムキンからジャクソン宛ての手紙、1945 年 5 月 4 日、box 98, folder 9, Jackson Papers, Manuscript Division, Library of Congress, Washington DC.

278 頁　「よその国に足を踏み入れた」ナチスを : Raphael Lemkin, 'Genocide: A Modern Crime', *Free World* 9（1945）: 39.

279 頁　ドイツ軍が東へ向けて進軍している : John Q. Barrett, 'Raphael Lemkin and "Genocide" at Nuremberg, 1945–1946', in *The Genocide Convention Sixty Years After Its Adoption*, ed. Christoph Safferling and Eckart Conze（Asser, 2010）, 36n5.

279 頁　レムキンによれば、こうした発言だけで：レムキンからジャクソン宛ての手紙、1945 年 5 月 4 日。

279 頁　五月六日、ワシントンポスト紙が：*Washington Post*, 6 May 1945, B4.

184 Jackson thanked Lemkin: ジャクソンからレムキン宛ての手紙、1945 年 5 月 16 日。Papers; Barrett, 'Raphael Lemkin and "Genocide" at Nuremberg', 38.

279 頁　ジャクソン・チームの主席法律家は：H. B. Phillips, ed., 'Reminiscences of Sidney S. Alderman'（Columbia University Oral History Research Office, 1955）, 817; Barrett, 'Raphael Lemkin and "Genocide" at Nuremberg', 39.

279 頁　二日後、ジャクソンは草稿を手に：Draft Planning Memorandum of 14 May 1945, box 107, folder 5, Jackson Papers; Barrett, 'Raphael Lemkin and "Genocide" at Nuremberg', 39.

279 頁　「人種的少数派と被抑圧住民の殺害」: 'Planning Memorandum Distributed to Delegations at Beginning of London Conference', June 1945, in *Jackson Report*, 68.

280 頁　レムキンがその言葉に対して、また自分が：Barrett, 'Raphael Lemkin and "Genocide" at Nuremberg', 40.

280 頁　被告を起訴するための証拠集めに際し：同上、40–41.

280 頁　とはいうものの、若きジャクソンと：Phillips, 'Reminiscences of Sidney S. Alderman', 818; Barrett, 'Raphael Lemkin and "Genocide" at Nuremberg', 41.

280 頁　五月二八日、レムキンはジャクソンの：Barrett, 同上。

281 頁　「避難民のなかの第一人者」: Phillips, 'Reminiscences of Sidney S. Alderman', 842, 858; Barrett, 'Raphael Lemkin and "Genocide" at Nuremberg', 41.

281 頁　「後衛タスクフォース」: Barrett, 'Raphael Lemkin and "Genocide" at Nuremberg', 41, at n. 27.

282 頁　「すべての戦争犯罪人を正しく」: 'Declaration Regarding the Defeat of Germany and the Assumption of Supreme Authority with Respect to Germany', Berlin, 5 June 1945, Article 11（a）（「連合国代表によって特定されたナチスの主要リーダーと、戦争または類似の犯罪の遂行、命令、教唆をしたと推定され、告発されるか指示された地位、役職、職業に該当するすべての者は逮捕され同代表に身柄を引き渡される」）。

282 頁　ジャクソンの事務所長だった：Barrett, 'Raphael Lemkin and "Genocide" at Nuremberg', 42.

282 頁　「人格的に問題あり」: 同上。

282 頁　ベルナイス大佐はレムキンに：同上。

283 頁　だれも彼のことを自分の庇護下に：同上、43.

283 頁　彼は手に負えぬ男で：同上、43–44.

283頁　「レムキンがロンドンから失せるのは」: Donovan to Taylor, memorandum, 24 September 1945, box 4, folder 106, Jackson Papers; Barrett, 'Raphael Lemkin and "Genocide" at Nuremberg', 42.

283頁　しつこい「野郎」だった：ウィリアム・E・ジャクソンからロバート・ジャクソン宛ての手紙、1947年8月11日、box 2, folder 8, Jackson Papers; Barrett, 'Raphael Lemkin and "Genocide" at Nuremberg', 53.

283頁　どういうわけかシドニー・アルダーマンを：その後合衆国内で生じた反対の声については次を参照。Samantha Power, *A Problem from Hell: America and the Age of Genocide*, rev. edn（Flamingo, 2010）, 64–70.

283頁　英国もジェノサイドを犯罪の：Telford Taylor, *The Anatomy of the Nuremberg Trials*（Alfred A. Knopf, 1993）, 103; Barrett, 'Raphael Lemkin and "Genocide" at Nuremberg', 45.

284頁　「この用語の意味するところが理解できぬようだ」: Phillips, 'Reminiscences of Sidney Alderman', 818; Barrett, 'Raphael Lemkin and "Genocide" at Nuremberg', 45. 188 'extermination of racial and religious': Indictment, adopted 8 October 1945, *Trial of the Major War Criminals Before the International Military Tribunal*（Nuremberg, 1947）, 1: 43.

285頁　書類を担いで世界中をめぐってきた：合衆国陸軍診療所からのノート、1945年10月5日。 box 1, folder 13, Lemkin Collection, 米国ユダヤ教歴史協会.

285頁　「ニュルンベルク裁判の訴状のなかに」: Lemkin, *Totally Unofficial*, 68; Barrett, 'Raphael Lemkin and "Genocide" at Nuremberg', 46.

第5部◆蝶ネクタイの男

292頁　お祝いの主役はミレイン・コスマン：ミレイン・コスマン、1921年ドイツ、ゴータ生まれ。1939年にイングランドへ来る。

292頁　卓越した音楽学者、故ハンス・ケラー：ハンス・ケラー、音楽家、音楽評論家、1919年3月11日、ウィーン生まれ、1985年11月6日、ロンドンで死去。オーストリア併合時の個人的体験と彼自身の逮捕について、次を参照。Hans Keller, *1975*（*1984 Minus 9*）（Dennis Dobson, 1977）, 38 et seq.

293頁　九十一歳のインゲ・トロットは鋭い：インゲ・トロット、社会活動家、1920年ウィーン生まれ、2014年ロンドンにて死去。

299頁　すぐに見つかった：Alfred Seiler, *From Hitler's Death Camps to Stalin's Gulags*（Lulu, 2010）.

300頁　彼は完全なユダヤ人ではなかったか：同上、126.

第6部◆フランク

307頁　共同体は、個人的エゴイズムが生みだす個人主義的 : Hans Frank, *International Penal Policy*（report delivered on 21 August 1935, by the *Reich* minister at the plenary session of the Akademie für Deutsches Recht, at the Eleventh International Penal and Penitentiary Congress）.

309頁　フランクが待たされているあいだ : *Jackson Report*, 18–41.

310頁　両親が離婚してからは : Martyn Housden, *Hans Frank: Lebensraum and the Holocaust*（Palgrave Macmillan, 2003）, 14.

311頁　二年後、彼はミュンヘンの通りで : 同上、23.

312頁　権力内部に入りこんだフランクは : 同上、36.

312頁　ヒトラーが権力の座に就いてから : *Neue Freie Presse*, 13 May 1933, 1; 'Germans Rebuked Arriving in Vienna', *New York Times*, 14 May 1933.

313頁　それらは特にユダヤ人を狙い撃ちにし : Housden, *Hans Frank*, 49.

313頁　フランクは、もしオーストリアがドイツの : 'Germans Rebuked Arriving in Vienna'.

315頁　「両親の墓参りのために」: 'Austrians Rebuff Hitlerite Protest', *New York Times*, 16 May 1933, 1, 8.

315頁　「まるで二万人を前にしているかのような」: 'Turmoil in Vienna as Factions Clash', *New York Times*, 15 May 1933, 1, 8.

315頁　フランクが去ってから一週間後 : 'Vienna Jews Fear Spread of Nazism', *New York Times*, 22 May 1933.

315頁　一年後、ドルフースはナチス支持 : Howard Sachar, *The Assassination of Europe, 1918–1942: A Political History*（University of Toronto Press, 2014）, 208–10.

316頁　八月にはクロル・オペラハウス : *Proceedings of the XIth International Penal and Penitentiary Congress Held in Berlin, August, 1935*, ed. Sir Jan Simon van der Aa（Bureau of International Penal and Penitentiary Commission, 1937）.

316頁　裁判官エミール・ラパポートは欠席 : Hans Frank, *International Penal Policy*. App. 1 lists the participants.

317頁　その数週間前、フランクは : Henri Donnedieu de Vabres, 'La repression international des délits du droit des gens', *Nouvelle Revue de Droit International Privé* 2（1935）7（report presented to the Academy for German Law, Berlin, 27 February 1935）.

317頁　「完全な平等、全面的な服従」: Reck, *Diary of a Man in Despair*, 42.

318頁　若き法廷弁護士ジェフリー・ビング : Geoffrey Bing, 'The International

Penal and Penitentiary Congress, Berlin, 1935', *Howard Journal* 4（1935）, 195–98; 'Nazis Annoyed: Outspoken Englishman', *Argus*（Melbourne）, 23 August 1935, 9.

319 頁　四年後、ドイツがポーランドに侵攻し : Housden, *Hans Frank*, 78.

319 頁　「総督が直接おこなう」もの : Decree of the Führer and Reich Chancellor Concerning the Administration of the Occupied Polish Territories, 12 October 1939, Section 3（2）.

319 頁　就任早々のインタビューで : 3 October 1939; William Shirer, *The Rise and Fall of the Third Reich*（Arrow, 1991）, 944.

321 頁　一二月一日以降、十歳以上の : Housden, *Hans Frank*, 126, citing Frank, Diary, 10 November 1939.

321 頁　就任当初からフランクは毎日 : Frank, Diary, extracts in *Trial of the Major War Criminals*, 29, and Stanisław Piotrowski, *Hans Frank's Diary*（PWN, 1961）.

321 頁　クラクフを去るまでに : 裁判のあいだフランクは 43 冊の日記に言及していたが（*Trial of the Major War Criminals*, 12:7）、ポーランド代表のスタニスワフ・ピオトロフスキーは 38 冊しか保管されていないと述べた。しかし「国際法廷の仕事がニュルンベルクで始まったときに、何冊かが失われたのかどうか言明することは難しい」。Piotrowski, *Hans Frank's Diary*, 11.

321 頁　「帝国の新領地から全ユダヤ人を」: *Trial of the Major War Criminals*, 3:580（14 December 1945）.

321 頁　ポーランド人の取り扱いは : Housden, *Hans Frank*, 119.

322 頁　「総督府フランク博士より総統に対し」: Frank, Diary, 2 October 1940; *Trial of the Major War Criminals*, 7:191（8 February 1946）.

323 頁　フランクは、ガリツィア県の首都 : カール・ラッシュ、1904 年 12 月 29 日生、1942 年 6 月 1 日没。

324 頁　親衛隊大将ラインハルト・ハイドリッヒが : Frank, Diary, 16 December 1941, sitting of the cabinet of the General Governments; *Trial of the Major War Criminals*, 22:542（1 October 1946）.

324 頁　ヴァンゼー会議は一九四二年一月に開かれた : Mark Roseman, *The Villa, the Lake, the Meeting: Wannsee and the Final Solution*（Allen Lane, 2002）.

324 頁　会議議事録は : 会議議事録はヴァンゼー会議ハウスのウェブサイトで閲覧可能。http://www.ghwk.de/wannsee/dokumentezurwannseekonferenz/?lang=gb.

326 頁　フランクが何か質問を発するたびに : Curzio Malaparte, *Kaputt*（*New York Review Books*, 2005）, 78.

326 頁　このイタリア人ジャーナリストは : Curzio Malaparte, 'Serata a Varsavia, sorge il Nebenland di Polonia', *Corriere della Sera*, 22 March 1942.

327 頁　「わたしの念願は」: Malaparte, *Kaputt*, 68.

331 頁　汚職の疑いで : Niklas Frank, *In the Shadow of the Reich*（Alfred A. Knopf, 1991）, 217, 246–47.

334 頁　「わたしが驚くと同時に安堵した」: Malaparte, *Kaputt*, 153.

341 頁　六月と七月に、彼は法の支配と : Housden, *Hans Frank*, 169–72. 彼はベルリン（6 月 9 日）、ウィーン（7 月 1 日）、ミュンヘン（7 月 20 日）、ハイデルベルク（7 月 21 日）でスピーチを行った。

342 頁　法は権威主義的であるべきだが : Niklas Frank, *Shadow of the Reich*, 219.

343 頁　「二人の人間の崇高かつ神々しい結合」: 同上、208–9.

343 頁　大量虐殺も使いようによっては : 同上、212–13.

344 頁　「その詳細は内々の話として」: 同上、213.

346 頁　ガゼタ・ルヴフスカ紙は : *Gazeta Lwowska*, 1 August 1942, 2.

346 頁　フランクにとって大事な仕事は : Dieter Pohl, *Nationalsozialistische Judenverfolgung in Ostgalizien, 1941–1944*, 2nd edn（Oldenbourg, 1997）, 77–78.

346 頁　「親衛隊および警察の高級指導者は」: Frank, Diary, Conference of the District Standartenführer of the NSDAP in Kraków, 18 March 1942, in *Trial of the Major War Criminals*, 29:507.

347 頁　オペラ通りに並んだ学童たちは : *Gazeta Lwowska*, 2/3 August 1942, back page.

348 頁　その夜、フランクは改築された : 同上。

348 頁　「若さ、力強さ、希望、感謝の念」: Housden, *Hans Frank*, 40–41, citing Niklas Frank, *Der Vater*（Goldmann, 1993）, 42–44.

348 頁　「我々ドイツ人は海外の」: *Gazeta Lwowska*, 2/3 August 1942, back page.

348 頁　翌朝八月一日土曜日の朝 : Frank, Diary, 1 August 1942. Documents in Evidence, in *Trial of the Major War Criminals*, 29:540–42.

349 頁　「わたしがここへきたのは、総督と帝国の」: 同上。

350 頁　聴取からは雷鳴のような拍手喝采 : 同上。

350 頁　そして彼は、許可なくしてゲットーの : 1941 年 10 月 15 日のハンス・フランクによって署名された命令。第 1 条、パラグラフ 4（b）（「監禁されている地域から許可無くして立ち去ろうとしたユダヤ人は死刑の対処になる。」）

351 頁　フランクは朝食を取りに九時に : Diary of Charlotte von Wächter, Saturday, 1 August 1942, personal archive of Horst von Wächter.

351 頁　ディ・グロッセ・アクツィオン : Dieter Pohl, 'Ivan Kalymon, the Ukrainian Auxiliary Police, and Nazi AntiJewish Policy in L'viv, 1941–1944'（a report prepared

for the Offi ce of Special Investigations, US Department of Justice, 31 May 2005), 92; Pohl, *Nationalsozialistische Judenverfolgung in Ostgalizien*, 216–23.

351 頁　「レンベルクではいろいろなことを」: オットー・フォン・ヴェヒターからシャーロット宛の手紙、1942 年 8 月 16 日。ホルスト・フォン・ヴェヒターの個人資料。

352 頁　ハインリヒ・ヒムラーはヴェヒター知事と : Peter Witte, *Der Dienstkalender Heinrich Himmlers, 1941/42* (Wallstein, 2005), 521 (entry for Monday, 17 August 1942, 1830 hours).

352 頁　「ユダヤ人の姿を見かけることは」: Frank, Diary, 18 August 1942.

357 頁　おなじみの赤い装幀 : Karl Baedeker, *Das Generalgouvernement: Reisehandbuch* (Karl Baedeker, 1943).

358 頁　レンベルクに割り当てられたページは : 同上、157–64.

359 頁　ベウゼックの鉄道駅からガリツィアの他 : 同上、137, 10.

359 頁　ベデカーのガイドブックが出版された : 'Poland Indicts 10 in 400,000 Deaths'.

359 頁　この件についてはナチハンターの : Simon Wiesenthal, *The Murderers Among Us* (Heinemann, 1967), 236–37. (「私は 1941 年の初頭に彼をリヴィウのゲットーで見た。1942 年 8 月 15 日にゲットーで 4,000 人の老人が駆り集められて駅を送られたとき、彼は自ら指揮を執っていた。私の母はそのなかの一人だった。」)

360 頁　後日わたしはヴェヒターとフランクが : Narodne Archivum Cyfrove (NAC), http://audiovis. nac.gov.pl/obraz/12757/50b358369d3948f401ded5bffc36586e/.

360 頁　カリモンが一九四二年八月の : *United States v. John Kaymon, a.k.a. Ivan, Iwan, John Kalymon/Kaylmun*, Case No. 0460003, US District Court, Eastern District of Michigan, Judge Marianne O. Battani, Opinion and Order Revoking Order of Admission to Citizenship and Canceling Certificate of Naturalization, 29 March 2007. 2011 年 9 月 20 日、入国不服審査会により強制送還が許可されたが、カリモンは送還される前、2014 年 6 月 29 日に死んだ。次を参照。Krishnadev Calamur, 'Man Tied to Nazis Dies in Michigan at Age 93', NPR, 9 July 2014.

360 頁　判決の根拠に使われたのが : Dieter Pohl, 'Ivan Kalymon, the Ukrainian Auxiliary Police, and Nazi AntiJewish Policy in L'viv, 1941–1944' (a report prepared for the Offi ce of Special Investigations, US Department of Justice, 31 May 2005), 16, 27.

361 頁　「レンベルクからのユダヤ人搬送」: Note dated 10 January 1942, regarding

the deportation of the Jews from Lemberg, signed by Oberst［Colonel］［Alfred］Bisanz.

361 頁　二通目の書類は : Order of 13 March 1942, on the Labor Deployment of Jews, to enter into force on 1 April 1942.

362 頁　以上二通だけでも大打撃だが : Heinrich Himmler to State Secretary SS-Gruppenführer Stuckart, 25 August 1942.

365 頁　「戦争犯罪人ナンバーワン」: Frank, Diary, 25 January 1943, Warsaw, International Military Tribunal, *Nazi Conspiracy and Aggression*（US Government Printing Office, 1946）, 4:916.

365 頁　「彼らには消えてもらわなければ」: Frank, Diary, 16 December 1941; *Trial of the Major War Criminals*, 29:503.

366 頁　五月にはワルシャワ・ゲットー蜂起 : 1908 年 12 月 11 日生まれのアーモン・ゲートは、ポーランド、クラクフの最高裁判所で有罪となり、1946 年 9 月 13 日に処刑された。

366 頁　この鎮圧は武装親衛隊中将 : Stoop Report（*The Warsaw Ghetto Is No More*）, May 1943, available at https://www.jewishvirtuallibrary.org/jsource/Holocaust/nowarsaw.html.

366 頁　「ドイツの強制収容所における集団死」: Frank, Diary, 2 August 1943, quoted in *Trial of the Major War Criminals*, 29:606（29 July 1946）.

366 頁　「あの連中は全員が」: 同上。

366 頁　「わたしたちはみんなが、いわば共犯者」: Frank, Diary, 25 January 1943.

367 頁　この献辞を見つけたわたしは : Michael Kennedy, *Richard Strauss: Man, Musician, Enigma*（Cambridge University Press, 1999）, 346–47.

367 頁　何点かはドイツ本国へ輸送 : *Trial of the Major War Criminals*, 4:81（18 December 1945）.

368 頁　その絵は十五世紀にレオナルド : *The Lady with an Ermine*,〔『白貂を抱く貴婦人』〕1489–90 年頃の作品でチェチーリア・ガッレラーニ（1473–1536）というルドヴィコ・スフォルツァの愛人の肖像。現在はチャルトリスキ財団の所有物〔現在は国家所有〕。白貂は純潔の象徴であり、レオナルドはこの絵によって愛の祝福を念じたとされる。

372 頁「殲滅されなければならぬ人種」: Frank, Diary, 18 March 1944, Reichshof; *Trial of the Major War Criminals*, 7:469（15 February 1946）.

373 頁　報復としてフランクは : Housden, *Hans Frank*, 209; Frank, Diary, 11 July 1944.

373 頁　七月二七日、レンベルクが : Timothy Snyder, *The Reconstruction of Nations:*

Poland, Ukraine, Lithuania, Belarus, 1569–1999（Yale University Press, 2003）, 177.

373頁　八月一日、ワルシャワ蜂起が : Norman Davies, *Rising '44: The Battle for Warsaw*（Macmillan, 2003）.〔ノーマン・デイヴィス『ワルシャワ蜂起 1944』染谷徹訳・白水社〕

373頁　彼は、マイダネク収容所について : Frank, Diary, 15 September 1944（conversation with Dr Bühler）.

374頁　有名なオーストリア人俳優 : *Die Stadt ohne Juden*（1924, dir. Hans Karl Breslauer）. ハンス・モーザーがラート・ベルナートの役を演じた。

375頁　バート・アイブリングからフランクの : Housden, *Hans Frank*, 218.

375頁　彼はカフェ・ベルクフリーゲンの : 同上、218; Frank, Diary, 2 February 1945.

375頁　二日後の五日金曜日 : Niklas Frank, *Shadow of the Reich*, 317.

376頁　この同じフランクが一九三五年、帝国刑法 : 第175条aは1935年6月28日に採択され、同性愛をひどくみだらな犯罪（*Schwere Unzucht*）と位置づけ、重罪であると再定義した。次を参照。Burkhard Jellonnek, *Homosexuelle unter dem Hakenkreuz: Die Verfolgung von Homosexuellen im Dritten Reich*（F. Schöningh, 1990）. フランクは「同性愛という伝染病」が新生ドイツを脅かしていると警告した。Richard Plant, *The Pink Triangle: The Nazi War Against Homosexuals*（Henry Holt, 1988）, 26.

376頁　米国陸軍のジープが一台 : Housden, *Hans Frank*, 218.

377頁　六月、指導的ドイツ人高官の : 1945年6月21日に行われた英国・米国検察チームの最初の会合でデイビッド・マクスウェル・ファイフが、知名度から判断した被告人候補10名を載せた最初のリストを呈示する。Taylor, *Anatomy of the Nuremberg Trials*, 85–86.

377頁　「ワルシャワの虐殺者」として知られる : 同上、89.

377頁　そこで彼は尋問を : Ann Tusa and John Tusa, *The Nuremberg Trial*（Macmillan, 1983）, 43–48.

378頁　ドイツ労働戦線の指導者ロベルト・ライ : John Kenneth Galbraith, 'The "Cure" at Mondorf Spa', *Life*, 22 October 1945, 17–24.

378頁　「信じてもらえぬほど困難だった」: Hans Frank, conversation with a US army officer, 4–5 August 1945, http://www.holocaustresearchproject.org/trials/HansFrankTestimony.html.

379頁　八月末、検察側が国際軍事裁判に : On 29 August 1945, the chief prosecutorsannounced a 'first list of war criminals to be tried before the International Military Tribunal'. Taylor, *Anatomy of the Nuremberg Trials*, 89（twentyfour defendants

were on the fi rst list).

379頁　数日後、彼は二十二歳の米国陸軍通訳を：Interrogation testimony of Hans Frank, taken at Nuremberg, 1, 6, 7, 10 and 13 September, and 3 and 8 October 1945 (by Colonel Thomas A. Hinkel), http://library2.lawschool.cornell.edu/donovan/show.asp?query=Hans+Frank.

第8部◆ニュルンベルク

397頁　ロベルト・ライは自殺した：Taylor, *Anatomy of the Nuremberg Trials*, 132, 165.

397頁　「裁判官入廷」: 同上、143; Tusa and Tusa, *Nuremberg Trial*, 109–10.

397頁　裁判長は英国控訴院裁判官の：*Trial of the Major War Criminals*, 1: 1 ('Members and alternate members of the Tribunal').

398頁　被告人席から見て一番左側に：Francis Biddle, *In Brief Authority* (Doubleday, 1962; Praeger, 1976), 381.

398頁　次がヴァージニア州リッチモンドからきた裁判官：同上、372–73.

398頁　フランス人裁判官たちは：Tusa and Tusa, *Nuremberg Trial*, 111; Guillaume Mouralis, introduction to *Juge à Nuremberg*, by Robert Falco (Arbre Bleu, 2012), 13 (at note 2), 126–27.

398頁　「世界の司法の歴史上類例のない」: *Trial of the Major War Criminals*, 2:30.

399頁　一九四一年九月七日と一九四三年：同上、64.

400頁　一方、前ポーランド総督は何をいわれるか：Taylor, *Anatomy of the Nuremberg Trials*, 132.

400頁　「許可し、指揮をし、参加した」: *Trial of the Major War Criminals*, 2:75.

400頁　「主権国家が被告人席に」: Elihu Lauterpacht, *Life of Hersch Lauterpacht*, 277.

401頁　「大きな喜び」だった：同上。

401頁　残されているのはイラストレイティド：*Illustrated London News*, 8 December 1945.

405頁　「教えてくれ、ローゼンベルク」: Gustave Gilbert, *Nuremberg Diary* (New York: Farrar, Straus, 1947), 42.

405頁　「小さな安っぽい容貌」: Martha Gellhorn, 'The Paths of Glory', in *The Face of War* (Atlantic Monthly Press, 1994), 203.

406頁　「無罪であると宣言します」: *Trial of the Major War Criminals*, 2:97.

407頁　「世界平和に対する犯罪を裁く」: 同上、98.

407頁　「勝利の喜びに湧き、しかし深い傷を」：同上、99.

408頁　「抹殺されなければならない人種」: 同上、120.

409 頁　『法の保護下、だれの許可も仰ぐことなしに』: Rudyard Kipling, 'The Old Issue', in *Collected Poems of Rudyard Kipling*（Wordsworth Poetry Library, 1994）, 307–9.

409 頁　「彼個人が成し遂げた偉大なる勝利」: Elihu Lauterpacht, *Life of Hersch Lauterpacht*, 277.

410 頁　こうした個人的な心配事に : 同上、276.

411 頁　ショークロスから依頼された主題 : 著者個人資料。

411 頁　「国際社会は過去、国家によって」: Hersch Lauterpacht, 'Draft Nuremberg Speeches', *Cambridge Journal of International and Comparative Law* 1, no. 1（2012）: 48–49.

413 頁　ひと仕事終えた彼は : Elihu Lauterpacht, *Life of Hersch Lauterpacht*, 276.

413 頁　ショークロスの法的議論は : 同上。

415 頁　「あなたの確信がひしひしと」: 同上、278.

415 頁　人間的魅力のすさまじさ : Gilbert, *Nuremberg Diary*, 66; see also John J. Michalczyk, *Filming the End of the Holocaust: Allied Documentaries, Nuremberg, and the Liberation of the Concentration Camps*（Bloomsbury, 2014）, 96.

415 頁　「ポーランド総督府のフランク総督の日記」: Janet Flanner, 'Letter from Nuremberg', *New Yorker*, 5 January 1946, in Drutman, *Janet Flanner's World*, 46–48.

416 頁　「過度の集中で張りつめた神経」: Janet Flanner, 'Letter from Nuremberg', *New Yorker*, 17 December 1945, in Drutman, *Janet Flanner's World*, 99.

416 頁　彼らは毎日報道される新聞記事 : 同上、98.

417 頁　バトル・オブ・ブリテンの英雄の妻 : サー・ヒュー・ダンダス、1920 年 7 月 22 日生、1995 年 7 月 10 日没。

418 頁　それとは対照的にアメリカ人裁判官 : Biddle, *In Brief Authority*.

418 頁　フランス人裁判官のファルコ : Falco, *Juge à Nuremberg*.

420 頁　あの当時、英国の新聞は : David Low, 'Low's Nuremberg Sketchbook No. 3', *Evening Standard*, 14 December 1945, available at http://www.cartoons.ac.uk/record/LSE1319.

420 頁　「百二十万人のユダヤ人を餓死の刑」: *Trial of the Major War Criminals*, 3:551.

422 頁　そうこうするうちにハウスホーファー夫妻は : Tusa and Tusa, *Nuremberg Trial*, 294.

422 頁　「わたしは国際軍事法廷の」: ドヌデューからレムキン宛ての手紙、1945 年 12 月 28 日、box 1, folder 18, Lemkin Collection, 米国ユダヤ教歴史協会 .

423 頁　ラパポートは大戦を生きのび : *Law Reports of Trials of War Criminals, Selected and Prepared by the UN War Crimes Commission*, vols. 7, 14, http://www.loc.gov/rr/frd/Military_Law/lawreportstrialswarcriminals.html.

427 頁　生々しい夢、たとえば説明のつかぬ : Gilbert, *Nuremberg Diary*, 22.

427 頁　ギルバートは、フランクから : Taylor, *Anatomy of the Nuremberg Trials*, 548.

428 頁　「バッハの『マタイ受難曲』を聴いていたのです」: Gilbert, *Nuremberg Diary*, 81–82（22 December 1945）.

429 頁　「まるでわたしというのは、二人の」: 同上、116（10 January 1946）.

430 頁　「別世界から帰ってきた男」: *Trial of the Major War Criminals*, 8:322.

432 頁　三人姉妹の一人が、副所長の : 同上、328.

433 頁　一九一二年に撮影されたレンベルクの教授たち : Redzik, *Stanislaw Starzynski*, 55.

435 頁　「わたしたちはトレブリンカの大地を」: Grossman, *Road*, 174.

436 頁　彼の日記が、しばしばソ連チームに : Flanner, 'Letter from Nuremberg', 17 December 1945, 107.

436 頁　フランクの前に弁論に立った : *Trial of the Major War Criminals*, 11:553.

437 頁　「少なくとも二五〇万人」: 同上、415.

437 頁　「わたしたちが感じたことは」: Gilbert, *Nuremberg Diary*, 259.

437 頁　ポーランド総督に任命されるまで : *Trial of the Major War Criminals*, 12:2–3.

438 頁　「わたしは深い罪の意識に」: 同上、7–8.

439 頁　一歩進んで一歩しりぞく : 同上、19, 13.

439 頁　「これから千年がすぎたとしても」: 同上。

440 頁　「聞きましたか、ドイツは」: Gilbert, *Nuremberg Diary*, 277.

440 頁　「あのように打ち明けること」: 同上。

440 頁　ほかの被告人たちはフランクを : 同上、277–83.

441 頁　「わたしは絵画の蒐集などしていなかった」: *Trial of the Major War Criminals*, 12:14, 40.

442 頁　フランクのアプローチは : 2012 年 6 月 29 日に行ったイヴ・ベクベデールと著者の会話。

443 頁　「思いもよらぬ罪の告白」: Yves Beigbeder, 'Le procès de Nurembourg: Frank plaide coupable', *Réforme*, 25 May 1946.

443 頁　後日、ドヌデューの講演原稿の : Hans Frank, *International Penal Policy*.

444 頁　「ニュルンベルク裁判にナチスの」: Falco, *Juge à Nuremberg*, 42.

444 頁　「彼はカトリック教徒になった」: Christopher Dodd, *Letters from Nuremberg:*

My Father's Narrative of a Quest for Justice（Broadway Books, 2008）, 289.

444 頁「何日か前の新聞で」: Gilbert, *Nuremberg Diary*, 280.

第9部◆思いださないことに決めた少女

455 頁　彼らは旅をつづけることができなくなり : Gabrielle Anderl and Walter Manoschek, *Gescheiterte Flucht: Der Jüdische 'Kladovo-Transport' auf dem Weg nach Palästina, 1939–42*（Failed flight: The Kladovo transport on the way to Palestine, 1939–42）（Verlag für Gesellschaftskritik, 1993）. また 'The Darien Story', *The Darien Dilemma*, http://www.dariendilemma.com/eng/story/darienstory/; Dalia Ofer and Hannah Weiner, *Dead-End Journey*（University Press of America, 1996）も参照。

第10部◆判決

465 頁　「どのような事態になろうとも」: Elihu Lauterpacht, *Life of Hersch Lauterpacht*, 293.

465 頁　「理にかなった現実主義」や : 同上、285–86; Hersch Lauterpacht, 'The Grotian Tradition in International Law', *British Year Book of International Law* 23（1946）: 1–53.

466 頁　「就寝中に泣き叫んでいた」: Elihu Lauterpacht, *Life of Hersch Lauterpacht*, 278.

466 頁「わたしたちは君のことをよく知っているんだ」: ラウターパクトからインカ・ゲルバード宛ての手紙、1946 年 5 月 27 日、エリ・ラウターパクトの個人的資料。

467 頁　「スピーチの重要部分」: Elihu Lauterpacht, *Life of Hersch Lauterpacht*, 294.

468 頁　「ハリウッドの二流映画」: Steven Jacobs, ed., *Raphael Lemkin's Thoughts on Nazi Genocide*（Bloch, 2010）, 261.

468 頁　それが昂じてワシントンポスト紙に : G. Reynolds, 'Cosmopolites Clock the American Femme; Nice, but Too Honest to Be Alluring', *Washington Post*, 10 March 1946, S4.

469 頁　女性に捧げられたものではないことは : ナンシー・スタインソンから提供されたコピー。

470 頁　「めぐまれない人々が何を」: レムキンからエレノア・ローズヴェルト宛ての手紙、1946 年 5 月 18 日、box 1, folder 13, 5–6, Raphael Lemkin Papers, American Jewish Archives.

470 頁　同じような手紙をニューヨークタイムズ紙の : レムキンからマコーミック宛ての手紙、1946 年 5 月 19 日、box 1, folder 13, 7–9, Lemkin Papers,

American Jewish Archives.

470頁　「あなたがたにお目にかかる機会」: レムキンからピンショー宛ての手紙、box 1, folder 13, 15–16, Lemkin Papers, American Jewish Archives.

471頁　「突然、ニュルンベルクとベルリン」: レムキンからダーワード・V・サンディファー、box 1, folder 13, 13–14, Lemkin Papers, American Jewish Archives.

471頁　五月末、陸軍省が発行した : 陸軍省が発行して身分証明書、box 1, folder 12, Lemkin Collection, 米国ユダヤ教歴史協会 ; Peter Balakian, 'Raphael Lemkin, Cultural Destruction, and the Armenian Genocide', *Holocaust and Genocide Studies* 27, no. 1 (2013): 74.

472頁　そこで彼は、連合軍戦争犯罪委員のリーダー : Schwelb to Lemkin, 24 June 1946, Rafael Lemkin Papers, Rare Book and Manuscript Library, Columbia University.

472頁　フランクは、すでに八〇万人の : *Trial of the Major War Criminals*, 15:164.

472頁　すでに二万五千人の親衛隊隊員が : Barrett, 'Raphael Lemkin and "Genocide" at Nuremberg', 48.

473頁　ジャクソン・チームの正式メンバーではない : Lemkin, *Totally Unofficial*, 235.

473頁　「やつらを大量殺人者として有罪」: Power, *Problem from Hell*, 50.

473頁　ケンプナーは、裁判所内の自分の : Rafael Lemkin Papers, Rare Book and Manuscript Library, Columbia University.

474頁　ドイツ人から破滅の道を運命づけられた」: 同上。

475頁　「検察は本件を完全に」: 'The signifi cance of the concept of genocide in the trial of war criminals', Thomas Dodd Papers, Box/Folder 387:8580, Thomas J. Dodd Research Center, University of Connecticut.

475頁　レムキンは六月下旬に : Barrett, 'Raphael Lemkin and "Genocide" at Nuremberg', 47–48.

476頁　それが起きたのは六月二五日 : 同上、48–49.

477頁　「あなたがたがやりたかったことは」: *Trial of the Major War Criminals*, 17:61.

477頁　「心からの感謝」: John Cooper, *Raphael Lemkin*, 70.

477頁　クーパーは同書のなかで : R. W. Cooper, *Nuremberg Trial*, 109.

477頁　「ポーランドへ帰国せざるを」: 同上、110.

479頁　「将来の国際刑事裁判所にとって」: Lauterpacht, 'Draft Nuremberg Speeches', 68.

479頁　それは「人間の権利」を守るため : 同上、87.

480 頁　「ユダヤ人という人種ないしは」: 同上、74.
480 頁　フランクは、個人的には処刑に : 同上、76.
481 頁　「証人……被告人フランク」: 同上、110.
483 頁　「当然のことながらわたしは」: Elihu Lauterpacht, *Life of Hersch Lauterpacht*, 295.
483 頁　七月一〇日、ラウターパクトの秘書は : 同上。
483 頁　弁護士アルフレート・トマは : *Trial of the Major War Criminals*, 18:90, 92–94.
483 頁　ローゼンベルクの代表的著作 : 同上、112–13.
483 頁　ローゼンベルクは、レムキンが : 同上、114–28.
484 頁　「ご高覧賜りたく」: Lemkin Papers, Rare Book and Manuscript Library, Columbia University.
484 頁　米国陸軍基地病院 385 号で : Office of the Registrar 385th Station Hospital APO 124, US army, Abstract Record of Hospitalization of Raphael Lemkin, box 5, folder 7, 23, Lemkin Papers, American Jewish Archives.
485 頁　サイドル博士がルドルフ・ヘスの : *Trial of the Major War Criminals*, 17:550–55.
485 頁　「ひとつの例外を除いて」: 同上、18:140.
486 頁　「あらゆる乱暴な手段に対して」: 同上、160.
486 頁　ドイツは占領国として : 同上。
486 頁　「まったく的はずれ」であり : 同上、152.
487 頁　最初に米国チームが立ち : 同上、19:397–432.
487 頁　次の英国チームは : 同上、433–529.
487 頁　フランスとソ連チームは : 同上、530–618; 同上、vol. 20, 1–14.
487 頁　七月二六日金曜日の朝 : 同上、19:397.
488 頁　「これから千年が過ぎたとしても」: 同上、406.
488 頁　彼は事実について : 同上、433–529.
489 頁　「わたしたちは、裁判官が」: Elihu Lauterpacht, *Life of Hersch Lauterpacht*, 295.
489 頁　「わたしがファイフのアドバイスに」: 同上、296.
489 頁　ショークロスは時系列に沿い : *Trial of the Major War Criminals*, 19:437–57.
490 頁　その人たちは泣いたり : 同上、507.
491 頁　「ぬくもりのある慈悲心」: Rebecca West, 'Greenhouse with Cyclamens I', in *A Train of Powder*（Ivan R. Dee, 1955）, 20.
491 頁　ショークロスはフランクに : *Trial of the Major War Criminals*, 19:446.

492 頁　「このイギリス野郎」: Housden, *Hans Frank*, 231.
492 頁　ジプシーやポーランド知識人 : *Trial of the Major War Criminals*, 19:497.
493 頁　国際法はかつて : 同上、471–72.
494 頁　「個人は国家を超越」: 同上、529.
494 頁　「すべての法の究極的単位」: 同上、472.
494 頁　ショークロスのあとに : 同上、530–35.
495 頁　ジェノサイドは強制収容所や : 同上、550.
495 頁　「被告人たちのだれひとり」: 同上、562.
495 頁　言葉のあや、複雑な理屈 : 同上、570.
496 頁　「何とむなしいことでしょう」: 同上。
497 頁　なかに入っていたのは : Taffet, *Holocaust of the Jews of Zołkiew*.
498 頁　一糸まとわぬ裸にされ : 同上、58.
499 頁　「ヘンリク・ラウターパクト博士」: 同上、8.
500 頁　レムキン関連書類のなかに : Lemkin Papers, Rare Book and Manuscript Library, Columbia University.
501 頁　参加者皆無のドイツを除く : International Law Association, *Report of the Forty-First Conference, Cambridge*（1946）, xxxvii-xliv.
501 頁　ニュルンベルクから空路 : Note on Raphael Lemkin（undated, prepared with input from Lemkin）, box 5, folder 7, MS60, American Jewish Archives, Cleveland.
502 頁　レムキンが忌み嫌う : International Law Association, *Report of the Forty-First Conference*, 8–13.
502 頁　「ジェノサイドという犯罪的」: 同上、25–28.
503 頁　だらだらと終わりのない : Barrett, 'Raphael Lemkin and "Genocide" at Nuremberg', 51.
503 頁　「あのような法の概念の」: John Cooper, *Raphael Lemkin*, 73.
503 頁　「尋常ならざる方法で」: 'Genocide', *New York Times*, 26 August 1946, 17.
504 頁　「検察側が自分たちを」: Gilbert, *Nuremberg Diary*, 417.
504 頁　「ジェノサイドという悪辣な」: *Trial of the Major War Criminals*, 22:229.
504 頁　七月にあのようなジャクソンの : 同上、271–97.
504 頁　フランスチームはそれとは対照的に : 同上、300.
504 頁　ソ連の検察官 : 同上、321.
504 頁　一番目のゲーリング : 同上、366–68.
504 頁　「やったことと同じことを」: 同上、373.
504 頁　つづいてリッベントロップ : 同上、382.

505頁 「ますます罪悪感にさいなまれる」: 同上、384.
505頁 「わが国が背負ったありとあらゆる」: 同上、385.
506頁 「ドイツ人に対してなされた」: 同上。
507頁 ビザが切れると : サウル・レムキンとの会話。
511頁 「ひとくくりの民衆」: シュヴェルブからハンフリー宛ての手紙、1946年6月19日、PAG3/1.3, box 26, United Nations War Crimes Commission, 1943–1949, Predecessor Archives Group, United Nations Archives, New York; cited in Ana Filipa Vrdoljak, 'Human Rights and Genocide: The Work of Lauterpacht and Lemkin in Modern International Law', *European Journal of International Law* 20, no. 4 (2010): 1184n156.
512頁 『あのガストン・ウルマン氏は』: ガストン・ウルマン、1898年1月5日、ワルター・ウルマンとして生誕、1949年5月5日没。アナウンサー、ジャーナリスト。次を参照。Maximilian Alexander, *Das Chamäleon* (R. Glöss, 1978).
515頁 一年前、レムキン攻撃を : Taylor, *Anatomy of the Nuremberg Trials*, 103.
515頁 九月三〇日、レムキンはパリに : John Cooper, *Raphael Lemkin*, 73.
515頁 初日の九月三〇日 : *Trial of the Major War Criminals*, 22:411–523.
516頁 「国家によって強制される」: 同上、466.
517頁 ソ連人裁判官は : 同上、497.
517頁 手を尽くそうにも : 同上、498.
518頁 「二千人もの汚らしい」: West, 'Greenhouse with Cyclamens I', 53–54.
519頁 「売春宿の女将」: 同上、6, 58–59.
520頁 裁判官ニキチェンコが : *Trial of the Major War Criminals*, 22:541.
520頁 レベッカ・ウェストとのふしだらな : Lorna Gibb, *West's World* (Macmillan, 2013), 178.
520頁 ビドルは訴因三 : *Trial of the Major War Criminals*, 22:542–44.
520頁 「ポーランド総督領で実行された」: 同上。
521頁 出廷していた二十一名の被告人 : 同上、574, 584.
522頁 その前の六名のうち : 同上、588–89.
522頁 レベッカ・ウェストはその瞬間を : West, 'Greenhouse with Cyclamens I', 59.
523頁 「Tod durch den Strang」: John Cooper, *Raphael Lemkin*, 272.
523頁 裁判官ビドルは、このフランス人 : David Irving, *Nuremberg: The Last Battle* (1996, Focal Point), 380 (citing 'Notes on Judgement - Meetings of Tribunal', Final Vote on Individuals, 10 September 1946, University of Syracuse, George Arents

Research Library, Francis Biddle Collection, box 14).

523頁　フランクはおだやかな声でいう: Gilbert, *Nuremberg Diary*, 432.

524頁　「国際関係の将来の」: Elihu Lauterpacht, *Life of Hersch Lauterpacht*, 297.

524頁　「ニュルンベルクの悪夢」: Letter from Lemkin to Anne O'Hare McCormick, 19 May 1946, box 1, folder 13, Lemkin Papers, American Jewish Archives.

525頁　「最悪の暗黒日」: William Schabas, 'Raphael Lemkin, Genocide, and Crimes Against Humanity', in Agnieszka BienczykMissala and Slawomir Debski, *Hero of Humankind*, 233.

525頁　ローマ法王が: 'Pope Asks Mercy for Nazi, Intercedes for Hans Frank', *New York Times*, 6 October 1946.

526頁　「国際法と国際正義を」: トルーマンからローレンス宛の手紙、1946年10月12日、ローレンス家のアルバム。

526頁　「午前一時、ゲーリングが最初の処刑」: ローレンス家のアルバム。

526頁　彼は二言三言: Kingsbury Smith, 'The Execution of Nazi War Criminals', International News Service, 16 October 1946.

526頁　「Ça, c'est beau」: John Cooper, *Raphael Lemkin*, 301.

エピローグ◆森へ

531頁　国際人権章典へ: 国連総会決議95(「ニュルンベルグ国際軍事裁判所規約で認められた国際法の原則の確認」)、1946年12月11日第55回総会にて採択。

531頁　次いで国連総会は: 国連総会決議96(「ジェノサイドの犯罪」)、1946年12月11日第55回総会にて採択。

532頁　一九四八年一二月九日の国連総会で: 集団殺害罪の防止および処罰に関する条約、1948年12月9日、国連総会にて採択。

532頁　その願いは一九五〇年に: 人権及び基本的自由の保護のための条約、1950年11月4日調印。213 *United Nations Treaty Series* 221.

533頁　その夏、ローマにおける会議で: 国際刑事裁判所ローマ規程、1998年7月17日、2187 *United Nations Treaty Series* 90.

534頁　ICCにかんする規程が: *Prosecutor v. Jean-Paul Akayesu*, Case No. ICTR964T, Trial Chamber Judgment (2 September 1998).

534頁　それから数週間後の: *R v. Bow Street Metropolitan Stipendiary Magistrate, Ex Parte Pinochet Ugarte* (No. 3) [1999] 2 All ER 97.

534頁　一九九九年五月: *Prosecutor v. Slovodan Milosevic et al.*, Case No. IT9937, Indictment (ICTY, 22 May 1999).

534頁　二〇〇一年一一月：*Prosecutor v. Slobodan Milosevic*, Case No. IT0151I, Indictment（ICTY, 22 November 2001）.

534頁　二〇〇七年三月：*United States v. John Kaymon*, Opinion and Order, 29 March 2007

534頁　二〇〇七年九月には：Case Concerning Application of the Convention on the Prevention and Punishment of the Crime of Genocide（*Bosnia Herzegovina v. Serbia and Montenegro*）Judgment, *ICJ Reports*（2007）, paras. 413‒15, 471（5）.

535頁　二〇一〇年七月：*Prosecutor v. Omar Hassan Ahmad Al Bashir*, ICC02/0501/09, Second Warrant of Arrest（Pretrial Chamber I, 12 July 2010）.

535頁　その二年後：*Prosecutor v. Charles Ghankay Taylor*, SCSL0301T, Trial Judgment（Trial Chamber II, 18 May 2012）.

535頁　五十年の拘禁刑：*Prosecutor v. Charles Ghankay Taylor*, SCSL0301T, Sentencing Judgment（Trial Chamber II, 30 May 2012）, 40.

535頁　二〇一五年：Professor Sean Murphy, 'First Report of the Special Rapporteur on Crimes Against Humanity'（17 February 015）, UN International Law Commission, A/CN.4/680; also Crimes Against Humanity Initiative, Whitney R. Harris World Law Institute, Washington University in St Louis School of Law, http://law.wustl.edu/harris/crimesagainsthumanity.

535頁　「犯罪のなかの犯罪」: David Luban, 'Arendt on the Crime of Crimes', *Ratio Juris*（2015）（未刊）, ssrn.com/abstract=2588537.

535頁　ラウターパクトの懸念どおりそのような風潮が：Elissa Helms, '"Bosnian Girl": Nationalism and Innocence Through Images of Women', in *Retracing Images: Visual Culture After Yugoslavia*, ed. Daniel Šuber and Slobodan Karamanic（Brill, 2012）, 198.

536頁　「民族的アイデンティティの不可欠な」: Christian Axboe Nielsen, 'Surmounting the Myopic Focus on Genocide: The Case of the War in Bosnia and Herzegovina', *Journal of Genocide Research* 15, no. 1（2013）: 21‒39.

536頁　幾世代もつづいてきた：Timothy Snyder, *Bloodlands: Europe Between Hitler and Stalin*（Basic Books, 2010）, 405, 412‒13.

536頁　「その国にとって必要な」: 'Turks and Armenians in Shadow of Genocide', *Financial Times*, 24 April 2015.

536頁　「個人がこの世に：Louis Gumplowicz, *La lutte des races*（Guillaumin, 1893）, 360.

536頁　「わたしたちの残酷な性格」: Edward O. Wilson, *The Social Conquest of Earth*（Liveright, 2012）, 62.

538頁　同じ年、映画撮影の数か月後 : 1946年9月28日、ウィースバーデンにおける戦争犯罪裁判へグスタフ・ヴェヒター博士〔彼のフルネームは、オットー・グスタフ・フォン・ヴェヒター〕の引き渡し請求。「同人は大量殺人（射殺と処刑）の責任者である。ガリツィア地区行政長官としての彼の指揮下、10万人以上のポーランド国民が命を落とした」。ヴェヒターは次のリスト上、戦争犯罪人と名指しされていた。UN CROWCASS list, fi le no. 78416, 449, File Bd. 176, in the collection of the Institute of National Remembrance（Warsaw）, available at USHMM, RG15.155M（Records of investigation and documentation of the main Commission to Investigate Nazi Crimes in Poland, Investigation against Dr OTTO WAECHTER Gustaw, Gauleiter of the Kraków district, then the district of Galizien, accused of giving orders of mass executions and actions directed against the Jewish people）.

538頁　彼の息子ホルストは : 次を参照。Diana Błon'ska, 'O Muzeum Narodowym w Krakowiew czasie drugiej wojny s'wiatowej, 28 Klio' *Czasopismo pos'wie¸cone dziejom Polski i powszechnym*（2014）, 85, 119 at note 82,（「美術館は、クラクフ県知事〔1939年10月～1942年1月〕の妻、ウィーン出身でおよそ35歳、栗色の髪をしたヴェヒター夫人によって、取り返しのつかぬ損失を被った。彼女は、県知事本部として使用されていたポド・バラナミ宮殿を飾るために、そのような目的のために美術品を持ち出してはいけないという美術館長の警告を無視して美術館のすべての部屋を漁り、素晴らしい絵画類と骨董的価値のある家具や軍事品を略奪した。その後行方不明になった絵画には、ブリューゲルの『謝肉祭と四旬節の喧嘩』、ユリアン・ファワトの *The Hunter's Courtship* などがあった。戻ってきた作品の多くは甚だしく損傷していた。」Archive of the National Museum in Kraków, Office of［Feliks］Kopera、クラクフ市々庁人事部に宛てられた1946年3月25日付け手紙。「戦争犯罪人のリストにクラクフ県知事の妻で、『ポド・バラナミ』として知られているポトスキに住んでいたローラ・ヴェヒターが含まれているかどうかは不明。彼女はヴェヒター家の住居を飾るために、ユリアン・ファワトの傑作や、大変貴重なブリューゲルの『謝肉祭と四旬節の喧嘩』を含む美術品を奪い去り、大きな損害を与えた。このうちブリューゲルの作品とユリアン・ファワトの作品は失われたままである。私は彼女の名前を近くの裁判所に届け、美術館における彼女の略奪行為にかんする情報を聴取された。ヴェヒター夫人の名前がリストに載っているかどうか不明だが、私は美術館を代表し、彼女の悪事をここに報告するものである」。ポーランド陸軍ドイツ戦争犯罪調査委員宛て、1946年12月9日付け手紙。）いずれもアントーニャ・ロイド・ジョーンズによる翻訳。

540頁　「いどみかかるように」: Wittlin, *City of Lions*, 11–12.

541頁　ある人から、中世の面影を残す : Jan Kot, *Chestnut Roulette*（Mazo, 2008）, 85.

参考文献

私が利用した資料の数と種類は幅広く多岐にわたった。なかには新たに探しあてた未公開のものもあるが――リヴィウの公文書館で発見したラウターパクトとレムキンの人生に関連するものなど――情報の多くは、ほかの人々の業績や、尋常ならざる努力の結果掘り出した資料であった。こうした資料は巻末注で参照されているが、無数の情報源のなかでも特記に値するものを、ここで紹介する。

私の祖父レオン・ブフホルツの人生に関連する資料の多くは、個人的なものや家族の記録文書であり、特に私の母や叔母を初めとする人々の記憶に頼るところが多かった。次に挙げる公文書館も大いに利用させてもらった。オーストリア国立公文書館（Österreichisches Staatsarchiv）、ワルシャワ歴史資料公文書センター（Archiwum Główne Akt Dawnych）、オーストリア・レジスタンス文章センター（Dokumentationsarchiv des österreichischen Widerstandes Vienna）、国立ウィーン市公文書館（Wiener Stadtund Landesarchiv）、JewishGen というウェブサイト、ショアの犠牲者データベースをふくむヤド・ヴァシェム公文書館、そしてアメリカ合衆国ホロコースト記念博物館に保管された諸資料。

レンベルク／リヴィウ／ルヴフ市自体が、学究的、歴史的、個人的回想録など豊かな文芸作品の対象になっている。学究的資料として、John Czaplicka が編集した“Lviv: A City in the Crosscurrents of Culture”（Harvard University Press, 2005）にふくまれるエッセイは大変役に立った。回想録として、読者はユーゼフ・ヴィトリンの“*Móy Lwów*”（Czytelnik, 1946）への多くの言及に触れたはずだ。Diana Matar による写真付きで Antonia LloydJones による初めての英訳“City of Lions”（Pushkin Press, 2016）が出版された。ドイツの占領期間の出来事については歴史家 Dieter Pohl の著作に多くを負っているが、特に“*Ivan Kalyomon, the Ukrainian Auxiliary Police, and Nazi Anti-Jewish Policy in L'viv, 1941–1944: A Report Prepared for the Office of Special Investigations, US Department of Justice*（31 May 2005）と“*Nationalsozialistische Judenverfolgung in Ostgalizien 1941–1944*,2nd edn”（Oldenbourg,1997）。Philip Friedman の著作を参考にできたのも幸運である。“*Roads to Extinction: Essays on the Holocaust*, ed. Ada June Friedman”（Jewish Publication Society of America, 1980）の 244–321 ページにあるエッセイ‘The Destruction of

the Jews of Lwów, 1941–1944'。Christoph Mick 著 "*Journal of Contemporary History* 46, no. 2（2011）" の 336–363 ページにあるエッセイ 'Incompatible Experiences: Poles, Ukrainians, and Jews in Lviv Under Soviet and German Occupation, 1939–44'。Omer Bartov 著 "*Erased*"（Princeton University Press, 2007）。Ray Brandon と Wendy Lower 編集 "*The Shoah in Ukraine*"（Indiana University Press,2008）。

ほかに引用させてもらった回想録は次の通り。Rose Choron 著 "Family Stories"（Joseph Simon/Pangloss Press, 1988）、David Kahane 著 "Lvov Ghetto Diary"（University of Massachusetts Press,1990）、Voldymyr Melamed 著 "The Jews in Lviv"（TECOP,1994）、Eliyahu Yones 著 "Smoke in the Sand: The Jews of Lvov in the War Years,1939–1944"（Gefen, 2004）、Jan Kot 著 "Chestnut Roulette"（Mazo,2008）、Jakob Weiss 著 "The Lemberg Mosaic"（Alderbrook, 2010）。そして次のウェブサイトにある地図と写真の素晴らしいコレクションは豊富で探しやすい資料である。Center for Urban History of East Central Europe in Lviv（http://www.lvivcenter.org/en/）。この他 the Government Archive of Lviv Oblast も有用である。

近くの町 Zhovkva/Zółkiew の長い歴史を考えれば、この町を扱った作品は多くてもいいはずだが、その数は僅かである。1930 年代と 1940 年代の歴史的事実について、次の本を参考にした。Gerszon Taffet 著 "*The Holocaust of the Jews of Zołkiew*"（Lodz: Central Jewish Historical Committee, 1946）; Clara Kramer 著 "*Clara's War: One Girl's Story of Survival*", with Stephen Glantz（Ecco, 2009）; Brandon and Lower 著 "*Shoah in Ukraine*" の 340–420 ページにある Omer Bartov 著 'White Spaces and Black Holes'。

ハーシュ・ラウターパクトの人生について書かれた本は数多い。最初に紹介したいのは彼の息子が書いた網羅的な、Elihu Lauterpacht 著 "*The Life of Hersch Lauterpacht*"（Cambridge University Press, 2010）。また、彼のエッセイをまとめた 'The European Tradition in International Law: Hersch Lauterpacht', *European Journal of International Law* 8, no. 2（1997）も大変役に立った。エリ・ラウターパクトは父親が、1945 年と 1946 年に、サー・ハートリー・ショークロスのニュルンベルク裁判でのスピーチのために書いたオリジナル原稿のほか、ノートブック、写真、文通書簡、その他の書類など、個人的資料を使わせてくれた。

ラファエル・レムキンと彼の造語について書かれた書物はそれよりも多い。私は、ニューヨーク公共図書館で閲覧可能だった彼の原稿など、長いあいだ出版されていなかった回想録に特に信頼を置いてきたが、これも最近 Donna-Lee Frieze によって編集され、"*Totally Unofficial*"（Yale University Press, 2013）として出版され、同書に頼ることが多かった。次の伝記も参考になった。John Cooper 著 "*Raphael Lemkin and the Struggle for the Genocide Convention*"（Palgrave Macmillan,

2008)。同書は彼の人生全体をカバーした先駆的な伝記である（最近ペーパーバックで再刊)。また、William Korey 著 "*Epitaph for Raphael Lemkin*"（Jacob Blaustein Institute, 2001）も参考にした。Agnieszka Bienczyk Missala と Slawomir Debski が編集した "*Rafal Lemkin: A Hero of Humankind*"（Polish Institute of International Affairs, 2010）はすぐれたエッセイ集である。John Q. Barrett による 'Raphael Lemkin and "Genocide" at Nuremberg, 1945–1946'（"*The Genocide Convention Sixty Years After Its Adoption*", ed. Christoph Safferling and Eckart Conze（Asser, 2010), P35–54 に集録）は豊かで素晴らしいエッセイである。このほかの情報源としては、Samantha Power 著 "*A Problem from Hell*"（Harper, 2003)、Steven Leonard Jacobs 著 "*Raphael Lemkin's Thoughts on Nazi Genocide*"（Bloch, 2010）と "*Lemkin on Genocide*"（Lexington Books, 2012)。また、Douglas IrvinErickson 著 "*Raphaël Lemkin and Genocide: A Political History of 'Genocide' in Theory and Law*"（University of Pennsylvania Press 未完）の原稿を拝見したが非常に価値ある一冊となろう。

レムキン関連の文書は全米に分散しているが、次の場所で見ることができる。ニューヨークの米国ユダヤ教歴史協会にある the Raphael Lemkin Collection, P154、クリーヴランドの American Jewish Archives にありる the Raphael Lemkin Papers, MC60、ニューヨーク公共図書館の the Lemkin Papers、コロンビア大学の the Rare Book and Manuscript Library、コネチカット大学の the Thomas J. Dodd Research Center。最初に読み、かつ最も鮮烈な印象を残したハンス・フランクの伝記は、彼の息子ニクラス・フランクが書き 1987 年に出版された "*Der Vater*"（Bertelsmann）と、後日短縮版として（原著者にいわせれば短縮しすぎ）英訳された "*In the Shadow of the Reich*"（Alfred A. Knopf, 1991)。情報源として役立ったのは Stanislaw Piotrowski, ed., "*Hans Frank's Diary*"（PWN, 1961)。フランク自身がニュルンベルクの独房で書いた "*In the Shadow of the Gallows*"（1953 年にミュンヘンで妻が発刊。ドイツ語版のみ）の翻訳の抜粋も大いに参考にした。Piotrowski はフランクが公認した原稿とタイプ原稿は改変されており、いくつかの文章と「ポーランド国民を非難している」ような個所は割愛されているという。Martyn Housden の徹底した著書 "*Hans Frank: Lebensraum and the Holocaust*"（Palgrave Macmillan, 2003）と Dieter Schenk の "*Hans Frank: Hitlers Kronjurist und Generalgouverneur*"（Fischer, 2006)、そして Leon Goldensohn の "*The Nuremberg Interviews: Conversations with the Defendants and Witnesses*"（Alfred A. Knopf, 2004）からは得るところが多かった。フランクの日常生活の詳細は、彼の日記から窺い知ることができる。日記（*Diensttagebuch*）の抜粋英訳は "the *Trial of the Major War Criminals Before the International Military Tribunal*" の第 29 巻にある。

ニュルンベルク裁判については、"the *Trial of the Major War Criminals Before the*

International Military Tribunal"（Nuremberg, 1947）の42巻に勝る資料はない。http://avalon.law.yale.edu/subject_menus/imt.asp で入手可能。ロバート・ジャクソンの公式報告書、Robert H. Jackson "*Report to the International Conference on Military Trials*"（1945）も活用した。また、ワシントンDCのアメリカ議会図書館、文書原稿部にある "the Robert H. Jackson Papers" も利用した。ウィルトシャー州のローレンス家でマージョリー・ローレンスによって個人的に保管されている四冊の大きなスクラップブックも閲覧させてもらった。

裁判直後に執筆された作品のなかには傑出したものがある。R. W. Cooper の "*Nuremberg Trial*"（Penguin, 1946）はタイムズ紙の特派員による個人的回想録である。同様に興味深いのが、米国陸軍付き心理学者 Gustave Gilbert による "*Nuremberg Diary*"（Farrar, Straus, 1947）だ。雑誌記事で外せないのは次のもの。"*New Yorker*" に掲載された Janet Flanner の三つの記事で、これは "*Janet Flanner's World*", ed. Irving Drutman（Secker & Warburg, 1989）に再収録されている。Martha Gellhorn の "*The Face of War*"（Atlantic Monthly Press, 1994）に収録されているエッセイ、'The Paths of Glory'。Rebecca West の "*A Train of Powder*"（Ivan R. Dee, 1955）に収録されている 'Greenhouse with Cyclamens I'。また、二人の裁判官の作品も参考にした。Robert Falco 著 "*Juge à Nuremberg*"（Arbre Bleu, 2012）と Francis Biddle 著 "*In Brief Authority*"（Doubleday, 1962）である。Telford Taylor の "*The Anatomy of the Nuremberg Trials*"（Alfred A. Knopf, 1993）は歴史的事実を豊富に提供してくれ、これを更に補完するものとして、Ann Tusa と John Tusa 両者による "*Nuremberg Trial*"（Macmillan, 1983）大変参考になる。

最後に、学術的著作から参考文献を挙げる。Ana Filipa Vrdoljak の貴重な論文 'Human Rights and Genocide: The Work of Lauterpacht and Lemkin in Modern International Law', *European Journal of International Law* 20（2010）: p1163–94、William Schabas 著 "*Genocide in International Law*（Cambridge University Press, 2009）、Geoffrey Robertson 著 "*Crimes Against Humanity*（Penguin, 2012）、Gerry Simpson 著 "*Law, War and Crime: War Crime Trials and the Reinvention of International Law*"（Polity, 2007）。私自身の著作として二つを挙げておく。"*From Nuremberg to The Hague*"（Cambridge University Press, 2003）と "*Justice for Crimes Against Humanity*" Mark Lattimer との共著（Hart, 2003）、そして "*Lawless World*（Penguin, 2006）である。

図版クレジット

下記表示以外の写真図版はすべて著者の許可を得て掲載。

6 頁　Raphael Lemkin Papers, Rare Books & Manuscript Library, Columbia University in the City of New York; Professor Sir Elihu Lauterpacht QC
62 頁　Niklas Frank
86 頁　Lyudmila Bybula
106 頁　Professor Sir Elihu Lauterpacht QC
109 頁　Professor Sir Elihu Lauterpacht QC
120 頁　Stepan Haiduchock Collection, Krypiakevych Family Archive
133 頁　Professor Sir Elihu Lauterpacht QC
140 頁　Professor Sir Elihu Lauterpacht QC
156 頁　Professor Sir Elihu Lauterpacht QC
194 頁　Surrey Chapel（Norwich）
208 頁　Shula Troman
216 頁　Hans Knopf/*Collier's* magazine
221 頁上段　Yaroslav Kryvoi
221 頁下段　YIVO Institute for Jewish Research
243 頁　Professor Adam Redzik
262 頁　American Jewish Historical Society, New York, NY, and Boston, MA
274 頁　Raphael Lemkin Papers, Rare Books & Manuscript Library, Columbia University in the City of New York
308 頁　Niklas Frank
314 頁　Niklas Frank
326 頁　Niklas Frank
330 頁　Niklas Frank
340 頁　Niklas Frank
344 頁　Niklas Frank
347 頁　Narodowe Archiwum Cyfrowe（Polish Stare Archive）
349 頁　Narodowe Archiwum Cyfrowe（Polish Stare Archive）
355 頁　Horst von Wächter

356 頁　Horst von Wächter
361 頁　Narodowe Archiwum Cyfrowe（Polish Stare Archive）
394 頁　Patrick Lawrence QC
402 頁　Professor Sir Elihu Lauterpacht QC
403 頁　Getty Images
404 頁　Getty Images
406 頁　Niklas Frank
448 頁　Herta Peleg
452 頁　Herta Peleg
454 頁　Herta Peleg
464 頁　Patrick Lawrence QC
471 頁　American Jewish Historical Society, New York, NY, and Boston, MA
482 頁　Professor Sir Elihu Lauterpacht QC
496 頁　Horst von Wächter
513 頁　Niklas Frank
519 頁　Patrick Lawrence QC
528 頁　Ullstein Bild Archive